Honor Harrington

# PLAIES D'HONNEUR

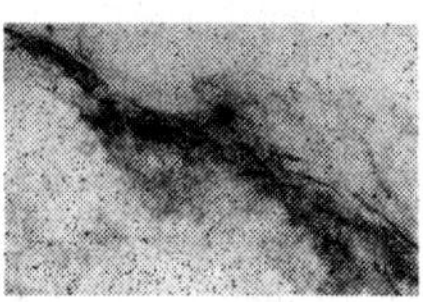

LA PETITE DENTELLE

DU MÊME AUTEUR
À L'ATALANTE

Honor Harrington

*Mission Basilic – Pour l'honneur de la reine*
*Une guerre victorieuse et brève*
*Au champ du déshonneur*
*Pavillon de l'exil – Mascarade silésienne*
*Aux mains de l'ennemi*
*La disparue de l'Enfer – Les cendres de la victoire*
*Plaies d'honneur – Coûte que coûte – En mission*
*L'orage gronde*

L'univers d'Honor Harrington

*La couronne des esclaves – Torche de la liberté*
*L'ombre de Saganami – L'ennemi dans l'ombre*
*L'ombre de la liberté – Les bas-fonds de Mesa – L'ombre de la victoire*

Autour d'Honor

*Autour d'Honor – Les mondes d'Honor*
*Une aspirante nommée Harrington*
*Au service du Sabre*

Guide de l'univers d'Honor Harrington

*La maison d'acier*

*La lune des mutins – L'héritage de l'Armageddon*
*Les héritiers de l'Empire*

*La voie des Furies*

*L'option Excalibur*

Le dieu de la Guerre

*Le serment de l'épée – Champions de Tomanãk*
*Cavaliers du vent – La vierge guerrière*

David Weber

Honor Harrington

# PLAIES D'HONNEUR

TOME 1

TRADUIT DE L'ANGLAIS
PAR FLORENCE BURY

L'ATALANTE
Nantes

Illustration de la couverture : Genkis
Conception graphique de la couverture : leraf

HONOR HARRINGTON : WAR OF HONOR


ISBN 979-10-360-0005-8
ISSN 2557-0730

Librairie L'Atalante
15, rue des Vieilles-Douves, et 4, rue Vauban
44000 Nantes
www.l-atalante.com

Pour tous les parents adoptifs
qui connaissent la vraie soif du cœur.
Dieu vous garde.

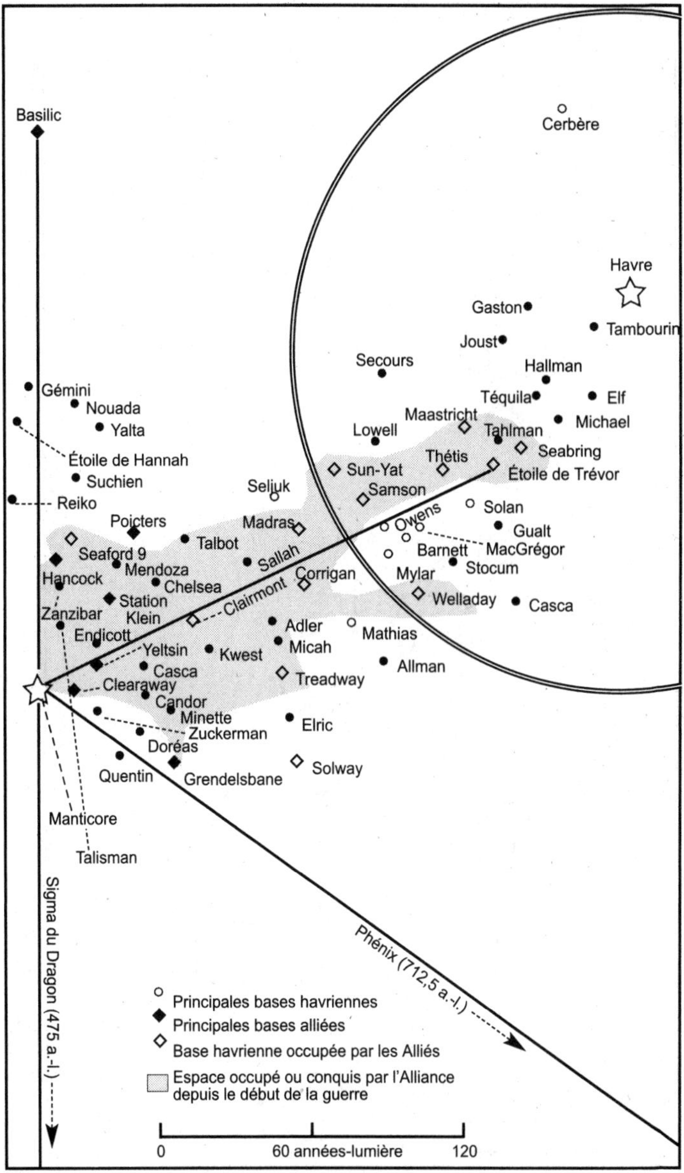
Basilic
Cerbère
Havre
Gaston
Tambourin
Joust
Secours
Hallman
Téquila
Elf
Gémini
Nouada
Yalta
Maastricht
Michael
Lowell
Tahlman
Seabring
Étoile de Hannah
Thétis
Sun-Yat
Étoile de Trévor
Suchien
Seljuk
Samson
Reiko
Solan
Poicters
Madras
Owens
Gualt
Talbot
Barnett
MacGrégor
Seaford 9
Sallah
Stocum
Mendoza
Hancock
Corrigan
Mylar
Chelsea
Clairmont
Station
Welladay
Casca
Zanzibar
Klein
Adler
Mathias
Endicott
Micah
Yeltsin
Kwest
Allman
Casca
Treadway
Clearaway
Candor
Minette
Elric
Zuckerman
Doréas
Quentin
Solway
Grendelsbane
Manticore
Talisman
Sigma du Dragon (475 a.-l.)
Phénix (712,5 a.-l.)
Principales bases havriennes
Principales bases alliées
Base havrienne occupée par les Alliés
Espace occupé ou conquis par l'Alliance depuis le début de la guerre
0
60 années-lumière
120

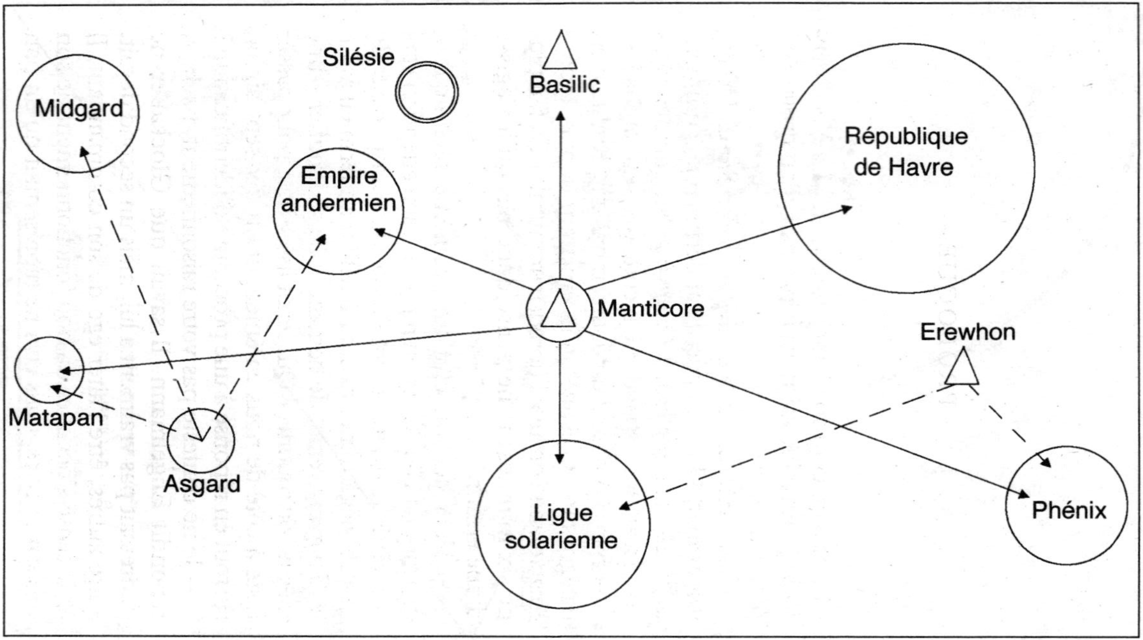

Silésie
Basilic
Midgard
Empire andermien
République de Havre
Manticore
Erewhon
Matapan
Asgard
Ligue solarienne
Phénix

# PROLOGUE

« La section com confirme, monsieur. » Le *Korvettenkapitän* Engelmann n'avait pas l'air d'en croire son propre rapport.

« Vous plaisantez. » Le *Kapitän der Sterne* Huang Glockauer, Flotte impériale andermienne, commandant du croiseur lourd *Gangying*, braqua des yeux ébahis sur son second. « Un code dix-sept-alpha ?

— Sans l'ombre d'un doute, monsieur. Ruihuan est catégorique. C'est ce qu'ils émettent depuis 1306. » Engelmann consulta l'horodateur mural. « Ça fait plus de six minutes ; je ne pense donc pas qu'il s'agisse d'une erreur.

— Alors ce doit être un problème technique », marmonna Glockauer en reportant son attention vers son répétiteur, où brillait l'icône du transporteur de quatre mégatonnes battant pavillon andermien à qui le *Gangying* venait de demander de s'identifier – une mesure de routine. « Qui serait assez bête pour passer juste à côté de nous en émettant un dix-sept-alpha, surtout en réponse à une procédure d'identification ?

— Je ne conteste pas votre raisonnement, pacha », répondit Engelmann. Il savait que Glockauer ne s'adressait pas vraiment à lui, mais un second devait, entre autres, être l'alter ego de son commandant. Il était censé s'occuper du bon fonctionnement de son vaisseau, certes, mais cela ne représentait qu'un pan de son activité. Il devait aussi aider le commandant à mettre ses idées au clair si nécessaire, or la situation était tellement étrange que Glockauer avait grand besoin de son assistance.

« D'un autre côté, poursuivit le second, j'ai déjà vu des pirates agir de façon très stupide, au fil des ans.

— Moi aussi. Mais jamais à ce point.

— J'y ai réfléchi, pacha, répondit Engelmann, hésitant, et je me demande s'ils sont réellement idiots ou si quelqu'un d'autre ne serait pas sournois.

— Comment ça ?

— Eh bien, toutes les compagnies commerciales savent que si un de leurs vaisseaux est pris, le coupable voudra faire illusion devant les bâtiments militaires qu'il croisera. Mais la plupart des flottes ont au moins en mémoire la liste des cargos de leur propre nation, y compris les codes de transpondeurs associés aux signatures énergétiques. Les pirates savent donc également qu'ils courent le risque qu'une équipe de détection et de com vigilante procède à une vérification et remarque une anomalie s'ils se servent de faux codes de transpondeurs. » Il haussa les épaules. « C'est pourquoi ils continuent souvent d'utiliser le code d'origine jusqu'à ce que leur prise soit en sécurité quelque part plutôt que d'en générer un faux.

— Bien sûr », dit Glockauer comme le second marquait une pause. Son commentaire aurait pu paraître agacé puisque Binyan Engelmann répétait ce que tous deux savaient parfaitement. Toutefois il reconnaissait le ton que celui-ci employait : il avait une idée derrière la tête, et le commandant était prêt à lui laisser le temps de poser les jalons nécessaires.

« Ce que je me demande, pacha, c'est si quelqu'un de Reichenbach n'aurait pas trouvé un moyen de mettre à profit cette pratique. Imaginez qu'on paramètre le logiciel de la balise pour rajouter un dix-sept-alpha au code de transpondeur au cas où le vaisseau serait pris. Dans cette hypothèse, on pourrait avoir bricolé le reste des programmes de façon à éliminer le dix-sept-alpha lorsque le code de transpondeur est renvoyé à l'équipage de pont.

— Vous sous-entendez qu'un membre de l'équipe de commandement aurait activé une chausse-trappe dans le programme du transpondeur en comprenant que le bâtiment allait être abordé par des pirates ?

— Je dis que ce serait possible, fit Engelmann. Songez-y. Les vaisseaux marchands ne peuvent se défendre contre un pirate. Ils ne sont pas armés et ne gagneraient rien à résister à l'abordage, sinon de s'assurer un véritable massacre une fois les assaillants à bord. Alors, si l'équipe de commandement s'est crue capable de réussir ce que j'envisage, elle a dû être drôlement tentée d'essayer.

— Mmm. » Glockauer se frotta la lèvre d'un air songeur. « Vous avez raison, dit-il au bout d'un moment. Surtout si les pirates ont décidé de maintenir l'équipage d'origine en vie et de le forcer à manœuvrer le vaisseau pour eux. Sa meilleure chance de salut – la seule, en réalité – consisterait à ce que les pirates tombent sur un bâtiment de guerre qui comprenne, d'une façon ou d'une autre, que le cargo a été pris. »

Il se frotta encore la lèvre tout en méditant le scénario dont ils venaient de discuter. Le dix-sept était un code de transpondeur universel des flottes marchandes, toutefois beaucoup plus courant dans les mauvais romans d'aventure que dans la réalité. Il signifiait « Je suis en cours d'abordage par des pirates », mais émettre ce code ne servait à rien s'il n'y avait pas un vaisseau de guerre ami juste à côté quand l'agresseur se manifestait. En de très rares occasions, un pirate pouvait interrompre une attaque face à un code dix-sept s'il pensait qu'un bâtiment de guerre se trouvait à portée de signal et d'intervention. Toutefois, c'était si exceptionnel que bon nombre de commandants de la flotte marchande préféraient ne jamais émettre le code dix-sept : on avait vu des pirates se venger de manière terrifiante sur ceux qui avaient voulu leur résister… ou appeler à l'aide.

Le dix-sept-alpha était encore plus inhabituel, cependant. Il ne signifiait pas « Je suis en cours d'abordage par des pirates » mais « J'ai été abordé et pris par des pirates ». En toute franchise, Glockauer ne se rappelait pas avoir jamais entendu parler d'une émission de dix-sept-alpha en dehors des exercices d'entraînement de la flotte.

« N'empêche que ce serait risqué, reprit-il au bout d'un moment, livrant sa réflexion à haute voix. Si le nouvel équipage de la prise activait le transpondeur alors que le vaisseau agresseur est encore suffisamment proche pour le capter, celui-ci s'en rendrait compte en un clin d'œil, quelles que soient les modifications apportées au logiciel de communication du cargo. Même si les pirates ne déclenchaient pas le transpondeur pendant que leurs copains se trouvent encore à portée, ils finiraient bien par faire escale quelque part, et là quelqu'un détecterait le code. Ce qui aurait à coup sûr des conséquences très déplaisantes pour celui qui aurait activé la chausse-trappe.

— À n'en pas douter, répondit Engelmann en haussant les épaules. D'un autre côté, il se pourrait que quiconque a eu cette idée se soit dit qu'entre l'éventualité que l'équipage ait déjà été massacré et celle qu'il le soit de toute façon en atteignant la destination finale, le jeu en valait la chandelle s'il offrait même à un seul matelot une chance infime d'être secouru.

— En effet. Et j'imagine qu'on aurait pu intégrer quelques précautions supplémentaires à ce logiciel hypothétique. Par exemple, supposez que le programme soit conçu pour retarder l'activation du dix-sept-alpha. Qu'il émette un code normal pendant vingt-quatre à trente-six heures avant d'y ajouter le dix-sept, et il y aurait de fortes chances que le croiseur pirate soit largement hors de portée au moment critique. Et le programme pourrait aussi être paramétré pour faire taire le code dix-sept après un délai donné, ou dans des circonstances particulières – au premier retour en espace normal, par exemple.

— Possible. Ou peut-être plus simple encore : s'ils ont déclenché leur balise, c'est uniquement parce que nous avons exigé une identification, pacha. Or nous nous sommes identifiés en tant que vaisseau de guerre à cette occasion.

— Voilà une remarque très judicieuse, Binyan. Si le logiciel est conçu pour accoler automatiquement le dix-sept-alpha à toute identification requise par un bâtiment de guerre et en aucune autre circonstance…

— Tout à fait, répondit le second. Toutefois il aurait été appréciable – en admettant que notre théorie ait un fond de vérité – qu'on se donne la peine de nous avertir, chez Reichenbach, qu'on s'apprêtait à prendre ce genre de mesure.

— Ce n'est peut-être pas une décision qui concerne toute l'entreprise, fit Glockauer. Certes, le vieux Reichenbach est né avec un balai dans le cul et il dirige sa compagnie comme il l'entend. Je le vois bien ordonner que cette précaution soit appliquée sans même en parler à ses commandants. D'un autre côté, cela pourrait être l'idée ingénieuse d'un commandant précis. Une initiative isolée, si on veut, dont Reichenbach lui-même ignore tout.

— Ou alors, autre supposition, il ne se passe rien de spectaculaire du tout, répliqua encore Engelmann, adoptant l'un des autres rôles dévolus aux seconds en se faisant l'avocat du diable. Il se pourrait simplement qu'un officier de com ait commis une grosse bourde et accidentellement déclenché un code d'urgence sans même s'en rendre compte.

— Envisageable, mais peu probable. Comme vous le disiez, leur propre équipement de com devrait avoir détecté le signal, à ce stade... à moins qu'une bonne raison l'en empêche. De toute façon, nous n'avons pas d'autre choix que d'agir en partant de l'hypothèse que le signal est authentique.

— En effet, monsieur. »

Ils reportèrent leur attention vers la carte.

L'icône verte du cargo, toujours associée au code de transpondeur alphanumérique correspondant au VMA *Karawane* et cerclée de l'écarlate signalant un code dix-sept-alpha, traversait lentement l'afficheur. Glockauer examina attentivement les barres de données puis tourna la tête vers l'officier tactique du *Gangying*.

« Que donne votre solution d'interception, Shilan ?

— Nous pouvons le rattraper sans problème, monsieur, lui assura le *Kapitänleutnantin* Shilan Weiss. Et nous sommes capables de produire le double de son accélération maximale. » Elle haussa les épaules. « Impossible qu'il nous échappe. Même s'il faisait demi-tour et s'enfuyait à toute vitesse dès maintenant, nous pourrions opérer une interception zéro-zéro une bonne minute avant l'hyperlimite.

— Shilan a raison, pacha, intervint Engelmann. Mais lui donner la chasse serait une solution brutale au problème. » Il eut un sourire pincé, l'air mauvais. « Je dois reconnaître que je préférerais de loin trouver un brillant stratagème qui pousse ces salopards à nous laisser les approcher sans déployer tous ces efforts.

— Pas dans cet univers, Binyan, renifla Glockauer. Bien sûr, à supposer qu'ils aient avec eux quelqu'un qui sache aussi bien compter que Shilan, ils comprendront dès que nous nous lancerons à leur poursuite qu'ils ne peuvent pas se sauver. La seule réaction véritablement logique de leur part consisterait à se mettre aussitôt en panne en espérant que nous soyons d'humeur à prendre des prisonniers plutôt qu'à les fusiller sans autre forme de procès. Mais qu'ils le voient de cet œil ou non, il n'y a pas moyen de faire croire à un équipage de pirates, si stupides fussent-ils, que laisser un croiseur lourd entrer à leur portée soit une bonne idée.

— Je crains que vous n'ayez raison sur ce point, pacha, reconnut Engelmann. Et ils ne manqueront pas de nous voir arriver, en prime.

— Sûrement pas », acquiesça Glockauer d'un air ironique. Il regarda le répétiteur quelques secondes encore puis hocha la tête pour lui-même. « Très bien, Shilan. Puisqu'il est inutile de donner dans la finesse, autant être bruts et directs. Placez-nous sur une trajectoire d'interception sous cinq cents gravités. Ruihuan, poursuivit-il en se tournant vers le *Kapitänleutnant* Hoffner, son officier de communication, je veux que vous les héliez. Dites-leur qui nous sommes et “suggérez-leur” de mettre en panne avant abordage.

— À vos ordres, monsieur ! lança Hoffner dans un sourire.

— Et histoire d'appuyer un peu la suggestion de Ruihuan, reprit le commandant, pourquoi ne mettriez-vous pas carrément en ligne vos systèmes de visée, Shilan ? Quelques échos radar et lidar longue portée devraient les aider à se convaincre de notre sérieux.

— À vos ordres, monsieur. » Weiss eut un sourire au moins aussi mauvais que celui d'Engelmann, et elle se retourna vers son pupitre et ses instruments de détection tandis que le croiseur lourd modifiait sa trajectoire.

Glockauer lui rendit son sourire, fit signe à Engelmann de gagner son poste puis se renfonça dans son fauteuil de commandement en attendant la réponse du *Karawane* aux exigences de Hoffner. Son regard revint à l'icône brillant sur le répétiteur, et il perdit le sourire.

La piraterie était un éternel problème ici, dans la Confédération silésienne. La Silésie n'avait jamais été plus qu'un effondrement politique en progrès dans ses bons jours ; or, en cette mille neuf cent dix-huitième année de la diaspora humaine à travers les étoiles, ses jours étaient tout sauf bons. En réalité, la situation se dégradait sans cesse depuis quinze ans T, même par rapport aux normes locales déjà délabrées.

Si Glockauer et tous les officiers andermiens répugnaient à le reconnaître, la Flotte royale manticorienne était néanmoins depuis plus de deux siècles le principal instrument de répression de la piraterie au sein de la Confédération. La flotte de l'Empire andermien n'avait acquis l'envergure et les effectifs nécessaires à prétendre exercer un pouvoir de police significatif à long terme dans la région que dans les cent dernières années. Glockauer le savait, de même qu'il comprenait que jusqu'à cinquante ans plus tôt – soixante-quinze au grand maximum – la flotte marchande andermienne était trop négligeable pour justifier qu'on investisse afin de gonfler les forces légères de la flotte au point de lui permettre de mettre un véritable frein aux raids sanglants des pirates et corsaires de la Confédération.

Évidemment, même si la répression de la piraterie faisait partie des responsabilités naturelles de tout officier spatial, l'intérêt de l'Empire pour la Silésie ne s'était jamais limité aux pertes de ses compagnies de fret – cela n'avait même jamais été une priorité. Le véritable intérêt des Andermiens pour la Confédération s'était toujours concentré sur des questions de sécurité des frontières et une éventuelle expansion. Il aurait été pour le moins maladroit de l'admettre à voix haute, mais quiconque au sein de l'Empire, de la Confédération ou du Royaume de Manticore possédait un Q. I. supérieur à celui d'un caillou n'entretenait aucune illusion à cet égard. En tout cas, les Manticoriens avaient bien vite muselé les prétentions de l'Empire à exercer sa souveraineté dans la Confédération, qu'ils considéraient avec une arrogance déprimante comme leur chasse gardée.

Les cruelles exigences de la guerre contre la République populaire de Havre avaient toutefois détourné la FRM de son rôle traditionnel de policier de Silésie. Cette tendance s'était accentuée pendant les cinquante ou soixante dernières années T, tandis que la FRM augmentait ses effectifs pour faire face aux Havriens, pour culminer dans les quatorze ou quinze années précédentes, après le début des hostilités. Glockauer n'était pas censé être au courant des débats internes qui agitaient au plus au niveau la flotte et le ministère des Affaires étrangères sur la façon dont l'Empire devait réagir à la fois devant la situation locale qui se dégradait sans cesse et la belle occasion que lui offraient les ennuis des Manties. Là encore, toutefois, seul un imbécile ne s'en serait pas douté. D'un côté, les Manticoriens étaient occupés par les Havriens, et la tentation était presque irrésistible de satisfaire les ambitions territoriales que l'Empire entretenait de longue date pendant que la FRM avait trop de pain sur la planche pour réagir de manière efficace. D'un autre côté, le Royaume stellaire était le repoussoir de l'Empire contre l'expansionnisme insatiable de la République populaire.

Finalement, la *realpolitik* l'avait emporté, comme souvent dans la politique étrangère impériale. Il aurait peut-être été satisfaisant de s'arroger le contrôle total de sa sphère d'intérêt légitime au sein de la Confédération, mais chatouiller Manticore alors que le Royaume luttait pour survivre face à une nation qui ne dédaignerait pas de gober l'Empire dans la foulée aurait pu se révéler fatal. L'Empire andermien avait donc choisi de rester « neutre » en faveur du Royaume.

Mais la FRM avait obtenu une victoire brutale et stupéfiante sur la Flotte populaire, bien plus complète qu'on ne s'y attendait. Pour ce que Glockauer en savait, personne dans les rangs des services de renseignement spatiaux n'avait pressenti le coup fatal que les Manties se préparaient à porter. De toute évidence, les renseignements savaient au moins vaguement ce que mijotait la R & D manticorienne. Les améliorations récentes et en cours du matériel de la FIA en étaient la preuve, surtout à la lumière des rapports que Glockauer avait lus concernant les nouvelles armes et tactiques des Manticoriens. Mais il doutait fort que, dans l'Empire, on ait apprécié l'étendue de la supériorité qualitative de la FRM sur son adversaire jusqu'à ce que l'amiral de Havre-Blanc ne presse la détente.

En toute justice, la FRM aurait alors dû reprendre ses positions d'avant-guerre dans la Confédération. Elle s'en était abstenue et, par certains côtés, la situation était pire encore qu'avant le conflit. Les Manticoriens n'avaient pas regonflé les rangs de leurs forces légères à leur niveau habituel, et la piraterie florissait donc sans véritable obstacle dans l'essentiel de la Confédération. Pire, certains des « pirates » du cru avaient acquis des bâtiments plus perfectionnés. Aucun plus gros qu'un croiseur, mais, à ce jour, les Manties et la FIA avaient détruit au moins trois vaisseaux qui avaient… quitté le service de la République populaire de Havre et fui au loin en quête d'une herbe plus verte. Par conséquent, non seulement le taux d'activités illégales s'était accru, mais leur envergure également, et l'on voyait davantage de raids planétaires en sus des actes de piraterie classiques. Selon les dernières estimations des services de renseignement, près d'un quart de million de Silésiens avaient été tués l'année passée. Une goutte d'eau au regard de la population totale de l'immense Confédération, mais un nombre horrible pris isolément.

Néanmoins, si les Manties n'avaient pas regonflé leurs forces légères, ils avaient bel et bien établi un traité les liant à la République de Sidemore dans le système du Marais. Ces huit dernières années T, Sidemore avait vu l'établissement d'une base spatiale assez puissante, malgré le besoin qu'avait la FRM de concentrer ses efforts contre les Havriens. La localisation du système du Marais, à la limite des frontières mal définies de la Confédération et au bord du segment menant de l'Empire en Silésie sur la « route triangulaire » du commerce manticorien, en faisait une base logistique idéale pour les opérations de la FRM en Silésie du sud-ouest.

Si ce n'était l'envie de le faire lui-même, Glockauer ne voyait pas d'objection à regarder les Manticoriens taper sur les pirates. Et leurs flottilles basées dans le Marais leur avaient permis de pacifier de façon remarquable un bon dixième du territoire de la Confédération. Mais ils y avaient réussi en établissant une présence dans un secteur où ils avaient toujours refusé que les Andermiens fassent de même. Or, si une nation avait un intérêt légitime à contrôler la situation en Silésie pour protéger ses frontières et son intégrité territoriale, c'était bien l'Empire et non le Royaume stellaire. Pire, les Manticoriens avaient stationné sur leur nouvelle base de Sidemore une force d'intervention complète, soit deux escadres du mur en sous-effectif ainsi que des croiseurs de combat et croiseurs en soutien.

Ostensiblement, ces forces, bien plus lourdes que ne l'exigeaient de légitimes opérations antipirates, devaient protéger l'espace confédéré de toute nouvelle intrusion d'escadres havriennes effectuant des raids contre les vaisseaux marchands. Selon la position officielle de Manticore – à laquelle les opérations indépendantes de vaisseaux isolés anciennement estampillés SerSec ou Flotte populaire apportaient un certain poids –, la véritable (et unique) raison de ce traité avec Sidemore tenait à la volonté d'éviter toute reprise des raids havriens contre le commerce au sein de la Confédération. Nul n'y croyait un seul instant dans l'Empire, et le mécontentement face à l'attitude tyrannique des Manticoriens grandissait sans cesse depuis cinq ans T environ. Maintenant que la République populaire avait été vaincue militairement, traité de paix signé ou non, ce prétexte à la présence de la FRM dans le Marais était de moins en moins crédible. Le mécontentement qu'il générait avait grandi en proportion, et Glockauer soupçonnait que les considérations de politique étrangère qui avaient prévalu pour éviter toute confrontation avec Manticore s'affaiblissaient rapidement.

Il n'avait aucune idée de ce à quoi cela les mènerait en fin de compte. Non, ce n'était pas tout à fait vrai.

Il avait une idée très précise de comment cela pourrait bien se terminer… Il espérait simplement avec ferveur que cela n'adviendrait pas. En dépit des améliorations récentes et en cours de la puissance de combat de sa flotte et malgré l'imbécillité manifeste du nouveau Premier Lord de l'Amirauté manticorienne, il n'avait aucune envie d'affronter la flotte qui avait fait la preuve de sa capacité indéniable à annihiler la Flotte populaire autrefois si puissante.

Mais pour l'instant, songea-t-il en regardant l'icône du *Karawane* modifier sa trajectoire sur son répétiteur, se détournant en un effort futile pour échapper à son bâtiment plus agile, il n'avait pas à s'inquiéter des Manties.

Son seul souci était les atrocités que ses équipes d'abordage risquaient de découvrir à bord du vaisseau marchand en fuite.

L'expérience lui soufflait que ce ne serait pas joli.

« Un message du commodore Zrubek, monsieur. »

L'amiral Lester Tourville, comblé de ne plus être le *citoyen* amiral Tourville, quitta des yeux son répétiteur à l'annonce du lieutenant de vaisseau Eisenberg. Il lui paraissait encore bizarre de voir la jeune femme sur son pont d'état-major, mais Thomas Theisman avait sans doute raison. Les états-majors bien rodés que Javier Giscard et lui avaient montés ces dernières années avaient joué un rôle capital dans le succès des forces d'intervention placées sous leurs ordres. Mais, si précieuses fussent-elles, ces équipes de commandement éprouvées n'étaient pas irremplaçables. Javier et lui les avaient bâties une fois, ils pouvaient recommencer s'il le fallait et, entre-temps, ces états-majors splendidement formés étaient trop précieux pour qu'ils les accaparent en égoïstes. Les subordonnés avec qui Tourville avait combattu les Manties pendant près de dix ans étaient donc passés à d'autres fonctions, profitant de promotions trop longtemps repoussées.

D'un autre côté, son nouvel officier de com, le lieutenant Anita Eisenberg, était encore plus « nouvelle » que le reste de son personnel. Son affectation sous son commandement remontait à moins de six mois, et il avait du mal à se faire à son extrême jeunesse. Il devait sans cesse se répéter qu'à seulement vingt-huit ans cette blonde carrée n'était pas la gamine dont elle avait l'air. Ayant bénéficié d'un traitement prolong de troisième génération, elle paraissait à peu près douze ans, ce qui n'aidait pas, de même que sa taille : à peine plus d'un mètre cinquante. En vérité, elle était bel et bien très jeune pour son grade, mais c'était le cas de bon nombre d'officiers de la flotte de Havre désormais. Et, malgré un goût marqué pour le formalisme militaire, elle affichait des compétences et une confiance en soi qui contrastaient avec sa jeunesse indéniable.

Il écarta une fois de plus cette idée, non sans se dire que cette impression avait peut-être aussi à voir avec la fatigue qui lui faisait ressentir jusqu'à la moelle chaque mois de son âge beaucoup plus avancé, et il lui fit signe d'approcher de son fauteuil de commandement. Elle lui tendit un bloc-mémo électronique, et un homme aux cheveux noirs le fixa depuis le petit écran lorsqu'il enfonça le bouton LECTURE.

« Vous aviez raison, monsieur, commença le commodore Scott Zrubek sans préambule. Ils essayaient de nous attirer dans un piège, comme vous le soupçonniez. J'ai donc maintenu le reste de l'escadre à portée maximale et envoyé deux divisions de contre-torpilleurs examiner de plus près ces "vaisseaux marchands". Je crois qu'il y a eu un léger changement de direction quand ils ont vu ce que nous faisions. »

Zrubek pouvait se fendre de sourires vraiment mauvais, remarqua Tourville, satisfait.

« Il semble qu'ils avaient rempli leurs hangars de capsules lance-missiles, poursuivit le commodore. Ils espéraient manifestement que nous approcherions assez pour leur donner l'occasion de lancer les capsules, mais quand ils ont compris que nous n'allions pas faire entrer les bâtiments lourds à leur portée, quelqu'un s'est dit qu'ils ne réussiraient qu'à nous mettre très en colère en détruisant les contre-torpilleurs. Alors, puisque nous avions refusé de tomber dans leur embuscade et que ces vaisseaux marchands ne pouvaient absolument pas nous échapper, ils ont décidé de reconnaître les faits et de se rendre tant que nous étions d'humeur à faire des prisonniers. Hélas, d'après les rapports préliminaires, on dirait que leur commandant avait des intentions différentes, et apparemment son second lui a logé une balle dans la nuque pour le faire changer d'avis. »

Tourville grimaça. Ce genre d'incidents se multipliaient dernièrement et, dans l'ensemble, il devait sans doute y voir un bon signe. Mais cela ne rendait pas moins laid le scénario que Zrubek venait de décrire.

« En tout cas, monsieur, reprit le commodore, nous avons les vaisseaux marchands, et l'essentiel de trois des anciens bataillons d'intervention de SerSec qui servaient en tant que fusiliers – plus ou moins. Certains des gars de SerSec n'ont peut-être été enrôlés qu'au moment où Saint-Just s'est fait virer, mais j'ai l'impression que la plupart sont des durs de durs. Un ou deux ont même voulu se battre quand nous les avons abordés, et mon officier de renseignement confronte en ce moment leurs noms à la base de données. Je ne serai pas surpris si certains apparaissent sur la liste ordonnant de tirer à vue.

» En attendant, nous contrôlons les six vaisseaux, qui selon mes estimations emportent l'équivalent duchargement de deux ou trois supercuirassés en capsules lance-missiles. Mes gars sont en train d'aspirer le contenu des ordinateurs, et les propriétaires précédents étaient trop occupés à marchander leurs vies et à se rendre pour se soucier de vider les mémoires. Nos équipes de cryptographie sont prêtes à effectuer une première analyse des sections sécurisées, et je fais préparer des téléchargements complets destinés au vaisseau amiral.

» Je pense pour l'instant que Carson a envoyé ces pauvres dindons nous ralentir parce qu'il manque cruellement de véritables bâtiments de guerre. Je ne serais pas étonné de mettre la main sur les codes IAE de ses champs de mines, par-dessus le marché. D'un autre côté, il pourrait se montrer assez rusé pour nous en refiler de faux, donc je n'ai pas l'intention de me fier à de soudaines inspirations sans votre autorisation préalable. La situation dans ce secteur devrait être parfaitement en ordre d'ici cinq à six heures. Je vais placer des équipages réduits sur les vaisseaux marchands et les renvoyer vers Havre ; sauf accident, je devrais retrouver le reste de la flotte au plus tard à 17:00 le 23. La population locale a l'air assez contente de nous voir, et je ne pense pas qu'il faille une garnison très étoffée pour tenir la planète, je ne m'attends donc pas à prendre de retard.

» Zrubek, terminé. »

L'écran se vida, et Tourville hocha la tête d'un air approbateur. Zrubek faisait partie de cette nouvelle génération d'officiers généraux que Javier et lui préparaient depuis trois ans. Cette mission – nettoyer le système de Montague des vestiges hétéroclites des forces du citoyen général Adrien Carson – était la première véritable opération en solo du commodore, et il paraissait avoir brillamment réussi l'examen. Exactement comme Tourville s'y attendait en l'envoyant. À plusieurs titres, Montague n'était qu'une opération de formation un peu musclée, mais si Zrubek avait versé dans l'excès de confiance et s'était aventuré à portée de la puissance de feu que transportaient apparemment les cargos de Carson, le résultat aurait pu être tout autre. C'est pourquoi Tourville avait voulu s'assurer que son poulain était réellement aussi prêt à assumer un commandement indépendant qu'il le pensait.

*Bizarre,* songea-t-il. *Pendant toutes ces années sous la botte de SerSec, je croyais que le peloton d'exécution était le pire qui puisse m'arriver. Aujourd'hui SerSec a vécu, et à la place je m'inquiète de savoir si ceux que j'envoie à la tête de groupes d'intervention vont me les ramener en un seul morceau. C'est marrant comme l'éventualité de me faire fusiller m'empêchait moins de dormir.*

Il renifla avec ironie à cette réflexion puis plissa le front, songeur.

Maintenant que Montague était écarté, Carson ne tenait plus que deux systèmes stellaires sous son contrôle direct. Le citoyen amiral Agnelli, son allié théorique, en contrôlait actuellement trois autres, mais Agnelli et Carson étaient de drôles d'associés depuis le début. C'étaient deux ambitieux, mais Carson continuait apparemment à vouer une loyauté authentique à l'ordre nouveau instauré par le comité de salut public. Le grade élevé qu'il avait atteint au sein de SerSec sous le gouvernement précédent n'y était sans doute pas étranger, et le personnage était franchement haïssable, grand amateur de méthodes brutales et de terreur en tant qu'instruments de contrôle des masses.

Néanmoins, certains éléments indiquaient qu'il était motivé par autre chose que l'appât du gain.

En revanche, nul ne serait jamais assez bête pour en dire autant de Federico Agnelli. Tourville se répéta qu'il était peut-être partial du fait qu'il connaissait celui-ci depuis de longues années et avait passé tout ce temps à le détester. Toutefois il n'émettait cette réserve que pour la forme car, malgré tous ses efforts, il ne lui trouvait pas une qualité susceptible de le racheter. C'était un officier aux compétences tactiques limitées, doté pourtant d'une foi marquée en sa propre infaillibilité. Il s'était rallié à la cause du comité non parce qu'il croyait ce que Robert Pierre et Oscar Saint-Just avaient promis au peuple, mais parce que cela lui offrait l'occasion d'obtenir un pouvoir personnel, et il s'était livré au jeu politique avec une adresse qui lui faisait étrangement défaut dans le domaine de la tactique spatiale. Au moins deux officiers généraux connus de Tourville avaient été fusillés parce qu'ils se trouvaient sur le chemin d'Agnelli, qui avait convaincu SerSec qu'il s'agissait d'« ennemis du peuple » afin de s'en débarrasser.

Par conséquent, si Carson était en aussi mauvaise posture que Tourville l'estimait, notamment après la perte de Montague, Agnelli limiterait ses pertes en un clin d'œil et abandonnerait son « allié » à son triste sort. Une réaction stupide de sa part, en réalité, puisqu'elle le laisserait affronter tout seul la douzième force lorsque Tourville s'occuperait de lui, en son temps. Mais il pensait sans doute qu'un autre luron apparaîtrait, qu'il ferait jouer contre le gouvernement central. Après tout, il y était toujours parvenu jusque-là, et il avait résisté aussi bien à toute opposition en interne qu'à la Flotte républicaine pendant près de trois ans et demi ce faisant.

Hélas pour lui, cela ne serait bientôt plus possible, se dit Tourville avec une satisfaction simple et profonde. Thomas Theisman, Giscard et lui se trouvaient face à une tâche décourageante quand ils avaient entrepris de terrasser l'hydre des menaces contre la sécurité du nouveau gouvernement. S'il avait eu le choix, Tourville n'aurait jamais accepté de s'engager dans le processus de liquidation du nœud de vipères fait d'alliances changeantes et de trahisons qui reliait tous ceux persuadés de pouvoir prétendre à gouverner la République populaire de Havre aussi légitimement que les tombeurs du comité. Malheureusement, il n'avait pas eu le choix, pas davantage que Thomas Theisman. Et la bonne nouvelle, c'était que très peu des seigneurs de la guerre et caïds en puissance qui avaient fait cavaliers seuls figuraient encore dans le paysage. Ce qui expliquait pourquoi Federico Agnelli allait se trouver fort dépourvu au moment de remplacer un allié comme Carson.

*Peut-être sommes-nous sur le point de nettoyer le secteur au complet*, se dit Tourville en s'autorisant un certain optimisme. *Et si nous pouvons le faire ici, il ne nous restera que deux ou trois sites véritablement problématiques à gérer. Mon Dieu. Thomas et Héloïse avaient raison dès le début. Nous allons vraiment gagner ce combat.*

Il secoua la tête, stupéfait de se découvrir téméraire au point d'oser envisager une telle issue, puis il leva les yeux et rendit le bloc-mémo à Eisenberg.

« Merci, Anita, dit-il d'un air grave. Veillez à ce qu'une copie de ce message soit jointe à notre prochain rapport destiné à La Nouvelle-Paris, voulez-vous ?

— Bien sûr, monsieur. » L'officier de com glissa le bloc sous son bras, se mit au garde-à-vous avec une précision digne de la parade, pivota sur les talons et regagna son poste d'un pas militaire.

Tourville la regarda faire en s'efforçant de ne pas sourire trop ouvertement.

L'amiral Michel Reynaud, service d'Astrocontrôle de Manticore, regrettait son ancien bureau, et personne n'avait l'air de vouloir lui exprimer beaucoup de sympathie face à cette perte – ce qui était sans doute logique, il le reconnaissait. Après tout, son bureau à bord de la station spatiale de Sa Majesté Héphaïstos, tout neuf, magnifique, immense, luxueux et autres adjectifs dithyrambiques, n'était que l'un des avantages en nature qui avaient accompagné sa promotion récente, et il ferait sans doute mieux de cesser de geindre pour en profiter. Simplement, si splendide soit-il, ce n'était pas l'antre qu'il avait passé ces quinze dernières années à aménager précisément comme il l'entendait.

Et puis il préférait largement son ancien poste au nouveau. Enfin, non, ce n'était pas exact. Il préférait juste les gens pour qui il travaillait à l'époque.

Il se cala dans le confort éhonté d'un fauteuil qui épousa automatiquement ses formes et, d'un mouvement décidé, posa les pieds au beau milieu de son immense sous-main. Puis il croisa les mains derrière la tête et leva les yeux au plafond tout en réfléchissant aux effets pervers de la réussite.

Quand on l'avait envoyé dans le système de Basilic, alors qu'il était encore officier subalterne, il ne s'agissait pas franchement d'un poste prestigieux.

En réalité, nul n'était encore certain que le Royaume stellaire de Manticore allait garder la main sur ce site et, si les libéraux ainsi que l'association des conservateurs l'avaient emporté, ce n'aurait pas été le cas. Mais ces isolationnistes mal assortis n'avaient pas eu gain de cause et, sur les cinquante ans suivants, Basilic était devenu un territoire essentiel et précieux. Le trafic transitant par le terminus local du nœud du trou de ver manticorien avait augmenté par bonds successifs jusqu'à représenter presque un tiers de tout le trafic du nœud, et le lieutenant de vaisseau Reynaud était progressivement passé capitaine de frégate, capitaine de vaisseau, jusqu'à devenir l'amiral Reynaud, officier commandant l'Astrocontrôle de Basilic.

C'est alors, bien sûr, que les Havriens avaient détruit toute l'infrastructure du système.

La douleur déforma le visage de Reynaud au souvenir du raid dévastateur qui avait réduit à néant un demi-siècle d'investissements et de développement. Hangars, installations de maintenance, cales de construction, satellites solaires, fermes orbitales, habitats provisoires, usines et raffineries orbitales. Ç'avait été l'attaque havrienne la plus réussie de toute la guerre, et Reynaud l'avait vue de beaucoup trop près. En effet, l'Astrocontrôle figurait également sur la liste de l'ennemi, et seule l'arrivée à point nommé de la Huitième Force l'avait sauvé. Et, il le reconnaissait, lui-même lui devait sans doute la vie.

Mais cela remontait à cinq années T. Aujourd'hui, Basilic se reconstruisait, et ce beaucoup plus vite que quiconque – Reynaud y compris – ne l'aurait cru possible avant l'assaut. Sans doute en partie parce que, là où l'infrastructure d'origine n'avait grandi qu'à mesure que le besoin s'en faisait sentir, les installations de remplacement avaient été conçues et bâties pour satisfaire des exigences établies et bien comprises. Un autre facteur, il l'admettait à contrecœur, tenait au fait que le gouvernement Haute-Crête avait vu dans la reconstruction de Basilic l'occasion rêvée de consacrer des sommes colossales à des projets publics. Non seulement cela créait des emplois – considération non négligeable maintenant que la flotte réduisait ses effectifs et que les personnels démobilisés saturaient le marché du travail – mais cela collait aussi parfaitement avec le slogan de Haute-Crête : « Nous bâtissons la paix. »

*Tu parles qu'ils « bâtissent la paix »*, songea Reynaud avec dégoût. *Ces imbéciles n'auraient sûrement pas pu mener la guerre ! Mais j'imagine que Basilic n'est pas une escroquerie au même titre que certains autres de leurs programmes.*

Et c'était la véritable raison pour laquelle il n'appréciait pas son poste actuel, s'avoua-t-il. Pas seulement parce qu'il l'éloignait de Basilic alors que le système se remettait seulement sur pied, mais parce qu'à ses yeux le programme qu'il avait été choisi pour diriger – une fumisterie de plus – ne devait son existence qu'aux retombées positives en termes d'image que Haute-Crête et ses acolytes en attendaient.

*Soyons honnête*, se tança-t-il. *Ils gonflent peut-être le budget et ils exploitent leur petite idée à fond sur le plan politique, mais il était vraiment temps qu'on soutienne un peu Kare. Je déteste juste tout ce battage. Et puis il se trouve également que je ne considère pas le gouvernement comme l'instance idéale pour lui apporter ce soutien. Et je déteste sincèrement que des gens comme Makris regardent par-dessus mon épaule… ou harcèlent ceux qui travaillent pour moi. Et…*

Il s'imposa de cesser d'en rajouter à la liste de ce qui lui déplaisait dans sa situation. Et puis, il le reconnaissait dans son for très intérieur, bon nombre de ses raisons se réduisaient simplement au fait que le baron de Haute-Crête et ses amis veilleraient à tirer tout le mérite de ses résultats, et il détestait cette idée.

Il fixa encore un peu le plafond d'un œil noir puis consulta son chrono, soupira, remit ses pieds à leur place naturelle et laissa le fauteuil se redresser. En parlant du professeur Kare…

La porte – ce mécanisme était bien trop splendide pour qu'on le taxe de « sas », même ici, à bord de l'Héphaïstos – s'ouvrit pile à l'heure dite. Ce n'était pas le fait du professeur Jordin Kare, qui arrivait rarement où que ce soit à l'heure, Reynaud le savait. Trixie Hammitt, la secrétaire de l'amiral, en revanche, était ponctuelle jusqu'à l'obsession, au point de compenser les retards de tout un régiment de Kare.

L'amiral se leva derrière son bureau, souriant et main tendue, tandis que Trixie faisait entrer l'homme dont le travail était au cœur des efforts actuels de la pompeusement nommée « Agence royale de recherches astrophysiques de Manticore ». Kare était un homme de taille moyenne; ses cheveux bruns se raréfiaient, et ses yeux semblaient hésiter entre le gris et le bleu. Il mesurait quinze bons centimètres de moins que Trixie, et la grande rousse débordant d'énergie et de nervosité avait l'air de laisser ébahi l'astrophysicien de renom. Ce qui se comprenait. Elle faisait le même effet à Reynaud et l'intimidait en prime.

« Le professeur Kare est arrivé, monsieur, annonça-t-elle d'un ton autoritaire, et Reynaud acquiesça.

— Je constate. » Une lueur d'amusement brilla dans les yeux de son visiteur tandis qu'il lui serrait fermement la main. « Pourriez-vous veiller à nous commander des rafraîchissements, Trixie ? »

Elle lui adressa un regard dur et appuyé, comme pour lui rappeler qu'elle était sa secrétaire, pas sa boniche. Mais elle finit par hocher la tête avant de se retirer, et il poussa un profond soupir de soulagement.

« Je ne pense pas que nous réussirons à nous débarrasser d'elle aussi facilement pendant très longtemps, dit-il à Kare.

— Nous sommes des hommes intelligents et très motivés, répondit le scientifique dans un sourire. Je suis sûr qu'à nous deux, vu ce qui nous attend sinon, nous devrions trouver un moyen de… détourner son attention.

— Je devrais avoir honte, avoua Reynaud. Je n'ai jamais eu de secrétaire ni d'assistant qui fasse davantage d'heures et abatte autant de travail. Je le sais, et quelque part je l'apprécie énormément. Mais sa façon d'être aux petits soins lors de chacune de nos réunions me rend fou.

— Elle fait simplement son travail… Enfin, je crois, répondit Kare. Bien sûr, j'ai aussi envisagé qu'elle soit secrètement à la solde de l'un des rivaux commerciaux du Royaume stellaire et qu'on l'ait chargée de faire définitivement capoter le projet en poussant à bout ses responsables.

— Encore un de vos accès de paranoïa, railla Reynaud.

— Je ne suis pas paranoïaque, on me harcèle, rectifia Kare.

— Oui, sûrement. » Reynaud renifla, ironique, et fit signe à son visiteur de prendre place.

Il aimait beaucoup Jordin Kare, et cela contribuait à l'ambiguïté de ses sentiments envers le projet tout entier. Évidemment, le professeur était un individu très sympathique malgré son côté distrait. C'était aussi l'un des plus brillants astrophysiciens qu'ait produits le Royaume stellaire, et il alignait au moins cinq diplômes universitaires – à la connaissance de Reynaud. Celui-ci soupçonnait le scientifique d'en posséder encore deux ou trois autres qu'il avait oublié de mentionner. C'était bien son genre.

En le choisissant pour diriger le volet scientifique de l'Arram au moment de détacher l'agence de l'Astrocontrôle, Haute-Crête et compagnie avaient trouvé l'homme idéal pour cette tâche, même si Reynaud rechignait à l'admettre. Maintenant, s'ils voulaient bien ne plus traîner dans ses pattes et le laisser travailler…

« Quelles découvertes éblouissantes me réservez-vous aujourd'hui, Jordin ? s'enquit-il.

— En fait, il se pourrait que j'aie quelque chose à annoncer, cette fois. » Son sourire s'était évanoui, et Reynaud se pencha en avant au ton sérieux inattendu qu'avait adopté le professeur.

« Il se pourrait ?

— Il est trop tôt pour en avoir la certitude, et je prie le ciel pour réussir à écarter les bureaucrates le temps que nous suivions cette piste, mais nous sommes peut-être sur le point de découvrir le site du septième terminus.

— Vous plaisantez ?

— Non, répondit Kare en secouant vigoureusement la tête. Les chiffres ne sont qu'exploratoires à ce stade, Michel, et nous sommes encore très loin de désigner un volume définitif. Même ensuite, bien sûr, nous mettrons une bonne année T, sans doute plutôt deux ou trois d'ailleurs, avant de progresser davantage. Mais, sauf lourde erreur de ma part, nous avons enfin corrélé assez de données de détection pour affirmer de manière catégorique qu'il existe bel et bien un septième terminus.

— Mon Dieu », souffla Reynaud. Il se renfonça dans son fauteuil et secoua la tête. « J'espère que vous ne le prendrez pas mal, Jordin, mais je ne m'attendais vraiment pas à ce que nous le trouvions. Ça paraissait si improbable après toutes ces années.

— Ce fut une quête difficile, et je vois d'ici au moins une demi-douzaine de monographies sortir pour la raconter – sans doute davantage. Vous savez, les calculs théoriques d'origine étaient très ambigus, et cela fait seulement quinze ou vingt ans que nos Warshawskis sont assez sensibles pour récolter les données d'observation dont nous avions besoin pour les confirmer. Et, ce faisant, nous avons repoussé les frontières de la théorie des trous de ver plus loin que quiconque ces cent dernières années. Mais le terminus existe et, pour la première fois, je suis persuadé que nous allons le trouver.

— En avez-vous parlé à d'autres ? demanda Reynaud.

— Sûrement pas ! » Kare renifla brutalement. « Après la façon dont ces imbéciles d'attachés de presse assoiffés de publicité ont couru tout raconter aux médias la dernière fois ?

— Ils ont réagi un peu prématurément, reconnut Reynaud.

— “Un peu” ? s'exclama Kare en le fixant d'un air incrédule. Ils m'ont fait passer pour un excentrique égoïste et vaniteux prêt à clamer qu'il avait découvert tous les secrets de l'univers ! Il m'a fallu pas loin d'un an pour corriger le tir, et la moitié des délégués qui assistaient à la conférence d'astrophysique de la Société royale avaient encore l'air de croire que c'était moi l'auteur de ces stupides communiqués de presse ! »

Reynaud fit mine de répondre puis changea d'avis. Il pouvait difficilement dire à Kare qu'il avait tort en étant tout à fait convaincu du contraire. C'était la principale source d'objection de l'amiral à l'implication du gouvernement dans l'Arram. La tâche en elle-même était importante, voire vitale, et le budget nécessaire pour faire tourner la douzaine de vaisseaux de recherche – sans parler des temps d'utilisation des laboratoires et des ordinateurs – lui attachait un coût que bien peu de sociétés privées auraient pu supporter.

Mais aux yeux du gouvernement actuel, toute cette affaire n'était qu'une vaste opération de relations publiques, une aubaine pour son image. C'est pour cela qu'on avait créé l'agence plutôt que d'augmenter les fonds destinés à la mission de cartographie de l'Astrocontrôle, qui poursuivait discrètement les mêmes objectifs depuis des décennies. L'Arram avait été lancée en fanfare comme l'une des « initiatives pacifiques qui n'avaient que trop tardé », repoussées par la guerre contre Havre, mais la réalité différait un tant soit peu des apparences proprettes que le gouvernement se donnait tant de mal à projeter.

Rien n'aurait pu mieux mettre en évidence les calculs politiques qui sous-tendaient cette « initiative pacifique » que la manière flagrante dont les politiciens s'efforçaient de capitaliser sur le travail du personnel scientifique attaché au projet. Les porte-parole officiels qui « oubliaient » de faire valider leur copie par Kare ou Reynaud étaient déjà pénibles, mais au moins pouvait-on les sanctionner pour leurs péchés. Les maîtres politiques du projet, comme Haute-Crête et Lady Descroix, étaient une tout autre affaire, et c'étaient eux qui avaient réellement mis Kare en rage.

« Je suis d'accord pour dire qu'il faut garder le secret là-dessus tant que nous n'aurons rien de précis à signaler, fit l'amiral au bout d'un moment. J'imagine que vous avez demandé à votre équipe de faire motus.

— Côté chercheurs, oui. Le problème va venir du côté administratif et budgétaire. »

Reynaud acquiesça. Les scientifiques affectés au projet partageaient unanimement ou presque l'opinion de Kare concernant les attachés de presse et spécialistes des relations publiques. Certains se seraient peut-être même exprimés avec plus de virulence que lui, d'ailleurs. Mais l'Arram croulait également sous la paperasse, raison de plus selon Reynaud pour que le gouvernement laisse quelqu'un d'autre la diriger. C'était déjà pesant au sein de l'Astrocontrôle, qui malgré son usage des grades militaires était en réalité une structure civile, mais pire encore à l'Arram. Non seulement des bureaucrates gouvernementaux n'ayant que des miettes de qualifications par rapport au professeur Kare et moitié moins d'intelligence encore insistaient pour essayer de « diriger » ses efforts, mais ils s'obstinaient aussi à exercer un degré de surveillance dont Reynaud estimait personnellement qu'il avait sans doute doublé le délai d'aboutissement du projet. Des gens qui auraient dû se préoccuper de recherche passaient au bas mot la moitié de leur temps à remplir formulaire sur formulaire, rédiger et lire des mémos et assister à des conférences administratives qui n'avaient rien à voir avec la découverte d'un terminus de nœud de trou de ver. Presque aussi grave, les responsables du projet étaient des ignares sur le plan scientifique doublés de clients politiques dont la loyauté allait d'abord à ceux qui les avaient nommés à leurs postes prestigieux et bien payés. Comme dame Mélina Makris, représentante des Finances au conseil d'administration de l'Arram. Bien qu'elle fasse techniquement partie du ministère de la comtesse de La Nouvelle-Kiev, tout le monde savait qu'elle avait été désignée directement par le Premier ministre. Même en l'absence de rumeurs dans ce sens, Makris se serait personnellement assurée que tous les malheureux qui croisaient son chemin le comprennent. Elle était zélée à l'excès, autoritaire, arrogante, méprisante, irritante… le tout sans parler de ses défauts, d'après Michel Reynaud.

Mais elle maîtrisait également à la perfection le jeu d'influence bureaucratique. Mieux, d'ailleurs, que

Reynaud lui-même. Et elle avait accès à toute la paperasse de l'agence. Par conséquent, dès que Kare et son équipe scientifique se mettraient à réclamer des fonds supplémentaires pour des missions de détection, elle se précipiterait chez le Premier ministre – et à son service des relations publiques – avec la nouvelle que le professeur Jordin Kare avait encore une fois découvert le grand secret de l'univers.

Auquel cas ce même professeur allait l'étriper. Jusqu'à ce que mort s'ensuive.

« Laissez-moi y réfléchir un jour ou deux, Jordin, dit Reynaud au bout d'un moment. Il doit y avoir un moyen de dissimuler les fonds dans les méandres des comptes. » Il fit lentement pivoter son fauteuil d'un côté puis de l'autre tout en tapotant son sous-main, plongé dans ses pensées. « Je pourrais peut-être obtenir un coup de main de l'amiral Haynesworth, médita-t-il à voix haute. Elle n'aime pas plus que moi les tracasseries administratives et elle fulmine encore qu'on ait retiré le projet à ses propres troupes. En plus, elle est en pleine inspection de routine des balises du nœud. Peut-être saurai-je la convaincre de nous laisser rogner un peu de son budget pour les passages de détection supplémentaires dont nous allons avoir besoin si nous récoltons ses données par la même occasion.

— Bonne chance, répondit Kare, l'air sceptique.

— C'est une possibilité. » Reynaud haussa les épaules. « J'aurai peut-être une autre idée. À moins qu'il n'existe aucun moyen de contourner le problème, même si je répugne à l'envisager. Mais je vous promets de faire de mon mieux, parce que vous avez raison : c'est beaucoup trop important pour qu'on l'annonce de façon prématurée.

— Un bel euphémisme, à mon avis », commenta gravement Kare. Puis il sourit. « D'un autre côté, même si toute cette surveillance bureaucratique nous emmerde au possible, songez-y, Michel : nous sommes sur le point d'ajouter un terminus au nœud. Et aucun de nous – surtout pas moi – n'a la moindre idée d'où il mènera !

— Je sais. » Reynaud lui sourit en retour. « Oh oui, je sais ! »

# CHAPITRE PREMIER

« Preeeeeemière prise ! »

La petite sphère blanche dépassa le jeune homme en uniforme blanc liseré de vert et alla s'écraser dans le gant en cuir plat de l'individu vêtu de gris accroupi derrière lui. Le troisième personnage du tableau – celui qui venait de crier – portait une veste noire anachronique et une casquette, ainsi qu'un masque et un plastron identiques à ceux de l'homme accroupi. Un grondement mécontent mêlé de quelques huées s'éleva à la suite de son annonce, en provenance de la foule qui occupait presque tous les sièges confortables du stade, et le joueur en blanc baissa sa longue et fine batte pour fusiller du regard l'homme en noir. Rien n'y fit. L'autre lui rendit seulement son regard, et il finit par se retourner vers le terrain tandis que celui qui avait attrapé la balle la renvoyait à son coéquipier debout sur un petit monticule situé à un peu moins de vingt mètres.

« Attends une minute, fit le commodore Lady Michelle Henke, comtesse du Pic-d'Or, en se tournant sur son siège dans la splendide tribune seigneuriale pour regarder son hôtesse. C'est une prise ?

— Bien sûr, répondit gravement Lady dame Honor Harrington, duchesse et seigneur Harrington.

— Je croyais que tu avais dit qu'on comptait une prise quand il frappait dans le vide, geignit Henke.

— En effet, lui assura Honor.

— Mais il n'a pas frappé.

— C'est une prise, qu'il frappe ou non, tant que la balle est lancée à l'intérieur de la zone de prises. »

L'espace d'un instant, la mine d'Henke refléta celle du frappeur face à l'arbitre, mais Honor se contenta de la regarder d'un air parfaitement innocent. Quand son amie reprit la parole, ce fut du ton patient d'une femme déterminée à ne laisser à personne la satisfaction d'un triomphe mesquin.

« Et qu'est-ce donc que la “zone de prises” ? s'enquit-elle.

— Celle qui va des genoux aux épaules, à condition que la balle survole également le marbre, répondit Honor avec l'air compétent d'un amateur de longue date.

— Tu dis ça comme si tu connaissais la réponse il y a un an, fit Michelle pour lui rabaisser son caquet.

— C'est bien la réaction mesquine à laquelle je m'attendais de ta part, commenta Honor d'un ton lugubre avant de secouer la tête. Enfin, Mike, c'est un jeu très simple.

— Bah, voyons ! C'est d'ailleurs pour ça que Grayson est la seule planète de l'univers connu où on y joue encore.

— C'est faux », la gronda Honor, l'air guindé, pendant que le chat sylvestre gris et crème allongé sur le dossier de son siège levait la tête et agitait ses moustaches avec suffisance à l'adresse de Michelle. « Tu sais très bien qu'on joue encore au base-ball sur la vieille Terre et au moins cinq autres planètes.

— D'accord, sept planètes sur un total de… combien ? N'en est-on pas à quelque chose comme mille sept cents mondes habités, aujourd'hui ?

— En tant qu'astrogatrice de formation, tu devrais t'attacher à être précise », répondit Honor avec un sourire en coin au moment où le lanceur décochait une méchante balle glissante dotée d'un effet puissant. La batte en bois la heurta dans un bruit explosif et la renvoya vers le terrain. La balle traversa le muret qui séparait le terrain du reste du stade, et Henke bondit sur ses pieds, la bouche ouverte pour acclamer le joueur. Puis elle se rendit compte qu'Honor n'avait pas bougé, et elle se retourna, les mains sur les hanches et l'air mi-exaspéré, mi-persécuté.

« J'imagine qu'il existe une raison pour laquelle il n'y a pas eu de… comment dites-vous, déjà ? Un *home run* ?

— Pas de *home run* si la balle ne reste pas entre les poteaux de limite de jeu quand elle passe la clôture de champ extérieur, Michelle, répondit Honor en désignant les pylônes rayés de jaune et de blanc. Celle-ci était hors-jeu d'au moins dix ou quinze pieds.

— Dix ou quinze pieds ? Des "pieds" ? s'exclama Henke. Bon Dieu, Honor ! Dans ce sport ridicule vous ne pourriez pas au moins mesurer les distances avec des unités connues des gens civilisés ?

— Michelle ! » Honor la regarda avec l'expression d'horreur qu'on réserve en général à celui qui se lève au milieu de l'église pour annoncer qu'il a décidé d'adorer le diable et qu'il invite toute la paroisse chez lui pour une messe noire et quelques limonades.

« Quoi ? s'enquit Henke d'une voix dont la sévérité n'était que légèrement minée par l'étincelle qui brillait dans son regard.

— Je n'aurais sans doute pas dû être aussi choquée, fit Honor avec plus de tristesse que de colère. Après tout, moi aussi, comme toi, j'ai été une infidèle perdue et inconsciente de la vacuité de mon existence avant de découvrir le base-ball. Heureusement, un homme qui avait déjà vu la vérité était là pour m'amener à la lumière, fit-elle en désignant le petit roux nerveux en uniforme vert sur vert debout juste derrière elle. Andrew, auriez-vous l'amabilité de répéter au commodore ce que vous m'avez dit quand j'ai demandé pourquoi les bases étaient écartées de quatre-vingt-dix pieds plutôt que de vingt-sept mètres et demi ?

— Vous m'aviez en réalité demandé, milady, répondit le lieutenant-colonel Andrew LaFollet, grave et pointilleux, pourquoi nous n'avions pas converti les distances et arrondi à vingt-huit mètres celle qui sépare les bases. Si ma mémoire est bonne, vous aviez même l'air assez contrariée.

— Peu importe, fit Honor avec un geste dédaigneux. Répétez-lui simplement ce que vous m'avez dit.

— Bien sûr, milady. » Le commandant de son détachement personnel de sécurité se tourna poliment vers Henke. « Voici ce que j'ai répondu à mon seigneur, madame la comtesse : “C'est ça le base-ball, milady !”

— Tu vois ? dit Honor avec suffisance. Il y a une explication parfaitement logique.

— Bizarrement, je ne pense pas que cet adjectif signifie tout à fait ce que tu crois, gloussa Michelle. D'un autre côté, j'ai entendu dire que les Graysoniens sont assez attachés aux traditions, j'imagine donc qu'on ne peut pas s'attendre à ce qu'ils modifient les règles d'un jeu pour la seule raison qu'il a plus de deux mille ans et qu'il pourrait profiter d'un petit dépoussiérage.

— Un “dépoussiérage” n'est une bonne idée que s'il apporte aussi des améliorations, milady, commenta LaFollet. Et vous ne nous rendez pas tout à fait justice en prétendant que nous n'avons opéré aucun changement. Si les archives disent vrai, il fut un temps, dans au moins un championnat de la vieille Terre, où le lanceur n'était même pas tenu de passer à la frappe. Et où le directeur technique pouvait changer de lanceur autant de fois qu'il le voulait au cours d'un même match. Saint Austin a mis un terme à ces absurdités, au moins ! »

Henke leva les yeux au ciel et se renfonça dans son fauteuil.

« J'espère que vous ne le prendrez pas mal, Andrew, mais découvrir que le fondateur de votre religion était également un fanatique du base-ball ne me surprend pas vraiment. Cela explique en tout cas le soin avec lequel certains des aspects… archaïques du jeu ont été conservés.

— Je ne qualifierais pas saint Austin de “fanatique du base-ball”, milady, répondit LaFollet, songeur. “Fanatique” est probablement un terme beaucoup trop mesuré, d'après ce que j'ai pu lire.

— Je ne m'en serais pas doutée », railla Henke en contemplant une fois de plus le stade. L'immense complexe sportif pouvait accueillir au moins soixante mille personnes dans ses tribunes aux fauteuils confortables, et elle n'osait pas imaginer combien il avait coûté. Surtout sur une planète comme Grayson, où ce qui aurait dû être un sport de plein air exigeait des stades équipés d'un système de filtration de l'air rien que pour protéger la population locale de la teneur en métaux lourds de l'atmosphère.

Et on n'avait pas regardé à la dépense sur des détails plus prosaïques lors de la construction du stade James Candless. Le terrain, soigné, immaculé, était comme un joyau vert barré des bandes blanches traditionnellement tracées à la poudre de chaux et de la terre riche et nue des lignes des buts. Les couleurs du terrain et celles plus vives encore des spectateurs en habits de fête brillaient au soleil filtré par le dôme protecteur, et la foule brandissait maints fanions et banderoles exhortant l'équipe locale à vaincre. Il y avait même un système de ventilation soigneusement conçu pour recréer exactement les conditions anémométriques extérieures, et le drapeau planétaire graysonien avec ses sabres croisés et sa bible ouverte battait au sommet de l'un des poteaux de limite de jeu tandis que celui du domaine Harrington flottait en haut de l'autre.

Elle posa un regard menaçant prolongé sur les poteaux en question, puis consulta l'immense panneau de score holographique projeté au-dessus du champ intérieur et soupira. « Je sais que je vais regretter d'avoir posé la question, mais l'un de vous deux, insupportables je-sais-tout, aurait-il la bonté de m'expliquer d'où sort ceci ? dit-elle en désignant un 2 rouge qui venait d'apparaître dans la colonne des prises. Je croyais qu'il s'agissait de la première prise.

— C'était avant la fausse balle, Michelle, répondit Honor avec entrain.

— Mais il l'a frappée, protesta Henke.

— Peu importe. Une fausse balle compte comme une prise.

— Mais… » Henke s'interrompit alors que le lanceur envoyait une balle courbe, que le frappeur propulsa aussitôt hors champ par-dessus l'abri des joueurs côté troisième base. Elle fixa le panneau d'affichage, pleine d'espoir, puis inspira profondément en constatant que le nombre de balles et de prises demeurait inchangé. « Je croyais que tu avais dit…

— Une balle fausse n'est une prise que jusqu'à ce que le score atteigne deux prises, coupa Honor. Ensuite, elle ne compte plus comme une prise, ni comme une balle d'ailleurs. À moins d'être rattrapée par l'un des défenseurs, bien sûr. Auquel cas elle mène à l'élimination du batteur au lieu d'être une balle morte. »

Henke la dévisagea avec aigreur, et Honor sourit en retour. L'œil torve, elle gratifia l'homme d'armes d'un regard tout aussi désapprobateur.

« "Un jeu très simple", grommela-t-elle. Tu parles ! »

Les Chats sylvestres d'Harrington s'inclinèrent sur un score de onze à deux.

Michelle Henke s'efforçait vaillamment d'afficher la commisération requise tandis que l'aérodyne de luxe approchait le terrain d'atterrissage privé de la tribune du propriétaire pour prendre à son bord les invités de son hôtesse. Hélas, elle n'y réussissait pas franchement.

« Michelle, ce n'est pas très gentil de se moquer du malheur des autres, déclara Honor avec une certaine sévérité.

— Me moquer ? Moi, me moquer ? Moi, un pair du Royaume stellaire, me moquer pour la simple raison que ton équipe s'est fait laminer pendant que ton ami le lieutenant-colonel et toi étiez si occupés à me faire toucher du doigt mon ignorance crasse ? Comment peux-tu imaginer une chose pareille ?

— Peut-être parce que je te connais depuis si longtemps.

— Ou peut-être parce que c'est exactement ce que tu ferais si les rôles étaient inversés ?

— Tout est possible, concéda Honor. D'un autre côté, certaines choses sont moins probables que d'autres et, vu ma force de caractère, cette hypothèse-là est hautement invraisemblable.

— Bah, voyons ! J'oublie toujours combien tu es modeste, timide et effacée, Honor », répondit Henke tandis qu'elles montaient dans l'aéro-limousine, suivies de LaFollet portant Samantha, la compagne de Nimitz, et des deux autres membres du détachement de sécurité habituel d'Honor.

« Il ne s'agit pas d'être modeste et effacée, mais simplement une adulte plus mûre et responsable.

— Pas au point de t'abstenir de nommer ton équipe en hommage à un certain voleur de céleri à six pattes et ses amis couverts de fourrure », répliqua Michelle en caressant entre les oreilles le chat sylvestre installé sur l'épaule de son amie.

« Nimitz et Samantha n'ont rien à voir avec mon choix. Certes, ils l'approuvent, mais de deux maux j'ai choisi le moindre. » Elle grimaça. « C'était ça ou bien les "Salamandres d'Harrington". »

Michelle releva brusquement la tête et étouffa un petit rire.

« Tu plaisantes !

— Si seulement ! En fait, le délégué aux sports nous avait déjà affecté le nom de "Salamandres" quand le conseil des propriétaires et le comité de surveillance du règlement ont accepté d'élargir la ligue. J'ai eu un mal de chien à les faire changer d'avis.

— Je trouve que ç'aurait été un nom fabuleux, dit Henke avec un sourire malicieux.

— Je n'en doute pas, répondit sévèrement son amie. Moi non, en revanche. Sans même évoquer la question de ma modestie, tu imagines comment Haute-Crête et compères auraient réagi ? C'était du sur-mesure pour leurs éditoriaux !

— Mouais. »

Le sourire de Michelle disparut à ce rappel des déplaisantes réalités politiques liées à l'existence du gouvernement Haute-Crête. Ces trois dernières années T, ces réalités s'étaient progressivement faites de plus en plus désagréables et personnelles, pour Honor en tout cas. Ce qui expliquait pourquoi elle avait été ravie de revenir brièvement sur Grayson assumer ses obligations en tant que seigneur Harrington, Henke le savait. Cela expliquait aussi pourquoi la comtesse elle-même s'était empressée d'accepter de passer sa permission ici, sur l'invitation d'Honor.

« Tu as sûrement raison, dit-elle au bout d'un moment. Certes, dans un univers bien géré, Haute-Crête ne serait jamais devenu Premier ministre tout court, sans parler de conserver le poste aussi longtemps. J'envisage de me plaindre auprès de la direction.

— Je le fais tous les dimanches, assura Honor avec très peu d'humour. Et je soupçonne le Protecteur d'en demander autant au révérend Sullivan, histoire d'ajouter un peu de poids à nos doléances.

— En tout cas, ça n'a pas l'air de marcher », fit remarquer Michelle. Elle secoua la tête. « Je n'arrive pas à croire qu'ils aient réussi à tenir aussi longtemps. Bon sang, Honor, ils se haïssent pour la plupart ! Quant à leurs idéologies respectives…

— Bien sûr qu'ils se haïssent. Hélas, pour l'instant, ils détestent encore plus ta cousine. Ou du moins leur fait-elle assez peur pour qu'ils restent solidaires face à elle, quoi qu'il advienne.

— Je sais, soupira Henke. Je sais. » Elle secoua de nouveau la tête. « Élisabeth a toujours eu un sale caractère. Dommage qu'elle n'ait pas encore appris à le maîtriser.

— C'est un peu injuste », protesta Honor, et Henke la regarda en haussant le sourcil.

Michelle Henke, suite à l'attentat qui avait tué son père, son frère aîné, le duc de Cromarty et l'équipage entier du yacht royal, se retrouvait au cinquième rang dans l'ordre de succession à la Couronne de Manticore. Sa mère, Caitrin Winton-Henke, duchesse Winton-Henke et comtesse douairière du Pic-d'Or, était la tante de la reine Élisabeth III, l'unique sœur du père de la reine, et Michelle était désormais son seul enfant survivant. Elle n'aurait jamais cru arriver aussi haut dans l'ordre de succession, ni d'ailleurs hériter du titre de son père. Mais elle connaissait Élisabeth depuis toujours et n'était que trop familiarisée avec le caractère enflammé des Winton, que la reine perpétuait dignement.

Malgré cela, force lui était d'admettre qu'Honor avait passé plus de temps qu'elle-même en compagnie de la reine ces trois dernières années. La visibilité de la duchesse Harrington en tant que l'un des plus farouches soutiens de la Couronne à la Chambre des Lords (et en tant que membre du cercle intime de « conseillers privés » dont la reine sollicitait les avis plutôt que ceux des membres de son gouvernement officiel) expliquait d'ailleurs pourquoi les médias acquis au gouvernement avaient consacré autant d'énergie à discréditer Honor de toutes les façons possibles. Les diffamations plus ou moins subtiles qu'elle avait dû subir avaient parfois viré au sordide. Toutefois, elle le reconnaissait, Honor n'avait pas seulement passé plus de temps à travailler avec Élisabeth, elle possédait aussi un avantage unique lorsqu'il s'agissait d'évaluer des individus et leurs émotions. Néanmoins...

« Honor, j'adore ma cousine et je respecte ma reine, dit-elle au bout d'un moment, mais, quand quelque chose l'irrite, elle a le caractère d'un hexapuma qui se serait cassé une dent, tu le sais comme moi. Si elle avait réussi à se maîtriser au moment de la formation du gouvernement Haute-Crête, elle aurait peut-être pu les diviser au lieu de les rapprocher en opposition à elle.

— Je n'ai pas dit qu'elle avait parfaitement géré la situation », souligna Honor en s'adossant tandis que Nimitz s'installait confortablement sur ses genoux. Samantha s'échappa des bras de LaFollet pour le rejoindre, et Honor accueillit la chatte sylvestre d'une caresse sur les oreilles. « D'ailleurs, Élisabeth serait la première à reconnaître qu'elle a laissé filer sa plus belle occasion de garder le contrôle quand elle s'est emportée contre eux. Mais pendant que tu t'offrais ton comptant d'aventures dans l'espace, moi j'étais assise sur mon postérieur à la Chambre des Lords et j'observais Haute-Crête en action. Et d'après ce que j'en ai vu, je ne crois pas que la façon dont elle les a pris importait tant que ça, à long terme.

— Je te demande pardon ? » fit Henke, un peu gênée. Elle savait que la remarque d'Honor n'était pas un reproche, mais elle ne pouvait étouffer un léger sentiment de culpabilité. Sa mère siégeait elle-même de droit à la Chambre des Lords en tant que duchesse Winton-Henke, et ni l'une ni l'autre n'avaient vu d'inconvénient à ce que Michelle lui donne procuration afin qu'elle les représente toutes les deux. La duchesse avait toujours trouvé la politique bien plus passionnante que sa fille, et elle avait besoin de s'occuper l'esprit après la mort de son mari et de son fils. Michelle était dans le même cas, et elle s'était pour sa part investie à corps perdu dans ses obligations d'officier de la Flotte royale manticorienne.

Une possibilité qu'Honor n'avait pas pu embrasser.

« Même en admettant qu'il n'y ait pas de tensions idéologiques au sein du gouvernement Haute-Crête, il n'y a pas assez de conservateurs, libéraux et progressistes à la Chambre des Lords pour assurer une majorité à Haute-Crête sans le soutien d'au moins quelques indépendants, souligna Honor. Certes, Haute-Crête a aussi réussi à embarquer les “Hommes Nouveaux” de Wallace, mais cela ne suffit pas non plus à infléchir de manière significative la dynamique des principaux partis. Et la reine a beau avoir effrayé ou mis en colère Haute-Crête et compagnie, elle n’a jamais tenu de propos menaçants aux indépendants qui ont choisi de le soutenir, pas vrai ?

— En effet », concéda Henke. Elle se rappelait des bribes de conversations qu’elle avait eues avec sa mère et regrettait de ne pas y avoir davantage prêté attention sur le coup.

« Évidemment. Il a obtenu leur soutien sans qu’elle perde jamais son sang-froid face à eux. D’ailleurs, même dans ce cas, on aurait pu croire qu’un scandale tel que celui de Manpower éloignerait bon nombre de ces indépendants du gouvernement.

— Pour tout dire, c’est exactement ce à quoi je m’attendais quand Cathy Montaigne a lâché sa bombe, renchérit Henke tout en haussant les épaules. Personnellement, j’ai toujours eu de l’affection pour Cathy. Je la trouvais un peu bizarre avant son départ pour la vieille Terre, peut-être, mais de toute évidence elle a toujours cru en ses principes. Et, bon sang, j’adore son style.

— J’ai décidé que je l’appréciais aussi, avoua Honor. Pourtant je n’aurais jamais cru dire ça d’un membre du parti libéral. Quoique, à part leur opposition à l’esclavage génétique, j’ignore ce qu’elle a réellement en commun avec le reste de son parti. » Le ton restait serein, mais le regard s’étrécit dangereusement. La haine viscérale qu’Honor vouait au commerce d’esclaves transgéniques était aussi implacable qu’un hiver sphinxien, sans doute à cause de sa mère. « Je ne crois pas avoir jamais entendu quiconque s’exprimer de manière si… éloquente à ce sujet, ajouta-t-elle.

— Elle a un vrai talent d'orateur, oui, et je dirais qu'elle a presque des œillères quand on en vient à ce sujet précis, répondit Henke dans un sourire. Sans parler d'un besoin prononcé de secouer le pouvoir en place comme un prunier, juste par principe. L'une de mes cousines a épousé le beau-frère de Cathy, Georges Larabée, Lord Altamont, et, d'après elle, la mère de Georges est scandalisée de voir Cathy vivre ouvertement "dans le péché" avec un simple roturier. Et pas n'importe lequel ! Un montagnard de Gryphon qui ne perçoit qu'une demi-solde pour avoir contrevenu à la discipline militaire ! »

Henke gloussa puis redevint plus grave.

« Je pensais pourtant que cette fois elle tenait ces salauds. Dieu seul sait comment elle a mis la main sur ces listings – et, pour ma part, je ne me formaliserai pas si Dieu ne me l'explique jamais. Mais d'après ce que maman m'a dit, et à en juger par tout ce que j'ai lu dans les journaux, leur authenticité ne faisait manifestement aucun doute.

— Aucun », fit Honor qui, à la différence de son amie, avait une idée assez claire de la façon dont la comtesse du Tor avait obtenu ces documents accablants. L'espace d'un instant, elle envisagea de lui exposer ses soupçons concernant le capitaine de vaisseau Zilwicki et son rôle dans l'arrivée de cette mystérieuse manne de renseignements, puis elle décida de s'abstenir. Michelle n'avait pas vraiment besoin de savoir… de même pour certains autres détails qu'Andrew LaFollet avait découverts sur le compte d'Anton Zilwicki. Comme ce que la nouvelle entreprise de sécurité privée du capitaine faisait d'informations que la comtesse n'avait pas remises aux autorités.

« Hélas, reprit-elle, les individus nommément désignés étaient tous du menu fretin, pour ainsi dire.

Parfois socialement en vue, peut-être, et parfois suffisamment importants sur le plan politique pour être très visibles, mais pas assez proches du véritable siège du pouvoir pour que cela devienne réellement handicapant. Certes, il était embarrassant qu'un si grand nombre soient liés aux conservateurs, et plus encore à certains membres du parti libéral. D'ailleurs, le ministère de la Justice en a mis vingt-quatre à l'ombre pour très, très longtemps. Mais il y avait juste assez de moutons noirs au sein des autres partis ou parmi les indépendants – et même deux chez les centristes, j'ai honte de le dire – pour que leurs défenseurs prétendent que "tout le monde le faisait" et empêchent la stigmatisation d'un parti précis. Et puis, en l'absence de liens directs avec les dirigeants des partis, le gouvernement a pu éviter le pire en réclamant plus fort que tous les autres le procès des individus nommés. Comme Hendricks, quand il a été rappelé de la vieille Terre et remplacé par un nouvel ambassadeur.

— Ou l'amiral Young », fit sombrement Henke.

Honor acquiesça, le visage soigneusement inexpressif. L'hostilité implacable qui l'opposait au clan Young remontait à plus de quarante années T, marquées par une haine féroce et plus d'un cadavre. Pour cette raison, elle s'était efforcée de maintenir une façade de neutralité quand la flotte avait rappelé l'amiral Edwin Young de la vieille Terre avant de le condamner en cour martiale pour violation du code de guerre et de le dégrader. Les tribunaux civils s'étaient montrés tout aussi durs malgré son appartenance à la famille du puissant comte de Nord-Aven, qui exerçait énormément d'influence au plus haut niveau de l'association des conservateurs dont était issu le Premier ministre. Il avait réussi à échapper à la peine de mort mais, en dépit de sa naissance noble, il serait l'hôte du ministère royal de la Justice pour quelques décennies.

« Ou comme Young, confirma-t-elle au bout d'un moment. En fait, ce qui lui est arrivé montre clairement la manière impitoyable dont les dirigeants étaient prêts à limiter les dégâts… et qui exactement ils étaient prêts à sacrifier dans ce but. C'était un Young, donc un personnage très en vue, et un officier général de la flotte, ce qui rendait ses "actes criminels isolés" plus viscéraux encore, et tant mieux pour eux. Mais ce n'était qu'un cousin au quatrième degré pour Nord-Aven et, honnêtement, il ne représentait rien dans la hiérarchie de l'association des conservateurs. Du coup, quand Nord-Aven s'est abstenu d'intervenir pour lui sauver la mise, c'est devenu une victime très satisfaisante à sacrifier sur l'autel des "principes" de son noble parent tout en concourant à "prouver" que Nord-Aven lui-même et – par extension – les principaux membres de l'association des conservateurs n'avaient jamais été impliqués dans des crimes aussi odieux. C'est précisément pour cette raison que les chefs des partis au pouvoir s'en sont pris si violemment et publiquement au menu fretin. Après tout, ces gens n'avaient pas seulement violé la loi mais aussi trahi la confiance que ces mêmes chefs avaient placée en eux. » Honor haussa les épaules à son tour. « Ça m'écorche de devoir le reconnaître, mais il s'agissait d'une brillante opération de limitation des dégâts politiques. Que Haute-Crête et La Nouvelle-Kiev n'ont toutefois pu mener à bien que parce qu'une majorité des Lords qui n'étaient pas impliqués, dont les indépendants, ont choisi de détourner le regard et de se contenter de boucs émissaires.

— Mais pourquoi ? s'enquit Michelle. Maman me disait exactement la même chose dans une de ses lettres, mais je n'ai jamais compris le raisonnement qui vous y mène.

— Ça se résume à de la politique et à ce qu'on pourrait appeler les impératifs historiques de l'évolution constitutionnelle », répondit Honor tandis que deux chasseurs lourdement armés portant les couleurs de la garde seigneuriale Harrington prenaient place de chaque côté du véhicule. Les deux Manticoriennes étaient invitées à dîner au Palais du Protecteur, et Honor s'enfonça un peu plus dans son siège et croisa les jambes alors que l'aéro-limousine entamait le long trajet vers le domaine Mayhew sur fond de ciel bleu lumineux semé de nuages, sous l'œil vigilant de son escorte.

« En gros, dit-elle, la majorité des membres de la Chambre des Lords sont prêts à fermer les yeux sur ce qu'ils ne veulent pas savoir, même à propos d'un sujet tel que l'esclavage, parce que, si honnêtes soient-ils personnellement, ils préfèrent avoir un gouvernement comme celui de Haute-Crête plutôt que celui qui risquerait de le remplacer. Malgré toute la corruption et le clientélisme que cela implique, ils considèrent que Haute-Crête représente un risque moindre qu'Élisabeth et ses partisans si on leur rendait le contrôle des deux chambres.

— Maman m'en a parlé, et elle a mentionné la façon dont Saint-Martin cadrait dans le tableau politique. Mais elle était pressée de terminer sa lettre, et je ne lui ai jamais demandé l'explication complète, avoua Henke.

— Pour paraphraser ce que l'amiral Courvosier m'a dit un jour, aucun capitaine – ou commodore – de la flotte royale ne peut se permettre de garder sa virginité politique, Michelle. Encore moins quand le commodore en question est aussi proche du trône que toi. »

Le ton d'Honor n'exprimait aucun jugement, mais une certaine sévérité imprégnait son regard lorsqu'elle croisa brièvement les yeux de son amie. La comtesse prit un air de défi l'espace de quelques secondes puis baissa les yeux et hocha la tête à contrecœur.

« Je sais, dit-elle doucement. C'est juste que… Eh bien, je suppose qu'en réalité je n'ai jamais vraiment apprécié la politique beaucoup plus que toi. Et depuis que papa et Calvin se sont fait tuer et que ce salopard a soufflé le poste de Premier ministre à William Alexander, la simple idée de siéger à la même chambre que lui me soulève l'estomac.

— Et c'est toi qui reprochais son sale caractère à la reine ! railla gentiment Honor.

— Je plaide coupable. Mais tu m'expliquais quelque chose ?

— Je disais que la majorité des membres de la Chambre des Lords soutiennent Haute-Crête pour des raisons qui leur sont propres. C'est sans doute ce que ta mère voulait dire en parlant de Saint-Martin. Cette même majorité redoute ce qui se produira quand les pairs martiniens siégeront enfin.

— Pourquoi ? demanda Michelle, si manifestement perplexe qu'Honor soupira malgré elle.

— Mike, dit-elle, stoïque, c'est le b. a.-ba de l'histoire politique. Qu'est-ce que la Couronne essaye de retirer aux Lords depuis la naissance du Royaume stellaire ?

— Le “pouvoir de la bourse”, celui de maîtriser le budget.

— Très bien. Mais les fondateurs, par ailleurs des gens très bien, étaient presque unanimement déterminés à veiller à ce que le véritable pouvoir politique au sein du Royaume repose entre leurs mains et celles de leurs descendants. C'est pourquoi la Constitution exige que le Premier ministre soit issu de la Chambre des Lords et que toute proposition de loi relative aux finances soit introduite par les Lords. Il ne me semble pas mauvais qu'on place un pouvoir politique substantiel entre les mains d'une chambre législative qui est à l'abri de l'hystérie politique et idéologique du moment, mais les fondateurs en ont trop fait. N'ayant jamais eu à se faire élire, un trop grand nombre de pairs – je ne parle pas de nous, bien sûr – ont un peu… perdu le contact avec la réalité, disons. Pire : il est encore plus simple pour quelqu'un qui hérite son titre de se construire un empire au sein du parlement. Fais-moi confiance, ajouta-t-elle, sarcastique. J'ai vu comment cela fonctionne sur deux planètes différentes, depuis un poste d'observation bien meilleur que je ne l'aurais voulu. »

Elle regarda quelques secondes par la vitre l'escorte tribord, sans la voir, tout en caressant de ses longs doigts la fourrure soyeuse des deux chats sylvestres. Nimitz leva vers elle un regard interrogateur en goûtant ses émotions sur leur lien empathique. Henke crut un instant qu'il allait enfoncer ses griffes dans les genoux d'Honor, tout doucement : il était tout à fait capable de manifester son déplaisir quand l'heure était venue de reprocher à sa compagne humaine sa tendance à ressasser des événements passés que nul ne pouvait changer de toute façon. Mais cette fois il décida de s'abstenir et laissa Honor tranquille jusqu'à ce qu'elle se reprenne et se tourne à nouveau vers leur invitée.

« Bref, je pense que, dans l'ensemble, la Couronne se contenterait très bien de laisser le Premier ministre actuel en place. Sauf tout mon respect et mon affection pour ta cousine, l'honnêteté m'oblige à souligner qu'elle a intérêt à maintenir un système aristocratique héréditaire. Et pendant que j'y suis, je devrais sans doute faire remarquer que toi et moi sommes dans le même cas. En ce moment, en tout cas.

» Mais, depuis des générations, la Couronne souhaite voir un équilibre plus juste entre les pouvoirs de la Chambre des communes et ceux des Lords, et la meilleure façon d'y parvenir consisterait à donner aux Communes le contrôle des finances pour contrebalancer le fait que le Premier ministre est toujours issu des Lords. Sauf que la Couronne n'a jamais su rassembler la majorité requise aux Lords pour amender la Constitution et transférer ce pouvoir à la Chambre basse.

— Bien sûr que non », renifla Henke avec ce mépris envers la défense des privilèges aristocratiques dont seul est capable celui qui est issu de cette aristocratie. « Comment ? Tu crois vraiment que des gens qui profitent d'un tel avantage vont voter une loi cédant la moitié de leur pouvoir à quelqu'un d'autre ?

— En fait, répondit très sérieusement Honor, c'est exactement ce que redoute Haute-Crête, et bon nombre d'indépendants sont d'accord avec lui.

— C'est ce que dit maman, fit Henke, exaspérée, mais ce n'est pas demain la veille, à mon avis.

— Ce n'est pas l'opinion de Haute-Crête. Ni celle d'Élisabeth et de William Alexander. Ce n'est qu'une question de chiffres, Mike, et les pairs martiniens pourraient bien faire pencher la balance au sein des Lords au point de permettre à la reine d'enfin réussir son coup. Mais ce qui fausse tout, c'est l'action combinée de la limite constitutionnelle à la création de nouvelles pairies et des termes de l'acte d'annexion de l'Étoile de Trévor au Royaume. La Constitution interdit que l'effectif total de la Chambre des Lords augmente de plus de dix pour cent entre deux élections législatives, et l'acte d'annexion stipule qu'aucun des nouveaux pairs de Saint-Martin ne sera confirmé dans son titre et ne pourra siéger avant les prochaines législatives.

» Du coup, le gouvernement et ses soutiens à la Chambre haute tentent de retarder les élections autant que possible. Pour l'instant, il est évident que les Martiniens se rangent fermement derrière la reine et les centristes. Après tout, c'est notre flotte, sous la direction d'Élisabeth et du gouvernement Cromarty, qui a bouté les Havriens hors du système de Trévor et l'a libéré ; et c'est Cromarty et ton père, en tant que ministre des Affaires étrangères, qui ont négocié les termes de son admission au sein du Royaume. Sans compter que Saint-Martin n'avait pas d'aristocratie héréditaire avant l'annexion : il est donc peu probable que les Martiniens fassent preuve du même… attachement zélé au *statu quo* parlementaire. Leur reconnaissance envers ceux qu'ils estiment responsables de leur libération, ajoutée à cette absence de tradition aristocratique, implique que les nouveaux pairs soutiendraient probablement – à coup sûr, en fait – toute motion de Lord Alexander en tant que chef du parti centriste visant à transférer le pouvoir de la bourse à la Chambre des communes.

» Mais, tant qu'ils ne siègent pas, ils ne peuvent rien soutenir. Haute-Crête et comparses s'efforcent donc de bâtir une majorité suffisamment écrasante parmi les membres actuels de la Chambre pour résister à ce genre d'action. D'après les derniers chiffres que j'ai vus, le nombre de pairs qui s'opposent aujourd'hui à l'amendement constitutionnel requis leur laisse une marge d'au moins quinze pour cent, mais ce chiffre pourrait s'éroder. Et même dans le cas contraire, deux élections législatives mettront assez de Martiniens à la Chambre pour en venir à bout, à supposer qu'ils appuient vraiment l'amendement.

» Donc, en plus d'essayer d'augmenter leur marge de soutien parmi les pairs, Haute-Crête et ses alliés tentent également d'entamer la majorité centriste aux Communes. Puisque c'est la Chambre basse qui vote pour confirmer la création de nouvelles pairies, Haute-Crête espère qu'en augmentant son pouvoir aux Communes il sera capable d'influencer le processus d'approbation de façon à confirmer les pairs qu'il pense pouvoir coopter pour perpétuer la domination des Lords.

» Le fait que les députés martiniens vont s'affilier aux centristes ou aux loyalistes renforce cette inquiétude précise. Techniquement, Saint-Martin n'a toujours pas de députés non plus, mais ses "représentants spéciaux" aux Communes remplissent bon nombre des mêmes fonctions, même s'ils ne peuvent pas encore voter. À qui leur loyauté est acquise ne fait aucun doute, et les pairs n'ont pas manqué de remarquer ce détail.

» Voilà pourquoi des membres de la Chambre des Lords par ailleurs tout à fait respectables soutiennent activement une ordure comme Haute-Crête et le laissent s'en tirer et limiter les dégâts autour du scandale Manpower. Aucun ne l'aime vraiment, très peu entretiennent la moindre illusion quant à son enquête "approfondie" sur les accusations portées par la comtesse du Tor, et la plupart n'ont pas assez confiance en lui ni en ses alliés pour leur confier leur chien, encore moins leurs enfants. Mais leur position globale consiste à dire que, même si la Constitution actuelle est imparfaite, le système qu'elle a créé est bénéfique pour le Royaume stellaire ; or, en ce moment, c'est lui qui défend le *statu quo*. Je pense que beaucoup sont conscients de l'égoïsme de leur opposition au changement constitutionnel, mais ils ne s'y opposent pas moins pour autant.

— Je vois. » Henke s'enfonça dans son siège face à Honor dans le compartiment passager du luxueux véhicule. Elle s'étonnait encore d'entendre Honor Harrington, entre toutes, analyser si clairement et brièvement la situation politique. Elle ne devrait sans doute pas, vu les analyses pénétrantes qu'elle avait toujours su donner de problèmes militaires, mais, depuis près de quarante ans, Henke était celle qui comprenait la politique intérieure du Royaume mieux qu'Honor. Bien sûr, elle se basait pour cela sur ses liens familiaux. En tant que cousine germaine de la reine, elle avait absorbé ce savoir presque par osmose, sans jamais vraiment avoir à y réfléchir. Ce qui, elle l'admettait maintenant, expliquait sans doute en partie pourquoi Honor avait une vision tellement plus claire de la situation actuelle, car elle n'était pas née dans ces cercles éthérés. Elle y était entrée sans cette science instinctive de l'initié, ce qui l'avait contrainte à véritablement réfléchir à son nouvel environnement.

Mais n'être pas née puissante et n'avoir pas été élevée au sein de l'élite héréditaire du Royaume stellaire laissait aussi son amie dangereusement ignorante sur certains points, songea Henke avec une anxiété soigneusement dissimulée. Une ignorance qui lui masquait des dangers que Henke elle-même aurait immédiatement identifiés malgré son aversion pour la politique. En dépit de tous les événements qui l'avaient placée au centre du pouvoir politique dans deux nations différentes, Honor continuait à s'envisager comme la fille de franc-tenancier qu'elle avait toujours été et à appliquer les mêmes critères à sa vie privée.

Michelle Henke se tourna vers son amie et se demanda une fois de plus si elle ne devrait pas lui dire quelque chose, lui rappeler que ses adversaires politiques pouvaient utiliser sa vie privée contre elle, et qu'ils le feraient si elle leur en offrait l'occasion. Devait-elle demander à Honor si les rumeurs qui commençaient à courir tout bas étaient fondées ?

« Ça semble tenir debout, dit-elle finalement. Ça me surprend encore de l'entendre de ta bouche toutefois, je crois. Puis-je savoir si Lord Alexander partage ton analyse ?

— Bien sûr que oui. Tu ne crois quand même pas que je n'en ai pas longuement discuté avec lui ? » Honor renifla. « Entre ma position à la Chambre et mon rôle en tant qu'amie de Benjamin à la cour, j'ai passé plus d'heures que je n'aurais voulu à parler stratégie avec celui qui devrait être Premier ministre.

— Oui, sans doute est-ce inévitable, fit lentement Henke avant d'incliner imperceptiblement la tête. Et le comte de Havre-Blanc a-t-il su enrichir ta réflexion, lui aussi ?

— Oui », répondit Honor en se mettant à caresser Nimitz. Son regard se posa sur sa main parcourant la fourrure soyeuse du chat sylvestre plutôt que de soutenir celui de son invitée, remarqua la comtesse, et sa réponse lapidaire lui parut de mauvais augure.

L'espace d'un instant, elle envisagea de la presser davantage, de poser explicitement sa question. Après tout, si elle ne pouvait pas interroger Honor à ce sujet, qui le pouvait ? Hélas elle n'en était pas capable, et elle se contenta donc de s'enfoncer dans son siège en hochant la tête.

« Ça colle avec ce que maman me disait elle aussi, reprit-elle. Et elle s'imaginait sans doute que j'en savais assez sur les événements pour comprendre sans qu'elle me fasse un dessin comme tu viens de le faire. » Elle haussa les épaules. « Parfois, je me dis qu'elle ne s'est jamais rendu compte à quel point je laissais ce genre de détails à Calvin. J'étais trop occupée avec la flotte. »

Une nouvelle pointe de chagrin voila son visage, mais elle la repoussa aussitôt et eut un sourire en coin. « Maintenant que tu m'as tout expliqué, en revanche, je vois ce que tu voulais dire avec tes “impératifs historiques”. Enfin, je pense quand même que le mauvais caractère d'Élisabeth n'a pas aidé.

— Non, en effet, reconnut Honor en quittant des yeux le chat sur ses genoux avec un air presque soulagé. En tout cas, l'enjeu est devenu personnel pour Haute-Crête, Turner et Descroix. Mais dès l'instant où le duc de Cromarty et ton père ont été tués, il était presque inévitable que nous en arrivions là. Sauf, bien sûr, que, d'un côté comme de l'autre, personne n'aurait pu prévoir ce qui allait se passer en République populaire pendant que nous nous préoccupions de nos querelles intestines.

— Je ne te le fais pas dire », répondit sombrement Henke. Puis elle inclina la tête : « Tu crois que Pritchart et Theisman comprennent mieux que moi ce qu'il se passe ?

— J'espère, en tout cas. »

# CHAPITRE DEUX

« Bon sang, mais qu'est-ce qu'ils croient ? » grogna Héloïse Pritchart.

La présidente de la République de Havre se saisit d'un porte-documents et l'agita violemment en direction de l'amiral Thomas Theisman qui pénétrait dans son bureau privé. Elle affichait un air si orageux que le ministre de la Guerre havrien haussa le sourcil, surpris. Avec ses cheveux platine et ses yeux topaze, la présidente était peut-être la plus belle femme qu'il avait jamais personnellement rencontrée. Elle comptait parmi ces rares individus à qui même la fureur va bien. Mais on ne la voyait presque jamais dans cet état, car l'une de ses plus grandes vertus consistait à savoir rester calme et maîtresse de ses nerfs sous les pressions les plus fortes. Cette qualité avait joué un rôle capital dans sa survie sous le règne de la terreur instauré par le Service de sécurité d'Oscar Saint-Just, pourtant elle n'était guère évidente en cet instant.

« Qui ça ? » demanda-t-il posément tandis qu'il prenait place dans l'un des confortables fauteuils orientés vers le bureau de Pritchart tout en offrant à ses visiteurs un panorama époustouflant du centre ville de La Nouvelle-Paris. Les ouvriers avaient presque terminé la reconstruction des tours que Saint-Just avait détruites en faisant sauter la bombe atomique cachée sous l'Octogone, et le regard de Theisman se porta automatiquement vers l'édifice rutilant du Nouvel Octogone venu remplacer l'ancien.

« Ces fichus Manticoriens, pardi ! » s'exclama Pritchart avec une telle amertume que Theisman reporta toute son attention vers la présidente qui jetait le porte-documents sur le bureau. Il y reconnut l'écusson caractéristique des briefings officiels du ministère des Affaires étrangères et grimaça.

« J'imagine qu'ils n'ont pas répondu comme il fallait à nos dernières propositions, dit-il sur le même ton posé.

— Ils n'y ont pas répondu tout court ! À croire que nous n'avons pas présenté de projet.

— Ce n'est pas nouveau : ils traînent les pieds depuis des années maintenant, Héloïse, fit remarquer Theisman. Et, soyons francs, il y a peu encore, cela nous arrangeait bien.

— Je sais, je sais. »

Pritchart se carra dans son fauteuil, prit une profonde inspiration et s'excusa d'un geste de la main – non pour la colère que lui inspiraient les Manticoriens mais pour la façon dont elle l'avait laissée éclater. Si un homme dans la Galaxie ne méritait pas que la présidente lui grogne après, c'était bien Thomas Theisman. Avec Denis LePic, le commissaire du peuple que le SS lui avait attribué pour chien de garde politique, il avait réussi à renverser la dictature impitoyable établie par Saint-Just, dernier survivant du comité de salut public. Le tyran n'avait pas survécu à sa destitution, et Pritchart ne doutait pas un instant de la véracité des rumeurs concernant la façon dont il avait « péri dans les affrontements ». Et si les rumeurs disaient vrai, si Theisman l'avait exécuté sommairement, eh bien, Dieu merci. La République populaire de Havre n'avait surtout pas besoin d'un procès spectacle supplémentaire, suivi des inévitables purges très publiques des soutiens du chef déchu « pour encourager les autres* ».

Évidemment, ce dont la République populaire de Havre avait besoin n'importait plus guère, songea-t-elle, puisque la République populaire n'existait plus. Et ça aussi, c'était l'œuvre de l'amiral Thomas Theisman.

Elle fit basculer un peu plus le dossier de son siège et observa l'homme brun, légèrement trapu, parfaitement banal en apparence, assis de l'autre côté de son bureau rutilant en acajou de Sandoval poli à la main. Elle se demandait si les citoyens de la République de Havre – ce n'était désormais plus la République *populaire*, juste la République – avaient une idée de ce qu'ils lui devaient. Les débarrasser de Saint-Just aurait largement suffi à lui valoir leur éternelle gratitude, mais il ne s'était pas arrêté là. Et, au grand étonnement de tous ceux qui ne le connaissaient pas en personne, il n'avait pas fait un geste pour s'emparer lui-même du pouvoir. Il avait juste réuni sur son nom la fonction rétablie de chef d'état-major de la flotte et celle de ministre de la Guerre, s'assurant ainsi un ferme contrôle des deux aspects de la machine militaire de la République. Mais une fois les deux rôles cumulés, il avait obstinément refusé de s'en servir à des fins personnelles et s'était abattu comme la fureur divine sur tous les officiers qui faisaient mine de vouloir abuser de leur position. Une telle retenue paraissait carrément incroyable aux citoyens de la République, vu leur expérience des deux régimes précédents.

Évidemment, songea Pritchart avec ironie, bien peu de ces citoyens auraient imaginé que Theisman

* En français dans le texte (NdT).

souhaitait à tout prix éviter le poste qu'elle occupait désormais.

En grande partie parce qu'il était conscient de ne pas posséder nombre des qualités requises pour faire un bon homme politique. Il concevait, intellectuellement, qu'il faille faire des compromis et se résoudre à conclure des marchés âprement négociés pour obtenir l'avantage, mais il ne se sentirait jamais à l'aise dans ce rôle. Ce qui ne l'empêchait pas d'analyser le processus, souvent avec une acuité que Pritchart avait peine à égaler. Il comprenait simplement la théorie sans être très doué pour la pratique et il était suffisamment sensé pour le reconnaître.

Il était aussi remarquablement dépourvu d'ambition personnelle pour un homme qui s'était élevé jusqu'au grade d'amiral au sein de la Flotte populaire, même dans les conditions de promotion accélérée résultant des purges de l'ancien corps des officiers. Les gouffres que le renversement des Législaturistes par Robert Pierre avait laissés dans les rangs des officiers supérieurs et généraux de la flotte, ajoutés aux besoins pressants créés par une guerre mal engagée contre l'Alliance manticorienne, avaient imposé des promotions qui offraient toutes sortes de perspectives à des officiers subalternes compétents… ou ambitieux.

Survivre à sa promotion était moins aisé. Entre la résolution impitoyable du Service de sécurité d'exécuter les officiers qui faillissaient à l'État, pour l'exemple, et la méfiance quasi pathologique d'Oscar Saint-Just envers tout officier à l'air trop compétent, tous les officiers généraux de la Flotte populaire étaient conscients que leur vie, et trop souvent celle de leur famille entière, ne tenait qu'à un fil bien ténu. Héloïse Pritchart comprenait mieux que la moyenne comment le système fonctionnait alors, car elle faisait partie des espions officiels de Saint-Just. Comme Denis LePic, sa mission consistait à rendre compte directement au chef de SerSec de la fiabilité politique de l'un des officiers généraux les plus anciens en grade de la République populaire. Hélas pour Saint-Just, ses rapports ne reflétaient guère la réalité.

Elle n'aurait jamais cru qu'elle et le citoyen amiral Javier Giscard – l'homme qu'on lui avait demandé d'espionner et dont elle avait eu l'audace de tomber amoureuse à la place – survivraient. D'ailleurs, ils n'en auraient pas réchappé si Theisman n'avait pas renversé Saint-Just avant que le ministre du Service de sécurité puisse faire purger Giscard.

Mais ils avaient fait bien plus que survivre depuis. C'était l'envergure prérévolutionnaire de Pritchart, alors « commandant de brigade delta », l'une des principales avrilistes, qui en faisait un commissaire du peuple si précieux pour Saint-Just. Les avrilistes étaient en général considérés comme les plus « respectables » des divers groupes révolutionnaires armés qui s'opposaient aux Législaturistes. Les plus efficaces aussi, et de loin. Son passé d'avriliste lui conférait donc une aura de légitimité que Saint-Just souhaitait ardemment coopter pour son nouveau Service de sécurité. Et, elle le reconnaissait, tout comme son ami Kevin Usher, elle s'était laissé coopter. En apparence, du moins. Il fallait bien, si elle voulait survivre : elle savait que tôt ou tard ses vieux camarades avrilistes qui persisteraient à s'accrocher ouvertement à leurs idéaux finiraient par disparaître discrètement.

Ils étaient morts… pas elle. Parfois elle en concevait encore un sentiment de culpabilité mais, même dans les nuits les plus agitées, elle savait qu'il était absurde de se sentir coupable. Elle n'avait pas agi ainsi dans le seul but de survivre, mais pour se placer dans une position qui lui permettrait peut-être d'en aider d'autres, comme Giscard, à survivre également. Se dresser d'un air de défi pour défendre ses principes aurait été noble, courageux… et stupide au point d'en devenir impardonnable. Sa responsabilité consistait à rester en vie afin de se battre pour ses principes, même en sous-main, et c'était précisément ce que Giscard et elle avaient fait.

Ils auraient fini par être découverts et exécutés, de toute façon, si Theisman n'avait pas eu Saint-Just le premier. Et si Saint-Just avait jugé utile de faire rejaillir sa réputation d'avriliste sur SerSec, Theisman y avait vu un avantage similaire pour son propre projet. Il avait besoin de quelqu'un – n'importe qui – à qui confier le poste de chef de l'État. Pritchart doutait que plus de cinq ou six personnes dans toute la République populaire aient réellement cru qu'il ne voulait surtout pas de ce rôle pour lui-même. D'ailleurs, elle n'y avait pas cru elle-même, au début. Mais elle ne le connaissait pas vraiment avant qu'il ne les rappelle dans le système de Havre, Giscard et elle ainsi que le reste de la Douzième Force, en renfort de la flotte capitale qu'il commandait.

Seul le fait que Theisman avait toujours eu la réputation au sein de la flotte d'un homme dénué d'ambition politique avait permis à Giscard et au citoyen amiral Lester Tourville – qui, contrairement à elle, le côtoyaient tous les deux depuis des années – de la convaincre de rentrer sur Havre. Ils étaient toutefois très circonspects tous les trois, même si les officiers le connaissaient, et il avait laissé Pritchart littéralement sans voix en l'informant qu'il voulait la voir organiser le gouvernement civil intérimaire.

Ce n'était pas tout à fait désintéressé de sa part, bien sûr. Elle avait tout de suite vu combien elle pouvait lui être utile en tant que figure de proue. Après tout, elle avait une expérience largement suffisante de ce même rôle auprès de Saint-Just. Et elle s'était montrée assez réaliste pour admettre qu'il avait une responsabilité écrasante : user de tous les moyens possibles pour éviter la fragmentation complète de la République populaire. Si elle représentait potentiellement une force unificatrice, alors elle n'avait pas davantage le choix d'accepter ce poste, figure de proue ou non, qu'il n'avait eu celui de le lui proposer. Ou de l'offrir à quelqu'un comme elle, en tout cas.

En fin de compte, elle en était convaincue, c'était sa relation avec Giscard et la façon dont elle lui rappelait son lien personnel avec LePic qui la lui avait rendue « acceptable ». Il connaissait Giscard et lui faisait confiance ; par extension, il avait pu s'en remettre à elle, sachant que Giscard en faisait autant. Mais ce qui l'avait réellement abasourdie quand il lui avait offert les pouvoirs à la fois politiques et militaires du chef de l'État, c'est qu'il était sincère.

Il n'y avait pas de clause restrictive, pas de réserve, pas d'autorité conservée en cachette. Thomas Theisman ne serait jamais un montreur de marionnettes. Il n'avait posé qu'une condition, et une seule : elle devait lui prouver qu'elle tenait autant que lui à restaurer l'ancienne Constitution. Pas celle de la République populaire de Havre, qui avait créé le poste de président héréditaire et inscrit dans la loi la puissance dynastique des Législaturistes, mais la Constitution de la vieille République. Celle où les citoyens étaient davantage que de simples drones et votaient. Celle que présidents et députés avaient servie selon le bon vouloir d'électeurs qui les tenaient responsables de leurs actes.

Pritchart avait senti le respect la gagner en comprenant qu'elle était en présence d'un véritable romantique. Un homme qui croyait réellement à la primauté de la loi, au caractère sacré des serments solennels et à l'inviolabilité de la responsabilité personnelle.

Elle se demandait s'il avait toujours été aussi éloigné de la réalité ou s'il ne l'était devenu que par une réaction d'autodéfense à voir la nation de sa naissance devenir folle autour de lui. Peu importait. Seul comptait le fait qu'il était sincère et totalement dévoué aux principes mêmes que le mouvement avriliste était né pour défendre… et qu'elle était presque aussi désespérément romantique que lui, de ce point de vue du moins.

Un peu plus de dix-huit mois T après la mort d'Oscar Saint-Just, après avoir organisé le gouvernement de transition et exhumé la vieille Constitution des oubliettes de l'histoire, Héloïse Pritchart était donc devenue le premier président élu de la République de Havre en bientôt deux siècles, avec Thomas Theisman pour ministre de la Guerre. Par moments, elle avait très envie de le faire fusiller rien que pour ça.

« Vous savez, Thomas, dit-elle, mi-figue mi-raisin, vous êtes un lâche.

— Tout à fait, répondit-il aussitôt. C'est un trait de caractère qui favorise la survie.

— C'est comme ça que vous le définissez ? » Elle le regarda en inclinant la tête. « Je pensais qu'il s'agissait plutôt d'un mélange de paresse et du désir de mettre quelqu'un d'autre dans la ligne de mire.

— Un désir *brûlant* d'y mettre quelqu'un d'autre », rectifia-t-il poliment. Puis son sourire se ternit un peu, et il haussa les épaules. « Il n'y a pas autant d'humour là-dedans que je le voudrais, dit-il plus bas. Je pense connaître mes points forts, Héloïse. Et j'espère bien connaître mes limites. Il m'aurait été impossible d'abattre le boulot que vous avez accompli. Et je sais aussi que vous n'auriez pas pu le faire si je n'avais pas été là pour assurer ma part, mais cela ne change rien à ce que vous avez réussi. »

Elle eut un nouveau geste de la main, gênée par sa sincérité.

« En tout cas, reprit-elle au bout d'un moment, la mine et la voix volontairement légères, vous vous êtes très bien débrouillé pour ne pas avoir affaire à ces fichus Manties. Ni d'ailleurs aux autres membres du gouvernement quand ils auront vent de leurs nouvelles bouffonneries.

— Et en quoi consistent ces bouffonneries au juste, cette fois-ci ? demanda Theisman, accueillant sans broncher son changement d'humeur. En dehors du fait, bien sûr, qu'ils ont rejeté notre dernière proposition.

— En rien, reconnut-elle. Mais ils n'ont pas besoin d'en rajouter pour nous créer d'énormes problèmes, Thomas, et vous le savez.

— Oui, sans doute. » Il haussa les épaules. « Mais comme je l'ai déjà dit, leur incapacité à trouver leur derrière des deux mains s'est révélée fort utile de mon point de vue. Au moins, je n'avais pas à me soucier d'eux pendant que Javier, Lester et moi courions partout pour pisser sur des feux de forêt !

— Certes », concéda Pritchart avec un léger hochement de tête.

Tout le monde ne s'était pas montré prêt à accepter gracieusement le renversement du comité de salut public par Theisman. D'ailleurs, à l'origine, il ne contrôlait que le système capital et sa flotte. C'était la plus grosse de toutes, bien sûr, et les deux tiers des autres systèmes centraux de la République populaire s'étaient déclarés en sa faveur – ou plutôt en celle du gouvernement par intérim de Pritchart – dans les trois premiers mois T. Dans l'ensemble, le reste de la Flotte populaire lui avait également apporté son soutien. Mais une minorité non négligeable des effectifs était sous le contrôle d'autres citoyens amiraux ou, pire, de commandants de zone issus de SerSec qui contestaient la légitimité du nouveau gouvernement.

C'était une sacrée chance, comme venait de le sous-entendre Theisman, que les Manticoriens aient choisi de poursuivre les négociations que Saint-Just avait habilement obtenu d'ouvrir. S'ils avaient décidé de reprendre les opérations militaires actives à la place, notamment vu l'immense supériorité technologique de leur nouveau matériel, la République tout entière se serait désintégrée – en quelques semaines, probablement, quelques mois tout au plus. En l'occurrence, Theisman, flanqué de Giscard et Tourville, ses principaux commandants sur le terrain, s'était retrouvé au beau milieu d'une guerre sauvage sur de multiples fronts, face à un kaléidoscope changeant d'ennemis. Pritchart y avait trouvé plus d'un motif de mécontentement. En tant que présidente, elle détestait être distraite des négociations avec le Royaume stellaire, bloquées au point mort. Sur un plan plus personnel, les responsabilités de Giscard, commandant le plus ancien en grade pour Theisman, l'avaient tenu loin de La Nouvelle-Paris – et du lit d'une certaine Héloïse Pritchart – pour l'essentiel des trois dernières années, à quelques semaines près. Ce qui, elle l'admettait, lui pesait encore plus que les casse-tête officiels qui en résultaient.

Heureusement, elle n'avait jamais vraiment craint (à la différence de certains) que les efforts de pacification de Theisman finissent par échouer… tant que les Manties n'y mettaient pas leur nez. La plupart de ses adversaires se méfiaient encore plus les uns des autres qu'ils ne se méfiaient de lui, ce qui lui conférait un avantage important, mais même leur chapelet de trahisons mutuelles n'aurait pas suffi à la survie du gouvernement de transition face à une reprise active de l'offensive par Manticore.

« Je sais combien il était important pour Javier, Lester et vous de continuer à parlementer avec les Manticoriens pendant que vous donniez la chasse aux rebelles, reprit la présidente au bout d'un moment. Mais la chasse est presque terminée maintenant, non ?

— Oui, Dieu merci. J'attends un rapport de Javier dans les prochains jours, et je serais étonné qu'il ne nous annonce pas que Mikasinovitch est prêt à jeter l'éponge.

— Ah bon ? » Le visage de Pritchart s'illumina. Le citoyen général Silas Mikasinovitch était le dernier SS intraitable d'envergure. Il avait réussi à se tailler un empire de poche comprenant six étoiles, qui s'était avéré étonnamment dur à cuire.

« Oui. » Theisman leva la main et esquissa un geste de réserve. « Je crains que vous ne soyez obligée de l'amnistier comme les autres, et je le regrette. Mais, sauf erreur grossière de ma part, il est assez réaliste pour voir que sa seule chance désormais consiste à conclure le meilleur marché possible avec vous.

— Je lui donnerai bien plus qu'il ne mérite, fit Pritchart, lugubre. Mais l'essentiel est qu'il renonce à tous ses vaisseaux du mur, qu'il débarrasse le plancher et reste hors de nos frontières.

— Ça me convient », répondit Theisman. Notamment, songea-t-il, la renonciation aux vaisseaux. Jusqu'à présent, d'après ce qu'en avaient vu Theisman et son état-major, aucun bâtiment havrien plus gros qu'un croiseur de combat n'avait réussi à disparaître purement et simplement. Il savait très bien que quelques commandants d'unités plus légères au moins avaient choisi de monter des opérations indépendantes en tant que pirates ou petits seigneurs de la guerre hors de sa portée, mais il était parvenu à empêcher les vaisseaux du mur de faire de même, et il comptait bien continuer.

« Et maintenant que Lester est intervenu contre Carson et a jeté son petit royaume à bas, poursuivit-il à voix haute, il ne nous reste plus que quatre ou cinq résistants isolés comme Agnelli et Listerman. Donnez-moi encore quatre mois – six tout au plus – et vous serez débarrassée de tous ceux-là aussi, madame la présidente.

— Et j'en serai ravie, répondit Pritchart avec le sourire, avant de reprendre son sérieux. Mais, par certains côtés, éliminer Mikasinovitch et les autres de l'équation va encore aggraver la situation. Au moins, tant qu'ils sont là et que leurs unités combattent les vôtres, je peux en prendre prétexte pour tenir les plus agressifs en échec.

— Giancola et consorts ? » s'enquit Theisman. Il renifla comme la présidente confirmait sa supposition d'un signe de tête. « Ce type est un imbécile !

— Imbécile ou non – et j'ai beau ne pas l'aimer, je ne pense pas que ce soit un crétin, en réalité –, Arnold Giancola est aussi ministre des Affaires étrangères, souligna Pritchart. Je reconnais ne l'avoir nommé à ce poste que par pragmatisme politique, malgré une admiration très limitée pour sa superbe intelligence, mais c'est lui qui l'a. Et les raisons pour lesquelles je le lui ai confié tiennent toujours.

— J'espère que vous ne m'en voudrez pas d'avouer que ça ne me console guère.

— Je m'en doute. Et ça ferait bien de continuer ! » Pritchart lança un regard noir à la copie de la Constitution encadrée sur le mur face à son bureau.

La signature d'Arnold Giancola y figurait car il faisait partie des délégués de la convention qui avait solennellement juré de recréer les anciennes gloires de la République de Havre. On y voyait aussi la signature d'Héloïse Pritchart, mais pas celle de Thomas Theisman, ce que la présidente considérait comme l'une des plus grandes injustices historiques.

Mais leur présence respective à la convention constitutionnelle était l'un des rares points communs entre Giancola et elle. Hélas, cela n'avait pas suffi, au vu des réalités politiques actuelles de la République, pour le tenir hors de son gouvernement.

Arnold Giancola était un petit bureaucrate du Trésor sous le président héréditaire Harris. Comme des centaines de milliers d'autres, il avait conservé sous le comité sa position d'avant le coup d'État – dans son cas, la gestion du versement de l'allocation de minimum vital ici même, à La Nouvelle-Paris. Aucun n'avait vraiment eu le choix (à part les administrateurs législaturistes très haut placés, qui avaient tous été purgés par le nouveau pouvoir), parce qu'il fallait bien que quelqu'un continue à faire tourner la machine de l'État au jour le jour ; et Robert Pierre et Oscar Saint-Just disposaient d'innombrables moyens de s'assurer qu'ils s'y pliaient bien. Mais, en toute honnêteté, Giancola faisait mieux son travail que la moyenne (ce que Pritchart trouvait très difficile à reconnaître dans le cas de son ministre des Affaires étrangères) et se préoccupait en apparence sincèrement des proles placés sous sa juridiction.

Ses compétences avaient attiré l'attention bienveillante de ses nouveaux supérieurs et, au bout de quatre ou cinq années T, on l'avait transféré au ministère des Affaires étrangères, toujours en quête de gestionnaires qualifiés. Il s'était tout aussi bien débrouillé là-bas et avait été régulièrement promu, pour être de nouveau muté au Trésor quand Robert Pierre avait nommé Avram Turner afin de faire passer son énorme programme de réformes économiques. Le nouveau poste de Giancola l'avait ramené dans son bon vieux quartier de La Nouvelle-Paris, où il avait prospéré malgré la douleur et la dislocation économique qu'impliquaient les réformes de Turner. C'était, après tout, un gestionnaire efficace pourvu d'un talent indéniable pour s'attirer la loyauté de ses subordonnés, et il avait fait de son mieux pour minimiser l'impact négatif des réformes sur les citoyens dont il avait la charge. Par conséquent, il était sorti de la chute du comité avec une base politique populaire – assez importante, d'ailleurs – sur la planète capitale de la République, la plus peuplée.

Il avait astucieusement capitalisé sur ce soutien. Son frère Jason était sénateur, son cousin Gérard Younger député, et Arnold lui-même avait joué un rôle majeur dans la réorganisation de la capitale suite au renversement de Saint-Just par Theisman. Il nourrissait de toute évidence des ambitions personnelles à l'époque, mais il s'était montré assez malin, indépendamment de ses autres défauts, pour comprendre que Theisman l'aurait écrasé comme un insecte s'il avait agi en conséquence. Il s'était donc rabattu sur l'édification d'une puissante machine politique à La Nouvelle-Paris – qui restait la ville la plus importante de la République, bien que les jours enivrants où le peuple avait le pouvoir fussent passés. Cela lui avait non seulement assuré une place à la convention mais lui avait aussi permis d'influencer directement l'élection d'un nombre surprenant de députés et celle de pas moins de huit sénateurs (lui-même compris), ce qui asseyait de manière non négligeable son pouvoir au Congrès.

Cela avait également fait de lui l'adversaire principal de Pritchart quand elle s'était présentée à la première élection présidentielle dans le cadre de la Constitution réhabilitée. S'il s'était agi d'un duel, sa candidature, déjà sérieuse, aurait constitué un réel défi, et elle le savait. Heureusement, elle avait profité de deux avantages conséquents qu'il ne pouvait tout simplement pas compenser : son statut de chef du gouvernement provisoire qui avait bel et bien tenu sa promesse et organisé des élections à la date dite, et le soutien de Thomas Theisman. Sept candidats se présentaient, et Pritchart avait raflé soixante-treize pour cent du vote populaire. Arnold Giancola dix-neuf, et les cinq autres s'étaient partagé les huit pour cent restants.

Le résultat n'avait même pas été serré, mais Giancola était clairement sorti de l'élection comme le deuxième personnage majeur du nouveau personnel politique dans la République restaurée. C'est précisément pour cette raison que Pritchart l'avait choisi pour occuper ce qui était techniquement la position cruciale au sein de son gouvernement. En réalité, puisqu'il cumulait le rôle de ministre de la Guerre et celui de chef d'état-major de la flotte, c'était Theisman qui occupait *de facto* le deuxième rang protocolaire du gouvernement, mais Giancola était sans conteste au troisième. Et, en vertu de la Constitution, il lui reviendrait de diriger pendant trois mois un gouvernement provisoire afin de superviser l'élection spécialement destinée à remplacer Pritchart s'il lui arrivait malheur.

Dire qu'elle n'était pas ravie de le savoir dans cette position aurait constitué un splendide euphémisme, pourtant elle n'avait pas vu d'autre choix possible. Ses alliés au Congrès auraient exigé qu'on lui attribue un poste significatif même sans son résultat à l'élection présidentielle, et elle avait espéré le lier au nouveau gouvernement en lui accordant une voix en son sein. Si ambitieux fût-il, il se voyait aussi en homme d'État, et Pritchart était bien consciente qu'il croyait réellement en sa vision personnelle de l'avenir de la République. Ce patriotisme authentique n'avait pas peu contribué à lui permettre de bâtir des alliances politiques… et avait encouragé son ambition en l'investissant d'une mission. C'est précisément ce qui le rendait si dangereux, et elle avait espéré pouvoir convaincre le patriote de serrer la bride à l'ambitieux pour la soutenir par solidarité au cours des premières années décisives de la République restaurée.

Par pure coïncidence, la Constitution exigeait également de lui qu'il renonce à son siège au sénat pour accepter un poste au gouvernement, et elle avait escompté qu'il serait moins dangereux au gouvernement, où elle pourrait garder un œil sur lui et commander sa loyauté, qu'au contrôle d'un siège sénatorial. Toutefois, il avait déjoué cette partie de son plan en assurant l'élection de son frère à sa place lors du vote provoqué par sa démission. Quant à son idée de le coopter pour soutenir ses politiques, elle ne s'était pas non plus révélée un franc succès. D'après ce qu'elle en avait vu, il avait simplement compris qu'il devait composer avec des règles et des priorités différentes pour assouvir son ambition de départ et promouvoir sa politique, et il se constituait une faction sans cesse croissante au sein du Congrès. Il s'efforçait également de gagner des appuis au gouvernement en faveur de certaines de ses politiques, ce qui risquait de se transformer en véritable cauchemar ; toutefois, elle ne pouvait pas exiger sa démission. Tout le monde voyait sans doute clairement qu'il manœuvrait de façon à se placer en position de la défier si elle se représentait au terme de son mandat, dans quatre ans, mais, du fait de ses alliances au Congrès, s'en débarrasser provoquerait une bataille plus féroce que cela n'en valait la peine.

Du moins selon elle, corrigea-t-elle en son for intérieur.

« Cet "imbécile" a des projets personnels, Thomas, et vous le savez, dit-elle à voix haute. Je continue d'espérer qu'il ira trop loin et me fournira un prétexte pour le sanctionner, mais il se retranche suffisamment pour que cela devienne difficile. Et les événements vont faire son jeu si les Manticoriens persistent à saboter les négociations.

— Pourquoi ? » Les yeux de Theisman s'étrécirent. « Giancola est de plus en plus furieux contre les Manties depuis des mois. Qu'est-ce qui rend cette réponse-ci plus importante ?

— Le fait que, comme je ne devrais pas avoir à vous le rappeler, à vous entre tous, le sénateur Jason Giancola est devenu membre de la commission des Affaires spatiales la semaine dernière, soupira Pritchart.

— Oh, merde.

— Tout à fait. Bien évidemment, le bon sénateur s'est empressé de vendre la mèche sur le Refuge à son frère.

— Après avoir juré de garder le secret ! s'exclama Theisman.

— Bien sûr, fit Pritchart dans un rire amer. Allons, Thomas ! La moitié de nos nouveaux législateurs ont encore peur d'éternuer au cas où nous nous révélerions finalement un autre comité de salut public, et l'autre moitié essaye de mener ses affaires "comme d'habitude", à la façon des Législaturistes. Manque de bol, les Giancola appartiennent au second groupe plutôt qu'au premier. Kevin vous a prévenu que Jason serait incapable de se taire s'il apprenait quoi que ce soit dont Arnold pourrait se servir, vous le savez bien.

— Oui, je sais », reconnut sans joie Theisman. Il passa la main dans ses cheveux, fixant un point dans le vide pendant quelques secondes. Puis il soupira et reposa les yeux sur la présidente. « C'est grave ?

— Assez, je le crains. Arnold s'est montré un peu plus prudent que je ne m'y attendais quand il s'est agi de faire des sous-entendus devant moi, mais il a clairement insinué qu'il était au courant de l'existence de la caisse noire, des chantiers navals et du fait que vous avez envoyé Shannon Foraker les diriger. Quant à déterminer s'il sait ou non ce qui s'y passe vraiment, c'est un peu plus problématique, mais, à en juger par son attitude, je ne parierais pas sur le contraire.

— Merde », répéta Theisman, plus sincère encore, et il s'enfonça à son tour dans son fauteuil en soupirant.

Peu de choses dans ce que Robert Pierre et Oscar Saint-Just avaient fait emportaient l'approbation complète de Thomas Theisman. L'opération Refuge en faisait partie, même si l'amiral ne se réjouissait guère des circonstances qui l'avaient rendue nécessaire.

Ce qui l'étonnait le plus concernant le Refuge, c'est que Pierre et Saint-Just avaient réussi à mener cette opération dans le plus grand secret. Theisman lui-même n'en avait pas entendu souffler mot avant de prendre les commandes de la flotte capitale, et quasiment aucun officier en dehors du projet sous le rang de vice-amiral – et très peu de plus gradés – n'en avait connaissance aujourd'hui encore. Un état de fait que Theisman comptait préserver aussi longtemps que possible.

« Thomas, dit Pritchart, comme si elle avait lu dans son esprit – une hypothèse qu'il n'était pas prêt à écarter, après l'avoir vue en action pendant plus de trois ans –, nous allons devoir lever le voile sur le Refuge tôt ou tard, de toute façon, vous savez.

— Pas encore, répondit-il aussitôt comme par réflexe.

— Thomas…

— Pas encore », insista-t-il. Puis il s'imposa une petite pause. « Vous avez raison, concéda-t-il ensuite. Tôt ou tard, nous devrons reconnaître l'existence du Refuge. D'ailleurs, je doute que nous parvenions à dissimuler son financement pendant plus d'un an ou deux au maximum. Mais je ne "lève pas le voile" tant que nous n'aurons pas produit de nouvelles unités et du nouveau matériel en quantité suffisante pour dissuader les Manties d'une frappe préventive.

— Une frappe préventive ? » Pritchart haussa les sourcils. « Thomas, nous n'arrivons même pas à obtenir qu'ils répondent à une proposition de traité de paix officiel après plus de trois ans d'efforts ! Qu'est-ce qui vous fait croire qu'ils se préoccupent assez de ce qui se passe à l'intérieur de la République pour vous inquiéter de frappes préventives ?

— Nous en avons déjà parlé, Héloïse », fit Theisman ; puis il se rappela qu'en dépit de sa longue association avec la flotte en tant que commissaire du peuple auprès de Giscard, et même de sa propre carrière de chef de guérilla, la présidente était avant tout une civile. « Pour l'instant, reprit-il au bout de quelques secondes, les Manticoriens sont persuadés que nul ne représente une menace sérieuse à leur supériorité spatiale. Les nouvelles capsules lance-missiles, les nouveaux supercuirassés et plus particulièrement les nouveaux BAL leur confèrent une supériorité tactique telle qu'il serait suicidaire pour une flotte conventionnelle de les affronter. Janacek est peut-être un abruti qui en a engagé d'autres pour l'aider à diriger l'Amirauté manticorienne, mais ils connaissent de toute évidence leurs avantages techniques. C'est la seule explication possible à la diminution du nombre de coques conventionnelles à laquelle ils procèdent. Ils sont en train de réduire leur flotte à sa taille d'avant-guerre, plus ou moins, Héloïse. Ils ne feraient jamais ça s'ils n'avaient pas à ce point confiance en leur supériorité technologique qu'ils pensent pouvoir surmonter un désavantage numérique extrême s'il le faut.

» Mais voyez ce que cela implique : leur position stratégique actuelle tout entière repose sur cette supériorité technologique, et leur Premier Lord de l'Amirauté est un crétin. Il sera furieux s'il découvre soudain que Pierre et Saint-Just sont parvenus à bâtir un chantier naval plus étendu encore que celui du système de Havre sans que personne au sein du Royaume stellaire ne s'en doute une seconde. Mais s'il comprend ce que Foraker et ses équipes font là-bas depuis deux ans T, il ne sera pas seulement furieux : il va paniquer.

— Paniquer ? » Pritchart secoua la tête. « Thomas, c'est votre domaine de compétence, pas le mien, mais le terme n'est-il pas un peu fort ? Soyons honnêtes. Vous et moi savons que les Manties nous ont botté le cul et mis la tête au carré. Si Saint-Just n'avait pas réussi à les attirer dans des “pourparlers de trêve”, Havre-Blanc aurait démoli la Douzième Force, anéanti la flotte capitale et dicté ses termes ici même, sur Havre. J'étais avec Javier et Lester. Je *sais* que nous n'aurions rien pu faire pour l'arrêter.

— Bien sûr que nous ne pouvions rien faire… à l'époque. Mais c'est précisément ce que je veux dire. Nous le savons, et eux le savent. Pire, ils se reposent là-dessus. Ce qui signifie qu'ils doivent s'assurer de maintenir cet avantage technologique, surtout au vu de la réduction de leur tonnage total. S'ils se rendent compte que Foraker s'emploie à nous bâtir une toute nouvelle flotte spécialement conçue pour compenser leurs avantages, ils vont aussi comprendre qu'ils ont créé une situation qui, dans les faits, nous permet de repartir à égalité avec eux dans les nouveaux types de bâtiments. Dans la mesure où leur position défensive leur impose de conserver l'avantage numérique dans ce domaine, la solution pour eux consisterait à nous frapper avant que nous ne disposions des nouveaux vaisseaux en assez grand nombre pour nous défendre.

— Mais cela violerait les termes de notre trêve, fit remarquer Pritchart.

— Qui n'est rien de plus que ça : une trêve. La guerre n'est pas terminée. Pas officiellement, en tout cas, et c'est bien ce que Giancola n'arrête pas de souligner. Bon sang, les Manties eux-mêmes ne cessent de le répéter ! Je suis certain que vous avez vu cette analyse du dernier discours de leur Premier ministre. Ils nous considèrent encore “avec inquiétude”, ne serait-ce que pour justifier la structure fiscale qu'ils conservent. Et si nous reconnaissons ouvertement être en train de bâtir une nouvelle flotte capable de leur tenir tête au combat, la tentation d'étouffer la menace dans l'œuf risque d'être grande. Le pire, c'est qu'Édouard Janacek est assez bête et arrogant pour le recommander à Haute-Crête.

— Je ne peux pas m'empêcher de penser que vous vous faites trop de souci, lui répondit franchement Pritchart. Mais vous êtes ministre de la Guerre, et je ne suis pas prête à passer outre vos avertissements sur une question comme celle-là. Un peu de prudence ne nous fera sûrement pas de mal, même si cela s'avère excessif, et les Manticoriens ne risquent pas de paniquer à propos de quelque chose dont ils ignorent tout.

» En attendant, toutefois, votre volonté de maintenir le Royaume stellaire dans l'ignorance pourrait créer quelques problèmes internes. Pour être honnête, je ne suis pas non plus tout à fait à l'aise à l'idée de maintenir un tel niveau de secret autour de l'opération Refuge. En dehors du fait que dissimuler une caisse noire dans les méandres du budget est constitutionnel, quoi qu'en pense le ministre de la Justice, cela ressemble trop aux vieilles pratiques de Pierre et de Saint-Just.

— Par certains côtés, j'imagine. Mais j'ai tenu la commission des Affaires spatiales informée, protesta Theisman, ce qui maintient officiellement le Congrès dans la boucle comme l'exige la Constitution.

— Soyez franc, Thomas, le tança Pritchart. Vous ne leur avez pas tout dit sur vos nouveaux joujoux, hein ?

— Peut-être pas tout, reconnut-il. Mais je les ai tenus scrupuleusement informés des objectifs du Refuge, et ils sont au courant d'une partie au moins des agissements de Foraker. Sinon, le sénateur n'aurait pas pu "vendre la mèche" à son frère.

— En effet. Et c'est précisément le problème interne qui m'inquiète le plus. La plupart de nos sénateurs et les membres du gouvernement manquent encore un peu trop d'assurance à mon goût, à plusieurs titres. D'une part, s'ils étaient plus nombreux à prendre leur courage à deux mains et à se constituer des bases politiques que je puisse utiliser pour contrebalancer Giancola, cela serait très utile quand il s'agit de lui serrer la bride. Ils ne le feront pas de sitôt, toutefois, et entretemps ils acceptent encore beaucoup trop par réflexe les restrictions sur l'information sous le seul prétexte qu'elles sont "nécessaires" d'après le gouvernement. C'est uniquement pour ça que nous avons su faire passer sans débat le budget qui nous permet de maintenir le Refuge. Mais si Giancola continue d'insister de plus en plus lourdement pour que nous adoptions une position plus ferme dans nos négociations avec Manticore, alors tôt ou tard il va se mettre à appuyer ses arguments en distillant certains des renseignements que son frère lui a manifestement communiqués. Ce qui va mettre le ministère des Affaires étrangères en conflit direct avec le ministère de la Guerre.

— Nous nous en occuperons quand le problème surgira, répondit Theisman. Je me rends compte que cela peut créer une situation inconfortable et j'essaierai de ne pas laisser ma paranoïa me pousser à maintenir le secret plus longtemps que nécessaire. Mais je ne pense pas pouvoir exagérer l'importance d'étoffer nos effectifs au point qu'ils dissuadent les Manties d'entreprendre une action préventive avant que nous ne rendions publique l'existence des nouveaux vaisseaux.

— Comme je le disais, je ne suis pas prête à passer outre vos conseils dans ce domaine précis. Je n'y songe même pas. J'aimerais simplement que les Manties cessent d'apporter de l'eau au moulin d'Arnold. Et, à vrai dire, je pense moi aussi qu'ils mijotent quelque chose. Il doit bien y avoir une raison pour qu'ils persistent à refuser de discuter sérieusement du retour des systèmes occupés, et s'ils n'ont pas l'intention de s'y accrocher de manière permanente, alors qu'est-ce qu'ils foutent ? »

# CHAPITRE TROIS

L'aspirante Zilwicki vit l'uniforme vert sur vert familier avant d'apercevoir la duchesse Harrington. Tout le monde sur l'île de Saganami connaissait cet uniforme, parce qu'en dehors de ceux de la flotte et des fusiliers c'était le seul autorisé sur le campus. Hélène Zilwicki n'était pas censée avoir connaissance du mécontentement et de l'indignation que sa présence en ces lieux inspirait à certains augustes personnages qui s'en plaignaient en privé, mais elle n'était pas la fille de son père pour rien. Anton Zilwicki avait peut-être commencé sa carrière dans la flotte comme technicien de génie mais, avant qu'il n'y soit mis un coup d'arrêt retentissant quatre ans T plus tôt, il avait largement terminé sa transition vers un profil d'agent de renseignement à plein temps, doué qui plus est. Il n'était pas du genre à prendre qui que ce soit de haut, encore moins sa fille orpheline de mère, et il avait toujours insisté sur l'importance de tout bien écouter.

Bien sûr, la… relation de son père avec Lady Catherine Montaigne, comtesse du Tor, offrait également à Hélène une vision des événements à laquelle ses collègues aspirants n'avaient pas accès. Elle n'essayait jamais de surprendre leurs conversations, mais la comtesse était aussi effervescente et compulsivement énergique qu'Anton Zilwicki était méthodique et discipliné. Ses conversations ponctuées de points d'exclamation paraissaient souvent partir dans toutes les directions à la fois, selon une trajectoire à haute énergie qui laissait aux imprudents le vague sentiment de s'être fait renverser par un camion… voire plusieurs. En réalité, elles étaient régies par une structure sous-jacente et une certaine cohésion perceptibles par quiconque avait assez d'esprit pour ne pas se laisser distancer par l'intelligence acérée de Lady Catherine. Et la comtesse du Tor n'avait jamais fait preuve du même respect instinctif pour l'autorité et la tradition qu'Anton Zilwicki. « Irrévérencieuse » était un terme beaucoup trop tiède pour la décrire, et ses commentaires sur le gouvernement actuel, d'abord acerbes, se faisaient rapidement bien pires.

Il était donc inévitable qu'Hélène entende Lady Catherine donner son avis sur la tentative mal inspirée de Sir Édouard Janacek pour faire révoquer la permission spéciale accordée à la duchesse Harrington d'introduire des serviteurs personnels armés dans l'enceinte sacrée de l'École spatiale.

Ses efforts avaient connu un échec cuisant, exactement comme ils le méritaient (selon Hélène). Heureusement pour lui, il avait eu le bon sens – ou du moins ses conseillers politiques – de ne pas mener sa campagne sur la place publique, ce qui lui avait laissé la possibilité de faire machine arrière quand il s'était heurté à la résistance inflexible de la reine. Puisque la dispense autorisant la présence des hommes d'armes du domaine Harrington sur l'île avait été accordée par la Cour du Banc de la reine à la requête du ministre des Affaires étrangères, au vu du fait que le seigneur Harrington et la duchesse du même nom étaient deux entités légales parfaitement distinctes qui se trouvaient partager le même corps que l'amiral Harrington, la décision de la révoquer n'était pas l'affaire purement interne à la flotte que Janacek avait tenté d'en faire. Le ministre qui l'avait demandée se trouvait aussi être l'oncle de la reine, et la Cour du Banc dépendait directement de Sa Majesté et non d'Édouard Janacek ni même du Premier ministre Haute-Crête. Dans ces conditions, seul un imbécile aurait essayé d'annuler cet arrangement par pure mesquinerie, comme c'était manifestement le cas.

C'était l'opinion de la comtesse, et rien de ce qu'Hélène avait vu ou entendu ailleurs ne laissait penser que celle-ci se trompait. Non qu'elle eût l'intention d'en discuter avec ses camarades de classe. Son père lui avait souvent enjoint de prendre exemple sur les chats sylvestres, qui voyaient et entendaient tout sans jamais rien dire. Évidemment, cet exemple péchait un peu depuis que les chats sylvestres avaient appris la langue des signes. D'un autre côté, il semblait que les chats en avaient vu et entendu davantage encore – sans parler d'y réfléchir – que même son père ne le soupçonnait, et l'analogie était peut-être plus juste qu'elle ne l'avait cru. En tout cas, un aspirant de première année n'avait pas à expliquer à ses condisciples que le responsable civil de leur service était un crétin vindicatif, mesquin et sectaire. Surtout si c'était vrai.

Hélène esquissa un sourire à cette idée, mais elle le chassa et s'écarta du chemin tandis que le colonel LaFollet passait la porte du stand de tir. L'homme d'armes balaya les alentours de son regard gris avec une attention aux détails qui était depuis longtemps devenue instinctive. Il remarqua la grande et robuste jeune femme, et l'expression de son visage suggéra qu'une case bien rangée de son cerveau l'avait identifiée comme l'un des nombreux étudiants de la duchesse Harrington. Mais qu'il l'ait ou non reconnue, il l'observa avec un détachement froid et analytique qui la poussa soudain à se réjouir qu'il ait peu de chances de la considérer comme une menace envers la femme qu'il protégeait.

Elle était habillée pour le gymnase à cet instant : elle portait le short et le maillot distribué à tous les aspirants femmes. Cet uniforme ne comportait pas de couvre-chef, ce qui la dispensait de l'obligation habituelle de saluer un officier supérieur, mais elle se mit rapidement au garde-à-vous jusqu'à ce qu'il acquiesce en réponse à sa marque de courtoisie. Puis il passa devant elle, et elle se remit au garde-à-vous comme la duchesse Harrington entrait dans le stand de tir à sa suite.

« Mademoiselle Zilwicki, fit la duchesse.

— Milady », répondit respectueusement Hélène.

L'uniforme immaculé d'Honor Harrington, noir d'espace et or, était unique. C'était le seul officier de la FRM à pouvoir porter un écusson de la Flotte spatiale graysonienne montrant une salamandre entourée de flammes, emblème de l'escadre du Protecteur, même en uniforme manticorien, car elle en était le commandant officiel. Mais, en plus de cela, elle était aussi le seul individu dont la veste eût jamais porté à la fois le ruban rouge sang de l'Étoile de Grayson et celui cramoisi, bleu et blanc de la médaille parlementaire du Courage. Des rumeurs insistantes prétendaient que la duchesse Harrington avait refusé la médaille du Courage après avoir mené l'évasion de Cerbère, mais même si elles disaient vrai, elle n'avait pas pu l'éviter après l'assassinat de Cromarty. Hélène se doutait qu'elle avait toutefois dû l'accepter à contrecœur car le baron de Haute-Crête, en tant que nouveau Premier ministre, avait tiré tout l'avantage médiatique possible de l'événement en annonçant qu'elle allait la recevoir.

Mais Hélène avait souvent vu ces rubans, et ce n'étaient ni eux ni le chat sylvestre installé sur l'épaule de la duchesse qui captèrent son attention cet après-midi-là. Ce fut plutôt l'étui en bois que portait Honor Harrington. Le genre d'étui qu'un artisan doué fabriquait à la main pour un prix exorbitant dans un minuscule atelier baigné de soleil, de poussière, de l'odeur sucrée des copeaux et du vernis, afin de protéger un objet coûteux jusqu'à l'indécence, et Hélène sentit son intérêt s'éveiller. Elle n'avait encore jamais vu cette boîte, mais elle avait parlé à d'autres qui la connaissaient, et elle savait ce qu'elle contenait.

Le calibre .45 de Lady Harrington s'était taillé une réputation – bonne ou mauvaise, selon le point de vue – au sein de la flotte. Ceux qui s'accrochaient à l'idée qu'elle était une tête brûlée, une dangereuse folle furieuse incapable de faire la différence entre le panache des médiocres holodrames historiques et la réalité des devoirs d'un officier moderne voyaient dans cette arme de poing archaïque la confirmation de leurs préjugés. D'autres, comme Hélène et Anton Zilwicki, la considéraient d'un autre œil. Peut-être parce que, contrairement à ceux qui condamnaient la « témérité » de Lady Harrington et la croyaient en quête de gloire, Hélène et son père avaient tous deux passé du temps quelque part où ses détracteurs n'avaient jamais mis les pieds. Ce n'était pas un sujet dont Hélène parlait avec ses camarades, mais elle se demandait parfois comment ils auraient réagi si elle leur avait raconté ses aventures sur la vieille Terre. Et mentionné avoir tué trois hommes à mains nues avant ses quinze ans.

Non. Hélène Zilwicki savait bien mieux que la moyenne ce qui était passé par la tête de Lady Harrington quand elle avait décidé d'affronter un chef pirate et ses gardes du corps équipés d'armes modernes avec une antiquité technologique vieille de plus de deux mille ans. Mais elle était aussi suffisamment jeune pour avoir très envie de voir cette antiquité en action.

Hélas, elle était déjà en retard pour son cours d'arts martiaux. Bien qu'elle soit en bonne voie pour maîtriser bientôt le style préféré de l'École spatiale, le coup de vitesse, elle passait également du temps à assister le chef Maddison dans l'enseignement du « Neue-Stil Handgemenge », un style plus ésotérique développé sur La Nouvelle-Berlin. Celui-ci n'était guère répandu dans le Royaume stellaire, mais elle avait eu le privilège de l'étudier avec le *sensei* Robert Tye, l'un des deux ou trois pratiquants les plus expérimentés de la vieille Terre. Malgré sa jeunesse, cela en faisait une ressource pédagogique dont Maddison était déterminé à faire le meilleur usage. Hélène appréciait sincèrement d'enseigner aux autres, mais cela lui prenait beaucoup de temps. Et, de toute façon, elle avait déjà terminé son entraînement de tir au pistolet pour aujourd'hui. Par conséquent, elle ne voyait pas quelle excuse imaginer pour justifier sa présence le temps que Lady Harrington gagne le pas de tir avec son .45.

Et zut.

« Avec votre permission, milady ? fit-elle, et Lady Harrington acquiesça.

— Allez-y, mademoiselle Zilwicki », répondit-elle avec un petit sourire, avant qu'Hélène ne se dirige au pas de course vers l'instructeur qui l'attendait.

Honor regarda la jeune aspirante disparaître, et son sourire s'élargit. Elle voyait mademoiselle Zilwicki d'un bon œil. Il n'était guère surprenant que la jeune femme tourne si bien… et pas uniquement parce que sa mère était authentiquement héroïque. Peu de médailles parlementaires du Courage avaient été plus méritées que celle du capitaine de vaisseau Hélène Zilwicki, mais sa fille était encore une enfant à l'époque. C'était du côté du père qu'il fallait chercher le plein épanouissement de la force de la jeune fille ; or, ces dernières années, Honor avait eu l'occasion d'apprécier mieux que la plupart à quel point ce père était fort. Et de comprendre pourquoi Hélène ne doutait jamais de sa capacité à réussir ce dans quoi elle décidait de se lancer.

En fait, Honor regrettait souvent de ne pas avoir eu davantage confiance en elle-même au même âge, à la façon d'Hélène, si c'était bien de cela qu'il s'agissait. Elle avait suffisamment goûté les émotions de la jeune femme à travers son lien empathique avec Nimitz pour en tirer la certitude qu'Hélène n'aurait pas réagi comme elle quand Pavel Young avait tenté de la violer. Enfin, *après* la tentative de viol, en tout cas, rectifia intérieurement Honor. Sur le coup, elle aurait certainement fait exactement la même chose que son aînée, et peut-être même pire, à en juger par ses résultats en combat à mains nues. Mais plus tard, après avoir eu le temps d'y réfléchir, Hélène n'aurait jamais envisagé de taire les événements au commandant de l'École.

*Si je lui avais ressemblé un peu plus au même âge,* songea Honor, *ma vie aurait été complètement différente. Et Paul serait encore vivant.* Elle ressentit une pointe familière de deuil, l'écho d'un grand chagrin, et elle inspira brusquement.

*Oui, il serait encore en vie. Mais je ne l'aurais pas rencontré – pas de la même façon, en tout cas.*

Elle s'accorda encore un moment pour se rappeler tout ce que Paul Tankersley et elle représentaient l'un pour l'autre, puis elle écarta doucement ce souvenir et suivit Andrew vers le comptoir de l'officier responsable du stand pour signer la feuille de présence.

Au sens strict, la loi de Grayson exigeait qu'elle se fasse accompagner dans tous ses déplacements par deux hommes d'armes au minimum, et elle savait que LaFollet n'avait toujours pas digéré sa décision de limiter son détachement de sécurité personnel à sa seule personne ici, sur l'île de Saganami. À vrai dire, elle avait été un peu surprise de constater combien elle-même en était contrariée, alors que l'idée venait d'elle. Certes, ce changement lui pesait pour des raisons qui n'étaient pas celles d'Andrew. C'était son boulot d'être conscient à l'extrême de toutes les menaces potentielles, à toute heure et en tout lieu, et il détestait au plus haut point la façon dont cela réduisait sa capacité à garantir sa sécurité. Pour sa part, Honor était raisonnablement sûre qu'aucun assassin ne rôdait dans les buissons de l'île de Saganami, mais elle avait de longue date abandonné tout espoir que la paranoïa institutionnelle de LaFollet leur permette de porter le même regard sur cette question précise.

En plus de ces considérations purement pratiques, toutefois, Honor savait que son homme d'armes s'irritait fort de ce qu'il considérait comme une insulte calculée envers son seigneur. Il savait tout des efforts de Janacek pour faire carrément interdire le personnel de sécurité d'Honor sur le campus de l'École. Il ne l'avait jamais dit explicitement, mais il était fermement convaincu qu'il ne s'agissait que d'une manifestation supplémentaire de la rancune mesquine dont le gouvernement manticorien actuel faisait preuve dès qu'il pensait que personne ne regardait ; Honor en était douloureusement consciente. Et cela lui aurait paru évident même sans son lien avec Nimitz : en l'occurrence, LaFollet aurait aussi bien pu hurler son dégoût à pleins poumons.

Hélas, et bien que l'idée du compromis fût la sienne, Honor partageait sa vision des sentiments qui avaient inspiré la tentative de Janacek. Ce qui expliquait pourquoi elle aussi en concevait tant d'amertume. Elle espérait que sa réaction naissait des circonstances qui avaient remis Janacek dans le fauteuil de Premier Lord plutôt que du sentiment de sa propre importance, mais elle était assez honnête avec elle-même pour reconnaître qu'elle n'en était pas aussi sûre qu'elle l'aurait voulu.

Elle grimaça à cette idée et posa son étui à pistolet ainsi que la sacoche pleine d'accessoires sur le comptoir tandis que l'officier responsable du stand, un adjudant-chef des fusiliers à l'air absurdement jeune et dont la plaque d'identité portait le nom de JOHANNSEN, M. sortait des casques antibruit pour LaFollet et elle, ainsi que les formulaires de rigueur. Elle signa et apposa l'empreinte de son pouce sur la paperasse, puis ouvrit la sacoche et en tira le casque antibruit qu'elle avait fait faire pour Nimitz. Le chat sylvestre ne l'appréciait guère, mais il n'allait sûrement pas le refuser. Quand ils étaient chez elle à Grayson, son stand de tir en extérieur lui permettait de garder un œil sur elle pendant qu'elle s'entraînait, sans qu'il ait à s'approcher au point que le bruit des détonations pose problème. Ici, à l'École, dans ce stand fermé, ce n'était pas possible, et elle l'observa patiemment pendant qu'il mettait le casque et l'ajustait soigneusement.

« Prêt, boule de poils ? » Le casque antibruit était une version perfectionnée de ce qui était déjà disponible avant même que l'humanité ne quitte la vieille Terre pour les étoiles. Ils étouffaient parfaitement les pics de décibels susceptibles d'abîmer les oreilles, tout en laissant clairement passer les conversations, et le chat sylvestre leva la main en signe d'approbation.

« Bien », dit-elle en ajustant son propre casque. LaFollet avait déjà mis le sien, et elle attendit patiemment qu'il franchisse la porte pour inspecter soigneusement le pas de tir. Une fois assuré qu'aucun tueur à gages déterminé ne s'y était glissé, il rouvrit la porte et la tint poliment ouverte.

« Merci, Andrew », fit-elle gravement avant d'entrer.

Le colonel LaFollet se tenait à distance de son seigneur sur le pas de tir bruyant et la regardait faire des trous dans des cibles en papier anachroniques avec une précision méticuleuse. Son automatique produisait un nuage de fumée odorante, contrairement aux pulseurs que la plupart des gens venaient s'entraîner à manier en ces lieux, mais, au moins, il y avait suffisamment d'autres adeptes des armes à feu à propulsion chimique dans la flotte pour que le pas de tir soit équipé d'un système de ventilation efficace.

C'était bien d'elle, de préférer les bonnes vieilles cibles papier traditionnelles aux hologrammes sophistiqués qu'on utilisait dans presque tous les programmes de formation au tir de combat. Le colonel s'était souvent dit que cette préférence résultait du fait qu'elle considérait le tir autant comme une forme d'art que comme un moyen sérieux d'autodéfense. Elle approchait son cher coup de vitesse et ses leçons de sabre à la mode de Grayson exactement dans la même optique. Elle n'en prenait pas son entraînement moins au sérieux pour autant, comme le prouvaient amplement les carnages qu'elle avait provoqués dans les trois disciplines. Et elle passait au moins une séance par semaine à s'exercer contre des adversaires holographiques programmés de manière réaliste.

Sans compter qu'elle était aussi douée pour trouer la peau des hologrammes que celle des silhouettes en papier marquées d'une cible circulaire, qui avaient sa faveur.

Bien qu'il laissât rarement passer sa chance de la taquiner sur le choix de son arme – respectueusement, bien entendu –, LaFollet tirait un grand réconfort de l'habileté dont elle faisait preuve dans le maniement de l'antique arme de poing dont l'amiral Matthews lui avait fait présent. Si cela ne tenait qu'à lui, Lady Harrington n'aurait plus jamais l'occasion de prouver ses compétences en matière d'autodéfense, mais ses échecs passés dans ce domaine ne lui inspiraient guère de confiance en l'avenir. Ce n'était pas sa faute à lui si elle attirait les tentatives d'assassinat, les face-à-face avec des pirates sanguinaires et mégalos, ou les exils vers des planètes-prisons infernales, mais cela ne changeait rien aux faits. Par conséquent, Andrew LaFollet voyait d'un très bon œil tout ce qui la rendait plus difficile à tuer.

D'ailleurs, il ne risquait pas de sous-estimer le danger mortel que représentait son pistolet sous prétexte qu'il lui cassait les oreilles et qu'il crachait la poudre. Il était peut-être gros, bruyant et dépassé de deux mille ans, il n'en était pas moins efficace. Et, contrairement à ses collègues manticoriens, LaFollet avait d'abord été formé sur des armes qui ressemblaient beaucoup au semi-automatique du seigneur Harrington. De conception un peu plus sophistiquée et fabriquées dans des matériaux sûrement un peu plus modernes, mais le principe de fonctionnement était quasiment identique. Ses collègues de la sécurité du Palais et lui-même les avaient échangées avec une joie non dissimulée contre les pulseurs que l'alliance de Grayson avec le Royaume stellaire leur avait enfin rendus accessibles, toutefois il avait gardé des douze ans T passés à s'exercer avec les armes d'autrefois un profond respect pour leurs capacités. Et puis il avait un jour vu son seigneur user de cette même « antiquité » pour tuer deux adversaires bien préparés et équipés de toute une batterie d'armes « modernes ».

Néanmoins, l'éventualité – lointaine, il l'espérait – qu'elle puisse un jour avoir à se déchaîner à nouveau personnellement contre des adversaires armés n'était pas la seule raison pour laquelle il se satisfaisait très bien de faire le pied de grue sur un pas de tir bruyant et enfumé pendant qu'elle expédiait balle après balle vers la cible. Non. Si rassurantes fussent ses compétences aux yeux de son homme d'armes, la véritable raison pour laquelle il n'opposait aucune objection à ses visites au stand de tir était beaucoup plus simple.

Cet exercice la détendait. Peut-être plus encore que ses katas de coup de vitesse, les séances de tir exigeaient une rupture mentale complète avec la foule de problèmes qui l'assaillaient en ce moment. Elles lui imposaient de vider son esprit pendant qu'elle se concentrait sur la mémoire des muscles, la respiration, la prise de l'arme et le contrôle de la détente, la mire et l'image de visée… Rien n'aurait su mieux la détourner, même brièvement, de la folie politique et diplomatique actuelle, qui se cristallisait de plus en plus autour de sa personne. Et, rien que pour ça, le tir au pistolet emportait l'approbation enthousiaste d'Andrew LaFollet.

Ce qui ne signifiait pas qu'il envisageait tout à fait sereinement ses séances au stand de tir. Pour commencer, l'idée de permettre à quiconque – même à des collègues de la Spatiale – de tenir en mains une arme en présence de son seigneur ne lui plaisait pas du tout. Il savait toutefois qu'il valait mieux ne pas aborder ce point précis avec Lady Harrington, c'est pourquoi il avait plus ou moins omis de lui rapporter la conversation privée qu'il avait eue avec le prédécesseur du sergent Johannsen plus de quatre ans auparavant. Le colonel avait compris depuis longtemps que la façon la plus sûre d'empêcher son employeur de se plaindre de mesures de sécurité irritantes consistait simplement à ne pas lui en parler. Lady Harrington elle-même ne pouvait pas s'indigner de ce qu'elle ignorait – pourtant, lui faire des cachotteries n'était pas vraiment la tâche la plus aisée au monde.

Dans le cas présent, néanmoins, il était à peu près sûr qu'elle n'avait fort heureusement pas conscience que Johannsen, tout comme le précédent officier en charge du stand de tir, veillait discrètement à ce qu'aucun autre tireur ne soit jamais autorisé à entrer pendant qu'elle occupait le pas de tir. Elle finirait peut-être tôt ou tard par se demander pourquoi elle avait toujours les lieux pour elle toute seule, bien sûr. Ce jour-là, elle poserait sans doute des questions très précises auxquelles LaFollet n'était pas pressé de répondre. Mais, entre-temps, son parti pris de rester muet tant qu'elle ne demandait rien paraissait bien fonctionner, et il serait toujours temps de s'en préoccuper le moment venu.

Malgré son accord avec Johannsen, le penchant paranoïaque soigneusement entretenu de LaFollet l'empêchait de jamais complètement relâcher sa vigilance. Tout en regardant son seigneur « découper » systématiquement la zone cible d'une silhouette supplémentaire à une distance de quinze mètres, il observait aussi constamment les autres pas de tir ainsi que la porte insonorisée donnant accès au stand.

Par conséquent, il remarqua l'arrivée d'un homme grand, large d'épaules, les yeux bleus, bien avant Lady Harrington.

Le colonel reconnut le nouvel arrivant dès qu'il passa la porte, mais son visage impassible par obligation professionnelle dissimula admirablement sa consternation. Pourtant il n'avait rien contre cet homme. Pour tout dire, il admirait et respectait l'amiral Hamish Alexander, treizième comte de Havre-Blanc, presque autant qu'il admirait et respectait Lady Harrington et, en d'autres circonstances, il aurait été ravi de le voir. En l'occurrence…

L'homme d'armes se mit au garde-à-vous et salua bien que Havre-Blanc, contrairement au seigneur Harrington, fût en civil. Sur l'île de Saganami, il tranchait par sa tenue comme un curé dans une maison close, et LaFollet le soupçonnait de le faire exprès. Le comte était considéré comme le principal commandant de terrain de toute l'Alliance manticorienne après sa brillante prestation dans l'opération Bouton-d'or, et la Flotte spatiale de Grayson lui avait accordé le grade d'amiral dans ses rangs. Il avait parfaitement le droit de porter l'uniforme correspondant à son grade – dans l'une ou l'autre de ses deux flottes – quand il le voulait, bien que Sir Édouard Janacek ait jugé utile de le retirer du service actif avec une précipitation indécente en lui accordant une demi-solde – l'une de ses premières décisions en tant que Premier Lord de l'Amirauté. S'il avait pu, Janacek aurait sûrement tenté de lui ordonner de refuser la promotion graysonienne par la même occasion. Techniquement, il en avait le pouvoir puisque les Graysoniens ne lui avaient pas accordé son grade à simple titre honorifique alors que Havre-Blanc n'était pas citoyen de Grayson, mais même le gouvernement Haute-Crête n'avait pas osé faire un affront si gratuit à l'homme qui avait gagné la guerre. Le Premier Lord avait donc avalé la couleuvre, accepté la promotion… puis privé Havre-Blanc de l'occasion de porter quelque uniforme que ce soit en service actif. Son choix de ne plus le porter du tout, même ici, à la source même du corps des officiers de la Flotte royale manticorienne, soulignait seulement la mesquinerie de la décision de Janacek.

Le comte lui répondit par un signe de tête fort similaire à celui que Lady Harrington aurait eu si elle n'avait pas porté l'uniforme et l'invita d'un geste à se mettre au repos. LaFollet se détendit, et Havre-Blanc, les oreilles bien couvertes par son casque personnel, vint se poster à ses côtés pour regarder Lady Harrington réduire en lambeaux sa cible du moment. LaFollet était très surpris que Nimitz n'ait pas prévenu sa compagne humaine de l'arrivée de Havre-Blanc grâce à leur lien. Peut-être était-elle simplement trop concentrée sur le tir pour être autant à l'écoute du chat sylvestre que d'habitude. Ce n'était sûrement pas parce que Nimitz partageait la consternation de LaFollet : il paraissait évident à l'homme d'armes que le chat sylvestre aimait Havre-Blanc et approuvait vigoureusement son attitude envers la femme que lui-même avait adoptée.

Ce qui, aux yeux de LaFollet, démontrait une fois de plus qu'en dépit de siècles de fréquentation de la société humaine le cerveau des chats sylvestres ne fonctionnait tout bonnement pas de la même façon que celui des humains.

Le colonel était bien trop professionnel – et prudent – pour se permettre d'interrompre sa surveillance systématique des environs, mais il observait le comte très discrètement, du coin de l'œil, et il se désola en constatant que le regard bleu glacé de Havre-Blanc s'attardait sur son seigneur et s'adoucissait notablement.

Lady Harrington tira la dernière balle de son chargeur, et la culasse de son pistolet se verrouilla en position ouverte. Elle le posa soigneusement sur la tablette de son poste, gueule pointée vers le couloir de tir, et enfonça un bouton afin de ramener sa cible vers elle. Elle la contempla quelques instants d'un air songeur puis adressa une moue approbatrice un peu réticente au grand trou crénelé qui avait remplacé la zone cible de la silhouette. Elle décrocha le papier d'une main, se retourna pour le ranger et en installer un nouveau et se figea en apercevant Havre-Blanc.

Son hésitation fut brève, si fugace que quiconque ne la connaissait pas aussi bien que LaFollet ne l'aurait sans doute même pas remarquée. Mais LaFollet la connaissait et, s'il s'était désolé à voir la mine du comte, il se désespéra franchement cette fois.

Face à la plupart des gens, le visage du seigneur Harrington, avec ses traits taillés à la hache et ses hautes pommettes, constituait un admirable masque pour ses sentiments. Rares étaient sans doute ceux qui se rendaient compte des années de discipline militaire et d'autodiscipline qui avaient nourri ce masque, mais ceux qui la connaissaient réellement savaient très bien déchiffrer son visage malgré tout. Ses yeux la trahissaient. Toujours ses yeux. Ces immenses amandes couleur chocolat. Ces yeux qu'elle avait hérités de sa mère et qui reflétaient ses sentiments d'une façon plus révélatrice encore que l'attitude de Nimitz.

Des yeux qui, le temps de deux battements de cœur, trois tout au plus, avaient brillé de joie et de chaleur.

*Doux Seigneur,* songea LaFollet, au bord du désespoir, *ils croient tous les deux que personne au monde – l'autre y compris – ne voit ce qui se passe. Ils le croient vraiment. Imbéciles.*

Il se tança sévèrement dès que cette idée lui traversa l'esprit. D'abord, son seigneur pouvait décider de tomber amoureuse de qui elle voulait, ce n'était pas son affaire. Son boulot consistait à la protéger et non à lui dire ce qu'elle pouvait faire ou non de sa vie.

Ensuite, elle était manifestement tout aussi consciente que LaFollet des nombreuses raisons pour lesquelles elle n'avait pas à lancer ce genre de regards au comte de Havre-Blanc. Dans le cas contraire, ces deux-là auraient cessé de souffrir noblement en silence depuis au moins deux ans.

Et Dieu seul savait où cela les aurait menés !

« Bonjour, Honor, dit Havre-Blanc en désignant la cible perforée. Je n'ai jamais bien su tirer, pour ma part. Avez-vous envisagé de postuler dans l'équipe de tireurs d'élite quand vous étiez aspirante ?

— Bonjour, Hamish », répondit Lady Harrington en lui tendant la main.

Le comte la prit mais, plutôt que de la serrer à la mode manticorienne, il la leva à ses lèvres et l'effleura comme l'aurait fait un Graysonien. Il avait passé suffisamment de temps sur Grayson pour que son geste paraisse tout à fait naturel, mais une rougeur imperceptible monta aux joues d'Honor.

« Pour répondre à votre question, reprit-elle quelques instants plus tard, d'une voix normale, tout en retirant sa main, oui. J'ai envisagé de postuler pour l'équipe de tir au pistolet. La carabine ne m'a jamais intéressée, je le crains, et j'ai toujours apprécié les armes de poing. Mais je me mettais seulement au coup de vitesse à l'époque, et j'ai décidé de me concentrer plutôt là-dessus. » Elle haussa les épaules. « J'ai grandi dans la nature sur Sphinx, vous savez ; j'étais déjà assez bonne tireuse en arrivant à l'École.

— C'est sans doute une façon de présenter les choses », fit Havre-Blanc, laconique, tout en ramassant la cible, qu'il leva au niveau de ses yeux pour la regarder à travers le trou qui en perçait le centre. « Mes pratiques sportives personnelles étaient un peu plus pacifiques que les vôtres.

— Je sais. » Elle acquiesça et le gratifia d'un des sourires en coin qu'imposaient les nerfs artificiels de sa joue gauche. « J'ai cru comprendre que l'amiral Caparelli et vous étiez des adversaires acharnés au football pendant votre formation sur l'île.

— Ce que vous avez cru comprendre, c'est que Tom Caparelli a proprement botté mon derrière aristocratique sur le terrain, rectifia le comte, et elle gloussa.

— C'est peut-être vrai, mais je suis devenue beaucoup trop diplomate pour le formuler aussi crûment.

— Je vois. » Il baissa la cible, et l'humour qu'exprimait son visage s'atténua un peu. « À propos de diplomatie, je ne vous ai pas poursuivie jusque dans votre antre secret pour le seul plaisir de votre compagnie, je le crains. Bien que votre compagnie soit toujours un plaisir.

— Vous ne faites pas un trop mauvais diplomate vous-même », fit-elle remarquer, et un autre qu'Andrew LaFollet aurait pu ne pas sentir la tension qui s'était insinuée dans sa voix.

« C'est le résultat de décennies en tant que frère d'un homme politique ambitieux, lui assura Havre-Blanc. En fait, la raison pour laquelle je suis venu à votre recherche, c'est que l'ambitieux en question et moi avons passé l'essentiel de la matinée ensemble.

— Ah bon ? » Lady Harrington haussa un sourcil interrogateur.

« Je devais me rendre à Arrivée pour affaires, de toute façon, expliqua le comte, alors je suis passé voir Willie… qui revenait justement du Palais du Montroyal.

— Je vois. » Le ton du seigneur Harrington s'était soudain fait beaucoup plus neutre ; elle éjecta le chargeur de son pistolet, déverrouilla la culasse et rangea l'arme dans son étui tapissé de velours. « Dois-je en conclure qu'il vous a demandé de passer me voir ?

— Pas précisément. Mais Élisabeth l'avait invité au Palais en tant que chef de l'opposition afin d'assister au briefing officiel présentant les dernières inspirations de Haute-Crête et ses laquais. » Lady Harrington releva les yeux de l'étui pour lancer un regard cinglant au comte, mais il ne le remarqua pas ou fit semblant de ne rien voir. « Le message officiel d'invitation envoyé au chef de l'opposition s'était bizarrement perdu. Une fois de plus.

— Je vois », répéta-t-elle en fermant brutalement l'étui. Elle tendit la main vers son sac, mais Havre-Blanc l'atteignit avant elle et, tout sourire, le passa sur son épaule.

Elle lui rendit son sourire, mais son regard était inquiet. LaFollet ne s'en étonna pas. Elle avait parcouru beaucoup de chemin depuis l'époque où l'homme d'armes était entré à son service : elle n'était plus un officier spatial béotien en matière de politique. Elle n'avait donc pas manqué le mépris renouvelé que trahissait la voix de Havre-Blanc quand il parlait du Premier ministre, ni la mesquinerie dont avait fait preuve Haute-Crête en omettant délibérément d'aviser Lord Alexander de la tenue du briefing.

Tout comme son seigneur, bien qu'à un degré moindre, le colonel était désormais bien plus au courant des usages politiques manticoriens qu'il ne comptait le devenir. De ce fait, il savait que la Constitution n'exigeait pas explicitement du Premier ministre qu'il invite le chef de l'opposition parlementaire aux briefings officiels hebdomadaires de Sa Majesté. Une longue tradition voulait toutefois qu'il le convie aux briefings réguliers, à la fois par simple courtoisie et afin de s'assurer qu'en cas de brutal changement de gouvernement celui qui remplacerait très certainement le Premier ministre soit le mieux informé possible.

Nul n'attendait d'un homme politique, même du Premier ministre du Royaume stellaire de Manticore, qu'il invite son principal adversaire aux conseils des ministres ou aux briefings spéciaux de la Couronne. Cela aurait été déraisonnable et stupide. Mais les briefings généraux bihebdomadaires étaient une tout autre affaire, et LaFollet savait que le duc de Cromarty y avait toujours, même au plus fort de la guerre contre les Havriens, scrupuleusement convié Haute-Crête, alors meneur de l'opposition. Cela ressemblait bien à Haute-Crête d'oublier d'accorder cette même courtoisie à celui qui était à l'époque le « second » de Cromarty.

« Avez-vous eu l'impression qu'une raison particulière justifiait que cette invitation précise se soit "perdue" ? reprit Honor au bout d'un moment.

— Pas vraiment, reconnut Havre-Blanc, toutefois je doute fort qu'il ait été ravi de voir Willie, vu la nature et le contenu du briefing. D'un autre côté, il valait peut-être mieux pour lui que Willie soit présent malgré tout. » Lady Harrington inclina la tête d'un air interrogateur, et le comte eut un petit rire. « J'ai l'impression que Sa Majesté se comporte un peu mieux quand Willie est présent pour faire tampon entre elle et son Premier ministre.

— Je crains que ce ne soit vrai, répondit Lady Harrington, le ton et la mine beaucoup plus graves que ceux du comte. Je préférerais que ce ne soit pas le cas », poursuivit-elle en se détournant pour attraper Nimitz. Le chat sylvestre sauta dans ses bras et se glissa dans sa position habituelle sur l'épaule droite de sa compagne. Il s'y percha en enfonçant l'extrémité des griffes de ses pattes arrière dans le tissu fait exprès de sa veste d'uniforme, juste sous l'omoplate, tout en ôtant d'une main son casque, et elle se tourna vers Havre-Blanc. « Dieu sait que je compatis avec elle, mais faire étalage de son mépris pour lui, même en privé, n'arrange rien à la situation.

— Non, en effet, dit le comte, l'air moins amusé que quelques instants plus tôt. D'un autre côté, Élisabeth et Haute-Crête sont comme l'eau et l'huile. Et on peut dire tout ce qu'on veut de son tact – ou de son manque de tact –, mais on ne peut pas la taxer de malhonnêteté.

— Il y a malhonnêteté et fourberie, répondit le seigneur Harrington. Et puis il y a la conscience du fait que remuer le couteau dans la plaie en montrant à quelqu'un qu'on le hait et qu'on le méprise, même si on s'en abstient en public, ne peut qu'aggraver les choses.

— Ce n'est pas très juste de dire qu'elle remue le couteau dans la plaie, Honor, protesta tièdement Havre-Blanc.

— Si, ça l'est, répliqua-t-elle fermement. Soyez réaliste, Hamish. Élisabeth ne sait pas comment prendre les gens qu'elle méprise. Je comprends parce que, à ma façon, j'ai la même faiblesse. » LaFollet remarqua qu'elle ne mentionnait pas le célèbre mauvais caractère de son interlocuteur. « Mais j'ai dû apprendre qu'il est des situations que je ne peux pas résoudre en brandissant un plus gros marteau quand on m'irrite. Élisabeth le sait, intellectuellement, mais quand les émotions s'en mêlent, il lui est presque impossible de dissimuler ses sentiments si ce n'est dans le cadre le plus officiel. »

Elle soutint le regard du comte jusqu'à ce qu'il finisse par acquiescer de mauvais gré ; puis elle haussa les épaules.

« Élisabeth a de grandes qualités, dit-elle alors, mais parfois j'aimerais qu'elle possède davantage de ces… talents relationnels qu'a Benjamin. Elle est capable de "mener" d'une façon peu commune, mais elle n'est pas à sa place quand il s'agit de manipuler des gens qui ne veulent pas déjà la suivre. Et c'est encore plus vrai quand ceux qu'elle devrait convaincre de faire ce qu'elle veut désirent le contraire pour des raisons personnelles.

— Je sais, soupira Havre-Blanc. Je sais. Mais, ajouta-t-il d'une voix plus gaie et assurée, c'est à cela que servent des gens comme Willie et vous : à la conseiller quand elle se prépare des ennuis.

— Willie, peut-être, fit Lady Harrington en haussant les épaules.

— Et vous, insista le comte. Elle en est venue à se reposer sur vous pour beaucoup plus que votre perception privilégiée de la vie politique graysonienne, et vous le savez.

— Peut-être », répéta-t-elle, manifestement très embarrassée à cette idée, et il changea de sujet.

« En tout cas, j'ai décidé que, puisque j'étais dans le coin et que Willie m'a rebattu les oreilles de ce que Haute-Crête – et Janacek – avaient à dire lors du briefing, je pouvais passer vous mettre au courant par la même occasion. »

*Bah ! voyons,* songea LaFollet, sarcastique. *Après tout, c'était votre devoir, en conscience, de lui transmettre ces informations capitales dès que possible… et en personne.*

Nimitz jeta un coup d'œil à l'homme d'armes par-dessus l'épaule de Havre-Blanc et agita les oreilles, manifestement amusé de la tonalité de ses émotions. LaFollet tira la langue au chat sylvestre en pensée, et les yeux vert d'herbe de Nimitz s'animèrent d'une lueur malicieuse, mais il choisit de ne pas réagir plus ouvertement.

« Merci », fit Lady Harrington sur le même ton à la fois sérieux et insouciant, comme si elle n'avait pas remarqué l'amusement de son chat et de son homme d'armes. Ce qui n'était sûrement pas le cas, se dit LaFollet en tempérant ses réflexions indisciplinées. Fort heureusement, son lien avec Nimitz ne lui permettait de déceler que les émotions et non les pensées qui les avaient produites. La plupart du temps, elle était capable d'en déduire dans les grandes lignes – et avec une précision assez effrayante – en quoi celles-ci devaient consister, mais, en l'occurrence, ce talent paraissait l'avoir abandonnée. Ce qui en disait sans doute long sur la vigueur avec laquelle elle refusait de regarder en face ce qui se passait réellement entre Havre-Blanc et elle, songea le colonel, beaucoup moins amusé.

« Cela pourrait prendre un moment, prévint le comte. À quoi ressemble votre emploi du temps pour le reste de l'après-midi ?

— Je donne une conférence ce soir au "broyeur", mais c'est après dîner et j'ai déjà peaufiné mes notes. Jusque-là, je suis libre. J'ai bien un petit paquet de copies à lire et corriger, mais c'est pour une option facultative, je peux sans doute les laisser patienter un après-midi.

— Bien. » Havre-Blanc consulta son chrono. « Je n'y avais pas pensé avant que vous ne parliez du dîner, mais il est presque midi. Puis-je vous offrir à déjeuner quelque part ?

— Non, mais moi je vais vous offrir à déjeuner », répondit-elle, et LaFollet se sentit désespérer derechef en voyant son regard s'animer soudain d'une lueur plus malicieuse encore que celui de Nimitz. Havre-Blanc haussa un sourcil interrogateur, et elle gloussa. « Vous êtes ici à Saganami, Hamish, et que ça plaise à Janacek ou non, vous êtes officier général. Pourquoi ne préviendrais-je pas Casey à l'avance de façon à réserver l'un des salons des officiers généraux pour le déjeuner ?

— Oh, Honor, c'est diabolique », fit Havre-Blanc qui arborait soudain un immense sourire, et LaFollet ferma les yeux, en parfait accord avec cette dernière phrase. Le Casey était l'immense cafétéria de l'autre côté de la cour. Son réfectoire principal pouvait accueillir simultanément près d'un tiers du corps étudiant de l'île de Saganami, mais il disposait également de salons plus petits et bien plus luxueux à l'usage des officiers les plus gradés. Dont quinze à vingt alcôves réservées aux amiraux et capitaines de la Liste forts d'une longue ancienneté ainsi que leurs invités, disponibles selon le principe « premier arrivé, premier servi ».

« Janacek va avoir une attaque en apprenant que vous et moi avons déjeuné ensemble au beau milieu de ce qu'il aimerait considérer comme son domaine privé, poursuivit le comte. Surtout quand il comprendra que je suis venu tout droit de chez William après avoir discuté de ce que Haute-Crête et lui avaient à dire au briefing de ce matin.

— Je doute que nous ayons cette chance, mais on peut au moins espérer faire monter sa tension de quelques crans.

— J'aime cette idée », déclara joyeusement Havre-Blanc. Puis il lui fit signe de franchir la porte avant lui.

L'espace d'un court instant, Andrew LaFollet fut sur le point de commettre l'impensable. Mais l'instant passa et, en précédant son seigneur afin de lui ouvrir la porte, il se cloua fermement les lèvres pour ne pas se mêler de ce qui ne le regardait pas.

*Ils ne se rendent vraiment pas compte,* songea-t-il. *Voilà pourquoi ils ne voient pas que je ne suis pas le seul – le seul être humain, en tout cas – à avoir remarqué la façon dont ils se regardent. Il ne faudrait surtout pas qu'ils aillent s'offrir un déjeuner privé dans un lieu aussi public, mais ils n'en ont même pas conscience.*

Il ouvrit la porte, effectua par réflexe un contrôle visuel rapide puis s'écarta devant Lady Harrington et son invité. Il les regarda se diriger vers le bureau de Johannsen pour émarger sur la feuille de présence et s'affligea intérieurement.

*Notre Père l'Église dit que Tu veilles sur les enfants et les simples d'esprit,* dit-il à son Dieu. *J'espère que Tu veilles sur ces deux-là en ce moment.*

## CHAPITRE QUATRE

Le capitaine Thomas Bachfisch, propriétaire et maître à bord du bâtiment marchand armé le *Fléau des pirates*, était un homme mince et frêle, au visage émacié et ridé. Il était voûté et, malgré son uniforme civil bleu à la taille impeccable, il n'avait rien d'impressionnant. Le *Fléau des pirates* non plus, d'ailleurs. Jaugeant environ cinq millions de tonnes, le transporteur dépassait à peine une taille moyenne pour la plupart des régions de la Galaxie, même si son tonnage le plaçait effectivement en haut du panier ici, en Silésie. Néanmoins, bien que de toute évidence correctement entretenu, il n'en imposait guère. Un observateur expérimenté lui aurait donné au moins cinquante ans T et l'aurait sans doute identifié comme un produit du chantier Gopfert – désormais fermé – dans le système de La Nouvelle-Berlin. Gopfert était autrefois l'un des chantiers spatiaux les plus productifs de tout l'Empire andermien, fournisseur non seulement des grandes familles marchandes mais construisant aussi des vaisseaux de guerre et de soutien logistique pour la flotte impériale. Mais il y avait longtemps de cela, et les lignes du *Fléau des pirates* étaient désormais clairement datées, voire un peu archaïques. De plus, sa peinture extérieure criarde flambant neuve lui donnait l'air d'une douairière décrépite après un ravalement raté, et il aurait été difficile d'imaginer bâtiment méritant apparemment moins son nom guerrier. Ce qui convenait très bien au capitaine Bachfisch. Par moments, un marchand opérant ici, en Confédération silésienne, ne pouvait pas souhaiter mieux qu'être sous-estimé.

Comme la scène présente en apportait la preuve.

Il se tenait dans le hangar d'appontement du transporteur, les mains nonchalamment croisées dans le dos, et regardait avec une satisfaction féroce le dernier groupe de Silésiens en date à avoir sous-estimé son vaisseau traîner les pieds vers la navette du croiseur andermien *Todfeind* qui les attendait. Plus que dociles, ils marchaient entre les rangs de fusiliers andermiens et les hommes d'équipage armés que Bachfisch avait détachés pour les livrer à leurs nouveaux geôliers.

« Nous vous renverrons vos menottes dès que nous aurons mis ces… gens en cellule, *Kapitän*, promit l'*Oberleutnant der Sterne* chargé du détachement de fusiliers andermiens.

— J'apprécie, *Oberleutnant.* » La voix de ténor de Bachfisch était un peu nasillarde, et son accent manticorien saccadé formait un contraste marqué avec celui, plus rude, de l'officier andermien.

« Croyez-moi, monsieur, tout le plaisir est pour nous. » L'*Oberleutnant* termina le décompte de prisonniers tandis que le dernier passait devant lui, tête basse. « J'en ai compté trente-sept, *Kapitän.* »

Bachfisch acquiesça.

L'*Oberleutnant* tapa quelques mots sur son bloc-mémo, puis secoua la tête et accorda à l'homme en bleu debout à ses côtés un regard bien plus admiratif que les officiers spatiaux n'avaient coutume d'en gratifier de simples capitaines marchands.

« J'espère que vous pardonnerez ma question, *Kapitän*, dit-il avec une certaine hésitation, mais comment avez-vous réussi à les capturer, au juste ? » Bachfisch inclina la tête en le regardant, et l'*Oberleutnant* secoua la sienne aussitôt. « Je ne me suis peut-être pas bien exprimé, monsieur. Simplement, d'habitude, les pirates ont plus de chances de capturer des équipages marchands que l'inverse. C'est toujours une agréable surprise quand quelqu'un arrive à renverser les rôles. Et je dois reconnaître que, lorsque le *Kapitän* m'a dit de venir vous en débarrasser, j'ai fait quelques petites recherches. Ce n'est pas la première fois que vous nous livrez une bande de pirates. »

Bachfisch regarda un moment d'un air songeur le jeune officier, dont le grade équivalait à celui d'enseigne de première classe dans la FRM. Il avait déjà transmis un rapport complet au commandant du *Todfeind*, et l'officier juridique du croiseur avait pris les dépositions sous serment de tous ses officiers ainsi que de la plupart de ses sous-officiers. Il s'agissait de la procédure opérationnelle standard ici, au sein de la Confédération, où les témoins d'actes de piraterie étaient souvent dans l'incapacité d'assister au procès des pirates. Mais il paraissait évident, d'après le sérieux de son visage, que ses supérieurs n'avaient pas choisi de partager leurs informations avec lui… et qu'il était dévoré par la curiosité.

« Je préfère vous remettre n'importe quelle bande de pirates à vous plutôt qu'aux Solariens, répondit Bachfisch au bout d'un moment. Au moins, quand je les confie à l'Empire, je peux être raisonnablement sûr de ne plus les revoir. Et ils le savent. Ils n'étaient pas contents quand je leur ai dit qui allait nous soulager de leur présence.

» Quant à la façon dont nous avons renversé les rôles… » Il haussa les épaules. « Le *Fléau* n'en a peut-être pas l'air, *Oberleutnant*, mais il est aussi armé que bon nombre de croiseurs lourds. La plupart des vaisseaux marchands ne peuvent pas se permettre la perte d'espace de stockage ni les modifications structurelles nécessaires pour s'équiper d'un armement digne de ce nom, mais le *Fléau* ne ressemble pas à la plupart des vaisseaux marchands. » Il eut un petit rire. « En réalité, il a commencé sa carrière comme transporteur militaire armé de classe Vogel dans votre propre flotte, il y a quelque chose comme soixante-dix ans. Je l'ai eu à bas prix quand on a fini par le mettre au rebut il y a dix ans T environ, parce que son compensateur d'inertie était plus ou moins grillé. À part ça, il était en assez bon état, toutefois, je n'ai donc pas eu trop de mal à le remettre en service. J'ai remplacé et remis à niveau son armement d'origine par la même occasion, et j'ai longuement réfléchi à la manière de camoufler les sabords d'armement pendant que j'y étais. » Il haussa de nouveau les épaules. « Du coup, la plupart des pirates ne se doutent pas un instant que le “vaisseau marchand sans défense” qu'ils s'apprêtent à aborder est en fait beaucoup plus lourdement armé qu'eux.

» Pas tant que nous n'ouvrons pas les sabords pour les envoyer en enfer, en tout cas », dit-il d'une voix de ténor soudain dure et glaciale. Puis il se reprit. « Quant aux clowns que nous venons de vous livrer, reprit-il sur un ton plus badin que ses yeux démentaient, ils étaient déjà dans leurs navettes d'abordage et se dirigeaient vers nous quand leur bâtiment et le reste de leurs camarades s'est transformé en plasma derrière eux. Ils n'ont donc pas eu d'autre choix que d'abandonner leurs armes, passer le sas du personnel un par un et se rendre, exactement comme nous le leur avons demandé. Ils ne voulaient surtout pas irriter nos canonniers en essayant d'agir autrement. »

L'*Oberleutnant* regarda le visage ridé aux yeux glacés

et décida de ne pas poser la multitude de questions qui continuaient à le préoccuper. Il était à peu près sûr que Bachfisch y aurait répondu poliment, mais quelque chose dans l'attitude du commandant décourageait l'excès de familiarité.

Le jeune officier andermien observa la galerie du hangar d'appontement. Comme tout le reste sur le *Fléau des pirates*, le hangar était parfaitement entretenu : immaculé, cloisons fraîchement repeintes et pont littéralement propre au point de pouvoir manger dessus. Un seul regard au commandant du transporteur suffisait à vous informer qu'il dirigeait un vaisseau extraordinairement soigné, surtout pour un cargo ici, en Silésie, mais cela dépassait la simple propreté. Le *Fléau des pirates* ressemblait beaucoup plus à un bâtiment de guerre ou au vaisseau de soutien logistique qu'il était en début de carrière qu'à n'importe lequel des transporteurs « normaux » que le lieutenant avait jamais abordés.

Il reporta son attention sur le capitaine du *Fléau* et se mit brièvement au garde-à-vous. Il n'avait pas l'habitude d'accorder des politesses militaires à de simples marchands, mais celui-ci était différent. Et, bien que l'*Oberleutnant* fût conscient de la tension croissante entre sa propre flotte et celle du Royaume stellaire de Manticore, il reconnaissait cette différence.

« Eh bien, monsieur, permettez-moi de vous renouveler l'expression de l'admiration de mon *Kapitän*. Et j'aimerais y ajouter la mienne.

— Merci, *Oberleutnant*, répondit gravement Bachfisch.

— Et vous pouvez être tranquille, je pense : vous ne reverrez plus cette bande de pirates-ci », lui assura l'Andermien avec un petit sourire.

Le *Todfeind* s'éloignait du *Fléau* en accélérant régulièrement, et Bachfisch regardait depuis son pont de commandement l'image du croiseur lourd. L'espace d'un instant, ses yeux se remplirent d'une profonde nostalgie qui disparut aussi vite qu'elle était venue, et il se retourna vers l'équipage du pont.

« Eh bien, nous avons perdu assez de temps à remplir nos devoirs civiques », fit-il, sarcastique, et la plupart des personnes présentes lui sourirent. Bachfisch ne perdrait peut-être jamais son accent manticorien, mais il avait passé les quarante dernières années T en Silésie et, comme la plupart des équipages locaux, celui qu'il avait rassemblé à bord du *Fléau* était issu de toutes les sources imaginables.

Il incluait des Silésiens, des Andermiens, d'autres Manticoriens, des Solariens et même un ou deux hommes et femmes manifestement originaires de la République populaire de Havre. Mais ils avaient tous en commun, comme l'équipage de l'*Embuscade*, vaisseau frère du *Fléau*, d'avoir signé leur contrat avec l'assurance que leur bâtiment ne se rendrait jamais face aux pirates infestant la région. On ne pouvait pas vraiment les qualifier de croisés – d'ailleurs, s'il s'agissait de chevaliers, la plupart étaient au mieux d'un gris brumeux – mais tous tiraient une profonde satisfaction de la certitude que tout pirate qui s'en prenait au *Fléau* ou à l'*Embuscade* ne commettrait plus jamais d'autre erreur.

Aucun ne savait précisément ce qui avait motivé leur commandant pour qu'il passe les quatre dernières décennies à amasser les ressources financières nécessaires à l'achat, l'armement et l'entretien de ce qui revenait à un duo de vaisseaux-Q bien à lui. D'ailleurs, personne – à l'exception peut-être du capitaine de vaisseau Laurel Malachi, commandant de l'*Embuscade*, et de Jinchu Gruber, second du *Fléau* – n'avait la moindre idée de la façon dont il avait mis la main sur le mandat d'auxiliaire spatial qui lui permettait de contourner la loi de la Confédération interdisant la possession privée de bâtiments armés. De toute façon, ils s'en fichaient. Si curieux fussent-ils à l'occasion, ce qui comptait à leurs yeux, c'était que, contrairement à la plupart des spatiaux marchands de la Confédération, ils avaient la quasi-certitude à chaque départ d'arriver au bout de leur voyage sains et saufs, même s'ils tombaient sur un croiseur pirate ou deux en chemin.

La plupart avaient des comptes à régler avec les boucaniers brutaux qui terrorisaient les transporteurs marchands silésiens, ce qui les encourageait à suivre Bachfisch n'importe où sans poser de questions embarrassantes. Il exigeait d'eux qu'ils se soumettent à une discipline militaire et qu'ils s'entraînent au maniement des armes, à la fois embarquées et personnelles – et il disposait promptement de ceux qui ne se montraient pas à la hauteur de ses attentes –, ce qui leur convenait tout à fait. Pour tout dire, ils y voyaient le prix dérisoire à payer pour à la fois assurer leur sécurité et s'offrir l'occasion de casser du pirate de temps en temps. Et ils savaient tous que c'était parce que ses bâtiments atteignaient toujours leur destination avec un chargement intact que Bachfisch pouvait appliquer des tarifs très élevés, qui lui permettaient aussi de les payer extrêmement bien selon les critères silésiens.

Thomas Bachfisch était tout à fait conscient que bon nombre d'officiers spatiaux auraient été consternés à l'idée d'accepter certains des membres d'équipage de ses vaisseaux. À une époque, lui-même y aurait réfléchi à deux fois avant d'en autoriser quelques-uns à son bord. Mais il y avait bien longtemps de cela, et il ressentait aujourd'hui une immense fierté en voyant combien ses employés disparates formaient une équipe soudée. En fait, il aurait parié sur l'un ou l'autre de ses équipages contre la plupart des vaisseaux de guerre classiques jusqu'au tonnage d'un croiseur de combat, et non uniquement contre les pirates typiquement méprisables qu'ils rencontraient.

Il regarda de nouveau l'image un moment, puis jeta un coup d'œil au répétiteur de son officier tactique et fronça les sourcils. En accord avec son statut de bâtiment armé, le *Fléau* pouvait se targuer de posséder un équipement de détection et des consoles de contrôle de l'armement supérieurs à ceux présents à bord de beaucoup de vaisseaux de guerre de la Flotte confédérée officielle, et les sourcils du capitaine se froncèrent un peu plus en remarquant la barre de données affichée sur le répétiteur.

Il s'approcha pour regarder par-dessus l'épaule de l'officier tactique. Celle-ci devina sa présence et se retourna en levant vers lui un regard interrogateur.

« Je peux vous aider, pacha ?

— Mmm. » Bachfisch posa une main gauche légère sur l'épaule droite de l'officier et se pencha pour taper une requête sur sa console. L'ordinateur réfléchit une nanoseconde ou deux à sa question, puis lui communiqua obligeamment le tonnage du *Todfeind*. Le lieutenant de vaisseau Hairston baissa les yeux vers les nouveaux chiffres qui clignotaient sur son écran, les compara aux données d'accélération et fit la moue.

« On dirait qu'ils sont assez pressés, vous ne trouvez pas ?

— J'imagine qu'on peut le dire ainsi comme ça, Roberta », murmura Bachfisch.

Il se redressa et se frotta doucement le menton tout en fixant le répétiteur avec attention. Le *Todfeind* n'était pas le bâtiment le plus récent de l'inventaire andermien, mais sa classe avait été conçue moins de dix ans T plus tôt, et il jaugeait pile quatre cent mille tonnes. Avec un tonnage pareil, son accélération maximale aurait dû se situer autour de cinq cents gravités. Dans la mesure où la flotte andermienne, comme toutes les autres, limitait normalement ses commandants à une accélération inférieure à la pleine puissance militaire, il n'aurait pas dû accélérer à plus de quatre cent et quelques gravités. Or, d'après les capteurs de l'officier tactique, il se situait à un peu plus de quatre cent soixante-quinze.

« Ils sont pile à la limite de la performance maximale de leur compensateur », fit remarquer Hairston, et Bachfisch la regarda. Il ouvrit la bouche puis se ravisa dans un haussement d'épaules, lui sourit, lui tapota encore l'épaule et se retourna vers le second.

« Je sais que notre contrat prévoit explicitement les retards de transit occasionnés par des activités de piraterie, Jinchu, dit-il, mais nous avons perdu un peu plus de temps que je ne l'aurais souhaité, même pour écraser un pirate de plus. Je crois que nous pourrons nous rattraper si nous parvenons à convaincre Santerro de nous laisser doubler la file de transbordement à Broadhurst, mais je ne veux pas qu'on traîne en route.

— Compris, pacha », répondit Gruber. Il désigna de la tête l'astrogateur du *Fléau* : « J'ai demandé à Larry de mettre à jour notre trajectoire depuis que nous nous sommes détournés pour livrer nos "invités".

— Voilà ce que j'aime ! s'exclama Bachfisch en souriant. Des subordonnés consciencieux, qui travaillent sans relâche ! »

Gruber se mit à rire, et Bachfisch désigna l'écran de manœuvre principal.

« Nous avons encore pas mal de chemin, Jinchu. Alors mettons-nous en route.

— Bien, monsieur », répondit le second avant de se tourner vers l'astrogateur. « Vous avez entendu le commandant, Larry. On quitte l'orbite.

— À vos ordres, monsieur », fit l'astrogateur sur un ton formaliste.

Bachfisch traversa lentement le pont tout en écoutant le bruit familier et réconfortant de son équipage efficace, puis il s'installa dans son fauteuil de commandement. Nul n'aurait pu deviner à son comportement qu'il remarquait à peine le professionnalisme bien rodé de ses officiers tandis qu'il s'adossait et croisait les jambes, pourtant son attention était ailleurs, loin de là, car il réfléchissait à l'accélération du *Todfeind*.

Il était possible que l'explication de Hairston soit la bonne. Si élevée fût-elle, cette accélération demeurait dans les limites d'opération des compensateurs d'inertie de la plupart des flottes. Mais pas de beaucoup, et les Andermiens insistaient tout autant que la Flotte royale manticorienne pour éviter les risques inutiles et l'usure prématurée de leurs compensateurs et noyaux d'impulsion. Si le commandant du *Todfeind* avait choisi de repousser si loin les limites, c'était donc en toute logique qu'il devait être extrêmement pressé.

Mais Bachfisch savait ce que Hairston ignorait : le commandant andermien l'avait invité avec ses officiers supérieurs à souper à bord de son bâtiment. La FIA ne faisait pas cette politesse à de simples spatiaux marchands tous les jours, et Bachfisch avait été très tenté d'accepter. Hélas, comme il finissait d'en faire la remarque à Gruber, le détour effectué pour livrer les pirates avait mis le *Fléau* très en retard, et il avait donc été contraint de décliner l'invitation. Mais si le *Kapitän der Sterne* Schweikert avait jugé utile de la lancer, c'est qu'il comptait de toute évidence rester dans le secteur assez longtemps pour qu'on serve le repas.

Ce qui sous-entendait qu'il n'était pas particulièrement pressé et donnait à penser, par conséquent, qu'il ne poussait pas son compensateur à la limite.

Cela impliquait que la flotte andermienne avait percé le secret de l'efficacité accrue des compensateurs, qui était l'un des principaux avantages tactiques de la FRM sur les Havriens depuis des années.

Thomas Bachfisch ne s'était pas rendu dans sa nation natale plus d'une demi-douzaine de fois ces quarante dernières années T. La plupart de ses vieux amis et associés au Royaume stellaire avaient tiré un trait sur lui des décennies plus tôt, le considérant tristement comme un homme perdu qui avait choisi pour patrie d'adoption la Silésie, pensez donc ! Et, il le reconnaissait, ce jugement comportait une part de vérité. Mais cela ne voulait pas dire qu'il avait négligé de se tenir au courant de l'actualité manticorienne, et il avait le sentiment que la flotte royale ne se réjouirait pas de découvrir que les bâtiments de la Flotte impériale andermienne, de plus en plus mécontente, étaient désormais tout aussi rapides que les siens.

À supposer, bien sûr, que quelqu'un soit prêt à le croire au sein de l'Amirauté actuelle.

## CHAPITRE CINQ

L'amiral en retraite Sir Édouard Janacek, Flotte royale manticorienne, releva les yeux du rapport affiché sur son terminal de travail et dissimula un froncement de sourcils tandis que son secrétaire et aide de camp introduisait Réginald Houseman dans son bureau. Il le dissimula car le Premier Lord de l'Amirauté du Royaume stellaire de Manticore n'était pas censé accueillir l'un de ses pairs avec une grimace. Mais malgré près de trente ans T passés dans le civil, il persistait à se voir comme un officier spatial, or n'importe lequel de ceux-là aurait regardé son visiteur avec aversion.

Houseman se donnait rarement la peine de cacher le mépris profond et durable qu'il vouait aux militaires du Royaume et, quand il s'y essayait, il échouait. Pire, Houseman et sa famille tout entière étaient un ramassis d'incompétents finis et de naïfs sur le plan politique aux yeux de Janacek… pour dire les choses gentiment. C'était pour s'opposer plus efficacement à ce genre de crétins du parti libéral que Janacek avait quitté la flotte, ce qui rendait la situation actuelle trop ironique pour qu'il souhaite s'attarder à y réfléchir, mais c'était comme ça. Houseman et ses alliés parmi les libéraux étaient absolument essentiels pour l'instant, et il était donc politiquement impossible au Premier Lord de laisser son aversion transparaître.

« Le Deuxième Lord est arrivé, monsieur », annonça inutilement le secrétaire sur le ton obséquieux qu'il réservait aux visites de Houseman. Car, comme bon nombre de ceux qui méprisaient plus ou moins secrètement les militaires, celui-ci se délectait de leur imposer une attitude servile.

« Merci, Christopher. » Janacek congédia le secrétaire d'un signe de tête, puis se leva et tendit la main à son visiteur. « Toujours un plaisir de vous voir, Réginald, mentit le Premier Lord de façon convaincante. Dois-je comprendre que vous avez ces fameuses projections ?

— Édouard », répondit Houseman en serrant la main qu'on lui offrait avec un sourire que Janacek devinait aussi faux que le sien.

Le Premier Lord fit signe à son visiteur de s'asseoir, et celui-ci prit place dans l'un des confortables fauteuils installés face au bureau.

« En effet, j'ai les chiffres que vous avez demandés », poursuivit-il en sortant un porte-puces. Il se pencha pour le placer au coin du sous-main de son interlocuteur puis se radossa. « Et il se trouve qu'ils appuient assez efficacement vos conclusions.

— Très bien. »

Janacek parvint à masquer son irritation face à la pointe de condescendance qui perçait dans la voix de son interlocuteur. Ce n'était pas facile, même pour un homme qui avait comme lui des décennies d'expérience politique, mais il en donnait l'impression. Et puis ce n'était pas comme si l'attitude de Houseman avait de quoi surprendre. Bien que Janacek fût désormais un civil, son passé d'officier spatial suffisait à l'affliger par contamination – aux yeux de Houseman – de la bêtise et de la nullité inhérentes à tous les officiers. Ce qui rendait toute preuve d'imagination ou de compétence de la part du Premier Lord perpétuellement étonnante et inattendue.

*Évidemment*, songea Janacek, *le fait que les officiers de la flotte en général – et l'un d'eux en particulier – ont clairement fait connaître leur opinion sur son compte a sans doute quelque chose à voir avec la virulence de ses sentiments. Dommage que ce soit le seul point sur lequel je tomberai jamais d'accord avec cette folle furieuse d'Harrington.*

« À supposer que nous gelions la construction de toutes les unités qui ne sont pas au moins terminées à soixante-cinq pour cent, que nous mettions au rebut environ douze pour cent de nos plus anciens vaisseaux du mur encore armés, que nous retirions du service seize pour cent supplémentaires de notre effectif du mur par là-dessus et que nous transformions les places de chantier dont nous n'aurons plus besoin en espaces de stockage contrôlé inactif, nous pouvons appliquer vos plans tout en réduisant les dépenses spatiales d'environ quatorze pour cent des fonds actuellement alloués à la flotte, poursuivit Houseman, dont le ton marquait cette fois sa nette approbation. Cela représente environ deux mille milliards de dollars, que nous pourrons consacrer à des fins beaucoup plus utiles.

— Je suis heureux de l'entendre », répondit Janacek – et c'était le cas. Sans doute pas pour les mêmes raisons que Houseman, qui tirait de cette nouvelle un plaisir évident, mais il avait de longue date accepté l'idée que la politique produisait parfois d'étranges associations. Il n'en voulait pour preuve que le fait qu'il tolérait Houseman au poste de Deuxième Lord – soit responsable civil de la politique fiscale de l'Amirauté. À plus grande échelle, la libération de telles liquidités, que le gouvernement allait utiliser pour financer des projets que Janacek désapprouvait personnellement de tout cœur, constituait une autre preuve. Il comprenait la logique qui sous-tendait cette stratégie et y adhérait intellectuellement, mais cela ne la rendait guère plus sympathique.

Il sortit la puce de données de son dossier et l'inséra dans sa console, puis appela le premier fichier. Il passa à la première page du résumé et parcourut les premiers paragraphes pendant que Houseman plaçait son bloc-mémo sur ses genoux et l'allumait.

« Comme vous le verrez au paragraphe deux, commença le Deuxième Lord, nous pouvons déjà mettre au rebut toutes les unités de la classe Roi William. Ensuite… »

« Vous êtes donc d'accord pour dire que nous pouvons sans risque réduire nos dépenses militaires », lança Lady Élaine Descroix du ton gai et enjoué qui faisait toujours grincer des dents le baron de Haute-Crête. Descroix était une petite femme aux traits doux qui se donnait beaucoup de mal pour ressembler à votre tante préférée, et il se rabâcha encore une fois de ne pas oublier la mâchoire de pseudo-caïman blindée que dissimulait son sourire.

« Dans certaines limites, Élaine, intervint habilement le Premier ministre de Manticore avant que le Premier Lord puisse répondre à la ministre des Affaires étrangères. Et à supposer que la situation en République populaire – excusez-moi, en République de Havre – demeure effectivement telle qu'aujourd'hui. »

Haute-Crête s'imposa de lui rendre son sourire en y ajoutant une bonne mesure d'acier. Pseudo-caïman ou non, ce n'était pas Descroix qui animait cette réunion, c'était lui, et son luxueux cabinet lambrissé, spacieux et ensoleillé constituait le signe extérieur et la confirmation de son ascendant. Les antiques horloges qui en encombraient les étagères, tables basses et crédences du temps du duc de Cromarty avaient disparu, remplacées par ses bibelots et souvenirs personnels, mais c'était depuis ce même bureau que quatre siècles de Premiers ministres avaient gouverné le Royaume stellaire, et son sourire rappela à Descroix le pouvoir qu'il représentait.

« Oh, je pense que nous pouvons considérer que la situation demeurera inchangée », lui assura Descroix. Son regard disait qu'elle avait compris le message mais, en même temps, elle sourit avec une bonne dose d'autosatisfaction. « Nous pouvons leur imposer de prolonger les négociations aussi longtemps que nécessaire. Après tout, que peuvent-ils faire ?

— Je ne suis toujours pas convaincue que nous ayons eu raison d'ignorer complètement leurs dernières propositions », fit une autre voix, et Haute-Crête se tourna vers le troisième membre du quatuor qui s'était réuni dans son bureau en attendant l'arrivée de Janacek. Marisa Turner, comtesse de La Nouvelle-Kiev et ministre des Finances depuis le dernier remaniement ministériel, paraissait inquiète. Évidemment, c'était souvent le cas. Elle comprenait pourtant bien les nécessités politiques quand elle y était confrontée, mais s'y plier lui semblait parfois… déplaisant.

*Ce qui ne l'a jamais empêchée de s'en accommoder malgré tout*, se rappela-t-il, cynique.

« Nous n'avions guère le choix, Marisa, lui assura Descroix avant de hausser les épaules quand elle la regarda. Pour être tout à fait honnête, poursuivit la ministre des Affaires étrangères, leur proposition était beaucoup trop raisonnable en apparence. Si nous l'avions acceptée, certains éléments au sein du parlement auraient sans doute insisté pour que nous envisagions sérieusement d'appuyer un traité officiel dessus. Ce qui aurait ouvert la porte aux concessions territoriales de notre part qui faisaient également partie de leurs nouvelles propositions. Ce qui, bien sûr, aurait impliqué que nous abandonnions beaucoup trop de tout ce que notre courageuse flotte a gagné pour nous. »

L'expression du visage de La Nouvelle-Kiev vacilla un instant, mais Haute-Crête remarqua qu'elle n'élevait pas d'objection face à l'explication de Descroix. Preuve supplémentaire qu'elle était prête à faire ce qu'exigeait le pragmatisme, si déplaisant que cela lui paraisse, parce qu'elle comprenait l'implicite de cette explication aussi bien que chacun dans ce bureau.

En dernière analyse, tous les membres du gouvernement actuel comprenaient pourquoi on n'avait pas intérêt à mettre un terme officiel à la guerre contre les Havriens. Le besoin ne s'en faisait pas vraiment sentir, vu la supériorité technique écrasante du Royaume stellaire. Le ministre havrien de la Guerre, Theisman, savait manifestement combien ses forces étaient impuissantes face à une telle supériorité. Et même sinon, de l'avis de Haute-Crête, il n'aurait jamais le cran de relancer des actions militaires ouvertes contre une nation qui avait vaincu la sienne de manière si décisive. S'il avait eu une production de testostérone suffisante pour cela, il n'aurait jamais cédé passivement à quelqu'un comme Pritchart le pouvoir absolu qui était à sa portée !

Non. Si les opérations reprenaient jamais, la Flotte populaire – ou Flotte républicaine, comme elle avait choisi de s'appeler désormais – serait rapidement annihilée, et elle le savait. Par conséquent, tant que le Royaume stellaire ne daignait pas proposer les termes d'un traité de paix officiel, le nouveau gouvernement havrien n'avait d'autre choix que de poursuivre les négociations. Une chance, il le reconnaissait, vu les menaces auxquelles ses alliés politiques et lui devaient faire face à la maison.

La Constitution imposait que des élections législatives se tiennent au moins tous les quatre ans manticoriens, sauf dans certaines circonstances extraordinaires soigneusement identifiées… pourtant les dernières législatives remontaient à plus de cinq ans. L'une des circonstances qui permettaient de retarder les élections était l'existence d'un état d'urgence proclamé par la Couronne et confirmé par une majorité des deux tiers dans les deux chambres. L'état d'urgence, toutefois, devait être reconfirmé chaque année, à la fois par la Couronne et par la même majorité dans chaque chambre, sous peine d'être automatiquement levé.

L'autre circonstance permettant de repousser des législatives était l'état de guerre. La Constitution n'exigeait pas qu'on recule les élections dans ces deux cas : elle se contentait de stipuler que c'était possible et laissait le choix au gouvernement en place. Contrairement à Haute-Crête, le duc de Cromarty avait toujours été soutenu d'abord par la Chambre des communes et, malgré un fléchissement du moral des électeurs de temps en temps, ce soutien était resté ferme dans l'ensemble. Cromarty avait soigneusement choisi la date des élections, mais il en avait aussi organisé deux pendant la durée de la guerre, et sa majorité à la Chambre basse s'était accrue à la suite de chacune.

Haute-Crête, en revanche, recevait essentiellement le soutien des Lords, par conséquent il ne voulait surtout pas organiser d'élections législatives, pour plusieurs raisons. Et puisque le maintien de l'état d'urgence exigeait une majorité aux deux chambres – sans parler de l'accord de la Couronne, qu'il avait bien peu de chances d'obtenir – seul l'état de guerre contre Havre lui permettait de repousser les élections qui, dans les circonstances présentes, se seraient presque à coup sûr soldées par un désastre.

Mais l'état de guerre était aussi utile par d'autres aspects. Haute-Crête avait non seulement réussi à retarder la confirmation des pairs martiniens et une défaite électorale quasi assurée et fort embarrassante pour les libéraux comme les progressistes (la représentation de sa propre « association des conservateurs » à la Chambre basse était déjà si faible qu'aucun vote populaire n'aurait pu avoir d'impact majeur sur elle), mais aussi à maintenir les mesures fiscales « limitées à la durée de la guerre » instaurées par le gouvernement Cromarty. Ces impôts étaient impopulaires, au bas mot, mais leur passage était associé dans l'esprit des gens avec Cromarty – et donc le parti centriste.

La Constitution du Royaume stellaire avait été rédigée par des gens déterminés à limiter le pouvoir de l'État en restreignant sa capacité à lever des impôts, et les fondateurs avaient conçu un système fiscal dans lequel les revenus du gouvernement dépendaient d'abord des taxes sur les ventes, à l'import et à l'export, et des taxes foncières. La Constitution spécifiait que tout impôt sur le revenu devait être proportionnel et limité à huit pour cent au plus du revenu brut, sauf situations d'urgence. Pour que leur position soit bien claire, les fondateurs avaient également précisé que, même en cas d'urgence, tout impôt progressif sur le revenu ne pourrait être mis en place qu'avec l'approbation d'une majorité des deux tiers des chambres, et qu'il prendrait automatiquement fin (à moins d'être confirmé par la même majorité) dans les cinq ans ou aux élections législatives suivantes.

Du fait de ces restrictions, le gouvernement Cromarty avait eu le plus grand mal à faire passer son impôt sur le revenu (dont le taux d'imposition dans les tranches supérieures atteignait presque quarante pour cent) et ses taxes exceptionnelles sur les importations pour financer la guerre. L'opinion publique ne s'était résignée à accepter l'énorme fardeau financier de cette structure fiscale que parce que Cromarty avait su en justifier la nécessité… et parce que les électeurs s'attendaient à ce qu'elle disparaisse dès la fin de la guerre. Hélas pour eux, la guerre n'était pas terminée (en tout cas pas officiellement), et les impôts demeuraient donc applicables.

Naturellement, Haute-Crête et ses alliés déploraient profondément (en public) que le refus havrien de conclure une paix définitive les contraigne à maintenir le fardeau fiscal imposé par les centristes. Mais leur devoir d'assurer la sécurité du Royaume stellaire ne leur permettait pas en toute conscience de réduire les impôts tant qu'ils ne seraient pas certains que la menace militaire avait disparu une fois pour toutes grâce à un traité en bonne et due forme. En attendant, cette structure fiscale fournissait un gigantesque apport de fonds qu'ils pouvaient rabattre vers d'autres programmes maintenant que les hostilités avaient cessé. Ce qui n'était bien sûr qu'une conséquence imprévue de la situation internationale instable.

Une bonne part de cette manne était allée très discrètement à certaines organisations d'action politique, secrétaires généraux de syndicats, magnats de l'industrie et de la finance. Détourner ces fonds en catimini vers leurs destinataires s'était révélé assez simple, bien qu'il eût été nécessaire de déguiser les transferts sous des appellations telles que « bourses de recherche », « étude des conditions de travail », « subventions éducatives » ou « aides à l'expansion industrielle ». La nouvelle Agence royale de recherches astrophysiques de Manticore comptait parmi les plus efficaces de ces stratagèmes. Il en sortirait sûrement une quelconque avancée concrète, mais son principal mérite résidait dans sa capacité à captiver l'imagination. C'était l'emblème de la campagne « Nous construisons la paix » imaginée par La Nouvelle-Kiev, non sans raison. Après tout, quelque chose comme les trois quarts de la prospérité du Royaume stellaire reposait sur le transport de marchandises et le trafic titanesque qui transitait par le nœud du trou de ver de Manticore. La découverte de nouvelles destinations desservies par le nœud ne pouvait servir qu'à renforcer cette richesse.

Certes, il s'agissait aussi d'une entreprise affreusement coûteuse… à un point que ses administrateurs ne soupçonnaient pas, Haute-Crête l'espérait ardemment. On pouvait prélever sans bavure près de dix pour cent de son budget pour le verser directement à divers chantiers navals et établissements de conseil sans qu'il soit jamais gâché à des tâches utiles, et le programme était devenu un tel symbole populaire que nul n'osait remettre ses dépenses en question.

Ici et là, des sommes de quarante ou cinquante millions de dollars s'étaient évaporées sans même se draper dans la respectabilité de l'Arram. La plupart étaient passées par des fonds spéciaux dont les bénéficiaires pouvaient être dissimulés sous des prétextes de sécurité nationale obligeamment certifiés par des membres des services de renseignement, mais ce genre de manœuvre n'avait guère été nécessaire.

Toutefois, les dépenses les plus importantes – et de loin – avaient concerné des programmes sociaux chers de longue date aux progressistes et aux libéraux. Haute-Crête n'y voyait pour sa part rien d'autre que du gaspillage électoraliste et il avait la conviction que Descroix partageait son point de vue, quoi qu'elle en dise à l'usage du public. Mais la comtesse de La Nouvelle-Kiev était une autre histoire. Elle croyait réellement les « pauvres » du Royaume stellaire indigents… même si les plus pauvres d'entre eux jouissaient d'un revenu réel quatre fois plus élevé que celui du citoyen graysonien moyen et à peu près sept ou huit fois celui du Havrien moyen vivant dans sa République financièrement exsangue. Avec ses collègues libéraux, elle était déterminée à bâtir « un nouveau Royaume stellaire, plus juste et équitable » au sein duquel « la richesse indécente des classes possédantes » serait redistribuée par le gouvernement puisque le marché dans son fonctionnement normal paraissait incapable de s'en charger.

Avec un peu d'insistance, Haute-Crête aurait fini par reconnaître que, par principe, il aurait dû trouver les libéraux beaucoup plus menaçants que les centristes. Après tout, la rhétorique passionnée des disciples les plus bruyants de La Nouvelle-Kiev résonnait des odieux échos de la pensée qui avait précipité la chute de l'ancienne République de Havre et la création de la République populaire. Heureusement, ils avaient fort peu de chances de jamais atteindre leurs objectifs proclamés au Royaume stellaire. Entre-temps, en accordant les Finances et l'Intérieur aux libéraux et en soutenant publiquement avec vigueur les programmes nationaux de la comtesse, il avait atténué l'image traditionnelle de défenseur purement réactionnaire des privilèges aristocratiques aux dépens de toutes les autres classes qu'avait l'association des conservateurs aux yeux des électeurs.

Cet aspect avait encore gagné en importance suite aux accusations hystériques d'esclavage de cette satanée

Montaigne et au scandale qu'elles avaient provoqué. D'ailleurs, la réorganisation qui avait mis une part si disproportionnée du pouvoir ministériel entre les mains des libéraux avait été dictée par ce scandale précis. Le gouvernement avait trouvé un appui relativement solide auprès des Lords dans la chasse aux sorcières qui en avait résulté, même s'il avait été malheureusement nécessaire de sacrifier quelques individus sur l'autel de l'indignation morale des masses. Les Communes ne l'entendaient toutefois pas de la même oreille, et les efforts d'Alexander pour ouvrir une enquête spéciale – distincte de l'enquête officielle du gouvernement – avaient été dangereux. Voire très dangereux car, bien que les fichiers que Montaigne et son roturier d'amant avaient livrés aient mentionné un ou deux noms issus des rangs des centristes et un seul des loyalistes, ils citaient beaucoup plus de conservateurs et de progressistes.

Et de libéraux.

C'était là l'aspect le plus périlleux de tout ce scandale, vu le poids du parti libéral à la Chambre basse. Pas tant à cause des condamnations qu'Alexander et compères auraient pu obtenir – même si elles auraient causé du tort – que du fait de la révulsion qu'inspirait aux libéraux la seule idée que l'un des leurs ait pu être impliqué dans un trafic d'esclaves génétiquement modifiés. C'était le problème avec ces gens qui insistaient pour se définir en fonction de leurs principes et de leur moralité bien pensante. Quand quelque chose offensait leurs principes (ou du moins menaçait d'attirer l'attention générale sur leur violation publique), ils avaient tendance à s'en prendre aux coupables au mépris de toute stratégie pragmatique. Haute-Crête déplorait quant à lui l'existence d'une pratique telle que l'esclavage génétique, certes, bien qu'il doutât honnêtement qu'elle ait atteint les proportions que lui attribuaient obstinément des hystériques du genre de Montaigne. Mais, il avait beau la déplorer, il y avait d'autres points à prendre en compte, et on pouvait difficilement lui demander de renoncer à sa seule chance d'empêcher la Couronne de détruire l'équilibre fondamental des pouvoirs instauré par la Constitution sur une seule question, malgré le remue-ménage qu'elle pourrait générer.

Hélas, impossible d'expliquer ça à un libéral. Ou, en tout cas, à un député de ce parti qui pensait que ses électeurs ou la presse pourraient bien épier l'explication. Il s'était formé une inquiétante vague de fond libérale en appui à la demande d'enquête séparée présentée par Alexander, et Haute-Crête n'avait réussi à l'apaiser qu'avec un remaniement, faisant de La Nouvelle-Kiev le numéro deux du gouvernement et de Sir Harrison MacIntosh le ministre de l'Intérieur. À ce poste, MacIntosh était le membre du cabinet responsable du bon déroulement de l'enquête, et il possédait une réputation bien établie en tant que juriste. C'était aussi un homme issu des Communes et non un pair, ce qui avait permis aux députés libéraux d'arguer qu'il ne se prêterait jamais à un « torpillage aristocratique » de la procédure. Et, tout aussi important, certaines indiscrétions sur son passé, ajoutées à une personnalité beaucoup plus pragmatique en privé que ne le laissait entendre son personnage public, avaient contribué à fournir au Premier ministre des moyens de pression supplémentaires que même La Nouvelle-Kiev ignorait.

Leur existence constituait d'ailleurs une excellente raison supplémentaire de faire passer la comtesse de l'Intérieur aux Finances. Il était impossible de prévoir ce qu'elle aurait fait si elle avait dirigé l'enquête sur l'esclavage et que celle-ci l'avait menée à des révélations dont elle ne voulait pas avoir connaissance. Il était toutefois parfaitement envisageable qu'une telle expérience la pousse à se désolidariser publiquement du gouvernement sur la gestion de cette affaire pour une question de principe, ce qui aurait été catastrophique. En l'occurrence, puisque son cher ami MacIntosh était chargé de la question, elle avait pu fermer les yeux et se fier à lui pour aller au fond des choses... tout en se préservant sagement d'une confrontation personnelle avec des possibilités aussi déplaisantes (et de difficiles décisions politiques).

Dans l'ensemble, Haute-Crête était assez satisfait de la manière efficace dont il avait su transformer un handicap potentiel en avantage tout en se protégeant lui-même ainsi que son parti de toute accusation de collusion avec les prévenus. Si cela devenait nécessaire, il pourrait toujours faire remarquer que c'étaient ses partenaires dans la coalition, les libéraux, qui s'étaient plantés. Et la réputation de grande droiture morale dont jouissait le parti libéral, du moins auprès de ses électeurs et d'un certain segment des médias, offrait une autre couche de protection. Après tout, si on avait laissé passer quelque chose au cours de l'enquête, il devait s'agir d'une erreur en toute bonne foi de la part d'enquêteurs aussi droits.

D'ailleurs, il n'était pas mauvais non plus de pouvoir se cacher derrière La Nouvelle-Kiev et sa coterie de conseillers gauchistes – du genre de Houseman – si des questions embarrassantes surgissaient concernant la politique fiscale et monétaire.

Cette dimension risquait de devenir cruciale dans les prochains mois car la date de fin d'application de l'impôt progressif sur le revenu approchait rapidement. Les autres impôts pouvaient légalement être maintenus jusqu'aux prochaines législatives, mais pas l'impôt sur le revenu, et la disparition de cet énorme surplus fiscal (que la Chambre des communes, contrôlée par les centristes, n'accepterait jamais de reconduire) était la véritable raison pour laquelle on avait demandé à Janacek et Houseman de réduire encore les dépenses de la flotte. Sinon, il faudrait tailler davantage dans les dépenses civiles à la place, ce qui était tactiquement inacceptable pour tous les partis du gouvernement. Haute-Crête priait pour qu'ils puissent faire passer ces réductions sans avoir à reconnaître leur véritable mobile mais, dans le cas contraire, il avait bien l'intention de faire porter le chapeau à La Nouvelle-Kiev. Après tout, chacun savait que le parti libéral taxait et dépensait beaucoup, et il arriverait peut-être à s'attacher suffisamment d'indépendants à la Chambre des Lords pour soutenir sa majorité même s'il devait se séparer de la comtesse. Peut-être, mais très peu probable quand même, et il était donc vital de faire approuver les réductions et le nouveau budget aussi vite et discrètement que possible.

À supposer que tout se passe bien et qu'ils y parviennent, il serait toujours utile d'avoir la comtesse aux Finances. Ne serait-ce que pour appuyer la prétention du gouvernement actuel à représenter dans les faits une large coalition embrassant toutes les opinions politiques, puisqu'une libérale détenait un poste aussi influent au sein du cabinet.

Peut-être plus important encore, Haute-Crête savait qu'au bout du compte elle et lui s'accordaient fondamentalement sur un principe qui paraissait une hérésie aux centristes : ils se croyaient tous les deux fondés à utiliser le pouvoir de l'État pour atteindre leurs objectifs idéologiques. Ils s'affrontaient quant à la nature de ces objectifs, mais ils étaient tout prêts à accepter un degré d'interventionnisme dans les politiques publiques et la vie privée (du moins, celle des autres) auquel les centristes d'Alexander se seraient férocement opposés. Ils étaient également prêts à des compromis tactiques en chemin. Et le Premier ministre devait admettre que la pléthore de dépenses et de programmes gouvernementaux initiés par La Nouvelle-Kiev faisait son effet. Plus d'un alimentait des projets et des services – tels que l'Arram – dont même un centriste reconnaîtrait l'utilité bien qu'en contestant peut-être qu'il appartienne au gouvernement de s'en préoccuper. D'autres faisaient moins l'unanimité sur leur valeur, mais créaient néanmoins un fort sentiment de loyauté chez leurs bénéficiaires. Tous, enfin, capitalisaient sur le désir très humain et naturel d'oublier les sacrifices, la mort et les destructions de la guerre pour se tourner vers du positif, vers quelque chose qui exalte la vie.

C'est pourquoi les sondages montraient une érosion lente mais régulière du soutien électoral aux centristes. Les conditions n'étaient pas encore mûres – loin de là – pour les élections qu'il comptait organiser au moment le plus opportun, et il était peu probable que quoi que ce soit puisse entamer suffisamment l'assise électorale des centristes pour les priver de leur position de parti le plus représenté aux Communes. Surtout que la tenue de législatives transformerait également les « observateurs » de Saint-Martin en membres à part entière du parlement. Mais si la tendance se confirmait, ils perdraient sûrement leur position de parti majoritaire, malgré l'arrivée des Martiniens. Les libéraux, en particulier, gagnaient régulièrement du terrain – un motif supplémentaire pour que La Nouvelle-Kiev évite de faire du scandale. Sans parler d'un autre élément qui rendait crucial de faire passer les nouvelles restrictions au nez de l'opposition.

Néanmoins, Haute-Crête se répéta une fois de plus qu'il ne devait pas sous-estimer l'aversion de la comtesse pour les tactiques que lui imposait son souci de pragmatisme. Il ne pouvait pas non plus se permettre d'oublier que tout relent d'impérialisme et d'expansion territoriale tenait de l'hérésie intégrale pour un bon libéral, quoi qu'en pense un progressiste. Il était temps d'aplanir un peu le terrain, décida-t-il. Il décocha un regard impérieux à Descroix avant de se tourner vers La Nouvelle-Kiev.

« Personne parmi nous n'a d'ambitions impérialistes, Marisa, lui dit-il sincèrement. Toutefois, et notamment à la lumière des problèmes de sécurité dans lesquels le gouvernement Cromarty nous a engagés avec l'annexion de l'Étoile de Trévor, nous allons devoir insister pour que Havre fasse quelques concessions. Et puis il serait temps que ce soit eux qui cèdent un peu de terrain. Nous avons déjà fait un gros effort dans leur sens en acceptant le rapatriement général des prisonniers de guerre alors que nous n'avions rien d'autre qu'une trêve, vous savez. »

La comtesse fixa le Premier ministre quelques instants puis acquiesça d'un air songeur. Descroix, d'un autre côté, sûre que La Nouvelle-Kiev ne la regardait pas, leva cyniquement les yeux au ciel. « Rapatrier les prisonniers de guerre », voilà qui sonnait très généreux, mais la comtesse devait se rendre compte comme elle que le Royaume stellaire ne l'avait pas proposé par un effet de la bonté d'âme de Haute-Crête ni pour faire la preuve de sa bonne volonté. Ne plus avoir à nourrir et soigner les prisonniers havriens que l'Alliance manticorienne détenait en bien plus grand nombre aurait déjà suffi à justifier la mesure financièrement ; quant aux retombées immensément positives en termes d'image pour le gouvernement qui avait « ramené à la maison nos hommes et nos femmes »...

« Ils savent sûrement tout comme nous que la prochaine concession majeure doit venir d'eux, poursuivit Haute-Crête, très sérieux. Et ils doivent être conscients que des ajustements territoriaux seront inévitables pour régler nos nouveaux problèmes de sécurité. Pourtant toutes les propositions que le ministre Giancola a faites à ce jour posent pour préalable la restitution de tous les systèmes occupés. Aucun gouvernement manticorien ne peut accéder à cette exigence après le prix démesuré que nos personnels militaires ont payé pour les occuper. »

Ce n'était pas tout à fait exact, bien sûr, mais il n'avait pas l'intention de le faire remarquer. Les Havriens insistaient effectivement pour la restitution de toutes les planètes occupées, mais tout le monde au ministère des Affaires étrangères savait qu'il ne s'agissait que d'établir une position de départ qui permettrait de faire des concessions plus tard. Et Haute-Crête, contrairement à La Nouvelle-Kiev, savait que Descroix, dans ses rapports au cabinet, s'était soigneusement abstenue de mentionner la dernière suggestion de Giancola : que l'on pourrait peut-être laisser chaque système choisir par plébiscite – organisé par la République, bien sûr – quel côté en garderait le contrôle.

Il avait sans doute bien fait de ne pas aborder ce point, songea-t-il en voyant La Nouvelle-Kiev pincer légèrement les lèvres à l'énoncé des mots « personnel militaire ». Elle ne partageait peut-être pas le mépris d'un Réginald Houseman pour les militaires du Royaume mais, comme la plupart des meneurs de gauche, elle entretenait un sentiment au mieux ambivalent quand il s'agissait d'user de la force armée. Que le Royaume stellaire occupât un système étranger, quelles que soient les circonstances qui l'y avaient mené, insultait sa fibre anti-impérialiste, et devoir appuyer une telle occupation, au moins en public, par opportunisme politique n'arrangeait rien.

Il apparut toutefois quelques instants plus tard qu'elle était la seule dans ce bureau à nourrir de tels sentiments.

« Je suis d'accord, évidemment », intervint Stefan Young, comte de Nord-Aven. Il avait reçu le ministère du Commerce en récompense pour avoir apporté au gouvernement le soutien des fichiers secrets infiniment puissants que son père avait compilés. Le pouvoir que représentaient ces fichiers justifiait aussi qu'il soit la cinquième et dernière personne conviée à cette séance de stratégie au plus haut niveau, en dépit de la place relativement mineure de son ministère dans la hiérarchie officielle du cabinet. Après tout, c'est de là qu'étaient venues les informations capitales grâce auxquelles Haute-Crête avait acquis la certitude de pouvoir… diriger de manière constructive l'enquête de MacIntosh sur l'esclavage si cela devenait nécessaire.

« Nous ne pouvons absolument pas envisager de restituer des systèmes havriens tant que nos propres besoins en termes de sécurité n'ont pas été traités, continua Nord-Aven. Malgré tout, Michael, je suis assez inquiet de la façon dont l'opposition risque de réagir aux recommandations d'Édouard concernant la réduction supplémentaire du nombre de vaisseaux du mur. »

Janacek fronça les sourcils en le regardant, et le comte agita une main nonchalante.

« Oh, je ne les remets pas en question, assura-t-il au Premier Lord. À la fois à titre personnel et en tant que ministre du Commerce, je soutiens ardemment le transfert de ces fonds de la maintenance et de l'armement de vaisseaux de guerre obsolètes vers des fins plus productives ! Quant à l'idée que des amiraux sortent de leurs gonds parce qu'on leur a confisqué leurs jouets, ça ne m'empêchera pas de dormir, ajouta-t-il avec plus de férocité. Mais nous proposons une modification substantielle de la composition actuelle de la flotte, et je pense que nous devons veiller à ne pas laisser trop d'ouvertures à l'opposition en agissant de manière trop hardie. »

*Traduction : ma femme pense que nous devons être prudents*, songea Haute-Crête, sardonique.

Stefan Young était beaucoup plus malin que son frère aîné Pavel ne l'était avant qu'Honor Harrington ne le tue sur le terrain de duel de la ville d'Arrivée. Pas besoin pour cela d'un Q. I. de génie, mais Stefan savait en général fermer ses propres chaussures sans aide. Ni l'un ni l'autre, cependant, ne seraient jamais plus qu'une pâle copie de leur père, et Haute-Crête ne s'en portait pas plus mal. Aucun meneur de l'association des conservateurs n'aurait pu contrarier Dimitri et survivre, ils le savaient tous, car ses fichiers complets, soigneusement compilés, contenaient beaucoup trop de secrets politiques dévastateurs.

À la mort de Dimitri, son fils aîné avait montré des signes troublants d'une ambition qui l'aurait inévitablement mené à mettre en cause la position de Haute-Crête. Heureusement, Harrington avait éliminé cette menace en même temps que Pavel. Quant à Stefan, bien qu'assez ambitieux et en possession des mêmes fichiers fatals, il était aussi assez sage pour se laisser guider par son épouse. Lady Nord-Aven était une tacticienne et une stratège des plus fines, et elle comprenait clairement que Stefan n'était pas du bois dont on fait les chefs politiques charismatiques. Avant leur mariage, Georgia Young – née Georgia Sakristos –

était toutefois une assistante en chef de Dimitri et Pavel. Officiellement, c'était leur chef de la sécurité, mais tout le monde savait, sans jamais en discuter ouvertement, qu'elle était en réalité leur spécialiste des « mauvais coups », raison pour laquelle Haute-Crête l'avait choisie pour présider la commission de coordination politique de l'association des conservateurs. La placer à la tête de cette commission aiderait peut-être à la rendre loyale à la direction actuelle de l'association, perspective qui avait notablement pesé dans sa décision, et s'il ne risquait pas d'oublier qu'elle était une arme à double tranchant, tout se passait bien pour l'instant.

Du coup, si le souci que Nord-Aven venait de soulever émanait en réalité de sa femme, il était au moins potentiellement fondé, se dit le Premier ministre.

« Édouard ? fit-il, invitant Janacek à s'exprimer.

— Je reconnais sans mal que l'Amirauté propose un changement non négligeable des priorités, répondit-il, pompeux. Mais la réalité de la situation actuelle exige que nous reconsidérions de manière systématique nos positions précédentes. »

Il ne précisait pas exactement pourquoi c'était le cas, même ici, remarqua Haute-Crête. Personne d'autre ne parut s'aviser de ce détail, et le Premier Lord poursuivit du même ton posé.

« Les politiques de déploiement et la composition des forces que nous avons héritées du gouvernement Cromarty étaient peut-être cohérentes dans l'objectif d'une guerre contre Havre. Pour tout dire, je pense que la composition de nos forces était très déséquilibrée en faveur des modèles de vaisseaux du mur les plus anciens et les moins efficaces. Comme certains autres officiers, je souhaitais la modifier depuis des années, avant même que la guerre n'éclate, mais c'était sans doute trop demander à l'Amirauté que de reconnaître le bien-fondé de concepts aussi innovants. »

Il balaya du regard la table de conférence, mais personne ne risqua de commentaire. Ils savaient tous qu'il faisait référence à l'amiral Sonja Hemphill. Il avait l'habitude d'accorder à Hemphill et sa « jeune école » tout le mérite des changements spectaculaires qu'avait connus le matériel de la flotte royale puisque, après tout, c'était sa cousine. Évidemment, cela ne tenait pas compte du fait que la réussite des nouveaux modèles qui avaient révolutionné le combat devait autant à des gens qui avaient réussi à museler l'enthousiasme de Hemphill en s'opposant à ses suggestions les plus radicales. Ni du fait qu'elle s'était pour ainsi dire publiquement désolidarisée de l'Amirauté dirigée par Janacek car elle était en profond désaccord avec la politique du gouvernement. Ce désaccord était sans doute la seule raison pour laquelle il ne la mentionnait pas nommément. À moins qu'il ne s'agît d'un effort inhabituel pour faire preuve de tact. C'était un secret de polichinelle : le vote de Hemphill avait été décisif lors du procès en cour martiale qui avait abouti au renvoi de Pavel Young du service de Sa Majesté, un détail qu'il valait probablement mieux ne pas rappeler à son petit frère en cet instant.

« Mais quelle qu'ait été la situation avant le début de la guerre, voire aussi récemment qu'il y a quatre ou cinq ans T, reprit Janacek, les choix militaires hérités de Cromarty sont désespérément dépassés au vu des nouvelles réalités du combat spatial et de nos contraintes fiscales actuelles. Notre plan maintiendra le nombre d'escadres de combat à environ quatre-vingt-dix pour cent du total actuel. »

En faisant passer chaque escadre de huit à six bâtiments, s'abstint-il d'ajouter. Par conséquent, une diminution du nombre d'escadres de dix pour cent représentait une réduction de trente-trois pour cent du nombre de coques.

« Quant aux vaisseaux que nous envisageons de retirer du service, en les mettant soit à la ferraille, soit au placard, ce ne seraient en vérité que des pièges mortels et obsolètes s'ils étaient engagés au combat contre les nouveaux supercuirassés porte-capsules ou les porte-BAL. Il serait non seulement révoltant de notre part d'envoyer nos troupes mourir dans des bâtiments qui ne seraient guère plus que des cibles, mais chaque dollar que nous dépensons pour les armer et les entretenir est un dollar en moins pour les nouveaux modèles qui ont prouvé de manière si décisive leur supériorité au combat. De tous points de vue, y compris dans la perspective de maintenir une force de combat svelte et efficace, il faut réduire le nombre d'anciens modèles inutiles.

— Mais en faveur de quoi ? » insista Nord-Aven. Ce n'était pas un génie, mais il était très doué pour afficher l'attitude de son choix et, en cet instant, il paraissait sincèrement interrogateur et surtout pas critique.

« La flotte a besoin d'unités plus légères depuis des années, répondit Janacek. Dans l'ensemble, la baisse relative du nombre de ces modèles était inévitable, notamment dans les premières années du conflit. Le besoin de former le mur de bataille le plus grand et le plus puissant possible nous a détournés de la construction et de l'entretien des croiseurs légers et lourds requis pour des tâches telles que la protection du fret. Ceux que nous avons construits ne l'ont jamais été en nombre suffisant pour satisfaire les besoins en unités écran et de reconnaissance de nos principales forces, sans parler de sécuriser le commerce dans des régions comme la Silésie. Par conséquent, la piraterie échappe à tout contrôle dans la Confédération dès qu'on quitte l'aire d'influence immédiate de notre base de Sidemore.

— Vous avez donc l'intention de vous attacher à renforcer les effectifs dont nous avons besoin pour protéger notre fret, fit Nord-Aven en acquiesçant gravement. En tant que ministre du Commerce, je ne peux qu'approuver cet objectif, et c'est le cas. Mais je redoute ce qu'un prétendu "expert" travaillant pour l'opposition pourrait en tirer. Surtout au vu de la décision de suspendre la construction des supercuirassés porte-capsules qui ne sont pas encore achevés. »

Il regarda le Premier Lord en haussant le sourcil, et Janacek émit un son qu'une âme peu charitable aurait pu qualifier de grognement irrité.

« Aucune autre flotte n'a encore mis en service de supercuirassés porte-capsules, asséna-t-il avec une infaillibilité divine. L'amiral Jurgensen et les analystes de la DGSN l'ont amplement confirmé ! Nous, en revanche, disposons d'un solide noyau de plus de soixante unités. C'est plus qu'assez pour battre une flotte conventionnelle, surtout avec les PBAL pour les soutenir et fournir les éclaireurs.

— Aucune autre flotte ? répéta Nord-Aven. Pas même les Graysoniens ?

— Je voulais dire "aucune flotte potentiellement hostile", bien sûr, rectifia Janacek avec une pointe d'exaspération. Il n'y a qu'une planète de fanatiques religieux illuminés pour avoir la bêtise de consacrer un pourcentage aussi énorme de son produit planétaire brut à son budget spatial à un moment pareil, mais, au moins, ce sont des illuminés de notre camp. Bien sûr, on peut expliquer de plusieurs façons différentes pourquoi ils pensent avoir besoin d'une flotte aussi démesurée et, pour ma part, je ne crois pas que la vérité se limite à leurs explications officielles. »

En fait, comme tous ses collègues le savaient, Janacek nourrissait plus d'un noir soupçon à l'endroit des Graysoniens. Leur ardeur religieuse les lui rendait automatiquement suspects, et il n'était pas convaincu par leur argument selon lequel l'absence d'un traité de paix officiel leur imposait de continuer à renforcer leurs défenses. Le prétexte était bien trop commode… ainsi que le reste du cabinet et lui-même l'avaient déjà découvert. Et puis les Graysoniens se montraient arrogants et ne faisaient pas preuve du respect et de la déférence qu'un tel ramassis de ploucs néobarbares devait à la principale flotte de l'Alliance. Il avait déjà eu trois échanges poliment empoisonnés avec leur amiral Matthews – qui n'était que commodore, bon sang, quand Grayson avait intégré l'Alliance –, qui démontraient parfaitement la vision exagérée que cette planète avait de son importance interstellaire.

L'une de ces confrontations avait porté sur les restrictions de sécurité trop longtemps retardées qu'il avait jugé nécessaire d'imposer à la DGSN après s'être débarrassé de Givens. La politique de « porte ouverte » que pratiquait l'ancien Deuxième Lord de la Spatiale avec des flottes de seconde zone comme celle de Grayson invitait littéralement à des fuites catastrophiques. D'ailleurs, le risque était encore plus grand avec Grayson qu'avec aucune autre des flottes mineures de l'Alliance, Benjamin Mayhew étant prêt à faire confiance à d'anciens officiers havriens comme l'amiral Alfredo Yu, le commandant de fait de sa fameuse « escadre du Protecteur ». Un homme qui retournait une fois sa veste était toujours susceptible de la retourner à nouveau si cela lui paraissait avantageux, et la restauration de l'ancienne Constitution havrienne lui fournirait même un prétexte moral pour ce faire. Pourtant, les Graysoniens avaient obstinément refusé d'exclure ces officiers de la boucle d'information. Ils avaient même eu le front d'écarter les inquiétudes parfaitement légitimes de l'Amirauté concernant la sécurité sous prétexte que les officiers en question avaient « prouvé » leur loyauté. Bien sûr qu'ils l'avaient prouvée ! Et ceux qui risquaient le plus de rentrer en courant sur Havre étaient précisément ceux qui auraient pris le plus grand soin de prouver qu'ils ne le feraient pas. Ils pourraient même sûrement justifier leur tromperie sur la base du patriotisme maintenant que le régime de SerSec qu'ils avaient fui était défunt.

Eh bien, Janacek avait mis un terme à ces bêtises, et si l'« amiral de Grayson » trouvait à redire à la fin de cette ouverture dont il avait si résolument abusé, c'était son problème.

La seconde confrontation avait porté sur la décision du Premier Lord de fermer les programmes de R & D conjoints entre Manticore et Grayson. Il était désormais inutile de les financer puisque ce qu'ils avaient déjà produit fournirait du travail pendant au moins vingt ans T dans le cadre de contraintes budgétaires en temps de paix. De plus, il était évident aux yeux de Janacek que ces « programmes conjoints » n'étaient en réalité rien d'autre que le moyen pour Grayson de s'approprier les technologies mises au point par Manticore sans payer la facture d'un développement indépendant. Pas étonnant que Matthews ait été irrité qu'il lui coupe l'accès à cette manne… surtout après la façon dont le gouvernement Cromarty et l'Amirauté dirigée par la baronne de l'Anse-du-Levant avaient choyé et dorloté leurs petits chéris graysoniens.

Quant à la troisième… Matthews ne pouvait pas ignorer l'insulte qu'il faisait au Premier Lord en accordant à ce salopard de Havre-Blanc le grade d'amiral dans sa précieuse flotte. Et il neigerait en enfer avant que Janacek l'oublie.

« Quoi qu'il en soit de leurs intentions, toutefois, reprit-il au bout d'un moment, même les Graysoniens ne sont pas bêtes au point d'espérer pouvoir accomplir quoi que ce soit d'importance à l'échelle interstellaire sans notre soutien. Que cela leur plaise ou non, nous les avons dans la poche au même titre qu'Erewhon, et ils le savent. Par conséquent, même à supposer qu'ils trouvent le moyen de maintenir la taille de leur flotte plus d'un an ou deux sans se mettre en faillite et qu'ils sachent qu'en faire sans nous pour leur tenir la main, leur flotte n'entre pas dans nos considérations de sécurité. Si ce n'est dans la mesure où elle augmente dans les faits “notre” effectif de bâtiments modernes. »

Il ne vint à l'idée de personne dans la pièce de remettre en question cette appréciation de leur allié, et le ministre du Commerce haussa les épaules.

« Je n'ai soulevé ce point que parce que quelqu'un de l'autre côté risque de comparer leur politique de construction avec la nôtre, fit Nord-Aven. Mais qu'adviendrait-il si notre supériorité actuelle dans cette classe de vaisseaux pouvait être contestée par d'autres ? Les Havriens, par exemple. Ils les ont vus en action, pas de doute, et leur motivation est grande pour acquérir le même genre de capacités, surtout dans la mesure où nous n'avons pas signé de traité de paix officiel. »

Janacek le fusilla du regard, et Nord-Aven haussa de nouveau les épaules, l'air presque contrit.

« J'essaye simplement de jouer l'avocat du diable, Édouard, dit-il doucement. Vous savez que si je ne vous pose pas ces questions tout de suite, l'opposition les posera sans doute plus tard. Et quelqu'un de l'autre côté fera forcément remarquer que, malgré notre monopole sur les nouvelles classes de bâtiments, nous n'en disposons qu'en nombre assez faible par rapport à notre effectif total. Ils vont suggérer l'idée que, si une autre flotte lançait un effort concerté pour rattraper notre avance dans ces nouvelles classes, notre avantage numérique serait insuffisant pour garantir que les Havriens, par exemple, échouent dans leur tentative.

— Vous avez sûrement raison, concéda Janacek de mauvaise grâce. Mais en réponse à votre question, notre seul ennemi concevable dans l'avenir immédiat serait les Havriens. Comme vous le dites, la motivation ne leur manque sûrement pas pour égaler nos capacités, mais, honnêtement, leur base technologique est bien trop en retard sur la nôtre pour qu'ils dupliquent notre matériel avant une dizaine d'années, d'après les estimations les plus pessimistes de la DGSN. J'ai discuté de ce point précis avec l'amiral Jurgensen, et il m'assure que ses analystes sont quasi unanimes sur cette question.

» De plus, même s'ils possédaient les compétences techniques nécessaires pour produire des vaisseaux équivalents, il leur resterait encore à les construire, les armer puis leur faire subir un entraînement pour les porter à un niveau opérationnel acceptable avant qu'ils représentent une menace pour nous. Ainsi que vous le savez tous grâce aux rapports de la DGSN que je vous ai communiqués, Theisman, Tourville et Giscard en sont encore à combattre leurs propres dissidents avec exactement les mêmes bâtiments obsolescents qu'ils déployaient contre nous. Mieux encore, de notre point de vue d'adversaire potentiel, la façon dont ils continuent à se tuer les uns les autres leur coûte sans cesse leurs officiers et équipages les plus expérimentés tout en réduisant régulièrement le nombre de leurs vaisseaux. » Janacek secoua la tête. « Non, Stefan. Seuls les Havriens ont des raisons de nous menacer, et ils n'en ont tout simplement pas les moyens. D'ici qu'ils commencent à produire une flotte susceptible de nous mettre en danger, nous aurions tout le temps de renforcer nos effectifs de SCPC et PBAL. En attendant, soixante-quatre de ces supercuirassés suffisent amplement.

— Je n'en doute pas, fit Nord-Aven. Mais ces soixante-quatre bâtiments ne peuvent être qu'en un lieu à la fois, du moins c'est ce que pourrait arguer un analyste de l'opposition. Alors de quelle façon justifions-nous la décision de ne pas terminer tous les autres SCPC déjà en chantier ?

— Ils n'ont pas besoin d'être partout à la fois, répondit Janacek. La Huitième Force était avant tout un instrument offensif, le moyen de se projeter contre l'ennemi. Maintenant que nous avons redéployé ses unités modernes au sein de la Troisième Force, bien sûr, elle sert aussi de puissants objectifs défensifs en jouant un rôle dissuasif dans le système de l'Étoile de Trévor, mais elle demeure un atout offensif. La supériorité de la Troisième Force sur toute formation qu'elle pourrait affronter est si prononcée qu'elle serait capable de se frayer un chemin à travers n'importe quelle opposition jusqu'au système capitale de n'importe quel adversaire, un peu comme ce que la Huitième Force infligeait aux Havriens quand la trêve actuelle a été négociée. »

Il omit bizarrement de mentionner le nom de l'officier commandant la Huitième Force à l'époque, remarqua Haute-Crête.

« Étant donné cet élément, nous devons en réalité nous préoccuper de la protection de notre propre territoire et de la défense des systèmes havriens que nous contrôlons actuellement contre les vaisseaux parfaitement obsolescents que tout ennemi potentiel pourrait leur opposer. La manière la plus efficace et la plus avantageuse financièrement d'y parvenir consiste à se servir des nouveaux bâtiments d'assaut léger. Nous pouvons construire et armer des BAL en nombres prodigieux par rapport aux supercuirassés, et, s'ils sont assez nombreux, ils tiendront tous les systèmes qui en ont besoin. Entre-temps, les vaisseaux que nous ne terminons pas pour l'instant seront toujours disponibles s'il le faut plus tard. Après tout, nous ne les détruisons pas. Nous nous contentons d'arrêter leur construction. Les coques resteront dans leurs cales, et tous les matériaux déjà acquis en vue de leur réalisation seront également maintenus en stockage orbital. L'argent que nous épargnerons pendant ce temps pourra être utilisé pour renforcer l'effectif de BAL dont nous avons besoin pour la défense des systèmes et soutenir la construction de nos forces antipiraterie, sans parler des nombreux programmes domestiques vitaux qui exigent un financement au plus vite, ajouta Janacek avec un regard en coin vers la comtesse.

— Sans compter que suspendre les constructions apportera la preuve de notre désir de paix, souffla Descroix en jetant elle aussi un bref coup d'œil à la ministre des Finances. Comme Édouard l'a très justement souligné, les supercuirassés servent à donner une impression de puissance. Il s'agit de systèmes d'armement offensifs, contrairement aux croiseurs qu'il souhaite construire pour contrer les actes de piraterie. Quant aux BAL, ils sont encore moins adaptés à une politique d'agression contre nos voisins puisqu'ils ne sont même pas hypercapables en l'absence d'un porteur.

— Excellente remarque, fit la comtesse en hochant vigoureusement la tête par réflexe anti-impérialiste.

— Je vois. » Nord-Aven fronça un long moment les sourcils, l'air songeur, puis acquiesça à son tour, lentement. « Je vois, répéta-t-il plus vivement, et je suis entièrement d'accord, bien sûr. Néanmoins, je persiste à m'inquiéter de la façon dont un chauvin alarmiste pourrait tenter d'attaquer cette nouvelle politique. Plus particulièrement, je m'inquiète à cause de Havre-Blanc et Harrington. »

L'effet de ces deux noms fut remarquable : tous les visages se figèrent sur des expressions qui allaient de l'hostilité à la révulsion et au mépris en passant par un soupçon de crainte. Seul Nord-Aven y paraissait insensible, pourtant tous savaient que c'était un mensonge, car il avait plus de raisons qu'eux tous de haïr Honor Harrington. Quant à Hamish Alexander, il ne risquait pas d'avoir oublié qu'il présidait la cour martiale qui avait mis un terme honteux et amer à la carrière militaire de feu son frère.

« Ces deux-là nous ont posé problème et ont levé suffisamment d'obstacles sur pas mal de questions, continua calmement le comte. Vu leur envergure de grands dirigeants guerriers aux yeux du public, ils pourraient se révéler encore plus pénibles sur une question aussi intimement liée à la flotte.

— Harrington est une folle furieuse, grinça Janacek. Oh, elle est sûrement très charismatique, mais elle n'a encore jamais fait preuve d'aucune perspicacité stratégique. Et, nom d'un chien, le nombre de morts qu'elle a sur la conscience dans ses équipages ! » Il renifla durement. « La “Salamandre”, tu parles ! Dommage que le feu semble ne carboniser que les autres !

— Mais elle jouit d'une immense popularité, fit calmement remarquer Nord-Aven.

— Évidemment ! grommela Janacek. Les médias de l'opposition y ont veillé, et l'opinion est trop ignorante des réalités militaires et trop entichée de son image publique de panache pour la remettre en question. »

L'espace d'une seconde, Nord-Aven parut sur le point de demander au Premier Lord si la réputation de l'amiral de Havre-Blanc était aussi usurpée, mais même lui n'était pas assez bête pour cela. La violente réprimande férocement caustique (et très, très publique) que Havre-Blanc avait infligée à Janacek alors qu'ils étaient tous deux en service actif était légendaire.

« Nous nous rendons tous compte que la réputation d'Harrington est terriblement surfaite, Édouard, intervint Haute-Crête pour le calmer, mais cela ne donne pas tort à Stefan. Surtout que le vote de notre nouveau budget et des nouvelles priorités financières est devenu vital. Quelle que soit la façon dont elle a acquis cette réputation, elle l'a, et elle a appris à s'en servir efficacement pour lancer ses attaques contre nos politiques.

— Elle et Havre-Blanc, ensemble, insista Descroix.

— Je sais. » Janacek prit une profonde inspiration et se carra dans son fauteuil. « En fait, autant admettre que j'ai commis une erreur en ne proposant pas de commandement spatial à Harrington. Je voulais la tenir à l'écart d'un pont d'état-major, dans la mesure où elle n'a manifestement pas la carrure d'un officier général malgré les promotions dont l'Amirauté précédente l'a bombardée avec tant de légèreté. Je ne voulais surtout pas qu'elle se retrouve près du front havrien alors que nous étions en cours de négociations, car Dieu seul sait dans quelle action unilatérale démente elle aurait pu nous engager. C'est pourquoi j'ai approuvé sa demande de réintégration dans le personnel de Saganami. Je pensais que nous pourrions la laisser tranquillement dans son placard à enseigner. Sinon, j'avais espéré que les Graysoniens seraient assez fous pour la rappeler à la maison et lui offrir un commandement, puisqu'ils vénèrent manifestement le sol qu'elle foule. Je ne m'attendais pas à ce qu'elle finisse par faire partie du décor à Saganami, mais c'est le cas, et maintenant je ne peux plus justifier son retrait du personnel de l'École sans ouvrir une véritable boîte de Pandore. » Il haussa les épaules, mécontent. « Je n'avais pas envisagé qu'elle se rendrait compte qu'en la maintenant ici, sur Manticore, je lui permettais d'avoir un accès facile au parlement et de rester bien en vue.

— Et aucun d'entre nous n'avait prévu que Havre-Blanc et elle formeraient une équipe aussi efficace. » La voix de Descroix était amère ; pendant quelques secondes, son masque de douceur inoffensive tomba et ses yeux se firent durs comme la pierre.

« C'est exactement le point que je voulais soulever, dit Nord-Aven. Séparément, ils sont déjà très pénibles ; ensemble, ils représentent l'obstacle le plus redoutable que nous ayons à affronter à la Chambre des Lords. Tout le monde est d'accord là-dessus ?

— Vous avez sans doute raison, répondit la comtesse au bout d'un moment. William Alexander est une plaie, mais il a toujours joué en équipe ; il était entièrement dévoué à Cromarty. Il restait à l'arrière-plan, de sorte que l'opinion publique ne voyait en lui que le technicien de l'équipe Cromarty – un technicien et un stratège certes excellent, mais pas un meneur. Il n'a pas le charisme d'Harrington ni la réputation de commandement de son frère. Et la même chose vaut pour James Webster et Sébastien d'Orville du côté de la flotte. On les respecte, mais aucun d'eux n'a jamais captivé l'attention comme Harrington et Havre-Blanc. Et, bien sûr, aucun d'eux ne siège au parlement, si influents soient-ils en tant qu'analystes de l'opposition.

— Je pense donc que nous sommes tous d'accord pour dire que tout ce qui pourrait… nuire à la popularité de Havre-Blanc et Harrington, surtout en ce moment, serait… avantageux ? » s'enquit Nord-Aven.

Il parcourut la table de conférence d'un œil vif et interrogateur et, un par un, les autres acquiescèrent – la comtesse d'un mouvement plus discret et moins enthousiaste, presque embarrassée, mais elle acquiesça néanmoins.

« La question qui vient à l'esprit, milord, fit remarquer Descroix, c'est : comment pourrions-nous nuire à la popularité de l'un ou l'autre, et encore moins des deux ? Dieu sait qu'ils se sont montrés remarquablement résistants à nos précédents efforts dans ce sens.

— Ah, mais c'est parce que nos efforts visaient à désarmer l'un ou l'autre et non les deux à la fois », répondit Nord-Aven avec un sourire des plus déplaisants.

## CHAPITRE SIX

« … Nous devrions donc avoir les contrats en main d'ici la fin de la semaine, milady. »

Richard Maxwell, avocat personnel d'Honor sur Manticore et *de facto* procureur général du duché Harrington, enfonça le bouton SUIVANT sur son bloc-mémo. Une nouvelle page s'afficha, et il l'étudia un instant avant de hocher la tête d'un air satisfait.

« C'est tout, milady.

— Excellent résumé, Richard, fit Honor, approbatrice. Je suis particulièrement satisfaite de l'avancée des accords concernant les chalets.

— Je ne suis pas encore aussi doué que Willard en droit des contrats, mais ce n'était pas vraiment un problème dans le cas présent. Toute cette zone est absolument idéale pour le ski, et l'accès à la côte offre des possibilités d'exploitation en toute saison pour les opérateurs de loisirs. Ils avaient hâte de conclure le marché et ils étaient prêts à payer beaucoup plus cher que prévu le droit de construire sur ce terrain, surtout maintenant que la fin des hostilités revitalise l'économie civile. Et Willard avait raison quant à Odom : c'est un négociateur presque aussi acéré que Willard lui-même. Il savait exactement quand mettre la pression lors de la dernière séance et, au risque de paraître prétentieux, je crois que je m'améliore aussi en droit commercial. Et je dois reconnaître qu'avoir le soutien de Clarise Childers ne fait pas de mal.

— Je suis très contente de Merlin, en effet, répondit Honor. Et j'ai remarqué que Clarise a toujours une certaine… présence dans les réunions. Qu'elle soit bel et bien là ou non. »

Elle sourit à Maxwell, et il fit de même en réfléchissant à cet euphémisme.

Merlin Odom était le représentant que Willard Neufsteiler s'était lui-même choisi sur Manticore pour gérer les opérations de l'empire financier Harrington (en croissance constante) au Royaume stellaire en fonction de ses propres directives générales adressées depuis Grayson. Âgé de quarante-deux ans, il était beaucoup plus jeune que Willard et encore moins enclin à sortir de son bureau pour faire de l'exercice physique. Mais cet avocat trapu, cheveux bruns, yeux bleus et barbiche d'un roux flamboyant, manifestait déjà des intuitions similaires. Avec quelques décennies d'expérience en plus, il serait mieux que prêt à assurer la relève le jour où Willard prendrait enfin sa retraite – et c'était un sacré compliment.

Quant à Childers, tout le monde savait qu'Honor avait accès à ses services si besoin, et ce simple fait constituait un atout inestimable. C'était non seulement l'une des avocates les plus compétentes du Royaume, mais la courte – très courte – liste des clients de son cabinet en imposait à tout négociateur commercial. Honor elle-même était devenue l'un des individus les plus fortunés du Royaume stellaire en quinze ans, et sa société Dômes aériens de Grayson, S.A., était fermement établie dans le top 500 des entreprises manticoriennes. Mais Childers travaillait directement pour Klaus Hauptman, dont la fortune personnelle et professionnelle équivalait au moins aux actifs cumulés de ses six concurrents les plus proches. Clarise Childers était directrice et principale associée de l'énorme cabinet d'avocats Childers, Strauslund, Goldman et Wu, dont les uniques clients étaient le cartel Hauptman (qui tenait de loin la tête du top 500 manticorien), la famille Hauptman… et, à l'occasion, Honor Harrington.

« Puisque nous contrôlons l'aspect commercial de la situation pour le moment, milady, reprit Maxwell, dont le visage sympathiquement laid paraissait songeur, je voudrais maintenant passer un peu de temps à établir le système judiciaire du duché.

— Faut-il vraiment qu'on s'y mette si vite ? s'enquit Honor avec une légère grimace. Ce n'est pas comme si le duché avait déjà une population digne de ce nom !

— Milady, fit sévèrement Maxwell, si quelqu'un au sein du Royaume est bien placé pour savoir qu'il ne faut pas attendre, c'est vous. Après tout, vous avez déjà vécu l'établissement d'un domaine sur Grayson.

— Mais j'ai laissé le gros du travail à Howard Clinkscales, fit remarquer Honor. En réalité, je n'ai fait que confirmer les décisions qu'il avait déjà prises.

— Il se trouve que je sais, d'après ma correspondance privée avec Lord Clinkscales, que vous étiez beaucoup plus impliquée que cela dans le processus, milady, rétorqua poliment Maxwell. Et même sans cela, vous avez eu tout le temps de constater combien il était crucial dans ce genre de situations que l'infrastructure soit bien organisée.

— Les deux cas ne sont pas comparables, protesta Honor. En tant que seigneur, je détiens le droit de basse, moyenne et haute justice sur le domaine Harrington. Je n'en veux pas, notez bien, et le pouvoir de décision arbitraire des seigneurs s'est vu régulièrement rogné par des précédents légaux ces derniers siècles.

Sans parler de ce que le Sabre a fait pour subordonner les codes civil et pénal de chaque domaine à la Constitution planétaire depuis la "Restauration Mayhew". Toutefois, le seigneur Harrington demeure chef d'État à part entière, avec toutes les prérogatives et responsabilités juridiques que cela implique. La duchesse Harrington, en revanche, n'est qu'un administrateur – un gouverneur de la Couronne, pour ainsi dire.

— Et, tout comme un gouverneur, la duchesse détient les pouvoirs de révision judiciaire et de commutation des peines, fit à son tour remarquer Maxwell. Et, tout comme un gouverneur, elle est dans les faits le premier magistrat de son duché. Ce qui signifie qu'elle a besoin de mettre en place un système de tribunaux et de maintien de l'ordre qui fonctionne.

— Pour maintenir l'ordre où ça ? demanda Honor d'un ton plaintif. La population totale du duché s'élève à… combien ? Deux mille personnes au grand maximum, aujourd'hui ? Dispersées sur combien de milliers de kilomètres carrés ?

— Le chiffre est en réalité un peu plus élevé. Pas beaucoup, je l'admets, mais un peu plus élevé quand même. Et il s'apprête à grimper en flèche pour une autre raison, qui doit vous être familière vu votre expérience graysonienne avec Dômes aériens. Une fois que les équipes de reconnaissance et de construction des chalets arriveront, la population actuelle sera multipliée au moins par cinq. Et une fois que les chalets et les stations commenceront à attirer des touristes ainsi que la population résidente nécessaire pour assurer un bon niveau de service, il va franchement exploser.

— D'accord, d'accord, soupira Honor. Je me rends. Soumettez-moi une proposition d'ici mercredi prochain et je vous promets de vous recontacter à ce propos dès que possible.

— Tu entends ça, Nimitz ? » fit l'avocat par-dessus son épaule à l'adresse du chat sylvestre gris et crème confortablement étendu sur un perchoir fait sur mesure à côté de sa compagne plus petite, tachetée brun et crème. Nimitz releva les oreilles, et Maxwell se mit à rire. « Je compte sur toi pour garder un œil sur elle et veiller à ce qu'elle prête réellement attention à mes mémos », dit-il.

Nimitz le regarda un instant puis se redressa en position semi-assise sur son perchoir et leva les mains. Il ferma ses deux poings, les plaça de chaque côté de sa tête et leur fit décrire un bref mouvement de va-et-vient vers le bas.

« Sale traître », murmura sombrement Honor en lisant le signe qui signifiait « d'accord ».

Nimitz émit un *blic* rieur et se remit à signer.

< Pas ma faute si tu as besoin d'un chaperon, disaient ses doigts en mouvement. En plus, il m'apporte du céleri. >

« Et dire que ta loyauté s'achète à si peu de frais », répondit Honor en secouant la tête d'un air consterné.

< Pas ma loyauté. Juste ma coopération. >

« C'est cela », renifla Honor. Puis elle se retourna vers Maxwell. « Eh bien, maintenant que vous avez recruté votre larbin à fourrure, je n'ai sans doute plus d'autre choix que de lire votre mémo. Bien que je me demande franchement où au juste vous pensez que je vais pouvoir le caser dans mon emploi du temps.

— Je suis sûr qu'à eux deux Mac et Miranda trouveront bien une heure à voler quelque part pour que vous puissiez le lire. Je vous promets d'être aussi concis que possible. Mais avant d'approuver aucun projet, il faut vraiment que vous en lisiez un peu plus que le résumé et les titres des chapitres, milady. Je suis flatté que vous me fassiez confiance, mais les décisions finales et leurs conséquences à venir sont de votre ressort.

— Je sais », dit-elle plus sérieusement avant de taper une requête sur le terminal de son bureau. Elle étudia l'écran pendant quelques secondes puis entra une courte note. « J'avais choisi mercredi au hasard, reconnut-elle, mais on dirait que c'est bel et bien faisable. Tant mieux, d'ailleurs, parce que j'ai un examen à Saganami cet après-midi-là. Je vais crouler sous les copies à corriger pendant mon temps libre pléthorique au moins jusqu'à la fin du week-end. Donc, si vous pouvez me le faire parvenir pour mercredi matin, ou mieux encore mardi soir, je le caserai d'une façon ou d'une autre avant de disparaître sous mes copies.

— Je suis heureux de l'entendre, milady, mais n'avez-vous pas aussi une séance à la Chambre des Lords mercredi ? Je croyais avoir vu une annonce selon laquelle le gouvernement comptait présenter son nouveau budget cette semaine et, bien que le travail autour du duché soit important, je ne voudrais pas qu'il interfère avec vos préparations en vue de cet événement.

— Non, répondit Honor avec une autre grimace du fond du cœur. La séance a été reportée au mercredi suivant. Je ne sais pas très bien pourquoi, mais le gouvernement nous a prévenus avant-hier qu'il reculait le débat d'une semaine. Quant aux préparations, il n'y en aura pas beaucoup à faire. Haute-Crête va tenir exactement les mêmes propos que depuis trois ans, le comte de Havre-Blanc et moi allons faire de même ; ensuite la Chambre va voter – de peu, bien sûr – le budget que le gouvernement souhaite, les Communes introduiront des amendements pour le modifier, les Lords les annuleront et rien du tout ne changera. »

Maxwell la regarda en se demandant si elle se rendait compte à quel point elle paraissait amère (et épuisée) en cet instant. Non qu'il fût surpris de l'entendre.

Le pouvoir qu'avait la Chambre des Lords d'être à l'initiative des lois de finance n'était qu'une partie de l'avantage que lui conférait le « pouvoir de la bourse » au sein du Royaume stellaire. De plus, toute loi effectivement adoptée devait l'être sous la forme finale approuvée par les Lords. Cela signifiait, comme Honor venait de s'en plaindre, que les Lords pouvaient en réalité annuler tous les amendements déplaisants introduits par les Communes et exiger un vote en bloc de leur propre version de toute loi de finance. Dans des circonstances normales, les Communes avaient encore largement leur mot à dire puisqu'elles pouvaient rejeter la version finale des Lords et – notamment – refuser d'approuver toute mesure de financement extraordinaire nécessaire pour soutenir le budget des Lords. Or les circonstances n'étaient pas normales. Les « mesures de financement extraordinaires » étaient déjà en place et, cerise sur le gâteau, les pairs du Royaume avaient le droit de voter l'autorisation d'ouvrir d'urgence les crédits destinés à des services gouvernementaux cruciaux, même sans l'approbation de la Chambre basse, en cas d'impasse budgétaire.

Certes, les Premiers ministres prudents veillaient en général à ne pas abuser de leurs armes. Pour que les Lords passent outre l'avis des Communes, il fallait une situation dans laquelle une part non négligeable de l'électorat soit prêt à reprocher aux députés leur incapacité à accepter un compromis. Dans ce cas, la chambre dont les membres devaient solliciter leur réélection était fatalement désavantagée ; mais si les Lords avaient été assez stupides pour risquer de se retrouver dans une situation où on pourrait leur reprocher la fermeture de la plupart des services gouvernementaux, le mécontentement à long terme aurait peut-être permis à la Couronne de retirer à la Chambre haute le pouvoir de la bourse depuis longtemps.

C'était précisément pour cette raison que le gouvernement Haute-Crête essayait si obstinément d'acheter le soutien de l'opinion publique… et que la duchesse Harrington et le comte de Havre-Blanc étaient si précieux en tant que porte-parole de l'opposition à la Chambre des Lords. Sur la question du budget de la flotte, en particulier, leur avis avait beaucoup de poids auprès des électeurs.

Et c'était aussi pour cette raison que Haute-Crête et ses alliés voulaient si désespérément réduire leur efficacité par tous les moyens possibles.

Les ministres eux-mêmes devaient se garder de paraître chercher personnellement querelle aux deux plus célèbres héros de la guerre contre la République populaire, mais cela leur imposait seulement de se montrer plus inventifs et de déléguer les attaques à des affidés suffisamment éloignés. Et cela ne restreignait en rien les « commentateurs » et journaux parrainés par le gouvernement – ni les imbéciles qui les croyaient –, et la fatigue accumulée par Lady Harrington commençait à se voir.

Bien sûr, elle avait eu largement plus que sa part de couverture médiatique partisane, à la fois au sein du Royaume et sur Grayson, et elle l'avait gérée avec un degré de calme apparent qui n'était qu'un masque, Maxwell en était pour sa part certain. Il avait appris à la connaître assez bien ces dernières années pour savoir que, malgré sa capacité à afficher calme et sérénité, son caractère orageux était probablement aussi dangereux que celui de la reine elle-même. Il paraissait plus ardu de lui faire perdre son sang-froid, mais il n'aurait pas parié que rien l'arrêterait une fois qu'elle le perdait pour de bon… comme auraient pu en témoigner les fantômes de Pavel Young et Denver Summervale.

D'une certaine façon, c'était encore pire pour elle que pour les frères Alexander, songea Maxwell. Au moins, Haute-Crête et consorts ne les considéraient que comme un seul dangereux adversaire, alors que nul n'ignorait que les contributions de Lady Harrington aux débats de la Chambre des Lords représentaient l'opinion du Protecteur Benjamin ainsi que celle d'Élisabeth III.

Qui, l'un comme l'autre, n'avaient pas un gramme d'estime pour le baron de Haute-Crête et ses collègues ministres.

L'avocat s'apprêtait à dire quelque chose, mais il changea d'avis. Il pouvait difficilement lui apprendre quoi que ce soit. Et même sinon, son rôle n'était pas de lui apporter des conseils ou confidences politiques spontanés, indépendamment des rumeurs qu'il pouvait avoir entendues.

*Et puis*, se dit-il, *il y a une meilleure façon de procéder… à supposer que je juge avoir le droit de me mêler de sa vie privée, bien sûr. Je n'ai besoin de lui parler de rien. Il suffira d'en toucher un mot à Miranda ou Mac. Qu'ils voient comment aborder la question avec elle.*

« Lord Alexander et le comte de Havre-Blanc sont là, milady.

— Merci, Mac. Demandez-leur d'entrer tout de suite, voulez-vous ?

— Bien sûr, milady. »

Honor mit son liseur en pause, gelant le défilement sur la troisième page de l'analyse de la bataille du cap Saint-Vincent par l'aspirante Zilwicki, et releva les yeux dans un sourire. James MacGuiness, seul intendant de toute la Flotte royale manticorienne à ne pas servir effectivement dans la Spatiale, lui sourit en retour puis inclina la tête en un demi-salut avant de se retirer de son étude. Elle le regarda partir avec affection, parfaitement consciente de l'importance capitale qu'il avait prise dans la bonne marche de sa vie quotidienne en vingt ans T.

Elle jeta un coup d'œil à Nimitz, drapé dans un splendide isolement sur le double perchoir qu'il partageait normalement avec sa compagne. On était jeudi, et Samantha était absente : elle accompagnait Miranda et Farragut à l'institut Andreas Venizelos, orphelinat et école privée qu'Honor avait fondé pour les enfants des morts au combat, manticoriens comme graysoniens. L'IAV possédait des campus tant dans le Royaume stellaire qu'à Yeltsin, et Miranda, en tant que chef du personnel d'Honor, l'y représentait régulièrement car d'autres devoirs pressants l'occupaient de plus en plus. Les gamins adoraient Nimitz, Samantha, Farragut et les chats sylvestres en général ; quant aux chats, qu'ils aient quatre pattes ou six, ils aiment tous passer du temps avec les enfants. C'était un plaisir dont tous les chats se réjouissaient à l'avance, et Nimitz se joignait souvent aux autres même quand Honor ne pouvait pas venir. Jamais, toutefois, lorsqu'une réunion telle que celle d'aujourd'hui figurait au programme de sa compagne humaine.

Elle regarda derrière le chat et aperçut LaFollet, devant la porte du bureau, tenant son poste même ici, avant que MacGuiness ne referme derrière lui. Puis elle se hissa hors de son fauteuil et alla se planter devant la grande fenêtre en saillie qui surplombait les jardins paysagers du manoir comme une espèce de tourelle suspendue. La paroi externe de la fenêtre, en cristoplast du sol au plafond, donnait sur la baie de Jason, belle, bleue et scintillante. Honor s'autorisa un instant de pause pour profiter à nouveau de la vue, puis se retourna vers la porte et lissa sa robe de style graysonien et sa tunique.

Au fil des ans, elle s'était parfaitement habituée aux vêtements traditionnels graysoniens. Elle considérait encore qu'ils n'étaient bons qu'à « faire joli », mais elle avait bien dû admettre que ce n'était pas forcément une mauvaise chose. Et elle avait une autre raison de les porter presque constamment ici, au Royaume stellaire, quand elle n'était pas en uniforme, du moins. Ils rappelaient à tous, elle-même incluse, qui d'autre elle était… et la dette que le Royaume stellaire et toute l'Alliance manticorienne avaient envers la population de sa planète adoptive.

*Encore un détail que cet imbécile de Haute-Crête a l'air capable d'ignorer sans effort, voire pire*, songea-t-elle amèrement avant de repousser un accès de colère familier. Ce n'était pas le moment d'en rajouter à la liste des bonnes raisons pour sauter à la gorge du Premier ministre.

MacGuiness revint peu après en compagnie de Hamish et William Alexander.

« Le comte de Havre-Blanc et Lord Alexander, milady », murmura l'intendant et majordome avant de se retirer en fermant doucement les portes en bois poli derrière lui.

« Hamish. Willie. »

Honor traversa la pièce et leur tendit la main, sans qu'il lui paraisse désormais étrange de les accueillir si familièrement. De temps en temps, elle éprouvait un brusque sentiment d'irréel en s'entendant appeler la reine ou Benjamin Mayhew par leur prénom, mais même ces moments-là se faisaient plus rares et plus espacés. Bizarrement, elle demeurait tout à fait lucide quant à son identité et ses origines tout en se découvrant capable de se mouvoir de plus en plus naturellement au sommet du pouvoir dans deux nations différentes. Elle n'y réfléchissait pas souvent mais, quand elle en prenait conscience, elle réalisait combien son admission tardive dans les cercles les plus restreints des deux nations modelait sa perspective.

C'était une profane qu'on avait élevée au statut des plus puissants parmi les initiés. Pour cette raison, elle portait sur les choses un regard différent, les envisageait sous un angle que ses alliés considéraient parfois comme presque candide, elle le savait. Elle était étrangère par nature autant que par expérience aux querelles politiques si sophistiquées, violentes et toujours polies (en apparence, du moins) qui leur semblaient naturelles, même quand ils les déploraient. D'une certaine façon, ses amis graysoniens et manticoriens se comprenaient beaucoup mieux qu'elle ne comprenait chacun d'eux, pourtant elle avait fini par se rendre compte qu'elle s'était fait une sorte d'armure de son indifférence aux empoignades partisanes autour d'elle. Ses adversaires comme ses alliés voyaient en elle une femme manquant lamentablement de sophistication, trop directe, réticente à « jouer le jeu » (ou incapable de le faire) selon les règles qu'ils comprenaient tous si bien. Cela faisait d'elle un facteur inconnu et imprévisible, notamment pour ses adversaires. Ils savaient tout des subtiles nuances de position, d'avantage et d'aubaine qui guidaient leurs propres décisions et manœuvres tactiques, mais ils trouvaient la simplicité et la franchise de ses positions à elle curieusement déroutantes.

On aurait dit qu'ils n'arrivaient pas à croire qu'elle était exactement ce qu'elle disait être, qu'elle croyait véritablement en ce qu'elle disait, parce qu'eux-mêmes étaient trop différents. Ils s'entêtaient donc à la considérer avec méfiance et nervosité, attendant toujours l'instant où elle finirait par révéler sa « vraie » nature.

Cela pouvait être utile quand il s'agissait d'ennemis, mais cela n'allait pas sans quelques inconvénients. Même ses alliés les plus proches – en particulier les aristocrates, songea-t-elle en goûtant les émotions de ses invités – ne voyaient pas toujours qu'il n'y avait rien à révéler. Ils étaient peut-être parvenus à cette conclusion intellectuellement, mais les pairs du Royaume faisaient trop partie intégrante du monde dans lequel ils étaient nés pour réussir à s'en dissocier, même s'ils l'avaient voulu. Or ce n'était pas le cas, bien sûr : pourquoi auraient-ils dû le vouloir, d'ailleurs ? C'était leur monde, en fin de compte, et Honor était assez honnête pour lui reconnaître au moins autant d'aspects positifs que négatifs. Pourtant même les meilleurs d'entre eux – même un homme comme Hamish Alexander, officier de Sa Majesté depuis soixante-dix ou quatre-vingts ans – ne pourraient jamais se dégager tout à fait de cette danse dont ils pratiquaient les pas depuis l'enfance.

Elle écarta cette idée en serrant la main aux deux frères tour à tour, puis les invita à rejoindre leurs fauteuils habituels dans un sourire. Un sourire de bienvenue, cordial, dont elle n'avait plus conscience qu'il se faisait plus chaleureux encore quand ses yeux croisaient ceux de Havre-Blanc.

William Alexander, en revanche, en était très conscient. En fait, il avait ressenti depuis quelque temps avec quelle chaleur elle accueillait en général son frère, sans toutefois le noter consciemment. De même qu'il n'avait pas prêté attention à toutes leurs petites conversations intimes, privées, ni à la façon dont Hamish paraissait inévitablement trouver une raison de rester pour une discussion de dernière minute avec elle portant sur des détails, suite à l'une de leurs séances de réflexion stratégique à trois têtes. Cette fois, il la regarda sourire avec un embarras qui grandit encore lorsque Hamish lui rendit son sourire.

« Merci de nous avoir invités, Honor, fit Havre-Blanc en gardant sa main dans la sienne un instant de plus que la courtoisie ne l'exigeait.

— Comme si je ne vous invitais pas tous les deux chez moi avant chacune des petites soirées de Haute-Crête depuis des années maintenant, répondit Honor en reniflant.

— En effet. Mais je ne voudrais pas vous laisser penser que nous commençons à ne plus y attacher autant de valeur, milady, ajouta-t-il avec un petit sourire.

— Aucun risque, répondit Honor, sarcastique. Nous nous sommes tous trois rendus suffisamment impopulaires auprès du gouvernement pour que je n'envisage pas que l'un de nous n'attache plus de valeur aux deux autres.

— À moins que vous ne souhaitiez donner raison à ce type de la vieille Terre, intervint William. Vous savez bien, machin… Hancock ? Arnold ? » Il secoua la tête. « Un de ces vieux Américains. » Il se tourna vers son frère. « C'est toi l'historien de la famille, Hamish. À qui est-ce que je pense ?

— Sauf erreur de ma part, répondit Havre-Blanc, l'homme dont tu cherches si maladroitement le nom est Benjamin Franklin. C'est lui qui a conseillé à ses amis rebelles de rester soudés s'ils ne voulaient pas être pendus chacun dans leur coin, bien que je sois stupéfait que pareil inculte dans le domaine historique ait songé à cette citation.

— Vu toute l'eau qui a coulé sous les ponts depuis ton précieux Franklin, je pense que quiconque n'est pas resté bloqué au stade anal réalise un exploit en se souvenant de lui tout court, fit William. Évidemment, j'étais à peu près sûr que tu serais capable de me raconter sa vie par le menu.

— Avant que vous ne poursuiviez dans cette direction, Willie, le mit en garde Honor, je devrais sans doute préciser que je connais moi-même assez bien Franklin et sa période historique.

— Ah bon. Eh bien, dans ce cas, bien sûr, mon exquise courtoisie naturelle m'interdit d'explorer plus avant la… Bref, vous voyez.

— En effet, je vois », fit Honor d'un ton menaçant, et ils se mirent à rire tous les deux.

Un coup discret fut frappé à la porte de l'étude qui s'ouvrit à nouveau devant MacGuiness. Il poussait une desserte garnie de rafraîchissements préparés par maîtresse Thorn, la cuisinière graysonienne d'Honor, et il la plaça à l'extrémité du bureau. Il n'avait plus besoin de demander à ses invités ce qu'ils préféraient : il versa donc une chope d'Old Tillman au comte de Havre-Blanc avant de déboucher une bouteille de bourgogne sphinxien qu'il offrit à l'examen de Lord Alexander. Honor et Hamish échangèrent un sourire tandis que William vérifiait le bouchon et reniflait délicatement puis hochait la tête d'un air approbateur. Enfin MacGuiness versa une deuxième Old Tillman pour Honor. Elle la prit et lui adressa un sourire comme il se retirait, puis Hamish et elle levèrent leur chope embuée et couronnée de mousse en un salut de buveurs de bière, excluant à dessin l'amateur de vin désespérément snobinard et efféminé à leurs côtés.

« Je dois avouer, Honor, fit Hamish avec un soupir d'aise tout en reposant sa chope, que je préfère largement votre conception des rafraîchissements à celle que l'on subit dans la plupart des réunions politiques de Willie.

— C'est parce que vous n'assistez pas aux bonnes réunions, suggéra Honor, l'œil brillant. Loin de moi l'idée que des aristocrates-nés, des hommes au sang bleu comme votre honorable frère seraient un peu éloignés des plaisirs simples de la vie, mais une chose que j'adore sur Grayson, c'est que même le plus snob des seigneurs n'a pas honte d'avouer qu'il apprécie une bière de temps en temps.

— Les prétendues vertus d'un penchant pour la bière sont grossièrement exagérées par les malheureux qui restent aveugles aux qualités supérieures d'un bon cru, les informa William. Je ne refuse pas une bière moi-même à l'occasion. C'est toujours mieux que l'eau. Mais pourquoi se contenter du second choix quand on peut trouver meilleur ?

— Ce n'est pas notre cas, répondit son frère, mais on se demandait justement pourquoi tu le faisais, toi.

— Un peu de tenue, les enfants », gronda Honor, avec l'impression furtive d'être plus leur nounou que leur collègue politique, bien que le plus jeune des deux frères fût de plus de vingt ans son aîné. « Nous avons d'autres sujets à discuter avant de nous attaquer à un échange d'insultes en bonne et due forme.

— À vos ordres, chef ! s'exclama Havre-Blanc dans un grand sourire, et elle secoua la tête en le regardant avec affection.

— En fait, dit William sur un ton soudain beaucoup plus grave, vous avez tout à fait raison, Honor. Nous avons bel et bien plusieurs sujets à traiter, dont un que je préférerais franchement ne pas avoir à aborder. »

Honor s'adossa dans son fauteuil et ses yeux s'étrécirent en goûtant ses émotions. Malgré les plaisanteries habituelles entre les deux frères, elles dégageaient une impression de tension contenue mêlée de colère. Elle en avait l'habitude : il s'agissait d'une conséquence inévitable de la situation politique dont ils étaient venus parler. Mais elle n'avait jamais décelé le niveau d'anxiété qu'elle relevait de la part de William en cet instant. Il y avait quelque chose de nouveau et très pointu dans ses émotions, un sentiment d'urgence centré sur un point particulier. Qui plus était, il semblait tenter d'étouffer ce dont il s'agissait, ou du moins hésiter à en admettre la source, ce qui la surprenait après toutes les crises qu'ils avaient traversées ensemble.

« Et de quoi s'agit-il ? s'enquit-elle prudemment.

— Eh bien… » William la regarda un instant puis jeta un coup d'œil à son frère et prit visiblement son élan. « D'après mes sources, dit-il de la voix d'un homme décidé à traverser un terrain difficile et qui effectue le travail préparatoire à son expédition, la flotte va encore être frappée de restrictions financières dans le nouveau budget. Les dernières estimations sont tombées, et il apparaît clairement que la fin de l'application de la loi sur l'impôt d'urgence sur le revenu s'apprête à tailler des coupes sombres dans les caisses noires de Haute-Crête et sa clique et leurs financements de faveur. Ils n'aiment pas ça du tout, mais ils ne sont pas bêtes au point d'essayer de la proroger. Pas alors qu'ils savent que nous ferons échouer leur tentative aux Communes et que nous nous servirons de l'occasion à la fois pour désigner à tous leurs véritables priorités en matière de dépenses et pour les priver de la possibilité de nous reprocher à nous toutes les plaies fiscales du Royaume. À la place, Janacek va recommander que l'on réduise d'environ vingt pour cent notre effectif de vaisseaux du mur en service actif afin de libérer des fonds générés par d'autres “taxes de guerre”. Il envisage également de suspendre la construction de presque tous les supercuirassés porte-capsules pour la même raison, et Haute-Crête pense avoir trouvé le moyen de vous neutraliser, Hamish et vous, quand les nouvelles restrictions seront débattues à la Chambre.

— Encore des restrictions ? » répéta Hamish avant de marmonner dans sa barbe quelque chose qu'Honor préférait ne pas avoir entendu clairement.

« Comment peuvent-ils justifier de réduire encore les effectifs de la flotte ? demanda-t-elle à William, assez surprise de s'entendre rester si calme. Nous sommes déjà tombés à un nombre de coques inférieur à celui dont nous disposions avant le début de la guerre. Et, comme ils aiment à le rappeler au peuple, la guerre n'est toujours pas terminée.

— Pas officiellement, en tout cas, grommela Hamish.

— Ils comptent le justifier exactement de la même façon que toutes les autres réductions, répondit William à la question d'Honor. En soulignant combien ils peuvent économiser sur le budget de la Spatiale grâce à l'efficacité et la puissance accrues des nouveaux types d'unités. Ils n'ont pas besoin que tous ces vieux vaisseaux "obsolescents" se mettent en travers du chemin de la nouvelle flotte efficace que Janacek a créée à lui tout seul. »

Bien que totalement en accord avec l'opinion de William concernant Haute-Crête et Sir Édouard Janacek, Honor grimaça à la note sarcastique féroce qui perçait dans sa voix amère. Hamish, d'un autre côté, était trop furieux pour y prêter grande attention.

« C'est le plus beau ramassis de conneries que j'aie entendues depuis des mois, grinça-t-il. Même pour eux, ça établit un nouveau record !

— Il s'agit d'une progression logique par rapport à ce qu'ils ont déjà fait, Hamish », fit remarquer Honor.

Sa voix était de loin la plus sereine des trois, pourtant ses yeux durs comme l'agate n'avaient rien de particulièrement calme. « Toutefois l'ampleur de cette réduction m'étonne. Ils ont déjà taillé dans la graisse et le muscle, maintenant ils s'attaquent à l'os.

— Votre analyse est désespérément exacte, fit William. Et vous avez raison, c'est une extension en droite ligne de la justification qu'ils ont produite à chaque étape. Les nouveaux types de bâtiments sont plus puissants, ont plus de chances de survie et exigent moins de personnel, or, avec la fin de l'impôt sur le revenu actuel, leur budget est soudain si serré que quelque chose doit trinquer.

— La flotte doit "trinquer", hein ? répéta férocement Hamish. Mais c'est ce menteur, cet imbécile buté de Janacek que je vais faire trinquer, moi ! D'ailleurs, je…

— Du calme, Hamish », intervint Honor sans jamais quitter William du regard… et sans songer à la familiarité dont elle avait fait preuve envers Havre-Blanc. « Nous savions déjà qu'ils considèrent le budget de la flotte comme une tirelire dans laquelle ils peuvent éternellement piocher pour leur précieux "dividende de la paix". Perdre notre sang-froid et nous mettre en rage pendant que nous les pourfendons lors des débats nous donnera simplement l'air de réagir de façon excessive. Ce qui les rendra plus raisonnables par contrecoup. Si stupide soit leur politique, nous devons rester unis et nous y opposer en des termes calmes et rationnels. Surtout nous deux, et vous le savez.

— Vous avez raison », dit-il après une courte pause furieuse. Puis il prit une profonde inspiration. « Alors ils vont réduire notre puissance de combat encore davantage, hein ? » Son frère acquiesça, et Hamish renifla. « Et j'imagine que Jurgensen et ses mignons de la DGSN vont soutenir Janacek ?

— Évidemment », répondit William, et ce fut au tour d'Honor de renifler.

Personne n'avait été surpris quand Janacek avait commencé son deuxième mandat de Premier Lord de l'Amirauté en retirant Hamish Alexander du service actif, de sorte qu'il ne touchait plus qu'une demi-solde. Le palmarès du comte de Havre-Blanc au cours de la guerre était brillant, mais la réincarnation combinée d'Horace Nelson, Togo Heimachoro, Raymond Spruance, Gustave Anderman et Édouard Saganami n'aurait pas été assez éblouissante pour compenser l'animosité personnelle et l'amertume entre lui et Sir Édouard Janacek.

Cette réaction-là, du moins, était attendue, si mesquine et haineuse fût-elle. Mais Honor soupçonnait le reste de la flotte d'avoir été aussi surprise et contrariée qu'elle lorsque Janacek avait décidé que Sir Thomas Caparelli et Patricia Givens méritaient eux aussi « du repos ».

Caparelli, songea-t-elle, avait peut-être vraiment besoin de se reposer après avoir subi une pression intense en tant que commandant en chef de la flotte royale pendant plus de dix ans. Hélas, ce n'était pas la véritable raison pour laquelle on le relevait de ses fonctions. Elle avait appris à bien connaître l'ancien Premier Lord de la Spatiale à son retour de Cerbère, et une chose était sûre : Thomas Caparelli ne serait jamais le béni-oui-oui d'aucun homme politique. Son intégrité ne lui aurait pas permis d'aider Janacek à réduire les effectifs de la flotte alors que le gouvernement n'avait pas encore jugé bon de mettre un terme à la guerre contre la République populaire. Et donc, comme Havre-Blanc bien que pour des raisons différentes, il avait dû partir.

L'amiral Givens avait été écartée au même motif à peu près que Caparelli, malgré les résultats exceptionnels qu'elle avait obtenus en tant que responsable de la Direction générale de la surveillance navale. Sa loyauté envers Caparelli et leur relation de travail très serrée aurait de toute façon imposé son éviction aux yeux de Janacek, puisqu'il considérait devoir « faire le ménage » au sein des personnels. Des rumeurs couraient également qui les disaient en profond désaccord sur les plans de Janacek en vue de la restructuration des priorités de renseignement de la flotte, mais son plus grand péché consistait à avoir refusé d'orienter ses analyses pour leur faire dire ce que ses supérieurs civils en attendaient. Elle s'était donc elle aussi retrouvée récompensée d'une demi-solde pour avoir aidé à préserver le Royaume stellaire.

S'il était une accusation que l'on ne pouvait pas porter à l'encontre de son remplaçant, c'était celle de se montrer excessivement indépendant. L'amiral Francis Jurgensen était devenu un anachronisme dans la flotte royale en guerre : un officier général qui devait son grade élevé à des soutiens politiques davantage qu'à ses compétences personnelles. Ce type d'officiers étaient tristement répandus avant guerre, bien qu'ils aient été éliminés sans pitié, en général par Caparelli, mais aussi beaucoup trop souvent (et douloureusement) par des actions ennemies. Hélas, ils faisaient leur retour sous la nouvelle direction de l'Amirauté. Si écœurée fût-elle, Honor se doutait que c'était inévitable. Après tout, Sir Édouard Janacek avait été pile ce genre d'officier tout au long de sa propre carrière.

Ce qui importait dans le cas de Jurgensen, toutefois, c'est qu'il comprenait précisément ce que Janacek et ses supérieurs politiques voulaient entendre. Si Honor n'était pas prête à l'accuser de falsifier carrément des preuves, elle était loin d'être convaincue qu'il s'y refuserait. Et tout le monde savait au sein du Service, et notamment dans la communauté du renseignement, que Jurgensen avait un long passé d'homme qui « interprétait » les preuves en fonction des exigences de ses supérieurs.

« Eh bien, j'imagine que c'était prévisible, fit Havre-Blanc tout en fronçant les sourcils à l'adresse de son frère. Ils doivent libérer des liquidités pour financer d'une façon ou d'une autre leurs projets clientélistes.

— En effet, une manœuvre de ce genre était sans doute inévitable, fit William, et, pour être honnête, ça ne me surprend pas tellement. Par ailleurs, ce qui m'a réellement étonné – et consterné – c'est l'autre nouvelle que mes sources m'ont transmise.

— Une autre nouvelle ? » Honor le regarda brusquement, intriguée une fois encore par les curieuses pointes d'hésitation et de mécontentement qui émanaient de lui. Un détail frustrant concernant sa capacité à déceler les émotions d'autrui, c'était son impuissance à détecter les pensées qui les sous-tendaient. Comme dans ce cas précis. Elle était raisonnablement certaine que la colère bien identifiable au milieu des émotions de William n'était pas dirigée spécifiquement contre elle, toutefois elle était de toute évidence responsable en partie de son angoisse, et ce qui l'avait mis en colère était directement lié à elle, d'une façon ou d'une autre.

« Oui. » William détourna les yeux un instant et contempla le portrait grandeur nature de Paul Tankersley que Michelle Henke avait fait faire pour le dernier anniversaire d'Honor. Il était accroché en face de son bureau et de sa station de travail, et il laissa son regard se poser un instant sur ce visage souriant.

Puis il prit une profonde inspiration, carra les épaules et se tourna vers Honor et Havre-Blanc.

« D'après mes sources, Haute-Crête et ses alliés sont sûrs d'avoir trouvé le moyen de mettre sérieusement à mal votre crédibilité et celle d'Hamish, Honor. Il leur apparaît tout aussi évident qu'à nous que vous seriez nos deux porte-parole les plus efficaces contre cette folie, mais ils croient avoir découvert comment vous neutraliser en vous… détournant de ce sujet.

— J'aimerais bien voir ça ! » s'exclama Havre-Blanc d'un air mauvais, mais Honor sentit son estomac se nouer tandis que les émotions contenues derrière les yeux bleus de William se déversaient en elle.

« Lâchez votre bombe, Willie, dit-elle calmement, et il soupira.

— Demain matin, répondit-il d'une voix blanche, la rubrique de Salomon Hayes inclura l'annonce que Hamish et vous êtes amants. »

Honor sentit le sang se retirer de son visage, mais même sa propre stupéfaction n'était rien par rapport à la soudaine pointe de fureur brûlante qu'elle décela chez Havre-Blanc. William n'avait pas de sens empathique, lui, mais il n'en avait pas besoin, et il poursuivit d'une voix plus monocorde que jamais, le visage figé.

« Vous savez tous les deux comment Hayes fonctionne. Il ne va pas le dire explicitement, sans équivoque, ni citer de noms à l'appui de ses allégations, mais le message sera parfaitement clair. Il va suggérer que vous êtes amants depuis deux ans T… et les chroniqueurs préférés de Haute-Crête préparent déjà des “points de vue” destinés à alimenter le scandale. Apparemment, c'est la véritable raison pour laquelle Haute-Crête a repoussé le débat d'ouverture à la Chambre des Lords : il veut laisser le temps à vos bourreaux de prendre un bon départ. Ils veilleront à se donner un air exempt de toute mesquinerie et insisteront sur le fait que votre vie personnelle ne doit avoir aucune influence sur les questions de politique publique, mais ils savent très bien que ces accusations vous handicaperont terriblement tous les deux. Et l'admiration que le public vous garde, en tant qu'individus et héros de la Spatiale, aggravera encore le retour de feu, surtout que vous n'aurez aucun moyen de prouver que Hayes ment. »

Il éclata d'un rire brutal et dépourvu d'humour.

« Au mieux, reprit-il d'un ton dur, ce sera votre parole contre la sienne… et un chœur soigneusement orchestré pour noyer tout ce que vous direz. Et, pour être honnête, vous passez tellement de temps ensemble, en privé comme en public, et vous collaborez si étroitement tous les deux qu'il sera impossible de réfuter les allégations inévitables selon lesquelles vous en avez largement eu l'occasion.

— *Réfuter ?* » s'étrangla Havre-Blanc, tandis qu'Honor restait paralysée, stupéfaite. Dans son dos, elle entendit un choc étouffé lorsque Nimitz sauta de son perchoir sur le bureau. Elle sentit le chat sylvestre tendre son esprit vers elle et tenter de s'interposer entre elle et sa douleur comme il l'avait déjà fait si souvent, avant même qu'il ne bondisse par-dessus son épaule pour atterrir sur ses genoux. Elle le prit dans ses bras sans tourner son fauteuil et le serra fort, enfouissant son visage dans sa fourrure soyeuse pendant qu'il ronronnait pour elle, mais cette fois personne ne pouvait la protéger de sa douleur. Pas même Nimitz.

Dans l'ensemble, les mœurs manticoriennes étaient beaucoup plus lâches que celles de Grayson. D'ailleurs, les mœurs de la planète capitale étaient bien plus souples que celles de Sphinx, où Honor était née. Normalement, on aurait trouvé risible l'idée qu'une liaison entre deux adultes consentants puisse concerner quiconque à part ces deux adultes. Normalement.

Mais pas dans le cas présent. Pas dans celui du seigneur Harrington, qui devait aussi se préoccuper de la susceptibilité de ses sujets et de la façon dont l'opinion publique réagirait sur Grayson, ainsi que de l'impact que cela aurait, à travers elle, sur le Protecteur Benjamin et ses efforts isolés pour maintenir l'état de préparation militaire de Grayson face à l'abandon concret de l'Alliance manticorienne par le Royaume stellaire. Grayson avait eu suffisamment de mal à avaler la relation qu'elle avait eue avec Paul mais, s'ils ne s'étaient jamais mariés, aucun d'eux n'était l'époux d'un autre non plus.

C'était néanmoins le cas de Havre-Blanc, et un deuxième front s'ouvrait là car Lady Émilie Alexander, comtesse de Havre-Blanc, était l'une des personnalités publiques les plus aimées de tout le Royaume.

Autrefois l'une des actrices d'holovision les plus belles et talentueuses de Manticore, elle était confinée dans un fauteuil de régulation vitale suite à un accident d'aérodyne survenu quand Honor n'avait pas encore trois ans. Pourtant Émilie avait refusé de laisser sa vie prendre fin. L'accident l'avait handicapée physiquement, mais l'esprit brillant et la volonté qui l'avaient propulsée au sommet de sa profession n'avaient pas été touchés. Les chirurgiens avaient réussi à préserver suffisamment de ses centres de contrôle moteur pour lui donner l'usage presque intégral d'un bras et d'une main ainsi qu'une élocution quasi normale, même si le contrôle de ses muscles lisses dépendait entièrement de son fauteuil médicalisé. Ce n'était pas grand-chose. En fait, c'était même pathétique, mais elle avait fait en sorte de s'en contenter.

Incapable de remonter sur les planches, elle était devenue productrice et auteur, à la fois poétesse et brillante historienne, biographe semi-officielle de la maison de Winton. Et à son statut de grande héroïne tragique de Manticore, de femme exemplaire et aimée qui avait défié et inspiré tout le royaume en lui montrant quelles épreuves on pouvait surmonter par un courage indomptable, s'était ajoutée l'histoire romantique de son mariage avec Hamish Alexander. L'histoire d'un amour et d'une dévotion qui avaient survécu à près de soixante ans de confinement dans un fauteuil. Plus d'un homme aurait demandé la dissolution de leur mariage, avec douceur et selon des conditions généreuses sans doute, de façon à pouvoir se remarier, mais Hamish avait rejeté toute suggestion en ce sens.

Au fil des ans, on avait parlé de liaisons discrètes occasionnelles entre lui et des escortes professionnelles, mais de telles relations étaient parfaitement tolérées sur Manticore, où on leur accordait même une valeur thérapeutique. Gryphon et Sphinx étaient moins convaincus de ce dernier point, chacun pour ses propres raisons, mais la planète capitale était beaucoup plus… sophistiquée à cet égard.

Il y avait néanmoins une énorme différence entre recourir occasionnellement aux services d'une escorte, surtout quand on était marié à une parfaite invalide, et nouer une relation avec une femme qui n'était pas une professionnelle. Notamment pour Hamish et Émilie Alexander, des catholiques de la seconde Réforme qui s'étaient mariés sous le régime de la monogamie, pour le meilleur et pour le pire, jusqu'à ce que la mort les sépare. Tous deux prenaient très au sérieux leurs vœux de mariage et, même dans le cas contraire, personne, jusqu'aux ennemis politiques ou personnels les plus farouches de Hamish Alexander, n'aurait osé mettre en doute l'amour qu'il portait à sa femme.

Jusqu'à ce jour. Jusqu'à Honor.

Elle releva la tête et fixa William, incapable de regarder Hamish, et sa détresse s'accrut encore en comprenant enfin la teneur des réflexions de William. Il se demandait si le papier que Hayes s'apprêtait à publier n'était pas vrai, et elle savait pourquoi.

Parce qu'il aurait dû l'être. Parce que, si elle avait eu le courage de révéler ses sentiments à Hamish, ils seraient bel et bien devenus amants. Honor ignorait si cela aurait constitué une trahison aux yeux de Lady Émilie… et cela n'aurait pas eu d'importance. C'était pour cette raison, comprenait-elle maintenant, qu'elle avait poliment décliné toutes les invitations à visiter la demeure familiale des Alexander à Havre-Blanc, malgré leur collaboration politique étroite. C'était le territoire d'Émilie, la maison qu'elle ne quittait jamais. L'endroit où elle était à sa place aux côtés d'Hamish, et que la simple présence d'Honor aurait en quelque sorte profané. Et, parce qu'elle n'avait jamais personnellement rencontré Émilie, Honor pouvait faire mine de n'avoir jamais péché contre elle, même en pensée.

C'était là le plus ironique. Elle ignorait si ceux qui avaient fourni à Hayes les ragots qui alimenteraient sa rubrique féroce dans la *Gazette d'Arrivée* croyaient leurs propres allégations. Mais bien qu'il n'y ait pas eu d'entorse physique au mariage d'Hamish et Émilie, elle savait qu'ils avaient tous les deux souhaité aller au-delà. Ils ne l'auraient jamais admis devant l'autre, et voilà qu'ils se retrouvaient accusés de cela même qu'ils étaient déterminés à ne pas laisser se produire, et tout effort pour réfuter les allégations en ce sens ne ferait qu'aggraver leur cas.

C'était absurde, lui soufflait un coin de son cerveau. La protection de la vie privée aurait dû s'appliquer à Hamish et elle, même s'ils avaient été amants. Et cela n'avait pas d'importance. Même ici, au Royaume stellaire, on n'aurait pu imaginer scandale plus funeste vu la dimension emblématique de Lady Émilie et de son mari, car William avait raison : les gens les plus susceptibles de partager les valeurs d'Honor et de soutenir ses opinions politiques seraient les plus révoltés par sa « trahison » d'une personnalité publique adorée. Et ce qui rendait ce scandale dommageable sur Manticore devenait franchement désastreux sur Grayson.

Leur vie privée n'avait rien à voir avec leurs succès ou leurs compétences en tant qu'officiers spatiaux, mais on n'en tiendrait pas compte. L'idée serait émise, discrètement, que leurs sentiments mutuels affectaient d'une façon ou d'une autre leur réflexion. Elle en était sûre. Et pour ridicule qu'elle soit, cette accusation resterait. Toutefois, ce n'était pas le véritable objectif de cette manœuvre. Elle visait en réalité à détourner le débat d'une discussion des dangers que recelaient les propositions de Janacek vers un examen de la personnalité de l'homme et de la femme qui étaient devenus ses détracteurs les plus efficaces. Le gouvernement n'aurait pas besoin de réfuter leurs arguments, cette fois-ci. Pas s'il pouvait les forcer à consacrer toute leur énergie et leur capital moral à se défendre d'accusations aussi retentissantes.

Et si Haute-Crête et compagnie parvenaient à les discréditer sur cette question, ils pouvaient le faire sur toutes les autres…

« Qui a transmis ces rumeurs à Hayes ? s'enquit-elle d'une voix égale qui l'étonna.

— C'est important ? répondit William.

— Oui, dit-elle d'un ton qui n'avait plus rien d'égal, tandis que Nimitz sifflait de fureur. C'est important. »

William la regarda d'un air inquiet, et ce qu'il vit dans ses yeux chocolat transforma son inquiétude en peur.

« Je n'en suis pas sûr, fit-il au bout d'un moment. Et même dans le cas contraire, je ne pense pas que je vous le dirais.

— Je suis capable de le découvrir par moi-même. » Sa voix était une lame soprano, et elle sentit une détermination glacée l'envahir. « J'ai trouvé qui avait commandité le meurtre de Paul Tankersley, dit-elle au frère de l'homme qu'elle aimait. Et je saurai trouver l'ordure responsable de ce coup fourré.

— Non, vous ne pouvez pas, répondit William avant de secouer brusquement la tête. Enfin, vous pouvez, évidemment, mais à quoi bon ? » Il la fixa d'un air suppliant. « Votre duel avec Young vous a presque détruite, Honor ! Si vous découvriez qui est à l'origine de ces rumeurs et que vous le provoquiez en duel, ce serait dix fois pire, bien plus destructeur que les rumeurs ! Vous seriez finie en tant que personnalité politique ici, au Royaume, quelle que soit l'issue. Sans parler du nombre de gens qui se diraient que cette histoire devait être vraie pour que vous réagissiez si violemment.

— Il a raison. » La voix d'Hamish Alexander était ferme et grinçante, et elle se tourna enfin vers lui. Il s'imposa de soutenir calmement son regard, et elle sut que, pour la première fois, il avait compris. Il avait compris ce qu'une part de lui-même devait soupçonner de plus en plus depuis des années : qu'elle avait toujours su ce qu'il ressentait pour elle et qu'elle partageait ses sentiments. « Il a raison, répéta-t-il. Nous ne pouvons pas nous permettre d'accorder autant de crédibilité à cette histoire, ni l'un ni l'autre. Surtout dans la mesure où elle ne contient pas une once de vérité », ajouta-t-il en tournant un œil noir vers son frère.

William soutint son regard féroce sans ciller, conscient autant qu'Honor que sa colère ne le visait pas vraiment.

« Je te crois, dit-il avec calme et sincérité. Mais le problème consiste à le prouver.

— Le *prouver !* s'exclama Havre-Blanc, rageur.

— Je sais, je sais ! » William secoua de nouveau la tête, l'air presque aussi furieux que son frère. « Vous ne devriez pas avoir quoi que ce soit à prouver, l'un comme l'autre. Mais vous savez aussi bien que moi que ça ne se passe pas ainsi dans les affaires de diffamation comme celle-ci, et il est impossible de prouver ce que vous n'avez pas fait. Surtout que vous avez travaillé très étroitement ensemble. Nous – nous tous, collectivement – avons trop tablé sur le capital politique que vos succès ont généré. Nous vous avons délibérément associés, nous avons attiré l'attention de l'opinion sur vous deux en tant qu'équipe. C'est comme ça que les électeurs vous perçoivent désormais, et il ne leur sera que plus facile de croire à ces âneries du coup. Surtout quand on commencera à évoquer le temps que vous avez passé tous les deux tout seuls.

— Tout seuls ? » Les deux frères se retournèrent vers Honor à cette réaction. « Je suis un seigneur, Willie. Je ne vais jamais nulle part sans mes hommes d'armes : je ne peux pas, en vertu de la loi de Grayson ! Quand avons-nous réellement eu l'occasion d'être "tout seuls" ?

— Vous êtes plus maligne que ça, Honor, répondit William avec compassion. Tout d'abord, personne ne croira que vous n'auriez pas pu vous éclipser, même sous le nez d'Andrew, si vous le vouliez vraiment. Et on ne le croira pas parce que vous savez aussi bien que moi que c'est vrai, vous auriez pu. Et puis, même sinon, croyez-vous vraiment que quiconque doute que n'importe lequel de vos hommes d'armes mentirait effrontément si vous le lui demandiez ? »

Elle le fusilla à son tour du regard, puis elle sentit ses épaules s'affaisser car il avait raison. Évidemment, et elle le savait avant même d'ouvrir la bouche. Elle se noyait et cherchait simplement à se raccrocher à toutes les branches.

« Alors que faisons-nous, maintenant ? demanda-t-elle, amère. Peuvent-ils vraiment réduire impunément la lutte pour le contrôle politique du Royaume tout entier à une manœuvre aussi mesquine et venimeuse qu'une fausse rumeur d'infidélité ?

— Non, répondit William. Ils ne peuvent pas réduire cette lutte à cela, Honor. Mais ce n'était pas vraiment votre question. En vérité, Hamish et vous étiez nos armes les plus puissantes, et ils peuvent bel et bien neutraliser notre capacité à utiliser l'un ou l'autre d'entre vous contre eux. C'est idiot, malveillant et mesquin, mais ça ne marche pas moins bien pour autant. Cela va au moins vous paralyser tous les deux presque à coup sûr le temps qu'ils fassent passer la réduction des effectifs de la flotte et le budget, mais je suis certain qu'ils en attendent aussi un effet à plus long terme. Et le plus beau, à leurs yeux, c'est que plus vous-mêmes, vos amis et vos alliés nierez les accusations, plus sûrement un certain pourcentage de l'électorat pensera qu'elles doivent être vraies. »

Honor le dévisagea puis se retourna vers Hamish et vit la même détresse dans son regard. Ses émotions étaient trop douloureuses pour elle, et elle étouffa donc ses capacités empathiques jusqu'à ne plus sentir que Nimitz, son amour, son inquiétude et son impuissance totale à combattre cet ennemi-là pour elle. Elle détourna les yeux d'Hamish pour les poser sur William et s'efforça de ne pas laisser ses épaules s'affaisser davantage.

« Alors que faisons-nous ? lui demanda-t-elle tout bas.

— Je ne sais pas, Honor. Je ne sais pas. »

# CHAPITRE SEPT

« À votre avis, qu'est-ce qu'ils nous mijotent, canonnier ?

— Pardon, monsieur ? »

Le capitaine de corvette Anna Zahn, flotte de Sidemore, officier tactique du HMS *LaFroye*, releva la tête de son répétiteur, surprise. Le capitaine de vaisseau Ackenheil n'était pas franchement à cheval sur les formalités, y compris l'annonce pointilleuse de sa présence à son arrivée sur le pont, et elle ne s'était pas rendu compte qu'il était là.

« Je vous demandais ce qu'ils mijotent à votre avis », fit le Manticorien en désignant son afficheur. Il était à cet instant paramétré en mode astrographique, échelle interstellaire, et plus d'une douzaine d'étoiles étaient associées à des icônes d'un rouge clignotant.

« Je ne sais pas vraiment, commandant », répondit Zahn au bout d'un moment. Elle faisait partie des rares officiers de Sidemore servant à bord de bâtiments de la flotte royale sur un poste à responsabilité. Cela n'était pas lié à un quelconque préjugé à l'encontre des Sidemoriens mais plutôt au fait qu'il n'y avait guère d'officiers sidemoriens tout court. La flotte de Sidemore tout entière avait à peine huit ans T, et Zahn était donc très peu expérimentée par rapport à son grade selon les critères manticoriens. Il se trouvait également qu'elle était très douée pour son boulot, ce qui expliquait comment elle s'était retrouvée affectée en tant qu'officier tactique à bord du principal vaisseau de la division de croiseurs 237. Intellectuellement, elle savait qu'elle n'aurait pas été là si les Manties ne l'avaient pas crue capable de tenir son rôle. Depuis l'alliance de Sidemore avec le Royaume stellaire, Manticore avait mis en place une politique d'affectation croisée systématique des officiers de manière à s'assurer que les deux flottes connaissaient bien la doctrine et les procédures de la FRM tout en offrant à la FS la possibilité d'accroître son expérience le plus vite possible. Pour autant, on n'était pas prêt à nommer un officier aux compétences douteuses sur un poste aussi sensible que celui d'officier tactique à bord d'un croiseur lourd. Mais quoi qu'en dise son cerveau, ses émotions refusaient obstinément de se laisser convaincre.

Peut-être cela ne se limitait-il pas à elle. Peut-être la flotte de Sidemore dans son entier – si limitée soit-elle – avait-elle du mal à croire qu'on puisse la prendre au sérieux à un si jeune âge. Anna Zahn ne pouvait pas s'exprimer pour les autres officiers de son monde natal, mais elle se sentait souvent comme la petite nouvelle de la classe quand elle comparait sa maigre expérience spatiale de sept ans T au *curriculum vitæ* d'un homme tel qu'Ackenheil, presque trois fois plus vieux qu'elle et combattant vétéran très décoré pardessus le marché. Du coup, elle hésitait un peu à exposer son opinion, même quand on la lui demandait. Surtout qu'elle était censément l'officier de quart et qu'elle aurait dû surveiller le pont de commandement au lieu de se poser des questions sur des rapports pour lesquels elle n'était pas supposée se mettre martel en tête de toute façon. Le *LaFroye* était en orbite de garage standard, bandes gravitiques coupées, l'équipage de quart était réduit à la portion congrue, et elle avait cédé le gouvernail au lieutenant Turner, l'astrogateur (qui avait onze ans de plus qu'elle et neuf années d'expérience supplémentaires), donc ce n'était pas vraiment comme si elle négligeait son devoir, mais quand même…

La bouche sévère d'Ackenheil parut frémir comme si un sourire menaçait de s'y imposer un instant, et elle se sentit rougir. Elle *détestait* rougir. Cela lui donnait l'impression d'être une écolière qui jouait les officiers spatiaux.

Jason Ackenheil parvint – non sans mal – à ne pas sourire tandis que les joues du capitaine de corvette Zahn prenaient une délicate teinte rosée, et il se tança d'en avoir eu l'intention. Enfin, il n'en avait pas vraiment eu l'intention. Simplement, la jeune Sidemorienne était déterminée à bien faire et convaincue que la Flotte royale manticorienne avait fait une entorse exceptionnelle à ses critères de sélection pour la mettre à son poste actuel. C'était une jeune femme d'un talent hors du commun, dotée d'un instinct tactique parmi les meilleurs qu'il avait jamais vus, mais cela semblait bizarrement lui échapper.

Mais il ne pouvait pas le lui reprocher. En vérité, malgré ses compétences, la flotte s'était effectivement démenée pour affecter des officiers de la FS sur des postes à responsabilité à bord des vaisseaux de la FRM déployés localement, et certains – non, pour être honnêtes, tous – manquaient cruellement d'expérience selon les critères manticoriens par rapport au poste qu'ils occupaient. Impossible de l'éviter. À moins de vouloir s'affliger d'une flotte dont aucun officier ne dépasserait le grade de lieutenant, Sidemore n'avait pas d'autre choix que de promouvoir à un rythme ridiculement élevé. Tout comme la flotte de Grayson avant-guerre, les Sidemoriens avaient acquis un petit noyau dur de Manticoriens « prêtés », mais l'essentiel de leur corps d'officier se construisait de l'intérieur, et affecter un maximum de leurs officiers locaux les plus prometteurs sur des vaisseaux de la FRM était une façon de leur transmettre un peu de la longue expérience manticorienne.

Tout le monde le savait, et il s'était préparé à découvrir que Zahn n'était pas… pleinement qualifiée quand on l'avait informé qu'elle serait affectée sur le *LaFroye*. Pour finir, il s'était inquiété pour rien, comme il l'avait compris dans la semaine suivant son arrivée. Cela remontait à plus de six mois T, et sa première impression favorable s'était largement confirmée sur cette période. Toutefois, il devait reconnaître qu'il avait parfois l'impression d'être son oncle plutôt que son commandant. Elle était si jeune ! Il avait l'habitude de voir des enseignes de vaisseau de cet âge plutôt que des capitaines de corvette et, quelquefois, il avait du mal à le cacher, si compétente soit la capitaine de corvette en question. Ce qui ne contribuait sûrement pas à lui faire croire qu'elle méritait son poste, se rappela-t-il sévèrement. De plus, il voulait sincèrement entendre ce qu'elle avait à dire. Elle était peut-être jeune, mais il avait appris à respecter ses capacités analytiques presque autant que ses compétences tactiques, et il vint se planter à côté de son fauteuil.

« Personne ne *sait* réellement ce qu'ils préparent, capitaine, dit-il en se penchant sur son épaule pour examiner les incidents affichés sur son répétiteur. En tout cas, la DGSN n'a pas l'air d'en avoir la moindre idée ! Ni moi non plus, pour être tout à fait franc. C'est pourquoi je serais intéressé d'entendre toutes les hypothèses que vous souhaiteriez me soumettre. Vous ne pouvez sûrement pas faire pire que nous autres à tenter de deviner leurs intentions. »

Zahn se détendit légèrement en apercevant une infime étincelle dans le regard brun du commandant. Puis elle reporta son attention vers les données figurant sur son répétiteur et fronça les sourcils, l'air songeur cette fois.

« J'imagine, monsieur, dit-elle lentement, qu'il est possible qu'ils se livrent bel et bien à des opérations classiques de répression de la piraterie.

— Mais vous pensez que ce n'est pas le cas, encouragea Ackenheil comme elle marquait une pause.

— En effet, monsieur. » Elle releva les yeux vers lui et secoua la tête. « Évidemment, je ne pense pas que quiconque croie vraiment que c'est ce qui se passe, n'est-ce pas ?

— Aucun risque », répondit Ackenheil, laconique.

Il y avait deux incidents de plus que lors de sa dernière vérification, remarqua-t-il, et il se frotta le menton en réfléchissant. Il aurait sans doute dû se réjouir que la Flotte impériale andermienne ait choisi de produire un effort substantiel pour écraser les opérations des pirates dans et autour de la région que la FRM patrouillait depuis sa base située dans le système du Marais. Dieu lui était témoin qu'il avait souvent eu l'impression de devoir se dédoubler pour pouvoir s'occuper de cette vermine. Depuis qu'Honor Harrington avait détruit l'escadre « corsaire » d'André Warnecke dans le Marais, aucun pirate sain d'esprit ne s'approchait de Sidemore, mais cela n'avait pas empêché les attaques classiques, les meurtres et atrocités habituels en Silésie tout le long de la zone de responsabilité de la base de Sidemore. Quoi qu'il en pense par ailleurs, donc, il devait reconnaître qu'il se sentait indéniablement soulagé de voir baisser régulièrement le nombre d'attaques de pirates contre les planètes et contre les vaisseaux marchands grâce aux efforts andermiens.

Mais si cette intervention était la bienvenue, elle était aussi troublante. Les Andermiens avaient veillé à se faire discrets dans la région après que l'Amirauté eut annoncé son intention d'établir une base de la flotte dans le Marais. Quelques officiers andermiens qu'Ackenheil avait rencontrés ne s'étaient pas donné la peine de dissimuler leur mécontentement suite au traité que le Royaume stellaire avait signé avec la République de Sidemore. Ils y voyaient manifestement un nouvel exemple d'ingérence manticorienne dans une zone qui leur paraissait appartenir à la sphère d'intérêt légitime de l'Empire andermien. Mais quels que soient leurs sentiments, l'Empire n'avait pas opposé de protestation publique, et, selon sa position officielle, tout ce qui réduisait la criminalité en Silésie était bienvenu.

Les diplomates qui l'affirmaient mentaient effrontément, et tout le monde le savait, mais c'était la version officielle depuis près de neuf ans T. Et durant cette période, la FIA avait limité sa présence dans et autour du Marais à des contre-torpilleurs faisant une escale planétaire, une division de croiseurs légers de temps en temps, et très rarement des croiseurs lourds ou croiseurs de combat isolés. Cela suffisait à rappeler au Royaume stellaire que l'Empire s'intéressait aussi à cette région sans user de forces suffisamment lourdes pour y voir une provocation face à la présence manticorienne.

Mais, ces derniers mois, tout cela semblait avoir changé. Les Andermiens n'avaient effectué que trois escales planétaires sur ce laps de temps et, à part un croiseur lourd de la nouvelle classe Verfechter, seuls des contre-torpilleurs avaient rendu visite à Sidemore. Mais si la situation demeurait inchangée dans le système du Marais même, ce n'était pas du tout le cas ailleurs. On aurait dit que partout où Ackenheil regardait, des patrouilles impériales interceptaient soudain pirates, corsaires et autres hors-la-loi, et elles ne procédaient pas à l'aide de contre-torpilleurs ni de croiseurs légers.

Il se pencha un peu plus sur le répétiteur de Zahn et plissa le front en lisant les codes de données attachés aux deux incidents qu'il ignorait.

« Une division de croiseurs de combat, là, à Dune ? » demanda-t-il en haussant le sourcil, surpris, tout en indiquant une étoile du secteur de Breslau au sein de la Confédération.

« Oui, monsieur », répondit Zahn avant de désigner l'autre nouvel incident, dans le système de Tyler, près de la frontière nord-est du secteur de Poznan. « Et, ici, il s'agissait apparemment d'une escadre entière de croiseurs lourds.

— J'ignorais qu'ils comptaient autant de croiseurs dans leur flotte tout entière », ironisa Ackenheil en montrant les icônes cramoisies dispersées. Trois d'entre elles représentaient des interceptions de pirates par des forces ne comportant rien de plus lourd qu'un contre-torpilleur. Toutes les autres indiquaient des opérations impliquant des croiseurs ou croiseurs de combat.

« On a vraiment l'impression de les retrouver où qu'on regarde, monsieur », fit Zahn en se tiraillant le lobe de l'oreille gauche d'un geste songeur dont Ackenheil était à peu près persuadé qu'elle était inconsciente.

« Ce qui vous évoque quoi ? s'enquit-il, revenant à sa question initiale.

— Ce qui m'évoque à tout le moins un redéploiement très substantiel de leurs effectifs disponibles, dit-elle d'une voix plus professionnelle, délaissant son oreille et oubliant ses hésitations pour s'attaquer au problème. Je crois que nous oublions parfois que nous n'entendons parler que des bâtiments andermiens qui interceptent bel et bien quelqu'un, monsieur. Pour chaque vaisseau qu'on nous signale, il y en a sûrement une demi-douzaine d'autres, voire plus, dont nous n'entendons pas parler.

— Excellente remarque, murmura Ackenheil.

— Quant à expliquer pourquoi ils ont besoin de se redéployer ainsi rien que pour attraper des pirates… poursuivit Zahn avec un haussement d'épaules imperceptible, le regard perdu au loin, je n'y vois aucune raison opérationnelle impérative, pacha. Ce n'est pas comme s'ils avaient brusquement commencé à subir des pertes particulièrement lourdes parmi leurs vaisseaux marchands – ou, en tout cas, nous n'en avons pas entendu parler. J'ai consulté les rapports des renseignements pour le vérifier. Et même s'ils s'inquiétaient soudain de la présence des pirates et corsaires, pourquoi utiliser des croiseurs de combat ?

— Pourquoi pas, s'ils en ont ? contra Ackenheil, endossant aisément le rôle de l'avocat du diable. Après tout, ils doivent bien exercer et initier leurs équipages au feu d'une façon ou d'une autre, et ils n'ont pas de grande guerre en cours pour cela. C'est l'une des raisons pour lesquelles la FRM a déployé certains de ses meilleurs équipages et commandants ici avant-guerre : pour user des opérations de répression de la piraterie comme d'une validation tactique.

— Ça tiendrait debout, monsieur, mais ça ne correspond pas à leurs précédentes habitudes opérationnelles. Et j'ai demandé à Tim de faire quelques recherches pour moi. »

Elle adressa un regard interrogateur au commandant, qui acquiesça. Le mari de Zahn était un analyste civil employé au département des archives des opérations spatiales dans le Marais, et le commodore Tharwan, le directeur du département, en pensait le plus grand bien. Ce qui expliquait en partie pourquoi le capitaine de vaisseau s'intéressait tant à l'opinion de son capitaine de corvette, il le reconnaissait intérieurement.

« Selon lui, la base de données de la DGSN ne référence pas la moindre occurrence où l'Empire aurait engagé des unités aussi lourdes qu'une division de croiseurs de combat dans des opérations antipirates de routine, reprit Zahn. Les archives signalent qu'ils n'ont usé de forces aussi lourdes que lorsque pirates ou corsaires avaient réussi à mettre sur pied une force capable de mener à bien des frappes à l'échelle d'une escadre, comme Warnecke le faisait. » Elle secoua la tête et indiqua d'un geste les icônes rouges sur son répétiteur. « Il ne se passe rien de tel dans la région où ils opèrent en ce moment, pacha.

— Alors, s'ils opèrent en dehors de leurs paramètres habituels, avec des forces plus lourdes, bien que le degré de dangerosité reste à peu près le même, ça me ramène à ma première question, fit Ackenheil. À votre avis, qu'est-ce qu'ils mijotent réellement ? »

Zahn fixa son afficheur en silence pendant quelques secondes, sans le voir, probablement, songea le commandant, qui aurait presque pu toucher du doigt l'intensité de sa réflexion. Il n'aurait pas su dire si elle pensait aux données brutes ou se demandait si oui ou non elle devait lui dire le fond de sa pensée, mais il s'imposa d'attendre patiemment jusqu'à ce qu'elle tourne à nouveau la tête vers lui.

« Si vous voulez mon avis, en toute honnêteté, monsieur, dit-elle calmement, je pense qu'ils veulent nous faire savoir qu'ils transfèrent des forces de plus en plus lourdes vers la Silésie. Et je pense qu'ils veulent nous faire savoir qu'ils mènent des opérations actives – contre les pirates, pour l'instant – tout le long de nos zones de patrouille.

— Et pourquoi voudraient-ils que nous le sachions ? » Ackenheil haussa le sourcil en regardant sa mine sombre, et elle prit une profonde inspiration.

« Ce n'est qu'une intuition, pacha, et je n'ai pas l'ombre d'une preuve à l'appui de ma réflexion, mais je pense qu'ils ont décidé que le moment était venu de faire valoir leurs prétentions au sein de la Confédération. »

Ackenheil haussa son autre sourcil. Non qu'il rejetât sa théorie, mais il était surpris qu'un officier si peu expérimenté, même s'il pensait le plus grand bien de ses compétences, ait pu la bâtir. Il avait lui-même envisagé cette possibilité, et il aurait voulu pouvoir l'écarter immédiatement.

« Qu'est-ce qui vous fait croire ça ? Et pourquoi devraient-ils se décider à ce moment précis ? s'enquit-il, curieux de son raisonnement.

— L'une des raisons pour lesquelles cette idée m'est venue, c'est sans doute que je viens de Sidemore, reconnut Zahn en reportant son attention vers le répétiteur. Nous n'avons jamais été directement sur le chemin des Andermiens, mais, avant que la duchesse Harrington nous sauve des griffes de Warnecke et ses bouchers, l'Empire était la seule véritable puissance interstellaire dans notre secteur de la Galaxie. On avait plus ou moins pris l'habitude de regarder par-dessus notre épaule en nous demandant quand l'empereur allait vouloir imposer sa suprématie en Silésie. » Elle haussa de nouveau les épaules. « Cela ne nous menaçait pas directement parce que nous n'avions rien que quiconque pourrait suffisamment convoiter pour que les Andies se donnent la peine de nous annexer. Mais, même si loin des routes les plus empruntées, nous en entendions assez pour savoir que l'Empire veut gober des morceaux de la Confédération depuis toujours.

— Je ne vous contredirai pas là-dessus », répondit Ackenheil au bout d'un moment, en se remémorant les rapports des renseignements qu'il avait étudiés avant le déploiement du *LaFroye* et depuis son arrivée. Nul n'avait officiellement suggéré que les Andies pourraient envisager de se lancer, même si leurs ambitions en Silésie remontaient à très loin, mais il était sans doute logique que Zahn examine très sérieusement cette possibilité. Comme elle venait de le faire remarquer, elle était originaire de la région ; un étranger – même un étranger servant dans la Flotte royale manticorienne – aurait un long travail ardu à fournir pour égaler sa sensibilité aux nuances de la structure de pouvoir locale.

« Quant à la raison pour laquelle ils ont décidé que c'était le bon moment d'agir, pacha, reprit Zahn, je vois bien un ou deux facteurs. Le plus important est sans doute la façon dont l'Alliance a botté le derrière des Havriens. Ils pensent ne plus avoir besoin de se soucier que Havre puisse les atteindre après avoir passé Manticore, et s'ils n'ont plus besoin d'une zone tampon, ils pourraient bien ne plus juger utile de rester "neutres" en notre faveur. Et puis… »

Elle s'interrompit brutalement, et Ackenheil baissa aussitôt les yeux vers le dessus de sa tête. Il allait lui demander de poursuivre mais s'en abstint en comprenant soudain ce qu'elle s'apprêtait sûrement à dire.

*Et maintenant que nous réduisons les effectifs de la flotte – comme des imbéciles – et que nous sommes affligés d'un Premier ministre qui ne reconnaîtrait pas un principe s'il lui mordait les fesses et d'un ministre des Affaires étrangères qui a autant de caractère qu'une motte de beurre tiède, ils n'en croient probablement pas leur chance,* se dit-il amèrement. *C'est parfaitement exact, mais ce n'est pas vraiment le genre de discours qu'une Sidemorienne a envie de tenir à son commandant manticorien.*

« Je vois où vous voulez en venir, dit-il à voix haute au bout de quelques secondes. J'aimerais pouvoir trouver une raison de vous contredire. Hélas, je n'en vois pas. »

Zahn releva les yeux vers lui, la mine inquiète, et il haussa les épaules.

« La DGSN n'a pas réuni les pièces du puzzle aussi bien que vous, Anna. Pas encore. Mais je pense qu'ils vont y venir.

— Et qu'est-ce qu'on fait, alors, monsieur ? demanda tout bas la capitaine de corvette.

— Je l'ignore. » Il allait ajouter quelque chose mais se ravisa en secouant la tête, un petit sourire aux lèvres, et se détourna.

Zahn le regarda partir et, tout comme il avait compris ce qu'elle avait tu, elle savait ce qu'il s'était abstenu de dire. N'importe quel Sidemorien l'aurait deviné, même si personne de sa connaissance n'aurait manqué de tact au point de le dire à leurs alliés manticoriens. Ils savaient tous précisément quelle politique le gouvernement Cromarty aurait adoptée face aux efforts impériaux d'expansion territoriale en Silésie.

Personne n'avait la moindre idée de la réaction qu'aurait le gouvernement Haute-Crête, en revanche… mais on ne s'attendait à rien de bon.

# CHAPITRE HUIT

Lady Catherine Montaigne, comtesse du Tor, faisait les cent pas dans son salon avec toute l'énergie qui la caractérisait… et bien peu de sa gaieté habituelle.

« Qu'ils aillent tous au diable ! » lança-t-elle par-dessus son épaule à l'homme trapu assis, immobile, dans son fauteuil préféré. On aurait pu les croire expressément conçus comme contraires en tous points sur le plan physique. Elle mesurait au moins quinze centimètres de plus que lui et était si mince qu'elle paraissait plus grande encore, alors qu'il était large au point d'avoir l'air court sur pattes. Elle avait les yeux bleus et les cheveux blonds ; lui, sombres et bruns. Elle ne tenait littéralement pas en place alors qu'il avait une capacité à rester assis sans bouger, plongé dans ses réflexions, qui rappelait souvent les rochers en granite de son Gryphon natal. L'élocution abrupte de la comtesse et ses changements de sujet foudroyants ébahissaient souvent ceux qui n'étaient pas prêts à tenir le rythme ; lui était posé et discipliné à l'excès dans sa réflexion. Et alors qu'elle détenait l'un des trente plus anciens titres de pair du Royaume stellaire, lui était un montagnard de Gryphon, avec tout ce que cela impliquait d'hostilité viscérale envers ce qui touchait à l'aristocratie.

Et ils étaient amants. Entre autres.

« Ne me dis pas que leur tactique te surprend, Cathy », tonna-t-il d'une voix si grave qu'elle semblait venir de plus bas que ses orteils. C'était une voix étonnamment douce, vu l'aversion manifeste de son propriétaire pour ce qu'il avait à dire. « Contre quelqu'un comme Harrington ? » Il éclata d'un rire dépourvu d'humour. « C'est sans doute la seule personne qu'ils détestent plus que toi en ce moment.

— Mais c'est tellement méprisable, même de leur part, Anton, répondit Lady Cathy. Je ne suis pas surprise, juste furieuse. Non, pas furieuse. Je suis à deux doigts de sortir démembrer ces connards. En commençant de préférence par les parties de leur anatomie qu'ils affectionnent. Dans la douleur. Avec un couteau très émoussé.

— Et si tu trouves un moyen de le faire, je serai ravi de t'aider. En attendant, Harrington et Havre-Blanc vont devoir mener leur propre combat. Et ce n'est pas tout à fait comme s'ils ne pouvaient compter sur le soutien de personne en chemin.

— Tu as raison, reconnut-elle sans joie. Et puis nos antécédents ne sont pas très reluisants, hein ? » Elle grimaça. « Je sais très bien que Jérémie s'attendait à ce que nous fassions mieux, vu ce que tu avais réussi à tirer des fichiers de ces imbéciles. Je déteste le décevoir, les décevoir tous. Et je n'apprécie guère l'échec non plus.

— Tu veux me faire croire que tu t'attendais à ce qu'ils se laissent gentiment faire ? demanda-t-il avec une petite étincelle dans ses yeux sombres.

— Non, répondit-elle avec une certaine hargne. Mais j'espérais bien que nous ferions coincer davantage de ces salauds !

— Je comprends ce que tu veux dire. Mais on a quand même obtenu des condamnations pour plus de soixante-dix pour cent des noms qui figuraient sur ma liste. Vu le contexte politique, c'est mieux que ce à quoi on était en droit de s'attendre.

— Et si j'étais rentrée tout droit à la maison en empruntant le nœud comme tu voulais le faire, le contexte politique n'aurait pas eu d'influence, grinça-t-elle.

— Oh, on en a déjà parlé, fit Anton Zilwicki d'une voix aussi patiente que ses chères montagnes. Aucun de nous n'aurait pu prévoir l'assassinat de Cromarty. Sans cela, tout aurait été parfait, et tu avais tout à fait raison de dire qu'il fallait faire quitter la vieille Terre à Jérémie. » Il haussa les épaules. « Je sais que je n'ai pas passé autant d'années que toi profondément engagé aux côtés de la Ligue contre l'esclavage, mais il est terriblement injuste de te reprocher d'avoir mis trois semaines de trop à rentrer à la maison.

— Je sais. » Elle s'arrêta de marcher et resta en contemplation devant la fenêtre pendant quelques instants tendus, puis elle prit une profonde inspiration, carra les épaules et se retourna vers lui. « Je sais, répéta-t-elle plus vivement. Et tu as raison. Étant donné que ce fumier de Haute-Crête était à la tête du gouvernement à notre retour, nous avons eu de la chance d'obtenir autant de condamnations. Même Isaac le reconnaît. »

Elle grimaça de nouveau, et Zilwicki hocha la tête. Isaac Douglas, à la surprise du Gryphonien, paraissait s'être attaché de manière permanente aux pas de la comtesse. Zilwicki s'attendait plutôt à le voir accompagner Jérémie X, mais il était resté au service de Lady Cathy en tant que majordome-garde du corps. Et aussi, Zilwicki le savait, en tant que lien clandestin de la comtesse avec l'organisation interdite connue sous le nom de « Théâtre » et ses terroristes, anciens esclaves en fuite.

C'était aussi l'oncle préféré, le précepteur et le protecteur adjoint de Berry et Lars, les deux enfants que

Zilwicki avait officiellement adoptés après qu'Hélène les eut secourus sur la vieille Terre. D'ailleurs Isaac était une présence très rassurante pour eux. Comme pour leur père adoptif, puisqu'il en était question.

« Évidemment, poursuivit la comtesse, il ne me l'a pas dit explicitement, mais il me l'aurait fait savoir s'il avait été d'un autre avis. J'imagine donc qu'il est à peu près aussi satisfait qu'on pourrait raisonnablement s'y attendre. Enfin, je ne pense pas une minute que le Théâtre et lui – ou Jérémie – soient prêts à en rester là. Surtout qu'ils savent qui figurait sur la liste et n'a pas été condamné. »

Elle paraissait très contrariée en finissant sa phrase, et Zilwicki haussa les épaules.

« Tu n'aimes pas tuer. » Sa voix de basse grondante était douce mais implacable. « Moi non plus. Mais je ne perdrai pas le sommeil pour des salopards impliqués dans le trafic d'esclaves génétiquement modifiés – et tu ne devrais pas non plus.

— Mais ce n'est pas le cas, dit-elle avec un pâle sourire. Pas au sens intellectuel. Ni au sens philosophique. Pourtant, j'ai beau haïr l'esclavage et tous ceux qui y participent, quelque chose au fond de moi persiste à détester qu'on rende "justice" sans que l'accusé bénéficie d'un procès. » Son sourire se fit encore plus désabusé. « On pourrait croire qu'après toutes ces années à fréquenter des terroristes assoiffés de sang je devrais m'être débarrassée de ma sensiblerie.

— Il ne s'agit pas de sensiblerie. Un excès de principes, peut-être, mais il est bon d'avoir des principes, dans l'ensemble.

— Peut-être. Mais, soyons honnêtes. Jérémie et moi – comme le Théâtre et moi – sommes alliés depuis de trop longues années pour que je puisse prétendre ignorer ses activités et celles de ses amis "terroristes", ou dire que je ne les ai pas tacitement cautionnées en travaillant avec eux. Je ne peux donc pas tout à fait m'empêcher de soupçonner qu'une part au moins de ma… contrariété présente vient du fait que, cette fois-ci, j'ai peur que cela ne se passe à ma porte. Ce qui me paraît très hypocrite.

— Ce n'est pas de l'hypocrisie. C'est la nature humaine. Et Jérémie sait ce que tu ressens.

— Et alors ? demanda-t-elle comme il marquait une pause.

— Alors je doute qu'il envisage rien d'aussi extrême que tu le redoutes ici, dans le Royaume stellaire. Jérémie X n'est pas du genre à rien laisser s'interposer entre lui et les marchands d'esclaves ou leurs clients. Mais c'est aussi ton ami, et bien que nous n'ayons pas coincé tous ceux qui figuraient sur la liste, le Royaume demeure un parangon de vertu en matière d'esclavage par rapport à des territoires comme la Confédération silésienne ou la Ligue solarienne. Je suis à peu près sûr qu'il saura s'occuper pendant des années rien qu'avec les Solariens et les Silésiens de la liste sans étendre sa chasse jusqu'à Manticore. Surtout si toi et moi parvenons à maintenir la pression sur nos gros porcs locaux sans qu'il en fasse de la chair à pâtée.

— Tu n'as peut-être pas tort, dit-elle au bout d'un moment de réflexion. N'empêche, ce ne serait pas le cas s'il ne disposait pas d'une liste de courses pour ces autres nations. Et je ne suis pas convaincue de notre capacité à maintenir la pression maintenant que Haute-Crête et cette charogne de MacIntosh ont réussi à limiter les dégâts et cacher les miettes sous le tapis.

— N'oublions pas La Nouvelle-Kiev », répondit Zilwicki, et cette fois la colère grondait comme un continent en mouvement dans sa voix grave. La comtesse le regarda d'un air interrogateur, et il grogna, amer.

« Quoi qu'on en pense, Haute-Crête et MacIntosh n'auraient pas pu s'en tirer si elle ne les avait pas laissés faire. » Lady Cathy fit mine d'ouvrir la bouche, mais il l'arrêta dans son élan d'un geste de la main. « Je ne dis pas qu'ils ont été bêtes au point de l'impliquer activement dans des sessions stratégiques sur comment étouffer l'affaire ou limiter la casse. Je dis simplement que, comme tous les autres putain d'aristos qui soutiennent Haute-Crête, elle n'esquissera pas un mouvement qui risquerait de renverser la barque et de permettre à Alexander de former un gouvernement. Surtout s'il lui suffit de fermer les yeux sur un détail aussi insignifiant que l'esclavage génétique !

— Tu as raison », reconnut la comtesse au bout d'un moment, l'air manifestement dépité. Puis elle se remit à faire les cent pas dans l'appartement. « On croit que je chausse des œillères, que je deviens monomaniaque quand il s'agit d'esclavage, je le sais bien, dit-elle. On a même sans doute raison. Mais ceux que cette pratique ne révolte pas manquent totalement d'humanité. Et puis comment peut-on prétendre soutenir les droits civiques, la protection juridique, le progrès social et toutes ces nobles causes dont Marisa Turner parle si savamment quand on est prêt à fermer les yeux sur un trafic d'êtres humains – d'êtres humains conçus et conditionnés dans cette optique – qui viole tous ces pieux principes ? »

Ses yeux bleus lançaient des éclairs, ses joues pâles brillaient d'une révolte des plus sincères, et Anton Zilwicki s'adossa dans son fauteuil pour mieux l'admirer. « Lady Caracole », c'était le surnom que ses amis lui donnaient en plaisantant, et il lui allait bien. Elle tenait effectivement de la pouliche de race, avec ses mouvements incessants et son tempérament explosif. Mais derrière la pouliche se cachait autre chose, qui ressemblait dangereusement à la soif de chasser d'un hexapuma sphinxien. Zilwicki était un des rares à avoir eu le droit de découvrir ces deux aspects, et il les trouvait tout aussi séduisants, chacun à sa façon.

« Tu ne vois donc pas La Nouvelle-Kiev comme le chef idéal du parti libéral ? s'enquit-il ironiquement, et elle renifla en réponse, amère.

— Si j'avais jamais eu le moindre doute sur la question, ils se sont envolés le jour où elle a accepté de se compromettre avec Haute-Crête, déclara sévèrement la comtesse. Quels que soient les avantages tactiques à court terme, les conséquences à long terme vont être désastreuses. Pour elle comme pour le parti.

— Tu es d'accord avec moi pour dire que tôt ou tard le gouvernement Haute-Crête finira par capoter, alors ?

— Évidemment ! » Elle lui lança un regard noir. « Qu'est-ce que c'est ? Le jeu des mille dollars ? Je sais que tu t'intéresses beaucoup plus que moi à la politique interstellaire – du moins tant que la question de l'esclavage n'y apparaît pas – mais même moi je me rends compte que ces imbéciles nous ramènent tout droit vers une stupide confrontation avec les Havriens, qu'ils sont en train de saborder l'Alliance en chemin et qu'ils sont trop aveugles pour le voir venir ! Ou pour s'apercevoir que les électeurs ne sont pas aussi crétins qu'ils le pensent. Quand la crise va éclater et que l'opinion découvrira à quel point Havre-Blanc et Harrington avaient raison depuis le début concernant notre degré de préparation militaire, ça va se payer cher. Même les libéraux de base vont comprendre que Marisa Turner s'est prostituée de son plein gré en s'associant politiquement à Haute-Crête. Ils vont examiner toutes les dépenses sociales du programme "Nous bâtissons la paix" dont elle se félicite si bruyamment pour l'instant, et ils vont y voir clair. Ils vont réaliser que, pour apporter tous ces financements à ses projets favoris, elle a dû les prendre à la flotte. Et puisqu'on en est aux manœuvres politiques bêtes et méchantes, n'oublions pas ce qu'elle et les autres dirigeants du parti libéral sont prêts à aider Haute-Crête à faire à Harrington et Havre-Blanc. Tu crois qu'il n'y aura pas de retour de bâton contre *ça* quand tout le monde comprendra enfin qu'il s'agissait d'une machination ? Allons ! »

Elle leva les yeux au ciel, exaspérée, et croisa les bras.

« Voilà ! J'ai réussi ton petit test ? » s'enquit-elle.

Zilwicki eut un rire moqueur tandis qu'elle lui décochait l'un de ses fameux regards assassins. Puis il hocha la tête.

« Haut la main. Mais je n'essayais pas de déterminer si tu savais déjà que la pluie mouille. En réalité, je préparais le terrain pour une autre question.

— Laquelle ?

— Celle-ci : nom de Dieu, pourquoi la laisses-tu entraîner le parti dans sa chute ? fit-il d'une voix de granit friable dont tout humour avait disparu.

— Je la laisse faire, moi ? Bon sang, Anton ! Je fais tout ce que je peux avec tout ce que j'ai depuis mon retour de Sol. Non que ça ait eu le moindre effet. J'aurais peut-être pu en accomplir davantage si Haute-Crête n'avait pas remplacé Cromarty et que j'avais récupéré mon siège aux Lords, mais j'ai incontestablement fait tout ce que je pouvais depuis l'extérieur du parlement ! Tout en me rendant presque aussi impopulaire que le jour où ils m'ont exclue, par-dessus le marché, ajouta-t-elle, maussade.

— Ce ne sont que des excuses », répondit carrément Zilwicki, et elle le regarda d'un air incrédule.

« Des excuses, répéta-t-il. Nom d'un chien, Cathy, tu n'as vraiment rien retenu de tout ce que tu as réussi en travaillant avec Jérémie et le reste de la Ligue contre l'esclavage ?

— Mais de quoi tu parles ?

— De ton incapacité à te dissocier de la comtesse du Tor maintenant que tu es rentrée chez toi. » Elle le dévisagea, manifestement sans comprendre, et il soupira. « Tu t'efforces de jouer selon leurs règles, expliqua-t-il d'un ton plus patient. Tu laisses ton identité te dicter tes possibilités d'action. C'est peut-être inévitable vu ton titre et ta famille. »

Elle allait l'interrompre, mais il secoua prestement la tête.

« Non, ce n'était pas la critique d'un montagnard contre tout ce qui tient à l'aristocratie. Et je ne t'accusais certainement pas d'être de ces crétins "fin de race" comme Haute-Crête ou même La Nouvelle-Kiev. Je dis simplement que tu as hérité d'une position de pouvoir. Cette réalité influe forcément sur ta façon d'aborder les problèmes, dans la mesure où tu les attaques depuis la base politique que tu possèdes déjà. D'accord ?

— Jusque-là, oui, dit-elle lentement alors qu'elle l'observait tout en réfléchissant intensément. Et tu veux en venir quelque part ?

— Bien sûr. Mais ma conclusion n'est pas de celles auxquelles un aristocrate songerait spontanément, précisa-t-il avec un petit sourire.

— C'est-à-dire ?

— Permets-moi de reformuler. Nous sommes tous les deux d'accord pour dire que le gouvernement actuel est en position de continuer à t'exclure de la Chambre des Lords indéfiniment, ce qui signifie que ta position de pairesse ne te confère en réalité aucun avantage.

Autrement dit, ta base politique t'est à peu près inutile dans les circonstances actuelles. C'est bien ça ?

— C'est peut-être un peu caricatural, mais c'est vrai dans l'ensemble », concéda-t-elle en le fixant, fascinée.

L'une des qualités qu'elle préférait chez lui, c'était son immense perspicacité et ses facultés analytiques, que son apparence mesurée dissimulait à tant d'observateurs peu attentifs. Il n'avait pas ses fulgurances, sa capacité à isoler d'instinct les éléments centraux de la plupart des problèmes. Mais cette capacité abandonnait parfois la comtesse, lui faisait défaut et, dans ces cas-là, elle avait tendance à vouloir remplacer l'analyse par l'énergie et l'enthousiasme. À prendre le problème à bras-le-corps plutôt que de le disséquer et de trouver par le raisonnement le meilleur angle d'attaque. Une erreur qu'Anton ne commettait jamais, et qu'il lui évitait souvent de commettre.

« Dans ce cas, il te faut une nouvelle base politique, dit-il. Que ta base actuelle t'aidera peut-être à acquérir, mais totalement indépendante.

— Telle que ?

— Telle qu'un siège aux Communes, répondit-il simplement.

— Quoi ? » Elle cilla. « Je ne peux pas siéger aux Communes : je suis une pairesse ! Et même sinon, Haute-Crête n'est pas près d'autoriser des élections législatives, donc je ne pourrais pas me présenter même si j'en avais le droit.

— La comtesse du Tor ne peut pas siéger à la Chambre des communes, en effet. Mais Catherine Montaigne pourrait… si elle n'était plus comtesse du Tor.

— Je… » Elle s'apprêtait à répondre du tac au tac, mais elle se figea en le dévisageant sous l'effet de la surprise.

« Voilà ce que je voulais dire en parlant de ta position de pouvoir héritée qui se dresse sur ton chemin, dit-il doucement. Je sais que, spontanément, tu ne vénères pas plus que moi les privilèges aristocratiques – sans doute moins, même, à ta façon, car c'est de là que tu viens et tu sais que cette vénération n'est souvent pas du tout méritée. Mais j'ai parfois l'impression que tu portes encore les œillères de la strate sociale dans laquelle tu as grandi. Il ne t'est jamais venu à l'idée que, depuis qu'ils ont réussi à abâtardir ta position de pairesse en t'excluant de la Chambre, ton titre est plus un handicap qu'un bienfait ?

— Je… » Elle se secoua. « En fait, non, répondit-elle lentement. Tu comprends, d'une certaine façon, c'est simplement…

— C'est simplement qui tu es, conclut-il à sa place. Mais ce n'est pas le cas, en réalité, tu sais. Ça l'était peut-être avant ton départ pour la vieille Terre, mais tu as beaucoup mûri depuis. Quelle importance le fait d'être une pairesse du royaume a-t-il pour toi ?

— Plus que je ne le voudrais », confessa-t-elle honnêtement après une longue réflexion, et elle secoua la tête. « Bon sang. Jusqu'à ce que tu me poses la question, j'aurais dit que ça n'avait aucune espèce d'importance. Mais en fait si.

— Ça ne m'étonne pas, répondit-il avec douceur. Mais permets-moi de te poser une question. Ton titre de comtesse de Tor a-t-il autant d'importance à tes yeux que tes principes ?

— Sûrement pas, répliqua-t-elle aussitôt avec une certitude féroce qui la surprit un peu elle-même.

— Alors imagine le scénario suivant, fit-il en croisant les jambes et en s'enfonçant plus confortablement dans son fauteuil. Une aristocrate fougueuse, qui brûle de passion pour ses convictions, renonce à l'un des titres de noblesse les plus respectés et révérés du Royaume stellaire tout entier. Déterminée à se battre pour ses principes, elle sacrifie le statut privilégié de sa naissance afin de se présenter aux élections – des *élections*, note bien – à la Chambre des communes parce qu'elle a été exclue de la Chambre des Lords en raison de ces mêmes convictions. Une fois élue, bien sûr, elle est investie d'une légitimité morale dont elle n'aurait jamais joui en tant que détentrice d'un titre hérité. Elle a payé un prix évident pour ses principes, renoncé de sa propre initiative à quelque chose que nul n'aurait pu lui ôter, parce qu'il s'agit du seul moyen pour elle de se battre efficacement pour ce en quoi elle croit. Contrairement à ses adversaires aristocrates, qui se démènent au moins en partie pour préserver leur position privilégiée et le *statu quo*, elle a commencé par renoncer à ses privilèges. Sans compter que le succès de sa campagne électorale démontre qu'elle réunit le soutien populaire nécessaire pour accéder au parlement sur la foi de ses mérites personnels. Ce qui n'est le cas d'aucun d'entre eux. Ou, du moins, ce qu'aucun d'entre eux n'est prêt à prendre le risque de vérifier.

— Je ne crois pas bien reconnaître l'héroïne qui se sacrifie noblement dans ta petite fable. » Elle se montrait sarcastique, mais ses yeux bleus brillaient. « Et même si je renonçais bel et bien à mon titre, on ne peut pas dire que je ferais vœu de pauvreté. Il faudrait que j'en parle à mes comptables pour m'en assurer mais, à vue de nez, je dirais que moins de vingt-cinq pour cent de toute la fortune du Tor est indissociable du titre. Pour être honnête, plus de la moitié de la fortune familiale vient du côté de maman et n'a rien à voir avec le titre.

— Je m'en rends bien compte mais, bizarrement, je ne crois pas que ton frère irait se plaindre si tu lui refilais le titre sans crier gare », répondit-il, plus sarcastique encore qu'elle ne l'avait été, et elle renifla.

Si Henry Montaigne se retrouvait soudain comte du Tor, il serait tout aussi brusquement propulsé parmi les dix pour cent des sujets les plus riches du Royaume de Manticore. Évidemment, Cathy Montaigne resterait pour sa part dans les trois ou quatre pour cent, mais c'était une autre affaire.

« Mais même si renoncer à ton titre ne te condamnerait pas franchement à vivre pauvre, dans le caniveau, poursuivit-il, il ne s'agirait pas non plus d'un sacrifice purement symbolique. Les gens le comprendraient. Et cela te permettrait de transformer ce dont Haute-Crête et ses copains ont fait un handicap – ton exclusion de la Chambre des Lords – en avantage.

— Tu crois sincèrement que je serais capable d'accomplir davantage en tant que députée sans expérience que dans ma position actuelle ?

— Oui.

— Mais je n'aurais pas d'ancienneté, je ne pourrais prétendre à la présidence d'aucune commission.

— Et à quelle commission de la Chambre des Lords participes-tu en ce moment, dis-moi ? s'enquit-il, sardonique, avant de rire comme elle lui faisait une grimace. Sérieusement, Cathy, reprit-il, plus grave, tu pourrais difficilement accomplir moins sur le plan politique en siégeant aux Communes qu'en tant que pairesse privée de son siège aux Lords. Et que tu fasses partie d'une chambre ou de l'autre, cela n'aura aucun effet sur l'influence que tu as en dehors des canaux gouvernementaux officiels. Qui plus est, les principes d'ancienneté des Communes sont beaucoup moins figés. Tu pourrais être surprise de l'accès qu'on t'ouvrirait à des affectations utiles en commission.

Surtout si les centristes décident de chercher un terrain d'entente avec toi.

— Ce qu'ils feraient sans doute, pas vrai ? réfléchit-elle à voix haute, l'air songeuse. À défaut d'autre chose, ils verraient en moi un levier susceptible d'éloigner un peu plus La Nouvelle-Kiev et les dirigeants du parti des mécontents dans mon genre.

— Au bas mot. Et soyons réalistes : s'ils devaient te considérer de la sorte, c'est d'abord parce que tu serais effectivement ce levier. D'ailleurs, c'est ce qui justifierait ta présence aux Communes. »

Elle lui lança un regard piquant, et il rit sans humour. « Allons, Cathy ! Nous savons tous les deux que Jérémie t'a appris à être honnête avec toi-même en ce qui concerne tes objectifs et tes tactiques. Tu ne veux pas priver Turner et compagnie de leur contrôle sur le parti ?

— Et toi, tu n'es pas un loyaliste envers la Couronne qui adorerait voir les libéraux paralysés par des conflits internes ? répliqua-t-elle.

— Ça ne me briserait pas vraiment le cœur, reconnut-il gaiement. Mais, depuis que je te connais, j'ai bien été forcé d'admettre que tous les libéraux ne sont pas de foutus imbéciles. Ce qui n'était pas facile à accepter pour moi, si je puis me permettre. J'imagine qu'une personne ici présente en est responsable, m'ayant poussé par la séduction – passe-moi l'expression – à envisager qu'ils n'aient pas tous du porridge en guise de cervelle.

» Toujours est-il, poursuivit Zilwicki avec un petit sourire tandis qu'elle lui tirait la langue, que j'en ai conclu être capable de vivre avec pas mal de choses en lesquelles vous croyez, toi et d'autres libéraux de la même trempe. Nous ne serons sûrement jamais d'accord sur tout, mais il y a long à dire en faveur d'une société où le mérite prend le pas sur la naissance. Je n'aime pas trop la plupart des bêtises économiques socio-interventionnistes et irréalistes qui vont avec pour beaucoup de libéraux, mais toi non plus, hein ?

— Tu sais bien que moi non plus.

— Parfait, alors. » Il haussa les épaules. « De mon point de vue, si tu es capable de pousser le parti à poursuivre des objectifs compatibles avec ceux que j'approuve, je ne vois aucune raison de ne pas travailler avec toi – voire avec d'autres libéraux. Toutefois, comme tu le suggérais il y a quelques minutes, les chances sont faibles que La Nouvelle-Kiev et sa clique cessent de se compromettre avec ce fumier de Haute-Crête avant longtemps. Donc si je veux travailler avec des libéraux, je dois essayer de mettre quelqu'un comme toi à leur tête. » Il lui sourit. « Tu vois ? Une démarche purement calculatrice de ma part, en vue de mon intérêt personnel.

— Sûrement. » Elle renifla puis resta inhabituellement immobile pendant plusieurs secondes, le temps d'y réfléchir. « Tout cela est vraiment fascinant, Anton, dit-elle enfin. Mais même si le scénario ambitieux que tu m'as préparé était jouable, il dépendrait toujours de l'organisation d'élections par Haute-Crête. Par conséquent, si intéressante soit cette option, je ne peux rien faire. Et ce probablement pour des années, au rythme où nous allons.

— Je te l'accorde, il y a peu de chances que Haute-Crête organise des législatives plus tôt qu'absolument nécessaire, fit calmement Zilwicki. Mais j'ai effectué quelques recherches discrètes, et il semble que le député de la circonscription du Haut-Threadmore ici, en Arrivée, vient de se voir offrir un poste très lucratif au sein d'une des principales banques solariennes. S'il l'accepte, il devra quitter Manticore pour la Ligue.

La seule chose qui le retienne, c'est qu'il prend au sérieux ses responsabilités de membre de l'ancien parti libéral, et il est très mécontent de la façon dont La Nouvelle-Kiev et les dirigeants du parti ont décidé de mettre leurs principes dans leur poche au nom d'un avantage politique. D'après mes sources, dont le gentleman en question, sa famille et lui auraient bien besoin des revenus supplémentaires qu'apporterait ce nouveau poste, mais il se juge moralement tenu, pour lui-même et ses administrés, de rester où il est et essayer d'éviter que les choses n'empirent encore.

» Maintenant, s'il devait accepter ce poste en banque, il serait forcé de renoncer à son siège au parlement. Le Haut-Threadmore n'apprécierait pas, car une majorité des électeurs de la circonscription sont également membres du vieux parti libéral, et ils ne sont pas plus satisfaits que lui de la nouvelle direction. Néanmoins, en vertu de la Constitution, sa démission provoquerait automatiquement la tenue d'une élection partielle dans les deux mois afin de le remplacer. C'est une obligation absolue que même Haute-Crête ne pourra pas contourner ou repousser, guerre ou non. Et si tu briguais officiellement ce siège, qu'il t'apportait son soutien enthousiaste et menait une campagne active en ta faveur, que ta stratégie de campagne insistait sur ta renonciation à l'une des pairies les plus prestigieuses du Royaume à seule fin de te présenter aux élections comme une simple roturière, pour une question de principes… »

Il haussa les épaules, et elle écarquilla doucement les yeux tout en le dévisageant.

## CHAPITRE NEUF

« Non. »

La reine Élisabeth III regarda Honor dans les yeux et secoua férocement la tête.

« S'il vous plaît, Élisabeth, dit Honor. En ce moment, ma présence fait plus de mal que de bien. Si je rentre à la maison pour…

— Vous êtes à la maison », l'interrompit brusquement la reine. Son visage au teint acajou était dur, et le chat sylvestre perché sur son épaule aplatit les oreilles en réaction à la colère de sa compagne humaine. Une colère qui n'était pas dirigée contre Honor, mais qui n'en était pas moins violente. Pire, Honor la ressentait presque aussi clairement qu'Ariel et, l'espace d'un instant, elle regretta de ne pas être dotée des mêmes oreilles à aplatir en réponse. Cette idée incongrue lui traversa rapidement l'esprit puis s'envola, et elle inspira très profondément avant de reprendre la parole, aussi calmement que possible.

« Ce n'est pas ce que je voulais dire », fit-elle. Puis elle ferma la bouche une fois de plus comme Élisabeth agitait la main pour l'interrompre.

« Je le sais bien. » La reine grimaça et secoua la tête. « Je ne voulais pas non plus me montrer si dure, reprit-elle, contrite. Mais je ne présenterai pas mes excuses pour l'idée exprimée. Vous êtes manticorienne, Honor, et pairesse du royaume, et vous méritez beaucoup mieux que ça ! »

Elle désigna le poste HV fixé au mur, et Honor suivit son geste du regard, malgré elle, jusqu'à l'écran où Patrick DuCain et Minerva Prince, animateurs de l'émission politique nationale hebdomadaire « Sur le gril », cuisinaient un panel de journalistes devant d'immenses hologrammes représentant le visage d'Honor… et celui de Havre-Blanc.

Le son était coupé, un détail dont Honor était profondément reconnaissante, mais elle n'avait pas vraiment besoin de l'entendre. Elle essaya de se rappeler qui sur la vieille Terre se lamentait que « ça continue encore et encore » – elle ne s'en souvenait pas, mais elle n'avait pas besoin de connaître son nom pour reconnaître le sentiment qu'il décrivait, car regarder DuCain et Prince ravivait de douloureux souvenirs des confrontations partisanes cruelles qui avaient suivi la première bataille de Hancock. À l'époque, elle comptait déjà parmi les points de mire de ces échanges brutaux, et elle aurait donc dû y être habituée. Pourtant ce n'était pas le cas. On ne pouvait pas s'y habituer, songea-t-elle avec amertume.

« Ce que je mérite ou non n'a que peu d'impact sur ce qui se passe effectivement, Élisabeth », dit-elle d'une voix qui demeurait calme et posée tandis qu'elle sentait la tension raidir le long corps musclé de Nimitz sur son épaule. « Et cela n'a aucun impact sur les dégâts que cause cette affaire tant qu'elle dure.

— Peut-être, concéda Élisabeth. Mais si vous vous retirez sur Grayson maintenant, ils gagnent. Pire, tout le monde saura qu'ils ont gagné. Et puis cela ne changerait sans doute rien de toute façon », fit-elle à voix plus basse, et son dos droit comme la justice parut plier légèrement.

Honor voulut ouvrir la bouche puis la referma. Non qu'elle fût prête à renoncer au débat, mais elle craignait qu'Élisabeth n'ait vu juste.

Tous ceux qui siégeaient au parlement, tant à la Chambre des Lords qu'aux Communes, savaient pertinemment ce qu'on lui avait fait, et cela n'avait aucune importance. La première chronique de Hayes avait bientôt été suivie d'un premier « point de vue », et ce premier commentaire « respectable » avait été la salve d'ouverture méticuleusement rédigée d'une campagne bien orchestrée. C'était le premier assaut du picador, porté avec un talent impeccable, et le fait que le gouvernement Haute-Crête était une coalition réunissant de nombreux partis donnait une base très, très vaste à cette attaque en règle. L'opinion manticorienne avait l'habitude des échanges vociférants entre porte-parole et organes des différents partis, mais cette fois les lignes partisanes étaient floues. Non, pas floues. Le véritable problème, c'est que les divisions étaient plus claires encore qu'à l'accoutumée… et que cette fois tous les grands partis à l'exception des centristes et des loyalistes étaient de l'autre côté. Les condamnations venaient de tout le spectre politique traditionnel, ce qui leur conférait un dangereux degré de légitimité aux yeux de beaucoup de gens. Des individus aux opinions si diverses ne tomberaient sûrement pas d'accord sur quelque chose qui n'était pas évident !

Cette première chronique avait paru dans les pages du *Gardien d'Arrivée*, le principal journal du parti libéral manticorien, sous la signature de Régina Clausel. Clausel était journaliste depuis près de cinquante ans T… et agent du parti libéral depuis plus de trente-cinq. Elle conservait son accréditation de reporter et de commentatrice politique ostensiblement indépendante mais, dans les sphères médiatiques professionnelles, on voyait en elle l'une des principales représentantes des libéraux. On la respectait également beaucoup dans ces mêmes sphères pour ses compétences, malgré la façon dont elle les avait subordonnées à ses convictions idéologiques. Après tout, l'efficacité primait sur l'honnêteté intellectuelle, songea Honor avec amertume.

Ce qui importait dans le cas présent, toutefois, c'était sa notoriété. Elle intervenait régulièrement dans quatre émissions HV thématiques différentes, sa chronique paraissait dans dix-huit journaux à fort tirage et des dizaines de titres de moindre importance, et son style familier, facile à lire, ainsi que son calme affable devant les caméras avaient séduit un lectorat et un public vastes. Bon nombre de ses lecteurs n'étaient pas des libéraux – d'ailleurs, un fort pourcentage étaient en fait des centristes qui lisaient ses chroniques ou la regardaient parce qu'elle fournissait la preuve rassurante qu'on pouvait ne pas partager les mêmes idées politiques tout en ayant une cervelle. Ses arguments bien tournés faisaient réfléchir jusqu'aux lecteurs qui n'étaient pas d'accord avec elle, et si on était déjà enclin à penser comme elle, ils paraissaient souvent assez brillants.

C'était aussi l'un des très rares chroniqueurs politiques hors du parti centriste à ne pas avoir violemment attaqué Honor à propos de ses duels avec Denver Summervale et Pavel Young. Honor ne savait pas bien pourquoi, dans la mesure où le parti libéral se donnait officiellement pour objectif de faire disparaître la coutume des duels. Il s'agissait de l'un des rares points de son programme qu'Honor approuvait, nonobstant sa réputation de violence. L'éradication du trafic d'esclaves génétiquement modifiés en était un autre, mais, sur le plan personnel, l'existence des duels la touchait plus encore. Si les duels n'avaient pas été légaux, Paul n'aurait jamais été tué… et Honor n'aurait pas été forcée de recourir à la même coutume comme seul moyen de punir ceux qui avaient planifié sa mort. Elle savait également que l'aspect prédateur de sa personnalité pourrait trouver le code des duels par trop adapté à ses besoins dans certaines circonstances – encore une raison pour elle de préférer le voir aboli. Elle n'aimait pas se demander si elle pouvait se faire confiance dans ce domaine.

D'après les sources de William Alexander, la raison la plus probable du silence de Clausel à cette occasion était en fait assez simple : elle détestait le clan Young depuis des décennies. Une bonne part de cette haine venait apparemment d'une antipathie idéologique, mais elle semblait aussi comporter un élément très personnel. Ce qui devait rendre son alliance présente avec l'association des conservateurs plus inconfortable encore pour elle que pour la plupart des libéraux, mais on ne l'aurait pas deviné vu le talent avec lequel elle avait joué le rôle qu'on lui avait confié.

Elle n'avait pas une seule fois condamné ouvertement Honor ni Havre-Blanc. D'ailleurs, elle avait passé plus du tiers de son article à critiquer Hayes pour sa chronique intitulée « Les ragots de la commère », piteuse comme toujours, et un autre tiers à demander à ses collègues journalistes de ne pas sauter aux conclusions sur la base d'une source aussi douteuse. Puis, ayant établi son propre professionnalisme, son intégrité, son scepticisme et sa complète sympathie pour les victimes sacrificielles, elle avait consacré le dernier tiers à donner aux saloperies de Hayes la saveur fatale de la légitimité.

Honor se souvenait encore mot pour mot des derniers paragraphes de cette chronique dévastatrice.

Il va sans dire que la vie privée de tout citoyen de ce royaume, si éminent soit-il, devrait rester privée. Ce qui se passe entre deux adultes consentants est leur affaire et celle de personne d'autre, et il serait bon que nous tous, journalistes, le gardions à l'esprit à mesure que cette histoire se dénoue. De même qu'il nous appartient à tous de ne pas oublier que ces premières allégations non confirmées viennent d'une source des plus douteuses.

Toutefois, dans le même temps, que cela nous plaise ou non, certaines questions doivent être posées. Des hypothèses déplaisantes doivent être examinées, ne serait-ce que pour être réfutées. Nous avons fait de nos héros des symboles. Nous les avons élevés aux plus hauts degrés de notre respect et de notre admiration pour le courage et les compétences dont ils ont largement fait la preuve au combat contre les ennemis de tout ce en quoi nous croyons et qui nous est cher. Peu importe l'issue de cette histoire, elle ne peut en rien diminuer les contributions colossales à la guerre contre l'agresseur havrien apportées par l'homme qui commandait la Huitième Force et a mis la Flotte populaire à genoux, et par la femme dont le courage admirable et les compétences tactiques lui ont valu d'être surnommée « la Salamandre ».

Néanmoins, le courage et la compétence suffisent-ils ? Que pouvons-nous légitimement exiger de héros dont nous avons aussi fait des chefs politiques et des hommes d'État ? L'excellence dans une arène se retrouve-t-elle dans un autre type de combat, complètement différent ? Et quand il s'agit de choses aussi fondamentales que la personnalité, la fidélité à la parole donnée, l'héroïsme au combat confère-t-il une envergure héroïque en tant qu'être humain ?

Le plus troublant, bien sûr, sera l'argument de ceux qui pensent que la vraie grandeur se dévoile dans les petits détails. Que nos choix et nos décisions personnels offrent le véritable reflet de nos positions et de nos choix publics. Qu'en réussissant – ou en échouant – à l'aune de nos valeurs privées, nous révélons notre capacité ou non à porter le poids de nos responsabilités publiques.

Et reste la question du discernement. Que penser des accusations qui seront inévitablement portées, selon lesquelles toute personnalité publique, tout homme d'État qui s'est placé dans une position aussi fausse par de tels écarts de conduite fait preuve d'un manque de discernement lamentable, impardonnable chez un individu responsable de la construction des politiques et de l'avenir du Royaume stellaire de Manticore ? Il est très tôt – beaucoup trop tôt – pour prendre une décision précipitée sur ces questions troublantes. En fait, on est même tenté de souligner qu'il est beaucoup trop tôt pour poser ces questions, puisque nous n'avons pas encore la confirmation que ces rumeurs sordides contiennent la moindre parcelle de vérité.

Pourtant, ces questions, nous nous les posons, discrètement, tout bas, au fond de nous. Et, au bout du compte, que ce soit juste ou non, que ce soit raisonnable ou non, nous devons leur trouver une réponse, même si c'est pour conclure que nous n'aurions jamais dû nous les poser. Car nous parlons de nos dirigeants, d'un homme et d'une femme que nous avons tous révérés en temps de guerre, dont le discernement et la capacité à nous diriger en temps de paix sont devenus décisifs pour la prospérité et la sécurité de notre royaume.

La leçon est peut-être là : nul n'est parfait, nous avons tous commis des erreurs, et même nos héros sont de simples êtres humains. Il est injuste d'exiger de quiconque qu'il excelle en tout, qu'il se montre aussi compétent dans les affaires de l'État que dans l'enfer des combats. Finalement, nous avons peut-être hissé nos héros trop haut, en les plaçant sur un piédestal qu'un simple mortel ne devrait pas avoir à grimper. Et si, en fin de compte, ils sont tombés des hauteurs comme l'Icare des vieilles légendes, est-ce vraiment leur faute ou la nôtre ?

La rubrique de Clausel avait été dévastatrice, moins pour ce qu'elle disait que pour le terrain qu'elle avait préparé, et les articles suivants – écrits par des conservateurs, des progressistes, d'autres libéraux et des indépendants personnellement engagés auprès du gouvernement pour une raison quelconque – avaient pris racine dans ce terreau fertile avec une aura d'objectivité aussi convaincante que fausse.

Honor avait publié son propre communiqué, bien sûr, et elle savait que William Alexander avait aussi fait jouer ses contacts au sein de la presse pour effectuer le plus grand travail préventif possible avant que le scandale n'éclate. Elle avait fait de même de son côté, d'ailleurs, et était apparue, non sans une angoisse soigneusement dissimulée, sur le plateau de « Sur le gril ». Cette expérience ne comptait pas parmi les plus agréables de sa vie.

Ni Prince, libérale depuis toujours, ni DuCain, militant loyaliste, n'avaient jamais fait mystère de leur affiliation politique. C'était un des éléments qui contribuaient au succès d'audience de leur émission. Malgré leurs divergences politiques, ils se respectaient et faisaient un effort méritoire pour étendre ce même respect à leurs invités, tout en réservant les polémiques pour la séquence finale. Mais ils ne s'abstenaient pas pour autant de poser les questions qui fâchent.

« J'ai lu votre déclaration du 15 avec un immense intérêt, milady, avait dit Prince devant les caméras. J'ai remarqué que vous reconnaissiez avoir "une relation personnelle et professionnelle étroite" avec le comte de Havre-Blanc.

— En fait, avait posément rectifié Honor, tout en caressant les oreilles de Nimitz, allongé sur ses genoux et beaucoup plus calme en apparence qu'en réalité, je n'ai rien "reconnu" du tout, Minerva. J'ai simplement expliqué entretenir une relation personnelle et professionnelle étroite avec le comte de Havre-Blanc et son frère, Lord Alexander.

— Oui, en effet. » Prince avait accepté la nuance de bonne grâce. « Voudriez-vous saisir cette occasion d'expliquer cela un peu plus en détail pour nos spectateurs ?

— Bien sûr, Minerva. »

Honor avait regardé la caméra bien en face et souri avec l'aisance qu'elle avait appris à afficher.

« Le comte et moi soutenons tous deux le parti centriste, or c'est Lord Alexander, depuis la mort du duc de Cromarty, qui dirige ce parti. Dans la mesure où les centristes détiennent la majorité aux Communes alors que les partis actuellement au gouvernement dominent la Chambre des Lords, il était inévitable que nous devenions de proches alliés politiques. D'ailleurs, cette relation fait l'objet de discours et de débats aux Lords depuis près de trois ans T maintenant… de même que la vigueur de notre opposition aux politiques du gouvernement Haute-Crête.

— Mais l'argument principal de la présente controverse, avait fait remarquer DuCain, est que votre relation avec le comte de Havre-Blanc dépasse le cadre d'une simple alliance politique.

— Et c'est le cas, fit calmement Honor. Le comte de Havre-Blanc et moi nous connaissons depuis plus de quinze ans T maintenant, depuis la bataille de Yeltsin. J'ai toujours eu le plus grand respect professionnel envers lui. Comme tout individu qui n'est pas aveuglé par une jalousie mesquine et un antagonisme personnel, je pense. »

Les yeux de DuCain avaient brillé d'amusement devant sa référence à peine voilée à Sir Édouard Janacek, et elle avait poursuivi sur le même ton serein.

« Je suis heureuse de dire qu'après notre première rencontre dans le système de l'Étoile de Yeltsin, et plus particulièrement dans les trois ou quatre ans qui ont précédé ma capture par la Flotte populaire, ce respect professionnel a eu l'occasion de se transformer en une amitié privée. Une amitié qui n'a fait que grandir avec notre collaboration politique étroite aux Lords depuis mon retour de Hadès. Je le considère non seulement comme un collègue mais aussi comme un ami cher. Nous n'avons jamais tenté d'insinuer le contraire, et nous ne le ferons pas.

— Je vois. » DuCain avait jeté un regard à Prince, lui rendant discrètement la main, et elle avait à son tour acquiescé en signe de compréhension.

« Dans votre déclaration, milady, vous niez également être plus que des amis et collègues. Voudriez-vous développer ?

— Il n'y a pas grand-chose à développer, Minerva. » Honor avait haussé les épaules. « Tout le tapage actuel n'est que la répétition et l'analyse incessante d'allégations sans fondements issues d'une source tout sauf fiable. Sans vouloir trop insister, il s'agit là d'un homme qui gagne sa vie grâce au sensationnel et n'hésite guère à en créer de toutes pièces quand la réalité ne lui en fournit pas un stock suffisant. Et qui refuse – par souci d'"éthique journalistique" – de "compromettre son intégrité" en citant ses sources puisque, bien entendu, elles ne lui ont parlé que sous couvert d'anonymat. »

Elle s'était exprimée d'une voix de soprano parfaitement sereine. La main qui caressait les oreilles de Nimitz n'avait jamais ralenti ni accéléré. Mais son regard était très, très froid, et Prince avait paru reculer insensiblement.

« C'est peut-être le cas, milady, avait-elle dit au bout de quelques instants, mais la controverse semble gagner en puissance plutôt que refluer. Pourquoi, à votre avis ?

— J'imagine que c'est humain », avait répondu Honor. Elle aurait en réalité voulu dire : *Parce que le gouvernement Haute-Crête – avec la complicité de votre chère comtesse de La Nouvelle-Kiev – orchestre à dessein une campagne de diffamation, pauvre conne !* Mais, bien sûr, elle ne pouvait pas. Les coupables commençaient toujours par protester qu'ils étaient victimes d'une campagne délibérément calomnieuse, de sorte que recourir à cet argument n'aurait fait que convaincre une immense part de l'opinion de la véracité des accusations. Après tout, si elles n'étaient pas vraies, les accusés en auraient simplement produit la preuve plutôt que de leur resservir ce vieux refrain, non ?

« On a inévitablement tendance, et c'est sans doute très sain, à mettre à l'épreuve la personnalité de ceux qui occupent des positions de pouvoir ou d'influence politique, avait dit Honor. Tendance à supposer le pire parce qu'il est important de ne pas nous laisser prendre au piège par des manipulateurs et des imbéciles qui nous feraient croire qu'ils valent mieux que cela.

» Hélas, cela peut présenter un inconvénient face à des accusations grotesques et sans fondement, parce qu'il est impossible de prouver qu'on n'a pas fait quelque chose. J'ai clarifié autant que possible ma position sur ce point. Je n'ai pas l'intention d'insister davantage, et je ne pense pas qu'il soit souhaitable ni utile que je me répande en protestations d'innocence incessantes – ni le comte de Havre-Blanc, d'ailleurs. Nous pouvons tous deux répéter sans fin qu'il n'y a pas une once de vérité là-dedans, que nous n'avons jamais partagé d'intimité physique, mais nous ne pouvons pas le prouver. Néanmoins, je souhaite souligner que ma déclaration invitait quiconque détient la preuve du contraire à la révéler. Personne ne s'est montré.

— Mais d'après monsieur Hayes, avait fait remarquer DuCain en réponse, c'est parce que le service de sécurité du comte de Havre-Blanc et – surtout – le vôtre sont trop efficaces… quand il s'agit de faire disparaître des preuves déplaisantes.

— Mes hommes d'armes sont extrêmement efficaces quand il s'agit de me protéger de menaces physiques, comme ils l'ont prouvé ici même, en Arrivée, chez Regiano, il y a plusieurs années. Et ils assurent ma sécurité en tant que seigneur Harrington, à la fois sur Grayson et ici, sur Manticore. J'imagine que, si je le voulais vraiment, ils pourraient se montrer très performants pour détruire ou dissimuler des preuves. Toutefois, monsieur Hayes prétend avoir parlé à des gens qui disent avoir connaissance personnellement de ces prétendus écarts de conduite. À moins qu'il soit prêt à m'accuser d'avoir menacé ces témoins de violences physiques pour les faire taire, je ne vois pas comment mes hommes d'armes pourraient l'empêcher de les produire. Et si j'étais prête à recourir aux menaces ou à la violence, pourquoi donc n'aurais-je pas commencé par lui au lieu de ses prétendus témoins ? »

Elle arborait un sourire pincé, mais personne ne risquait de se méprendre sur sa signification… ni d'oublier les fantômes de Denver Summervale et Pavel Young.

« En réalité, bien sûr, il n'y a pas eu de menaces, avait-elle repris en haussant de nouveau les épaules. Et il n'y en aura pas, pourtant monsieur Hayes persistera sûrement à brandir la “menace” de mes hommes d'armes pour se justifier de ne pas présenter de témoins. En attendant, je crois que nous avons consacré autant de temps à ce sujet qu'il le mérite et, comme je l'ai dit, je n'ai pas l'intention de répéter sans cesse mes dénégations.

— Bien sûr, milady, avait murmuré Prince. Dans ce cas, voudriez-vous commenter le budget spatial que propose le gouvernement ? Par exemple… »

Le reste de l'entretien avait traité exclusivement de questions de politique, et Honor était à peu près sûre de s'être bien tirée de cette partie-là. Elle était moins sûre que quiconque ait pris la peine de le remarquer. Les analyses qui avaient suivi – y compris, malheureusement, le commentaire « Tout bien pesé » par lequel DuCain et Prince concluaient toujours leur émission – l'avaient complètement ignoré pour se concentrer une fois de plus sur le scandale, beaucoup plus intéressant. D'après les sondeurs et analystes de William Alexander, elle avait marqué quelques points avec cet entretien, voire obtenu un léger retournement d'opinion en sa faveur. Mais cela n'avait pas suffi à endiguer le flot à long terme, et ses adversaires avaient répliqué en redoublant de violence.

Tout ne marchait pas uniquement dans leur sens, évidemment. D'ailleurs, Honor avait eu la surprise de découvrir qu'une demi-douzaine de libéraux de premier plan et même un ou deux commentateurs conservateurs cherchaient sincèrement à se dissocier de cette chasse aux sorcières. Elle fut un peu honteuse d'identifier ce sentiment, de constater qu'elle était devenue tellement cynique concernant les appuis du gouvernement Haute-Crête que la seule idée que l'un d'eux soit véritablement intègre l'ébahissait, mais un peu seulement. Et, à mesure que le tempo augmentait, ces voix raisonnables disparurent simplement – on ne les avait pas fait taire : elles avaient été noyées, écrasées sous une pyramide soigneusement agencée de sous-entendus et d'accusations.

Elle n'avait pas non plus manqué d'autres défenseurs. Catherine Montaigne, au beau milieu d'une campagne électorale qui l'opposait aux dirigeants de son propre parti, avait pris sa défense. Sa dénonciation acerbe de la tactique employée avait été très violente, et elle n'avait pas hésité à désigner la comtesse de La Nouvelle-Kiev et d'autres membres éminents du parti libéral comme complices de ce qu'elle décrivait ouvertement comme une campagne de diffamation. Ironie du sort, alors que les dirigeants du parti déchaînaient leurs foudres contre elle pour sa témérité, cela l'aidait auprès des électeurs du Haut-Threadmore. Mais il s'agissait d'une unique circonscription, où les gens écoutaient ce qui se disait dans le cadre d'une élection très disputée, et pas simplement le bruit et la fureur qui affleuraient en surface.

Klaus et Stacey Hauptman lui avaient également apporté leur soutien inconditionnel, même s'ils ne pouvaient en réalité pas faire grand-chose. Stacey avait clairement déclaré que les ressources des Hauptman étaient à sa disposition, mais, pour être honnête, la fortune Hauptman, si vaste fût-elle, n'aurait rien ajouté matériellement à la caisse de guerre qu'Honor pouvait produire à partir de ses propres ressources. Leurs détectives privés, en revanche, (ainsi qu'Anton Zilwicki, même si elle n'avait pas l'intention d'en parler à quiconque, y compris William Alexander) avaient fouillé aussi loin que la loi le permettait – et peut-être un peu plus, dans certains cas – dans le passé et les dossiers de Hayes. Voilà comment ils pouvaient réellement l'aider, car cela permettait à Honor de tenir son personnel de sécurité sagement à l'écart du fauteur de scandale. Mais celui qui s'occupait de la sécurité de Hayes était manifestement très doué dans ce rôle et avait de l'argent à claquer. Pour Anton Zilwicki, soutenu par Elijah Sennett, le chef de la sécurité du cartel Hauptman, il s'agissait de la comtesse de Nord-Aven. Bizarrement, cela n'étonnait pas du tout Honor.

Malheureusement, les lois manticoriennes sur la diffamation, bien que plus dures qu'ailleurs, n'étaient pas sans faille. La principale reconnaissait aux journalistes le droit d'assurer la confidentialité de leurs sources et dressait des obstacles imposants face aux plaignants qui exigeaient qu'ils en révèlent l'identité. Tant que Hayes se limitait à rapporter que ses « sources » suggéraient qu'Honor et Hamish étaient amants, sans jamais dire que lui-même le prétendait, il restait juste en deçà du champ d'application de la loi. Honor avait fait de son mieux pour le provoquer et le pousser à cette affirmation fatale, mais il avait refusé de se laisser entraîner à commettre cette erreur. Elle pouvait toujours le poursuivre pour diffamation, et elle gagnerait probablement, mais le procès s'étalerait sur des années (au moins), et si colossaux soient les dommages et intérêts qu'on lui accorderait en fin de compte, cela n'aurait aucun impact sur la situation politique actuelle… à part convaincre tout le monde qu'elle essayait désespérément de le faire taire par tous les moyens.

Heureusement peut-être, le code des duels interdisait explicitement de défier un journaliste sur la base de ses commentaires ou de propos qu'il avait rapportés. Il aurait été possible de trouver une autre justification pour un duel, mais elle était bien obligée de se rallier à l'avis de William : cela ne ferait qu'empirer les dégâts. De plus, Hayes avait manifestement bien pris note de ce qui était arrivé à Pavel Young. Pour rien au monde il ne se serait montré là où Honor risquait de le défier.

Il n'y avait donc aucun moyen d'endiguer le flux des rumeurs qui nourrissaient les spéculations corrosives des commentateurs du gouvernement et leurs appuis.

Les chroniqueurs centristes, dont beaucoup étaient tout aussi partisans que les libéraux et les conservateurs, répliquaient farouchement. Mais les attaques venaient de trop de directions à la fois, elles étaient trop habiles, et, ici et là, des défenseurs isolés commencèrent à se taire. Un ou deux dont on s'attendait à ce qu'ils défendent Honor et Havre-Blanc ne s'y essayèrent jamais pour de bon, et elle savait que William notait les noms des silencieux. Pas seulement afin de punir plus tard leur manque de soutien, mais parce qu'il se demandait pourquoi ils restaient muets. Depuis des décennies, des rumeurs insistantes couraient sur les comtes de Nord-Aven et leur capacité à manipuler tant leurs alliés que leurs adversaires grâce à l'usage judicieux qu'ils faisaient des secrets contenus dans leurs fichiers. Par conséquent, Alexander se demandait si, par hasard, il aurait dû connaître certains détails sur ceux qui gardaient si opportunément le silence à l'avantage de Stefan Young.

Pourtant, en fin de compte, tous les efforts des centristes et même le soutien direct de la reine elle-même s'étaient révélés insuffisants. Les traits fatals avaient été lancés trop adroitement. Honor savait que Havre-Blanc et elle continuaient de jouir d'un soutien solide parmi les électeurs manticoriens, mais elle savait aussi qu'il s'était largement érodé. Cela ne pouvait pas affecter leur siège à la Chambre des Lords, mais le déluge de critiques publiques concernant leurs infidélités supposées se reflétait par une chute significative dans les intentions de vote pour les alliés de leur parti aux Communes. D'atouts dans les deux Chambres, on les avait transformés en handicap dans celle où cela comptait vraiment, celle que Haute-Crête et ses amis ne contrôlaient pas déjà.

C'était dur pour Havre-Blanc, mais pire encore pour Honor. Malgré son énergie intacte, Hamish Alexander avait cent trois ans T, soit presque cinquante de plus qu'elle. Dans une société vivant avec le prolong, où l'espérance de vie se montait à trois siècles T, c'était négligeable. Toutefois, Hamish faisait partie de la première génération de Manticoriens ayant bénéficié de ce traitement. La plupart des « prolongés » de première et deuxième générations avaient atteint l'âge adulte entourés de parents et grands-parents, oncles et tantes d'une autre époque. Leur attitude fondamentale face à l'âge, et plus particulièrement aux différences d'âge, s'était forgée dans une société qui n'avait pas encore totalement accepté la nouvelle durée probable d'une vie, y compris la leur.

Pire peut-être, les premières générations de thérapies prolong, les moins abouties, interrompaient le processus de vieillissement à un stade plus avancé, au moins sur le plan cosmétique. En tant que prolongé de première génération, donc, Hamish avait une chevelure noire largement semée de blanc et le visage marqué par les rides d'expression et des pattes d'oie. Dans une société privée de prolong, on aurait pu le prendre pour un homme vigoureux, la quarantaine avancée ou la petite cinquantaine. Mais Honor était une prolongée de troisième génération. Physiquement, elle paraissait à peine trente ans et donc, pour bon nombre de ceux qui suivaient le scandale, elle était « la petite jeune », la Jézabel. À leurs yeux, si le comte « trahissait » Lady Havre-Blanc après tant d'années de fidélité inébranlable, c'était forcément parce qu'elle l'avait tenté et systématiquement poursuivi de ses avances.

Ce dont elle se réjouissait sincèrement pour l'instant, c'était d'avoir réussi à convaincre ses parents de rester sagement sur Grayson. Ç'aurait déjà été grave si son père s'était trouvé dans le Royaume car, si doux et humain qu'il fût, Honor savait très bien à qui elle devait son caractère volcanique. Très rares étaient ceux qui avaient déjà vu Alfred Harrington perdre son sang-froid ; de ceux-là, tous n'avaient pas survécu à l'expérience, mais cela remontait à l'époque où il servait dans la flotte, et il en discutait rarement, même avec elle.

Ç'aurait été encore pire dans le cas de sa mère. Bien pire. Sur le monde natal d'Allison Chou Harrington, Beowulf, on aurait ri aux larmes à l'idée hystérique que les affaires de cœur concernaient quelqu'un d'autre que les intéressés. La nature des vœux de mariage des Alexander aurait pesé lourd dans la balance de l'opinion beowulfienne, mais on aurait conclu, avec une saine rationalité, que si les individus en question étaient prêts – unanimement – à modifier ces vœux, c'était leur affaire. En tout cas, l'idée que cela puisse avoir le moindre retentissement sur les responsabilités publiques d'Honor aurait paru ridicule.

Allison Harrington, bien que citoyenne du Royaume stellaire depuis près d'un siècle, demeurait très beowulfienne sur ce point. Et c'était sa mère. De ses dernières lettres à Honor émanait une férocité presque effrayante, et Honor frémissait chaque fois qu'elle imaginait sa mère lâchée sur le plateau d'une émission comme « Sur le gril ». Ou, pire, dans la même pièce que Régina Clausel. Allison était peut-être toute petite, mais les chats sylvestres aussi.

Cette réflexion ramena Honor à l'instant présent. Elle leva les yeux vers la reine et soupira.

« Je ne sais pas, Élisabeth », dit-elle d'une voix qui lui parut terne et vaincue. Ses épaules s'affaissèrent et elle se frotta les yeux de la main droite avec lassitude. « Je ne sais plus ce qui pourrait nous aider. Peut-être que retourner à Grayson serait une erreur, mais tout ce que je sais, c'est que chaque jour que je passe ici et où j'apparais à la Chambre des Lords me donne l'impression d'aggraver la situation.

— C'est ma faute, fit tristement Élisabeth. J'aurais dû mieux gérer tout ça. Willie a essayé de me le dire, mais j'étais trop en colère, trop blessée pour écouter. J'avais besoin d'Allen Summervale pour me faire entendre raison, et il était mort.

— Élisabeth », commença Honor, mais la reine secoua la tête.

« J'aurais dû me maîtriser. J'aurais dû être raisonnable jusqu'à trouver le sujet qui pouvait les diviser au lieu de leur déclarer la guerre et de les pousser à se rassembler !

— Ce que vous auriez dû faire ou ne pas faire n'a plus d'importance désormais, répondit doucement Honor. Pour ma part, je ne pense pas qu'il existait un sujet de discorde dont vous auriez pu vous servir pour les diviser. Pas avec la menace des pairs de Saint-Martin qui plane sur leurs têtes.

— Alors j'aurais dû aller jusqu'au bout, fit Élisabeth, amère. J'aurais dû ne pas me préoccuper de la crise constitutionnelle et refuser Haute-Crête pour Premier ministre. Qu'ils essayent de gouverner sans le soutien de la Couronne !

— Vous seriez allée à l'encontre de tous nos précédents constitutionnels, répliqua Honor pour la défendre.

— Et alors ? Les précédents peuvent être modifiés ou remplacés !

— Au beau milieu d'une guerre ?

— Une guerre que nous étions en train de gagner… jusqu'à ce que je laisse ces salopards accepter la “trêve” de Saint-Just ! aboya Élisabeth.

— Arrêtez, Élisabeth ! » Honor lança un regard noir à sa reine. « Vous pouvez ressasser autant que vous voulez, ça ne changera rien. Vous étiez comme un commandant au milieu de la bataille, qui doit décider que faire dans l'instant, alors que les missiles volent encore. N'importe qui peut s'asseoir après coup et voir exactement ce qu'il aurait dû faire. Mais les choix, il fallait les faire à ce moment-là, avec ce qu'on savait et qu'on ressentait alors, et vous ne saviez pas comment la guerre allait se terminer. Et vous ne saviez surtout pas qu'un gouvernement Haute-Crête se servirait des pourparlers de paix pour éviter la tenue d'élections législatives !

» Bien sûr, vous auriez pu provoquer une confrontation. Mais vous ne savez pas prédire l'avenir et vous ne lisez pas dans les esprits. Vous avez donc choisi de ne pas risquer de paralyser complètement notre gouvernement alors que vous ignoriez quand la guerre prendrait fin, et puis Haute-Crête nous a pris au piège avec ces pourparlers sans fin. On n'a jamais dit que Descroix, La Nouvelle-Kiev et lui ne comprenaient pas le fonctionnement de la politique intérieure, notamment dans sa variété la moins noble.

— Non, en effet. » Élisabeth soupira. « Je regrette que la Constitution ne m'autorise pas à dissoudre le parlement et à organiser moi-même de nouvelles élections.

— Moi aussi. Mais c'est comme ça, vous ne pouvez pas. Ce qui nous ramène à moi. Parce que, contrairement à vous, Haute-Crête peut organiser des élections quand il veut, et s'il arrive à se servir de Hamish et moi pour prolonger suffisamment la curée, il pourrait bien réussir à faire pencher les sondages en sa faveur au point de décider que le moment est venu.

— Vous avez peut-être raison, admit Élisabeth, manifestement à contrecœur. Mais, même ainsi, je ne pense pas que rentrer à Grayson soit la réponse, Honor. Déjà, on aurait l'impression qu'ils vous ont fait fuir la ville ; mais la politique intérieure n'est pas notre seul motif d'inquiétude ici, pas vrai ?

— Non, en effet. » Honor secoua la tête car, cette fois, la reine n'avait pas tort.

Les mœurs du Royaume stellaire étaient assez libérées, et le « crime » d'Honor et Hamish aux yeux des Manticoriens était que toute liaison entre eux aurait violé le caractère sacré du vœu personnel que Havre-Blanc avait choisi de faire en optant pour un sacrement du mariage bien précis. D'autres religions et dénominations acceptaient des versions du mariage différentes, moins restrictives, et chacune était tout aussi contraignante légalement et acceptable moralement pour la société dans son entier. Par bien des côtés, cela aggravait encore son infraction supposée car il s'était volontairement engagé dans une union particulière et intensément personnelle avec sa femme alors qu'aucune exigence sociale ou légale ne le lui imposait. S'il avait désormais choisi d'offrir son amour à une autre femme, il se dérobait à une responsabilité personnelle qu'il avait librement acceptée. C'était déjà grave, mais sur Grayson, où il existait effectivement – ou du moins jusque récemment – un code religieux et social universel et une institution unique du mariage, les dégâts étaient pires encore.

Ce qui étonnait Honor dans la réaction des Graysoniens, ce n'était pas sa violence, mais qu'un si faible pourcentage accorde du crédit à ces allégations. Elle aurait cru, surtout après sa relation avec Paul, que la majorité de la population serait prête à croire le pire et à la condamner. Or c'était le contraire, et il lui avait fallu un moment pour comprendre pourquoi.

Havre-Blanc jouissait lui-même d'un immense respect public sur Grayson, toutefois cela n'entrait quasiment pas en ligne de compte. C'est Honor qui importait, et ils la connaissaient. Ce n'était pas plus compliqué. Ils la connaissaient vraiment, et ils se souvenaient qu'elle n'avait jamais nié que Paul et elle étaient amants, qu'elle n'avait jamais prétendu être ce qu'elle n'était pas. Même ceux qui persistaient à la détester pour ce qu'elle représentait savaient qu'elle aurait refusé de nier la vérité et, du coup, ils avaient identifié le mensonge en l'entendant.

C'était précisément pour cette raison que les dégâts étaient encore pires. Les Graysoniens n'étaient pas en colère contre elle du fait d'accusations de mauvaise conduite qu'ils savaient fausses ; ils étaient furieux contre Manticore, qui permettait qu'on les brandisse. Ils considéraient cette douloureuse épreuve comme une insulte et une humiliation publique de la femme qui avait par deux fois sauvé leur monde de la conquête, et au moins une fois d'un bombardement nucléaire par des fanatiques religieux. Honor avait toujours été horriblement gênée par la façon éhontée dont ils la vénéraient, notamment parce qu'elle avait l'impression que cela niait les sacrifices consentis par tant d'autres au cours des batailles qu'elle avait menées dans le système de l'Étoile de Yeltsin. Mais elle n'avait jamais rien imaginé de tel dans ses pires cauchemars.

L'attitude de Grayson envers le Royaume stellaire s'était dangereusement modifiée ces trois dernières années T. Il restait d'immenses réservoirs de gratitude, d'admiration et de respect pour la flotte royale, les centristes et – surtout – la reine Élisabeth elle-même. Mais il y avait aussi une colère profonde, dirigée contre le gouvernement actuel du Royaume et l'arrogance avec laquelle il avait de manière arbitraire et unilatérale accepté la proposition de trêve d'Oscar Saint-Just alors qu'une victoire éclatante était à portée de l'Alliance. Cette décision était globalement considérée comme une trahison de tous les alliés du Royaume stellaire, et notamment de Grayson, qui entre tous avait de loin apporté la plus importante contribution – et fait les plus grands sacrifices.

Quant à la politique de Haute-Crête par la suite, elle n'avait en rien diminué l'indignation. Il paraissait évident aux yeux des Graysoniens comme à ceux des Havriens que Haute-Crête et Descroix n'avaient pas l'intention de négocier de bonne foi. L'interprétation de leurs raisons pouvait varier, mais on reconnaissait universellement leur duplicité. Haute-Crête n'avait rien arrangé en continuant comme il avait commencé, se contentant d'annoncer ses décisions à ceux qui étaient censément ses partenaires par traité plutôt que de les consulter et d'agir de concert. Honor soupçonnait que ce manque d'égard dérivait en partie de son intérêt presque exclusif pour des questions purement intérieures, mais cela reflétait aussi indéniablement sa personnalité. Il considérait les roturiers et francs-tenanciers de Manticore comme ses inférieurs, et de loin ; quant aux roturiers *étrangers*, par définition, ils étaient encore moins dignes de son précieux temps.

Benjamin IX et son Conseil, ainsi qu'une majorité de travail parmi les Clefs de Grayson, avaient compris ce dangereux et rare équilibre du pouvoir politique au sein du Royaume stellaire. Ils savaient ce qui se passait, et ce n'étaient pas des béotiens en matière de combats politiques internes complexes. Pourtant, même ainsi, ils avaient du mal à contenir leur colère et à se souvenir qu'ils devaient la diriger contre Haute-Crête et compagnie plutôt que contre le royaume dans son entier. Pour les membres élus du Conclave des sujets et en particulier pour l'immense majorité de la population graysonienne, qui était non seulement moins « sophistiquée » mais aussi moins bien informée des ramifications dont Benjamin n'était que trop conscient, c'était plus difficile encore.

Et voilà que ces mêmes individus qui avaient déjà fait enrager l'opinion publique graysonienne lançaient publiquement de fausses accusations contre leur héroïne planétaire, qui était aussi le deuxième officier le plus gradé de leur flotte, le champion du Protecteur, la deuxième personne seulement de leur histoire à avoir reçu l'Étoile de Grayson non pas une, mais deux fois, et l'un de leurs quatre-vingt-deux seigneurs par-dessus le marché.

Et une femme. À ce jour encore, les interdits hérités du code social graysonien d'avant l'Alliance proscrivaient absolument toute insulte publique faite à une femme. N'importe quelle femme. Et celle-là plus que toute autre.

Par conséquent, la tactique qui avait si bien neutralisé Honor dans le jeu politique manticorien avait produit l'effet inverse sur Grayson. L'opinion publique s'était ralliée autour d'elle plus vigoureusement qu'avant, mais c'était une opinion en colère. Une marée montante d'indignation avait fait d'elle un symbole qui menaçait de disloquer une alliance que Benjamin ne maintenait déjà qu'à grand-peine.

Elle n'avait nulle part où aller. Elle ne pouvait rien accomplir sur Manticore, et sa simple présence, ajoutée à la détermination du gouvernement à la maintenir neutralisée, ne faisait qu'entretenir le scandale et nourrir la colère de Grayson. Pourtant, si elle se réfugiait là-bas, elle aggraverait seulement la situation, car les Graysoniens décideraient sûrement (et à raison) qu'on l'avait chassée du Royaume stellaire. Les dégâts existants seraient démultipliés, et sa présence sur Grayson alimenterait la fureur planétaire en la maintenant sous l'œil du public ; elle prit donc une inspiration profonde, résignée, et secoua la tête.

« Non, fit-elle, la politique intérieure n'est pas notre seul motif d'inquiétude. »

« Je n'aime pas ce que nous entendons à propos de la Silésie. » Sir Édouard Janacek s'enfonça dans son fauteuil tout en regardant les deux hommes assis de l'autre côté du magnifique bureau par lequel il avait fait remplacer celui, plus petit et banal, qui servait à la baronne de l'Anse-du-Levant.

L'amiral Francis Jurgensen, Deuxième Lord de l'Amirauté, était un homme petit et tiré à quatre épingles. Son uniforme était comme toujours irréprochable, et ses yeux marron francs et naïfs. L'amiral

Sir Simon Chakrabarti était bien plus grand et large d'épaules. Il avait le teint presque aussi sombre qu'Élisabeth Winton mais, en dehors de ce détail, il rappelait en général beaucoup Sir Thomas Caparelli – physiquement, du moins, et à première vue. Toute similitude était néanmoins illusoire. Chakrabarti avait réussi à atteindre son grade actuel, très élevé, sans jamais commander au combat. Il avait vu le feu pour la dernière fois en tant que capitaine de corvette, officier en second du croiseur lourd l'*Invincible*, contre des pirates silésiens plus de trente ans auparavant. Depuis, sa carrière avait été vouée à l'administration, avec un bref détour par ArmNav.

On aurait pu se demander en quoi ce genre de carrière qualifiait un homme pour devenir Premier Lord de la Spatiale, mais, dans l'esprit de Janacek, la flotte avait pour l'instant moins besoin d'un vétéran grisonnant que d'un administrateur hors pair. Gagner une bataille était à la portée de n'importe qui quand on possédait un mur pourvu d'un avantage qualitatif si décisif, mais il fallait un homme au fait des tenants et aboutissants des décisions administratives et des réalités budgétaires pour faire la part des exigences du service et de la nécessité de réduire les effectifs. Chakrabarti était de ceux-là, sans parler de ses relations politiques exemplaires. Son beau-frère était Adam Damakos, le député libéral qui présidait la commission des Affaires spatiales à la Chambre des communes, mais c'était aussi le cousin d'Akahito Fitzpatrick, duc d'Eau-Grise, l'un des plus proches alliés du baron de Haute-Crête au sein de l'association des conservateurs. Cela aurait fait de lui le meilleur choix pour un poste d'une telle importance, même en l'absence d'autres recommandations. Et, au moins, Janacek avait pu le choisir lui-même au lieu qu'on lui colle quelqu'un sur les bras comme cet imbécile de Houseman qui avait été nommé Deuxième Lord !

« Je n'aime pas ça du tout, poursuivit-il. Nom d'un chien, à quoi les Andies jouent-ils ? » Il regarda Jurgensen avec insistance, et l'amiral haussa les épaules.

« Les informations que nous avons pu rassembler jusqu'à maintenant sont assez contradictoires, dit-il. En l'absence d'explications – ou d'exigences – officielles de la part de leur ministre des Affaires étrangères, nous ne pouvons que spéculer sur leurs intentions.

— Je m'en rends bien compte, Francis. » Janacek s'exprimait avec douceur, mais ses yeux s'étrécirent. « D'un autre côté, vous êtes à la tête de la Direction générale de la surveillance navale. Ça ne voudrait pas un peu dire que vous êtes plus ou moins censé spéculer sur ce genre de choses ?

— Si, répondit calmement Jurgensen. Je voulais simplement qu'il soit bien clair que nos analystes ne sont pas en possession des informations qui nous permettraient d'effectuer des projections précises des intentions andermiennes. »

Il regarda le Premier Lord sans ciller, avec la confiance de décennies d'expérience quand il s'agissait de veiller à bien se couvrir avant de risquer la moindre opinion personnelle. Il attendit que Janacek signifie de la tête qu'il comprenait sa réserve, puis il haussa de nouveau les épaules.

« À cette réserve près, donc, dit-il alors, il apparaît effectivement que les Andies ont entrepris un redéploiement systématique destiné à encercler la base de Sidemore par le nord et le nord-ouest, s'interposant ainsi entre la base et le reste de la Confédération. Rien n'indique pour l'instant si l'empereur Gustav envisage des opérations contre nous, toutefois cette éventualité ne peut pas être entièrement écartée. Il semble néanmoins plus probable qu'il ait l'intention – pour l'instant, du moins – de simplement se livrer à une démonstration de force.

— Une démonstration de force dans quel but ? s'enquit Chakrabarti.

— La question est très débattue, répondit Jurgensen. L'avis majoritaire en ce moment est que les Andermiens nous approcheront sûrement bientôt par le canal diplomatique afin de faire valoir leurs prétentions territoriales en Silésie.

— Les salauds, commenta Janacek sur le ton de la conversation, avant de grimacer. Enfin, je suppose que ça se tient. Ils convoitent la Silésie d'aussi loin que je m'en souvienne. Je ne peux pas me prétendre surpris d'entendre que ces opportunistes à la manque jugent le moment venu de commencer à se tailler les meilleurs morceaux.

— Nous avons clairement fait connaître notre position sur ce point, historiquement, remarqua Chakrabarti en inclinant la tête, les yeux fixés sur le Premier Lord.

— Et cette position n'a pas changé – pas encore, répondit Janacek.

— Parce qu'elle va changer ? demanda Chakrabarti, plus direct qu'à son habitude, et Janacek haussa les épaules à son tour.

— Je ne sais pas, reconnut-il. C'est une décision qui doit se prendre au niveau du gouvernement. Pour l'instant, toutefois, sauf contrordre, notre politique demeure la même. Le gouvernement de Sa Majesté (il utilisa cette expression sans aucune ironie) n'est pas prêt à accepter l'acquisition de territoire par l'Empire andermien ou quiconque aux dépens de l'actuel gouvernement de la Confédération silésienne.

— Dans ce cas, dit Chakrabarti, pragmatique, nous devrions sans doute renforcer Sidemore pour compenser la “démonstration de force” de Francis.

— Ce n’est pas *ma* démonstration de force, Simon, intervint calmement Jurgensen.

— Bref. » Chakrabarti écarta sa remarque d’un geste. « Nous devrions néanmoins envisager de déployer au moins deux escadres de combat supplémentaires à Sidemore.

— Mmm. » Janacek se mit à décrire des cercles de l’index sur son bureau en fronçant les sourcils. « Je comprends votre raisonnement, Simon, mais dégoter un tel tonnage ne va pas être aisé. »

Chakrabarti le regarda un instant, puis décida de ne pas souligner qu’il aurait peut-être été plus facile de trouver les vaisseaux du mur nécessaires si le gouvernement ne venait pas de décider d’en mettre autant au rebut. Malgré sa carrière bureaucratique, il avait passé trop longtemps dans la Spatiale pour ne pas voir l’ironie amère de la situation. Il était aussi trop expérimenté en tant que politicien en uniforme pour enfoncer le clou.

« Aisé ou non, Sir Édouard, préféra-t-il dire d’une voix un tantinet plus officielle, si nous comptons poursuivre notre politique actuelle et décourager tout aventurisme andermien, il faut renforcer Sidemore. Nous n’avons pas besoin des nouveaux supercuirassés porte-capsules, mais il faut déployer des unités qui auront une valcur plus que purement symbolique. Sinon, cela revient à leur dire que nous ne sommes pas prêts à aller au conflit. »

Janacek releva la tête, et le Premier Lord de la Spatiale soutint sereinement son regard. Puis Jurgensen s’éclaircit la gorge.

« En fait, intervint-il prudemment, il serait peut-être plus sage d'envoyer quand même quelques SCPC.

— Ah bon ? » Fronçant les sourcils, Chakrabarti se tourna vers le Deuxième Lord de la Spatiale.

« Oui, fit Jurgensen. J'ai effectué une revue générale de nos renseignements sur les Andermiens ces deux dernières semaines, et je suis tombé sur quelques rapports… troublants.

— Des rapports troublants sur quoi, Francis ? demanda Janacek en fonçant les sourcils comme Chakrabarti.

— Ils ne sont pas très précis, répondit Jurgensen. C'est la raison principale pour laquelle ils ne vous ont pas déjà été transmis, Édouard. Je sais que vous préférez les données fermes à de vagues spéculations, nous avons donc essayé de les confirmer d'abord. Vu les circonstances, toutefois, et bien qu'ils restent encore à vérifier, je pense que nous devons en tenir compte pour envisager les renforts dont Sidemore pourrait avoir besoin.

— Ce qui serait beaucoup plus facile si vous nous disiez ce qu'ils contiennent, fit remarquer Chakrabarti.

— Je vous ferai parvenir un précis d'ici la fin de la journée, promit Jurgensen. En gros, il existe des indices – dont aucun n'est attesté, comme je le disais – suggérant que les Andies pourraient avoir récemment commencé à déployer à leur tour de nouveaux systèmes d'armement. Hélas, nous n'avons guère de détails sur le matériel dont il pourrait s'agir.

— Et vous n'avez pas jugé utile de porter ces informations à notre attention ? s'enquit Janacek, menaçant.

— Je n'étais même pas au courant de leur existence il y a encore deux semaines. Et, avant cette réunion, on n'avait pas du tout envisagé de déployer de forces supplémentaires pour dissuader les Andermiens. Dans ces conditions, j'ai jugé préférable d'essayer de vérifier ces informations d'une manière ou d'une autre avant de vous les transmettre. »

Janacek plissa le front pendant quelques secondes puis haussa les épaules.

« De toute façon, nous n'aurions pas pu y faire grand-chose en attendant que vous les confirmiez, concéda-t-il, et Jurgensen acquiesça calmement. Mais je ne suis pas ravi de les entendre, qu'elles soient attestées ou non. Leur matériel était presque aussi bon que le nôtre avant la guerre ; s'ils l'ont amélioré depuis, nous allons peut-être devoir reconsidérer sérieusement nos forces en Silésie. Le Premier ministre ne va pas aimer entendre ça moins de quatre mois après que nous avons fini de dire au parlement que nous réduisions un peu plus les effectifs de notre mur. »

Jurgensen et Chakrabarti acquiescèrent solennellement, la conscience tranquille puisqu'ils n'avaient rien proposé de tel, quoi que les Lords civils de l'Amirauté aient eu à en dire. Certes, ni l'un ni l'autre n'avait contesté les réductions d'effectifs, mais c'était très différent d'en porter la responsabilité.

« Quel genre de détails connaissez-vous donc ? demanda Chakrabarti au bout d'un moment.

— Presque rien, à vrai dire, reconnut Jurgensen. Un analyste sidemorien prétend que le visuel des croiseurs de combat andermiens de la nouvelle classe Thor montre moins de sabords de missiles qu'ils ne sont censés en avoir. Ce que ça veut dire exactement, nous n'en avons pour l'instant aucune idée, et nous n'avons pas encore corroboré ses dires par une analyse indépendante des images. La prise de vue brute est en route, mais nous ne l'aurons pas avant encore une semaine ou deux.

» De plus, deux rapports de commandants de vaisseaux marchands suggèrent que les Andies pourraient avoir réussi à améliorer leurs compensateurs d'inertie. Les éléments sont très parcellaires, mais les deux commandants en question signalent avoir observé des bâtiments andermiens produisant des accélérations beaucoup plus élevées qu'ils n'auraient dû.

— Des marchands ! railla Chakrabarti, mais Jurgensen secoua la tête.

— J'ai d'abord eu la même réaction, Simon, ce qui explique aussi pourquoi je voulais obtenir confirmation avant d'en parler. Mais l'un de ces commandants marchands est un amiral qui touche une demi-solde.

— Quoi ? » Le regard de Janacek se fit acéré. « Quel amiral à la demi-solde ?

— Un certain Bachfisch, répondit Jurgensen.

— Ah, lui ! » Janacek renifla. « Je m'en souviens maintenant. Un raté qui a manqué laisser détruire son vaisseau !

— Ce n'est peut-être pas la meilleure référence possible sur un CV, effectivement. Mais il s'agit d'un homme expérimenté, qui a passé plus de trente ans en service actif avant de… quitter la Spatiale. »

Janacek eut un autre reniflement méprisant, bien que moins spectaculaire cette fois. Chakrabarti, de son côté, parut soudain plus songeur, et Jurgensen esquissa un mouvement d'épaule.

« Une demi-douzaine d'autres rapports, la plupart en provenance de correspondants indépendants de nos attachés spatiaux au sein de l'Empire, indiquent que les Andermiens ont au moins expérimenté des missiles à portée allongée, et nous savons depuis des années maintenant qu'ils développent leurs propres capsules. Ce que nous ignorons, et que je n'ai pas encore trouvé moyen de confirmer ou d'infirmer, c'est s'ils ont commencé à construire des SCPC.

— Trouvez un moyen de vérifier. » La voix de Janacek était tendue. Son estimation des forces nécessaires s'était fondée sur le maintien par Manticore de son monopole sur la nouvelle classe de supercuirassés. Ses rapports au gouvernement n'avaient même pas envisagé que les Andermiens puissent avoir engagé la construction de leurs propres SCPC.

*Il n'y avait aucune raison d'en parler,* se dit-il, sur la défensive. *C'est des Havriens que nous devons nous soucier, pas des Andermiens. S'il le fallait, nous pourrions très bien vivre en leur laissant la Confédération tout entière, à court terme en tout cas. Et puis Francis ne m'en avait pas encore touché mot.*

« En attendant, poursuivit-il en se retournant vers Chakrabarti, j'ai besoin de propositions concrètes de votre part concernant les forces exactes que nous devons transférer vers Sidemore.

— Voulez-vous que je parte de l'hypothèse la plus pessimiste ? » demanda le Premier Lord de la Spatiale. Janacek fit non de la tête.

« Pas la plus pessimiste. Inutile de se faire peur et d'avoir une réaction excessive alors que rien de tout ça n'a encore été confirmé par les Renseignements. Partez du principe qu'ils ont amélioré leurs capacités, mais ne nous laissons pas emporter.

— Ça laisse encore pas mal d'incertitudes, Édouard, souligna Chakrabarti, et Janacek fronça les sourcils. Je veux être certain de fonder mes propositions sur ce que vous voulez vraiment.

— D'accord. Considérez que leurs capacités actuelles sont à peu près équivalentes aux nôtres il y a six ans T. Pas de SCPC, pas de Cavalier fantôme et pas de porte-

BAL, mais, sinon, comptez qu'ils ont tout ce dont nous disposions, y compris les nouveaux compensateurs.

— Très bien », fit Chakrabarti en acquiesçant, l'air satisfait. Puis il inclina la tête, interrogateur : « Sur la base de ces hypothèses, toutefois, je peux déjà vous dire que "deux escadres de combat" ne suffiront pas. Pas si près de l'arrière-cour des Andies.

— Nos ressources ont des limites, répondit Janacek.

— Je comprends. Mais il se pourrait que la situation ne nous laisse pas d'autre choix que de déshabiller Pierre pour habiller Paul.

— Il est fort probable que le gouvernement parvienne à contrôler la situation par la voie diplomatique, fit Janacek. S'il apparaît qu'une preuve plus concrète de notre résolution est nécessaire, nous n'aurons qu'à faire le nécessaire pour trouver les effectifs.

— Oui, monsieur. Mais si nous voulons renforcer Sidemore à l'échelle requise par rapport à la menace que nous anticipons, il va également falloir choisir quelqu'un pour commander ces renforts. Le commandant actuel de la base, le contre-amiral Hewitt, manque déjà un peu d'expérience pour ce qu'il a sous sa responsabilité. Il n'est pas assez gradé, et de loin, pour commander ce qui va devenir l'une de nos trois plus vastes formations, que nous lui donnions le nom de "flotte" ou pas.

— Mmm. » Janacek plissa le front en regardant son bureau, songeur. Chakrabarti n'avait pas tort, mais choisir un nouveau commandant de base n'allait pas être facile. Sidemore s'était révélé assez utile, mais sûrement pas essentiel ni vital pendant la guerre. Maintenant que la guerre était gagnée dans les faits, Sidemore allait devenir de moins en moins pertinent vis-à-vis des besoins stratégiques du Royaume stellaire ; par conséquent, aucun officier ambitieux n'apprécierait de s'y faire reléguer. Sans parler des pièges potentiels dont cette affectation était farcie.

Malgré ses propos à Jurgensen et Chakrabarti, Janacek était certain, en son for intérieur, que le gouvernement préférerait largement éviter toute confrontation avec les Andermiens, à raison. De toute façon, le Premier Lord n'avait jamais été favorable aux pressions expansionnistes qu'il avait souvent décelées à la fois chez la flotte et le parlement. C'est pourquoi il avait fait de son mieux pour se désengager de Basilic pendant son premier passage à l'Amirauté, avant qu'Harrington, cette folle furieuse, ne manque les mener à la guerre ouverte contre les Havriens avec cinq ans d'avance.

Si on en venait là, il recommanderait certainement au cabinet de faire des concessions territoriales raisonnables face aux Andermiens. Ce n'était pas comme si les territoires en question appartenaient au Royaume stellaire, et rien en Silésie ne lui paraissait valoir qu'on risque un incident ouvert. Mais cela signifiait que celui qu'on enverrait à Sidemore se retrouverait dans une position peu enviable, à s'efforcer de dissuader les Andermiens d'agir tout en sachant pertinemment qu'aucun renfort supplémentaire ne viendrait. Et si les Andermiens ne se laissaient pas dissuader et qu'un incident quelconque se produisait, le gouvernement désavouerait certainement les actes du commandant de la base. Même dans le meilleur des cas, on se souviendrait de lui comme de l'officier de service quand l'Empire avait pris ses aises en Silésie. Ce ne serait pas sa faute, bien sûr, mais cela n'empêcherait pas ses pairs – et ses supérieurs – d'associer l'événement avec sa prise du commandement.

Alors où trouver un amiral capable de faire du solide avec des bouts de ficelle s'il le fallait, de convaincre l'Empire qu'il se battrait jusqu'à la mort plutôt que de lui céder la Silésie (du moins jusqu'à ce qu'il reçoive l'ordre inévitable de la lui laisser), sans que sa perte soit dommageable s'il devenait nécessaire pour le gouvernement de le désavouer ? De but en blanc, il ne voyait personne, mais une idée lui viendrait sûrement.

# CHAPITRE DIX

Le vice-amiral Shannon Foraker se tenait dans la galerie du hangar d'appontement, les mains nonchalamment croisées dans le dos, et contemplait les étoiles à travers le vide du hangar tout en regardant la pinasse en approche se poser sur les butoirs d'arrimage. Les ombilicaux se déployèrent vers la pinasse, suivis par le boyau de débarquement, et elle carra les épaules et se redressa légèrement tandis que la haie d'honneur se préparait.

Les témoins lumineux à son extrémité du boyau passèrent du rouge à l'orange – en attente – puis au vert vif : sceau hermétique et atmosphère respirable. Enfin le sas s'ouvrit, et le sifflet du bosco se mit à couiner dans les aigus – un son qu'elle n'avait jamais réussi à apprécier.

« Le ministre de la Guerre », annonça l'intercom tandis qu'un homme brun assez trapu en uniforme d'amiral franchissait le sas au son du sifflet, et la haie d'honneur se mit aussitôt au garde-à-vous. L'amiral Foraker fit de même, tout en regardant le nouvel arrivant saluer le commandant du VFRH *Souverain de l'espace.*

Le capitaine de vaisseau Patrick M. Reumann lui rendit vigoureusement son salut. Du haut de son mètre quatre-vingt-dix, Reumann dépassait son visiteur d'une demi-tête, et c'était sans doute lui le plus imposant des deux physiquement malgré sa chevelure de moins en moins fournie, se disait Foraker. Pourtant, bizarrement, cela paraissait sans importance. Non par la faute d'une faiblesse du capitaine de vaisseau, car l'homme choisi pour commander le premier bâtiment de la classe de supercuirassés la plus récente et la plus puissante de la Flotte républicaine avait peu de chances d'être un minus face à quiconque. Simplement, pour la flotte en général, et pour tous ceux liés à l'opération Refuge en particulier, Thomas Theisman était devenu un personnage de légende, presque une icône.

Shannon Foraker n'y aurait pas réfléchi davantage six ou sept ans plus tôt. Elle se montrait alors parfaitement imperméable aux dures réalités du service spatial sous le règne de Robert Pierre et du Service de sécurité. Jusqu'à ce qu'on la mette enfin face à l'affreuse vérité. L'humiliation et la honte qu'elle avait ressenties en étant contrainte de devenir complice de la brutalité de SerSec contre son gré avaient transformé l'univers de Foraker à jamais. Le petit prodige apolitique qui ne voulait rien d'autre que faire son travail avec patriotisme et honneur avait compris que c'était impossible, en tout cas sous la botte de SerSec. Elle avait vu un amiral qu'elle respectait et en qui elle avait confiance poussé au bord de la mutinerie, vu un ancien commandant qu'elle respectait plus encore poussé à trahir de son plein gré parce que son propre sens de l'honneur n'aurait pas supporté d'autre violation, et on l'avait elle-même poussée à deux doigts de la prison ou de l'échafaud.

Dans le sillage de ces expériences, elle avait consacré à d'autres problèmes les qualités qui avaient fait d'elle un officier tactique hors pair au sein de la Flotte populaire – seule raison pour laquelle l'amiral Tourville, l'amiral Giscard et elle étaient encore en vie. Mais tout ce qu'elle pouvait faire n'aurait sûrement pas changé le résultat final si Thomas Theisman n'avait pas été là.

Elle ne connaissait pas Theisman avant le renversement d'Oscar Saint-Just, mais elle avait appris à le connaître depuis, et, bizarrement, il paraissait sans cesse plus impressionnant. Il avait rejoint une poignée d'autres officiers dans l'esprit de Foraker, l'un de ces individus dévoués qui avaient su cultiver les concepts de devoir et d'honneur dans leur vie, quelles que soient les exigences de leurs maîtres politiques. Plus important, c'était aussi l'homme qui avait rendu à la flotte son honneur. Lester Tourville et Javier Giscard étaient peut-être aux commandes des forces de la République, mais c'était grâce à Thomas Theisman. De même, c'était lui qui avait invité les officiers et matelots de la flotte à redécouvrir leur fierté. À se rappeler qu'ils avaient choisi de porter l'uniforme parce qu'ils croyaient en quelque chose et non parce qu'un gouvernement qui s'imposait par la terreur les ferait fusiller s'ils refusaient de devenir à leur tour les agents consentants de la terreur.

Il avait rendu la flotte à son personnel, en avait fait son alliée dans la défense de la Constitution restaurée, à la fois parce qu'elle avait le sens de l'honneur et de l'obligation et comme un moyen de laver son bouclier de la crasse dont SerSec l'avait éclaboussé. Et, parce qu'il lui avait rendu le sentiment d'avoir une mission, un engagement, de défendre quelque chose, la flotte l'aurait suivi sans ciller jusqu'aux portes de l'enfer.

Et Shannon Foraker aussi.

« Permission de monter à bord, monsieur ? » s'enquit le ministre de la Guerre sur un ton officiel tandis que le sifflet se taisait enfin, et le capitaine Reumann acquiesça vivement.

« Bienvenue à bord du *Souverain*, monsieur ! répondit-il d'une voix puissante. C'est un plaisir de vous revoir ici, ajouta-t-il à voix plus basse, sur le ton de la conversation, en lui tendant la main.

— C'est un plaisir d'être de retour, Patrick, répondit Theisman en serrant fermement la main tendue. Je regrette juste que le Refuge ne soit pas assez proche de La Nouvelle-Paris pour me permettre de venir plus de trois ou quatre fois par an.

— Nous de même, monsieur, assura Reumann.

— Eh bien, répondit le ministre en jetant un coup d'œil approbateur au hangar d'appontement bien organisé, nous allons peut-être faire un petit quelque chose en ce sens.

— Pardon ? » Le capitaine inclina la tête, interrogateur, et Theisman sourit, bien que son visage comportât une trace d'autre chose que d'humour – peut-être un soupçon d'inquiétude.

« Ne vous inquiétez pas, Patrick. Je promets de tout vous expliquer avant de regagner la capitale. En attendant, toutefois, l'amiral Foraker et moi avons deux ou trois détails à discuter.

— Certainement, monsieur. » Reumann recula, et Theisman se tourna pour serrer la main de Shannon.

« Amiral, fit le ministre, et Foraker sourit.

— Amiral », répondit-elle, bien consciente qu'il préférait son personnage de chef d'état-major de la Spatiale, officier encore et toujours actif, à celui d'animal politique. Les yeux de Theisman brillèrent tandis qu'il lui serrait fermement la main, puis elle inclina la tête.

« J'avais à tout hasard programmé un cocktail de bienvenue au mess des officiers, dit-elle, mais nos plans ne sont pas coulés dans le béton céramisé. Dois-je conclure de ce que vous venez de dire à Patrick qu'il vaut mieux reprogrammer les festivités pour vous laisser l'occasion de m'expliquer ce qui vous amène jusqu'ici ?

— Eh bien, je crois que je préférerais, oui, si ce n'est pas trop gênant. »

Elle haussa les épaules.

« Comme je vous le disais, nos projets n'étaient pas vraiment scellés, monsieur. Nous n'avions pas une idée assez précise du programme de ce voyage pour prendre des décisions fermes. » Elle se tourna vers un capitaine de vaisseau trapu à sa droite. « Five, on dirait que j'ai encore oublié mon communicateur. Vous voulez bien appeler Paulette de ma part ? Demandez-lui de veiller à ce que tout le monde sache que nous passons au plan B.

— Bien sûr, madame », répondit le capitaine William Anders dans un petit sourire. Une chose n'avait pas changé chez la nouvelle Shannon Foraker : son étourderie quand il s'agissait des détails de la vie courante. Il fallait un certain talent pour « oublier » son bracelet de com, mais elle arrivait à le faire au moins deux fois par semaine.

Le capitaine hirsute activa son propre communicateur, tapa le code du lieutenant de vaisseau Paulette Baker, l'officier d'ordonnance de Foraker, et celle-ci reporta son attention vers Theisman.

« Devons-nous discuter en privé, monsieur ? Ou dois-je rassembler mon état-major ?

— Il faudra que je les mette tous au courant tant que je suis là, dit-il, mais je préférerais vous informer individuellement d'abord.

— Bien sûr. Dans ce cas, m'accompagnerez-vous jusqu'à ma cabine de jour ?

— Je pense que ce serait une excellente idée. »

Foraker regarda de nouveau Anders : « Vous avez entendu, Five ? demanda-t-elle.

— Oui. Et je transmettrai à Paulette.

— Merci. » Elle lui sourit avec une chaleur qui transfigura son beau visage étroit et sévère ; puis elle fit respectueusement signe à Theisman de la précéder en direction des ascenseurs. « Après vous, monsieur. »

Il leur fallut plusieurs minutes pour atteindre la cabine de jour de Foraker, bien que les architectes l'eussent délibérément placée près des cages d'ascenseur. Évidemment, « près » était un terme tout relatif à bord d'un bâtiment de la taille du *Souverain de l'espace*. Le supercuirassé jaugeait pas loin de neuf millions de tonnes d'acier de bataille et de blindage. C'était aussi la première unité de la classe de vaisseaux de guerre la plus imposante et la plus puissante que la République de Havre eût jamais construite, même si elle ne détiendrait sans doute pas ce titre bien longtemps. Les plans de la classe des Téméraires, la génération suivante, étaient déjà bien avancés dans l'étape d'approbation finale et, si on ne prenait pas de retard, la construction du premier modèle débuterait ici, au Refuge, dans les trois ou quatre mois à venir, pour s'achever trente-six mois plus tard. Cela représentait peut-être un délai de construction beaucoup plus long que ceux des Manties, mais c'était un gain énorme de productivité pour Havre… dont l'essentiel était l'œuvre d'un certain vice-amiral Shannon Foraker et son état-major.

Ils arrivèrent enfin à destination ; Foraker ôta sa casquette et la lança au premier maître Callahan, son intendant, quand ils franchirent le sas de sa cabine après avoir passé le fusilier en faction.

Le premier maître Sylvestre Callahan attrapa le couvre-chef volant avec l'aisance née d'une longue pratique et juste un léger soupir résigné. Foraker était bien consciente de ne devoir cette retenue qu'à la présence de Theisman, et elle adressa un sourire suffisant à son intendant. Pourtant elle n'était pas si à l'aise avec lui quand il lui avait été affecté. Elle avait mis des mois à se faire à la simple idée d'avoir son propre intendant, amiral ou non, car ce genre d'institutions « élitistes » avaient compté parmi les premières victimes des efforts systématiques de Robert Pierre pour effacer toute trace de l'ancien corps d'officiers législaturiste. Une partie d'elle-même s'était révoltée contre la restauration des anciens privilèges des officiers, et elle n'était pas mécontente que Theisman ait refusé d'en rétablir une bonne moitié. Mais elle avait aussi bien dû admettre qu'affecter un intendant aux commandants de vaisseaux et officiers généraux était en réalité tout à fait logique. Un commandant avait des choses bien plus productives à faire de son temps que ranger ses quartiers ou cirer ses propres bottes. Peut-être plus important, les officiers supérieurs avaient besoin d'anges gardiens sur lesquels compter pour assurer le bon fonctionnement de leur quotidien pendant qu'ils géraient l'incessante litanie de décisions indissociable de leur travail.

Et ceux qui étaient un peu distraits en avaient encore plus besoin que la moyenne, reconnaissait-elle.

« L'amiral et moi devons discuter, Sylvestre. Vous pensez que vous pourriez nous dégoter quelques en-cas pendant ce temps ?

— J'en suis certain, madame, répondit Callahan. Quel genre d'en-cas envisagiez-vous ? » Elle le regarda d'un air interrogateur, et il haussa les épaules. « Le lieutenant Baker a déjà appelé pour me prévenir du changement de programme, expliqua-t-il. Si je comprends bien, le dîner est repoussé d'une heure environ, et le cocktail aura lieu ensuite. Je me demandais donc simplement si l'amiral et vous auriez besoin d'un léger casse-croûte ou d'une collation un peu plus substantielle pour vous permettre de tenir.

— Mmm. » Foraker fronça les sourcils puis se tourna vers Theisman. « Amiral ?

— Je suis encore à l'heure de La Nouvelle-Paris, répondit le ministre. Ce qui signifie que j'aurais dû déjeuner il y a déjà deux heures. Je pense donc qu'une "collation un peu plus substantielle" correspond parfaitement à ce que je souhaiterais.

— Compris, Sylvestre ?

— Compris, madame.

— Alors, faites », dit-elle dans un sourire.

Il s'inclina légèrement et se retira dans son office. Elle le regarda s'en aller puis se retourna vers Theisman et désigna l'un des confortables fauteuils : « Je vous en prie, amiral, prenez place.

— Merci. »

Theisman s'installa dans le fauteuil offert et regarda autour de lui, pensif. C'était la première fois qu'il visitait les quartiers de Foraker à bord, et il était impressionné par la simplicité des meubles dont elle s'était entourée. Elle semblait avoir assez surmonté son aversion à l'idée de se « dorloter » pour acheter des fauteuils morpho dignes de ce nom, et le bar ainsi que l'armoire à liqueurs placés dans un coin du spacieux compartiment paraissaient prometteurs. Mais, à part ça, elle se contentait apparemment du mobilier et du tapis fourni par la flotte ; quant à la poignée d'œuvres d'art accrochées aux cloisons, bien qu'agréables à l'œil, il ne s'agissait pas de pièces de grande valeur. Ce qui correspondait assez bien à la femme qu'il avait choisie pour diriger le projet Refuge en son nom, et il était heureux de constater qu'elle était toujours avec lui, malgré le pouvoir et l'autorité dont elle jouissait désormais.

Quelques-uns de ceux qu'il avait nommés au début l'avaient déçu sur ce point, succombant à la tentation de se prendre pour les nouveaux maîtres de la Flotte républicaine plutôt que ses serviteurs. Certains avaient réagi à ses remarques subtiles et s'étaient repris. Ceux qui ne l'avaient pas fait avaient été discrètement mais fermement écartés vers des postes qui lui permettaient malgré tout de profiter de leurs indéniables talents tout en les empêchant d'imposer leur empreinte sur sa flotte.

« Dites-moi, fit-il en reportant son attention sur Foraker tandis qu'elle s'asseyait dans le fauteuil d'en face, pourquoi surnommez-vous le capitaine Anders "Five" ?

— Aucune idée, répondit Foraker. J'ai commencé par l'appeler William, et il m'a poliment mais fermement informée qu'il préférait "Five". Je ne sais pas trop d'où lui vient ce surnom, mais je parierais sur un événement peu reluisant de son passé dans les ponts inférieurs. D'un autre côté, je me fiche du nom qu'il se donne tant qu'il continue à faire son boulot aussi bien qu'aujourd'hui.

— Ça me convient », répondit Theisman en riant. Puis il redevint plus sérieux. « Vous savez, j'ai beau avoir haï et méprisé le comité de salut public, je dois reconnaître que Pierre et ses sbires ont quand même accompli des choses positives. Comme la relance de l'économie, par exemple, ou la fin du monopole des Législaturistes sur le corps des officiers. Sous l'ancien régime, un type comme Anders n'aurait jamais grimpé si haut. Et c'eût été une énorme perte. »

Foraker acquiesça, parfaitement d'accord. Anders était simple officier marinier, avec trente-cinq ans d'ancienneté, quand Robert Pierre avait renversé les Législaturistes, mais il ne serait jamais allé plus loin sous l'ancien régime, et ç'aurait réellement été une perte pour la flotte tout entière. Comme Foraker, il avait compris enfant, au contact du système scolaire législaturiste, qu'il allait devoir s'enseigner à lui-même tout ce qu'il voulait vraiment apprendre, et c'était exactement ce qu'il avait fait. Il venait d'ailleurs d'une famille d'allocataires, et atteindre le grade d'officier marinier était déjà une belle réussite.

Mais la fin de l'ancien ordre législaturiste ajoutée au besoin désespéré de compétences au sein de la Flotte populaire, indépendamment de leur source, avait changé tout cela. Le temps que Thomas Theisman en vienne à exécuter Saint-Just (à supposer que les rumeurs sur les circonstances de la chute de l'ancien président soient aussi vraies que Foraker le soupçonnait), le maître Anders était devenu capitaine de corvette. Toutefois, il ne serait peut-être pas monté beaucoup plus en grade sous Pierre et Saint-Just. Il aurait même bien pu se faire exécuter par le comité en lieu et place, car il était animé d'un intense esprit de contradiction. Bizarrement, il paraissait dépourvu de cette admiration pour le « peuple » qui était la clé des promotions dans le meilleur des mondes créé par Robert Pierre et Cordélia Ransom. Pour sa part, Foraker soupçonnait que cette disposition venait de ce qu'il avait surmonté tout seul les obstacles de son enfance et la caricature de système scolaire de la République populaire et ne ressentait que mépris pour ceux qui n'avaient même pas essayé.

Toujours est-il qu'elle était ravie de l'avoir pour chef d'état-major, et que sa promotion depuis la chute du comité était amplement méritée. D'une certaine façon, elle regrettait de l'avoir tiré de son poste d'origine en R & D car c'était l'un des meilleurs ingénieurs de la flotte, si ce n'est de la République. Hélas, elle avait davantage besoin de lui là où il était, à jouer les interprètes pour les ingénieurs qui devaient communiquer avec ces individus moins doués qui se trouvaient être, dans cet univers imparfait, leurs officiers supérieurs. Et, elle le reconnaissait, elle avait besoin de lui pour traduire ses propres propos quand elle s'adressait aux supérieurs de ces mêmes ingénieurs.

*Maintenant, si je n'avais à communiquer qu'avec les ingénieurs,* songea-t-elle, *je pourrais peut-être rendre sa place à Five. Malheureusement, nous sommes dans le monde réel.*

« Je ne sais pas ce qu'en pense le reste de la flotte, monsieur, dit-elle au bout d'un moment, mais, pour ma part, je suis ravie de l'avoir ici.

— Et moi je suis enchanté de vous avoir tous les deux ici, répondit Theisman avec sincérité. Lester Tourville m'a dit que vous étiez la femme idéale pour le Refuge, et le travail que vous avez fourni ne fait que confirmer ma foi en son jugement. »

Foraker se sentit rougir, mais elle parvint à soutenir son regard sans trop flancher, puis elle leva les yeux avec un certain soulagement comme Callahan revenait avec un plateau de sandwiches et de crudités. Il le posa sur une petite table entre leurs fauteuils, versa à chacun une tasse de café, posa la cafetière à côté des sandwiches et s'éclipsa de nouveau.

« En voilà un autre que je suis ravi d'avoir avec moi, fit-elle, ironique, en regardant les provisions qui venaient d'apparaître comme par magie.

— Je ne vois vraiment pas pourquoi, murmura Theisman dans un sourire, avant de se saisir avec joie d'un sandwich. Mmmm… délicieux ! soupira-t-il.

— Il a un certain talent », confirma Foraker en choisissant une carotte. Elle se rassit et patienta en grignotant poliment pour tenir compagnie au ministre pendant qu'il se restaurait.

Elle n'attendit pas longtemps. Theisman termina un sandwich, mangea la moitié d'un deuxième puis se composa une petite assiette de céleri et de bâtonnets de carotte avec un tout petit peu plus de sauce au bleu qu'il n'aurait dû, et il se carra dans son propre fauteuil.

« Maintenant que la faim ne me tenaille plus, je suppose qu'il faut en venir au motif de ma visite », dit-il, et ses yeux brillèrent en voyant Foraker se redresser, l'air attentif. « En toute franchise, poursuivit-il, je suis en partie là pour vérifier *de visu* vos rapports. Non que je m'inquiète d'un manque d'exactitude, mais parce qu'au fond j'ai besoin de voir la réalité qu'ils décrivent. » Il secoua la tête. « Je me demande parfois si vous vous rendez bien compte de ce que vous avez réussi à accomplir ici, Shannon.

— Je pense que vous pouvez sans risque partir du principe que nous nous en rendons tous compte, monsieur, répondit-elle, sarcastique. En tout cas, nous savons tous que nous avons passé quatre ans T – certains plus de cinq – plus ou moins en exil pendant ce temps !

— Je sais, et je pense que la flotte tout entière l'appréciera autant que moi quand nous révélerons enfin ce que vous avez fait, dit-il sérieusement. Et bien que le moment ne me paraisse pas rêvé, il est possible que le reste du Service découvre tout cela un peu plus tôt que nous ne le pensions.

— Ah bon ? » Les yeux de Foraker s'étrécirent, et il hocha la tête.

« Je sais que vous avez travaillé en fonction de mon programme d'origine. Et pour être honnête, je préférerais m'en tenir à ce programme. Hélas, ce ne sera peut-être pas possible. Si cela se confirme, au moins le capitaine Anders, vos troupes et vous en aurez fait davantage en moins de temps que je n'aurais cru possible quand je vous ai envoyée ici.

— Je me réjouis de l'entendre… globalement, monsieur, dit-elle, prudente, comme il marquait une pause. En même temps, et bien que mes troupes méritent qu'on reconnaisse leur travail, nous sommes encore loin des niveaux de déploiement que vous aviez fixés en m'affectant ici. Certes, j'ai atteint l'objectif en termes de nombre de cales, mais nous n'avons commencé les premières coques que dans un tiers d'entre elles, et ce dans les six derniers mois.

— Croyez-moi, Shannon, difficile d'en être plus conscient. D'un autre côté, les événements à La Nouvelle-Paris ne me laisseront sans doute guère de choix quant à l'accélération du programme de déploiement.

— Puis-je savoir quel genre d'événements, monsieur ? s'enquit-elle, plus circonspecte encore, et il renifla.

— Rien de catastrophique, dit-il pour la rassurer. Probablement même rien de grave… pour l'instant, du moins. Mais en gros, pour votre gouverne personnelle, la présidente et moi risquons de plus en plus de nous heurter de front avec le ministre Giancola. » Ses yeux s'étrécirent et sa voix se fit un peu plus tendue. « Cette information ne sort pas de ces murs, Shannon.

— Bien sûr que non, monsieur », répondit-elle. Intérieurement, elle se réjouit de le voir lui faire assez confiance pour partager avec elle ce qu'il considérait à l'évidence comme une information sensible.

« J'ignore s'il en sortira vraiment quelque chose, reprit-il après quelques instants. En fait, il est tout à fait possible que la présidente et moi nous inquiétions en vain. Mais le ministre des Affaires étrangères devient de plus en plus impatient face aux Manties, et on dirait qu'il s'efforce d'accumuler du soutien pour sa position au Congrès. Dans ses efforts, nous pensons qu'il a glissé des allusions ici et là à propos du Refuge. »

Le visage de Foraker se raidit sous l'effet de l'indignation, et il lui adressa un sourire ironique.

« Je sais, je sais ! Il n'est pas censé le faire et, s'il le fait, il viole la loi sur les informations classées. Mais même si c'est le cas, nous ne pouvons pas le sanctionner comme nous le ferions d'un sous-fifre. Ou disons que nous pourrions, mais la présidente pense que le coût politique d'un tel geste pourrait se révéler très élevé. À cause des soutiens qu'il a réussi à trouver au Congrès et parce que, si nous le punissions pour avoir violé la loi sur les informations classées, certains n'y verraient qu'un prétexte pour purger un opposant politique. Nous aurions le droit d'agir contre lui – à supposer qu'il soit coupable comme nous le pensons – mais en pratique cela pourrait bien avoir pour conséquence de saper la légitimité que nous nous sommes donné tant de mal à gagner.

— Je comprends, je crois. Je n'aime pas trop ça, mais je vois ce que vous voulez dire.

— Je n'aime pas trop ça non plus, répondit Theisman, maniant l'euphémisme. Mais, que ça nous plaise ou non, nous devons quand même décider comment réagir. De toute évidence, mes inquiétudes premières s'agissant de lever le voile trop tôt, de semer la panique chez les Manties et de les pousser à des mesures hâtives valent toujours. D'un autre côté, vous avez eu davantage de succès que je ne l'espérais dans l'accélération de la production. Combien de Souverains projetez-vous d'avoir d'ici la fin du trimestre ?

— À supposer qu'on ne tombe pas sur un autre goulet d'étranglement, je pense que nous en aurons pile soixante-six, monsieur, dit-elle avec une fierté simple et amplement justifiée. Il y en a trente-huit actuellement en service, seize autres à différentes étapes de l'entraînement, et le chantier doit nous en livrer encore une douzaine le mois prochain.

— Et la classe Astra ?

— Comme vous le savez, nous ne lui avons pas affecté la même priorité qu'aux supercuirassés, monsieur. De plus, le capitaine de frégate Clapp a eu l'idée de quelques modifications sur les BAL, et nous avons décidé qu'elles valaient la peine de mettre à niveau les unités terminées en plus d'être incorporées à celles encore sur la ligne de production, ce qui a encore ralenti la cadence. Nous avons environ trente Astra en service ou à l'entraînement, mais il nous manque des groupes de BAL complets à mettre à leur bord. Et ce même déficit de BAL est un obstacle à notre programme d'entraînement. Je ne pense pas que nous pourrons en déployer plus de vingt, peut-être vingt-quatre, d'ici la fin du trimestre.

— Je comprends. » Theisman s'enfonça dans son fauteuil et leva les yeux au plafond, une moue pensive aux lèvres. Il resta un moment dans cette position puis haussa les épaules. « Vous êtes malgré tout très en avance sur mes prévisions, lui dit-il. J'espère que nous pourrons dissimuler l'existence du Refuge et de vos équipes pendant encore un trimestre, voire deux, mais je ne crois pas qu'on puisse compter sur davantage. Et, au pire, il est possible que nous devions rendre tout cela public dès ce trimestre. »

Il remarqua son air un peu perplexe et agita la main.

« Si monsieur le ministre Giancola crée une situation dans laquelle il se retrouve à l'opposé de la présidente et du reste du gouvernement dans un débat public, je ne veux pas qu'il lâche comme une bombe la nouvelle que notre posture militaire s'est améliorée. Pas sans crier gare. Je n'en suis pas certain, mais je le soupçonne d'avoir au moins envisagé l'avantage qu'il tirerait de la révélation soudaine des capacités des vaisseaux que vous construisez et entraînez ici.

» Les Manties ne sont clairement pas intéressés par la signature d'un traité qui nous rendrait nos planètes occupées. Tout le monde ne s'entend pas quant à leurs raisons. J'aurais pour ma part tendance à penser, comme le général Usher à l'AFI, qu'ils se fichent de garder nos territoires si ce n'est pour les avantages politiques que cela assure à Haute-Crête et compagnie sur le plan intérieur. Mais d'autres ont des théories très différentes. Y compris, je le crains, bon nombre d'analystes du SRE… et de la Direction des renseignements spatiaux, d'ailleurs. »

Foraker hocha la tête. Le général Kevin Usher avait été choisi par la présidente Pritchart en personne pour diriger la nouvelle Agence fédérale d'investigation quand on avait détruit SerSec, la machine répressive d'Oscar Saint-Just. L'ancienne organisation avait été scindée en deux : l'AFI d'Usher et le Service de renseignement extérieur, plus particulièrement chargé de l'espionnage hors du territoire au niveau fédéral. Le nom des nouvelles instances, soigneusement choisi, avait l'avantage de rompre complètement avec des appellations telles que « Sécurité intérieure » ou « Service de sécurité », bien qu'elles fussent essentiellement chargées des mêmes fonctions de renseignement. Avec Usher aux commandes, Pritchart était sûre que l'AFI ne se livrerait en revanche pas à ses anciennes activités répressives, et la rumeur prétendait que la présidente aurait voulu le voir assumer les fonctions désormais dévolues aux deux agences. Mais de nombreux députés avaient reculé à l'idée de recréer une organisation unique de renseignement et de sécurité. Et Foraker avait beau respecter la présidente, elle était d'accord avec eux. Pas seulement parce qu'elle aussi redoutait qu'une telle agence puisse devenir un nouveau SerSec sous un président autre qu'Héloïse Pritchart et un directeur autre que Kévin Usher, d'ailleurs. Elle n'avait pas été impressionnée par Wilhelm Trajan, le nouveau directeur du SRE, autant que par Usher, mais elle avait été ravie que Theisman ressuscite les renseignements de la flotte en tant qu'agence indépendante au sein de la flotte, sous le nom de DRS. Il y avait tout bonnement des questions qu'un analyste civil ne penserait pas à poser, sans parler de savoir y répondre.

Hélas, les vieilles guerres d'influence entre agences refaisaient manifestement surface. Ce qui était sans doute inévitable, songea-t-elle, vu que chaque groupe d'analystes envisageait les données brutes selon ses propres préjugés et priorités institutionnels. Et, pour être honnête, Usher était censé se charger des questions intérieures et de contre-espionnage, pas d'analyser les données d'espionnage. Disposer de plusieurs analyses concurrentes pouvait toutefois présenter un avantage puisqu'un débat rigoureux était probablement le meilleur moyen d'atteindre la vérité.

« Ceux qui sont en désaccord avec le général Usher se répartissent globalement en deux camps, lui dit Theisman. Le premier, qui pense comme Giancola et représente probablement le plus grand nombre, croit que le gouvernement manticorien a l'intention de conserver les planètes occupées de façon définitive. Selon eux, si Descroix refuse de répondre à nos propositions ou d'en faire de sérieuses à son tour, c'est uniquement pour gagner du temps jusqu'à ce qu'ils aient préparé l'opinion publique du Royaume stellaire à accepter l'annexion totale d'au moins quelques-unes des planètes occupées. Pour la plupart, ils montrent du doigt l'Étoile de Trévor comme étant symptomatique, même si certains au moins sont prêts à reconnaître que l'existence d'un terminus du nœud fait de ce système un cas particulier. Un pourcentage beaucoup moins élevé admet même que la façon dont les Législaturistes et SerSec ont traité les Martiniens en fait un cas plus particulier encore. Pour ma part, je ne vois pas un gouvernement manticorien se livrer à une politique d'acquisition de territoire tous azimuts, mais je suppose qu'il serait stupide d'exclure définitivement cette éventualité. Surtout si un changement spectaculaire se produisait dans la dynamique politique interne du Royaume.

» Le deuxième groupe qui s'oppose à l'analyse du général Usher ne se donne pas la peine de chercher des mobiles cachés aux Manticoriens. Ils sont restés bloqués sur l'idée que le Royaume stellaire est notre ennemi naturel et inévitable. J'ignore quelle part de tout cela est due à la propagande de l'ancien ministère de l'Information publique et quelle part résulte simplement de nos années de guerre contre Manticore. Toujours est-il qu'ils ne veulent ou ne peuvent pas envisager une paix durable avec les Manties. Donc, selon eux, évidemment, le Royaume n'a aucun intérêt à négocier sérieusement avec nous. Haute-Crête et Descroix se contentent de tuer le temps avant que la guerre ne reprenne immanquablement.

— J'espère que vous me pardonnerez cette remarque, monsieur, mais ce sont des conneries », intervint Foraker.

Theisman la regarda en haussant les sourcils pour l'inviter à poursuivre. Elle eut un petit mouvement de tête et s'exécuta.

« J'ai rencontré des Manties, lui rappela-t-elle. À la fois avant ma capture par l'amiral Harrington en Silésie et après sa capture par l'amiral Tourville. Certains nous détestent, ça ne fait pas de doute, ne serait-ce que parce que nous nous battons depuis si longtemps, mais la plupart des gens que j'ai rencontrés n'avaient pas plus envie de conquérir la République que moi le Royaume stellaire. Je me rends compte que les officiers sont censés obéir aux ordres, et que si leur gouvernement décidait de poursuivre la guerre contre nous, ils le feraient. Toutefois, même ainsi, je ne crois pas qu'un gouvernement manticorien pourrait ignorer l'opinion publique si elle s'opposait à une guerre inutile.

» De toute façon, s'ils avaient réellement l'intention de reprendre bientôt les armes, je n'arrive pas à croire que même le gouvernement Haute-Crête réduirait les effectifs de sa flotte au point que semblent indiquer tous nos rapports d'espionnage. »

Theisman hocha la tête à son tour. Vu sa position aux commandes du Refuge, Foraker figurait sur la liste des destinataires du moindre renseignement concernant les politiques de construction et la technologie manticoriennes.

« S'ils prévoyaient sérieusement de reprendre les opérations, souligna-t-elle, ils ne retarderaient sûrement pas la construction des bâtiments dont ils auraient besoin pour mener la guerre. Ils ne voient sans doute pas qu'ils nous offrent ainsi l'occasion de constituer un contrepoids, mais même à supposer que le secret ait tenu aussi bien que nous l'espérons, il leur faudrait la plus forte marge de supériorité possible. Souvenez-vous, la Huitième Force était leur fer de lance, le seul, et maintenant qu'ils l'ont mise au repos et qu'ils ont réaffecté son mur à la Troisième Force – sans compter qu'ils ont joyeusement mis au rebut ou au placard les anciens éléments de leur mur – leur "fer de lance" est beaucoup plus court qu'avant. À mon avis, le fait qu'ils réduisent systématiquement leur marge de supériorité par rapport au mur dont nous voulons leur faire croire qu'il est tout ce qui nous reste est l'indication la plus fiable qu'ils pensent vraiment la guerre terminée.

— Je vois. » Theisman la regarda un instant. « Et je crois que je suis globalement d'accord avec vous. Mais dites-moi, Shannon… si les Manties comptaient bel et bien conserver les planètes et systèmes occupés, seriez-vous favorable à une reprise des opérations contre eux au cas où ce que vous avez construit ici recrée véritablement un équilibre tactique ?

— Vous voulez dire moi, personnellement ? Ou bien voulez-vous savoir quelle politique le gouvernement devrait adopter à mon avis ?

— L'un ou l'autre. Les deux. »

Elle y réfléchit très soigneusement, en prenant son temps, et elle paraissait presque étonnée quand elle décida de sa réponse.

« Vous savez, monsieur, je n'y avais jamais vraiment réfléchi. Mais maintenant que vous posez la question, je crois que j'y serais sans doute favorable. » Elle secoua la tête, manifestement ébahie de sa propre conclusion. « Je n'aurais jamais cru dire ça, mais c'est vrai. C'est peut-être du patriotisme, ou un désir de vengeance – leur rendre la monnaie de leur pièce après la façon humiliante dont ils nous ont botté les fesses. Et, bien que je rechigne à l'admettre, j'ai peut-être envie aussi de voir comment mon nouveau matériel se débrouillerait.

— Je crains que vous ne soyez pas la seule, quelles que soient vos raisons, répondit-il d'un air sombre. Personnellement, je pense qu'il serait fou de notre part de reprendre les hostilités contre le Royaume stellaire dans presque toutes les circonstances que je puisse concevoir. Même si le Refuge nous permet de l'affronter à parité technique approximative, notre expérience des quinze dernières années devrait indiquer à quiconque a plus qu'un cerveau d'amibe que le coût – pour les deux camps – serait énorme. Mais l'une des choses dont la présidente et moi devons être conscients, c'est qu'il reste une immense colère dirigée contre cet "ennemi" que nous combattons depuis si longtemps, non seulement dans la flotte mais aussi au sein de l'électorat. C'est pourquoi Giancola nous fait peur. Nous redoutons que son exigence d'une politique étrangère plus agressive ne trouve un écho dans cette colère et cette haine. Que cela ne crée en fin de compte – Dieu nous garde – un nouveau soutien populaire à la reprise de la guerre. Et si nous n'arrivons pas à pousser ces imbéciles de Manticoriens à mettre au moins une proposition de paix permanente sérieuse sur la table, ils feront le jeu des crétins de chez nous qui veulent retourner en guerre contre eux.

» C'est pourquoi, j'ai besoin que vous en ayez conscience, le moment où nous révélerons l'existence du Refuge et des bâtiments que vous y avez construits va faire l'objet de soigneuses considérations politiques. La présidente et moi, d'un côté, et les partisans de la confrontation de l'autre, tout le monde va vouloir lever le voile sur la nouvelle flotte au moment qui lui profiterait le plus. La présidente et moi avons besoin d'un moment où les Manties ne seront pas tentés par une frappe préventive, ce qui signifie que nous devons tenir le plus longtemps possible de façon à pouvoir construire la force de dissuasion la plus efficace. Les autres attendront le moment où notre capacité à égaler les avantages manticoriens – ou du moins à les compenser – générera la plus forte poussée en faveur de leur politique.

» La décision ne se prendra pas à votre niveau, bien sûr. Mais il faut que vous soyez prête, et vous devez comprendre qu'on ne vous préviendra probablement que très peu à l'avance. » Il eut un sourire ironique. « Il faudrait que vous continuiez à faire des miracles et à dépasser nos espérances, parce que, dès que l'opération Refuge sera annoncée au reste de la Galaxie, nous allons avoir besoin de tous les muscles disponibles. »

# CHAPITRE ONZE

Sur les talons de MacGuiness, Hamish Alexander entra dans le gymnase privé situé sous le manoir d'Honor dans la baie de Jason et s'arrêta.

Honor se trouvait sur le tapis au centre de la grande salle illuminée et bien équipée. Elle avait enfilé un *gi* blanc traditionnel et une ceinture noire qui portait désormais huit barrettes de grade. Cela ne l'étonna pas, car il savait qu'elle avait obtenu le huitième dan un peu plus d'un an auparavant. Le coup de vitesse n'était pas son sport de prédilection – il s'était pour sa part consacré au football et à l'escrime – mais il savait qu'il ne lui restait plus qu'un grade officiel supplémentaire à atteindre. Vu sa ténacité dans tout ce qui lui tenait à cœur, la neuvième barrette aurait aussi bien pu orner déjà sa ceinture. Ce n'était qu'une question de temps.

Mais, bizarrement, il n'avait pas l'impression que c'était ce qu'elle avait en tête cet après-midi. Elle ne pratiquait pas ses katas d'entraînement et elle ne s'exerçait pas non plus contre un partenaire humain. Non. Elle se donnait à fond dans un combat en plein impact contre le robot humanoïde d'entraînement qu'elle avait fait construire tout exprès, et il lui menait la vie dure.

Cela devint particulièrement évident lorsque le robot effectua une attaque dévastatrice. Havre-Blanc en savait trop peu sur le coup de vitesse pour comprendre ce qu'il avait vu. C'était comme l'escrime, où l'œil non averti voyait l'action sans jamais pouvoir espérer en saisir les nuances et la complexité. Tout ce qu'il savait, c'est qu'il avait vu les mains du robot se mouvoir à une vitesse telle qu'elles en devenaient floues. L'une de ces mains se referma sur le bras droit d'Honor et le leva bien haut, tandis que l'autre, fermée, s'enfonçait violemment dans son ventre ; puis le robot pivota, lui tordant le bras et heurtant son torse de la hanche et de l'épaule, et elle s'envola dans les airs pour finalement atterrir sur le tapis avec une violence à se briser les os.

La surprise de Havre-Blanc se mua en inquiétude comme l'automate chargeait à ses trousses à une vitesse littéralement inhumaine. Mais elle heurta le tapis en roulade, se mit à genoux en un mouvement fluide, et ses mains étaient prêtes le temps que le robot l'atteigne. Elle les leva, saisit le col de son *gi* et roula en arrière comme pour le tirer vers elle. Mais tout en roulant, lorsque ses épaules touchèrent le tapis, elle lança ses genoux à la rencontre du ventre de son adversaire. Ils appliquèrent une poussée puissante, ses jambes se raidirent, et soudain ce fut le robot qui valsait dans les airs.

Il heurta le tapis avec la violence d'un tremblement de terre et entreprit aussitôt de se redresser, mais Honor avait poursuivi son mouvement par un saut périlleux arrière. Avant que l'automate ne retrouve son équilibre et ne se relève, elle l'attaquait par-derrière. Son bras droit s'élança et se verrouilla autour du cou du robot, écrasant sa gorge dans le creux du coude, puis le plat de sa main gauche s'abattit comme un marteau sur l'arrière de sa tête.

Havre-Blanc grimaça de douleur, compatissant. Malgré sa puissance et sa férocité, ce coup brutal avait été porté avec une précision mortelle – une précision d'autant plus remarquable qu'Honor s'était servie de la main gauche et que celle-ci n'était plus humaine. Personne en dehors de ses thérapeutes (et probablement Andrew LaFollet) ne saurait sans doute jamais combien elle avait dû travailler dur pour maîtriser la prothèse qui avait remplacé le bras perdu sur Cerbère. Mais il était conscient que peu de gens apprenaient jamais à utiliser une prothèse intelligente aussi naturellement que le membre organique qu'elle remplaçait ni à retrouver toute la gamme des mouvements, et le processus prenait de nombreuses années pour ceux qui y parvenaient.

Honor avait réussi en un peu plus de trois ans, au point non seulement de retrouver son ancien niveau en coup de vitesse mais aussi d'atteindre le degré de maîtrise suivant.

Certes, la prothèse lui offrait quelques avantages inhabituels. D'abord, elle était largement plus puissante qu'un bras de chair et d'os. Il y avait des limites à ce qu'Honor pouvait faire de cette force car son épaule n'avait pas été touchée quand elle avait perdu son bras, et les limitations naturelles de cette articulation conditionnaient les contraintes qu'elle pouvait lui imposer. Mais le fait que son bras gauche était beaucoup plus fort qu'aucun bras n'aurait dû l'être devint spectaculairement – voire atrocement – évident quand l'arrière du « crâne » de l'automate d'entraînement se déforma sous la violence du coup, et sa tête s'affaissa vers l'avant, simulant avec un réalisme troublant un cou brisé.

Le robot s'effondra, et Honor tomba lourdement en travers de son corps, la respiration difficile et haletante dans la salle soudain silencieuse. Personne ne bougeait, et Havre-Blanc jeta un regard vers le coin d'où Andrew LaFollet et Simon Mattingly avaient observé leur seigneur.

Leur mine n'était pas rassurante. Les automates comme celui d'Honor étaient rares. D'abord du fait de leur coût, mais aussi parce qu'ils pouvaient être dangereux. Mortels, disons-le. Comme le bras artificiel d'Honor, leur force maximale était bien supérieure à celle d'aucun humain, même génétiquement modifié pour s'adapter aux mondes à forte gravité, comme Honor Harrington, et leurs réflexes étaient beaucoup plus rapides. Tous les robots d'entraînement étaient livrés avec mécanisme de régulation et inhibiteurs logiciels destinés à protéger l'usager, mais la responsabilité revenait en dernier recours à la personne qui s'exerçait contre l'un d'eux d'en déterminer les réglages. Plus d'un être humain avait été gravement blessé de ce fait, voire tué. Aucun automate n'était jamais devenu fou, mais ils se conduisaient exactement comme leurs propriétaires le leur ordonnaient, et ceux-ci commettaient parfois des erreurs en précisant le niveau de performance.

À voir l'expression inquiète de LaFollet, le Graysonien pensait à l'évidence qu'Honor se rapprochait précisément de cette erreur. Dans la mesure où, contrairement à Havre-Blanc, LaFollet pratiquait lui aussi le coup de vitesse – et qu'il combattait régulièrement contre Honor, d'ailleurs, – il était sûrement en position d'en juger, et le comte ravala un juron amer en regardant Honor se mettre à genoux en haletant puis se relever.

Il savait depuis des années, depuis leur première rencontre à Yeltsin, que la colère d'Honor Harrington était fatale, même si les gens le voyaient rarement. Il savait aussi que le calme et la sérénité qu'elle rayonnait normalement étaient tout aussi réels que sa colère.

Elle était là, enchaînée et mise au pas par le devoir et la compassion, peut-être, mais sans perdre une once de son pouvoir. Et parfois elle abîmait sa laisse. Des histoires couraient sur les occasions où elle avait failli se libérer, partie intégrante de la légende née autour de la « Salamandre », mais cette colère n'était presque jamais à la hauteur de la discipline et de la volonté qui la contenaient.

Presque… mais pas toujours. Il le savait aussi, mais c'était la première fois qu'il la voyait la libérer volontairement. C'était la raison pour laquelle LaFollet s'inquiétait, et l'entraînement n'avait pris fin qu'avec la « mort » de l'automate. Le comte grimaça de nouveau en pensant à l'intensité de la douleur qu'il avait dû falloir pour la mettre dans cet état.

Elle resta debout à contempler l'automate effondré pendant quelques secondes, puis elle prit une profonde inspiration, carra les épaules et leva les yeux vers LaFollet. Elle ôta ses gants, son protège-dents, et lui adressa un signe de tête ; l'homme d'armes répondit de la même façon, s'efforçant manifestement de dissimuler son soulagement tandis qu'il enfonçait les boutons d'une unité mobile. Le robot d'entraînement s'anima, puis se leva et quitta le tapis avec un calme mécanique, indifférent à sa récente défaite. Honor le regarda partir puis se retourna vers Havre-Blanc.

Elle ne se montra pas surprise de le voir. Elle devait savoir qu'il était là, avoir détecté ses émotions depuis l'instant où il était entré dans la salle. Il lui sourit, mais c'était un sourire amer, ironique, conscient du mal qu'ils s'étaient fait sans jamais le vouloir.

Pendant longtemps, il n'avait pas compris qu'elle était capable de ressentir les émotions de ceux qui l'entouraient. Ce n'était pas vraiment sa faute car, à sa connaissance, aucun autre être humain n'avait jamais partagé le sens empathique des chats sylvestres. Mais une fois qu'il avait commencé à soupçonner la vérité, si ridicule qu'elle ait paru, il s'était demandé comment il avait pu ne pas comprendre. Cela expliquait si bien sa capacité surnaturelle à voir clair en chacun… et la façon si naturelle qu'elle avait de se tourner vers ses proches, à toujours adoucir la peine d'un autre ou soigner ses blessures.

*Et qui peut faire ça pour elle ? Qui peut lui rendre un tant soit peu de ce qu'elle donne à tous les autres ?* se demanda-t-il amèrement. *Pas moi. Moi, je ne peux qu'aggraver les choses en restant assis là, à rayonner d'amour pour elle alors que c'est exactement ce qui nous déchire tous les deux.*

Étrangement, même après qu'il eut commencé à soupçonner la vérité, il avait réussi à éviter de faire face à ses implications inévitables. Bien sûr qu'elle connaissait ses sentiments pour elle. Elle les connaissait depuis toujours, et c'était ça qui l'avait poussée à assumer le commandement de l'escadre qui l'avait menée sur Hadès en tant que prisonnier de guerre et avait failli la tuer. Et maintenant il connaissait la vraie raison de sa fuite : non seulement elle avait décelé ses émotions, mais elle les partageait. Et donc, pendant qu'il croyait souffrir noblement en solitaire en dissimulant l'amour qu'il lui portait, son fardeau à elle consistait à connaître leurs sentiments à tous les deux.

Son visage se troubla un instant avant qu'elle lui sourie, et il se fustigea intérieurement : se reprocher ce qu'il éprouvait et ce qu'il lui infligeait ne leur faisait de bien ni à l'un ni à l'autre. De toute façon, ce n'était pas sa faute. Il le savait, pourtant cela ne changeait ni ses émotions ni son sentiment de culpabilité et de frustration à l'idée qu'il les lui communiquait… ce qui ne faisait qu'empirer le tout.

« Hamish », dit-elle d'une voix de soprano rauque. Un gros bleu apparaissait sur sa joue droite et sa lèvre supérieure était enflée. Il n'aimait pas trop non plus la préférence qu'elle donnait à son côté droit, mais elle lui tendit sa main de chair et d'os, qu'il prit dans la sienne et embrassa. Il ne s'agissait plus simplement de la courtoisie adoptée sur Grayson que c'était autrefois, ils le savaient tous les deux, et il se demanda misérablement ce qu'ils allaient faire.

« Honor », répondit-il en lâchant sa main.

Nimitz et Samantha bondirent de leurs perchoirs et traversèrent le gymnase dans leur direction en trottinant, mais il le remarqua à peine. Son attention était rivée sur Honor.

« Que me vaut le plaisir de ta visite ? » s'enquit-elle d'une voix quasi naturelle, et il lui adressa un sourire qui ne trompait ni l'un ni l'autre, il le savait.

*Et pourquoi le voudrais-je ? C'est très dur, je sais que c'est douloureux pour elle, mais ça reste magnifique en un sens. L'idée qu'elle sait exactement à quel point je l'aime, malgré tout ce que ça nous a coûté. Et ce que ça coûte à Émilie.*

Penser à sa femme lui rappela pourquoi il était là, et pourquoi il était venu en personne plutôt que d'appeler. Pourquoi il s'était arrangé à dessein pour lui faire goûter ses émotions. Une lueur trembla dans le regard d'Honor, et il eut une moue amère en la voyant identifier ces émotions. Au moins, il ne s'agissait que de cela et pas de ses pensées, se répéta-t-il.

« Je viens porteur d'une invitation », dit-il sur un ton bien plus léger que son humeur. Nimitz et Samantha arrivèrent tandis qu'il parlait, et Honor se baissa pour ramasser Nimitz sans jamais quitter des yeux le visage de son interlocuteur. Elle se redressa en serrant le chat sylvestre dans ses bras.

« Une invitation ? »

Il ressentit une nouvelle pointe douloureuse à la prudence que trahissait sa voix. « Pas de ma part, s'empressa-t-il de la rassurer avant de rire sans joie. La dernière chose dont nous ayons besoin en ce moment, c'est bien d'apporter de l'eau au moulin des fauteurs de scandale !

— Certes. » Elle sourit avec ce qui était peut-être un amusement sincère, mais le sourire disparut aussi vite qu'il était venu, et elle le regarda d'un air interrogateur. « Si elle ne vient pas de toi, de qui alors ? » demanda-t-elle.

Il prit une profonde inspiration : « De mon épouse », répondit-il tout bas.

Honor ne bougea pas ; pourtant, à cet instant, ce fut comme s'il pouvait percevoir ses émotions à elle, la façon dont elle se crispait intérieurement comme sous l'effet d'un coup imprévisible. Elle le regardait fixement, et il aurait voulu la prendre dans ses bras. Mais il ne pouvait pas, bien sûr.

« Je sais que ça paraît bizarre, préféra-t-il poursuivre, mais je jure que je n'ai pas perdu la tête. En fait, l'idée vient d'Émilie. Très peu de gens le savent, mais en réalité elle est encore plus forte que Willie pour disséquer les problèmes politiques et leur trouver des solutions. Et en ce moment, Honor, toi et moi avons besoin de toute l'aide disponible. Elle le sait… et elle souhaite offrir la sienne. »

Honor n'arrivait pas à quitter son visage des yeux. Elle avait l'impression que l'automate venait de la frapper à l'estomac une fois de plus. Cette « invitation » parfaitement inattendue l'avait heurtée comme une fléchette de pulseur, et derrière la stupéfaction se cachait une autre émotion : la peur. Non, pas la peur, la panique. Impossible, il n'était pas sérieux ! Il avait sûrement compris, depuis le temps, pourquoi elle avait toujours évité de rencontrer sa femme – et c'était avant que les journaux proches du gouvernement s'attachent à détruire systématiquement sa vie. Comment pouvait-il lui demander d'affronter Émilie Alexander maintenant ? Alors que ses émotions lui criaient qu'il savait très bien ce qu'elle éprouvait pour lui ? Et qu'elle-même savait ce qu'il ressentait pour elle ? Les innombrables facettes de la trahison qu'était leur amour et toute la douleur et la destruction que les articles de presse leur avaient imposées l'enveloppèrent, s'accrochant à elle comme un linceul étouffant, et pourtant, là-dessous, elle percevait le besoin qu'avait Hamish de la voir accepter son « invitation ».

Elle se noyait, broyée par l'intensité des émotions qui émanaient d'eux, et elle ferma les yeux en se débattant pour retrouver un semblant de calme. Impossible. Cette fois, elle ne pouvait pas s'éloigner, ni bâillonner sa sensibilité et sa conscience ; elle ne pouvait pas fermer le circuit. Le torrent incontrôlable de leurs émotions rebondissait de l'un à l'autre, doublant et redoublant comme par un étrange effet de réaction, et ses pensées étaient prises dans une gangue de béton céramisé. Elle sentit Nimitz emporté dans son sillage comme un baleinier de la vieille Terre, entraîné par ses émotions tumultueuses comme le capitaine Achab par la baleine, alors qu'elle cherchait à échapper à la douleur du harpon dans les profondeurs, et elle ne pouvait rien y faire non plus.

Et au fond de cette plongée, il y avait Hamish. Il y avait toujours Hamish, source de tant de peine à cause d'un sentiment qui aurait dû être merveilleux. L'homme qui avait enfin accepté l'idée qu'elle pouvait percevoir exactement ce qu'il ressentait, savoir précisément combien il l'aimait. Un homme conscient qu'elle savait aussi à quel point il aimait encore sa femme, et les affres où le plongeait le sentiment d'avoir trahi à la fois Honor et Émilie en se laissant aller à les aimer toutes les deux. Et son désir de la voir accepter cette suggestion impossible.

Elle hésita, incapable de lui tendre la main – trop terrifiée par ce qu'il proposait pour l'accepter, mais tout aussi incapable de refuser. Et alors qu'elle en était là, elle ressentit soudain autre chose. Une émotion qu'elle n'avait jamais éprouvée.

Elle ouvrit brutalement les yeux et tourna la tête pour fixer Samantha. La compagne de Nimitz était tapie près d'elle, et les émotions de la chatte sylvestre se déversèrent soudain en elle comme un déluge. Elle avait déjà senti la présence de Samantha – sa « lueur d'âme », comme disaient les chats depuis qu'ils avaient appris la langue des signes – un nombre de fois incalculable, mais jamais de cette façon. Jamais si intensément. Elle résonnait et grondait de la découverte stupéfaite de Samantha, d'une joie terrible, chantante, et d'un constat abasourdi.

Il se passait trop de choses, trop de pressions s'exerçaient, trop d'exigences impossibles pour qu'Honor démêle ce qui arrivait, mais elle sentit Samantha tendre son esprit. Se déployer. Il n'existait pas de mot dans les langues humaines pour décrire ce que la chatte faisait en cet instant, et Honor savait qu'elle ne serait jamais capable de véritablement se l'expliquer à elle-même, pourtant elle eut un bref avertissement, un fugitif éclat de conscience. Juste assez pour lui permettre de pousser un cri, bien qu'elle ne saurait jamais si elle protestait, horrifiée, ou si elle partageait sa joie.

Peu importait, du reste. Elle n'aurait pas davantage pu stopper ce qui se produisait qu'arrêter Manticore sur son orbite. Rien n'aurait pu l'empêcher, et elle regarda à travers trois paires d'yeux – les siens, ceux de Nimitz et, par-dessus tout, ceux de Samantha – Hamish Alexander tourner la tête vers la chatte sylvestre, la stupéfaction et l'incrédulité flamboyant dans ses yeux bleus glacés, puis tendre la main comme Samantha bondissait dans ses bras avec un *blic* vibrant de joie.

# CHAPITRE DOUZE

« Comment est-ce possible ? »

C'était la première phrase cohérente qu'Hamish Alexander parvenait à prononcer en près de dix minutes. Il berçait la chatte qui ronronnait follement dans ses bras comme s'il s'agissait de la chose la plus précieuse de l'univers, et ses yeux bleus brillaient d'incrédulité et de chaleur grandissante tandis qu'il la regardait. Il savait ce qui s'était produit. On ne pouvait pas passer autant de temps que lui avec Honor et Nimitz – et Samantha – ni, d'ailleurs, avec Élisabeth et Ariel, sans reconnaître une adoption quand on en voyait une.

Mais savoir ce qui s'était passé et le comprendre, voilà qui faisait deux.

Honor le fixait pendant que les échos de sa propre stupeur incrédule résonnaient en elle. Contrairement à Havre-Blanc, elle était l'une des plus grandes spécialistes vivantes des chats sylvestres. Dans le clan Harrington, on avait davantage été adopté au fil des siècles que dans aucune autre famille sphinxienne, et elle avait passé une bonne partie de son enfance, notamment après sa propre adoption, à lire les journaux intimes des ancêtres adoptés avant elle. Certains contenaient des théories qui n'avaient jamais été discutées en public, sans parler d'une réserve incomparable d'observations de première main. Par-dessus le marché, Nimitz et Samantha avaient été les tout premiers chats sylvestres à apprendre la langue des signes, et elle avait passé des heures interminables depuis à « écouter » leurs explications fascinantes de la société sylvestre et de coutumes que même ses ancêtres n'avaient pu observer que de l'extérieur.

Et c'était une des raisons – fort nombreuses – de son immense surprise. À sa connaissance, rien de tel ne s'était jamais produit. À part dans des cas très particuliers, comme celui du prince consort Justin et Monroe, le chat qui avait auparavant adopté le père d'Élisabeth, les chats sylvestres reconnaissaient leur futur compagnon dans les secondes ou les minutes tout au plus qui suivaient leur rencontre. Monroe était apathique, brisé, presque anéanti par la mort du roi Roger la première fois que Justin s'était approché de lui après l'assassinat. Il n'était véritablement conscient de rien, pas même de la famille endeuillée de feu son compagnon, jusqu'à ce que le traître responsable de la mort du roi entre bêtement à sa portée avec l'intention de tuer Justin en prime. Le choc émotionnel intense que le futur prince et lui avaient partagé en repoussant l'attaque du meurtrier avait rattrapé Monroe au bord du précipice et forgé le lien d'adoption entre eux.

Mais à moins que le chat concerné soit littéralement à l'article de la mort, il reconnaissait toujours la « polarité » incomplète de l'être humain destiné à devenir sa moitié. Seulement, ce n'avait pas été le cas de Samantha. Elle avait rencontré Hamish des dizaines de fois sans le moindre frémissement de moustache en réaction.

« Je ne sais pas », répondit Honor. Elle se rendit compte que c'était sa première phrase depuis ce premier instant de paralysie et de stupeur.

Le comte releva enfin les yeux de Samantha, et, même si elle n'avait pas été capable de goûter ses émotions, Honor aurait reconnu la consternation qui se mêlait à sa joie.

« Honor, je… »

Il s'interrompit. Son visage exprimait excuse et contrariété, joie et accablement, ainsi qu'une noire conscience de certaines au moins des implications effrayantes de l'événement. Clairement, les mots qu'il cherchait étaient hors de sa portée, et il était incapable de lui expliquer son tourbillon émotionnel. Mais il n'en avait pas besoin, et elle secoua la tête en espérant que son propre visage ne révélait pas l'étendue de sa surprise… et de sa frayeur.

« Je sais que ce n'était pas ton idée, lui dit-elle. Ce n'était pas non plus celle de Sam, mais… »

Elle baissa les yeux vers Nimitz. Il regardait sa compagne sylvestre, son corps long et sinueux raidi par une stupeur aussi profonde que celle d'Honor, mais il tourna la tête et releva les yeux en sentant son regard.

Elle avait envie de lui crier dessus, et sur Samantha. Si on lui avait donné dix ans pour réfléchir à une manœuvre calculée pour rendre la situation mille fois pire, elle n'aurait pas trouvé mieux. Quand les journalistes apprendraient la nouvelle, les attaques contre elle et Havre-Blanc retrouveraient au centuple le peu d'élan qu'elles avaient perdu.

À ce jour encore, alors que les chats sylvestres s'exprimaient depuis près de quatre ans T, le gros de l'opinion manticorienne persistait à les considérer comme à peine plus que des animaux familiers ou, au mieux, de très jeunes enfants. L'idée qu'il s'agissait d'une espèce intelligente dotée d'une société ancienne et sophistiquée était peut-être admise intellectuellement, mais il faudrait des décennies avant que cette acceptation remplace la vision précédente des chats sylvestres en tant qu'adorables animaux à fourrure.

Par conséquent, les langues de vipère auraient beau jeu de convaincre leur monde que si Samantha était avec Havre-Blanc, c'était parce qu'Honor la lui avait donnée. Tout effort pour expliquer ce qui s'était réellement produit serait écarté avec un clin d'œil entendu comme un prétexte maladroit, une manœuvre que la séductrice Harrington avait imaginée pour couverture afin de rester proche de son amant.

C'était déjà grave, mais il y avait pire. Nimitz et Samantha formaient un couple, plus profondément lié encore à plus d'un titre que Nimitz et Honor. On pouvait les éloigner un temps l'un de l'autre par nécessité militaire, comme l'avaient été les guerriers humains mariés au fil des millénaires, mais on ne pouvait pas les séparer définitivement. Il aurait été cruel d'essayer, et mal – mal au sens moral le plus fort. Ce qui signifiait qu'Honor ne pouvait en aucune façon se permettre de leur demander de ne pas vivre ensemble quand ils se trouvaient sur la même planète. Mais ils ne pouvaient pas davantage être séparés des humains qu'ils avaient adoptés, et ils ne pouvaient donc se retrouver… à moins qu'Honor et Hamish ne se voient.

Or c'était précisément cela, par-dessus tout, que le comte et elle n'osaient pas.

C'était dément. Il était impossible que Haute-Crête et Nord-Aven aient seulement entraperçu toutes les ramifications de leur manœuvre politique sordide. Mais même sinon, cela ne les aurait pas arrêtés car, en dehors du risque de consommer la rupture entre Grayson et le Royaume stellaire, elle fonctionnait à merveille pour eux. Et s'ils accordaient jamais une seule pensée à l'Alliance – ce dont Honor doutait –, ils continuaient apparemment à voir en Manticore le bienfaiteur dominant et en Grayson le demandeur reconnaissant. Les Graysoniens pouvaient bien piquer leur colère, ils rentreraient dans le rang comme de petits enfants obéissants quand Manticore hausserait le ton.

Ils n'avaient aucune idée des immenses dégâts qu'ils avaient causés à la relation privilégiée qu'Élisabeth et Benjamin avaient créée, ni de la gravité de l'offense infligée aux sujets de Grayson. Ils ne le soupçonnaient pas. Et ils exploiteraient donc joyeusement ce nouveau rebondissement désastreux sans se soucier de ses conséquences au-delà de l'arène politique intérieure.

Par conséquent, l'adoption d'un seul homme par un être à fourrure pesant à peine huit kilos risquait de faire basculer une alliance forgée à coups de milliards de dollars et de milliers de vies humaines.

« Je ne sais pas, répéta-t-elle, et je n'ai absolument aucune idée de ce qu'on va faire maintenant. »

Ce qu'ils firent fut de se rendre à Havre-Blanc, demeure des comtes de Havre-Blanc depuis quatre cent quarante-sept ans. C'était le dernier endroit dans l'univers où Honor souhaitait aller, mais elle était désormais trop épuisée pour résister.

Elle fixait en silence leur escorte de chasseurs aériens par la fenêtre de l'aérolimousine, et Hamish Alexander était suffisamment avisé pour la laisser en paix. Ils n'auraient rien pu ajouter, de toute façon, et bien qu'il partageât sa consternation face à ce qui s'était passé, il ne pouvait pas étouffer les joyeuses étincelles qui le parcouraient encore tandis qu'il observait le corps doux et tiède installé sur ses genoux. Honor le comprenait parfaitement, mais cela ne la soulageait pas pour autant, et elle restait donc assise au milieu d'un cercle de calme, à regarder les chasseurs tout en sentant la présence de Havre-Blanc à ses côtés ainsi que d'Andrew LaFollet et de l'adjudant Spencer Hawke dans son dos.

Sur Grayson, il se serait agi d'appareils du domaine Harrington. Ici, sur Manticore, ils portaient les couleurs bleu et argent de la maison de Winton, et le colonel Ellen Shemais, commandant en second du régiment de Sa Majesté et garde du corps personnel d'Élisabeth, avait elle-même expliqué aux pilotes de ces escortes que, si quelqu'un parvenait à portée de tir de la duchesse Harrington, ils avaient intérêt à être déjà deux épaves incandescentes au sol.

En général, Honor avait une moue ironique à cette idée, mais pas aujourd'hui. Aujourd'hui, elle ne pouvait que regarder par la fenêtre le bleu cobalt du ciel et les chasseurs qui brillaient dans la clarté rougissante de la fin d'après-midi à cette altitude stratosphérique, pendant qu'elle serrait Nimitz contre son cœur en s'efforçant de ne surtout pas réfléchir.

Elle y échoua, bien entendu.

Elle savait qu'elle ne devrait pas y aller, que Havre-Blanc était l'endroit à éviter, pourtant c'était inutile. Le tourbillon d'émotions qui l'avait assaillie dans le gymnase s'était ajouté à l'épuisement de mois passés à essuyer des attaques féroces ainsi qu'à son chagrin grandissant et son sentiment d'impuissance à se voir utilisée pour séparer deux nations qu'elle aimait. Elle avait tout donné dans ce combat, elle était restée tête haute en public pour défier ses ennemis, elle avait gaspillé ses forces et son capital politique, et rien de ce qu'elle et ses alliés avaient pu faire n'avait changé quoi que ce soit.

Elle était fatiguée. Pas physiquement, mais au plus profond de son âme ; son moral était au plus bas, et elle ne pouvait plus se battre contre l'inévitable. Pas alors qu'Hamish voulait tant qu'elle fasse le voyage, et qu'une minuscule part d'elle-même avait besoin de faire face à la femme qu'elle avait lésée dans son cœur même si elle n'avait jamais commis un seul geste concret de trahison.

La limousine avançait vers le nord, le soleil baissait de plus en plus à l'ouest, et Honor Harrington restait assise en silence dans son siège, à attendre, vide comme l'air glacial et raréfié au-delà du cristoplast.

Havre-Blanc était beaucoup plus petit qu'elle ne s'y attendait.

Certes, la demeure couvrait davantage de terrain que le manoir Harrington sur Grayson, mais c'était parce qu'elle avait été construite sur une planète accueillante pour l'homme plutôt que là où son ennemi le plus acharné était l'environnement planétaire lui-même. Elle pouvait se permettre de s'étaler confortablement sur les pentes douces du terrain, et ses bâtiments bas – aucun ne dépassait deux étages – paraissaient inviter les visiteurs à entrer. Elle était bâtie en pierre locale et dotée des murs extrêmement épais que la première vague de colons dressait pour se protéger du climat hivernal rude sous ces latitudes septentrionales, et elle avait une présence imposante, bien que le bloc central, le plus vieux, ait manifestement été conçu et construit avant que ses propriétaires ne comprennent qu'ils s'apprêtaient à devenir nobles. Il était à peine plus ostentatoire qu'une grande ferme, mais il n'avait pas vraiment besoin d'être plus impressionnant, et les générations suivantes avaient eu la sagesse d'insister au fil des siècles pour que les architectes des extensions successives respectent la structure simple d'origine. D'autres familles nobles s'étaient montrées moins inspirées, et beaucoup de demeures familiales avaient viré à la cacophonie architecturale en conséquence.

Ce n'était pas le cas de Havre-Blanc. La maison s'était beaucoup agrandie avec les ans, mais elle restait ce qu'elle avait été. Elle refusait de se prendre pour autre chose, et si à première vue on pouvait avoir l'impression que des domaines plus récents, plus modernes – comme le manoir Harrington –, étaient plus grandioses et magnifiques, ce n'était qu'une impression. Car Havre-Blanc avait ce que les propriétaires de ces splendides maisons neuves ne pouvaient pas acheter, malgré tous leurs efforts : une histoire. Des pelouses d'un gazon qui montait jusqu'aux chevilles, soignées par des générations de jardiniers, et de vieux chênes terriens dont la base atteignait un mètre et demi de diamètre, qui avaient fait le voyage depuis la vieille Terre à bord du vaisseau de colonisation subluminique le *Jason* quatre siècles plus tôt. On y trouvait de la mousse terrienne épaisse et douce, des haies incroyablement denses et des bosquets de couronnes de Manticore et de flammettes qui s'enroulaient autour de tables de pique-nique en pierre, de kiosques et de patios à demi dissimulés aux dalles minérales, et la maison trônait au milieu, murmurant qu'elle avait toujours été là et y resterait toujours.

Certains bâtiments sur Grayson, comme le Palais du Protecteur, étaient encore plus anciens et dégageaient cette même impression d'antiquité. Mais le Palais du Protecteur, comme toutes les autres constructions de Grayson, était une forteresse dressée contre son monde. Il en faisait partie, pourtant il restait à jamais à part. Comme la maison des parents d'Honor sur Sphinx, bien qu'à plus grande échelle, Havre-Blanc portait son âge à la manière d'un vêtement confortable. Cela en faisait quelque chose qu'Honor comprenait, et si le domaine de Havre-Blanc était à sa façon une forteresse, ses défenses visaient la folle pression des affaires humaines et non la planète qui l'accueillait.

Malgré tout ce qui s'était passé pour finalement la mener en ce lieu, Honor sentait la présence vivante et accueillante de la demeure d'Hamish Alexander, et une part d'elle-même se tendait à sa rencontre. Pourtant, alors qu'elle se languissait d'y trouver refuge, elle savait que ce ne serait jamais le sien, et une nouvelle vague de résignation, plus sombre, la traversa tandis que Simon Mattingly faisait doucement atterrir la limousine.

Hamish quitta son siège, serrant Samantha dans ses bras, et il invita Honor d'un sourire un peu tendu à le suivre hors du véhicule. Elle lui fut reconnaissante de lui éviter les politesses dont ni l'un ni l'autre n'avaient besoin, et elle parvint à répondre à son sourire par un autre.

Comme lui, elle tenait Nimitz dans ses bras et non à sa place habituelle sur son épaule. Il lui fallait ce contact supplémentaire, ce sentiment d'un lien additionnel, et elle s'y accrochait en se dirigeant vers une porte de service avec le comte, LaFollet, Mattingly et Hawke sur les talons.

La porte s'ouvrit à leur approche, et un homme dont il émanait une subtile ressemblance avec James MacGuiness apparut avec un discret salut d'accueil.

« Bienvenue à la maison, milord, dit-il à Havre-Blanc.

— Merci, Nico, répondit le comte dans un sourire. Voici la duchesse Harrington. Lady Émilie est-elle dans l'atrium ?

— Oui, milord », fit Nico avant de gratifier Honor d'un autre salut, plus formel. Ses émotions étaient complexes, mêlant une loyauté profonde envers la famille Alexander, Hamish et Émilie en particulier, et la certitude que les histoires sordides sur le compte d'Hamish et Honor étaient infondées. Elle perçut sa sympathie envers elle, mais il y avait aussi une bonne dose de ressentiment. Non pas pour ses actes à elle, mais pour le chagrin que d'autres avaient causé à des gens qui lui étaient chers en se servant d'elle. « Bienvenue à Havre-Blanc, milady. » À son honneur, pas la moindre trace de ses sentiments ambivalents ne vint colorer sa voix ou ses manières.

« Merci, répondit-elle en lui souriant aussi chaleureusement que son état émotionnel fébrile le permettait.

— Dois-je vous annoncer à Madame, milord ?

— Non, merci. Elle… nous attend. Nous trouverons le chemin, mais demandez à Cook de préparer un dîner léger pour trois, s'il vous plaît. Non, pour cinq, rectifia-t-il en hochant la tête en direction des deux chats sylvestres. Et assurez-vous qu'il y ait pléthore de céleri.

— Bien sûr, milord.

— Et veillez aussi à ce que les hommes d'armes de Lady Harrington soient nourris.

— Bien sûr », répéta Nico en s'écartant. Puis il ferma la porte derrière eux, et Honor se tourna vers LaFollet.

« Je pense que le comte de Havre-Blanc, Lady Havre-Blanc et moi devons discuter de certaines choses en privé, Andrew, dit-elle à voix basse. Simon, Spencer et vous restez ici.

— Je… » protesta aussitôt LaFollet avant de serrer les dents.

Il aurait dû y être habitué, depuis le temps, se dit-il. Le seigneur Harrington avait fait d'immenses progrès et accepté globalement l'idée que son travail consistait à la maintenir en vie, qu'elle le veuille ou non, mais son bon vieil entêtement revenait parfois. Au moins, s'il fallait que ce soit maintenant, Havre-Blanc était sans doute un des lieux les plus sûrs. Et même sinon, songea-t-il en regardant son visage épuisé, il n'avait pas envie de se battre avec elle. Pas maintenant.

« À vos ordres, milady, fit-il.

— Merci, répondit Honor à voix basse avant de se tourner vers Nico : Prenez bien soin d'eux pour moi, s'il vous plaît. »

Le serviteur s'inclina un peu plus bas. « J'en serai honoré, milady », lui assura-t-il.

Honor sourit une dernière fois à ses hommes d'armes, puis elle se détourna pour suivre le comte le long d'un grand couloir dallé.

Elle aperçut vaguement des fenêtres en saillie insérées dans les murs incroyablement épais, de beaux tableaux, des tapis et tentures aux couleurs vives, et des meubles qui parvenaient à mêler grande valeur, grand âge, confort et utilité, mais elle y prêta à peine attention. Puis Havre-Blanc ouvrit une autre porte et l'introduisit dans un atrium au toit de cristoplast, de vingt ou trente mètres de côté. Ce n'était pas très imposant pour Grayson, où la nécessité de sceller les « jardins extérieurs » pour les protéger de l'environnement local créait de vastes serres, mais cela restait le plus grand atrium qu'elle eût jamais vu dans une demeure privée au Royaume stellaire.

Il paraissait aussi beaucoup plus récent que le reste de la demeure, et elle regarda brusquement le comte alors qu'un pic dans ses émotions lui révélait pourquoi.

Il l'avait construit pour Émilie. C'était son domaine à elle, et Honor eut soudain le sentiment déchirant d'être importune. Elle était l'intrus, l'envahisseur. Elle n'avait rien à faire dans cette salle paisible qui sentait les plantes. Pourtant elle était là, et il était trop tard pour fuir ; elle suivit donc Havre-Blanc jusqu'au bassin et la fontaine qui murmurait au cœur de l'atrium.

Une femme attendait là. Son fauteuil médicalisé flottait à cinquante centimètres du sol et il pivota sans heurt ni bruit grâce à son système antigrav pour leur faire face.

Honor sentit son dos se raidir et carra les épaules. Il ne s'agissait pas d'une réaction d'hostilité ou d'autodéfense mais… de respect. Elle releva le menton et soutint le regard de Lady Émilie Alexander sans ciller.

Lady Émilie était plus grande qu'Honor ne s'y attendait, du moins l'aurait-elle été si elle avait jamais pu tenir debout à nouveau. Elle était aussi frêle, à l'opposé du physique solide et musclé d'Honor. La militaire avait les cheveux noirs et l'œil sombre ; Lady Émilie était aussi blonde qu'Alice Truman, et ses yeux brillaient d'un vert profond. On avait l'impression à la voir qu'une brise pourrait la soulever de son fauteuil et l'emporter, car elle ne devait pas peser plus de quarante kilos, et ses mains aux longs doigts étaient fines et d'apparence fragile.

Et c'était encore l'une des plus belles femmes de tout le Royaume stellaire.

Cela ne tenait pas simplement à son visage, ses yeux, ses cheveux ou sa silhouette. N'importe qui pouvait s'offrir ces choses-là avec sa fortune, en cette époque où l'on recourait au biosculpt et à la thérapie génique cosmétique. Il y avait autre chose. Une qualité intérieure qu'elle avait su transmettre à la caméra quand elle était actrice et qui se révélait infiniment plus prégnante en sa présence que relayée par un intermédiaire électronique. Elle s'imposait à tous ceux qui l'approchaient, et en la ressentant, multipliée et amplifiée par son lien avec Nimitz, Honor comprit précisément pourquoi Nico était si dévoué à la comtesse.

« Émilie, fit Havre-Blanc d'une voix plus grave qu'à l'accoutumée, permets-moi de te présenter la duchesse Harrington.

— Bienvenue à Havre-Blanc, milady. » Cette voix était l'ombre rauque du contralto chaleureux, presque ronronnant, qui avait touché tant de spectateurs HV, mais elle conservait davantage qu'une ombre de son ancien pouvoir. La comtesse tendit une main délicate – la seule qu'elle pouvait bouger, comprit Honor, qui s'avança pour la prendre.

« Merci, Lady Havre-Blanc », dit-elle doucement, et son remerciement était sincère, authentique, car le salut de Lady Émilie ne traduisait ni colère ni haine. De la tristesse, oui – une vaste tristesse sans fond, et une lassitude qui valait presque celle d'Honor. Mais pas de colère. Pas envers elle. Sa colère, une fureur profonde, était dirigée contre une autre cible : les hommes et femmes qui s'étaient servis d'elle sans vergogne, tout aussi sûrement qu'ils s'étaient servis d'Honor et d'Hamish à leur avantage politique.

« Vous n'êtes pas aussi grande que je m'y attendais au vu des émissions de débat et des journaux holovisés, fit remarquer Lady Émilie avec un léger sourire. Je pensais que vous deviez faire au moins trois mètres de haut, et voilà que vous ne mesurez en réalité que deux mètres cinquante.

— Je pense que tout le monde a l'air plus grand à l'écran, milady.

— En effet. » Le sourire de Lady Émilie s'élargit. « C'était mon cas, du moins », ajouta-t-elle. Tant son ton que ses émotions ne trahissaient aucun apitoiement sur ce passé perdu. Elle inclina la tête – seule partie de son corps qu'elle pouvait bouger, en dehors du bras droit – et leva un regard songeur vers Honor.

« On dirait que cette épreuve a été plus dure encore pour vous que je ne le redoutais, dit-elle calmement. Je le déplore, de même que je regrette que vous et moi nous rencontrions dans ces circonstances. Mais plus j'y réfléchis et plus il m'apparaît évident qu'il est essentiel que nous décidions tous les trois de la façon dont nous allons réagir face à… ces gens. »

Honor plongea son regard dans ces yeux verts brillants, compréhensifs, et sentit quelque chose céder au fond d'elle en goûtant la compassion sincère qui animait Émilie Alexander. Elle abritait aussi un certain ressentiment. C'était logique, car, si exceptionnelle fût-elle, Lady Émilie demeurait un être humain, et une simple mortelle confinée à jamais dans son fauteuil médicalisé ne pouvait regarder Honor, debout aux côtés de son époux, sans en vouloir à la jeune femme pour sa bonne santé et sa vitalité. Toutefois, ce ressentiment n'était qu'un aspect de ce qu'elle éprouvait en voyant Honor, et sa compréhension, son refus de préjuger et de condamner fit à son invitée l'effet d'une accolade réconfortante.

Lady Émilie plissa légèrement les yeux et fit la moue. Puis elle regarda Hamish et haussa un sourcil gracieux en apercevant le chat sylvestre dans ses bras. Elle voulut parler, mais marqua une pause et changea visiblement d'avis sur ce qu'elle allait dire.

« Je constate qu'il y a davantage à discuter encore que je ne m'y attendais, préféra-t-elle dire en posant un œil méditatif sur Samantha. Mais ça attendra. Hamish, je crois que Lady Harrington et moi avons besoin de faire connaissance. Va te trouver quelque chose à faire. »

Un sourire espiègle ôta tout côté vexant à cette dernière phrase, et Honor se surprit à sourire en réponse.

Un sourire fragile et las, mais sincère; et le comte gloussa pour sa part.

« D'accord, fit-il. Mais j'ai déjà dit à Nico de demander à Cook de nous préparer quelque chose à dîner, alors ne mettez pas trop longtemps.

— Si nous mettons trop longtemps, ce ne sera pas la première fois que le dîner aura refroidi, répondit sereinement son épouse. Maintenant, va-t'en. »

Il gloussa de nouveau, salua bien bas les deux femmes, et tout à coup elles furent seules.

« Je vous en prie, milady, fit Émilie. Asseyez-vous. »

Elle agita une fois de plus son bras valide pour désigner, près de la fontaine, un banc creusé dans un mur de pierre naturel et recouvert d'un épais coussin tissé. Les branches tombantes d'un saule miniature de la vieille Terre l'entouraient chaleureusement, et des jardinières intégrées de chaque côté débordaient de fleurs-nuages manticoriennes. On aurait dit que les plantes enveloppaient le banc dans un bouclier protecteur de pétales bleu, rouge et jaune vifs qui sentait la terre, et le fauteuil médicalisé de Lady Émilie décrivit un demi-cercle silencieux jusqu'à lui faire face. Elle l'avait manœuvré sans manipuler aucune commande de sa main valide, remarqua Honor. À l'évidence, les médecins avaient réussi à mettre en place une interface neurale limitée en dépit des dégâts catastrophiques subis par ses centres moteurs, et Honor s'en réjouit.

« Merci, Lady Havre-Blanc », répondit-elle en se dirigeant vers le banc avant de s'asseoir. Elle installa Nimitz sur ses genoux, où il resta alerte et vigilant, sans toutefois frémir de tension comme il aurait pu le faire en d'autres circonstances.

Les lèvres de Lady Émilie se tordirent en un sourire ironique, et elle secoua la tête.

« Milady, je pense que, quoi qu'il arrive, nous allons apprendre à nous connaître trop bien pour persévérer dans ces formules protocolaires. À moins que vous n'y voyiez un inconvénient, je vous appellerai désormais Honor et vous m'appellerez Émilie.

— Bien sûr… Émilie. » C'était étrange, songea-t-elle. Émilie était plus vieille que sa mère, et une part infime d'Honor s'en rendait compte et réagissait en fonction. Mais une part infime seulement. Et ce parce que, bien qu'elle sentît qu'Émilie avait conscience de la relative jeunesse de son interlocutrice, il n'émanait d'elle aucun sentiment de supériorité, comprit-elle. Elle était consciente de son âge et de son expérience, mais elle ne négligeait pas ceux d'Honor, et son assurance, son sentiment d'être celle qui savait comment procéder en cette occasion douloureuse, naissait du fait que son expérience était différente de celle d'Honor et non plus grande.

« Merci », répondit Émilie, et son fauteuil bascula légèrement en arrière dans les airs tandis qu'elle regardait son invitée, pensive.

« Vous comprenez bien qu'Hamish vous a conviée ici à ma demande », dit-elle au bout d'un moment, du ton de qui souligne une vérité inattendue plutôt que l'air de poser une question ou de lancer une affirmation, et Honor acquiesça de la tête.

« C'est ce que j'espérais, de même que j'espérais que vous viendriez, poursuivit Émilie. J'étais sincère en disant que je regrettais de vous rencontrer dans ces circonstances, mais vous piquez ma curiosité depuis des années, maintenant. D'une certaine façon, je suis donc heureuse de faire enfin votre connaissance, même si j'aurais largement préféré que cela se passe autrement. »

Elle s'interrompit un instant, puis rejeta la tête en arrière et reprit plus vivement :

« Hamish, vous et moi avons été victimes d'une agression féroce et concertée. Une agression dont le succès repose sur les sous-entendus et l'hypocrisie au service du principe selon lequel la fin justifie les moyens, quels qu'ils soient. C'est très laid, et l'opinion publique aurait pu se retourner contre vos accusateurs, écœurée, mais c'est hélas efficace. Dans la mesure où on a eu recours au coup de couteau dans le dos plutôt qu'à une confrontation ouverte, il est impossible de répondre par des arguments raisonnés ou une preuve d'innocence, si authentique et bien présentée fût-elle. Même si Hamish et vous aviez une liaison, ce que je ne crois pas un seul instant, cela devrait ne regarder que vous. Et moi, peut-être, mais personne d'autre. Pourtant, bien que tout le monde ou presque au sein du Royaume stellaire soit d'accord sur ce principe, c'est une ligne de défense parfaitement inutile. Vous vous en rendez compte, n'est-ce pas ?

— Oui. » Honor hocha de nouveau la tête tout en caressant la fourrure soyeuse de Nimitz.

« Je ne suis pas sûre qu'il existe une bonne ligne de défense, en réalité, reprit carrément Émilie. Il est toujours plus difficile de prouver une absence de faute, et plus vous ou vos représentants nierez les mensonges qu'on répand sur votre compte, plus une certaine frange de l'électorat les croira. Pire encore, tous les journaux et commentateurs dévoués à la cause du gouvernement commencent à tenir pour acquis que vous êtes coupables. Très bientôt, ils ne prendront même plus la peine d'argumenter. La présomption de culpabilité sera là, dans tous leurs propos, et cette salissure s'accrochera malgré tout ce que vous pourrez faire. »

Honor sentit ses épaules s'affaisser à nouveau tandis qu'Émilie décrivait calmement ce qu'elle avait déjà compris toute seule.

« L'allégation la plus accablante dans leur "condamnation" – celle que je trouve la plus rageante personnellement – c'est l'idée qu'Hamish et vous m'avez trahie, moi », continua la comtesse d'une voix qui, bien que toujours aussi calme et pensive, ne masquait pas sa fureur. Honor ne comprenait que trop bien cette colère : c'était la hargne d'une femme qui savait qu'on l'avait cyniquement utilisée pour nuire à tout ce en quoi elle croyait.

« Mais s'ils choisissent de m'impliquer dans leurs machinations et leurs petits jeux, dit Émilie, alors il n'est que justice que je réagisse. Ni Hamish ni vous ne m'avez demandé de m'impliquer, je m'en rends bien compte. Je comprends même pourquoi. »

Elle regarda Honor droit dans les yeux quelques instants, l'œil dur et fixe, et Honor sentit que la rage se mêlait à la compassion dans son cœur.

« Dans une certaine mesure, Honor, j'étais prête à rester au-dessus de la mêlée si c'était ce que vous souhaitiez tous les deux. En partie, j'ai honte de le reconnaître, parce que j'avais… peur d'agir autrement. Ou peut-être pas peur. Peut-être étais-je simplement trop fatiguée. Ma santé est particulièrement fragile depuis un an à peu près, sans doute une autre raison pour laquelle Hamish s'est donné tant de mal pour me tenir à l'écart. Et cette mauvaise santé pourrait également expliquer pourquoi quelque chose en moi fléchissait à chaque fois que j'envisageais de m'impliquer. Et il y avait peut-être… d'autres raisons. »

Leurs regards se croisèrent à nouveau, et Honor perçut encore une fois la complexité des émotions qui pesaient entre elles.

« Mais c'était lâche de ma part, poursuivit calmement Lady Émilie. J'ai négligé ma responsabilité de me dresser pour combattre quiconque veut détruire ma vie. Et celle d'empêcher des Pygmées de la morale qui ont une idéologie et une éthique de rats de violer le processus politique du Royaume stellaire. »

Elle s'interrompit un moment, mâchoire serrée, et cette fois Honor décela autre chose au milieu de ses émotions : une cruelle autocritique, une colère dirigée contre soi-même pour avoir fui ses obligations. Et pas seulement à cause de sa lassitude ou de sa mauvaise santé, comprit Honor, ni même à cause de la volonté qu'avait Hamish de la protéger. Cette femme s'était regardée dans un miroir et avait affronté sa rancœur, sa douleur, sa honte et sa colère parfaitement naturelle envers la femme plus jeune dont le nom avait été si publiquement associé à celui de son mari. Elle avait affronté ces sentiments et les avait surmontés, pourtant une part d'elle-même ne se pardonnait pas d'avoir mis si longtemps.

« Si j'ai demandé à Hamish de vous inviter ici, dit Lady Émilie sans ciller, c'était d'abord pour vous dire que, indépendamment de ce que lui ou vous pouvez souhaiter, ce n'est pas uniquement votre combat. C'est aussi le mien, et j'entends monter à l'assaut de l'ennemi. Ces… individus ont jugé bon de m'entraîner avec des gens qui me sont chers dans leurs petits jeux mesquins et de mauvais goût, et je ne le tolérerai pas. »

Il y avait quelque chose d'effrayant dans le calme parfait qu'affichait Lady Émilie en prononçant cette dernière phrase, songea Honor.

« La seule réponse possible à mes yeux, continua l'épouse de Havre-Blanc, consiste à retourner leur attaque contre eux. Non pas monter une défense mais plutôt porter la guerre dans leur camp, pour changer. »

Honor se redressa sur le banc et se pencha en avant avec une lueur d'espoir, la première, en percevant la détermination d'Émilie.

« Je ne veux pas avoir l'air de me vanter, fit la comtesse, mais il serait bête de ma part de prétendre ignorer que, comme Hamish et vous bien que pour une raison différente, je jouis d'un statut unique auprès du public manticorien. Je vous ai suffisamment vue dans des émissions et j'ai assez entendu parler de vous pour savoir que vous trouvez parfois votre image publique très embarrassante et surfaite. La mienne me donne souvent la même impression, mais elle existe, et c'est pour cela que Haute-Crête et ses laquais ont pu vous attaquer si efficacement.

» Mais la clef de voûte de leur argument, c'est de me présenter comme une "femme blessée" par vos actes supposés. La colère de l'opinion publique ne vient pas de ce qu'Hamish et vous pourriez être amants, mais de ce qu'Hamish et moi nous sommes mariés à l'église et n'avons pas renoncé à ce sacrement ni modifié les termes de notre engagement à honorer un mariage monogame. Et puis vous êtes un officier spatial et non une escorte inscrite au registre du commerce. Si vous l'étiez, l'opinion pourrait s'offusquer d'une relation entre Hamish et vous en pensant à moi, mais personne ne considérerait que l'un de vous m'a "trahie", moi, ni notre mariage. Mais vous n'êtes pas escorte, et cela leur permet de décrire toute liaison entre vous comme une attaque directe contre moi. Lui et vous avez déjà publié des démentis, et vous avez été bien avisés de vous en tenir à cela, de ne pas multiplier les dénégations, ce que beaucoup de gens interpréteraient comme une preuve évidente de culpabilité. Vous avez eu raison également d'éviter cette tactique écœurante qui consiste à dire que, même si vous aviez été coupables, "tout le monde le fait". Je sais que certains de vos conseillers ont dû vous suggérer cette approche afin de minimiser la gravité de ce qu'on vous reprochait, mais s'aventurer sur ce terrain reviendrait à reconnaître que les accusations sont justifiées. Néanmoins, bien que vous ayez effectué vos démentis dignement et avec tout le calme et l'efficacité possibles, ils n'ont pas suffi. Je crois donc qu'il est temps de passer au stade suivant de la contre-attaque.

— Une contre-attaque ? interrogea Honor.

— Précisément. » Émilie hocha fermement la tête. « Vous le savez peut-être, je ne quitte pour ainsi dire jamais Havre-Blanc ces temps-ci. Je doute m'être éloignée du domaine plus de trois fois cette année, parce que j'adore cet endroit. Et aussi, très franchement, parce que je trouve le reste du monde beaucoup trop fatigant.

» Mais c'est sur le point de changer. Les nègres du gouvernement qui se sont si bien employés à vous discréditer dans leurs chroniques se sont servis de moi pour ce faire. J'ai donc déjà informé Willie de ma présence dans la capitale la semaine prochaine. Je passerai un mois ou deux dans notre maison d'Arrivée, et je recevrai pour la première fois depuis des décennies, à petite échelle toutefois. Je fais une affaire personnelle de m'assurer que tout le monde soit au courant que je sais, moi, qu'il n'y a pas une once de vérité dans les allégations selon lesquelles Hamish et vous auriez couché ensemble. Je prends aussi sur moi d'informer tous ceux qui poseront la question – et tous les autres, d'ailleurs – que je vous considère moi aussi comme mon amie et comme une proche collaboratrice politique de mon mari. J'imagine qu'il deviendra un peu plus difficile à vos détracteurs de répandre leur poison si la "femme blessée" annonce à la Galaxie tout entière qu'elle n'est pas blessée et ne l'a jamais été. »

Honor la dévisageait, la poitrine gonflée du premier véritable espoir depuis des semaines. Elle n'était ni naïve ni bête au point de croire qu'Émilie pouvait agiter sa baguette magique et tout faire rentrer dans l'ordre. Mais la comtesse avait certainement raison sur un point : la presse progouvernementale qui avait versé de si grosses larmes de crocodile sur la terrible trahison de Lady Havre-Blanc et la souffrance que devait lui causer l'infidélité de son mari aurait du mal à continuer de pleurer sur son sort si elle riait publiquement de leurs allégations absurdes.

« Je crois… je crois que cela nous aiderait énormément, Émilie », dit-elle au bout d'un moment, et le léger chevrotement de sa voix l'étonna.

« Sûrement », répondit Émilie, mais Honor ressentit une nouvelle pointe d'inquiétude en percevant la nuance des émotions de son interlocutrice. La comtesse n'avait pas encore fini. Il y avait autre chose – pire – à venir. Elle la regarda donc prendre une profonde inspiration.

« Sûrement, répéta-t-elle, mais il y a autre chose dont je pense que nous devons parler, Honor.

— Autre chose ? s'enquit Honor, tendue.

— Oui. J'ai dit que je savais qu'Hamish et vous n'étiez pas amants, et c'est vrai. Je le sais parce que, franchement, je sais qu'il a eu des maîtresses. Pas beaucoup, certes, mais quelques-unes. »

Elle détourna le regard vers un point qu'elle seule voyait, et la mélancolie douce-amère qui émanait d'elle fit monter les larmes aux yeux d'Honor. Il ne s'agissait ni de colère ni d'un sentiment de trahison. Plutôt de regret, de deuil. La nostalgie de cette chose qu'elle et l'homme qui l'aimait – et qu'elle aimait de tout son cœur – ne pourraient plus jamais partager. Elle ne lui reprochait pas de chercher cette satisfaction auprès d'autres femmes, mais elle souffrait de savoir qu'elle ne pourrait plus jamais la lui donner elle-même.

« Toutes, à une exception près qu'il regrette beaucoup, étaient des escortes de métier, poursuivit-elle doucement, mais il les respectait et les appréciait aussi. Sinon, il ne les aurait pas mises dans son lit. Hamish n'est pas homme à avoir des aventures ni à collectionner les maîtresses. Il est trop intègre. » Elle eut un sourire triste. « J'imagine que ça doit paraître bizarre qu'une femme parle de l'intégrité de son mari dans le choix de ses maîtresses, mais c'est vraiment le terme qui convient. S'il me l'avait demandé, je lui aurais dit que, oui, ça fait mal, mais pas parce qu'il m'est "infidèle". Ça fait mal parce que je ne peux plus lui offrir la même chose qu'elles… et lui non plus. C'est pour cela qu'il ne m'a jamais posé la question, parce qu'il connaît déjà la réponse. Et c'est aussi pour ça qu'il s'est montré parfaitement discret. Il sait que personne dans notre milieu ne lui aurait jeté la pierre pour avoir régulièrement recours aux services d'une escorte vu les circonstances, et que la plupart des Manticoriens auraient compris, eux aussi. Mais il a toujours voulu éviter de le vérifier. Non pour protéger sa propre réputation, mais pour me protéger, moi, pour ne pas souligner le fait que je ne quitterai plus jamais ce fauteuil. Il ne veut pas m'humilier en ayant l'air de suggérer que je suis en quelque sorte… inapte. Une invalide.

» Et il s'y refuse, poursuivit-elle en se tournant de nouveau vers Honor, parce qu'il m'aime. Je crois sincèrement qu'il m'aime autant aujourd'hui que le jour où il m'a demandée en mariage. Le jour où nous nous sommes mariés. Le jour où on m'a sortie d'un aérodyne en lui annonçant que je ne remarcherais pas et que je ne respirerais plus jamais sans assistance mécanique. »

Elle prit une autre inspiration profonde, les muscles de son diaphragme contrôlés par l'interface de son fauteuil médicalisé car elle était désormais incapable de le faire elle-même.

« Voilà la différence entre moi et toutes ses maîtresses, Honor. Il avait de l'affection pour elles, il les respectait, mais il ne les aimait pas. Pas comme il m'aime.

» Ni comme il vous aime. »

Honor eut un mouvement de recul sur son banc, comme si Émilie venait de lui planter une dague en plein cœur. Son regard chercha le sien et y vit des larmes retenues, le savoir… et la compassion.

« Il ne m'a pas dit qu'il vous aimait, fit doucement la comtesse. Mais il n'a pas besoin. Je le connais trop bien, voyez-vous. Si ce n'était pas le cas, il vous aurait amenée ici depuis des années pour faire ma connaissance, vu votre étroite collaboration à la Chambre des Lords. Et il se serait tourné vers moi dès que cette affaire a éclaté au lieu de s'efforcer désespérément de me tenir à l'écart. De me protéger. C'est moi son principal analyste et conseiller, bien que peu de gens le sachent, et il n'aurait pas manqué de nous présenter, surtout après que les sbires de Haute-Crête ont lancé ces attaques contre vous… à moins qu'il ne puisse pas, pour une raison ou une autre. Et cette raison – la raison pour laquelle il était prêt à laisser salir son nom et sa réputation par de fausses accusations et à voir minée la capacité de l'opposition à combattre Haute-Crête plutôt que de solliciter mon aide pour les contrer – c'est qu'il craignait que je ne voie la vérité et que sa “trahison” me blesse. C'est pour cela qu'il m'a empêchée de vous rencontrer et, de la même façon, c'est parce qu'il vous aime qu'il n'a même pas tenté de devenir davantage qu'un ami ou un collègue.

Vous n'êtes pas une professionnelle et, même dans ce cas, il sait qu'il ne s'agirait pas d'une brève liaison. Pas cette fois. Et, au fond de lui, il a peur, pour la première fois, de vraiment me trahir.

— Je… Comment… »

Honor essayait désespérément de se reprendre, mais elle n'y arrivait pas. Émilie Alexander venait de lui apporter la dernière preuve qu'il lui fallait, l'ultime pièce du puzzle. Toutes les émotions qu'elle avait perçues de la part d'Hamish se mirent soudain en place et elle se demanda comment Émilie, sans son propre lien avec Nimitz, avait réussi à saisir la vérité si complètement.

« Honor, je suis mariée à Hamish depuis plus de soixante-dix ans T. Je le connais, je l'aime et je vois que tout cela le déchire. C'était déjà là avant le lancement de cette campagne de diffamation, mais cela ne le détruisait pas comme aujourd'hui. À mon avis… à mon avis, voici ce qui s'est passé : les mensonges et les fausses accusations l'ont contraint à examiner de près des choses qu'il avait tenues à distance, d'une façon ou d'une autre. Ils l'ont forcé à admettre la vérité au plus profond de son être, et tout l'amour qu'il vous porte – qu'il nous porte –, ajouté au sentiment de culpabilité qu'il éprouve depuis qu'il a découvert qu'il peut aimer quelqu'un d'autre que moi, est comme une blessure ouverte. Pire (elle regarda Honor droit dans les yeux), il redoute de finir par vous avouer ses sentiments. De finir par me trahir en prenant une maîtresse qu'il aime réellement.

» J'ignore comment je réagirais si cela se produisait, reconnut-elle honnêtement. J'ai peur de le découvrir. Mais j'ai davantage peur encore que, si vous deveniez amants, le secret soit impossible à garder. Il existe trop de moyens d'espionner autrui, et trop de gens ont tant à perdre qu'ils doivent mourir d'envie de trouver la preuve de ses infidélités avec vous. S'ils y parviennent, cette preuve sera rendue publique, et tout le bien que je pourrai faire en disant au monde entier que je n'ai jamais été lésée sera aussitôt défait. Alors, mes protestations de son innocence ne feront qu'aggraver votre cas. Et, pour être tout à fait honnête, je crains fort que si vous continuez à entretenir une relation de travail si proche, il finira par agir en fonction de ses sentiments. Je ne sais pas quel effet cela aurait sur lui à long terme, pas plus que je ne sais quel effet cela aurait sur moi, mais je crains que nous ne finissions par le découvrir. À moins que…

— À moins que quoi ? » La voix d'Honor était tendue, et ses mains se raidirent sur la douce fourrure de Nimitz.

« À moins que vous ne fassiez ce dont il est incapable, répondit Émilie sans ciller. Tant que vous vous trouvez sur la même planète, vous devez travailler ensemble, en tant que partenaires politiques. Parce que vous êtes – ou que vous étiez, avant tout cela – nos armes politiques les plus efficaces, et parce que, si vous cessez de collaborer, on y verra une preuve de votre culpabilité. Mais pour que cela soit possible, vous, Honor, devez vous assurer qu'il ne se passera jamais rien d'autre entre vous deux. C'est injuste. Je le sais. Et je ne vous dis pas ça comme l'épouse inquiète que son mari puisse trouver une femme qu'il aime plus qu'elle. Je vous le dis parce que ce serait du suicide politique – et pas seulement pour Hamish et vous – si vous deveniez amants, surtout après que je serai intervenue pour assurer au royaume tout entier que ça n'a jamais été le cas.

» Depuis plus de cinquante ans T, mon mari m'est absolument fidèle de toutes les façons qui comptent, bien que je sois clouée à ce fauteuil. Mais cette fois, Honor… cette fois, je pense qu'il n'est pas assez fort. Ou plutôt, je pense qu'il fait face à quelque chose de trop fort pour lui. Alors vous devez être sa force. Juste ou injuste, vous devez être celle qui maintient la distance et la séparation entre vous.

— Je le sais, souffla Honor. Je le sais. Je le sais depuis des années maintenant, Émilie. Je dois maintenir cette séparation, ne jamais le laisser m'aimer. Ne jamais me permettre de l'aimer. »

Elle regarda son hôtesse, le visage tendu par la douleur.

« Je le sais… et j'en suis incapable », murmura-t-elle. Et Lady Havre-Blanc la fixa, horrifiée, tandis que l'amiral Lady dame Honor Harrington, duchesse et seigneur Harrington, éclatait en sanglots.

## CHAPITRE TREIZE

Effectivement, le dîner avait refroidi le temps qu'ils passent à table.

Honor n'avait aucune idée de la façon dont cette situation complexe et déchirante allait se résoudre. D'ailleurs, elle ignorait même ce qu'elle ressentait. Elle savait seulement qu'elle avait peur de le découvrir.

C'était étrange, surtout pour quelqu'un qui avait grandi avec le soutien de parents aussi aimants, sans parler de son lien avec Nimitz, et plus encore sa capacité à déceler les émotions de ceux qui l'entouraient. Étrange, mais non moins vrai pour autant.

Il restait une chose dans l'univers qui parvenait à la terrifier : son propre cœur.

Elle n'arrivait pas à le comprendre – elle n'avait jamais su. Le danger, le devoir, la responsabilité morale… ça, elle savait les affronter. Non sans crainte, mais sans rester paralysée par l'idée que cette crainte pourrait la pousser à l'échec. Ceci en revanche, non. C'était un terrain miné d'un autre genre, dans lequel elle ne savait pas naviguer, et elle n'avait pas confiance en sa capacité à l'affronter. Certes, elle pouvait goûter et partager les émotions à la fois d'Hamish et d'Émilie, mais savoir ce qu'ils ressentaient n'était pas la panacée pour brusquement tout arranger.

Elle savait qu'Hamish Alexander l'aimait. Elle savait qu'elle aimait Hamish Alexander. Enfin elle savait qu'Hamish et Émilie s'aimaient, et qu'ils étaient tous trois déterminés à ne pas blesser les autres.

Et tout cela ne les avançait à rien parce que, quoi qu'ils fassent, quoi qu'il arrive, quelqu'un allait souffrir. Se profilait de plus, au-delà de la peur immédiate, profonde et personnelle de la douleur, la certitude glaçante que beaucoup de gens seraient affectés par ce qui aurait dû rester des décisions privées.

Peut-être cela aurait-il été différent si elle avait eu davantage confiance en elle, songea-t-elle en sirotant son vin à table en face d'Émilie et Hamish. Elle enviait la sérénité d'Émilie, d'autant qu'elle avait perçu combien elle avait été consternée et ébranlée par sa confession dans l'atrium. Elle connaissait apparemment déjà les sentiments d'Hamish, toutefois la confirmation soudaine que cet amour était réciproque lui avait porté un coup. Sa réaction était empreinte de colère. Pas grand-chose, mais une étincelle acérée de rage à l'idée qu'Honor ait le front d'aimer *son* mari, une réaction dictée par l'instinct et par la conscience du danger supplémentaire auquel les émotions d'Honor les exposaient tous. Elle s'était résignée à accepter que le combat d'Hamish contre ses sentiments fût perdu d'avance ; elle découvrait désormais que celle dont elle espérait faire son alliée avait déjà perdu cette même bataille. Le potentiel de jalousie et de ressentiment en cet instant de révélation était énorme, et Honor était stupéfaite qu'elle ait si vite écarté sa colère.

Mais beaucoup de choses la stupéfiaient chez Émilie Alexander. Elle ne ressemblait pas du tout à sa mère, Allison Harrington, sauf sur un point : il émanait d'elles deux l'impression sereine qu'elles savaient exactement qui elles étaient, non seulement sur le plan du devoir, mais sur celui du cœur. Honor avait toujours envié ce trait chez sa mère, presque autant qu'elle enviait sa beauté et sa sensualité débridée – et les lui reprochait intérieurement – quand elle était pour sa part une adolescente maladroite, trop grande, tout en os, bref un vilain petit canard. Elle savait déjà à l'époque, même quand elle lui en voulait le plus, qu'elle se montrait stupide. Sa mère ne pouvait pas davantage cesser d'être belle que cesser d'être elle-même, et si elle avait pu devenir quelqu'un d'autre pour que sa fille se sente moins quelconque et surclassée, elle aurait eu tort de le faire. Tort d'être quelqu'un d'autre.

Alfred et elle l'avaient appris à leur fille, sans vraiment s'en rendre compte. Ils l'avaient fait par l'exemple, en l'aimant sans réserve, sans restriction. Ils l'avaient comblée de toutes les façons qui comptaient le plus, même si elle était secrètement blessée sur ce point, dans le coin de son cœur où elle était censée croire que n'importe qui pouvait l'aimer pour de bon.

Elle avait été bête, complètement idiote, se dit-elle. Si quelqu'un dans la Galaxie devait le savoir, c'était bien elle, vu ses parents et la présence de Nimitz. Mais cela n'avait rien changé. Et puis, à l'École spatiale, il y avait eu Pavel Young et l'aspirant Carl Panokulous : le violeur en puissance et l'homme qui l'avait blessée plus cruellement encore. Ils avaient commis des dégâts épouvantables, toutefois elle avait survécu. Survécu et, avec l'aide de Paul Tankersley, elle avait même appris à guérir. Appris qu'il existait des gens capables de l'aimer et prêts à le faire. Elle avait d'ailleurs physiquement ressenti l'amour de beaucoup de gens dans sa vie, de bien des façons : Paul, ses parents, James MacGuiness, Andreas Venizelos, Andrew LaFollet, Alistair McKeon, Jamie Candless, Scotty Tremaine, Miranda LaFollet, Nimitz…

Pourtant, tout au fond, là où la guérison n'avait pas pris, résidait la peur. Ce n'était plus la crainte qu'ils ne l'aiment pas mais qu'on ne les laisse pas faire. Que l'univers les punisse s'ils osaient, car trop nombreux étaient ceux qui l'avaient aimée et en étaient morts.

Ce n'était pas logique, et elle le savait, mais elle avait perdu trop de gens, et chacun d'eux avait arraché un lambeau de son âme. Les officiers et matelots qui avaient servi sous ses ordres et payé de leur vie ses victoires. Les hommes d'armes qui avaient péri pour que leur suzeraine vive. Les amis qui avaient de leur plein gré affronté la mort pour elle – et perdu. C'était arrivé trop souvent, cela avait coûté trop cher à trop de gens, et l'idée terrifiante que tous ceux qui osaient l'aimer étaient condamnés la narguait, car le raisonnement est une arme dérisoire face à la certitude irrationnelle du cœur. Elle avait progressé dans son combat contre cette conviction absurde. Cela aussi, elle le savait. Mais, si elle avait remporté quelques batailles, il lui restait à gagner la guerre, et la toile d'émotions et de besoins, de peur et d'obligations honorables tissée comme un linceul autour de ses sentiments pour Hamish Alexander menaçait de lui coûter davantage de terrain encore dans cette lutte.

« Alors, dit enfin Hamish d'une voix qui les fit sursauter après un long silence collectif, avez-vous décidé de la façon dont nous devons réagir ? »

Il s'exprimait sur un ton léger, presque comique, qui ne trompa personne à table, lui-même y compris, et Honor se tourna vers Émilie.

« Je pense que nous avons trouvé un moyen d'au moins commencer à maîtriser le problème, répondit sa femme avec une sérénité dont Honor était encore à demi surprise de constater qu'elle était authentique. Je ne dis pas que ce sera facile, et je ne suis pas sûre que ce sera tout à fait aussi efficace, vu les circonstances, que je l'aurais souhaité (elle lança un bref regard en coin à Honor), mais je crois que nous pouvons au moins émousser leur attaque.

— Ce n'est pas pour rien si je me suis toujours reposé sur toi pour les miracles politiques dont j'avais besoin, Émilie, fit Hamish dans un sourire. Qu'on me donne un problème spatial ou une bataille à mener, et je sais exactement que faire. Mais affronter des ordures telles que Haute-Crête et Descroix ? » Il secoua la tête. « Je ne conçois même pas comment je pourrais les aborder.

— Sois honnête, chéri, rectifia gentiment Émilie. Ce n'est pas tant que tu n'en sois pas capable, et tu le sais. Simplement, ils t'énervent tellement que tu finis par monter sur tes grands chevaux pour pouvoir les piétiner sous les sabots de ta vertueuse colère. Mais quand tu abaisses la visière de ton heaume de chevalier errant, la visibilité devient un peu limitée, non ? »

Son sourire ôta toute agressivité au propos, mais il grimaça néanmoins car le coup avait porté.

« Je n'ignore pas qu'un bon analyste politique doit savoir quand et comment se montrer brutalement honnête, Émilie, mais cette métaphore particulière ne fait guère de bien à mon amour-propre », dit-il d'un ton si sarcastique qu'Honor gloussa malgré elle, et Émilie lui adressa un regard malicieux.

« Il joue très bien l'officier spatial aristocrate, rigide, offensé mais trop poli pour le reconnaître, vous ne trouvez pas ?

— Je crois que je vais m'abstenir de répondre à cette question, dit Honor. D'un autre côté, la franchise d'un Don Quichotte a du bon. Tant que les moulins ne tapent pas trop fort en réponse, du moins.

— D'accord, d'accord », concéda Émilie. Elle mangeait à une main avec la grâce d'années de pratique, mais elle s'interrompit pour poser sa fourchette de façon à pouvoir tendre l'index pour appuyer son propos. « Je vous accorderai même que le processus politique a besoin de gens prêts à se fracasser sur les rochers de leurs convictions plutôt que de tolérer la tromperie. Nous nous en trouverions mieux s'ils étaient plus nombreux, et ceux que nous avons portent la responsabilité de servir de conscience à nos affrontements partisans. Mais ils peuvent le faire en restant dans l'isolement, perpétuer notre idée de la moralité en servant d'exemple, même s'ils n'accomplissent jamais rien d'autre. Toutefois pour être *efficace* en politique, il faut davantage que de la droiture, si admirable soit cette qualité. Pas besoin de *devenir* l'ennemi, mais il faut *comprendre* l'ennemi, c'est-à-dire non seulement ses mobiles mais ses tactiques. Parce qu'à ce moment-là on peut concevoir des moyens de le contrer. Inutile de s'abaisser à son niveau : il suffit d'identifier ce que prépare l'adversaire et d'en tenir compte.

— Willie comprend ça beaucoup mieux que moi, avoua Hamish au bout d'un moment.

— Oui, en effet, et c'est pour ça qu'un jour il sera Premier ministre, et pas toi. Ce qui n'est sans doute pas plus mal, ajouta Émilie avec un sourire plus large encore. D'un autre côté, j'aime beaucoup Willie, mais il ferait un piètre amiral ! »

Ils éclatèrent de rire tous les trois, puis Émilie inclina la tête de côté et regarda Honor d'un air songeur.

« Je n'ai pas eu autant le loisir de vous observer, Honor, dit-elle, mais je suis un peu étonnée que vous paraissiez relativement plus… flexible qu'Hamish. Je ne pense surtout pas que vous soyez davantage que lui prête à sacrifier vos principes sur l'autel de l'opportunisme, mais vous parvenez manifestement mieux à vous mettre à la place de l'adversaire.

— Les apparences peuvent être trompeuses, répondit Honor, ironique. Je n'arrive pas à comprendre comment fonctionnent un Haute-Crête ou un Janacek. Et, pour tout dire, je n'en ai pas envie.

— Vous avez tort, vous savez. » Le ton d'Émilie était si ferme qu'Honor la regarda, surprise. « Vous ne comprenez pas pourquoi ils veulent ce qu'ils veulent, mais vous admettez que ce désir existe. Et, à partir de là, vous effectuez un excellent travail d'analyse sur la façon dont ils pourraient chercher à le satisfaire.

— Pas toujours, répondit Honor, plus sombre. Voilà quelque chose que je n'ai pas vu venir, dit-elle en esquissant un geste qui les englobait tous les trois.

— Non, mais, maintenant que c'est lancé, vous savez exactement ce qu'ils tentent d'obtenir. C'est pour cela que vous souffrez tant de les voir s'en sortir, fit doucement Émilie. On ne peut pas vous reprocher d'être prise au dépourvu par des tactiques sordides si étrangères à vos façons à vous, Honor, mais, même au pire de votre colère, vous n'avez pas laissé vos émotions vous aveugler. Et d'après ce que j'ai vu de vous deux dans les journaux, les émissions HV et ici, maintenant que j'ai eu l'occasion de vous rencontrer en personne, je pense que vous pourriez faire une politicienne très efficace, avec le temps. »

Honor la fixa, incrédule, et Émilie eut un petit rire.

« Oh, vous ne seriez pas une politicienne-née, à la manière de Willie ! Et, comme Hamish, vous seriez toujours plus à l'aise dans l'atmosphère collégiale qui est censée régner à la Chambre des Lords. Mais j'ai visionné vos discours, et vous êtes bien meilleure oratrice qu'Hamish. » Elle sourit à son mari. « Ce n'est pas une critique, comprenez bien, mais il perd patience et se met à sermonner ; pas vous.

— L'efficacité politique ne se limite pas à la capacité à faire de beaux discours, Émilie, protesta Hamish.

— Bien sûr. Mais Honor a déjà fait la preuve de sa faculté à analyser les situations de danger militaire et à concevoir des stratégies pour y faire face, et rien qu'à l'écouter parler à la Chambre, il me paraît évident qu'elle sait appliquer ses compétences analytiques à d'autres domaines une fois qu'elle a pris connaissance des règles qui les régissent. Il lui reste encore beaucoup à apprendre sur la politique, notamment telle qu'elle est pratiquée – sans pitié – ici, dans le Royaume stellaire, mais il me semble, pour l'avoir observée ces dernières années, qu'elle comprend vite. Elle a passé quarante années T à apprendre son métier d'officier spatial, donne-m'en la moitié en politique et j'en fais un Premier ministre !

— Oh non ! répondit Honor sans nuances. Je me suiciderais en moins de dix !

— Ça me paraît un peu excessif, fit doucement Émilie. Vous tenez peut-être plus de la Doña Quichotte que je ne le pensais. »

Une brève lueur passa dans ses yeux verts, et Honor sentit qu'elle regrettait fugitivement sa formule, mais la comtesse écarta vite ce sentiment.

« Non, elle est juste un peu plus saine d'esprit », dit Hamish sans remarquer le bref coup d'œil que les deux femmes se lançaient. Il ne les regardait pas, de toute façon. Son attention s'était reportée sur Samantha, comme elle l'avait fait périodiquement toute la soirée, et il prit une nouvelle branche de céleri dans le bol posé sur la table pour la lui offrir.

« Tu vas la rendre malade, Hamish », le gronda Émilie. Il releva aussitôt la tête, l'air d'un écolier pris en faute au point qu'Honor se mit à rire.

« Il faudrait beaucoup plus de céleri que ça, Émilie, dit-elle, rassurante. N'empêche, poursuivit-elle plus sévèrement en s'adressant à Hamish, l'excès de céleri est vraiment mauvais pour sa santé. Elle ne le digère pas et, si elle en mange trop, elle peut souffrir de constipation. »

Samantha tourna vers elle un regard digne et réprobateur, et Honor fut soulagée de sentir l'amusement de la chatte. Malgré la joie immense du lien d'adoption créé avec Hamish, Samantha avait presque aussitôt pris conscience de la consternation qui avait saisi son nouveau compagnon et Honor, ce qui s'était répercuté en elle aussi.

D'après la teneur de ses émotions, elle ne comprenait toujours pas très bien pourquoi ils étaient si bouleversés. Ce qui venait seulement souligner que, malgré des siècles d'association avec les humains, les chats sylvestres demeuraient une espèce extraterrestre, songea Honor. Pour Nimitz et Samantha – comme sans doute pour tous leurs congénères, vu leur capacité à percevoir leurs émotions respectives –, tenter de dissimuler ce qu'on ressentait ne servait absolument à rien. Nimitz avait accepté avec le temps qu'il était parfois inapproprié, parmi les humains du moins, d'étaler ses émotions, surtout quand il s'agissait de colère contre un supérieur d'Honor dans la flotte. Mais, même pour lui, il s'agissait davantage d'une question de bonnes manières (et de concessions à un code de conduite humain inexplicable parce que cela comptait aux yeux de sa compagne) et il n'y voyait pas réellement de sens. Ni Samantha ni lui n'auraient envisagé même en rêve de nier leurs véritables sentiments – surtout si le sujet était important.

Ce qui expliquait la frustration croissante qu'Honor percevait de leur part à mesure que la douleur d'étouffer ses sentiments envers Hamish grandissait en elle. Ils savaient combien elle l'aimait et combien lui l'aimait, et, dans la logique sylvestre, ils étaient fous de s'imposer – à eux-mêmes et à l'autre – autant de peine. Une peine que les chats sylvestres, pour ne rien arranger, n'avaient pas d'autre choix que d'endurer avec eux.

Intellectuellement, Nimitz et Samantha comprenaient que tous les humains, à l'exception notable d'Honor, avaient « l'âme aveugle », selon leur terminologie. Ils comprenaient même que, pour cette raison, la société humaine ne partageait pas les mêmes impératifs que la leur. Mais ce qu'ils concevaient n'avait pas affecté ce qu'ils ressentaient, c'est-à-dire non seulement de la frustration mais de la colère face à l'entêtement humain inexplicable qui empêchait Honor et Hamish de simplement admettre la vérité qui s'imposait à n'importe quel chat sylvestre et de vivre leur vie sans toute cette douleur et cette souffrance.

Mais maintenant que l'euphorie immédiate d'avoir reconnu son compagnon humain en Hamish et de s'être liée à lui était passée, Samantha était de nouveau confrontée aux réalités avec lesquelles ses amis humains devaient vivre. Et parce qu'elle était extrêmement intelligente, et qui plus est empathe, elle savait combien son choix d'adoption avait perturbé ces réalités, même si elle peinait encore à pleinement assimiler pourquoi.

« S'ils ne le digèrent pas et que ça… encombre leur système, pourquoi aiment-ils à ce point le céleri ? demanda Émilie.

— C'est un paradoxe qui a laissé perplexe tous les humains à avoir étudié les chats sylvestres, répondit Honor. Alors, une fois qu'ils ont appris à s'exprimer en langue des signes, on leur a posé la question, évidemment. » Elle haussa les épaules. « Leur réponse fut en partie ce à quoi on pouvait s'attendre : ils adorent le goût du céleri. Prenez l'être humain le plus accro au chocolat que vous ayez jamais rencontré, élevez sa dépendance à la puissance trois, et vous commencerez à en avoir une idée. Mais ce n'est qu'une partie de la réponse. L'autre, c'est qu'il y a dans le céleri sphinxien un composé trace dont ils ont besoin.

— Dans le céleri sphinxien uniquement ?

— Ils aiment le céleri d'où qu'il vienne, fit Honor. Mais à leur arrivée dans le système de Manticore, les hommes ont dû opérer quelques ajustements mineurs dans la faune et la flore terriennes avant d'en introduire des éléments dans leur nouvel environnement. Comme nous l'avons fait avec les êtres humains eux-mêmes dans quelques cas, ajouta-t-elle d'un ton monocorde en se désignant d'un geste rapide. Nous n'avons pas fait grand-chose de spectaculaire dans le cas de Sphinx, mais quelques modifications génétiques mineures ont été apportées à la plupart des cultures nourricières terriennes pour éviter qu'elles ne fixent des éléments inutiles dans notre alimentation et pour décourager quelques parasites locaux particulièrement résistants ainsi que les maladies qu'ils transportent. L'idée consistait à faire produire et stocker par ces plantes GM un composé organique sphinxien inoffensif pour l'homme qui agit comme un répulsif naturel pour les insectes. Ça a marché pour la plupart, mais mieux chez certaines plantes, et plus particulièrement avec le céleri. La version de ce composé présente dans les descendants de ces plantes terriennes modifiées est légèrement différente de celle que l'on trouve dans la flore aborigène, c'est un genre d'hybride. Mais il semble nécessaire ou du moins très bénéfique au maintien des sens empathiques et télépathiques des chats sylvestres.

— Mais d'où le tiraient-ils avant que nous ne débarquions avec notre céleri ? demanda Émilie.

— Il existe une plante sphinxienne qui produit la version aborigène de ce même composé. Ils l'appellent l'aubépine pourpre, et ils la connaissent depuis toujours. Mais elle est rare et difficile à trouver et, franchement, selon eux, le céleri est bien meilleur. » Honor haussa de nouveau les épaules. « Et voilà donc la réponse au grand mystère du vol de céleri qui a permis la rencontre entre humains et chats sylvestres.

— Fascinant », dit Émilie en dévisageant Honor. Puis elle reporta son regard vers Nimitz et Samantha, qu'elle observa un moment, et ils soutinrent solennellement son regard jusqu'à ce qu'elle prenne une profonde inspiration et se retourne vers Honor. « Je vous envie, dit-elle sincèrement. Je vous aurais sûrement enviée de toute façon, ne serait-ce que pour avoir été adoptée, mais répondre à tant de questions, trouver la clé de tant d'énigmes après tous ces siècles… ce doit être formidable.

— En effet, répondit doucement Honor avant d'étonner les Alexander – et elle-même – en se mettant à rire. D'un autre côté, expliqua-t-elle comme pour s'excuser sous l'œil surpris de ses hôtes, les regarder s'exprimer en langue des signes peut être une expérience épuisante… surtout quand on en rassemble une douzaine dans la même pièce ! On a l'impression d'être coincé dans un atelier d'usinage ou la turbine d'un moteur.

— Oh, mon Dieu ! s'exclama Émilie en riant, ravie. Je n'avais jamais envisagé cet aspect de la question. »

Nimitz regarda tour à tour chacun des humains souriants puis se dressa dans l'une des chaises hautes adaptées aux bébés humains que Nico avait dénichées pour les chats, et il se mit à signer. Il gardait le dos raide, plein de dignité, et Honor parvint à s'abstenir de rire tout en traduisant pour Émilie et Hamish.

« Il dit que si nous, bipèdes, pensons qu'il est difficile de suivre tous ces signes, nous devrions essayer depuis le point de vue du “peuple félin”. Et que si nous avions eu le bon sens, en tant qu'espèce, de ne pas nous limiter à des bruits de bouche pour seul moyen de communication, le peuple félin n'aurait peut-être pas eu besoin d'apprendre à agiter les doigts pour nous parler. »

Le chat sylvestre conclut puis fit frémir ses moustaches d'écœurement en voyant les trois humains se remettre à rire. Il renifla bruyamment et leva le nez, mais Honor sentit qu'il était intérieurement satisfait de les avoir fait rire, et elle lui envoya une caresse mentale d'approbation.

« Comme dit Émilie, c'est fascinant, glissa Hamish au bout d'un moment, et je vois bien que je vais devoir apprendre à déchiffrer la langue des signes moi-même. Mais, trêve de plaisanteries, Samantha, Nimitz, toi et moi devons affronter le fait que sa décision de m'adopter va créer d'énormes problèmes. Je suis de toute façon heureux et même honoré de son choix, mais j'aimerais vraiment savoir comment cela a pu se produire. Et pourquoi elle a choisi de le faire à ce moment précis.

— Tu as encore beaucoup à apprendre concernant les chats sylvestres, Hamish, fit remarquer Honor sur un ton soigneusement neutre. Comme nous tous, en réalité. D'ailleurs, par certains côtés, ceux d'entre nous qui sont adoptés depuis très longtemps sont ceux qui ont le plus à apprendre, parce que nous devons nous débarrasser de certaines théories et mythes que nous entretenons depuis un certain temps. Et l'un de ces mythes, c'est qu'un chat "choisit" plus ou moins consciemment son partenaire humain.

— Que voulez-vous dire ? s'enquit Émilie.

— J'ai passé des heures à en discuter avec Nimitz et Samantha, et je ne suis pas encore certaine d'avoir tout bien compris, répondit Honor. Mais en résumé, bien que tous les chats sylvestres soient à la fois empathes et télépathes, certains semblent naître avec une capacité particulière à se lier avec les humains ainsi qu'avec d'autres membres de leur propre espèce. »

Les Alexander acquiescèrent, mais Honor sentait que ni l'un ni l'autre n'étaient au fait de toutes les nouvelles révélations concernant les chats sylvestres. Il serait peut-être bon, décida-t-elle, de leur donner davantage d'éléments avant d'essayer d'apporter à cette question une réponse qu'elle n'était pas persuadée d'avoir.

« Tous les chats sylvestres sont capables de percevoir à la fois les pensées et les émotions de leurs congénères, commença-t-elle. Ils appellent les pensées la "voix d'âme" et les émotions la "lueur d'âme". Enfin, pour être plus précis, ce sont les mots qu'ils ont trouvés dans notre langue pour essayer de nous l'expliquer. D'après ce que nous en savons, le docteur Arif avait raison de penser que des télépathes n'useraient pas du tout d'un langage parlé. En fait, il s'agissait sans doute du plus grand obstacle qui se soit dressé entre eux et nous quand il a fallu apprendre à communiquer. Ils savaient que nous échangions en utilisant des "bruits de bouche", mais le concept de langage leur était si étranger qu'il leur a fallu des siècles, au sens littéral, pour apprendre davantage qu'une poignée de mots.

— Comment ont-ils pu apprendre tout court ? » C'était au tour d'Hamish de poser la question, et il tendit la main pour caresser tendrement les oreilles dressées de Samantha.

« Eh bien, cela nous ramène plus ou moins à Samantha, d'une certaine façon, répondit Honor, et il releva brusquement les yeux. Il va nous falloir des années pour vraiment mettre en ordre nos connaissances sur les chats sylvestres, reprit-elle, mais nous en avons déjà appris beaucoup plus que nous n'en avions jamais su. Il est encore malaisé de faire passer des concepts complexes de part et d'autre, surtout quand il s'agit de concepts liés à des capacités comme la télépathie ou l'empathie, dont les humains n'ont aucune expérience. »

Elle ignora studieusement le coup d'œil pensif qu'Hamish lui adressa sur cette dernière phrase.

« Une chose semble claire, toutefois : les chats sylvestres ne sont pas des innovateurs. Leur cerveau ne fonctionne pas ainsi – du moins, il ne le faisait pas par le passé. J'imagine que cela pourrait bien changer maintenant qu'ils ont commencé à interagir beaucoup plus complètement avec les humains en général. Mais, historiquement, les chats capables d'innover, d'imaginer de nouvelles façons de faire les choses sont très, très rares. C'est l'une des raisons pour lesquelles la société sylvestre a bénéficié d'une extraordinaire stabilité, et cela explique également pourquoi ils ont du mal, en tant qu'espèce, à changer d'avis une fois qu'ils ont adopté une politique ou une manière d'agir consensuelles. »

Ce n'était pas le moment, décida-t-elle, de mentionner le fait que les chats sylvestres avaient passé près de quatre cents années T à systématiquement dissimuler la véritable étendue de leur intelligence aux humains qui s'étaient imposés et installés sur leur planète. Pour sa part, elle comprenait très bien leurs raisons, et elle ne doutait pas que ce serait aussi le cas d'Hamish et Émilie, mais il valait mieux effectuer un peu de travail préparatoire avant de leur révéler toute la vérité sur cette petite décision sylvestre-là, à eux comme au grand public.

« Toutefois, s'ils produisent un nombre limité d'innovateurs, continua-t-elle, ils possèdent au moins un immense avantage pour le compenser lorsqu'il s'agit de promouvoir le changement. Quand un chat sylvestre, n'importe lequel, découvre quelque chose, son savoir peut être très vite transmis à tous les autres.

— Par télépathie, acquiesça Havre-Blanc, une lueur dans ses yeux bleus. Ils s'en "parlent" tout simplement !

— Pas tout à fait, rectifia Honor. À ce que m'ont dit Nimitz et Samantha, le niveau de communication entre la plupart des chats ressemble en vérité beaucoup à celui du langage humain, du moins en ce qui concerne l'échange délibéré d'informations. Je doute que la plupart des humains réussissent jamais à imaginer ce qu'on ressent en captant tout le "bruit de fond" émotionnel qui accompagne une conversation sylvestre. Mais leur capacité à se donner des explications au niveau cognitif n'est pas beaucoup plus grande que celle des hommes. Plus rapide – beaucoup plus rapide, apparemment – mais pas cette expérience d'esprit à esprit, "mon esprit fusionne avec le tien", qu'ont imaginée certains auteurs de science-fiction.

— Alors comment font-ils ? demanda le comte. Tu dis qu'ils sont capables de répandre les nouveaux savoirs très rapidement, il se passe donc à l'évidence autre chose.

— Tout à fait. Voyez-vous, la société sylvestre tout entière tourne autour d'un groupe précis qu'on appelle les "passeurs de mémoire". Ce sont toujours des femelles, apparemment parce qu'elles ont des voix et des lueurs d'âme plus fortes par nature, et ce sont quasiment des matriarches. »

Honor plissa le front, pensive.

« Les clans sylvestres sont gouvernés par leurs anciens, qui sont choisis – selon un processus qui ne ressemble manifestement pas du tout ni aux élections humaines ni à une transmission héréditaire des responsabilités – avant tout pour leurs compétences particulières dans des activités précises, essentielles à la survie du clan. Mais les passeurs de mémoire forment un groupe à part, presque une caste, traité avec une immense déférence par tout le clan. D'ailleurs, chaque passeur de mémoire fait automatiquement partie des anciens, quel que soit son âge. De plus, à cause de leur importance pour le clan, ils sont protégés de manière fanatique et on leur interdit absolument toute activité susceptible de les mettre en danger – un peu comme un seigneur graysonien. »

Elle sourit avec une véritable gaieté pour la première fois depuis des années, lui sembla-t-il, et les Alexander eurent un petit rire compatissant.

« Ce qui les rend si importants, c'est qu'ils sont les gardiens de l'histoire et des connaissances sylvestres. Ils sont capables de former un lien mental si intense avec n'importe quel autre chat qu'ils revivent ce qui lui est arrivé comme si cela leur était arrivé à eux. Et cela ne s'arrête pas là : ils peuvent ensuite reproduire ces expériences en détail, précisément, et les partager avec d'autres chats, ou les transmettre à d'autres passeurs de mémoire. Un genre de tradition orale ultraperfectionnée, sauf que c'est l'expérience elle-même qui se transmet, non seulement d'individu à individu mais aussi de génération en génération. D'après Nimitz et Samantha, il existe un "chant de mémoire" qui rapporte le témoignage oculaire d'un éclaireur sylvestre présent lors de l'atterrissage de la première équipe de prospection sur Sphinx, il y a près de mille ans T. »

Émilie et Hamish regardèrent les deux chats sylvestres avec grand respect, et Nimitz et Samantha soutinrent calmement leur regard.

« Alors, ce qui se passe, fit lentement Havre-Blanc, c'est que ces… passeurs de mémoire peuvent partager le nouveau concept ou la nouvelle compétence avec le chat qui en a l'idée le premier, puis les transmettre comme un tout à l'ensemble des autres. » Il secoua la tête. « Mon Dieu… ils sont peut-être lents à concevoir des idées neuves mais, une fois que c'est fait, ils sont rudement bien équipés pour répandre la bonne nouvelle !

— Oui, en effet. Mais les individus qui comptent le plus pour les chats sont les innovateurs qui sont eux-mêmes des passeurs de mémoire. Apparemment, une sœur de Cœur-de-Lion, le chat qui a adopté mon arrière-arrière-arrière et quelques grand-mère, appartenait à cette catégorie de passeurs de mémoire ; elle a convaincu presque à elle seule tous ses congénères que les liens entre chats sylvestres et humains étaient une bonne idée.

» Ce qui m'amène au fait de cette explication un peu longue. Voyez-vous, aucun chat n'avait réussi à comprendre comment les humains communiquaient jusqu'à ce que l'un de leurs passeurs de mémoire soit blessé dans une chute. »

Son visage s'assombrit un instant, puis elle écarta sa tristesse et continua sereinement.

« Vous le savez tous les deux, j'en suis sûre, Nimitz a été… blessé lors de notre capture et il a perdu sa voix d'âme. Il ne peut plus "parler" aux autres chats, raison pour laquelle ma mère a eu l'idée géniale de leur enseigner la langue des signes, à Samantha et lui. Cela avait été tenté il y a des siècles sans succès, essentiellement parce qu'à l'époque les chats sylvestres ne comprenaient pas encore le mécanisme de la communication humaine. Dans la mesure où ils ne se servaient pas de mots, ils ne faisaient tout simplement pas le lien entre des mouvements de main et la pensée, pas plus qu'ils n'associaient nos bruits de bouche à la communication d'information.

» Ce qui avait changé, le temps que Nimitz et Samantha entrent en scène, c'est que le passeur de mémoire que les chats nomment Passeur-du-Silence avait perdu non pas sa voix d'âme mais sa capacité à entendre celle des autres. Elle percevait encore les émotions, décelait encore les lueurs d'âme, mais elle était sourde à tout le reste. »

Elle prit une profonde inspiration.

« Le coup a dû être dévastateur, surtout pour un passeur de mémoire. Elle pouvait toujours projeter sa pensée, partager les chants de mémoire qu'elle avait déjà appris, mais elle ne pouvait plus en apprendre de nouveaux. D'ailleurs, elle ne pouvait pas non plus être absolument sûre qu'on l'"entendait" correctement : elle n'avait pas de canal de retour, pas moyen de s'assurer que son signal n'avait pas été brouillé.

» Alors elle a quitté son clan, abandonné sa position d'ancien et s'est installée dans le clan de l'Eau vive – celui de Nimitz, celui dont était issu Cœur-de-Lion. Elle l'a choisi parce qu'il avait toujours été le plus en contact avec les hommes et qu'elle voulait passer du temps avec les bipèdes. Elle savait que nous communiquions d'une façon ou d'une autre sans voix d'âme et elle voulait à tout prix apprendre comment, dans l'espoir d'arriver peut-être à faire de même.

» Elle échoua, en fin de compte, parce que les chats sylvestres sont tout bonnement incapables de reproduire les sons des langages humains. Mais bien qu'elle n'ait jamais appris à surmonter sa propre surdité mentale, après des années passées à écouter les hommes, elle a établi les principes rudimentaires de la parole. Comme elle pouvait encore transmettre des chants de mémoire, elle a fait partager ce savoir à tous les autres chats sylvestres, ce qui explique pourquoi ils étaient capables de nous comprendre quand nous leur parlions avant même de disposer d'un moyen de répondre avec leurs mains.

— Fascinant », répéta encore Hamish à voix basse, l'air concentré. Puis il inclina la tête et fronça les sourcils. « Mais tu disais que tout cela a un lien avec Sam.

— Oui. Vois-tu, le nom sylvestre de Samantha est “Voix-d'or”. C'est un passeur de mémoire, Hamish.

— Quoi ? » Havre-Blanc fixa un instant Honor sans comprendre, puis se tourna vers Samantha, qui lui rendit son regard en hochant indéniablement la tête à la manière des humains.

« Un passeur de mémoire, confirma Honor. Rappelle-toi, j'ai dit tout à l'heure que les chats qui adoptent n'en font pas vraiment le choix au sens humain du terme. La sensibilité ou la capacité supplémentaire, ou quoi que ce soit dans leur faculté à percevoir les lueurs d'âme qui rend l'adoption possible, pousse aussi vers nous les individus qui en sont dotés. Ils savent ce qu'ils cherchent d'après les chants d'autres adoptants, mais ils ignorent qui ils recherchent. Ils font le choix de viser l'adoption – ou, du moins, les chats pour qui l'adoption est possible choisissent de se placer suffisamment près des humains pour permettre que cela se produise – mais à l'instant où ils adoptent, il s'agit davantage de reconnaître leur partenaire que de le débusquer. Ça arrive tout simplement quand ils rencontrent celui qu'il leur faut.

» Eh bien, à sa connaissance comme à celle de ses congénères, Samantha – Voix-d'or – est la première à naître avec la force mentale d'un passeur de mémoire cumulée à ce je-ne-sais-quoi qui pousse les chats sylvestres à adopter. D'après ce qu'elle m'a dit, la décision de renoncer à l'une ou l'autre de ces voies a dû lui coûter, mais elle a choisi l'adoption, et c'est ainsi qu'elle a rencontré Harold Tschu et s'est liée à lui.

— Tschu qui a péri en servant sous tes ordres en Silésie, après que Nimitz et elle furent devenus partenaires, fit Havre-Blanc en hochant lentement la tête.

— Oui, et c'est la seule raison pour laquelle elle ne s'est pas suicidée après la mort d'Harold », répondit Honor d'un air sombre.

Les yeux du comte s'étrécirent, et elle rejeta ses cheveux en arrière tout en le regardant d'un air de défi en le sentant aussitôt prêt à nier une telle éventualité.

« C'est ce que font en général les chats sylvestres qui perdent leur humain adopté ou leur partenaire, Hamish, dit-elle calmement. Se suicider ou se fermer au monde et se laisser mourir de faim ou de soif. Ce fut l'affreuse tragédie des adoptions pendant trois siècles T, jusqu'à ce que l'invention du prolong nous permette de vivre aussi longtemps qu'eux. Ils savaient en adoptant qu'ils renonçaient sans doute à des décennies d'espérance de vie, parfois un siècle, voire davantage… mais le besoin de sentir la lueur d'âme d'un humain les y poussait malgré tout. »

Elle lut dans son regard qu'il commençait à comprendre, elle y vit l'ombre de siècles de sacrifice sur l'autel de la joie et de l'amour, et elle acquiesça lentement.

« La fusion est si profonde et complète, de leur côté en tout cas, qu'elle laisse un vide immense en eux lorsqu'ils perdent leur moitié. La plupart choisissent tout simplement de ne plus vivre ensuite. Monroe, le chat sylvestre du roi Roger, se serait à coup sûr laissé mourir de faim si… »

Elle s'interrompit brutalement. Le fait que le père de la reine Élisabeth avait été assassiné par des agents de Havre était un secret connu d'une poignée de ses sujets seulement. Honor en faisait partie, et elle savait que William Alexander était également du nombre car la reine leur en avait parlé en même temps. Mais elle leur avait aussi fait jurer le secret.

« Il se serait sans doute laissé mourir de faim si le prince Justin – qui n'était pas prince consort à l'époque, bien sûr : Élisabeth et lui étaient fiancés mais pas encore mariés – n'avait pas été attaqué par un fou alors qu'il essayait de convaincre Monroe de se nourrir, préféra-t-elle dire. Cela "réveilla" Monroe, et, dans le combat qui s'ensuivit contre le fou, Justin et lui s'adoptèrent – seule raison pour laquelle Monroe est encore en vie à ce jour. Eh bien, la situation était similaire pour Samantha et Nimitz : à notre connaissance, il s'agit du seul couple sylvestre dont chaque partenaire ait adopté un humain, et le lien de Sam avec Nimitz était assez puissant pour la forcer à rester avec nous.

— Je vois. » Havre-Blanc l'observa un instant, puis tendit de nouveau la main vers Samantha et caressa sa fourrure douce et épaisse. « Tu te sentais seule ? lui demanda-t-il doucement. C'est ça ? »

La petite chatte mince le fixa à son tour de ses yeux vert d'herbe sans fond, puis elle tourna son regard vers Honor et se redressa pour pouvoir s'exprimer par signes. Elle plaça sous son menton le pouce dressé de sa main droite fermée, qu'elle fit glisser vers la droite. Puis elle avança la main droite et agita son index de droite à gauche. Enfin elle plaça son poing droit sur son cœur en le faisant tourner comme pour enfoncer une pointe.

« Elle dit qu'elle se sentait chagrine plutôt que seule », traduisit Honor, mais les mains de Samantha se mirent à s'agiter de façon plus pressante.

< Écoute avant de dire, ordonnèrent ses doigts. Tu as mal. Il a mal. Nimitz et moi sentons la douleur. Elle blesse nous autant que vous, mais comprends : c'est douleur de bipède, parce que tous ont âme aveugle, sauf toi. Peuple humain ne peut pas percevoir ce que peuple sylvestre perçoit, et il y a raisons pourquoi lui et toi ne pouvez pas être partenaires. Mais ne cela change pas besoins, et ne rien faire blesse vous davantage. Quand il est venu, ta douleur était immense. Tellement qu'âme aveugle pouvait la ressentir, et il a ressenti. Et sa douleur est devenue encore pire. Douleur est chose terrible, mais peut renforcer la lueur d'âme, et elle a renforcé. Pour première fois, ai vraiment senti sa lueur, pas toute seule, mais à travers toi aussi, et lueur m'a fascinée. Pas prévu. Pas voulu. Mais maintenant, formidable. Suis désolée que rendra les choses encore plus difficiles, mais ne voudrais pas – ne pourrais pas – changer ça. >

Elle cessa de signer, les mains de nouveau immobiles, et elle adressa un regard confiant à Honor.

*Bizarre comme chacun d'eux a son propre « accent »*, songea celle-ci, un peu absente. Puis elle se secoua intérieurement et se reprocha de se cacher derrière des réflexions sans intérêt immédiat.

Elle comprenait bien pourquoi un autre humain à la place de Samantha – si tant est qu'un humain aurait pu prendre sa place – aurait hésité à expliquer tout cela en détail à Hamish. Honor n'avait toujours aucune idée de la façon dont le désir brûlant qu'Hamish et elle ressentaient pourrait un jour être soulagé, dont l'impossible pourrait devenir possible. Et si cela ne devait jamais arriver, alors lui dire que c'était la douleur née de son amour pour elle qui avait attiré Samantha vers lui risquait de teinter leur lien d'adoption du même chagrin. Or sa capacité à percevoir la lueur d'âme de Samantha et ce « bruit de fond émotionnel » dont elle avait parlé à Hamish et Émilie lui révélaient que cette adoption était indépendante de ce qu'Hamish et elle-même éprouvaient l'un pour l'autre. Que ce n'était pas la cause précise de sa douleur qui avait rendu la lueur d'âme d'Hamish si éclatante pour Samantha, mais simplement l'existence de cette douleur. Toutefois Hamish n'était pas doué de cette sensibilité. Il ne goûterait jamais la preuve absolue que le lien de Samantha avec lui était indépendant de celui entre Nimitz et Honor ou de la tension émotionnelle complexe entre Honor et lui-même, et Samantha le savait. Il fallait sans doute s'y attendre de la part d'un individu qui était aussi passeur de mémoire. Pourtant, même après toutes ces années, elle était à la fois surprise et profondément touchée par la sensibilité de Samantha aux codes, concepts et sentiments étrangers de l'humanité, et par sa détermination à ne pas blesser Hamish sur leurs angles acérés.

Maintenant, il revenait à Honor de le protéger aussi, et elle quitta Samantha des yeux pour croiser le regard du comte qui attendait.

« Elle dit que la tension que nous subissons toi et moi a rendu ta lueur d'âme plus intense. Suffisamment pour qu'elle la "voie" réellement pour la première fois.

— C'est vrai ? »

Havre-Blanc se renfonça sur sa chaise, surpris, puis sourit lentement, et Honor décela les nombreuses strates douces-amères de ses sentiments.

« Je vois, dit-il en la regardant, sans remarquer que son cœur s'étalait dans ses yeux au vu d'Honor et d'Émilie. Eh bien, si cela nous a réunis, dit-il, si malheureux soit le moment, je ne peux pas m'empêcher d'être un tant soit peu reconnaissant. »

# CHAPITRE QUATORZE

« Merde. »

Le douzième comte de Nord-Aven jura calmement, mais son regard, lui, n'avait rien de calme. Il parvint à ne pas tourner un œil trop noir vers l'autre extrémité de l'immense salle de la reine Caitrin, au Palais du Montroyal, mais uniquement parce qu'il savait que tous ceux qui ne regardaient pas le chambellan en livrée à la porte se préparer à annoncer la dernière arrivée l'observaient, lui.

« Amiral Lady dame Honor Harrington, duchesse et seigneur Harrington, et Nimitz ! »

Le système de sonorisation perfectionné des lieux mit l'annonce à portée de toutes les oreilles sans qu'il soit besoin de s'abaisser à beugler, bien que la salle de la reine Caitrin fût assez grande pour abriter simultanément au moins deux matchs de basket. La voix du chambellan n'était pas forte au point d'interrompre les conversations en cours, mais celles-ci se turent néanmoins dans toute la salle. Une soudaine vague de silence, presque de quiétude, se propagea depuis les portes à mesure que chaque invité prenait conscience de la grande femme mince qui venait de les franchir.

Comme toujours lors des réceptions officielles au Royaume stellaire, elle portait sa version personnelle du costume graysonien traditionnel, mais, ce soir, sa robe était d'un bleu profond chatoyant au lieu du blanc tout simple qu'elle portait d'habitude. Le boléro du vert jade sombre que les spécialistes de la mode des deux nations stellaires désignaient désormais sous le nom de « vert Harrington » complétait la robe bleue, toutefois la combinaison était beaucoup plus frappante qu'à l'accoutumée, et l'Étoile de Grayson ainsi que la clef Harrington brillaient sur sa poitrine. Ses cheveux étaient lisses, retenus à la nuque par un ruban de soie, lui aussi vert Harrington, avant de se déployer dans son dos. Cette cascade brune avait été arrangée avec une simplicité trompeuse de façon à paraître naturelle tout en tombant gracieusement du côté gauche, hors du chemin du chat sylvestre perché sur son épaule droite.

C'était probablement la femme la plus grande présente dans l'immense salle de la reine Caitrin. Et si ce n'était pas le cas, elle demeurait néanmoins l'une des plus grandes, et elle s'avança dans le silence avec l'aisance et la grâce naturelle d'une adepte des arts martiaux. Andrew La Follet et Spencer Hawke, tous deux immaculés dans leur uniforme de parade de la garde Harrington, suivaient sur ses talons ; le chambellan ne les avait pas annoncés, mais ils ne passèrent pas inaperçus. Ici ou là, des visages prirent un air désapprobateur tandis que les deux hommes introduisaient des armes de poing sous étui en présence de la reine de Manticore, mais personne ne ferait la bêtise d'émettre un commentaire. Pas ici. Pas devant Élisabeth III.

La reine avait relevé la tête de sa conversation avec Lord William Alexander et Théodore Harper, grand duc planétaire de Manticore, à l'annonce de l'arrivée de la duchesse Harrington. Et maintenant, au mépris de siècles de protocole, elle traversait prestement la salle, mains tendues et grand sourire de bienvenue aux lèvres. La duchesse lui sourit en réponse et se fendit d'une gracieuse révérence à la mode de Grayson avant de prendre la main que lui tendait la souveraine et de la serrer fermement.

Un soupir silencieux sembla traverser la salle, mais si Harrington le perçut, ni elle ni le chat sylvestre sur son épaule n'en trahirent le moindre signe. Elle pencha un visage calme et attentif vers la reine pour écouter ce qu'elle venait de dire, puis se mit à rire avec une aisance qui paraissait parfaitement naturelle. La reine ajouta quelques mots, posa une main légère sur son épaule puis fit mine de repartir vers le duc de Manticore avant de s'interrompre comme le chambellan annonçait d'autres invités.

« L'amiral comte de Havre-Blanc, Lady Havre-Blanc et Samantha ! »

Si l'entrée de la duchesse Harrington avait provoqué une vague de silence, cette annonce produisit un effet plus profond. Un peu comme si chacun des dizaines d'invités avait soudain pris une grande inspiration… et retenu son souffle.

Le comte mesurait peut-être deux centimètres de plus que Lady Harrington, et le fauteuil médicalisé de son épouse flottait sans bruit à ses côtés tandis qu'ils avançaient dans le silence. Ni l'un ni l'autre ne sembla remarquer que tous ces gens les observaient, bien que l'extrémité de la queue du mince chat sylvestre tacheté sur l'épaule du comte décrivît de lents petits cercles. Ils passèrent les portes, marquèrent une brève pause en reconnaissant la duchesse puis pressèrent le pas en affichant des sourires aussi larges que celui de la reine.

« Honor ! » La chaleur de la voix de Lady Havre-Blanc rompit clairement le calme anormal, pourtant elle n'avait pas haussé le ton. Évidemment, elle avait appris plus d'un demi-siècle auparavant tous les trucs des acteurs pour projeter leur voix. « Quel plaisir de te revoir !

— Bonjour, Émilie », répondit Honor en lui serrant la main. Puis elle adressa un signe de tête au comte de Havre-Blanc. « Hamish, dit-elle avant de sourire à la chatte qui occupait son épaule. Et bonjour à toi, Sam !

— Bonsoir, Honor », répondit le comte, qui s'inclina ensuite pour baiser la main d'Élisabeth, revenue sur ses pas pour saluer les nouveaux arrivants.

« Votre Majesté. » Les conversations avaient repris dans la salle, mais sa voix grave portait presque autant que celle de sa femme.

« Milord, répondit la reine, qui sourit ensuite avec un plaisir manifeste à Lady Havre-Blanc. Je suis enchantée que vous ayez finalement décidé de venir, Émilie, dit-elle juste assez fort pour que ceux qui se tenaient près d'eux l'entendent. On ne vous voit pas suffisamment en Arrivée.

— Parce que je trouve Arrivée un peu fatigante, je le crains, Votre Majesté. » Malgré son teint très clair, il y avait une similitude – qu'on devinait davantage qu'on ne la voyait, pourtant elle était immanquable – entre le visage d'Émilie et celui de la reine. Ce n'était sans doute pas étonnant, car elles étaient cousines éloignées. D'ailleurs, Élisabeth n'était pas le seul membre de la famille d'Émilie présent ce soir, et elle inclina la tête avec un nouveau sourire de bienvenue comme le duc de Manticore les rejoignait.

« Bonjour Teddy, fit-elle.

— Joyeux anniversaire, tante Émilie. » Il se pencha pour l'embrasser sur la joue. « C'est gentil de la part de Sa Majesté de s'arranger pour que je n'aie pas besoin, moi, de t'organiser un gala d'anniversaire, tu ne trouves pas ? railla-t-il, l'œil rieur, et elle renifla.

— Tu t'en sors peut-être bien en ce qui concerne la réception, mais j'espère que tu vas te rattraper côté cadeaux !

— Ah. J'imagine que je peux toujours vendre une partie de mon portefeuille boursier pour trouver les fonds nécessaires », soupira-t-il. Il tendit la main au comte : « Heureux de te voir, Hamish, dit-il gaiement. J'étais impatient de rencontrer ta nouvelle amie », ajouta-t-il avec un petit salut solennel pour Samantha.

La chatte répondit par un hochement de tête majestueux, et il se mit à rire, ravi.

« Je crois que tu apprends la langue des signes, Teddy ? » s'enquit Émilie. Elle renifla comme il acquiesçait. « Eh bien, dans ce cas, si tu es sage – et que tu la corromps avec suffisamment de céleri, bien sûr –, tu peux sans doute demander à Sam de t'aider à pratiquer pendant le repas.

— Bien, ma tante », promit-il, obéissant.

Elle renifla de nouveau puis lui tapota l'avant-bras avant de reporter son attention vers la duchesse et la reine.

Tout n'était qu'une question de timing, songea Honor tandis que les invités pénétraient dans la salle de banquet attenante à celle de la reine Caitrin. Il était vaguement possible que quelqu'un ici, ce soir, soit naïf au point de croire qu'Hamish et Émilie étaient arrivés juste après elle par un simple concours de circonstances, ou qu'Élisabeth et le neveu d'Émilie les avaient rejoints par hasard tous les trois – enfin, cinq en comptant Nimitz et Samantha – là où tous les autres invités pouvaient les voir. Il était même possible que ce naïf pense qu'il s'agissait d'une coïncidence si, par son titre, elle avait la préséance sur tous les convives à l'exception du duc de Manticore. Cette

« coïncidence » plaçait par le plus grand des hasards Honor à la gauche de la reine et le duc à sa droite, et puisque les festivités étaient officiellement organisées en l'honneur de l'anniversaire d'Émilie et que celle-ci faisait partie de sa « famille », Élisabeth avait saisi cette excuse rêvée pour les asseoir, son mari et elle, à la même table, bien qu'Hamish fût « simple comte ». Cela plaçait incidemment Honor et Émilie l'une à côté de l'autre, là où tous sans exception pouvaient constater qu'elles s'entretenaient avec naturel et gaieté.

Et où nul ne pouvait se méprendre sur le sens du message que la reine de Manticore avait voulu faire passer à travers cette soirée.

Le timing, songea encore Honor en offrant à Nimitz une nouvelle branche de céleri tandis qu'elle goûtait l'aura émotionnelle du banquet. Il était toujours difficile de porter des jugements définitifs sur la lueur d'âme globale écrasante d'un rassemblement si vaste, mais elle perçut une tendance générale nette dont elle tira une profonde satisfaction. Le message était passé, décida-t-elle avant de soupirer de soulagement en son for intérieur.

Finalement, ça marcherait peut-être.

« Autant pour le plan A, grommela Stefan Young en balançant sa redingote sur une chaise avec un dépit enfantin.

— Je t'avais prévenu que ça pouvait se retourner contre nous tous », répondit sa femme. Ils étaient rentrés du bal depuis une demi-heure, et elle avait déjà quitté son costume de cour. Elle était maintenant assise devant le miroir de la chambre et s'examinait. Elle tira la langue à son reflet et l'observa un moment, puis haussa les épaules et passa au reste. Elle portait une robe de soie d'eau de Gryphon, subtilement iridescente – l'un des produits d'exportation gryphoniens les plus prisés. Cette robe avait coûté plus cher qu'un aérodyne d'entrée de gamme, et elle le valait jusqu'au dernier penny, songea-t-elle avec un sourire paresseux d'hexapuma en chasse, tout en admirant la façon dont elle collait à toutes ses courbes. Puis le sourire disparut, elle haussa les épaules et se tourna vers lui.

« Nous en avons tiré quatre mois d'usage, fit-elle remarquer. Cela a suffi pour nous mener au bout du vote sur les réductions d'effectif de la flotte et les nouvelles dépenses intérieures.

— Je sais. » Le comte s'était attardé dans le bureau pour fortifier sa frustration à coups de brandy. Elle le sentait à son haleine de là où elle était, et elle dissimula une grimace de dégoût tandis qu'il ôtait ses boutons de manchette à l'ancienne et les jetait dans un coffret à bijoux en grimaçant lui aussi. Il n'avait pas apprécié la façon dont la reine avait assis Émilie Alexander et la duchesse Harrington à côté d'elle pour ensuite monopoliser leur conversation pendant tout le dîner.

« J'espérais juste que ça durerait plus longtemps, fit-il au bout d'un moment. Voire pour toujours. Et je persiste à dire que nous devrions continuer à pousser dans ce sens.

— Non, il ne faut pas. Pas maintenant qu'Émilie Alexander a si bien fait capoter notre plan.

— Qui s'en préoccupe ? s'exclama Nord-Aven en se retournant pour la fusiller du regard. Évidemment qu'elle va le couvrir ! Que peut-elle faire d'autre ? Pareil pour Élisabeth. Et seul un imbécile irait croire que cette mascarade n'était pas faite tout exprès dans ce but. Il nous suffit de souligner le calcul politique que cela implique, combien elles sont cyniques d'aider à couvrir deux amants adultères pour obtenir un avantage politique, et nous pouvons retourner l'opinion contre elles aussi !

— Contre *Émilie Alexander* ? » Georgia Young éclata d'un rire méprisant. « Pour les deux tiers des électeurs du Royaume stellaire, cette femme est une sainte ! S'en prendre à elle serait la pire bourde stratégique depuis que les Havriens ont ouvert les hostilités trop tôt à Hancock.

— Mouais. » Nord-Aven grommela, l'air plus hargneux que jamais à ce rappel de la bataille qui avait valu la disgrâce à son frère aîné, puis il renifla, irrité. « Je déteste l'idée de relâcher la pression alors qu'on les a si bien mis en déroute, geignit-il.

— C'est parce que tu réfléchis avec tes émotions une fois de plus », dit Georgia. Elle se leva et passa les mains sur la soie d'eau en un lent mouvement sensuel qui contrastait bizarrement avec son ton froid et factuel. « Je sais combien tu hais Harrington – tu les détestes tous les deux –, mais laisser la haine dicter ta stratégie, c'est courir droit à l'échec.

— Je sais, répéta Young, l'air encore revêche. Mais ce n'était pas mon idée au début, tu sais.

— En effet, c'était la mienne, répondit-elle sur le même ton chirurgical. D'un autre côté, tu t'es jeté dessus à l'instant où je l'ai suggérée, pas vrai ?

— Parce que ça paraissait susceptible de marcher.

— Parce que ça paraissait susceptible de marcher… et parce que tu voulais leur faire du mal, rectifia-t-elle en secouant la tête. Soyons francs, Stefan. Pour toi, il était plus important de les faire souffrir tous les deux que de voir cette stratégie porter ses fruits, non ?

— Mais je voulais aussi que ça marche !

— Sauf que c'était secondaire à tes yeux, dit-elle, implacable, avant de secouer la tête à nouveau. Je ne dis pas qu'il était déraisonnable de ta part de vouloir les punir pour ce qu'ils ont fait à Pavel. Mais ne commets pas la même erreur que lui. On a tout naturellement tendance à se retourner contre ceux qui nous blessent, que tu veuilles punir Harrington et Havre-Blanc en apporte la preuve. Malheureusement, Honor Harrington n'est pas connue pour sa modération. Havre-Blanc est un homme civilisé, il va se sentir tenu de respecter les règles, mais quand c'est elle qui prend sa revanche, les gens se retrouvent souvent entourés de cadavres, et je préférerais ne pas faire partie des victimes.

— Je ne vais rien faire de stupide, grogna-t-il.

— Et je ne te laisserai rien faire de stupide, répliqua-t-elle, le regard aussi froid que sa voix. C'est pour cela que je t'ai demandé de suggérer cette approche à Haute-Crête et de le laisser recruter les exécutants. Si elle décide de s'en prendre à quelqu'un, elle commencera par viser Hayes, puis notre cher Premier ministre. Et puis, gloussa-t-elle sans humour, même elle ne peut pas éliminer tout le gouvernement. Il faudra bien qu'elle s'arrête avant d'en arriver au petit ministère du Commerce !

— Je n'ai pas peur d'elle, répliqua Stefan, et les yeux de sa femme se durcirent.

— Alors tu es plus stupide encore que ton frère », dit-elle d'un ton monocorde, factuel, assassin. Le visage de son mari se tendit sous l'effet de la colère, mais elle soutint son regard enflammé avec un calme glacial qui le doucha sans mal.

« Nous avons déjà eu cette conversation, Stefan. Et, oui, Pavel était un imbécile. Je l'ai prévenu que s'attaquer à Harrington, notamment de cette façon, revenait à suivre un hexapuma blessé dans les broussailles avec un couteau à beurre. Mais il insistait et je n'étais qu'une employée, alors j'ai organisé ça pour lui.

Maintenant il est mort… et elle non. Sans compter qu'elle est immensément plus puissante aujourd'hui qu'à l'époque, et elle a appris à se servir de son pouvoir. Pavel l'a sous-estimée en son temps ; si tu n'as pas peur d'elle aujourd'hui, avec tout le pouvoir et les alliés qu'elle a gagnés depuis et le souvenir de ce qui est arrivé à ton frère sous le nez, alors tu es bel et bien un imbécile.

— Elle n'oserait pas s'en prendre à moi, protesta Nord-Aven. Pas après la façon dont elle a descendu Pavel. L'opinion publique la crucifierait !

— Ça ne l'a pas arrêtée dans le cas de Pavel. Au nom de quoi penses-tu que cela l'arrêterait maintenant ? Les deux raisons pour lesquelles elle ne s'est pas déjà attaquée à toi, c'est que ses alliés politiques, comme William Alexander, l'ont empêchée de s'en prendre à quiconque, et qu'elle ne sait pas – pas à coup sûr – que c'est toi qui as proposé cet angle d'attaque à Haute-Crête. Si elle en était certaine, je ne suis pas persuadée que même Alexander ou la reine pourraient l'arrêter, vu le passif entre ta famille et elle. Alors crains-la, Stefan. Redoute-la bien, parce que tu ne rencontreras jamais personne de plus dangereux de ta vie.

— Si elle est dangereuse à ce point, pourquoi s'est-elle montrée si humble et modérée ? Elle aurait pu contre-attaquer sans avoir recours à la violence, Georgia ! Alors pourquoi ne s'est-elle pas défendue en usant de tout ce pouvoir dont tu parles ? demanda Stefan, d'une voix irritée mais sans nuance de défi.

— Parce que nous avons lancé contre elle la forme d'attaque à laquelle elle est le plus vulnérable, lui expliqua patiemment la comtesse. Elle n'a pas l'expérience pour nous rendre la monnaie de notre pièce dans ce registre. Elle est essentiellement sur la défensive depuis le début, parce que ce n'est pas son champ de bataille favori. C'est précisément pour cette raison qu'ils sont allés recruter Émilie Alexander comme général. Mais si tu la pousses un peu trop, ou si tu commets l'erreur de t'avancer à découvert, de blesser une personne à qui elle tient et qu'elle apprend qui est responsable, elle ne perdra pas davantage de temps à chercher à se battre sur ton terrain, Stefan. Elle s'en prendra à toi directement, à sa façon, et au diable les conséquences. Ta famille est mieux placée que quiconque pour le savoir.

— Eh bien, il va falloir trouver autre chose, alors, hein ? Si le plan A ne l'a pas abattue en fin de compte, que suggérons-nous à Haute-Crête pour plan B ? Maintenant qu'Émilie Alexander a arraché les yeux à nos chroniqueurs pour avoir osé sous-entendre que son mari et sa "chère amie" Honor Harrington couchaient ensemble, comment se débarrasse-t-on de ces deux-là ? Tu sais bien qu'ils vont être encore plus difficiles à gérer que jamais, maintenant qu'on les a mis en colère !

— Ce n'est sans doute pas faux, répondit Georgia. Et je ne suis pas sûre de ce qu'il faut proposer pour plan B – pas encore, en tout cas. Je suis persuadée qu'une idée se présentera à mesure que la situation se clarifiera. Mais quoi qu'il en soit, Stefan, il ne s'agira de rien qui lui permettrait de remonter jusqu'à toi ou moi. Tu te fiches peut-être qu'elle décide de t'arracher les poumons, mais je voudrais que les miens restent où ils sont, si ça ne te dérange pas.

— J'ai compris le message, Georgia », aboya presque Nord-Aven. Son visage était plus maussade que jamais, mais il y avait de la crainte derrière l'aspect revêche, et Georgia fut soulagée de le constater. D'un autre côté…

La crainte l'empêcherait peut-être de commettre une bourde monumentale, mais elle avait suffisamment manié le bâton pour ce soir, décida-t-elle. C'était le moment de brandir plutôt la carotte.

Elle posa la main sur le col de sa robe, dont le tissu glissa à ses pieds, et soudain Stefan ne pensa plus du tout à Honor Harrington.

Honor se tenait à côté du lutrin, les mains derrière le dos, le regard levé vers les rangées de sièges de l'immense salle de conférence en train de se remplir.

La salle d'Orville du département Tactique pouvait se vanter d'être équipée de tous les appareils électroniques modernes d'aide à l'enseignement connus de l'homme. Ses simulateurs étaient capables de recréer n'importe quel environnement, du pont de vol d'une pinasse au CO du vaisseau amiral d'une force d'intervention composée de supercuirassés, et de reproduire toutes les vues et tous les bruits du combat le plus atroce. Les interfaces d'enseignement en ligne permettaient de placer un instructeur face à un étudiant isolé, un groupe de deux ou trois ou une classe de plus de cent personnes. Ces mêmes interfaces mettaient en un clin d'œil à la disposition des étudiants les ouvrages de référence, chronologies, cours, rapports d'action officiels, programmes, analyses des campagnes passées et emplois du temps, tout en donnant aux instructeurs accès de la même façon aux devoirs et examens des élèves.

L'École spatiale faisait un usage plein et entier de toutes ces possibilités. Pourtant la Flotte royale manticorienne croyait aussi en la tradition et, au moins une fois par semaine, les classes se rencontraient physiquement dans la salle de conférence qui leur était attribuée. Honor reconnaissait volontiers que cette tradition n'était sans doute pas le moyen le plus moderne de transmettre des connaissances, mais cela lui convenait. Comme elle l'avait découvert quand elle était petite, trop se reposer sur une classe électronique pouvait priver les élèves de l'interaction sociale qui faisait partie intégrante du processus éducatif. Le format électronique pouvait servir de bouclier, de barricade derrière laquelle un étudiant pouvait se cacher ou même faire semblant d'être quelqu'un d'autre… en se leurrant parfois lui-même. Cela n'était peut-être pas un inconvénient majeur pour l'instruction de civils, mais les officiers de la flotte et des fusiliers ne pouvaient pas se permettre de se mentir sur ce qu'ils étaient, pas plus qu'ils ne pouvaient laisser leurs compétences relationnelles en friche. Leurs responsabilités professionnelles leur imposaient non seulement d'interagir avec d'autres au sein d'un service collectif hiérarchique, mais aussi de donner une impression de confiance et de compétence quand ils exerçaient le commandement dans des situations où leur capacité à diriger pouvait littéralement faire la différence entre la vie et la mort. Ou, parfois plus important encore, entre la réussite et l'échec. C'était la raison principale pour laquelle Saganami insistait sur des traditions et procédures qui forçaient les aspirants à se rencontrer et à rencontrer leurs supérieurs et instructeurs face à face, en chair et en os.

De plus, Honor le reconnaissait derrière son air serein, elle appréciait cette occasion de voir les visages rassemblés de ses étudiants. Enseigner et mettre au défi de jeunes esprits tout en construisant l'avenir de la flotte était un immense plaisir, la seule chose qu'elle ait appréciée sans réserve pendant son séjour de près de cinq ans T sur la planète capitale du Royaume. Elle se laissait même aller à croire qu'elle avait enfin remboursé une partie de la dette qu'elle avait contractée envers ses propres instructeurs de Saganami, notamment Raoul Courvosier. Et c'est dans ces moments, quand elle voyait l'une de ses classes rassemblée en un même lieu en même temps, que le sentiment de continuité entre passé et avenir et la certitude d'avoir sa place dans cette chaîne sans fin la saisissaient le plus fortement.

Et en ce moment précis, elle en avait besoin.

Nimitz s'agita sur son épaule, et elle perçut son mécontentement, mais elle ne pouvait pas y faire grand-chose, ils le savaient tous les deux. D'ailleurs, il n'était pas mécontent à cause d'elle mais, comme elle, du fait de leur situation.

Une nouvelle pointe de douleur la parcourut, masquée à ses étudiants rassemblés par le calme de son visage, et elle maudit sa faiblesse intérieure.

Elle aurait dû être la femme la plus heureuse du Royaume stellaire, se répéta-t-elle une fois de plus. La contre-attaque d'Émilie Alexander avait fait battre en retraite la campagne de diffamation lancée par la machine de Haute-Crête, notamment une fois que la reine s'y était associée. Un ou deux journaux et commentateurs parmi les plus virulents et partisans poursuivaient leurs attaques, mais la majorité y avait renoncé en toute hâte en constatant que l'intervention d'Émilie avait inversé la tendance dans les sondages du jour au lendemain. Que la plupart des participants aient en bloc mis une fin brutale à leur campagne aurait dû prouver de manière éclatante à tout observateur objectif que celle-ci avait été soigneusement coordonnée dès le début. Seul un ordre émanant d'en haut pouvait faire taire tant de voix criardes si vite. Et seuls des gens dont la profonde inquiétude de principe quant aux « questions fondamentales » que l'on piétinait était complètement artificielle dès le départ pouvaient abandonner ces principes avec tant d'empressement quand ils devenaient gênants.

Mais si l'assaut avait été repoussé, ce n'était pas sans laisser de traces. L'opinion publique graysonienne, par exemple, demeurait furieuse qu'on l'ait lancé tout court. Cela aurait posé problème à Honor dans tous les cas, mais les Clefs de l'opposition au sein du Conclave des seigneurs s'en étaient emparées comme d'une arme supplémentaire dans leur lutte pour faire reculer le pouvoir politique de Benjamin IX. Leurs critiques acharnées contre l'Alliance manticorienne – ou, plutôt, contre l'opportunité que Grayson reste dans cette alliance – étaient déjà incessantes avant que les allégations d'infidélité n'apparaissent. Cette opposition à l'Alliance avait survécu à l'exécution pour trahison du seigneur Mueller, qui en était le premier champion, et l'arrogance inexcusable et stupide avec laquelle le gouvernement Haute-Crête avait traité ses alliés lui conférait depuis une force dangereuse. Maintenant, ces mêmes seigneurs voyaient dans les attaques contre Honor une arme de plus à l'appui de leurs arguments, et le fait qu'ils étaient si nombreux à la détester parce qu'elle symbolisait la « Restauration Mayhew » qu'ils exécraient de tout cœur leur apportait une satisfaction amère et ironique quand ils y avaient recours.

C'était déjà grave. Les courriers de Benjamin disaient certes que l'indignation s'apaiserait avec le temps, mais Honor le connaissait trop bien. Il y croyait peut-être réellement, mais il n'en était pas aussi sûr qu'il essayait d'en donner l'air dans ses messages, et de loin. Quoi qu'il en soit, elle-même n'y croyait pas. Elle s'était répété à maintes reprises que ses capacités de raisonnement étaient rarement au mieux de leur efficacité quand elle affrontait l'éventualité d'être utilisée contre des amis ou des valeurs en lesquelles elle croyait. Elle s'était rappelé combien les analyses que Benjamin faisait des dynamiques politiques et sociales s'étaient souvent révélées plus fines que les siennes. Elle avait même passé des heures à effectuer des recherches sur les crises et scandales politiques du passé, dont certains remontaient à la Terre d'avant la Diaspora, à disséquer leurs conséquences à long terme et à chercher les parallèles avec sa propre situation. Rien de tout cela n'avait changé ce qui comptait vraiment. Quoi qu'en pense Benjamin, quoi qu'il advienne à long terme, à court terme ses ennemis avaient largement entamé sa capacité à préserver l'Alliance et à y maintenir Grayson. Peu importait la façon dont l'opinion publique graysonienne considérerait ces événements dans quinze ans si la planète quittait l'Alliance et s'écartait du Royaume stellaire cette année ou la suivante.

Mais si effroyable que fût ce désastre potentiel, un autre presque aussi terrible se profilait de façon menaçante dans sa vie privée, parce qu'Émilie avait vu juste. La relation de longue date entre Hamish et Honor avait été l'une des victimes de ces attaques. La prudence – ou la lâcheté – qui les avait tous deux empêchés d'admettre leurs sentiments avait été balayée. Ils savaient désormais précisément ce que l'autre ressentait, et la fiction contraire qu'ils entretenaient devenait plus fragile chaque jour.

C'était stupide… et très humain, sans doute, bien que cette observation ne fût d'aucun réconfort. C'étaient deux êtres humains adultes et matures. Mieux que cela, si imparfaits qu'ils se sentent souvent, ils faisaient preuve d'un sens du devoir et d'un respect pour leur code de l'honneur personnel plus vigoureux que la moyenne. Ils auraient dû être capables de reconnaître leurs sentiments et d'accepter que rien ne puisse jamais en sortir. Ils ne pouvaient peut-être pas s'en tirer sans dommages, mais ils auraient quand même dû réussir à empêcher tout cela de leur pourrir la vie !

Or ils ne pouvaient pas.

Honor voulait désespérément croire que sa propre faiblesse était la conséquence directe de sa capacité à percevoir les émotions d'Hamish. Il y avait peut-être même un fond de vérité là-dedans. Comment pouvait-on s'attendre à ce qu'elle sente l'amour et le désir qu'elle lui inspirait – malgré tous ses efforts pour le dissimuler – sans y répondre ? Pour la première fois, Honor Harrington comprenait vraiment ce qui attirait un papillon de nuit toujours plus près de la force destructrice d'une flamme de bougie. Ou ce qui avait poussé des chats sylvestres à adopter des humains avant l'invention du prolong, alors qu'ils savaient que cela diviserait leur propre espérance de vie par deux. Elle aurait peut-être pu ignorer ce qu'elle ressentait pour Hamish, mais il lui était littéralement impossible d'ignorer ce qu'il ressentait pour elle.

Et puis il y avait Samantha.

L'Office des forêts de Sphinx avait consulté ses archives à la demande d'Honor, et son rapport avait confirmé ses soupçons. On n'avait jamais répertorié de cas où un couple de chats sylvestres adoptaient chacun un être humain… avant Nimitz et Samantha. Il y avait eu des couples dans lesquels l'un des deux avait adopté et l'autre non, bien que très rarement, mais au moins, dans ces cas-là, un seul humain était impliqué. Le besoin ne s'était pas fait sentir de choisir entre deux « bipèdes » qui n'étaient pas ou ne pouvaient pas être ensemble, et ils n'avaient donc eu aucune raison d'affronter l'éventualité d'une séparation permanente de leur moitié sylvestre ou de leur compagnon humain. Leur situation étant unique, aucun précédent ne pouvait les guider, pourtant, en cela comme en tant d'autres occasions, Nimitz et Samantha avaient créé leurs propres précédents, sans se préoccuper de l'histoire ni de la tradition.

Elle se demandait parfois ce qui serait arrivé si Harold Tschu n'avait pas été tué en Silésie avant que la conscience qu'Hamish avait d'elle ne bascule si radicalement. Harry et elle auraient-ils été inexorablement attirés l'un vers l'autre ? Possible, mais, malgré tout, elle en doutait. C'était un homme bien et elle le respectait, mais c'était aussi un de ses subordonnés. Ils entretenaient une relation professionnelle et, à la connaissance d'Honor, les liens qu'ils partageaient avec leurs chats sylvestres n'avaient en rien influé sur leur attitude réciproque. D'ailleurs, l'idée qu'il aurait pu devenir davantage qu'un ami, le partenaire humain de la femme de Nimitz et l'« oncle » des rejetons du couple sylvestre ne lui avait même pas traversé l'esprit avant que sa mort n'en efface toute possibilité.

Ce qui n'avait aucun rapport avec sa position actuelle, intolérable. Comme l'avait souligné Émilie, Hamish et elle n'avaient pas d'autre choix que de continuer à travailler ensemble, en collaborant aussi étroitement et… intimement qu'avant le scandale. Et si des considérations politiques lui interdisaient d'éviter Hamish, le fait que la partenaire sylvestre de Nimitz était liée à lui avait le même effet. Elle ne pouvait absolument pas séparer son ami le plus cher de sa compagne, pourtant l'intensité même de leur lien rendait Honor plus sensible encore à tous les points de résonance entre Hamish et elle.

Pas étonnant que les empathes trouvent insensé de vouloir nier ce qu'on ressent vraiment !

Les sièges de la salle de conférence étaient presque tous occupés, et elle consulta une dernière fois l'afficheur mural. Encore quatre-vingt-dix secondes. Juste assez pour se complaire encore un peu dans son malheur et s'apitoyer sur son sort, se dit-elle cruellement.

Enfin, autoapitoiement ou non, impossible d'échapper à la triste réalité. Émilie lui avait accordé un sursis, rien de plus. Ses amis et alliés pouvaient la défendre contre les attaques venues de l'extérieur, mais pas la protéger de sa propre faiblesse et de sa vulnérabilité. Personne ne pouvait la défendre contre cela. La seule réponse possible à ses yeux consistait à trouver un moyen de s'écarter de la source de sa douleur. Elle ne pourrait peut-être pas le faire de façon permanente, mais assez longtemps pour au moins apprendre à y faire face mieux qu'aujourd'hui. Et même si elle n'arrivait pas à apprendre, elle avait désespérément besoin d'un répit, de relâcher la pression et faire une pause, reprendre son souffle, rassembler ses forces.

Toutefois, connaître la réponse lui faisait une belle jambe puisqu'il lui était impossible de s'écarter d'Hamish et de la scène politique manticorienne. Pas sans convaincre tout le monde, amis comme ennemis, qu'elle s'enfuyait. Toutes les raisons de sa fuite ne seraient pas connues, mais cela n'importerait guère. Le mal serait fait, surtout sur Grayson.

Alors comment trouver le refuge dont elle avait tant besoin, se demanda-t-elle, au désespoir, sans avoir l'air de s'être fait chasser de la ville ?

Son chrono de poignet émit un bip discret. Elle prit une profonde inspiration et posa les mains sur le bois poli traditionnel du lutrin tout en balayant du regard ses étudiants respectueusement rassemblés.

« Bonjour, mesdames et messieurs. » La voix de soprano de Lady dame Honor Harrington, calme et claire, portait sans effort jusqu'aux oreilles de tous ses auditeurs. « C'est aujourd'hui le dernier cours du trimestre et, avant de commencer nos révisions pour l'examen final, je souhaite profiter de cette occasion pour vous dire combien j'ai aimé faire ce cours. Ce fut un privilège et un plaisir, ainsi qu'un immense honneur, et la façon dont vous avez réagi, votre manière de relever tous les défis, réaffirme encore la force et l'intégrité de notre service et de son avenir. Vous êtes cet avenir, mesdames et messieurs, et j'éprouve une intense satisfaction à voir la flotte de Sa Majesté et toutes les flottes alliées en de si bonnes mains. »

Un profond silence plana suite à ses paroles, et son âme blessée se détendit un peu tandis que les émotions de ses étudiants la submergeaient en réponse comme une marée océanique. Elle s'accrocha à cette sensation du plus profond de sa fatigue, avec l'avidité d'un gamin abandonné, mort de faim et de froid, devant la fenêtre d'une cuisine chaude et chaleureuse, mais son expression sereine n'en trahit pas le moindre signe tandis qu'elle les regardait.

« Et maintenant, reprit-elle plus vivement, nous avons beaucoup de choses à revoir, et seulement deux heures pour ce faire. Alors au travail, mesdames et messieurs. »

« Mais cette bonne femme est un vrai vampire ! grommela le baron de Haute-Crête en faisant claquer sur son sous-main la copie papier des derniers sondages.

— Qui ça ? demanda Élaine Descroix avec un sourire avenant de petite fille des plus irritants. Émilie Alexander ou Harrington ?

— Les deux… Chacune d'elles ! grogna le Premier ministre. Nom de Dieu ! Je croyais qu'on avait enfin achevé Harrington et Havre-Blanc, et voilà qu'apparaît la femme du comte – sa femme, entre tous ! – et qu'elle les ressuscite tous les deux. Que faut-il qu'on fasse ? Leur couper la tête et leur planter un pieu dans le cœur ?

— C'est peut-être bien ça », murmura Sir Édouard Janacek, et Descroix gloussa. Malgré son sourire, il ne s'agissait pas d'un son agréable.

« Ce serait sans doute une bonne idée de les asperger d'eau bénite et de les enterrer à la lumière de la lune, en prime », dit-elle, et Haute-Crête renifla sèchement. Puis il se tourna vers les deux autres personnes présentes.

« Votre suggestion a encore mieux marché que je ne l'espérais… à court terme, dit-il à Georgia Young, abandonnant la fiction selon laquelle l'idée venait de son mari. Elle a complètement écarté Harrington et Havre-Blanc de l'équation pendant que nous nous battions pour faire passer le nouveau budget. Mais on commence à avoir l'impression que notre victoire à court terme va se révéler une défaite à long terme. À moins que vous n'ayez trouvé une parade à leur rebond dans les sondages de popularité, bien sûr. »

Presque tous se tournèrent vers Lady Nord-Aven dans le bureau lambrissé du Premier ministre, mais elle soutint avec calme les regards plus ou moins accusateurs. Puis elle désigna d'un geste gracieux le Deuxième Lord de l'Amirauté, seul à ne pas la couver d'un œil noir en cet instant, et sourit à Haute-Crête.

« Justement, monsieur le Premier ministre, je crois que Réginald et moi avons bel et bien trouvé une solution. Elle n'est pas parfaite, mais si peu de choses le sont réellement dans ce bas monde.

— Une solution ? Quel genre de solution ? » s'enquit Janacek. Il posa la question avant les autres, mais cela s'était joué à peu.

« J'ai effectué quelques… recherches supplémentaires sur Harrington et Havre-Blanc, répondit la comtesse. Cela n'a pas été facile. D'ailleurs, il est impossible d'introduire quiconque dans la maisonnée Harrington ou dans son cercle d'intimes. Sa sécurité est entièrement assurée par la garde seigneuriale, avec le soutien du service des gardes du Palais, et elle est à peu près impénétrable. Sans compter qu'Harrington elle-même semble avoir un don incroyable quand il s'agit de "déchiffrer" ceux qui l'entourent. Je n'ai jamais rien vu de tel.

» Heureusement, Havre-Blanc n'est pas un client aussi rude. Il maintient une excellente sécurité autour des documents sensibles qu'il reçoit en tant que membre de la commission aux Affaires spatiales, et ses employés sont presque aussi loyaux que ceux d'Harrington. Mais ils ne sont pas autant obsédés par la sécurité en ce qui concerne les… affaires privées. Je n'ai réussi à placer personne à l'intérieur de ses quartiers ou de ceux de sa femme, mais je suis en revanche parvenue à introduire quelques micros dans ceux des domestiques. Et certains de ses employés en ont laissé échapper bien plus qu'ils ne le croyaient quand on leur posait les bonnes questions. »

Haute-Crête et Janacek parurent embarrassés par ce rappel délibéré de ce qu'elle faisait exactement pour eux. La façon calme et détachée dont elle parlait de ses pratiques d'espionnage sur leurs adversaires politiques les mettait tous deux mal à l'aise, ne fût-ce que parce qu'ils connaissaient les conséquences si on les y prenait. De telles atteintes à la vie privée étaient illégales pour tous, mais les amendes, voire les peines de prison dont les contrevenants pouvaient écoper n'étaient que des considérations mineures face aux dégâts que subirait la réputation d'un homme politique surpris à placer ses adversaires sur écoute. Et ce qui était grave pour tout personnage politique l'était davantage encore pour les responsables du gouvernement actuel, théoriquement chargé d'empêcher quiconque de s'y livrer.

Les deux conservateurs avaient beau se sentir gênés, Houseman paraissait pour sa part indifférent, comme s'il ne voyait pas en quoi les agissements de la comtesse pouvaient être considérés comme inconvenants. Peut-être, songea Haute-Crête, sardonique, parce que la noblesse écrasante de ses intentions justifiait tous les actes qu'il choisissait de commettre pour les promouvoir. Quant à Descroix, elle souriait comme s'il s'agissait à ses yeux d'une immense blague un peu scabreuse.

Lady Nord-Aven laissa le silence se prolonger juste assez pour faire passer son message. Puis, leur ayant rappelé l'importance de s'assurer des compétences de qui exécutait leurs basses besognes à leur place, elle poursuivit.

« Le plus ironique là-dedans, dit-elle à son auditoire, c'est que nous ne sommes pas tombés loin de la vérité sur leur compte. »

Haute-Crête et Janacek s'entre-regardèrent, manifestement surpris, et elle sourit.

« Oh, il n'existe aucune preuve qu'ils aient bel et bien été amants, leur assura-t-elle. Mais, apparemment, ce n'est pas faute d'en avoir eu envie. D'après certains serviteurs de Havre-Blanc, Harrington et Hamish Alexander se languissent l'un de l'autre comme des adolescents en mal d'amour. Ils le cachent à l'opinion publique – pour l'instant – mais ils souffrent dans un silence noble proprement ahurissant.

— Vraiment ? » Descroix inclina la tête, le regard calculateur. « Vous en êtes sûre, Georgia ? Je veux dire, ils passent effectivement un temps considérable ensemble. C'est ce qui a rendu notre stratégie de départ jouable. Mais suggérez-vous sérieusement qu'il y ait quelque chose là-dessous ?

— C'est ce que nos éléments semblent indiquer, répondit la comtesse. Certains domestiques de Havre-Blanc sont assez amers sur cette question, d'ailleurs. Apparemment, leur loyauté envers Lady Havre-Blanc s'offense à l'idée qu'Harrington puisse intriguer en vue de la supplanter. Pour être honnête, leur indignation a sans doute été nourrie par notre campagne médiatique et paraît un peu retombée ces dernières semaines. Mais ce qui lui avait donné de la crédibilité dès le départ, c'est que la plupart d'entre eux en étaient déjà venus à la conclusion que, quoi qu'en pense Harrington, cela faisait des mois, si ce n'est des années, qu'il était amoureux d'elle. Je me rends bien compte que tous les propos qu'ils ont pu tenir à mes enquêteurs ne sont que des témoignages par ouï-dire, au mieux, mais quand on y regarde bien, les domestiques en savent souvent plus que leurs maîtres sur ce qui se passe dans une maison. Et puis la… poignée d'atouts techniques que j'ai réussi à introduire dans la demeure Havre-Blanc confirme dans l'ensemble leur témoignage.

— Eh bien, eh bien, murmura Descroix. Qui aurait cru qu'un vieux machin rigide comme Havre-Blanc tomberait si bas après si longtemps ? Sa dévotion de jeune chiot à sainte Émilie m'a toujours flanqué la nausée, vous savez. C'est tellement sentimental et populaire. Mais on retrouve foi en la nature humaine à voir que ça le démange enfin, non ?

— J'imagine », fit Haute-Crête. Descroix parut ne pas remarquer le regard désapprobateur qu'il lui lançait, et il reporta son attention sur Lady Nord-Aven.

« Tout cela est très intéressant, mais je ne vois pas bien en quoi cela règle nos problèmes actuels, Georgia.

— Cela ne les règle pas, répondit la comtesse, sereine. Mais nous devrions le garder à l'esprit en nous penchant sur quelques autres considérations. Par exemple, il est évident qu'Harrington s'inquiète beaucoup en ce moment de la réaction des Graysoniens à cette affaire. Ensuite, il y a le fait que la partenaire de son chat sylvestre a jugé bon d'adopter Havre-Blanc. Les domestiques du comte qui étaient déjà disposés à lui en vouloir n'ont pas tari sur le sujet devant mes enquêteurs – jusqu'à ce qu'ils se taisent complètement, toutefois. Il semble que le lien entre les chats force Havre-Blanc et Harrington à se rapprocher davantage encore. Quelques-uns au moins des domestiques sont convaincus que l'adoption du comte par la femelle a été délibérément fomentée par Harrington de façon à lui permettre de se glisser à la place de Lady Havre-Blanc. Pour ma part, je ne pense pas que cette théorie tienne debout, vu le mal que ces deux-là se donnent pour faire mine qu'il n'y a rien entre eux et se le faire croire réciproquement. Sans compter que Lady Havre-Blanc paraît réagir à tout cela avec un calme extraordinaire, à en juger par ce que mes ingénieurs du son ont pu capter. Mais, quoi qu'il en soit, cette adoption constitue une source supplémentaire de tension et de douleur pour tous les deux. Enfin, tous les trois, je suppose.

» Bref, milord, à la fois Havre-Blanc et Harrington, mais surtout elle, semblent subir une intense pression émotionnelle et, dans une certaine mesure, politique, indépendamment du renversement actuel dans les sondages. Et j'ai analysé leurs dossiers. Il est impossible d'imposer à Harrington une pression susceptible de la faire reculer face à ce qu'elle estime son devoir, quelles que soient les circonstances… sauf une. On peut lui tirer dessus, faire sauter une bombe à ses pieds, la menacer de meurtre ou lui dire que ses principes sont suicidaires sur le plan politique, elle vous crachera à la figure. Mais qu'on arrive à la convaincre qu'une chose dont elle a envie ou besoin menace de saper ce qu'elle considère comme son devoir, et c'est une tout autre histoire. Elle fera machine arrière et se fermera même complètement plutôt que de poursuivre ses propres intérêts "égoïstes". Et une fois que ses émotions s'en mêlent, une fois que c'est devenu une affaire personnelle, toute la détermination de la "Salamandre" tend à disparaître.

— Que voulez-vous dire ? fit Descroix, attentive, et la comtesse haussa les épaules.

— Je veux dire qu'elle n'est pas très douée pour se faire passer la première, répondit-elle sans détour. En fait, on dirait qu'elle… prend peur quand ses besoins personnels ont l'air de menacer ce en quoi elle croit.

— Peur ? » répéta Haute-Crête, le sourcil interrogateur, et Lady Nord-Aven haussa de nouveau les épaules.

« Ce n'est sans doute pas le terme idéal, mais je n'en vois pas qui corresponde mieux. Son dossier est particulièrement révélateur à ce niveau, et cela commence alors qu'elle était aspirante. Il est de notoriété publique qu'elle a refusé de porter plainte pour tentative de viol après un certain incident à Saganami. » Elle marqua une brève pause le temps que ses interlocuteurs signalent de la tête leur compréhension de ce point qu'elle n'aurait probablement pas soulevé, ils le savaient, si son mari avait été là.

Probablement.

« On peut argumenter sur la raison de son silence dans ce cas précis, poursuivit la comtesse. Je crois pour ma part que c'était au moins en partie dû au fait qu'elle était encore trop jeune pour croire qu'on ajouterait foi à ses accusations ; elle manquait d'assurance. Mais il est aussi fort probable qu'elle ait pensé qu'un scandale causerait du tort à la flotte, et elle n'était pas prête à faire passer ce qui lui était arrivé avant l'intérêt du service. En tout cas, c'est une attitude dont elle a fait preuve à maintes reprises depuis. Si elle trouve un moyen de se retirer d'une situation dans laquelle ses besoins entrent en conflit avec son devoir ou avec les besoins d'un autre sans transgresser son code de l'honneur personnel, elle le saisira. Elle l'a fait avant la première bataille de Yeltsin, quand elle a fait quitter le système de Yeltsin à son escadre, pensant que sa présence sapait les efforts de Courvosier pour intégrer Grayson à l'Alliance. »

Elle gardait le ton de la conversation, le visage impassible, et ignora la grimace soudaine de Houseman. Le rictus du Deuxième Lord, chargé d'un souvenir haineux (relevé d'une bonne dose de crainte) était sans doute si involontaire qu'il ne s'en était même pas rendu compte, songea Haute-Crête.

« Si les bigots qui lui cherchaient des noises avaient fait subir la même chose à n'importe quelle femme sous ses ordres, reprit la comtesse, elle leur serait tombée dessus comme la fureur divine. Elle n'est pas connue pour sa modération, n'est-ce pas ? Mais leur bigoterie et leur ressentiment étaient dirigés contre elle, et elle se refusait à risquer de faire échouer la mission de Courvosier en insistant pour qu'ils la traitent avec le respect qu'elle aurait exigé pour quelqu'un d'autre. Alors, à la place, elle a battu en retraite et s'est retirée de l'équation.

— On dirait presque que vous l'admirez, Georgia, fit remarquer Descroix, et la comtesse haussa les épaules.

— Il ne s'agit pas vraiment d'admiration. Mais il est idiot de rabaisser un adversaire par dépit quand on essaye de formuler une stratégie contre lui. »

Cette fois, Houseman s'agita à côté d'elle comme s'il était sur le point d'éclater et de protester, mais elle l'ignora encore et poursuivit en s'adressant directement à Descroix.

« D'ailleurs, vu sous un autre angle, ce qu'elle a fait à Grayson consistait à fuir le problème plutôt que de l'affronter, ce qui est un signe de faiblesse plutôt que de force. Et, apparemment, elle a fait la même chose le jour où elle a compris que Havre-Blanc et elle s'aventuraient en territoire interdit. Elle a fui cette situation – et elle l'a fui, lui – en reprenant le commandement de son escadre plus tôt que prévu, et c'est ainsi que les Havriens l'ont capturée. Et elle a de toute évidence recommencé sur Hadès quand elle a refusé de renvoyer un courrier vers l'Alliance dès qu'elle en a saisi un.

— Pardon ? » Janacek écarquillait les yeux, ébahi. « Vous dites qu'elle a “fui” à Hadès ?

— Non, Édouard, répondit patiemment la comtesse. Elle a fui un choix personnel extrêmement douloureux qu'elle n'était pas prête à faire. En tant que seigneur Harrington, sa responsabilité consistait clairement, sans ambiguïté, à regagner Grayson et ses responsabilités sur place dès qu'humainement possible. Qui plus est, elle devait avoir compris que, même si l'Amirauté ne pouvait pas rassembler le tonnage nécessaire pour une évacuation massive de prisonniers du système de Cerbère, les Graysoniens auraient sans l'ombre d'un doute envoyé au moins un bâtiment. D'ailleurs, ils l'auraient fait monter à bord à la pointe du fusil si nécessaire s'ils avaient su qu'elle était vivante et où la trouver ! Mais, s'ils l'avaient fait, son devoir public en tant que seigneur Harrington l'aurait écartée d'une responsabilité personnelle envers tous les prisonniers de la planète. Non seulement elle ne voulait pas tourner le dos à cette responsabilité, mais elle ne pouvait littéralement pas s'imposer de les "abandonner", tout en sachant ce qu'elle aurait dû faire. Alors, qu'elle s'en soit ou non rendu compte, sa décision de n'informer personne au sein de l'Alliance de ce qui se passait sur Hadès pendant qu'elle s'efforçait de capturer suffisamment d'unités pour sortir tout le monde de là était une fuite délibérée face à une décision trop douloureuse à envisager.

— Je n'avais jamais vu ça comme ça, dit lentement Janacek, et Lady Nord-Aven haussa les épaules.

— Ça ne m'étonne pas, Édouard. Pour tout dire, je doute fort qu'Harrington ait jamais vu cela sous cet angle. Sinon, elle n'aurait sans doute pas été capable de le faire. Ce qui explique pourquoi elle n'y a pas réfléchi. Mais la raison pour laquelle ce défaut précis nous importe en ce moment, c'est qu'il nous offre un levier possible pour la manœuvrer dans le sens que nous souhaitons.

— Comment ? s'enquit Haute-Crête, le front plissé.

— La clé, c'est qu'elle ne fuira rien tant qu'il n'y aura pas de porte de sortie "honorable", fit la comtesse. Elle est capable de raisonner pour choisir une issue entre plusieurs voies possibles, mais pas uniquement pour sauver sa peau. Il doit y avoir une bonne raison. Quelque chose qu'il faut faire et dont on peut la convaincre – ou dont elle-même peut se convaincre – que c'est sa responsabilité. Donnez-lui une tâche honorable, une responsabilité, surtout si elle risque d'exiger un sacrifice de sa part, et vous avez toutes les chances qu'elle s'en saisisse.

— À quel genre de responsabilité pensez-vous ? fit Descroix, le sourcil froncé. Personnellement, je ne vois rien qu'Harrington se sentirait obligée d'accomplir pour l'un d'entre nous – si ce n'est, peut-être, rajouter un peu d'hydrogène aux fournaises de l'enfer pendant que nous y rôtissons !

— Justement, intervint Réginald Houseman pour la première fois, je crois que nous avons pile le rôle qu'il lui faut. En fait, il ressemble beaucoup à un autre qu'on lui a déjà proposé. Elle l'avait accepté, et elle avait failli y laisser la peau. »

Il sourit avec une soif de vengeance laide qu'il n'aurait laissé voir à personne d'autre, et surtout pas à ses amis libéraux.

« Qui sait ? Nous aurons peut-être plus de chance cette fois. »

## CHAPITRE QUINZE

« Je n'arrive pas à croire que tu sois sérieuse ! »

Hamish secoua vivement la tête et lança un regard noir à Honor. Ils étaient assis dans l'étude de son manoir d'Arrivée ; Samantha était allongée sur le dossier du fauteuil de son humain, le menton sur le dos de ses pattes avant préhensiles, Nimitz sur le dossier du fauteuil d'Honor. Celle-ci percevait la tristesse des deux chats, leur chagrin à l'idée d'une longue séparation. Mais elle sentait aussi qu'ils l'acceptaient.

En revanche, elle ne trouvait pas trace de cette émotion chez le comte de Havre-Blanc.

« Je suis tout à fait sérieuse, Hamish, répondit-elle sur un ton beaucoup plus calme qu'elle ne l'était. Et avant que tu ne le dises, je me rends bien sûr compte qu'il s'agit au mieux d'un cheval de Troie politique du point de vue de Haute-Crête. Mais Willie et toi avez la situation parlementaire aussi bien en main qu'on puisse le souhaiter, vu les circonstances, et quoi que nous pensions de Janacek, c'est un travail qui doit être fait. Dans la mesure où Sidemore est concerné, je me sens une responsabilité morale personnelle de faire tout mon possible pour empêcher que le Marais soit écrasé dans la mêlée.

— Bon sang, Honor, évidemment ! Ils savent très bien comment tu réagis quand on brandit l'argument de la responsabilité. Ils te manipulent pour que tu acceptes cette affectation, et tu le sais aussi bien que moi !

— Peut-être, concéda-t-elle sereinement. Je conçois en effet qu'ils voient beaucoup d'avantages à me faire quitter le Royaume stellaire. Mais soyons francs, Hamish. Nous aussi pourrions trouver quelques avantages à m'éloigner de Manticore.

— Bizarrement, je ne pense pas que Willie soit de cet avis, fit Havre-Blanc, acerbe. Et même si c'était le cas, je…

— Willie pourrait te surprendre, l'interrompit Honor. Et je t'ai demandé d'être franc. Quand je parlais d'avantages pour nous, je ne pensais pas au parlement. »

Il ferma brusquement la bouche, ravalant ce qu'il s'apprêtait à dire, et elle vacilla intérieurement sous l'effet de la douleur soudaine, presque un sentiment de trahison, qui brillait dans son regard bleu glacé. Mais elle ne pouvait pas se permettre de le montrer, alors elle s'imposa de soutenir son regard avec calme. Le silence s'étira entre eux pendant quelques secondes, puis elle eut un sourire triste.

« Il faut mettre un peu d'espace entre nous, Hamish », fit-elle doucement. Il allait répondre, mais elle leva la main pour l'en empêcher. « Non. Ne dis rien. Je ne suis pas venue pour me disputer avec toi, ni même pour discuter de ma décision. Je suis venue parce que j'ai déjà décidé d'accepter ce commandement et que j'avais besoin de te l'annoncer moi-même. Cela n'a pas été une décision facile, et je suis bien consciente que Janacek ne m'a pas fait cette proposition par bonté d'âme. N'empêche que c'est un don du ciel.

— Mais…

— Non, j'ai dit, coupa-t-elle tranquillement. Hamish, nous tournons autour du pot depuis des années maintenant, et ça nous tue à petit feu. Tu le sais, Nimitz et Samantha le savent, moi aussi… et Émilie. »

Il devint blême, et elle sentit qu'il aurait voulu aussitôt protester, battre en retraite, faire mine d'une façon ou d'une autre que ce n'était pas le cas. Mais il était trop honnête pour ça. Il se tut donc, et elle perçut la honte qu'il ressentait de l'avoir laissée en fin de compte faire face à la vérité pour eux deux.

« Je t'aime, dit-elle tout bas. Tu m'aimes et tu aimes Émilie. Je le sais. Mais je sais également que nous ne pouvons pas risquer d'agir en fonction de nos sentiments, surtout après ce que Haute-Crête et ses sbires ont essayé de nous faire. Nous ne pouvons pas, Hamish, qu'on le veuille ou non, si fort qu'on le veuille. Seulement, je ne suis pas assez forte pour m'empêcher d'en avoir envie. » Des larmes perlèrent au coin de ses yeux, mais elle refusa de les laisser couler. « Je pense que je ne serai jamais assez forte. Mais ça ne change rien, et je dois donc trouver un autre moyen. Et je n'en vois pas d'autre qui n'implique pas un coût politique inacceptable pour tout le monde.

— Mais ils ne te proposent ce poste que dans l'espoir qu'il t'éclatera à la figure.

— Je ne suis pas sûre que je le formulerais tout à fait ainsi, répondit-elle. Ils ont un vrai problème. Ils ont besoin de quelqu'un pour le résoudre et, qui que ce soit, ils doivent quand même viser une solution qui ne soit pas un désastre complet. Mais tu as raison, ils ont aussi besoin d'un bouc émissaire au cas où cela tournerait à la catastrophe, bien sûr. Et pour être honnête, je suis à peu près sûre qu'ils ne raisonneraient pas ainsi s'ils ne s'attendaient pas précisément au pire. D'ailleurs ils ont peut-être raison. Mais cela ne change rien au fait que c'est un poste que quelqu'un doit assumer… et qu'il me permettra de mettre un peu de distance entre nous. Je ne peux pas rester si près de toi, sachant exactement ce que tu ressens et ce que moi j'éprouve. J'en suis incapable. Ce n'est pas ta faute, ce n'est pas la mienne. C'est comme ça, point. »

Elle sentit son chagrin, sa colère… et sa honte. Mais, sous ces émotions, elle perçut aussi qu'il comprenait. Il n'en était pas heureux et il n'était pas vraiment d'accord, mais, à sa façon, cela lui était plus précieux que ces deux autres réactions.

« Pendant combien de temps auras-tu besoin d'espace ? demanda-t-il en levant la main pour caresser Samantha.

— Je l'ignore, dit-elle honnêtement. Parfois je me dis qu'il n'y a pas assez d'espace dans tout l'univers. À d'autres moments j'espère qu'une pause assez longue pour nous permettre de reprendre notre souffle suffira en fin de compte. Mais quoi qu'il en soit, c'est le mieux que je puisse faire. S'il existe une réponse, une solution, je sais que je n'arriverai pas à la trouver tant que je ne penserai qu'à m'interdire de t'aimer. »

Il ferma les yeux, le visage tendu, et elle comprit qu'il voulait passionnément trouver un moyen de la contredire. Toutefois il ne trouva pas. Après un moment de silence interminable, il rouvrit donc les yeux et la regarda de nouveau.

« Je n'aime pas ça, dit-il. Je n'aimerai jamais ça. Mais ça ne veut pas dire que j'aie une meilleure solution à proposer. Et pour l'amour du ciel, Honor, sois prudente ! Ne va pas te fourrer dans un autre guêpier, parce que, Dieu nous garde, tu as raison : je t'aime. Mets de la distance entre nous s'il le faut, mais chaque fois que tu pars jouer la Salamandre au feu, quelque chose meurt en moi. Il y a des limites à tout, mon amour. Y compris au nombre de fois où tu peux danser sur le fil du rasoir et me revenir quand même. »

Elle ne pouvait plus retenir ses larmes. Pas alors qu'il venait enfin de reconnaître ce qu'ils savaient tous les deux. Elle allait parler, mais cette fois c'est lui qui leva la main et l'en empêcha.

« Je sais que tu as raison, dit-il. Nous ne pouvons pas être ensemble, pas vraiment. Mais je ne peux pas non plus te perdre. J'ai cru que c'était arrivé quand les Havriens ont annoncé au monde qu'ils t'avaient pendue, et je ne le supporterai pas à nouveau. Alors reviens, Honor Harrington. Reviens de Silésie, et en un seul morceau. Nous trouverons une solution, d'une façon ou d'une autre, et tu auras intérêt à être présente ce jour-là ! »

« Je suis terriblement désolée, milady, mais ça ne va pas être possible. »

Honor s'enfonça dans son fauteuil, croisa les jambes et lança un regard très froid à la femme qui se trouvait de l'autre côté du bureau. L'amiral des rouges Josette Draskovic était une femme mince, cheveux et yeux sombres, d'environ trente-cinq ans T l'aînée d'Honor. Elle possédait une réserve excédentaire d'énergie nerveuse et donnait souvent l'impression d'avoir la bougeotte même quand elle restait sagement assise. C'était aussi la remplaçante de Sir Lucien Cortez au poste de cinquième Lord de la Spatiale, chargé de la gestion des ressources humaines de la flotte royale, et bien qu'elle n'eût pas laissé les traits de son visage bouger d'un millimètre, Honor la sentit sourire triomphalement au fond d'elle-même.

« Alors je vous suggère de faire en sorte que ça le devienne, recommanda Honor d'un ton serein.

— Je vous demande pardon ? »

Draskovic se raidit, se hérissant presque visiblement, et Honor s'autorisa un infime sourire en goûtant les émotions de son interlocutrice. Nimitz était couché en rond sur ses genoux et paraissait complètement détendu, presque assoupi. Mais Honor ne s'y trompait pas, et elle percevait sa colère brûlante aussi bien que la mesquine sensation de pouvoir de Draskovic.

Honor et l'amiral Draskovic ne s'étaient jamais rencontrées avant que Sir Édouard Janacek ne retrouve le poste de Premier Lord de l'Amirauté. Depuis, elles avaient par deux fois croisé le fer, et Draskovic n'avait apprécié ni l'une ni l'autre de ses apparitions devant la commission aux Affaires spatiales de la Chambre des Lords. Elle devait l'essentiel de ses désagréments à une certaine duchesse Harrington qui s'était présentée lors de sa première intervention armée de sa propre analyse des chiffres concernant le personnel inclus dans les estimations spatiales du moment. Les chiffres crus que Draskovic avait fournis au parlement n'étaient pas à proprement parler mensongers, mais la façon dont elle les avait exposés si. Honor l'avait prise la main dans le sac et lui avait offert suffisamment de corde pour se pendre avant de fournir la véritable répartition entre personnel en service actif et percevant une demi-solde.

Cela n'avait pas été le meilleur jour de la vie de Draskovic, et sa seconde intervention ne s'était pas guère mieux passée. On ne l'avait pas prise à mentir, cette fois, mais les questions incessantes et implacables d'Honor l'avaient réduite à la plus grande confusion tandis qu'elle essayait de défendre la politique de l'Amirauté, fondamentalement indéfendable. Elle était passée pour une incompétente, une dilettante complètement surclassée, et elle avait d'autant moins goûté son humiliation que, contrairement à Honor, elle avait toujours été de ces amiraux « politiques » qui devaient leur carrière aux négociations clientélistes.

Raison pour laquelle elle occupait sa position actuelle, indubitablement.

C'était maintenant son tour de rendre à Honor la monnaie de sa pièce. En tant que cinquième Lord de la Spatiale, la décision finale d'affectation des personnels lui revenait, ce qui incluait des choix tels que celui des officiers d'état-major et capitaines de pavillon affectés sous les ordres de tel ou tel commandant de flotte ou de force d'intervention. Selon la tradition de la flotte royale, un officier général qu'on envoyait commander l'une des bases du Service exerçait largement son autorité pour choisir qui il souhaitait placer à ces postes. Le bureau du Personnel naval devait confirmer ses nominations, mais il ne s'agissait que d'une formalité. Traditionnellement, le seul facteur limitant était la disponibilité des officiers concernés, mais Draskovic ne croyait manifestement pas en la tradition. Surtout quand la fouler aux pieds lui permettait de se venger d'une femme qui avait si bien contribué à l'humilier.

Pour sa part, le sentiment d'humiliation de l'amiral laissait Honor complètement froide. Draskovic avait pris la décision de prostituer ses compétences en acceptant de travailler pour Haute-Crête et Janacek et, si elle en retirait de l'embarras, c'était sa faute.

De toute évidence, Draskovic ne voyait pas les choses de cet œil mais, hélas pour elle, Honor n'était pas prête à subir sans broncher sa vengeance mesquine. Une fureur en tous points semblable à celle de Nimitz bouillonnait derrière son regard dur. Elle était bien consciente que cette rage devait sa force autant à sa douleur et sa colère face aux dégâts que les attaques du gouvernement contre Hamish et elle avaient infligés à sa vie qu'à ses inquiétudes professionnelles, et elle s'en fichait.

*Non,* songea-t-elle, *sois honnête, Honor. Tu ne t'en fiches pas. Le fait que Draskovic est assez pourrie politiquement pour se rendre complice de ce genre d'ordures en fait une cible rêvée pour ta hargne.*

Elle ne laissa pas son visage trahir la violence de ses émotions, mais son regard se durcit encore un peu, et son mince sourire se fit décidément glacial. « Je vous suggère de faire en sorte que cela devienne possible, amiral, répéta froidement Honor. Je vous ai fourni une liste des officiers dont les services me seront nécessaires pour remplir mes fonctions de commandant de la base de Sidemore. Vu notre mobilisation opérationnelle modérée contre Havre et la récente réduction spectaculaire de notre mur de bataille, je n'arrive pas à croire que les officiers dont je demande la présence ne puissent pas être arrachés à leurs autres devoirs.

— Je sais que vous vous considérez comme une experte en gestion des ressources humaines, milady, répondit Draskovic d'un ton désagréable. Néanmoins, je pense être en meilleure position pour juger de la disponibilité des officiers au service de Sa Majesté.

— Je ne doute pas que vous soyez en meilleure position pour en juger… encore faudrait-il que vous choisissiez de le faire, lança carrément Honor.

— Et que voulez-vous dire au juste par là, amiral Harrington ?

— Je pensais avoir été claire, amiral. Je veux dire qu'il me paraît évident que vous n'avez pas la moindre intention de prendre en compte la disponibilité réelle des officiers que j'ai demandés. D'ailleurs, je doute fort que vous ayez seulement vérifié leur dossier.

— Comment osez-vous ? » Draskovic se redressa brusquement dans son fauteuil, l'œil flamboyant. « Je le sais, vous croyez que les règles qui s'appliquent à nous autres simples mortels ne valent pas pour la grande "Salamandre", amiral Harrington, mais je vous assure que c'est le cas !

— Je n'en doute pas, concéda Honor avec calme. Cela n'a toutefois rien à voir avec l'objet de notre discussion, amiral. Vous en êtes aussi consciente que moi.

— Vous avez sans doute une image grossièrement surdimensionnée de vous-même, *amiral*, mais je vous rappelle que je suis non seulement Lord de la Spatiale mais aussi plus ancienne en grade que vous d'une bonne quinzaine d'années, grinça Draskovic. Je vous rappelle également que ni le grade d'amiral ni la pairie, ni même la médaille parlementaire du courage, ne vous mettent à l'abri d'accusations d'insubordination.

— Et je n'y compterais d'ailleurs pas… normalement. » Même maintenant, aux prises avec sa propre colère, Honor était au fond abasourdie par ses propres mots. Était-il possible que ce que Draskovic insinuait soit vraiment la source de son attitude agressive, qu'elle en soit venue à se considérer comme quelqu'un de spécial ? Elle ne pouvait pas tout à fait écarter cette hypothèse et, même si elle aurait aimé le faire, cela ne la gênait pas franchement en cet instant.

« C'est-à-dire ? grogna Draskovic en se penchant sur son bureau pour la fusiller du regard.

— C'est-à-dire que je sais aussi bien que vous – et Sir Édouard Janacek, d'ailleurs – que ce commandement ne m'a pas été offert à cause de l'immense respect que me voue l'Amirauté actuelle. On me l'a donné en partie dans le cadre d'une manœuvre délibérée destinée à m'écarter de l'équation politique ici, au Royaume stellaire. »

Draskovic se redressa aussitôt dans son fauteuil, l'air ébahie. À l'évidence, elle n'avait pas prévu la posture combative d'Honor, et une infime trace d'humour se glissa dans le sourire de la duchesse quand elle perçut sa stupeur. Honor n'avait jamais joué la carte politique de sa carrière, mais cela ne voulait pas dire qu'elle ignorait comment s'y prendre, même si cette éventualité n'avait pas effleuré Draskovic. Toutefois, si elle devait y recourir enfin, elle le ferait à sa façon : bille en tête, et au diable les conséquences. Que Draskovic réagisse comme elle le souhaitait, de toute façon elles ne seraient jamais rien d'autre que des ennemies.

« On me l'a également proposé, poursuivit-elle du même ton froid, parce que la Silésie risque de se transformer en catastrophe majeure. Vous pensiez peut-être que j'ignorais que cette Amirauté est prête à sélectionner un officier général dans le but exprès d'en faire son bouc émissaire si nos relations avec les Andermiens s'effondrent. Dans ce cas, vous vous êtes trompée.

» Dans ces conditions, amiral Draskovic, toute offense à votre autorité consécutive à mon attitude me laisse parfaitement indifférente. Vous et moi savons que si mes demandes sont "impossibles à satisfaire", c'est uniquement parce que vous avez choisi de me refuser les prérogatives traditionnelles d'un commandant de base par dépit et mesquinerie. Je ne peux pas vous empêcher d'abuser de votre autorité de cette façon, amiral. Mais si vous choisissez de continuer à ignorer mes demandes, je crains fort que vous ne deviez informer le Premier Lord qu'il ne me sera pas possible d'accepter ce commandement, en fin de compte. »

Draskovic avait ouvert la bouche pour une réponse cinglante, mais elle la referma brutalement sur la dernière phrase d'Honor. Ses émotions connurent un pic soudain, et un éclair de peur glacé se fraya un chemin au cœur brûlant de sa colère. La stupéfaction n'était pas non plus étrangère à ce pic émotionnel : elle avait peine à croire qu'Honor ose dédaigneusement exposer sans fard les calculs et la manipulation politiques cyniques à la source de son affectation en Silésie. Ça ne se faisait pas, tout simplement, et la surprise paralysa un instant les centres de la parole chez le cinquième Lord.

Honor perçut toutes les nuances de la réaction de Draskovic, et le plaisir mauvais qu'elle en tira l'étonna un peu, même maintenant. Toutefois elle n'en laissa rien paraître. Elle se contenta de s'enfoncer dans son fauteuil en regardant son interlocutrice digérer l'idée qu'elle était prête à mettre le gouvernement et l'Amirauté sans distinction au pied du mur.

« Je… » commença Draskovic avant de s'interrompre pour s'éclaircir la gorge. « Je n'aime pas beaucoup votre ton, milady, fit-elle au bout d'un moment, d'une voix beaucoup plus faible, presque douloureuse. Je ne suis pas non plus d'accord avec votre prétendue analyse de cette… situation. Et je me refuse à ignorer l'insubordination et l'insolence d'où qu'elles viennent et quelles que soient les réussites passées du coupable.

— Très bien. » Honor se leva en prenant Nimitz dans ses bras. « Dans ce cas, amiral, je vais me retirer avant de vous offenser davantage. Soyez assez aimable pour informer Sir Édouard que je dois refuser à regret le commandement de la base de Sidemore. J'espère que vous trouverez un officier compétent pour remplir cette position. Bonne journée. »

Elle se retourna et se dirigea vers la porte, tandis que le mélange de fureur, de consternation et de panique en provenance de Draskovic flambait comme un feu de forêt dans son dos.

« Attendez ! »

Draskovic s'était écriée à contrecœur, et Honor s'arrêta. Elle fit demi-tour et regarda le cinquième Lord en haussant des sourcils interrogateurs. Les muscles de la mâchoire de Draskovic saillirent pendant qu'elle serrait les dents si fort qu'Honor les entendit presque grincer à cinq mètres de là. Mais Honor se tut : elle se contenta d'attendre.

« Je… regrette… toute méprise qui a pu se produire entre nous, milady, articula enfin Draskovic comme si on lui arrachait une dent à chaque mot. Apparemment, nous avons… perdu notre sang-froid. Je le regrette également. Que vous et moi ne partagions pas les mêmes idées politiques et ayons eu des différends publics à ce sujet ne devrait pas diminuer notre professionnalisme en tant qu'officiers de Sa Majesté.

— Je ne saurais être plus d'accord », répondit Honor avec une affabilité cruelle, savourant l'apoplexie interne de son interlocutrice, qui parvint à afficher un semblant de sourire – un rictus.

« Bien. Il est possible que j'aie trop vite conclu que certains des officiers dont vous avez besoin étaient indisponibles, milady, fit-elle. Je crois qu'il ne serait pas mauvais que je réexamine ma décision dans leur cas.

— Je vous en serais très reconnaissante. Néanmoins, je dois insister – respectueusement, bien sûr – pour que la disponibilité de *tous* les officiers en question soit… réexaminée. Il serait dommage que l'empêchement d'un seul d'entre eux ne me permette pas d'accepter l'honneur de commander Sidemore. »

Sa voix était calme, sereine, mais ses yeux durs comme la pierre et blindés d'acier de bataille. Elle sentit quelque chose se flétrir chez Draskovic.

« La politique de l'Amirauté consiste à être aussi arrangeant que possible concernant les demandes de personnel des commandants de base, milady, fit-elle après une pause des plus brèves. Je vous assure que je porterai à vos demandes ma plus complète et sérieuse attention.

— Merci. J'apprécie beaucoup, amiral », répondit doucement Lady dame Honor Harrington.

# CHAPITRE SEIZE

« J'ignore ce que vous avez fait, madame, mais apparemment ça ne manquait pas de poids. »

Le capitaine de la Liste Rafael Cardones eut un sourire plein d'entrain et fit basculer le dossier de son fauteuil tout en dégustant lentement la chope de bière que James MacGuiness lui avait apportée. Ils étaient assis dans le bureau privé d'Honor, et la baie de cristoplast ouverte en faisait un balcon donnant sur une fraîche soirée de printemps. Des oiseaux nocturnes, manticoriens ou importés de la vieille Terre, chantaient dans l'obscurité. Les étoiles brillaient au-dessus de la baie de Jason, et une des lunes de Manticore déversait sa lumière argentée comme un sirop sur les jardins manucurés du manoir tandis que les joyaux rouges, blancs et verts des feux des aérodynes glissaient par-dessus les eaux calmes et translucides.

« Aux dernières nouvelles, poursuivit Cardones, le *Loup-Garou* devait partir pour un déploiement de routine très ennuyeux à l'Étoile de Trévor. Et tout à coup… »

Il haussa les épaules, leva sa chope d'Old Tillman avec enthousiasme, et Honor cacha un sourire derrière la sienne tout en sirotant sa bière. Elle se rappelait très bien un enseigne de vaisseau inexpérimenté, excessivement angoissé, gaffeur mais très talentueux qui s'était soudain retrouvé *de facto* officier tactique à bord du vieux croiseur léger *Intrépide.* Il restait bien peu de l'angoisse ou du manque d'assurance de ce jeune homme chez le capitaine de vaisseau détendu, séduisant et compétent assis de l'autre côté de la table basse, mais l'enthousiasme pétillant dont elle se souvenait aussi demeurait très apparent.

« Les voies de PersNav sont impénétrables, Rafe, dit-elle au bout d'un moment, l'air serein. J'ai tout simplement expliqué à l'amiral Draskovic combien j'avais besoin de vous, et elle a pris le relais. »

Il inclina la tête, perplexe, et elle perçut son incrédulité amusée. De toute évidence, il avait eu le malheur de rencontrer Josette Draskovic, et il se doutait manifestement du peu d'affinités que le cinquième Lord de la Spatiale et Honor avaient dû se découvrir. Il allait dire quelque chose, mais il se ravisa et partit sur un tout autre sujet.

« Eh bien, je ne peux pas dire que je regretterai l'Étoile de Trévor, madame. C'est un système très agréable et les Martiniens sont des gens tout à fait sympathiques, mais il n'y a pas grand-chose à faire là-bas si ce n'est des exercices. Et j'espère que vous savez sans que je le dise combien cette affectation me réjouit et me flatte. Ça fait vraiment plaisir de vous retrouver, et vous voir installer vos quartiers à bord du *Loup-Garou*... Eh bien, voilà une nouvelle que tout l'équipage a été ravi d'apprendre.

— J'en suis heureuse... à supposer que vous ne soyez pas juste en train de cirer les pompes de l'amiral, bien sûr », répondit Honor dans un sourire, et il gloussa en secouant la tête pour repousser l'accusation. « Sérieusement, reprit-elle en laissant disparaître son sourire, j'ai vraiment été impressionnée par votre performance et celle de votre bâtiment pendant l'opération Bouton-d'or, Rafe. Vous vous êtes sacrément bien débrouillé, et votre expérience nous sera précieuse si ça tourne mal en Silésie.

— Quelles sont les chances que cela arrive ? » s'enquit son nouveau capitaine de pavillon. Il affichait une expression beaucoup plus grave et il s'avança dans son fauteuil, coudes sur les cuisses, tenant sa chope à deux mains tout en la dévisageant de ses yeux noirs et vifs.

« J'aimerais pouvoir vous le dire à coup sûr, soupira Honor. La DGSN est censée nous envoyer une copie complète de son analyse des mouvements d'unités andies dans le Marais et tout autour. Nos informations devraient être assez bonnes pour la proximité immédiate, mais d'après ce que j'ai vu jusqu'à maintenant, leur fiabilité part en chute libre en dehors de cette zone. »

Elle s'interrompit et regarda Cardones, songeuse. Elle avait déjà décidé de ne pas lui parler de sa confrontation avec Draskovic, pour plusieurs raisons. D'abord, bien sûr, c'était son combat à elle, et non celui du capitaine. Ensuite, même si elle doutait que Draskovic tente de se venger en plombant la carrière des jeunes officiers dont Honor avait exigé les services, elle ne pouvait pas en être certaine. Or elle était *sûre* que si Rafe en rajoutait en prenant le parti de son supérieur dans cette querelle, les conséquences sur sa carrière seraient catastrophiques, du moins à court terme. À plus long terme, il survivrait probablement aux événements, parce que Janacek finirait bien par perdre son poste à l'Amirauté. Ce jour-là, la priorité absolue de son successeur serait sans doute de réhabiliter les officiers purgés par l'équipe de Janacek. Mais une réhabilitation ultérieure ne rendrait pas plus agréable la vengeance de quelqu'un comme Draskovic, et elle connaissait son Cardones. Il accordait sa loyauté de la même façon qu'il agissait en tout : avec conviction, enthousiasme et un engagement à cent dix pour cent. Pire, terrasser les dragons était sa passion (soigneusement dissimulée, s'imaginait-il), et cela ne faisait que renforcer la décision d'Honor de ne pas tout lui dire. Elle n'avait pas besoin qu'on se batte à sa place, mais si elle voulait tenir Rafe sagement hors de la ligne de mire, le seul moyen consistait à ne jamais le prévenir qu'une bataille se jouait.

Toutefois il y avait d'autres vérités déplaisantes concernant la direction actuelle de l'Amirauté et, bien qu'elle n'ait pas prévu de s'étendre sur le sujet – pas encore, du moins –, Rafe allait être son capitaine de pavillon, son second sur le plan tactique, son bras droit. Par conséquent, elle n'avait pas le choix : elle devait partager ses inquiétudes avec lui. C'était non seulement essentiel pour qu'il comprenne à tout moment ce qu'elle pensait et pourquoi, mais elle lui devait aussi cette franchise et cette ouverture.

« Ce que je vais vous dire ne sort pas de cette pièce sauf contrordre, Rafe », reprit-elle au bout d'un moment.

Elle le vit s'enfoncer un peu plus dans son fauteuil. C'était un changement subtil, qu'elle décela par son lien empathique davantage qu'elle ne le vit, mais il carra imperceptiblement les épaules et ses yeux s'étrécirent, attentifs.

« Je n'ai pas confiance dans les évaluations de nos services de renseignement, dit-elle avec calme, soutenant son regard sans ciller. Entre vous et moi, l'amiral Jurgensen n'est pas l'homme idéal pour diriger la DGSN. Il a toujours été administrateur, bureaucrate, jamais un vrai barbouze. Et j'ai l'impression qu'il a tendance à… nuancer ses analyses, dirons-nous, en fonction des besoins de ses supérieurs. Ou de leurs désirs. »

Elle leva sa main gauche artificielle, paume vers le ciel, légèrement creusée, en un geste interrogateur, et Cardones acquiesça lentement.

« Je ne suis pas non plus convaincue par les sources sur lesquelles nos évaluations semblent se fonder. La DGSN rechigne toujours à nommer ses sources, et elle a raison. Mais en lisant entre les lignes, et notamment en examinant ce qui manque dans les rapports, il me semble que nos sources humaines sont rares à la fois en Silésie et dans l'Empire en ce moment. L'amiral Jurgensen m'a assurée qu'il était inutile de m'inquiéter à ce sujet, et je ne détiens aucune information prouvant qu'il a tort. Mais j'ai été plusieurs fois déployée en Silésie, Rafe, et ces évaluations ne me laissent pas du tout la même impression que celles que mes capitaines et moi recevions à l'époque. Je ne peux pas expliquer la différence, mais elles me laissent un sentiment… d'inachèvement. Elles sont incomplètes.

» Les rapports du ministère des Affaires étrangères ne valent guère mieux. Dans leur cas, toutefois, il ne s'agit pas d'une pénurie de sources. En fait, on est presque noyé sous le flot d'informations. Il y a trop de détails sans importance et pas assez d'indicateurs fiables de ce que les Andermiens préparent. L'opinion officielle du ministère pour le moment, c'est que les Andies eux-mêmes ne sont pas bien sûrs de ce qu'ils veulent. Qu'ils tâtent le terrain, en quelque sorte, avec ces démonstrations de force autour de Sidemore, que la position de l'Empire n'est pas encore figée et que nous avons l'occasion de modeler les intentions andermiennes en faisant preuve de “fermeté et de cohérence”.

— Excusez-moi, madame, intervint Cardones, mais ces types du ministère des Affaires étrangères, ils sont déjà allés en Silésie ? Ou dans l'Empire ? »

Les lèvres d'Honor frémirent à son ton plaintif et davantage encore aux émotions qui le sous-tendaient, mais elle s'imposa sévèrement de ne pas sourire et secoua la tête.

« Je suis sûre que certains l'ont fait, dit-elle avec une retenue admirable. Une fois dans leur vie, au moins.

— En tout cas, ça n'en a pas l'air, répondit franchement Cardones. Vous et moi y sommes déjà allés, madame, et, bizarrement, je pense qu'aucun de nous ne croit que quiconque (si ce n'est le diable lui-même) n'est susceptible de "modeler" un tant soit peu la politique étrangère de Gustav XI.

— Je vous accorde que l'empereur a tendance à exercer un contrôle très direct sur la politique de l'Empire. D'ailleurs, je pense qu'il sait sans doute très bien ce qu'il compte faire. Hélas, il a toujours été assez imprévisible. »

Cardones fit mine de vouloir l'interrompre, mais elle secoua aussitôt la tête.

« D'accord, pas simplement imprévisible. Obstiné, borné au point que c'est en est pénible. Mais ces qualités-là le rendent encore plus imprévisible. Je pense qu'il est plutôt pragmatique, et il n'a manifestement pas de problème de Q.I., mais une fois qu'il s'est mis en tête de faire quelque chose, nul ne peut l'en détourner, malgré tous ses efforts. Raisonner à partir de ce qu'il devrait faire est donc souvent pire qu'inutile, car on se retrouve parfois à poser des hypothèses parfaitement logiques qui n'ont rien à voir avec ce qu'il va faire en réalité. Par conséquent, les politiques impériales sont elles aussi imprévisibles de temps à autre, vu le contrôle qu'il exerce sur elles. Et, non, Rafe, je ne pense pas que les analystes du ministère aient raison cette fois. Pour autant, entendre ce que je pense de leur avis ne les intéresse pas beaucoup. Le gouvernement actuel et moi ne jouons pas tout à fait la même partie, si l'on peut dire. »

Cardones dissimula un éclat de rire sous une quinte de toux peu convaincante, et cette fois Honor s'autorisa à sourire, bien qu'elle ne trouvât pas la situation très amusante pour sa part.

« L'important, Rafe, reprit-elle plus vivement, c'est que vous avez le droit de savoir que nous fonçons tête baissée dans un champ de mines. Nos renseignements sont loin d'être complets et, franchement, les mobiles de ceux qui les analysent me sont suspects. Le gouvernement a tout intérêt à garder le couvercle bien fermé sur la Silésie, et je crains fort que la ministre des Affaires étrangères, Lady Descroix, ne pousse ses troupes, ne serait-ce que par son exemple, à poser des hypothèses que j'estime grossièrement optimistes. J'espère me tromper, mais je crois que les Andies sont enfin prêts à faire valoir leurs exigences territoriales en Silésie. C'est ce à quoi ils veulent en venir avec leurs démonstrations de force et la consolidation de leur présence dans toute la Confédération, et le fait que la DGSN commence à évoquer quelques "améliorations non spécifiées" à la technologie d'armement de la FIA ne me rassure pas du tout.

— Ça ne fait pas envie, madame. » L'amusement de Cardones avait disparu. Il ne paraissait pas effrayé, juste concentré et très pensif, le regard assombri par l'inquiétude professionnelle. « Avons-nous reçu de nouvelles directives politiques ?

— Non, reconnut Honor en faisant la grimace. D'après mes briefings à la fois de l'Amirauté et du ministère, il serait "prématuré" de formuler une nouvelle ligne politique à ce stade. Ce qui signifie que notre position traditionnelle – selon laquelle nous ne tolérerons aucune violation de l'intégrité territoriale silésienne – continue de s'appliquer. Nous sommes censés la faire respecter… sans provoquer de confrontation avec les Andermiens, bien sûr.

— Et si c'est eux qui cherchent la confrontation ?

— Dans ce cas, nous faisons de notre mieux. » Honor soupira et se pinça l'arête du nez. « Pour être tout à fait honnête, Rafe, je crains surtout que le gouvernement persiste à refuser d'énoncer clairement ses intentions au bénéfice de Gustav XI. En l'absence de signaux clairs et sans ambiguïté de la part du Royaume stellaire, il pourrait bien se sentir encouragé à pousser plus loin et plus fort qu'il ne l'escomptait tout d'abord. Et si cela se produit, nous allons nous retrouver au beau milieu d'une situation qui pourrait facilement échapper à tout contrôle.

— Sauf votre respect, madame, qu'est-ce qui vous a pris d'accepter ce commandement ? Vous connaissez la Silésie, sans doute mieux que quatre-vingt-dix pour cent des officiers de la flotte, sans parler des bureaucrates du ministère des Affaires étrangères. Et vous connaissez aussi les Andies. À moins qu'on ne soit prêt à vous confier un plus gros bâton que tout ce que j'ai vu ne le sous-entend, nous allons nous retrouver très démunis si l'Empire devient agressif. Et, comme vous le disiez, le gouvernement et vous n'êtes pas franchement sur la même longueur d'onde. »

Il allait rajouter quelque chose mais se ravisa. Toutefois, Honor savait ce qu'il taisait.

« Il se peut tout à fait que vous ayez raison, dit-elle calmement. Je n'irai pas jusqu'à dire que quiconque au sein du gouvernement souhaite activement une détérioration notable de nos relations avec l'Empire. Si cela se produit, néanmoins, je suis sûre que certains de nos dirigeants se montreraient enchantés de pouvoir me laisser en plan. Mais je ne peux pas rester là à regarder la maison s'écrouler. Il y a trop d'innocents concernés, et nous avons une responsabilité envers les Sidemoriens. D'ailleurs, nous en avons aussi une envers les Silésiens.

— Ce n'est pas à vous de préserver la cohérence de la politique étrangère manticorienne, madame. »

De la part de quelqu'un qu'Honor n'aurait pas connu aussi bien et depuis si longtemps, cette phrase aurait pu être interprétée comme une marque de désapprobation. De la part de Cardones, elle n'avait même pas besoin de sa sensibilité aux émotions pour savoir qu'il voulait dire exactement l'inverse. Il ne désapprouvait pas sa certitude narcissique de pouvoir faire la différence : il s'inquiétait de la voir prise dans les rouages si elle essayait et échouait.

« Non, en effet. Mais je dois faire ce que je crois juste, et ce que je pense que la reine attendrait de l'un de ses officiers. Ce n'est pas toujours la chose la plus simple de l'univers, et cela implique parfois des conséquences qu'on ne devrait pas avoir à affronter. Mais personne n'a dit que ce serait facile, et si on ne comprend pas la blague, fallait pas s'engager. »

Cardones esquissa un sourire en entendant ce vénérable proverbe des ponts inférieurs, et Honor lui adressa en retour un sourire ironique.

« En même temps, dit-elle gravement, je comprendrais que vous ayez des réserves à l'idée d'accepter le poste de capitaine de pavillon. » Il s'empressait de répondre, mais elle leva la main. « Je ne plaisante pas, Rafe. Tout cela pourrait très mal finir pour toutes les personnes concernées. Je pense que vous êtes encore assez peu gradé pour que nul ne se mêle de faire de vous un exemple si la situation se dégrade trop. Toutefois je ne peux pas vous le garantir, et je veux que vous y réfléchissiez très sérieusement : êtes-vous prêt à prendre ce risque uniquement parce que je me prends pour la réincarnation féminine de Don Quichotte ?

— C'est tout réfléchi, madame, répondit-il. Vous avez probablement raison, personne ne va chercher à faire porter le chapeau à un petit capitaine si ça tourne au vinaigre. Mais même sinon, je serais en excellente compagnie. Et vous avez aussi raison sur un autre point : je ne me rappelle pas qu'à Saganami on nous ait dit que nos salaires princiers nous étaient versés pour faire un boulot facile. Si vous êtes assez folle pour prendre celui-ci, je serai honoré de m'y engager avec vous.

— Je savais que vous réagiriez ainsi, dit-elle. Et je devrais sans doute être un peu honteuse d'avoir compté là-dessus. Mais ce n'est pas le cas.

— J'espère bien. D'ailleurs, c'est probablement votre faute, maintenant que j'y pense, répondit-il. J'étais un enseigne jeune et impressionnable, et voilà que vous débarquez et que vous me donnez un exemple parfaitement irréaliste. » Il secoua la tête d'un air de regret. « Quand je pense combien ma vie aurait pu être plus simple si je n'avais jamais été à Basilic avec vous, ça m'épuise.

— Je ne sais pas si elle aurait été plus simple, mais sûrement moins dangereuse, fit-elle, ironique. Enfin, je ne crois pas que tout soit de ma faute. Vous n'avez jamais été assez malin pour garder profil bas.

— Ah, ce n'est pas juste madame, dit-il sévèrement. Ce n'est pas tant que je ne sois pas assez malin pour garder profil bas, c'est que je ne suis pas très malin tout court. »

Honor gloussa puis le salua d'un mouvement de chope. Il répondit de la même façon et se renfonça dans son fauteuil.

« Maintenant que cette question est plus ou moins réglée, madame, qu'est-ce qu'on fait ?

— J'ai cru comprendre que le *Loup-Garou* termine un cycle de maintenance, fit Honor sur un ton interrogateur, et il hocha la tête.

— Oui, madame. Les gars du chantier sont censés nous lâcher dans deux semaines environ. Je pense toutefois que ça prendra un peu plus longtemps. Les chantiers ont baissé leur rythme de travail avec le début des pourparlers de paix, et c'est encore plus net maintenant qu'on a officiellement entamé la réduction des effectifs.

— Je sais. Et, en toute franchise, je ne me formaliserai pas si votre grand carénage déborde un peu. J'ai l'impression qu'une crise s'annonce en Silésie, mais nous avons encore un peu de temps devant nous. Je ne veux pas tarder à me rendre à la base, mais il va falloir à l'Amirauté près d'un mois pour rassembler les autres renforts que nous sommes censés emmener à Sidemore avec nous, de toute façon.

— Je suis heureux de l'entendre, avoua-t-il, parce que je m'inquiétais un tout petit peu.

— Aucun capitaine de pavillon ne veut passer pour négligent aux yeux de son amiral, Rafe. Mais j'ai moi aussi été capitaine de pavillon, vous savez. On ne peut pas faire grand-chose pour que le chantier vous rende votre bâtiment avant qu'il ne soit prêt.

— En réalité, ce n'est pas mon seul problème. Le capitaine de vaisseau Thurmond, mon COMBAL, vient d'être détaché en congé pour raisons familiales. Sa femme s'est tuée dans un accident de bateau sur Gryphon, et ils ont… ils avaient trois enfants. Je pense qu'il ne reviendra pas. En tout cas pas avant que nous ayons terminé le carénage et que nous reprenions les exercices.

— Je sais, répéta Honor. Je ne m'en inquiéterais pas trop à votre place, toutefois. Pendant que l'amiral Draskovic et moi discutions d'autres affectations, j'ai demandé un nouveau COMBAL pour vous. Je crois que vous le connaissez. Un capitaine de vaisseau… Scotty Tremaine, il me semble.

— Scotty ? Vous m'avez dégotté Scotty ? » Cardones se fendit d'un immense sourire. « Osé-je espérer que vous m'avez aussi obtenu Harkness ?

— Où va l'un, l'autre suit forcément, répondit Honor, sarcastique.

— Splendide ! » Cardones lui sourit pendant une seconde ou deux puis secoua la tête. « Je commence à croire que vous vous êtes montrée exceptionnellement persuasive auprès de l'amiral Draskovic, madame.

— On pourrait le dire.

— Et qui d'autre avez-vous choisi, si je puis me permettre ?

— Eh bien, voyons voir. Un commandant de groupe d'intervention nommé Truman et un autre du nom de McKeon. » Honor leva les yeux au plafond et se frotta le menton d'un air songeur. « De plus, à ma demande pressante, l'amiral Matthews a accepté de libérer le commodore Brigham pour remplir le rôle de chef d'état-major. Et j'ai obtenu la nomination du capitaine de vaisseau Andréa Jaruwalski pour officier opérationnel. J'ignore si vous la connaissez, mais elle est douée, Rafe. Très douée. Oh, j'ai aussi arraché Fritz Montoya pour principal officier médical. » Elle haussa les épaules. « Il reste peut-être encore un ou deux officiers dont j'ai particulièrement exigé les services, mais voilà les grandes lignes.

— Ce sera comme au bon vieux temps, pas vrai ? fit remarquer Cardones.

— Pas trop, j'espère. » Honor fronça légèrement les sourcils. « Je pense que c'est une bonne équipe, solide, mais, en la préparant, je n'ai pas pu m'empêcher de repenser au vieil *Intrépide*.

— Ça ne m'étonne pas, madame. Nous avons perdu quelques-uns des nôtres à Basilic. À Yeltsin aussi, d'ailleurs. Mais nous avons également accompli ce que nous étions venus faire dans les deux cas, hein ? » Il soutint son regard jusqu'à ce qu'elle acquiesce à contrecœur. Puis il haussa les épaules. « Eh bien, nous n'avons plus qu'à refaire de même, alors. Et, au moins, on a tous beaucoup plus d'entraînement.

— Plus que je ne le voudrais, fit Honor, désabusée.

— C'est le jeu, madame.

— J'imagine, oui. »

Honor prit une longue gorgée de bière puis fit la grimace comme son chrono-bracelet carillonnait.

« Rafe, je suis désolée mais j'ai rendez-vous avec Richard Maxwell et Merlin Odom. Je dois absolument régler quelques détails administratifs ici avant de filer en Silésie.

— Ce n'est pas un problème, madame. Je suppose que vous avez un paquet de "détails" à traiter, vu le nombre de casquettes qu'on vous fait porter aujourd'hui.

— Vous n'avez pas tort sur ce point, répondit Honor avec force. D'ailleurs, je vais devoir faire un petit tour jusqu'à Grayson pour régler le même genre de détails là-bas. Je compte prendre le *Tankersley* et j'espère être de retour quand le *Loup-Garou* quittera la cale sèche, mais je ne peux pas vous le garantir.

— Nous survivrons jusqu'à votre retour, lui assura-t-il.

— Je sais. Je ramènerai Mercedes de Grayson avec moi. D'après la dernière mise à jour que j'ai reçue de

PersNav, Alistair devrait arriver à Héphaïstos après-demain, avant mon départ toutefois. Et le capitaine Jaruwalski est déjà ici, au Royaume. Vous devriez la rencontrer demain. J'organise un petit dîner à la maison, et vous êtes tous les deux invités. » Cardones acquiesça, et elle haussa les épaules. « Alice arrivera peut-être à temps pour le dîner elle aussi ; sinon, elle sera dans le coin d'ici deux ou trois jours et, normalement, à vous quatre, vous pourrez gérer tout ce qui se présentera avant que Mercedes et moi ne rentrions. Sinon, mettez l'affaire en attente. J'ai expliqué à l'Amirauté que mes responsabilités en tant que seigneur Harrington allaient causer un certain retard dans ma prise de fonction effective, donc on ne devrait pas vous surveiller de trop près pendant mon absence.

— Je suis sûr que l'amiral McKeon et l'amiral Truman seront capables de contenir tous les bureaucrates en votre absence, madame.

— Et s'ils n'y arrivent pas, je sais qui saura, gloussa Honor. Scotty et Sir Horace devraient eux aussi être présents à dîner. Donc, si le contrôle de la situation vous échappe, rappelez-vous que Harkness sait y faire avec les ordinateurs et lâchez-le sur la base de données de l'Amirauté. »

## CHAPITRE DIX-SEPT

« Répétez-leur nos instructions, Mecia, dit le capitaine de vaisseau Érica Ferrero, officier commandant du HMS *Jessica Epps*, d'une voix froide et monotone. Et dites-leur que nous ne le demanderons pas une fois de plus.

— À vos ordres, madame ! » répondit sur un ton professionnel le lieutenant de vaisseau Mecia McKee. Elle se retourna vers sa console, fit glisser une longue mèche rebelle de cheveux roux derrière son oreille gauche et alluma son micro.

« Bâtiment non identifié, nous vous ordonnons de couper vos impulseurs et de vous préparer à être abordé. Je répète, nous vous ordonnons de couper vos impulseurs et de vous préparer à être abordé. Si vous n'obtempérez pas, nous emploierons la force. Dernier avertissement. *Jessica Epps*, terminé. »

L'icône écarlate sur le répétiteur de Ferrero ne réagit pas à l'avertissement de sa jeune officier de com. Le vaisseau continua de fuir sous accélération maximale – un comportement assez stupide, songea le capitaine. Certes, il était beaucoup plus petit que le *Jessica Epps* et, avec des compensateurs d'inertie d'efficacité équivalente, il aurait joui d'un avantage d'au moins trente ou quarante gravités sur un bâtiment jaugeant autant que le Manticorien. Hélas pour son commandant, toutefois, l'efficacité de ses compensateurs n'était pas égale, car le *Jessica Epps* était équipé de la toute dernière version améliorée du compensateur de la FRM. Même sans dépasser la puissance de quatre-vingts pour cent que la FRM s'imposait comme limite en fonctionnement normal, l'avantage réel du vaisseau suspect atteignait à peine les vingt et une gravités, soit moins d'un quart de km/s². Si Ferrero avait choisi de pousser son bâtiment à puissance militaire maximale et de courir le risque d'une défaillance du compensateur, le *Jessica Epps* aurait nettement eu l'avantage.

De toute façon, cela n'avait pas d'importance, car le croiseur de Ferrero avait surpris l'autre vaisseau en train de rôder à faible vélocité. C'est ce qui avait attiré l'attention de l'officier tactique. Vu sa petite taille, sa vitesse réduite et sa position juste avant l'hyperlimite du système d'Adélaïde – surtout en étant tourné vers la primaire – l'avaient trahi. La seule raison logique pour qu'un vaisseau de la taille d'une toute petite frégate se déplace si lentement à l'intérieur d'un système (en Silésie plus qu'ailleurs), c'était qu'il s'agissait d'un pirate ou d'un corsaire en quête de proies. La faible vélocité à laquelle les vaisseaux marchands effectuaient en général la translation finale de l'hyperespace vers l'espace normal les rendait particulièrement vulnérables à une interception immédiate à l'arrivée, d'autant qu'il fallait toujours un léger délai avant que les capteurs ne recouvrent la capacité de détecter ce qui se trouvait alentour. Jusqu'à ce qu'ils arrivent au moins à voir ce qu'il y avait dans les parages, ils ne pouvaient même pas savoir qu'il existait une menace à tenter d'éviter. Même quand ils comprenaient le danger où ils se trouvaient, les vaisseaux marchands étaient lents et gauches. Qu'un ennemi potentiel ait aussi l'avantage de la surprise et le vaisseau marchand ne gardait qu'une chance minime – au mieux – de lui échapper.

Si la fuite échouait et qu'un bâtiment armé, si petit fût-il, parvenait à mettre ses armes à portée d'un cargo désarmé, celui-ci se retrouvait complètement impuissant. Et la meilleure façon d'y parvenir, pour un bâtiment armé, consistait à se déplacer à relativement faible vélocité sur le vecteur approximatif qu'un cargo risquait d'emprunter à son arrivée. S'il allait trop vite, il dépasserait sa proie en étant incapable de décélérer pour intercepter le vaisseau marchand avant qu'il n'inverse son accélération et ne repasse l'hyperlimite pour se réfugier dans l'hyperespace. S'il n'allait pas assez vite, même une grosse baleine de cargo pouvait réussir d'une façon ou d'une autre à se déporter et regagner l'hyperespace avant qu'on ne le rattrape.

C'était manifestement ce que le bâtiment sur le répétiteur de Ferrero avait eu l'intention de faire. Le fait qu'il était passé sous accélération maximale en s'éloignant du *Jessica Epps* dès l'instant où celui-ci s'était identifié et lui avait ordonné de mettre en panne pour examen confirmait amplement dans son esprit son métier de pirate. Hélas pour lui, les considérations tactiques qui s'appliquaient aux vaisseaux marchands à faible vélocité face aux pirates valaient également pour les pirates à faible vélocité tentant d'échapper à des croiseurs lourds… à une différence non négligeable près. Un pirate avait besoin d'intercepter sa prise pour la piller ; un croiseur lourd n'était pas tenu d'intercepter son pirate : il pouvait sans problème le réduire en miettes au passage. Or c'était la situation qui prévalait dans le cas présent.

Ferrero et son équipage n'avaient pas vraiment prévu de partir à la chasse aux pirates cet après-midi, mais Dieu récompense parfois les justes quand ils s'y attendent le moins. Il s'agissait manifestement de l'une de ces occasions, et le *Jessica Epps* s'était trouvé en route vers l'intérieur du système à un peu plus de soixante-trois mille km/s. Vu l'aspect de la courbe de poursuite du croiseur, cela revenait à un avantage de quarante-deux mille kilomètres par seconde – enfin, quarante mille sept virgule cent soixante-deux, si l'on voulait pinailler – sur une distance initiale de trois minutes lumière et demie. Par conséquent, même avec son léger avantage à l'accélération, le vaisseau que Ferrero poursuivait ne pouvait pas lui échapper. D'ailleurs, à supposer que l'accélération des deux bâtiments reste constante, le *Jessica Epps* rattraperait sa proie dans moins de vingt-cinq minutes et la tiendrait à portée de missiles bien avant.

Il devait donc paraître évident au commandant de l'autre vaisseau que le seul problème qui se posait à Ferrero consistait à décider quand réduire sa propre accélération pour lui donner tout le temps de bien transformer sa cible en épave lors de son passage. Dans ces conditions, il n'avait pas vraiment d'autre choix que de mettre en panne et de permettre aux fusiliers manticoriens de l'aborder, et la prudence la plus élémentaire aurait dû lui suggérer qu'il serait sage de s'y résoudre *fissa*, avant que le commandant apparemment peu patient du *Jessica Epps* décide qu'elle n'avait pas envie de s'embêter à faire des prisonniers et à s'inquiéter de procès.

Il apparaissait toutefois que la prudence était une denrée assez rare à bord du bâtiment en fuite. Soit cela, soit l'équipage figurait sur la liste des pirates condamnés pour qui aucun procès ne serait de toute façon au programme au-delà de l'établissement de leur identité. Après tout, on était en Silésie, et les gouverneurs locaux avaient la fâcheuse habitude d'« égarer » les pirates condamnés que le Royaume stellaire leur avait remis plutôt que de les garder sagement au frais ou de les exécuter. Pour cette raison, la FRM avait autorisé ses commandants à exécuter sommairement ces « évadés » s'ils étaient repris par une unité manticorienne. Dans la mesure où la loi interstellaire imposait la peine de mort, cette procédure était tout à fait légale, et Ferrero soupçonnait fort que les membres de l'équipage en fuite devant elle savaient que leurs noms figuraient quelque part sur sa liste. Dans cette hypothèse, en cas d'abordage et de capture, ils ne seraient pas moins morts que s'ils se faisaient détruire au combat, et il y avait toujours une possibilité, même lointaine, pour qu'ils parviennent par miracle à faire rouler leur vaisseau et échapper au *Jessica Epps*.

*Vous ferez du patin à glace en enfer avant que ça ne se produise, monsieur le pirate !* songea-t-elle froidement. *Mais, au moins, j'aurai la conscience tranquille, parce que vous aurez eu un avertissement… et une chance.*

Ce qui convenait parfaitement à Érica Ferrero, qui aimait encore moins les pirates que la moyenne des officiers manticoriens.

« Pas de réponse, madame, annonça inutilement le lieutenant McKee, et Ferrero hocha la tête.

— Compris, Mecia, dit-elle avant de tourner son attention vers la section tactique du pont de commandement. Shawn, je ne vois pas pourquoi nous perdrions plus de temps avec cet imbécile. »

Le capitaine de corvette Shawn Harris, officier tactique du *Jessica Epps*, leva les yeux de son répétiteur, et elle lui adressa un petit sourire.

« Nous allons lui accorder un tir de semonce, un seul, dit-elle d'un ton monocorde. Comme l'exigent les règles d'engagement. Après tout, il est vaguement possible que son communicateur soit hors service et que personne à bord ne sache le réparer, j'imagine. Mais s'il décide de ne pas s'arrêter après ça, je veux qu'on lui envoie une pleine bordée de missiles pile entre les bandes gravitiques. Et pas des bombes atomiques de démonstration, hein, on y va aux têtes laser.

— Bien, madame », répondit Harris sans surprise. Du haut de son mètre quatre-vingt-onze, l'officier tactique brun à moustache dominait son commandant miniature, mais le dossier d'Érica Ferrero prouvait amplement que tout ce qui est petit n'est pas gentil. Elle n'y allait pas par quatre chemins avec les pirates, le capitaine Ferrero, et Harris avait vite compris qu'elle considérait les procès comme une méthode inefficace pour traiter leur cas. Elle se faisait un devoir de ne pas les présumer coupables par réflexe, et elle donnait toujours scrupuleusement à tous les suspects de piraterie une chance de se rendre – au moins une. Mais s'ils déclinaient l'invitation à la laisser les aborder et les inspecter en accord avec la loi interstellaire, elle y voyait une indication plus que suffisante de leur mauvaise conscience. Auquel cas elle était tout à fait prête à recourir aux autres options que lui laissait cette même loi interstellaire en vigueur et à leur faire une démonstration de paix par puissance de feu supérieure.

Ce qui, après mûre réflexion, ne dérangeait pas du tout le capitaine de corvette Harris. Il suffisait de faire le ménage à la suite d'une ou deux attaques de pirates pour rendre n'importe quel officier spatial… impatient avec cette engeance.

Il se retourna vers sa console et entama l'établissement de son profil d'attaque. Cela ne paraissait pas devoir poser de grandes difficultés. Le bâtiment qu'ils poursuivaient ne jaugeait pas plus de cinquante mille tonnes, ce qui représentait environ douze pour cent du tonnage d'un croiseur de classe Édouard Saganami comme le *Jessica Epps*, et aucun vaisseau de guerre hypercapable ne pouvait monter beaucoup d'armes offensives ou défensives dans une si petite coque. Bien entendu, il n'avait pas besoin d'un armement conséquent pour affronter les cargos sans défense et complètement désarmés qu'il visait, et Harris ressentit une satisfaction morbide à la façon dont la chance avait tourné en l'occurrence.

Il venait de verrouiller sa séquence de lancer dans la queue de chargement de ses lanceurs de flanc quand son oreillette carillonna. Il l'écouta un instant, haussant les sourcils de surprise, puis il se tourna vers son commandant.

« Le CO vient de relever une autre signature d'impulsion, madame, annonça-t-il.

— Quoi ? » Ferrero fit pivoter son fauteuil pour se retrouver face à lui. « Où ça ?

— Environ soixante-dix millions de kilomètres à un-zéro-sept par zéro-deux-neuf, répondit-il. Ce bâtiment se dirige lui aussi droit vers notre vaisseau non identifié, ajouta-t-il, et le capitaine fronça les sourcils.

— Bon sang, pourquoi ne l'avons-nous pas détecté plus tôt ? » demanda-t-elle. C'était sans doute une question rhétorique, mais elle était chargée d'irritation, et Harris le comprenait parfaitement.

« Je n'en suis pas sûr, madame, dit-il, mais, d'après son accélération, ce doit être une unité militaire. Ça, ou un autre pirate, et le CO estime son tonnage autour de trois cent cinquante mille tonnes.

— Quelle est son accélération ? » s'enquit Ferrero en fronçant les sourcils. À supposer que le tonnage était à peu près juste, ce nouveau venu du gabarit d'un croiseur lourd était beaucoup trop gros pour un pirate classique. Il s'agissait peut-être d'un corsaire à la solde de l'un des innombrables « gouvernements révolutionnaires » de la Confédération, mais cela paraissait peu probable.

« Le CO l'évalue à cinq cent dix gravités à partir d'une vélocité de base de six mille cinq cents km/s », répondit Harris. Le commandant ne cacha pas sa surprise, et il acquiesça. « Comme je le disais, pacha : c'est forcément une unité militaire, et elle pousse ses impulseurs avec une marge de sécurité proche de zéro pour son compensateur. Notre vélocité d'approche s'élève à environ dix-sept mille km/s sur son vecteur actuel, et la seule raison pour laquelle nous aurions pu manquer des impulseurs produisant une telle puissance en se dirigeant presque droit sur nous, c'est qu'ils étaient dissimulés par un mode furtif.

— Du trafic com en provenance de ce vaisseau, Mecia ? demanda Ferrero.

— Aucun, madame, fit le lieutenant.

— Eh bien, voyez si vous pouvez entrer en contact, ordonna le commandant. Avec un tonnage pareil, ce doit être un vaisseau de guerre plutôt qu'un pirate qui se porterait au secours de notre imbécile. Néanmoins, je ne veux pas de malentendu ici. Soyez polie et transmettez mes salutations, mais ce pirate est à nous et à personne d'autre.

— À vos ordres, madame. » McKee se mit à parler dans son micro-casque : « Vaisseau inconnu position zéro-trois-sept par zéro-deux-neuf, ici le HMS *Jessica Epps*, capitaine de vaisseau Érica Ferrero aux commandes, à la poursuite d'un bâtiment soupçonné de piraterie, position zéro-zéro-six par zéro-un-cinq par rapport à nous. Le capitaine Ferrero vous adresse ses salutations et vous demande de vous identifier et de nous faire part de vos intentions. *Jessica Epps*, terminé. »

Vu la distance, il fallut trois minutes et cinquante-trois secondes au message de McKee pour traverser le vide entre le *Jessica Epps* et le vaisseau de guerre inconnu. Leur vitesse d'approche réduisit la distance de presque seize millions et demi de kilomètres pendant ce temps, ce qui signifiait que la réponse de l'autre commandant ne mettrait qu'un peu plus de deux minutes et demie pour leur parvenir.

McKee se tortilla visiblement dans son fauteuil quand ce fut le cas. Puis elle se tourna vers son commandant.

« Je pense que vous feriez mieux d'écouter la réponse en personne, madame », dit-elle.

Ferrero allait demander pourquoi, mais elle haussa les épaules et acquiesça, et une voix dure au fort accent andermien résonna depuis les haut-parleurs du pont.

« *Jessica Epps*, ici le *Hellebarde*, bâtiment de Sa Majesté impériale, *Kapitän der Sterne* Gortz aux commandes. » La voix masculine s'exprimait sur un ton que Ferrero n'aurait pas su précisément définir mais qu'elle n'appréciait guère. « Nous sommes en meilleure position pour intercepter le vaisseau que vous poursuivez. Nous nous en chargeons. Rompez. *Hellebarde*, terminé. »

Ferrero comprenait sans mal la réaction de McKee à ce message brusque. Les commandants des vaisseaux de guerre de nations souveraines n'étaient pas tenus de respecter l'étiquette militaire dans ses moindres détails, mais il y avait un minimum de courtoisie à observer. Ce message n'était guère plus qu'un congé brutal, un ordre de s'ôter du chemin du *Hellebarde* qui ne répondait même pas à Ferrero par son nom. Adressé au bâtiment d'une flotte qui venait si récemment de valider sa prétention au titre de formation la plus puissante dans un périmètre de plusieurs centaines d'années-lumière, il représentait une insulte calculée. De plus, en vertu des protocoles spatiaux interstellaires en vigueur, le *Jessica Epps* avait la priorité sur cette proie dans la mesure où il était déjà clairement en poursuite et rattrapait le pirate avant que le *Hellebarde* ne se mette en chasse. Comme Ferrero l'avait noté, ce pirate était à elle, pas au *Hellebarde*.

« Passez-moi le micro, Mecia, dit-elle d'un ton monocorde.

— À vos ordres, pacha. » McKee tapa une ligne de commande sur sa console puis adressa un signe de tête à son commandant. « Vous avez la parole, madame.

— *Hellebarde*, ici le capitaine de vaisseau Ferrero. » Elle s'efforça de garder un ton aimable tout en s'autorisant une certaine sécheresse. « Nous apprécions votre proposition d'assistance, mais nous maîtrisons la situation. Notez que nous effectuerons notre premier tir de semonce dans environ (elle vérifia le décompte sur son répétiteur tactique) dix-huit minutes standard. Capitaine Ferrero, terminé. »

Elle fit signe à McKee de transmettre puis se renfonça dans son fauteuil en se demandant à quoi ce *Kapitän der Sterne* Gortz pouvait bien jouer. Ce n'était pas comme si un bâtiment de la taille de celui qu'ils poursuivaient valait une forte récompense. Aucune flotte n'intégrerait dans ses rangs un vaisseau aussi petit et peu armé qu'un pirate classique, donc la seule perspective de récompense était le millier de dollars de prime que le Royaume stellaire offrait pour chaque individu coupable de piraterie capturé – ou tué alors qu'il résistait à sa capture – au cours de la tournée d'un vaisseau de guerre. Vu la petite taille du candidat actuel, cela ne s'élèverait sans doute pas à beaucoup plus que quarante ou cinquante mille dollars, à diviser entre tout l'équipage du *Jessica Epps*. Ni Ferrero ni son personnel ne s'attendaient à devenir riches en capturant des pirates, mais il y avait des principes à respecter. Sans compter que le maintien des relations de routine entre flottes interstellaires exigeait un minimum de courtoisie. Après tout…

« Départ de missile ! lança soudain Harris. Multiples départs de missiles confirmés ! »

Ferrero se redressa brusquement dans son fauteuil et se tourna vers la section tactique, stupéfaite. Harris prit encore une fraction de seconde pour confirmer ses relevés invraisemblables, puis il releva la tête.

« L'Andermien vient de tirer sur le pirate, pacha ! J'ai trois missiles en phase d'acquisition ! »

Ferrero baissa les yeux sur son propre répétiteur et ravala un juron incrédule comme l'affichage s'actualisait. Harris avait raison. Si ridicule que cela puisse paraître, le *Hellebarde* venait de lancer des missiles sur la proie du *Jessica Epps* au mépris complet de toutes les pratiques spatiales interstellaires. Sans parler d'au moins une demi-douzaine de protocoles solennels qui lui venaient spontanément à l'esprit.

Ni elle ni personne dans l'univers n'aurait rien pu faire pour changer ce qui se produisit ensuite. Le *Hellebarde* se trouvait beaucoup plus près de la cible que le *Jessica Epps*, et le temps de vol de ses missiles dépassait à peine soixante-dix secondes. Il n'y avait pas un tir de semonce dans leurs rangs, d'ailleurs.

Le malheureux pirate présumé changea de trajectoire, faisant frénétiquement rouler sa coque dans un effort pour opposer sa bande gravitique dorsale aux projectiles en approche. Ce fut peine perdue, et ses antimissiles et défenses actives, surclassés au point d'en devenir pathétiques, ne lui servirent pas davantage. Soixante-quatorze secondes après le tir du *Hellebarde*, ce qui était jusque-là un vaisseau de quarante-sept mille tonnes s'était mué en un nuage de tout petits débris en expansion.

« *Jessica Epps*, ici le *Hellebarde*, annonça la même voix dure depuis les haut-parleurs du pont. Comme nous le disions, nous nous en occupons. *Hellebarde*, terminé. »

Sur le pont de commandement du *Jessica Epps*, tous les yeux se tournèrent vers Érica Ferrero. La plupart s'en détournèrent aussitôt, car aucun de ses officiers ne se rappelait avoir jamais vu une expression aussi rageuse sur le visage de leur commandant. Elle fusilla son afficheur du regard, la bouche serrée en un rictus de colère, et elle aurait voulu rembarrer cette voix méprisante et autosatisfaite de toutes les fibres de son corps.

Mais une petite voix claire lança un avertissement dans un coin de son esprit malgré la colère. Elle ne doutait pas que le *Kapitän der Sterne* Gortz – qui que ce soit – avait pris plaisir à ce qu'il venait de faire, mais le simple fait qu'il avait osé, ajouté à la présence andermienne accrue dans la région, suggérait beaucoup trop d'hypothèses déplaisantes. Aucun commandant de bâtiment de guerre sain d'esprit ne violait gratuitement la loi interstellaire et les codes de conduite établis tout en insultant une autre flotte comme venait de le faire Gortz… à moins d'avoir pour cela une excellente raison.

Il était certes possible que Gortz ne soit pas sain d'esprit, mais cela paraissait pour le moins peu probable. Il pouvait aussi faire partie de ces Andies que la présence de la FRM en Silésie – ou du moins le refus du Royaume stellaire de laisser le champ libre à l'Empire au sein de la Confédération – contrariait particulièrement et qui se croyaient suffisamment bien nés (ou se targuaient d'appuis personnels assez puissants dans la FIA) pour ne pas avoir à répondre des conséquences de leurs actes.

Ou alors, songea Ferrero, peut-être avait-il l'ordre d'agir exactement comme il venait de le faire. Ou pas loin.

Les Andies défiaient les vaisseaux de guerre manticoriens de façon sans cesse plus ouverte et agressive depuis des mois. Il n'y avait jamais eu d'agacerie aussi flagrante, mais si les actes de Gortz représentaient bel et bien une décision délibérée et approuvée d'avance, il s'agissait d'une évolution en droite ligne de ce qu'ils faisaient jusqu'alors. Toutefois, si c'était le cas, il s'agissait aussi d'une escalade substantielle, une provocation intentionnelle.

Quoi qu'il en soit, c'est à Érica Ferrero qu'il revenait d'y répondre.

« Pacha ? »

La voix du capitaine de corvette Harris attira son attention, et elle releva les yeux du répétiteur qu'elle fusillait du regard.

« Oui, Shawn ? dit-elle, un peu surprise de l'impression de calme qui se dégageait de sa voix.

— Le CO vient de terminer l'analyse des missiles andies, madame, annonça Harris. Ils produisaient une accélération de quatre-vingt-onze mille *g*, et ils ont détoné à plus de cinquante mille kilomètres de la cible. » Elle écarquilla les yeux, et il hocha la tête. « Et ce n'est pas tout : le CO estime qu'au moins quatre-vingt-cinq pour cent des coups sont allés au but. »

Ferrero comprit aussitôt pourquoi le centre d'opérations de combat avait transmis son analyse à Harris… et pourquoi celui-ci s'était empressé de la lui répéter. Ces chiffres représentaient une augmentation de plus de sept pour cent de ce que la DGSN considérait comme l'accélération maximale d'un missile antivaisseau andermien, et un accroissement supérieur à soixante pour cent de la distance d'attaque que la FRM avait jusque-là observée pour une tête laser andermienne.

Quant à la précision de tir de quatre-vingt-cinq pour cent, voilà qui était sacrément impressionnant pour une tête laser, indépendamment de la distance, se dit-elle.

La question était : pourquoi Gortz aurait-il à dessein choisi de révéler l'amélioration des capacités de ses missiles au *Jessica Epps* ? Car c'était forcément délibéré. Il n'avait pas besoin de lancer ses missiles sous accélération maximale – à supposer, bien sûr, que c'était ce qu'il avait fait et qu'il ne lui restait pas encore un peu de puissance en réserve –, de même qu'aucune nécessité tactique ne lui imposait de faire étalage de la portée et de la précision de ses têtes laser. Il était tout à fait possible qu'il ait bel et bien gardé de la réserve, songea-t-elle. Même si Gortz faisait volontairement passer un message, il serait logique d'en garder un peu sous le pied pour créer un effet de surprise en cas d'urgence. Mais que ce qu'ils venaient de voir soit ou non la performance maximale de la génération actuelle de missiles andermiens, il s'agissait d'une amélioration substantielle par rapport à ce que tout le monde considérait comme les limites du matériel de la FIA.

Ce qui suggérait que cet incident reflétait bel et bien un nouveau palier, plus dangereux encore, dans la politique spatiale et étrangère agressive de l'Empire.

« Enregistrez pour transmission, Mecia, dit Ferrero au bout de quelques instants.

— Enregistrement, madame.

— Capitaine Gortz, commença-t-elle sur un ton glacial, ici le capitaine Ferrero. Votre intervention autoritaire dans ma poursuite d'un pirate *présumé* représente une violation des protocoles en vigueur entre l'Empire andermien et le Royaume stellaire de Manticore. Votre destruction du vaisseau en question, causant la mort de toutes les personnes présentes à bord, dont la culpabilité ou l'innocence n'avaient pas été confirmées et qui n'avaient pas reçu le tir de semonce requis par de nombreux accords interstellaires, représente elle aussi une violation inacceptable de la coutume spatiale et de la loi interstellaire, et constitue un meurtre de sang-froid. Je proteste vigoureusement contre vos actes, et je déposerai un rapport concernant cet incident auprès de mes autorités de tutelle ainsi que du ministère manticorien des Affaires étrangères. J'y recommanderai qu'une procédure judiciaire interstellaire soit aussitôt lancée contre vous et vos officiers de pont, et je me réjouis à l'avance de vous voir invité à expliquer et justifier votre comportement de cet après-midi devant une cour militaire. Ferrero, terminé.

— C'est sur la puce, madame. » La confirmation de McKee fut douce, et Ferrero sourit sans humour au ton de son officier de com. Toutefois elle n'avait pas d'autre choix que de répondre aux actes de Gortz dans des termes intransigeants… surtout s'ils représentaient une évolution délibérée de la politique de la FIA envers la flotte royale. On pourrait toujours se démarquer en haut lieu de sa position sans concession, mais jusqu'à ce que la hiérarchie puisse être avisée de ce qui venait de se produire, il lui appartenait de faire tout son possible pour pousser les Andermiens à repenser toute tendance à la confrontation.

« Transmettez le message, dit-elle à McKee avant de se tourner vers le lieutenant de vaisseau McClelland, son astrogateur : Demi-tour, James. Faites-nous repasser l'hyperlimite, et calculez un transit vers le Marais au plus rapide.

— À vos ordres, madame. » Le petit officier, cheveux bruns, yeux marron – l'un des rares natifs de Sidemore dans l'équipage du *Jessica Epps* –, examina son afficheur puis s'adressa à l'homme de barre du croiseur. « Timonier, inversez le vecteur et passez à cinq zéro cinq gravités.

— Inversion du vecteur et passage à cinq zéro cinq gravités, bien, monsieur », répondit le timonier, et le *Jessica Epps* amorça sa décélération vers l'hyperlimite.

« Commandant, intervint McKee d'une voix très officielle, le *Hellebarde* nous hèle. Il semble… beaucoup tenir à vous parler.

— Ignorez-le, répondit Ferrero d'une voix d'hélium liquide.

— À vos ordres, madame », dit McKee, et Ferrero reporta son attention vers le répétiteur.

# CHAPITRE DIX-HUIT

À l'arrivée de la navette dans la bruine de Grayson, la femme qui attendait Honor sous l'auvent en cristoplast du terrain d'atterrissage avait les cheveux et les yeux noirs. Sa chevelure était peut-être davantage mêlée d'argent qu'à leur première rencontre, mais le visage agréable et accueillant restait le même.

L'uniforme en revanche avait changé. Mercedes Brigham était contre-amiral de la Flotte spatiale graysonienne, mais c'était aussi l'un des nombreux officiers « prêtés » par la FRM, et elle avait revêtu cet après-midi l'uniforme de la flotte royale. Au service de Manticore, elle portait le grade de commodore, et Honor s'inquiétait un peu de sa réaction à l'idée d'accepter qu'on la rétrograde pour servir dans l'état-major d'un autre. Elle connaissait Mercedes depuis assez longtemps pour être à peu près sûre qu'elle désirerait sincèrement cette affectation, mais elle la connaissait aussi suffisamment bien pour redouter qu'elle l'accepte par obligation et par amitié, qu'elle en ait vraiment envie ou non.

La teinte des émotions de Brigham, ajoutée à l'immense sourire du commodore, la débarrassa immédiatement de ce souci au moins.

« Mercedes ! » s'écria Honor en quittant la rampe d'accès de la navette.

L'odeur riche et fraîche de la pluie de printemps la saisit, et elle ressentit un pincement familier d'ironie. Cette odeur était comme l'haleine d'une planète vivante après une semaine d'air confiné à bord, pourtant il s'agissait d'un monde dont l'atmosphère était potentiellement mortelle à long terme pour les humains, notamment les extraplanétaires comme elle. Un détail dont elle n'était que trop consciente intellectuellement, mais l'instinct était une autre affaire, et elle inspira profondément cette odeur malgré tous les efforts de son cerveau.

« Ça fait plaisir de vous revoir », poursuivit-elle en prenant la main que Brigham lui offrait pour la serrer fermement mais délicatement, attentive à sa poigne de native d'un monde à forte gravité.

« Moi de même, milady », répondit Brigham, serrant sa main en retour. Elle adressa un signe de tête à LaFollet, Hawke et Mattingly, et les trois hommes d'armes se mirent brièvement au garde-à-vous avant de reprendre leur posture vigilante habituelle. Deux autres membres de la garde seigneuriale fermaient la marche pour s'occuper des bagages personnels d'Honor, et Brigham agita sa main libre en direction d'un aérodyne aux couleurs du domaine Harrington qui attendait plus loin.

« Si vous et vos amis voulez bien me suivre, milady, invita-t-elle, toujours avec le sourire, votre chauffeur attend pour vous emmener au domaine.

— Pas à Austin ? s'enquit Honor, étonnée.

— Non, milady. L'amiral Matthews a été appelé à Merle cet après-midi et ne reviendra pas avant demain en fin de matinée. Le Protecteur et lui ont décidé qu'il serait plus logique de vous permettre de vous poser à la maison avant toute réunion officielle. Vos parents et les enfants vous attendent pour dîner, et je crois que Lord Clinkscales et ses femmes doivent se joindre à vous. Votre mère a précisé qu'il y avait… deux ou trois choses dont elle voulait discuter avec vous. »

La bouche d'Honor se tordit sous l'effet combiné de l'humour et d'une crainte affectueuse. Il était devenu progressivement plus difficile de maintenir sa mère ici, sur Grayson, loin de la mêlée manticorienne, toutefois cet effort s'était fait plus pressant encore une fois que Lady Émilie avait terrassé le scandale. Allison Harrington n'était pas connue pour sa modération quand on touchait à sa famille, et Honor imaginait très bien les impitoyables « Je vous l'avais dit » souriants qu'elle aurait plantés comme des poignards – et aussi publiquement que possible – dans le cœur d'au moins une douzaine de personnages politiques manticoriens de premier plan.

« Je crois que le régent a aussi besoin de vous parler de quelques affaires concernant le domaine pendant qu'il en a l'occasion », continua Brigham. *Et lui aussi a sans doute envie de faire la peau à divers politicards manticoriens… au moins par procuration, puisqu'il ne peut pas les atteindre physiquement,* songea Honor, résignée. « C'est plus qu'assez pour occuper votre première soirée sur la planète, et vous êtes attendue en audience privée informelle avec le Protecteur pendant le déjeuner demain au Palais. Si cela vous convient, nous verrons ensuite l'amiral Matthews.

— Bien sûr que cela me convient, fit Honor avant de jeter un regard à LaFollet : Je suis sûre que vous voulez vérifier que la voiture n'abrite pas d'assassins en puissance, Andrew, lui dit-elle avec un de ses sourires en coin.

— Si le commodore Brigham est prête à jurer sous serment qu'elle n'a jamais quitté le véhicule des yeux, j'accepterai de renoncer à ma minutie coutumière, milady », lui assura LaFollet avec une infime étincelle d'humour. Elle gloussa.

« Dans ce cas, nous ferions mieux de nous dépêcher, Mercedes, avant qu'il ne change d'avis ! »

Brigham se mit à rire et prit respectueusement sa place à un demi-pas en arrière d'Honor tandis que les hommes d'armes se mettaient comme d'habitude en formation triangulaire autour de leur seigneur pour gagner l'aérodyne.

Honor grimpa à l'arrière de la luxueuse aérolimousine blindée et installa Nimitz sur ses genoux, puis Brigham la suivit. LaFollet s'assit sur le strapontin en face d'elles pendant que Mattingly délogeait poliment mais fermement le chauffeur, et que Hawke prenait la place du passager avant et opérateur des systèmes GE. Mattingly consacra quelques secondes à se familiariser avec le plan de vol préenregistré, puis fit agilement décoller le véhicule et se dirigea vers Harrington-Ville. Les sempiternels chasseurs se placèrent en position d'escorte, même pour ce vol relativement court, et Honor se tourna vers Brigham.

« J'ai failli ne pas requérir vos services auprès de l'amiral, vous savez, dit-elle. À la fois parce que je sais combien Alfredo se repose sur vous au sein de l'escadre du Protecteur, et parce que j'hésitais à vous demander de baisser en grade, même provisoirement.

— Certes, je ne voudrais rien dire qui puisse saper votre perception de mon caractère indispensable, milady, mais l'amiral peut se débrouiller sans moi s'il le faut vraiment, répondit Brigham. Et vu que je n'aurais jamais cru aller plus loin que lieutenant de vaisseau quand nous avons été affectés à Basilic, commodore ce n'est pas si mal. Et puis il me semble me souvenir de quelques occasions où vous-même avez changé de grade d'une flotte à l'autre.

— Je suppose, oui. Mais sachez à quel point j'apprécie que vous soyez prête à le faire cette fois-ci.

— Milady, répondit franchement Brigham, j'ai été flattée que vous choisissiez de demander à nouveau mes services. D'ailleurs, ce n'est pas comme si j'étais la seule à faire face à une rétrogradation, ajouta-t-elle d'un air plus sombre.

— Je sais. » Honor acquiesça, et Nimitz aplatit légèrement les oreilles en goûtant sa réaction émotionnelle à l'allusion évidente que Brigham faisait à dame Alice Truman.

Comme Hamish Alexander, bien que cela se justifiât encore moins, Truman s'était retrouvée victime des purges de Janacek. Honor était beaucoup moins introduite dans les sphères de l'Amirauté actuelle qu'à l'époque où la baronne de l'Anse-du-Levant était Premier Lord, mais la rumeur voulait qu'Alice ait marché sur les pieds d'un personnage très haut placé quand elle commandait le HMS *Minotaure*. Ajouté au fait que les Truman servaient dans la flotte royale depuis autant de générations que les Alexander et qu'ils étaient des membres tout aussi fervents de la faction anti-Janacek, cela avait consigné Alice à une demi-solde et lui avait coûté la confirmation de sa promotion au grade de vice-amiral.

Même Sir Édouard Janacek et Josette Draskovic avaient eu un peu de mal à justifier cette décision, vu que le contre-amiral Truman, temporairement élevée à la position de vice-amiral dans les faits, avait commandé les porte-BAL de la Huitième Force pendant toute la campagne qui avait mis la République populaire à genoux. Ils n'avaient toutefois pas laissé ce détail leur barrer le chemin, et le désaccord manifeste et assez public d'Alice avec les politiques actuelles de l'Amirauté leur avait plus facilement permis d'expliquer leur geste – ou du moins le fait qu'ils ne la sollicitaient pas en service actif – sur la base de divergences du vue irréconciliables. Ce qui faisait à Draskovic une raison supplémentaire de se montrer mesquine concernant la liste d'officiers qu'Honor lui avait soumise, elle s'en était bien rendu compte.

« En tout cas, reprit Honor au bout d'un moment, d'un ton volontairement plus joyeux, votre malheur et celui d'Alice ont fait mon bonheur. Janacek et Chakrabarti ne sont peut-être pas capables de nous fournir le nombre de vaisseaux dont nous aurons besoin selon moi – ou pas prêts à le faire – mais, au moins, nous aurons une excellente équipe de commandement. Alors, si je n'arrive pas à faire le boulot, on saura à qui revient la faute, hein ?

— Je ne le dirais pas tout à fait en ces termes, milady. Mais je vous accorde que vous paraissez avoir réuni un bon groupe. Et je me réjouis de revoir Rafe et Alistair, et plus encore Scotty et "Sir Horace"! » fit-elle avec un grand sourire.

« C'était délicieux. » Honor soupira et s'enfonça dans son fauteuil avec un agréable sentiment de satiété.

Les reliefs du déjeuner s'étalaient sur la table entre elle et Benjamin IX, Protecteur de Grayson. Ils étaient installés sur l'une des terrasses privées sous dôme du Palais du Protecteur, à un continent du domaine Harrington, mais il pleuvait ici aussi. Il ne s'agissait pas de la douce bruine qui avait accueilli Honor mais d'une averse violente qui tambourinait contre le dôme au-dessus de leurs têtes. On entendait clairement de temps à autre un coup de tonnerre, et Honor releva la tête lorsqu'un éclair perça la couverture nuageuse noir de charbon. L'après-midi gris et humide était sombre, presque menaçant, toutefois cela ne rendait le confort chaleureux de la terrasse que plus accueillant.

Ils étaient seuls – en dehors de Nimitz, LaFollet et de l'homme d'armes personnel de Benjamin, son ombre perpétuelle, le commandant « Sparky » Rice – et le Protecteur rit à son commentaire tout en prenant son verre de vin.

« Je suis heureux que vous l'ayez apprécié, lui assura-t-il. Mon chef a volé la recette du Stroganoff à votre père, et le fondant au chocolat – dont, si je me souviens bien, vous avez pris trois parts – sort tout droit du livre de recettes de maîtresse Thorne.

— Il me semblait bien que leur goût m'était familier. Mais maître Batson a ajouté un petit quelque chose au Stroganoff, non ?

— Je serais surpris du contraire. Quant à savoir quoi exactement… » Il haussa les épaules.

« De l'aneth, je pense, fit Honor, songeuse. Mais il y a autre chose… » Elle plongea un regard méditatif dans l'orage, réfléchit puis haussa les épaules. « Quoi qu'il en soit, prévenez-le que papa va essayer de le lui voler à son tour.

— D'après une réflexion que votre mère a glissée il y a quinze jours, je pense que c'est déjà fait, répondit Benjamin dans un sourire. Je crois que maître Batson n'arrive pas à décider s'il doit s'indigner de ce que le père d'un seigneur pille ses recettes, même en représailles, ou se sentir flatté de cette rivalité !

— Oh, flatté. Il doit absolument se sentir flatté.

— Je le lui dirai. » Benjamin prit une gorgée de vin puis inclina la tête. « Comment vont vos parents ? Et mes filleuls ?

— Très bien, Dieu merci », dit Honor. Elle secoua la tête avec un gloussement ironique : « Papa et maman voulaient tous les deux étrangler un bon tiers de la population planétaire de Manticore – à commencer par le Premier ministre. Quant à Howard… » Elle secoua de nouveau la tête. « Vos filleuls vont bien aussi. Et ils sont très bruyants. » Son frère et sa sœur, des jumeaux, venaient de fêter leur sixième anniversaire, et elle avait été ahurie de l'énergie qu'ils étaient capables de déployer. Notamment Faith, bien que James n'ait pas été loin derrière. Ni l'un ni l'autre n'arrivaient toutefois à la cheville des chatons de Samantha et Nimitz, qui approchaient désormais à grands pas de l'adolescence et se montraient plus exubérants encore que les jumeaux. Et bien plus doués pour se glisser là où ils n'avaient rien à faire, songea-t-elle avec un frisson intérieur. Leur expliquer pourquoi leur mère n'était pas revenue cette fois avec Honor avait été difficile mais moins traumatisant qu'elle ne l'avait craint. Sans doute parce que toutes leurs mères adoptives étaient là pour les aider à digérer la nouvelle.

Évidemment, se dit-elle, c'était peut-être aussi parce qu'ils étaient les premiers chats sylvestres élevés depuis la naissance au milieu d'humains. Elle ne pouvait pas en être tout à fait sûre car Nimitz était adulte à leur première rencontre, mais il lui semblait déceler déjà une différence subtile dans leur « lueur d'âme ». L'impression que leur horizon était… plus vaste. Ou plus varié. Enfin, quelque chose.

« En fait, toute la maisonnée était ravie de me voir, dit-elle à Benjamin en se libérant de ses réflexions. J'ai les bleus que m'ont laissés les embrassades pour le prouver.

— Bien. » Benjamin prit une nouvelle gorgée puis reposa son verre sur la table. Honor aurait reconnu cette invitation à passer aux choses sérieuses même sans sa capacité à lire les émotions qui sous-tendaient son geste, et elle inclina la tête.

« J'avais une bonne raison de vous convier à déjeuner avec moi en privé, dit-il. Plus d'une, même. Si Katherine ou Élaine avaient été disponibles, je les aurais invitées également, mais Katherine avait déjà prévu un discours à l'association des épouses de la flotte, puis Alexandra a attrapé la grippe. » Il secoua aussitôt la tête en voyant la lueur d'inquiétude que la nouvelle de la maladie de sa plus jeune fille allumait dans le regard d'Honor. « Ce n'est pas grave, mais Alex rechigne presque autant qu'Honor à reconnaître qu'elle ne se sent pas bien, et elle a réussi à se déshydrater avant d'avouer à ses mères qu'elle était malade. Du coup, Élaine joue les mères tyranniques cet après-midi.

— Je vois, et je suis heureuse d'apprendre que ce n'est pas plus grave. Mais je dois reconnaître que vous m'avez rendue un peu nerveuse avec votre entrée en matière sinistre.

— Ce n'était pas mon intention, mais j'ai néanmoins quelques sérieuses inquiétudes, et j'étais impatient d'avoir l'occasion d'en discuter avec vous face à face. »

Il s'exprimait d'une voix calme, mais son regard était intense, et Honor fut frappée en le regardant par la lassitude et les préoccupations que cachait son air calme. Et par son âge, réalisa-t-elle soudain. Il avait quarante-sept ans, soit treize de moins qu'elle, pourtant il paraissait plus vieux qu'Hamish, et elle ressentit un brusque pincement, presque une prémonition de deuil.

Elle avait eu la même impression la veille au soir, assise à la table du dîner avec ses parents, Faith et James ainsi que les Clinkscales, quand elle avait constaté combien Lord Howard Clinkscales était devenu frêle ces dernières années. Elle voyait maintenant le même processus à l'œuvre chez le Protecteur, bien qu'à moindre échelle. Comme tant de ses amis graysoniens qui n'avaient pas bénéficié du prolong, le temps le rattrapait inexorablement, et elle fut choquée et consternée de se rendre compte qu'il était déjà d'âge mûr. Vigoureux et énergique, certes, mais ses cheveux noirs se mêlaient d'argent et trop de rides marquaient son visage.

*Et puis*, songea-t-elle avec un brusque frisson en percevant la présence de son homme d'armes derrière elle tandis que le tonnerre secouait une fois de plus le dôme, *il a cinq ans de moins qu'Andrew*.

Une idée qu'elle n'avait pas envie d'approfondir en cet instant et qu'elle écarta donc résolument.

« Je voudrais pouvoir me prétendre surprise d'apprendre que vous vous inquiétez, dit-elle seulement à la place.

— Mais vous ne l'êtes pas, bien sûr. » Benjamin inclina la tête, et il la regarda d'un œil à la fois appréciateur et compatissant. Puis il haussa imperceptiblement les épaules. « Honor, je ne vous ai pas demandé s'il y avait une once de vérité dans les rumeurs vous concernant ainsi que le comte de Havre-Blanc, pour deux raisons. La première, et de loin la plus importante, c'est que vous l'avez tous les deux nié, or je ne vous ai jamais vus dire une seule demi-vérité. Ce qui n'est sûrement pas le cas de ceux qui ne cessent de répéter que vous avez menti. La deuxième, très honnêtement, c'est que même si elles étaient vraies, ce serait votre affaire, pas la mienne. Et certainement pas celle de Haute-Crête et ses affreux.

» Je suis persuadé que vous n'aviez pas besoin que je vous le confirme, poursuivit-il calmement. Moi, en revanche, j'avais besoin de vous le dire en personne, parce que vous méritez des gages de ma confiance à cet égard en tant qu'ami et en tant que suzerain. Mais également, je le crains, parce que vous et moi devons discuter de la façon dont ces attaques sordides ont affecté les relations que Grayson entretient avec le Royaume stellaire.

— Je sais que l'effet n'a pas été bon, dit-elle d'un air sombre. Vous et moi avons assez correspondu à ce sujet.

— En effet. Mais votre départ prochain en Silésie n'aide pas beaucoup. » Il leva la main alors qu'elle faisait mine de protester. « Je suis tout à fait conscient que vous avez décidé d'accepter cette affectation parce que vous vous sentez une responsabilité vis-à-vis des Sidemoriens, et parce que votre devoir envers Élisabeth et le Royaume stellaire transcende la façon dont le gouvernement actuel vous a traitée. J'admire votre capacité à prendre cette décision et je ne la désapprouve pas. Mais il existe une faction ici – notamment chez les Clefs qui me pressent de reconsidérer notre statut au sein de l'Alliance – qui voit ouvertement en cette affectation une façon pour le gouvernement Haute-Crête de vous “chasser de la ville” sans jamais le reconnaître.

— Je le redoutais justement, soupira-t-elle. Hélas, je ne vois pas vraiment de moyen de l'éviter.

— Moi non plus. Et je ne critique surtout pas votre décision. Comme je le disais, je pense à plus d'un titre que c'était la bonne, bien que je regrette profondément les conséquences personnelles qu'elle pourrait avoir sur vous si la situation en Silésie se dégrade autant que je le crains.

— Vous avez une raison précise de le craindre ? s'enquit-elle, tendue.

— Pas de raison concrète. » Benjamin secoua la tête. « Toutefois, Grégory et moi avons longuement réfléchi aux rapports de la DGSN et de nos propres services d'espionnage, et nous n'aimons pas le tableau qui semble en émerger.

— Je n'étais pas non plus très réjouie de ce que les hommes de l'amiral Jurgensen avaient à me dire, répondit Honor. Mais, à vous entendre, on dirait que Grégory et vous en avez déduit quelque chose de pire encore que moi.

— Je ne sais pas si c'est pire, mais j'ai le sentiment que nous en avons déduit davantage.

— Comment ça, davantage ? » Le froncement de sourcils d'Honor était plus que tendu cette fois. Grégory Paxton avait été son officier de renseignement d'état-major lorsqu'elle commandait sa première escadre de combat ici, à Yeltsin. Titulaire de plusieurs doctorats, c'était l'un des analystes les plus brillants avec qui elle avait jamais travaillé. Plus pertinent en l'occurrence, Benjamin et feu son chancelier, Lord Prestwick, l'avaient débauché de la flotte quand il leur avait fallu un nouveau directeur pour le service de renseignement du Sabre, et d'après tout ce qu'elle avait entendu depuis, il y avait fait un travail plus impressionnant encore que pour elle à l'époque.

« Je n'ai rien voulu en dire dans les lettres que je vous envoyais, fit Benjamin, parce que, franchement, vous aviez assez de soucis au sein du Royaume sans que j'en rajoute d'autres, peut-être sans fondement. Mais avant que l'amiral Givens ne… parte en vacances, Grégory et elle s'étaient arrangés pour que nous ayons accès aux rapports directs de ses sources en plus de ses analyses des données. Depuis qu'elle a quitté l'Amirauté, notre accès est beaucoup plus restreint.

— Comment cela ?

— Nous ne voyons plus aucune donnée brute. Officiellement, la DGSN se préoccupe de maintenir le secret et, pour être tout à fait honnête, cette inquiétude

– qui est apparue le jour où l'amiral Jurgensen est arrivé sur la scène – paraît assez insultante à la plupart de nos agents de renseignement. »

Le ton était badin, mais Honor sentit la colère de Benjamin et sut que ses agents n'étaient pas les seuls à trouver insultant le verrouillage du flux d'informations.

« À notre connaissance, poursuivit-il, et l'amiral Jurgensen n'a jamais fourni la preuve du contraire, nous n'avons *jamais* connu de fuite sur des données d'espionnage qu'on nous avait fournies. On ne peut pas en dire autant de la DGSN, pour qui les indices montrent que, dans deux cas au moins, des informations que nous leur avons fournies ont atterri entre les mains des Havriens. Et bien que Jurgensen ne l'ait pas dit explicitement, il a très clairement sous-entendu qu'il s'inquiétait en réalité des "renégats havriens" qui travaillent pour nous. »

Les narines d'Honor s'évasèrent, et la colère flamba soudain dans ses yeux.

« Alfredo et Warner comptent parmi les hommes les plus honorables et les plus fiables que j'aie jamais rencontrés ! s'exclama-t-elle. Et qu'un type comme Jurgensen…

— Du calme, Honor. Du calme ! » Benjamin secoua la tête, désabusé. « Je savais que vous exploseriez quand j'en viendrais là. Et, franchement, je suis d'accord avec vous. Mais croyez-moi, je vous en prie, quand je vous dis que la paranoïa de Jurgensen ne signifie rien pour personne sur cette planète. Nous faisons confiance à nos "renégats" sans la moindre crainte.

— J'espère bien ! » Honor renifla. Puis elle s'imposa de se renfoncer dans son fauteuil. Nimitz quitta sa chaise haute pour se couler sur ses genoux ; il se redressa sur ses pattes arrière comme une marmotte de la vieille Terre, appuyant son dos contre Honor, et elle l'entoura de son bras naturel.

Elle connaissait beaucoup trop bien Alfredo Yu et Warner Caslet pour douter un seul instant qu'ils aient tous deux été contents des changements qui se produisaient en République de Havre sous l'impulsion d'Héloïse Pritchart et de Thomas Theisman. Ils avaient bien connu Theisman. De fait, à plus d'un titre, Yu avait été son mentor et son modèle tout comme Raoul Courvosier pour Honor, et Caslet et lui avaient tous deux ressenti l'envie de regagner leur patrie pour prendre part à sa renaissance.

Mais elle savait également qu'ils étaient tout aussi honorables qu'elle venait de le dire. Ils avaient juré allégeance à Grayson et à l'Alliance manticorienne. De fait, Yu était citoyen de Grayson depuis plus de trois ans T. La décision de rester ou non loyal à Grayson, même si cela risquait de les opposer de nouveau un jour à la République, n'avait pas été facile à prendre pour l'un comme pour l'autre, toutefois elle n'avait jamais vraiment douté de leur choix.

*Sans compter que le refus de Haute-Crête de négocier un véritable traité de paix signifie qu'ils sont encore techniquement des traîtres en temps de guerre, ce qui ne leur a pas simplifié la tâche,* songea-t-elle, sombre, tremblant encore de rage en son for intérieur de penser que Jurgensen, un crétin politique qui jouait à l'officier spatial, mettait en doute leur honneur.

« En tout cas, reprit Benjamin, une fois sûr qu'elle maîtrisait de nouveau ses nerfs, il a ouvertement dénigré notre système de sécurité – en toute courtoisie, bien sûr – tout en niant ou en ignorant soigneusement les failles du sien. Vu la différence entre nos antécédents professionnels et l'arrogance inouïe de ce type, bon nombre des agents les plus expérimentés de Grégory – notamment ceux qui ont travaillé de près avec Alfredo depuis la formation de l'escadre du Protecteur – prennent très mal ses insinuations que nous sommes moins à cheval sur la sécurité que le Royaume stellaire.

» Dans la pratique, toutefois, le problème n'est pas tant notre fierté blessée que la fiabilité de ce qu'ils partagent avec nous. En tant que chef de l'État graysonien, je n'ai pas besoin des frictions supplémentaires que cela génère – pas en ce moment précis. Je trouve déjà pénible qu'une faction d'illuminés chez les Clefs nous pousse à faire cavalier seul suite aux "insultes" du Royaume stellaire envers Grayson et plus particulièrement l'un de nos seigneurs. Je n'ai pas non plus besoin que les officiers les plus gradés de ma propre flotte soient ulcérés par leurs homologues de la FRM. Mais je peux vivre avec, dans certaines limites du moins, parce que mes officiers savent obéir aux ordres, y compris quand on leur demande de s'entendre avec des imbéciles comme Sir Édouard Janacek et ses affidés. »

Le ton du Protecteur restait assez léger, mais il cachait une pointe de rage acérée, et Honor comprit une fois de plus comme il était rare pour lui de pouvoir montrer ses véritables sentiments dans une situation pareille à quiconque en dehors de sa famille et des cercles les plus intimes de son Conseil.

« Comme je le disais, continua-t-il, notre principal motif d'inquiétude réside dans le fait que les rapports de la DGSN ne collent pas avec ce que nous récoltons auprès de nos propres sources. Nous sommes conscients que Manticore a passé des décennies, voire davantage, à mettre en place ses réseaux de collecte d'informations alors que nous débutons encore à ce petit jeu, mais nous savons aussi exactement d'où viennent nos informations. Nous n'avons aucun moyen de le savoir en ce qui concerne les analyses de Jurgensen, et il refuse de nous le dire. En fin de compte, connaître le pedigree de nos données nous les fait paraître automatiquement plus fiables. Et, en toute franchise, nous recevons tant d'analyses lamentables de la DGSN que cela renforce seulement cette impression.

— Je ne suis pas sûre d'aimer beaucoup ce que j'entends, Benjamin, dit calmement Honor. Pas seulement parce que c'est insultant pour tous les officiers portant l'uniforme de Grayson, d'ailleurs. Corrigez-moi si je me trompe, mais j'ai l'impression que vous êtes en train de dire que les rapports que Jurgensen partage avec vous sont non seulement incomplets mais… orientés.

— Je pense que c'est tout à fait le cas, répondit carrément Benjamin. J'ignore si ses hommes vont jusqu'à falsifier des informations à dessein, mais il nous semble évident, à Grégory et moi, qu'ils écartent au moins les éléments qui n'étayent pas les conclusions auxquelles ils souhaitaient parvenir depuis le début.

— Vous en avez des exemples précis ? demanda-t-elle d'un ton grave.

— Bien sûr, nous ne pouvons pas produire de preuve flagrante alors que nous n'avons jamais vu les données d'origine. Mais je vais vous citer deux exemples possibles, que je trouve particulièrement troublants.

» D'abord, la Silésie. Tout dans les rapports officiels de la DGSN laisse entendre que l'empereur Gustav n'aurait pas encore décidé quelle politique adopter vis-à-vis de la Confédération. Dans le même temps, jusqu'au mois dernier, la DGSN ne s'inquiétait nullement de possibles améliorations de la technologie spatiale andermienne. Or, d'après nos sources au sein de la communauté diplomatique, à la fois dans la Confédération et sur La Nouvelle-Potsdam, l'empereur a arrêté sa décision depuis des mois. Peut-être même un an T. Nous ne pouvons pas le confirmer à coup sûr, bien entendu, mais les récents mouvements agressifs et l'attitude globalement plus querelleuse de ses forces spatiales dans le Marais et à l'entour nous paraissent confirmer cette hypothèse.

» La conclusion de Grégory et la mienne, c'est que l'Empire a décidé que le moment était venu d'avancer en Silésie. Les Andermiens n'ont pas formulé de requête officielle ni posé d'ultimatum aux Silésiens, et ils n'ont bien sûr pas transmis de communiqué officiel sur le sujet à Lady Descroix, mais, selon nous, c'est lié au fait qu'ils tâtent encore le terrain et se mettent en position. Une fois certains que le Royaume stellaire ne les repoussera pas – ou qu'il n'est pas en mesure de le faire –, ils feront connaître leurs exigences en termes très clairs. Et ils seront prêts à faire usage de la force militaire pour les appuyer.

» Ce qui nous amène à notre deuxième sujet d'inquiétude concernant la Silésie : nous croyons que la DGSN sous-estime gravement l'ampleur des améliorations que les Andermiens ont apportées à leurs capacités militaires. Nos données d'observation pure sont assez maigres, mais elles suffisent à nous convaincre qu'ils ont accru de façon substantielle la portée et la précision de leurs missiles et qu'ils ont expérimenté leurs propres BAL. Nous ne pensons pas que leur technologie concernant les BAL en particulier vaille la nôtre, et de loin – pas encore –, mais nous ne pouvons pas écarter l'éventualité qu'ils aient placé les BAL dont ils disposent à bord de porteurs. C'est d'autant plus troublant que nous les savons au fait de ce que la Huitième Force a infligé aux Havriens, et s'il est un défaut que la FIA n'a pas, c'est bien la bêtise. Ils ne chercheraient pas l'affrontement avec la flotte qui vient de botter les fesses des Havriens s'ils ne jugeaient pas leur propre matériel à même d'équilibrer les chances. Et, contrairement à nous, ils ont une idée très précise de ce à quoi ils devraient faire face car leurs observateurs ont vu nos unités en action. »

Il s'interrompit et haussa un sourcil interrogateur à l'adresse d'Honor. Elle soutint son regard, le visage indéchiffrable, tout en réfléchissant à ce qu'il venait de dire. Ce qui en découlait était effrayant. Elle se doutait déjà que les briefings que Jurgensen et son état-major avaient organisés pour elle étaient trop optimistes, mais elle n'imaginait pas qu'ils puissent réellement ignorer voire écarter activement les preuves dont Benjamin sous-entendait l'existence. Elle aurait voulu pouvoir croire que les Graysoniens se trompaient, mais elle avait collaboré trop étroitement avec eux pour sous-estimer leurs compétences.

Ce qui n'était franchement pas le cas s'agissant de Sir Édouard Janacek et de Francis Jurgensen, se rappela-t-elle.

« Me voilà maintenant sûre de ne pas aimer ce que j'entends, dit-elle au bout d'un moment. J'espère que Grégory et vous partagerez vos informations et vos analyses avec moi.

— Bien entendu ! » Benjamin paraissait irrité, et elle perçut un brusque éclair de colère, comme s'il se sentait insulté qu'elle se pose une question pareille. Elle agita la main droite en un petit geste d'excuse, et il continua de la regarder sévèrement pendant une poignée de secondes. Puis il grimaça et renifla.

« Désolé. Je sais que vous ne l'entendiez pas dans ce sens, mais le fait que j'ai pu envisager cette interprétation est sans doute le symptôme des difficultés que Haute-Crête, Janacek et compagnie nous créent pour travailler avec eux. Faites-moi confiance, je ne veux surtout pas que la frustration qu'ils m'inspirent déborde sur vous, Honor !

— Je sais. Et je sais aussi que c'est difficile. Surtout que je suis un peu en porte-à-faux. Il faudrait être surhumain pour oublier que j'étais manticorienne avant de devenir graysonienne, Benjamin, et en ce moment vous avez toutes les raisons du monde d'en vouloir à tous les Manticoriens.

— Mais pas à celle d'entre eux qui se trouve être non seulement une Graysonienne mais aussi la personne qui essuie le plus de critiques de la part des deux camps, fit-il remarquer.

— Croyez-moi, comparé à ce que je supporte de l'autre côté, les tracasseries que m'infligent les Graysoniens ressemblent à une bataille de polochons !

— Peut-être. » Il écarta le sujet et revint à son sujet initial. « J'ai dit que deux régions nous inquiétaient, et la Silésie n'est que la première. D'ailleurs, pour être honnête, c'est la moindre des deux.

— La moindre ? » Honor pencha la tête de côté et fronça les sourcils. « Ça me semble déjà bien assez grave comme ça !

— Je ne voulais pas dire que ce n'était pas grave mais, comparé à ce que nous entendons à propos de la République de Havre, c'est indéniablement secondaire.

— À propos de Havre ? » Honor se redressa brusquement dans son fauteuil, et Nimitz se raidit sur ses genoux, percevant sa soudaine pointe d'inquiétude. « À propos de Havre, oui, fit Benjamin d'un air sombre. Encore une fois, nous manquons de preuves concrètes et le refus de Jurgensen de partager ses sources avec nous contribue à un important facteur d'incertitude, mais il y a trois éléments que ses rapports ont selon nous largement sous-estimés ou complètement ignorés.

» D'abord, il y a son analyse de ce que la campagne contre les places fortes de SerSec et les officiers de la flotte régulière implique pour le corps d'officiers de Theisman.

— Je crois voir où vous voulez en venir sur ce point, interrompit Honor, et, si je ne m'abuse, je suis tout à fait d'accord avec vous. Vous allez dire que Jurgensen juge que les combats ont causé une perte régulière de personnel expérimenté. Que cela les a affaiblis.

— C'est exactement ce que je m'apprêtais à dire.

— Eh bien, il n'y a qu'un imbécile – ou un amiral politique, s'il existe une différence – pour imaginer une chose pareille, fit Honor sans détour. Bien entendu, ils ont perdu des hommes et des vaisseaux en chemin. Mais davantage d'officiers et d'équipages ont survécu, et ils ont passé ces dernières années à accumuler de l'expérience. Pendant la guerre, nous avons réussi à contenir dans l'ensemble leur corps d'officiers, bien que Giscard et Tourville aient commencé à améliorer la situation avant l'opération Bouton-d'or. Maintenant, toutefois… » Elle haussa les épaules. « Je ne sais pas comment quantifier l'effet de cette campagne, mais je suis absolument convaincue qu'elle a amélioré leur efficacité au combat de façon substantielle au lieu de la réduire comme le prétend Jurgensen.

— Nous aussi. » Benjamin hocha la tête. « Ce qui explique également que nous nous inquiétions du second point que j'allais mentionner. Vous savez que les réformes économiques de Pierre ont produit une amélioration significative de l'économie havrienne. »

Sa phrase était presque une question, et Honor acquiesça en réponse.

« Eh bien, nous avons fait de notre mieux pour évaluer à quel point leur économie s'est redressée. De toute évidence, nous empilons hypothèses sur conjectures, surtout que les chiffres officiels de l'économie havrienne ont été truqués pour cacher sa déliquescence pendant au moins quarante ou cinquante ans avant la guerre. Mais nous avons tourné nos modèles dans tous les sens, et ils s'accordent tous à dire qu'il devrait y avoir davantage d'argent dans le budget de la République que ce qui est annoncé publiquement. »

Honor le regarda d'un air interrogateur, et il haussa les épaules.

« Nous connaissons leur structure fiscale, et nous avons réussi à chiffrer leur économie dans une fourchette de précision de dix à quinze pour cent selon nous. Or, même en se référant à la limite basse que nous avons établie, les recettes qu'ils prétendent avoir et dépenser sont sous-évaluées à hauteur de plusieurs centaines de milliards de dollars manticoriens par an. Et si notre limite haute est plus proche de la vérité, l'écart devient bien pire.

— Plusieurs centaines de milliards ? » répéta lentement Honor. Elle essaya de se rappeler si l'un des analystes du gouvernement Haute-Crête avait jamais exprimé la moindre réserve devant un parlementaire quant aux chiffres budgétaires annoncés par la nouvelle République. De but en blanc, elle ne voyait pas. D'ailleurs, elle le reconnaissait, il ne lui était jamais venu à l'idée de les interroger à ce sujet ni de suggérer que l'on procède à l'analyse que Grayson avait effectuée d'après ce que disait Benjamin.

*Ce qui était particulièrement stupide de ma part,* songea-t-elle.

« Au bas mot, répondit Benjamin. Nous n'avons pas réussi à établir où va cet argent – pas de façon certaine, en tout cas. Notre problème réside en partie dans le fait que la République est si vaste et constitue un marché intérieur si énorme que tout ou presque pourrait être réinjecté dans l'économie nationale. Plus pertinent encore, tant de pans de leur économie sont en difficulté depuis si longtemps qu'il est littéralement impossible d'identifier tous les secteurs parfaitement légitimes où ils pourraient le réinjecter. Hélas, nous ne pensons pas que ce soit le cas. Ou, du moins, nous craignons que ce soit le cas, mais que ce à quoi ils consacrent tout cet argent ne nous plairait pas du tout si nous pouvions le confirmer.

— Et à quoi le consacrent-ils ? relança Honor comme il marquait une pause.

— Nous l'ignorons, avoua Benjamin, mais nous possédons néanmoins deux indices. L'un est l'existence d'un projet top secret qui fut apparemment lancé sous le comité, plusieurs années avant le coup d'État de McQueen, et qui continue sous Pritchart et Theisman. Notre unique certitude, c'est son nom de code : “Refuge”. Ça, et le fait que Pierre et Saint-Just y consacraient des sommes colossales même au plus fort de la guerre et malgré les pires problèmes financiers. Nous n'avons pas confirmation que Pritchart et Theisman ont poursuivi son financement à la même hauteur, mais l'écart entre ce que devraient être leurs recettes et ce qu'ils déclarent laisse indubitablement à soupçonner qu'un projet secret quelconque continue de détourner un sacré paquet d'argent.

» Voilà pour le premier indice. Le second, c'est le nom de l'officier que nos sources ont pu identifier comme étant associé de très près à ce projet “Refuge”, quel qu'il soit, depuis la petite révolution de Theisman. Je crois que vous la connaissez.

— Ah bon ? » Honor était surprise et ne le cachait pas.

« Oh que oui, répondit Benjamin avec une certaine ironie sombre. Il s'agit du vice-amiral Shannon Foraker.

— Oh, mon Dieu. » Honor se renfonça brusquement dans son fauteuil. « Foraker ? Vous en êtes sûr ?

— Nous ne pouvons pas être catégoriques. Tout ce que nous pouvons dire avec certitude, c'est que son nom est apparu sur les tableaux de promotion, que nous n'avons pas réussi à la localiser ailleurs, et qu'au moins deux sources distinctes au sein de la République ont suggéré qu'elle était partie à destination du site où se monte le projet "Refuge". » Le Protecteur eut un geste d'impuissance. « Impossible de le confirmer, mais si j'étais ministre de la Guerre avec un projet coûteux de recherche et développement en cours quelque part et que j'avais un officier aussi compétent que Foraker à placer à sa tête, je sais ce que je ferais d'elle.

— Moi de même », dit Honor avec ferveur. Elle secoua la tête. « Vous avez raison. C'est une éventualité bien plus effrayante qu'une lutte avec les Andermiens à propos de la Silésie. Mais je n'arrive pas à croire que Thomas Theisman soit favorable à une reprise des hostilités ! Il est trop intelligent pour ça.

— J'aurais tendance à penser comme vous. Mais la présidente Pritchart est un paramètre moins bien connu et, même sinon, il est possible que vous et moi nous trompions sur le compte de Theisman. Quoi qu'il en soit, ni lui ni Pritchart n'opèrent dans un désert politique.

— Non, et même si c'était le cas, il serait parfaitement logique qu'ils cherchent un moyen de compenser nos avantages tactiques. En fait, ils manqueraient à leur devoir s'ils ne le faisaient pas.

— Tout à fait. C'est ce qui nous inquiète tant, Grégory et moi. Enfin, ça et le fait que jusqu'à maintenant personne – nos sources y compris – n'a constaté la moindre évolution de leur matériel depuis la trêve. Cela fait presque quatre ans T, Honor. Vous croyez vraiment que tout ce temps aurait pu s'écouler sans qu'une flotte sachant très bien qu'elle a été totalement surclassée par la Huitième Force introduise aucune amélioration de son armement ?

— Non », répondit doucement Honor en se maudissant de ne pas s'être posé la même question à la lecture des rapports confiants de Jurgensen sur le fossé technologique entre le Royaume stellaire et la République.

« C'est la raison pour laquelle Wesley et moi continuons de pousser à ce point le budget militaire, fit Benjamin. Nous commençons à rencontrer une opposition assez forte, surtout parmi les Clefs, mais nous sommes déterminés à poursuivre la croissance de la flotte aussi longtemps que possible. Le problème, c'est que nous ne pensons pas pouvoir maintenir ce rythme plus de deux ans encore, trois au grand maximum. Ensuite, nous devrons réduire nos programmes de construction. Nous serons peut-être même obligés de les suspendre. »

Honor acquiesça. Beaucoup trop de personnalités politiques du Royaume partageaient l'opinion gouvernementale mal dissimulée que la volonté obsessionnelle de Benjamin de continuer à étoffer la flotte de Grayson alors que la guerre était « terminée » reflétait sa mégalomanie. Après tout, un système ne comptant qu'une planète comme l'Étoile de Yeltsin ne pouvait pas rivaliser avec la flotte que pouvait s'offrir une nation telle que le Royaume stellaire ou la République de Havre. Mais Benjamin ne paraissait pas s'en rendre compte, et la FSG totalisait un effectif approchant les cent vaisseaux du mur. Sans compter qu'il s'agissait presque exclusivement de SCPC. Sans parler des porte-BAL qui avaient été construits ou commandés à des chantiers manticoriens pour les appuyer. Seule l'augmentation spectaculaire du nombre de systèmes automatisés embarqués que Grayson avait acceptée dans les nouveaux modèles lui permettait de trouver des équipages pour ces nouveaux bâtiments, même avec tout le personnel manticorien démobilisé que la planète avait réussi à attirer et le nombre scandaleux et sans cesse croissant de femmes arrivant sur le marché du travail planétaire. Mais elle n'avait pas attendu que Benjamin lui en parle pour imaginer que la poursuite de cette politique devait être ruineuse.

« Avez-vous fait part de ces informations à Jurgensen ? demanda-t-elle au bout d'un moment.

— Nous avons essayé, répondit Benjamin, amer. Hélas, il semble se défier de tout ce qui ne vient pas de chez lui quand cela traite de ce qu'il ne veut pas entendre.

— Et il ne voudra pas m'écouter non plus, observa Honor.

— J'imagine que non, acquiesça Benjamin, ironique.

— Évidemment, poursuivit-elle, réfléchissant à voix haute, l'explication la plus probable de ce que nous n'ayons pas vu de nouveau matériel dans la flotte havrienne est qu'ils n'ont pas encore réussi à le produire en quantités suffisantes. J'ai au moins une certitude concernant Thomas Theisman, c'est qu'il ne risque pas de commettre l'erreur de l'introduire au compte-gouttes.

— Ce qui signifie seulement que, quand il finira par l'introduire, il le fera avec panache, fit remarquer Benjamin.

— Vous avez vraiment le chic pour imaginer des perspectives riantes, hein, Benjamin ?

— Je m'y efforce. Et bien que j'hésite à le mentionner, il y en a une autre dont je devrais sans doute vous parler. » À la surprise d'Honor, il paraissait assez indécis, et Nimitz dressa les oreilles en percevant comme elle une certaine contrariété dans sa lueur d'âme, comme le sentiment de trahir une confidence.

« Quelle autre ? invita-t-elle gentiment alors qu'il continuait à hésiter, et il soupira.

— Rien de ceci n'est officiel, prévint-il, attendant qu'elle acquiesce en signe de compréhension. Cela entendu, je devrais sans doute vous dire que nous avons relevé quelques indicateurs diplomatiques inquiétants. Plutôt des indices, en réalité.

— Des indices de quoi ? fit-elle alors qu'il s'interrompait encore.

— Cela concerne Erewhon, dit-il enfin. Vous savez qu'ils ont presque aussi mal pris que nous le fait que Haute-Crête accepte de façon unilatérale la proposition de trêve de Saint-Just, bien sûr. »

Honor hocha de nouveau la tête. À vrai dire, Benjamin minimisait probablement la réaction des Erewhoniens, pour la bonne raison qu'ils avaient été contraints de vivre sous la menace d'une conquête havrienne beaucoup plus longtemps que Grayson. Le fait que leur gouvernement avait choisi de rompre son traité avec la Ligue solarienne pour se ranger aux côtés de l'Alliance manticorienne avait exacerbé leur colère. Ils avaient l'impression d'avoir sacrifié un arrangement de longue date avec l'entité politique et économique la plus puissante de l'histoire de l'humanité pour faire bloc avec Manticore qui avait fini par les poignarder dans le dos.

« Eh bien, ni Grégory ni moi n'en avons la preuve, mais, ces dernières semaines, nous avons commencé à relever des éléments indiquant qu'Erewhon… repense sa relation avec Havre.

— La repenser ? » Malgré elle, la voix d'Honor se fit plus brusque, et ses yeux s'étrécirent. « La repenser comment ?

— Souvenez-vous qu'il s'agit à quatre-vingt-dix pour cent au moins de conjectures à partir de données très limitées », la mit en garde Benjamin, et elle hocha de nouveau la tête avec une certaine impatience. « En gardant cette précision à l'esprit, il nous semble à Grégory et moi que le président erewhonien actuel et son gouvernement pensent que Pritchart et Theisman ont sincèrement l'intention de ressusciter la vieille République et qu'ils ont réellement renoncé à la politique étrangère expansionniste des Législaturistes et du comité. De plus, Erewhon se trouve beaucoup plus près de la République que de Manticore. Et, contrairement à nous, ils contrôlent un nœud de trou de ver qui les relie – ainsi que tous ceux qui s'allient avec eux – directement à la Ligue solarienne.

— Vous sous-entendez qu'Erewhon envisagerait… une relation plus étroite avec Havre ? » fit vivement Honor. Il acquiesça.

« Comme je le disais, nous n'en avons aucune preuve, mais nous avons mené des négociations bilatérales discrètes avec plusieurs des petits partenaires de l'Alliance. » Elle le regarda avec attention, et il haussa les épaules en un curieux geste d'excuse et d'irritation. « Personne ne veut manœuvrer en douce dans le dos du Royaume, Honor. Pas vraiment. Mais regardons les choses en face. Par la faute de la politique étrangère débile de Haute-Crête, l'Alliance est plongée dans une grande confusion, et nous faisons de notre mieux pour essayer d'éteindre les divers foyers d'incendie avant qu'ils ne soient plus maîtrisables et qu'ils emportent la structure tout entière.

— Je vois. » Honor comprenait très bien ce qu'il voulait dire, et elle ressentit un élancement de honte à l'idée du mal que Benjamin s'était manifestement donné pour préserver les alliances capitales dont Haute-Crête se souciait à l'évidence comme de sa première chemise.

« Toujours est-il, reprit le Protecteur au bout d'un moment, que certains propos que l'ambassadeur d'Erewhon a tenus lors de ces discussions sonnaient davantage comme des détours et atermoiements entre États qui ne se font pas entièrement confiance – ou qui ont quelque chose à cacher – plutôt que comme deux alliés sont censés se parler. Je ne crois pas que ce soit son idée, d'ailleurs. Je pense qu'il agit sur instructions formelles de son gouvernement, et cela me pousse à me demander pourquoi ce n'est pas seulement le Royaume stellaire qu'ils tiennent à l'écart mais nous tous. Et l'une des possibilités qui se présente à mon esprit est qu'ils pourraient envisager de changer de camp.

— Mon Dieu, j'espère que vous vous trompez ! répondit Honor avec ferveur après deux ou trois secondes. Erewhon possède la troisième flotte de l'Alliance derrière Grayson.

— Et a accès à tout notre nouveau matériel », fit remarquer Benjamin d'un air sombre. Honor prit une brusque inspiration, et il haussa les épaules. « Leur infrastructure industrielle n'est pas aussi performante que la nôtre parce qu'elle n'a jamais été aussi complètement modernisée. Mais, à tout le moins, ils possèdent des exemplaires de tout à part les appareils issus de Cavalier fantôme – quoiqu'ils ont quand même un peu de cette technologie, je crois. Et si les Havriens ont l'occasion de faire de la rétroconception là-dessus… »

Honor frémit : l'éventualité que Benjamin venait d'évoquer lui glaçait le sang comme le souffle de l'espace soi-même.

« Je comptais essayer de pousser l'Amirauté à augmenter les forces qu'elle projette d'envoyer à Sidemore sur la base de votre première petite bombe, dit-elle au bout d'un long moment de réflexion. Maintenant je ne suis plus sûre du tout que ce soit une bonne idée. Pas si les Havriens risquent de lever le voile sur ce que Shannon Foraker aura inventé après qu'ils lui auront donné un gros budget avec lequel faire joujou ! Et s'il existe une seule possibilité que vous ayez vu juste sur ce qu'envisagent les Erewhoniens, cela ne fait qu'aggraver la situation.

— Je dois reconnaître qu'éparpiller un peu plus la FRM ne serait sans doute pas une bonne idée. Je déteste devoir l'admettre mais, bien que notre flotte équivaille à près de la moitié de celle du Royaume stellaire en service actif, ce n'est pas nous qui exerçons un effet dissuasif. Tout le monde garde les yeux rivés sur Manticore ; nous ne sommes que le petit soldat courageux qui vient en appui de la flotte royale. » Honor le dévisagea aussitôt, inquiète, mais il secoua la tête. « Ce n'est pas mon mécontentement qui s'exprime, Honor. C'est comme ça, tout bêtement, et il serait déraisonnable de s'attendre à ce que cette vision change aussi vite, quoi qu'il advienne de la taille relative de nos flottes. L'important, c'est que, dans l'imaginaire collectif, l'ampleur des effectifs que la FRM peut déployer compte beaucoup plus que la taille de la FSG.

— Je crains que vous n'ayez raison, dit-elle. Encore que je doute que quiconque a eu le plaisir d'affronter personnellement un groupe de Graysoniens commettrait cette erreur précise, mais ce n'est pas vraiment ce qui compte.

— Non, en effet. En revanche, il y a peut-être là un corollaire à creuser.

— Quel genre de corollaire ?

— Eh bien, si personne ne va s'inquiéter de la taille de notre flotte, peut-être la solution à votre problème en Silésie consiste-t-elle à vous trouver des renforts ici. L'envoi de quelques bâtiments graysoniens ne risque pas d'encourager l'improvisation côté havrien, mais leur arrivée en Silésie pourrait suffire à faire réfléchir Gustav à deux fois.

— Attendez une minute, Benjamin ! Vu la tension qui règne entre Grayson et le Royaume stellaire en ce moment, comment pensez-vous que les opposants locaux à l'Alliance vont réagir si vous commencez à envoyer votre flotte prendre tous les risques pour Manticore ?

— Qui a parlé de la flotte ? demanda Benjamin avec un soupçon de sourire.

— Vous !

— Non, j'ai parlé de "bâtiments graysoniens". Je ne me souviens pas avoir fait référence à des vaisseaux réguliers. »

Les yeux d'Honor s'étrécirent, puis elle les écarquilla, soudain soupçonneuse, et il hocha la tête en riant.

« Je ne vais pas envoyer de détachement spatial servir sous les ordres d'un amiral manticorien sur une base de la FRM, Honor. Je vais envoyer l'escadre du Protecteur pour son premier grand déploiement interstellaire d'entraînement sous la supervision directe de son commandant permanent, le seigneur Harrington.

— Vous êtes fou ! Même si cette fiction légale devait vous être utile quand l'opposition s'en emparera à la Chambre haute, imaginez les conséquences possibles. Si on en vient effectivement à un conflit ouvert avec les Andermiens, vous allez impliquer Grayson dedans en même temps que le Royaume stellaire. Et je peux vous dire que la FIA a toujours été un client beaucoup plus sérieux que la flotte havrienne !

— Vous pensez vraiment que cela importe ? » La brève lueur d'amusement avait disparu des yeux de Benjamin, et il secoua la tête avec lassitude. « Le baron de Haute-Crête est un crétin, Honor. Nous le savons, vous et moi, de même que nous le savons obnubilé par ses manœuvres de politique intérieure au point d'en négliger complètement le désastre interstellaire qui lui pend au nez. Mais le Royaume est notre allié naturel, et, si le pire se produit, il va très vite changer de gouvernement. Si Manticore part en guerre, que ce soit contre les Andermiens ou les Havriens, nous n'avons pas d'autre choix réaliste que de lui apporter notre soutien car, sans le Royaume stellaire, Grayson et tous les autres membres de l'Alliance manticorienne deviennent les cibles naturelles de tout agresseur. Ce qui signifie que je me trouve dans une position peu enviable, où je suis bien obligé de surveiller les arrières de Haute-Crête et Janacek alors qu'ils sont trop bêtes pour se rendre compte que c'est nécessaire !

— Je ne l'avais pas envisagé sous cet angle, reconnut Honor. Mais même si vous avez raison, il y aura de lourdes retombées domestiques, et vous le savez.

— J'y ferai face le moment venu, répondit-il catégoriquement. Et si l'opposition veut en découdre, je répondrai d'une façon qui ne lui plaira pas. Et puis je suis peut-être obligé de surveiller les arrières de Haute-Crête, mais au moins je peux le faire en protégeant quelqu'un que j'apprécie réellement. Alors ne protestez pas. Cela ne servira à rien, de toute façon. Si vous vous entêtez, j'enverrai simplement Alfredo avec l'ordre d'effectuer une "visite de courtoisie" prolongée dans le système du Marais.

— Vous le feriez vraiment, hein ?

— Oh que oui ! » Il éclata soudain de rire. « Et comparé à d'autres problèmes que je dois affronter, résoudre celui-ci est assez simple.

— Si vous trouvez ça simple, je ne voudrais pas voir ce que vous jugez compliqué !

— Ne vous en faites pas, vous verrez exactement de quoi je veux parler après le dîner de ce soir.

— Quel coup tordu préparez-vous cette fois-ci, Benjamin Mayhew ?

— Rien du tout, assura-t-il. Mais il semble qu'Abigail Hearns ait obtenu son diplôme à Saganami cet automne et, bien que cela vous ait peut-être échappé, Rachel vient juste de fêter son seizième anniversaire. Et devinez qui veut suivre les traces de la fille du seigneur Denby ?

— Oh là là. » Honor sentit ses lèvres frémir mais réprima tant bien que mal un rire. Nimitz, de son côté, ne put étouffer un *blic* amusé, et Benjamin lui adressa un regard écœuré.

« C'est facile pour toi et tes amis à six pattes, dit-il d'un air sévère au chat sylvestre. D'ailleurs, Hipper n'a pas été d'un grand secours dans cette affaire.

— Je comprends que le moment soit assez mal choisi, risqua Honor. Mais elle n'a pas tort, Benjamin. Abigail s'en est très bien sortie à Saganami, et je pense que Rachel ferait encore mieux. Et ce n'est pas comme si c'était votre héritière. Il y a encore Bernard Raoul et Michael entre elle et la succession, même si les Clefs étaient prêtes à accepter une femme au poste de Protecteur. Ce qui n'est pas le cas, vous et moi le savons très bien.

— Je sais, je sais ! Katherine et Élaine passent leur temps à me répéter la même chose, bien qu'elles ne le fassent pas devant Rachel, au moins, Dieu merci ! D'ailleurs, je dois le reconnaître – en tant que Protecteur de Grayson plutôt qu'en tant que père nerveux – , cela pourrait être une excellente idée en d'autres circonstances. Mais en ce moment précis, vu nos relations tendues avec Manticore et la résistance des Clefs à tout compromis avec le Royaume, envoyer la fille aînée du Protecteur à l'École spatiale de la FRM pourrait nous mener droit au désastre.

— Je comprends bien. Mais même si vous l'y envoyiez dès qu'elle aura l'âge minimum requis, il faudrait qu'elle ait au moins dix-sept ans T, ce qui vous laisse encore un an. Beaucoup de choses peuvent changer dans un si long délai.

— Mais beaucoup de choses pourraient ne pas changer, répliqua Benjamin. Et si c'est le cas, s'il est toujours politiquement impensable de l'inscrire à l'École spatiale, je ne veux pas revenir sur ma parole après lui avoir dit qu'elle pourrait y aller. Je ne l'ai jamais fait et je ne veux pas commencer maintenant, même si c'est parce que la raison d'État ne me laisse pas le choix.

— C'est parce que vous êtes un très bon père, lui dit-elle gentiment avant de sourire. Écoutez, je discuterai avec elle ce soir après dîner, si vous voulez. Je connais suffisamment Rachel pour savoir qu'elle garde un œil sur la situation politique du Royaume stellaire, qu'elle l'avoue à ses mères et son père ou non. Elle doit bien se rendre compte que des facteurs politiques guident vos décisions en ce moment à plusieurs titres… dont certains vont avoir des répercussions sur sa personne. Et puis elle risque de mieux le prendre venant de moi que de vous si je souligne combien il est désagréable d'être la balle que se renvoient des imbéciles comme Haute-Crête, Salomon Hayes et Régina Clausel, pour ensuite lui expliquer le plus gentiment du monde qu'il ne sera peut-être pas possible de l'envoyer à Saganami l'année prochaine. Après tout, vous êtes son père, et il doit y avoir là-dedans une question de contestation de l'autorité pour une adolescente. Moi, en revanche, je ne suis que tante Honor, et si un certain prestige s'attache à l'amiral Harrington, je puis peut-être le mettre à contribution face à elle. »

## CHAPITRE DIX-NEUF

« Regarde un peu ça, Jordin. »

Jordin Kare leva les yeux de son terminal et fit pivoter son fauteuil de travail en direction du professeur Richard Wix, un blond vénitien à la barbe hirsute, aux moustaches beaucoup plus claires que ses cheveux et à la réputation de fêtard invétéré. D'ailleurs, il était fier de son surnom de « Jojo la Bamboche » – même si Kare ne voyait pas trop ce que « Jojo » venait faire là-dedans. D'un autre côté, quand il ne travaillait pas à sa réputation d'incarnation de la convivialité, le professeur Wix était aussi un astrophysicien extrêmement compétent. Plus important encore, peut-être, il possédait cette intuition unique qui permet de repérer des corrélations de données au jugé plutôt que par l'analyse.

« Qu'est-ce que c'est ? demanda Kare.

— Eh bien, fit Wix d'un air calme, je n'en suis pas certain, évidemment, mais si je ne m'abuse, la dernière collecte de données effectuée par les gars de l'amiral Haynesworth vient de repérer le vecteur d'entrée.

— Quoi ? » Kare quitta son fauteuil et se retrouva derrière Wix à fixer son afficheur sans garder le souvenir conscient d'avoir bougé. « C'est ridicule ! Impossible ! Nous n'avons même pas encore de localisation définitive pour le point d'entrée, comment pourrions-nous avoir un *vecteur* d'entrée ?

— Parce que les voies du Seigneur sont impénétrables ? suggéra Wix.

— Ah, très drôle, la Bamboche », répondit sèchement Kare.

Il se pencha vers l'afficheur puis passa le bras pardessus l'épaule de Wix et tapa une ligne de commande sur le terminal. La console réfléchit un instant à sa question puis reconfigura obligeamment l'afficheur, et Kare lâcha à mi-voix un juron que son rabbin n'aurait pas approuvé.

« Tu vois ? fit Wix d'un air assez satisfait.

— En effet, je vois », répondit lentement Kare, les yeux rivés sur les vecteurs et les colonnes de données numériques sur le côté. Il secoua la tête, incapable de quitter du regard ces chiffres absurdes. « Tu te rends compte à quel point la probabilité que cela arrive était astronomiquement faible – si tu me passes l'expression ?

— Cette idée a traversé mon esprit indubitablement superficiel. D'après mes estimations les plus optimistes, nous aurions dû mettre au moins six ou sept mois encore pour trouver le point d'entrée, sans parler de ça. » Il secoua la tête à son tour. « Mais le voilà, Jordin, dit-il en désignant l'afficheur. Les tourbillons gravitiques ne laissent pas vraiment de place au doute, si ?

— Non, en effet. » Kare se redressa et croisa les bras, plissant le front tout en envisageant les implications renversantes de la découverte de Wix. À sa connaissance et à celle de Michel Reynaud, ils avaient su cacher à leurs maîtres politiques qu'ils étaient sur la piste du septième terminus tant recherché du nœud du trou de ver de Manticore, mais ils ne pourraient pas étouffer cette nouvelle-ci. Comme le disait Wix, ils venaient de gagner au moins six mois de recherche

– voire une année pleine, en réalité. Ce qui supposait qu'il y aurait peut-être un prix à payer quand les politicards découvriraient que les petites mains avaient essayé de les maintenir dans l'ignorance de leur état d'avancement.

D'un autre côté…

« C'est une nouvelle formidable ! » exulta la comtesse de La Nouvelle-Kiev avec ce que le baron de Haute-Crête considérait intérieurement comme un don incomparable pour asséner des évidences. Enfin, le Premier ministre ne pouvait pas vraiment en vouloir à sa ministre des Finances vu les circonstances.

Il avait rassemblé un groupe de travail issu du gouvernement dans la salle de conférence sécurisée située sous la résidence du Premier ministre, une salle enterrée sous cinquante mètres de terre et de béton céramisé, bien que tous les efforts eussent été consentis pour éviter l'ambiance « bunker ». Le mobilier était à la fois coûteux et élégant, du tapis moelleux aux couleurs bleu et argent de la maison de Winton aux fauteuils morpho disposés autour de l'immense table de conférence faite de bois sombre poli à la main. Tout un pan de la pièce était occupé par un mur intelligent dont la technologie holographique et nanotech s'alliaient en cet instant pour créer une illusion époustouflante de réalisme simulant une fenêtre donnant sur la baie de Jason.

Néanmoins, malgré les efforts faits pour les convaincre du contraire, toutes les personnes présentes étaient bien conscientes d'être très loin de la surface… et qu'il était impossible d'épier leur conversation.

« Je suis d'accord, c'est une nouvelle fantastique, bien sûr, Marisa, dit Stefan Young. De toute évidence, la sphère des affaires dans son ensemble va être emballée par la perspective d'une nouvelle route commerciale passant par le nœud et, en tant que ministre du Commerce, cette idée me ravit. Toutefois, cette annonce pourrait poser quelques… difficultés.

— Aucune qui soit insurmontable », répondit Haute-Crête avec un léger froncement de sourcils réprobateur qu'il prit garde de ne pas montrer à la comtesse. Ce n'était pas le moment de lui rappeler d'insignifiantes irrégularités comptables dans les livres de l'Arram. D'ailleurs, c'était l'une des raisons pour lesquelles il avait tenu à ce que Mélina Makris soit intégrée au personnel de Reynaud. Makris savait très bien à qui allait réellement sa loyauté et, en tant que représentante de La Nouvelle-Kiev au sein de l'agence, elle constituait un coupe-circuit parfait entre la comtesse et les véritables livres de comptes. Ce qui valait mieux, vu que la conscience politique de celle-ci avait le chic pour la chatouiller aux moments les plus imprévisibles. Cela arrivait en général davantage sur des questions mineures que sur celles d'importance. Pour sa part, Haute-Crête soupçonnait qu'il s'agissait d'une espèce de mécanisme d'autodéfense : son subconscient s'attachait peut-être à ces questions mineures parce que son pragmatisme l'empêchait de réagir aux plus gros péchés.

« Sûrement pas ! renchérit Élaine Descroix, enthousiaste. Il s'agit de la plus grande découverte depuis des décennies. Non, des siècles ! Le nœud est le principal facteur de prospérité du Royaume ; si sa capacité augmente, ce sera le plus gros coup de pouce à notre économie en près de cent ans. Et c'est une agence que *nous* avons créée qui a trouvé le nouveau terminus qui rendra cela possible.

— Évidemment, intervint la comtesse sur un ton plus terre à terre, comme si elle trouvait de mauvais goût l'allusion satisfaite de Descroix à l'avantage politique qu'ils pourraient en tirer, nous ne savons pas où mène ce terminus. Il y a peu de chance qu'il nous relie à des régions colonisées.

— Il y avait peu de chances que les premiers terminus nous relient à des systèmes tels que Beowulf ou l'Étoile de Trévor, répliqua sèchement Descroix.

— Et même s'il mène à un espace complètement inexploré, fit remarquer Nord-Aven, c'est exactement ce qu'était Basilic quand nous l'avons découvert. Rien que les nouvelles possibilités d'exploration et d'étude créeraient un élan économique significatif.

— Je ne sous-entends pas du tout qu'il ne s'agit pas d'une découverte d'importance capitale. » La comtesse paraissait un peu sur la défensive, songea Haute-Crête. « Je dis simplement que, jusqu'à ce que nous en sachions plus – jusqu'à ce que nous ayons envoyé un bâtiment là-bas jeter un coup d'œil avant de revenir –, personne ne peut préjuger de son importance. Surtout à court terme.

— Je vous l'accorde, dit Haute-Crête en acquiesçant gravement. En même temps, Marisa, vous conviendrez, j'en suis certain, qu'une nouvelle de cette portée doit être annoncée dès que possible ?

— Oh, bien entendu. Je ne voulais pas donner l'impression du contraire. Je mets simplement en garde contre une publicité de la nouvelle publique qui nourrirait des attentes que nous ne saurions peut-être pas satisfaire à long terme.

— Bien sûr », fit Haute-Crête d'un ton apaisant. Après tout, ils n'auraient pas besoin de nourrir les attentes par des déclarations officielles : la spéculation du secteur privé s'en chargerait très bien et, si elle ne le faisait pas toute seule, les groupes de réflexion qui devaient des services à son gouvernement étaient assez nombreux. Il avait la certitude de pouvoir amorcer la pompe sans laisser d'empreintes si besoin.

« Quand serons-nous capables d'envoyer un bâtiment de l'autre côté ? s'enquit Descroix.

— Nous ne savons pas très bien, reconnut Haute-Crête. Les rapports de l'amiral Reynaud et du professeur Kare comportent beaucoup de réserves. Il me semble évident qu'il s'agit en partie pour eux de couvrir leurs arrières, mais j'imagine qu'il fallait s'y attendre, et il serait malavisé de passer outre leur avis. Ils ont tous deux souligné que nul n'aurait pu prédire – ou du moins que nul n'avait prédit – une découverte fondamentale d'une telle portée. D'après leurs rapports, ils sont tombés plus ou moins par hasard sur les données d'observation critiques, et ils insistent sur le fait qu'il va leur falloir du temps pour affiner leurs chiffres bruts actuels. Apparemment, ils ont un vecteur d'approche assez bien défini pour cette extrémité-ci du nouveau terminus, mais ils disent qu'ils vont devoir envoyer bon nombre de sondes pour tester leurs données de façon à s'assurer qu'il n'y a pas d'erreur dans leurs chiffres. Ils veulent également étudier les relevés télémétriques des sondes sur le transit. Selon Reynaud, sans cela et notamment sans les relevés de transit, ils ne peuvent pas projeter les données de timonerie nécessaires avec suffisamment de précision pour assurer le transit sain et sauf d'un vaisseau de cartographie. Jusque-là, ils s'opposent officiellement à l'envoi d'un bâtiment habité.

— J'ai surtout l'impression qu'ils ont peur de leur ombre, fit sévèrement Descroix, le ton acide et méprisant.

— Et moi j'ai l'impression qu'ils se soucient des vies humaines que nous pourrions perdre en nous précipitant ! répliqua La Nouvelle-Kiev. Nous nous débrouillons très bien depuis des siècles avec seulement six terminus, Élaine, nous pouvons encore attendre quelques mois pour en explorer un septième. »

Descroix se hérissa de rage au ton de la comtesse, et Haute-Crête s'empressa d'intervenir.

« Je suis certain que personne ici ne veut prendre de risques inutiles avec la vie de nos équipes de recherche, Marisa. D'un autre côté, je comprends très bien l'impatience d'Élaine. Plus vite nous pourrons étudier cette nouvelle route, plus tôt l'économie du Royaume stellaire pourra commencer à en profiter. Et bien que cela puisse paraître un tantinet calculateur, je ne pense pas qu'on puisse honnêtement nous reprocher de nous attribuer une part du mérite de cette découverte. » Il soutint le regard de la comtesse. « Après tout, elle a été faite par une agence que ce gouvernement a créée et financée – en dépit, j'ajouterais, d'une forte opposition de la part d'Alexander et ses amis. Et de la même façon qu'un gouvernement se voit critiqué pour ce qui se passe mal pendant qu'il est au pouvoir, que les problèmes soient ou non dus à ses décisions et politiques, il est normal qu'on le félicite pour ce qui va bien.

— Bien sûr, concéda La Nouvelle-Kiev. Je crois qu'il est important que nous ne répétions pas sur tous les tons que tout le mérite de cette découverte nous revient, mais quelqu'un va pouvoir en tirer un capital politique, et il serait logique qu'il s'agisse de nous. Je dis juste que, même d'un point de vue strictement politique, il serait très malavisé de notre part de pousser l'amiral Reynaud à des activités exploratoires qu'il juge prématurées. Si nous le faisons et que des gens meurent, ce “mérite”-là aussi nous reviendra.

— Vous n'avez pas tort sur ce point, fit Haute-Crête avant de hausser un sourcil interrogateur à l'adresse de Descroix. Élaine ?

— Oh, bien sûr, nous n'avons pas besoin de sacrifier des vies inutilement, répondit la ministre des Affaires étrangères, maussade. Mais, par ailleurs, je ne vois rien de mal à augmenter un peu la pression sur Reynaud et Kare. Je ne propose pas qu'on passe outre leur avis, mais savoir que le gouvernement a très envie d'avancer au plus vite pourrait contribuer à… focaliser leur attention plus fermement sur la façon d'accélérer le processus en toute sécurité. »

La comtesse paraissait sur le point de lancer une autre réplique cassante, mais elle y renonça après un coup d'œil de Haute-Crête.

« Excellent, fit vivement le Premier ministre. Dans ce cas, je pense que nous sommes d'accord sur la manière de procéder à l'exploration. Pour l'instant, toutefois, nous devons aussi envisager avec précision comment – et quand – nous annoncerons la nouvelle. À mon avis, il faut le faire dès que possible. Subsiste la question suivante : devons-nous passer par Clarence ou par une conférence de presse de l'Arram ? Qu'en pensez-vous ? »

Clarence, Sir Clarence Oglesby, était de longue date directeur des relations publiques pour Haute-Crête et actuellement attaché de presse officiel du gouvernement.

« Nous devrions passer par Clarence, répondit aussitôt Descroix.

— Je n'en suis pas sûre, fit La Nouvelle-Kiev presque aussi vite. L'Arram serait la source logique du communiqué initial. Est-ce qu'on n'aurait pas l'air de bondir sur l'occasion de nous faire de la publicité si l'attaché de presse du gouvernement leur volait la vedette ?

— J'espère, Marisa, dit Descroix avec un sourire pincé, que tu ne vois pas d'objections à ce que nous relevions officiellement cet événement tout à fait mineur ? »

La comtesse ouvrit la bouche, rageuse, mais Haute-Crête intervint de nouveau.

« Marisa n'a jamais dit ça, Élaine », trancha-t-il fermement. Il lui fit baisser les yeux en la voyant prête à répondre de manière agressive. Il pouvait le faire avec Descroix. Contrairement à La Nouvelle-Kiev, elle ne risquait pas de laisser ses principes entrer en conflit avec son ambition, et elle comprenait les subtilités de la manipulation (des électeurs comme de ses collègues du gouvernement) d'une façon qui échapperait toujours à la comtesse.

« Pour ma part, reprit-il, une fois sûr que sa ministre des Affaires étrangères n'allait pas verser davantage d'hydrogène sur la colère de celle des Finances, je pense que les deux ont du bon. Dans la mesure où il s'agit d'une découverte scientifique, c'est sans doute l'agence de recherche qui devrait l'annoncer. Mais il s'agit aussi d'un événement politique capital, qui aura des conséquences pour le Royaume stellaire tout entier, à commencer par le secteur financier peut-être, mais pas uniquement. Je pense donc que la meilleure façon de procéder consisterait à demander à l'amiral Reynaud de convoquer une conférence de presse au cours de laquelle l'information serait rendue publique et où Clarence serait présent dans le rôle de coordinateur. Cela lui permettrait de traiter des implications politiques et économiques de la découverte tout en nous assurant que les scientifiques à qui nous la devons soient dignement reconnus pour leur travail. »

Il adressa un large sourire à son auditoire, satisfait de son compromis, et La Nouvelle-Kiev hocha la tête. Descroix se fit davantage prier, mais elle acquiesça néanmoins, et le sourire de Haute-Crête s'élargit.

« Excellent ! répéta-t-il. Dans ce cas, je vais demander à Clarence de contacter l'amiral Reynaud tout de suite pour prendre les dispositions requises. Maintenant, concernant les nouvelles subventions à la construction spatiale que vous souhaitiez recommander, Marisa, il me semble que… »

« C'est un plaisir de te voir de retour, Honor ! » s'exclama le contre-amiral Alistair McKeon lorsque celle-ci entra dans la salle de briefing d'état-major du HMS *Loup-Garou*. Alice Truman et lui avaient rallié le nouveau vaisseau amiral de la duchesse avant que la navette du *Paul Tankersley* ne le rejoigne. Mercedes Brigham était arrivée avec Honor, et Rafael Cardones ainsi que le capitaine de vaisseau Andréa Jaruwalski les avaient accueillies au hangar d'appontement pour les accompagner jusqu'à la salle de conférence.

« Rafe, Alice et moi avons réussi à maintenir les choses en mouvement, plus ou moins, poursuivit McKeon en lui serrant fermement la main. Mais personne au sein de l'Amirauté ne semble ressentir d'urgence sur ce programme, et je crois qu'il nous faut quelqu'un d'un peu plus gradé pour botter quelques derrières là-bas !

— Si ça ne te dérange pas, Alistair, dit-elle doucement en lui serrant la main en retour, je préférerais passer au moins… disons une heure ou deux à défaire mes valises avant de m'en aller batailler contre l'amiral Draskovic et le Premier Lord de la Spatiale.

— Désolé. » Il grimaça puis eut un sourire en coin. « C'est juste que je n'ai jamais bien su parler aux bureaucrates. Et, en toute franchise, il me semble que certains traînent délibérément les pieds cette fois-ci.

— Je ne serais pas trop surprise que les soupçons d'Alistair soient fondés », intervint dame Alice Truman en tendant à son tour la main à Honor. Son sourire était sincère mais décidément amer. « Je ne sais pas ce que tu as fait à Draskovic pour la convaincre d'entériner tes choix du personnel de commandement et d'état-major, mais j'ai dans l'idée que nous obtiendrions un degré de coopération beaucoup plus élevé – et rapide – de la part de l'Amirauté si tu avais sélectionné des gens davantage en odeur de sainteté auprès de la hiérarchie. À commencer par ton commandant en second.

— À commencer par le commandant de la base elle-même, vous voulez dire », intervint Jaruwalski. Le capitaine de vaisseau au visage de faucon n'était plus la femme à demi vaincue et sur la défensive à qui on avait fait porter la responsabilité du désastre de Seaford 9, et elle soutint le regard d'Honor avec un sourire sardonique.

« Ce n'est pas tout à fait le propos le plus diplomatique à tenir, Andréa, fit remarquer Honor, et son officier opérationnel haussa les épaules.

— Si j'ai appris une chose en essayant de travailler avec la nouvelle direction de l'Amirauté, milady, c'est que rien ne se fera jamais si nous attendons qu'elle le fasse à notre place. Et, sauf votre respect, madame, vous le savez aussi bien que nous. Alors autant être francs sur ce point ici, “en famille”, vous ne croyez pas ?

— Vous avez sans doute raison », concéda Honor au bout d'un moment. Puis elle haussa les épaules et se retourna vers McKeon. « Il va falloir nous réunir et voir où nous en sommes exactement maintenant que Mercedes et moi sommes rentrées de Grayson. Et s'il apparaît que nous avons besoin de quelque chose pour quoi je peux presser l'Amirauté, je prendrai sans hésiter le bâton qu'il faudra. Mais si nous pouvons nous en charger nous-mêmes, même s'il faut pour cela emprunter des voies détournées, je préférerais éviter tout… entretien supplémentaire à l'Amirauté.

— Je comprends très bien, répondit-il. Et j'imagine qu'il ne serait pas plus mal que nous autres supportions tout le poids possible au lieu de te mettre à la merci de l'Amirauté.

— Je ne dirais pas ça ainsi, même "en famille", fit Honor. Mais, dans l'ensemble, il serait sans doute bienvenu de me garder en réserve quand c'est faisable plutôt que de gaspiller le peu de poids que j'ai. D'ailleurs, à ce propos, où en sommes-nous au juste ? demanda-t-elle en reprenant son chemin jusqu'au fauteuil situé à la tête de la table de conférence.

— En retard de deux semaines sur notre planning prévisionnel », répondit Truman. Honor la regarda d'un air interrogateur, et la blonde contre-amiral haussa les épaules. « Héphaïstos a libéré le *Loup-Garou* plus tôt que prévu, et Rafe et Scotty ont fait du bon boulot pour organiser son groupe de BAL. Nous avons au moins une semaine de retard s'agissant de rassembler le reste des porte-BAL, toutefois, et tant que nous n'aurons pas tous les PBAL et leurs BAL en un même lieu, il sera impossible de porter des jugements sur les flottilles légères en général. Je doute qu'elles soient à la hauteur de celle du *Loup-Garou*, mais ce serait le cas de toutes celles qu'on pourrait nous envoyer. Les "cochers" de Scotty ne dédaigneraient pas tout délai d'entraînement supplémentaire que nous pourrons leur obtenir, mais les deux tiers d'entre eux au moins sont des vétérans et, à mon avis, ils progressent de façon très satisfaisante. Tu es d'accord, Alistair ?

— C'est aussi mon impression, fit McKeon.

— Je vois. » Honor hocha la tête et jeta un coup d'œil à Jaruwalski. « Et l'autre projet dont nous avons parlé, Andréa ?

— Il est dans les temps, milady, assura-t-elle. Les données sont bien rangées, comme vous l'avez demandé, et le capitaine Reynolds et moi avons déjà quelques idées à ce propos. Nous ne sommes pas encore tout à fait prêts à les partager, mais je pense que vous ne serez pas déçue.

— Bien. »

Honor eut un sourire pincé, étrangement vorace, qui se fit plus large et chaleureux comme elle percevait la perplexité de ses subordonnés les plus gradés. Eh bien, il serait toujours temps d'éclairer leur lanterne plus tard. Elle ne s'attendait pas à ce qu'ils opposent la moindre objection au petit projet qu'elle avait baptisé du nom de code Wilberforce, mais vu la nature… sensible des données d'espionnage qui rendraient l'opération possible, elle préférait en limiter les détails au cercle le plus restreint possible jusqu'à leur arrivée en Silésie.

« Alors tu penses que les équipages des BAL seront à la hauteur le temps d'atteindre Sidemore ? » demanda-t-elle en reportant son attention vers Truman. Le commandant en second leva la main en un geste sans conviction.

« Je pense qu'ils devraient l'être, dit-elle. Je suis sûre qu'ils finiront par satisfaire les critères de Scotty, mais je ne garantis pas que ce soit le cas d'ici notre arrivée sur base.

— C'est toi l'experte en BAL, Alice, fit McKeon, mais je crois que tu es un peu pessimiste. Pour moi, ils ont déjà l'air de progresser sensiblement à ce que j'ai vu dans les sims. Mais je n'en sais trop rien. Si j'ai bien compris, Sa Seigneurie (il sourit à Honor) m'a demandé de venir pour surveiller la partie “à l'ancienne”.

— Pas si ancienne que ça, protesta Honor.

— Plus que vous ne pourriez le croire, madame », fit Jaruwalski avec amertume. Elle grimaça comme Honor la regardait. « Dernières nouvelles du bureau de l'amiral Chakrabarti : nous allons devoir laisser une de nos escadres de Méduses ici, avec la force capitale. Ils vont nous donner deux escadres de vieilles unités à la place. Et, d'après mes sources, deux de ces bâtiments d'ancienne génération au moins seront des cuirassés plutôt que des supercuirassés.

— Deux escadres seulement ? demanda Mercedes Brigham avant de se tourner vers Honor. Certes, vous m'aviez prévenue qu'ils rechignaient à libérer du tonnage, milady, mais c'est ridicule ! Deux escadres de bâtiments d'ancienne génération ne valent pas une escadre de supercuirassés porte-capsules !

— Non, en effet », confirma Honor en se retenant. En son for intérieur, elle se demandait si certaines des inquiétudes de Benjamin concernant la République de Havre n'avaient pas fini par atteindre le cerveau de la DGSN ou ce qui passait pour tel. Elle se rappela qu'elle devait encore informer William Alexander et Élisabeth de tout ce qui préoccupait Benjamin… y compris les intentions éventuelles d'Erewhon. Mais en cet instant c'était secondaire par rapport à ses propres soucis immédiats, et elle ne voyait de toute façon pas d'autre raison de réduire à ce point l'effectif envoyé pour dissuader les Andermiens d'agir. Si la nouvelle distribution des bâtiments se maintenait, l'Amirauté n'accorderait à sa force d'intervention qu'une seule escadre de SCPC. Certes, dix-huit supercuirassés – *ou cuirassés si Andréa a raison*, corrigeat-elle – de l'ancienne génération viendraient les appuyer, sans compter les deux malheureuses escadres de combat déjà sur base sous le commandement de l'amiral Hewitt. Et il était également vrai que six des nouveaux vaisseaux étaient théoriquement capables de détruire une flotte entière des anciens sans assistance, mais cela lui paraissait néanmoins téméraire.

*Devrais-je leur parler de l'escadre du Protecteur ?* se demanda-t-elle. Rien ne l'en empêchait vraiment… sauf que Benjamin et elle étaient tombés d'accord pour que personne ne soit mis au courant – à l'exception d'Alfredo Yu lui-même – jusqu'à ce que les vaisseaux graysoniens atteignent la Silésie. Le Protecteur avait décidé, à la réflexion, que la manière la plus simple d'éviter une confrontation domestique potentielle suite à sa décision consistait simplement à n'en parler à personne. Aux yeux du reste de la flotte et de la population graysonienne dans son ensemble, l'escadre du Protecteur partait pour un entraînement prolongé en espace profond en compagnie de ses bâtiments de soutien logistique. Le but premier était de prouver sa capacité à vivre sur ses propres ressources logistiques lors d'opérations indépendantes à grande distance. Le fait que ce périple d'entraînement amènerait par hasard l'escadre du Protecteur au grand complet dans le système où son commandant officiel avait par hasard été basé par la FRM ne serait que l'une de ces coïncidences heureuses que l'on croise de temps à autre.

De plus, comme l'avait souligné Wesley Matthews quand on lui avait demandé son avis, si des gens comme Sir Édouard Janacek ou Simon Chakrabarti apprenaient que Grayson comptait fournir les bâtiments dont Honor aurait besoin, ils y verraient sûrement l'occasion de réduire un peu plus les forces purement manticoriennes à sa disposition. Une analyse qui lui paraissait plus pertinente encore, dans le sillage de ce qu'avait annoncé Jaruwalski.

*Non,* décida-t-elle. *Il ne serait pas juste que je le leur dise alors que Benjamin n'en parlera même pas à son peuple. Et bien que ce ne soit pas très sympathique de ma part, mon silence les encouragera probablement à faire tout leur possible pour que ce dont nous disposons officiellement fasse l'affaire. Et puis,* songea-t-elle soudain gaiement, *pense à la bonne surprise qu'ils auront quand Alfredo atteindra le Marais. À supposer, bien sûr, qu'ils ne décident pas de lyncher l'amiral qui ne les avait pas prévenus de son arrivée !*

« Eh bien, dit-elle à voix haute, il faudra bien trouver un moyen de faire sans, j'imagine. »

## CHAPITRE VINGT

L'icône d'un blanc éclatant représentant l'Étoile de Trévor brillait au milieu de l'énorme afficheur holographique du CO à bord du *Souverain de l'espace*, mais Shannon Foraker n'avait pas de temps à perdre sur des distractions mineures telles que soleils et planètes. Elle gardait les yeux rivés sur la vague très dense de points cramoisis s'éloignant des icônes rouge sang plus grosses de la flotte défensive.

« On dirait que leurs capteurs nous ont détectés, madame », fit doucement remarquer le capitaine de vaisseau Anders à ses côtés, et elle acquiesça. Malgré les améliorations que la Flotte républicaine avait apportées à sa technologie furtive, ses systèmes demeuraient très inférieurs à ceux dont disposait Manticore. Ils savaient depuis le début qu'on les repérerait sur leur vecteur d'approche ; ce qu'ils ignoraient, c'était quel avantage cela conférerait à l'autre camp.

« Nous recevons les premiers rapports de contact des BAL de tête », annonça le capitaine de frégate Clapp, et Foraker se tourna vers lui. « La composition de la flotte correspond à ce que nous avions prévu, amiral, dit-il en posant la main sur l'oreillette vissée dans son oreille droite, tout ouïe. Il semble que leurs BAL lanceurs de missiles prennent la tête. » Il écouta encore un moment puis grimaça. « Nous ne pouvons pas le confirmer à coup sûr, madame. Leurs systèmes

GE sont encore trop performants pour nous permettre de les passer à cette distance, et l'interprétation que le CO fait des rapports de contact suggère qu'ils pourraient déjà être en train de parsemer leur formation de leurres.

— Compris. » Foraker reporta son attention vers l'afficheur. Comme Clapp, elle aurait préféré que le CO soit en mesure de télécharger directement les données de détection brutes plutôt que de se fier aux rapports et aux interprétations des officiers tactiques des BAL. Hélas, ce n'était pas possible… pas encore. D'un autre côté, personne dans le camp d'en face (*nous l'espérons en tout cas,* rectifia-t-elle consciencieusement) n'avait de raison de soupçonner que la Flotte républicaine avait enfin réussi à percer le secret des capacités de communication supraluminique de la Flotte royale manticorienne. En réalité, depuis des années la FRH savait grossièrement ce que faisaient les Manties ; elle ignorait juste comment le faire à son tour. Jusque-là.

Pour être honnête, les techniciens de Foraker avaient eu besoin d'un petit coup de main de la part des sociétés solariennes qui vendaient leur technologie militaire à la République populaire de Robert Pierre en échange de rapports de combat et des plus grosses sommes que le comité financièrement aux abois pouvait réunir. Mais il s'était agi d'un tout petit coup de main, et Foraker était très fière de la façon dont ses ingénieurs de R & D s'en étaient emparés et avaient avancé à partir de là. Elle était trop réaliste pour croire les chercheurs de Havre au même niveau que ceux de Manticore, toutefois ils étaient bien meilleurs qu'à une époque. Sans être encore à la hauteur de leurs ennemis potentiels, ils avaient réussi à considérablement réduire le gouffre qui les en séparait.

*Encore une chose pour laquelle on peut « remercier » Pierre et ses bouchers,* songea-t-elle. *Au moins, ils ont fait voler en éclats les vieilles hiérarchies de la R&D et ont même trouvé quelques gars capables de réfléchir pour prendre la relève !*

« Si seulement on pouvait déployer des drones comme les Manties », murmura Anders à côté d'elle, et les lèvres de Foraker esquissèrent un petit sourire ironique à cette confirmation qu'il pensait exactement à la même chose qu'elle. Les exigences énergétiques et les coûts massiques des transmetteurs d'impulsions gravitiques de la FRH étaient beaucoup trop élevés pour permettre l'emploi des drones que la FRM et ses alliés pouvaient déployer. Les Manties possédaient une avance considérable sur la technologie des vases de fusion superdenses et plusieurs autres – dont la dernière génération de condensateurs supraconducteurs –, et Havre était incapable d'égaler le niveau de puissance embarquée de leurs plateformes éloignées. Mais, même sans cela, la taille des matériels havriens de première génération aurait interdit de les caser dans un espace aussi étroit. En fait, on ne pouvait pas les installer dans moins qu'un BAL. Et comme cela avait sans doute été le cas pour les Manties quand ils avaient eux-mêmes développé ce système, se disait Foraker, tout BAL ou vaisseau spatial devait temporairement couper son accélération afin de transmettre un message. Ajouté à la faible fréquence de répétition des impulsions qu'ils avaient obtenue jusque-là, cela les limitait à des messages très courts et simples ou à l'usage de phrases prévues à l'avance que l'on pouvait émettre sous forme raccourcie. C'est pour cette raison que le centre d'opérations de combat du *Souverain de l'espace* ne pouvait pas recevoir directement les données brutes des capteurs : il n'y avait tout simplement pas assez de bandes de fréquence disponibles.

*Pour l'instant*, se répéta encore une fois Foraker.

« Ils se présentent pour un affrontement bille en tête, annonça le capitaine de frégate Clapp. Nos BAL de pointe signalent des frappes radar et lidar cohérentes avec les systèmes de contrôle de feu manticoriens connus.

— En voilà une surprise », ironisa le capitaine de frégate Doug Lampert. En tant qu'officier tactique du capitaine Reumann, il aurait dû se trouver sur le pont de commandement du *Souverain*, mais cette bataille se jouerait hors de portée de ses missiles. Dans ces conditions, Lampert avait opté pour une place aux premières loges au CO, avec ses instruments superbes et son afficheur principal beaucoup plus détaillé.

« Peut-être pas, répondit Anders, mais je ne suis toujours pas persuadé que ce soit leur réponse la plus logique. Ils doivent bien se rendre compte que nous envoyons une vague de BAL et que nous ne le ferions pas si nous ne les pensions pas capables de faire face aux leurs.

— Je pense qu'il était raisonnable de supposer qu'ils réagiraient ainsi », contra doucement Foraker sans jamais quitter des yeux l'afficheur, tandis que les icônes hostiles cramoisies se rapprochaient sans cesse des icônes vertes de ses propres bâtiments d'assaut léger. « Bien sûr qu'ils se rendent compte que nous envoyons des BAL. Mais ils n'ont jamais vu les nouveaux modèles en action. Pour ce que nous en savons, ils ignorent jusqu'à l'existence de la classe Cimeterre. Ils n'ont donc qu'un seul moyen de découvrir à quoi ils sont confrontés : venir voir par eux-mêmes. Et quand on ajoute cela à la supériorité qu'a toujours possédée leur matériel, c'est une réaction parfaitement logique de leur part.

— Je comprends le raisonnement, madame, répondit son chef d'état-major sur un ton calme et obstiné. Je suis juste mal à l'aise à l'idée de fonder toute notre doctrine sur cette hypothèse.

— Sauf votre respect, capitaine Anders, intervint Clapp d'un air hésitant, en réalité nous ne fondons pas notre doctrine sur cette réaction précise. Nous l'avons simplement prévue lors des premiers affrontements.

— Je vous l'accorde, fit Anders. Mais je ne peux pas m'empêcher de penser que les premiers affrontements, comme vous dites, vont poser les bases de notre doctrine. Je dis simplement, Mitchell, que nous devons être conscients qu'ils vont ajuster leurs procédures opérationnelles dès qu'ils comprendront ce que nous avons. Par conséquent, nous devrions être en train de modéliser à ce stade non seulement la façon dont nous pensons qu'ils réagiront la première fois qu'ils verront les Cimeterres, mais aussi la manière dont ils s'adapteront à cette nouvelle menace.

— Personne ne dit le contraire, Five, intervint doucement Foraker. De toute évidence, ils vont s'adapter, tout comme nous l'avons fait en introduisant les Cimeterres en réaction à leurs BAL. Mais il y a pire que ne pas du tout tenir compte de leur adaptation progressive : se projeter trop loin dans l'avenir alors qu'on manque de données. Nous pensons en savoir davantage sur leur matériel et ses capacités en ce moment qu'ils n'en savent sur le nôtre, mais il reste encore beaucoup d'éléments sur lesquels nous n'en sommes qu'aux suppositions. En l'absence d'une idée plus définie des options qui se présentent à eux, nous pourrions aisément nous enferrer dans une estimation erronée de celles qu'ils choisiront.

— Je sais. » Anders fixa un instant l'afficheur d'un œil noir, gonfla les joues, souffla puis adressa un sourire un peu penaud à son amiral. « Désolé, dit-il. Je suppose que c'est mon côté ingénieur. Je sais que nous vivons dans le monde réel, où il est impossible de figer les paramètres comme dans un programme de R & D. Surtout quand on peut compter sur l'ennemi pour faire ce qu'on ne voulait surtout pas qu'il fasse. » Il grimaça et tourna la tête vers Clapp : « Je ne voulais pas avoir l'air de critiquer, capitaine. C'est juste que…

— Juste qu'un des rôles du chef d'état-major consiste à jouer les Cassandre, et plus encore quand tout le monde paraît un peu trop optimiste, acheva Foraker dans un sourire. Soit dit en passant, vous ne feriez pas une princesse grecque bien terrible, Five, ajouta-t-elle avec un sourire plus large tout en regardant son crâne chauve.

— Merci. Enfin… je pense, répondit Anders.

— Ils vont entrer à portée de missiles », intervint Lambert.

L'officier tactique du *Souverain de l'espace* n'était pas un amateur de vieille mythologie terrienne même dans ses meilleurs jours et, contrairement aux trois autres, il n'avait jamais quitté des yeux les vagues d'icônes en approche sur l'afficheur. Son intervention y ramena d'ailleurs leur attention.

Il avait raison et, tandis que Foraker cherchait du regard les données tactiques, elle vit le nombre d'icônes de BAL manticoriens doubler, puis doubler encore et encore à mesure que leurs systèmes GE embarqués, terriblement efficaces, et les drones et plateformes éloignées – plus frustrants encore – se mettaient tous en ligne.

« Pile au moment prévu », murmura Clapp pour lui-même à côté d'elle, et elle le regarda. Le capitaine de frégate n'était manifestement pas conscient d'avoir parlé, et Foraker dissimula un sourire en reconnaissant chez lui un peu d'elle-même quelques années plus tôt.

Mitchell Clapp avait accédé à ses responsabilités actuelles par une voie peu orthodoxe. À la différence de la plupart des officiers spatiaux visant des commandements de poids, il n'avait jamais envisagé de faire carrière dans l'ingénierie embarquée ou la tactique. Son premier amour – auquel il était resté fidèle – avait été les bâtiments légers de la flotte, et il s'était bâti une certaine réputation comme l'un des rares officiers havriens à se distinguer presque autant dans les volets ingénierie et pilote d'essai des programmes de développement et d'amélioration des pinasses et navettes de la Flotte populaire. Le travail qu'il avait effectué était vital, mais il ne lui avait guère valu de gloire martiale, du moins aux yeux de ses collègues officiers. Ce qui expliquait en partie pourquoi un homme qui avait tant de succès à son actif n'était que lieutenant de vaisseau quand Oscar Saint-Just avait eu sa mésaventure.

« Et c'est… maintenant », murmura Clapp, et l'affichage changea brusquement : une immense vague d'icônes plus minuscules encore se sépara des points verts symbolisant les BAL républicains et se précipita à la rencontre de la marée rouge en approche.

Foraker retint son souffle en regardant les petites flèches vert vif se jeter à la face des Manties. Un Manticorien témoin de ce lancer l'aurait sans doute mis sur le compte de la panique. De toute évidence, aucun missile lancé par un BAL républicain ne réussirait à pénétrer le rempart de leurres et de brouilleurs que l'ennemi lui opposait, sans parler de venir à bout des systèmes de guerre électronique embarqués des BAL manticoriens eux-mêmes. Des antimissiles se précipitèrent néanmoins à leur rencontre, bien entendu, mais pas aussi nombreux qu'on aurait pu s'y attendre contre des projectiles plus performants lancés par des unités plus conséquentes. Des dizaines de missiles furent balayés, mais les officiers de défense manticoriens réservaient leurs stocks limités d'antimissiles à une menace plus crédible que celle de missiles expédiés par des BAL havriens.

Après tout, ils savaient que les centaines de projectiles qui se précipitaient vers eux ne pouvaient absolument pas leur faire de mal.

D'ailleurs, ils avaient raison à ce sujet… jusqu'à un certain point. Un point qui fut atteint quand les missiles républicains arrivèrent en fin de parcours alors que près de quarante mille kilomètres les séparaient encore des vaisseaux manticoriens et que le premier échelon détona.

Ils n'avaient pas à respecter de distance minimale contre des bâtiments spatiaux parce qu'il ne s'agissait pas de têtes laser. Ce n'étaient d'ailleurs pas non plus des têtes nucléaires au sens classique du terme. Et ils n'emportaient pas les systèmes GE sophistiqués et terriblement performants dont les Manticoriens avaient fait la démonstration car, si mortifiant fût cet aveu pour Shannon Foraker, la République de Havre mettrait encore des années – sans doute des décennies – avant d'atteindre le niveau de compétence technique du Royaume stellaire de Manticore. Comme le lui avait donc suggéré le capitaine de frégate Clapp plus de deux ans T auparavant, la seule solution pratique consistait à trouver le moyen de contourner l'avantage technologique de l'ennemi.

Et c'était précisément ce pour quoi les BAL de classe Cimeterre et leur armement étaient conçus. La solution de Clapp devait probablement beaucoup au temps qu'il avait passé à étudier et modéliser l'environnement dangereux, encombré et limité dans l'espace où évoluaient en général les pinasses et navettes d'assaut. Très peu d'officiers tactiques réfléchissaient en ces termes quand il s'agissait de vaisseaux spatiaux dignes de ce nom, même si les vaisseaux en question n'étaient que de simples BAL. Après tout, les pinasses et navettes d'assaut étaient des appareils « jetables ». Tout le monde savait qu'un certain pourcentage de ces unités serait perdu, quelle que soit la doctrine tactique appliquée. Par bonheur, elles étaient suffisamment peu coûteuses et nécessitaient des équipages assez limités par rapport aux grands vaisseaux pour qu'un degré élevé d'attrition soit acceptable tant qu'il leur permettait d'accomplir leur mission.

Or c'était là aussi le principal avantage tactique des BAL, avait fait remarquer Clapp. Simplement, parce qu'ils jaugeaient trente ou quarante mille tonnes, on ne les voyait pas vraiment sous cet angle. Même ceux qui avaient intellectuellement saisi la réalité tactique ne l'avaient pas fait au plan émotionnel. Et on avait donc continué à penser en termes de distances de sécurité pour l'affrontement, de systèmes embarqués sophistiqués et de tous ces autres éléments qui faisaient des BAL la version miniature de bâtiments hypercapables immensément plus puissants.

Mitchell Clapp avait entamé son propre processus de conception par un retour à la feuille blanche. Plutôt que de dessiner un gros vaisseau miniature, il y avait vu l'occasion de construire une pinasse surdimensionnée. Il s'était impitoyablement débarrassé de tout ce qui n'était pas essentiel au rôle combattant tel qu'il l'envisageait et avait découvert en chemin qu'il était possible de gagner ainsi un tonnage tout à fait époustouflant.

Il avait commencé par accepter de réduire l'endurance des systèmes de régulation vitale à seulement quatre-vingt-seize heures au lieu des semaines et des mois sur lesquels insistaient la plupart des concepteurs de BAL. Ensuite, il avait éliminé tout armement à énergie, à l'exception de grappes de lasers de défense active très succinctes. Il apparaissait clairement à la direction du renseignement spatial que les Manties avaient adopté des innovations radicales afin de fournir l'énergie requise par leurs nouveaux BAL : leurs systèmes GE devaient être des gouffres énergétiques, et l'énorme graser autour duquel ils avaient bâti au moins une de leurs classes d'assaut léger était pire encore. La DRS estimait qu'ils avaient dû passer à un genre de centrale à fission perfectionnée, dotée d'anneaux condensateurs supraconducteurs très améliorés et/ou agrandis, pour se permettre de telles débauches énergétiques. Ils avaient également fait quelque chose de surnaturel à leurs noyaux bêta pour réussir à produire des bandes gravitiques aussi puissantes sans être confrontés à des exigences massiques parfaitement insupportables. Là encore, tout cela resterait hors de portée de Havre pendant des années, mais en supprimant sans état d'âme l'armement à énergie, en acceptant une réduction spectaculaire des systèmes de régulation vitale et en éliminant plus de la moitié des triples redondances des systèmes de contrôle et de réparation d'avaries généralement associées aux « véritables » vaisseaux de guerre, Clapp avait su produire une coque dont les performances se rapprochaient étonnamment de celles des BAL manticoriens. La moindre efficacité de son compensateur d'inertie imposait un taux d'accélération maximal plus mou, mais le bâtiment était en réalité un peu plus agile et manœuvrable que son équivalent ennemi d'après ce que montraient les données d'observation.

Certes, il était aussi désarmé dans les faits par rapport aux BAL manticoriens, mais, à ce stade, Clapp avait associé d'autres ingénieurs à son projet. En l'absence d'armes à énergie, les Cimeterres emportaient un armement exclusivement composé de missiles, et les équipes de R & D avaient beaucoup progressé en mariant leurs propres concepts avec les technologies solariennes obtenues par rétroconception. Les missiles qu'elles avaient imaginés, comme les BAL qui les emporteraient, n'étaient pas à la hauteur du matériel ennemi, mais ils étaient de bien meilleure qualité que tout ce dont un BAL havrien pouvait jusque-là se targuer. À moins que la DRS se soit en tout point trompée quant aux performances des armes manticoriennes, les projectiles des Cimeterres avaient à peu près la même portée et la même capacité d'accélération dans un volume à peine plus important. Là encore, on avait dû consentir quelques sacrifices pour caser de telles prouesses dans un objet que la République pouvait produire, et, cette fois, les victimes avaient été les systèmes autodirecteurs et assistants de pénétration incorporés, eux, aux missiles manticoriens. Mais, quand Clapp et ses collègues en avaient eu fini, ils avaient obtenu un bâtiment plus agile, au taux d'accélération quasi équivalent, équipé d'armes à la portée approchant ce dont les Manticoriens avaient fait preuve pour l'instant.

Et parce que Clapp s'était obstiné à supprimer tous les systèmes qui n'étaient pas absolument essentiels à la mission des Cimeterres telle qu'il l'envisageait, chacun de ces BAL pouvait emporter un nombre effarant de missiles dans ses lanceurs sophistiqués à magasins rotatifs.

Comme ceux qui venaient de détoner bien plus tôt qu'un Manticorien ne s'y serait attendu. Des missiles qui ne contenaient pas de tête chercheuse, pas d'assistant de pénétration, pas de tête laser – rien que les charges nucléaires les plus grosses, puissantes et dévastatrices que Mitchell Clapp et ses recrues avaient su concevoir. Ces charges n'étaient pas destinées à détruire les BAL adverses : elles étaient censées priver l'ennemi de ses avantages GE, et il paraissait évident d'après l'image qu'elles venaient de le faire.

Un front d'ondes plasma et de radiations se déchaîna depuis le tsunami de missiles. Nul n'avait adopté une approche si brutale depuis des siècles pour se défaire des leurres et brouilleurs. Même après la réapparition des capsules lance-missiles, vulnérables aux tirs de proximité, on n'avait pas tenté d'appliquer cette technique aux drones de guerre et plateformes éloignées. Mais c'était à cause des distances sur lesquelles se livraient les combats en espace profond et de la dispersion qu'imposaient aux vaisseaux de guerre leurs bandes gravitiques larges de plusieurs centaines de kilomètres. Aucun de ces facteurs ne s'appliquait aux pinasses surdimensionnées que Clapp avait conçues. Les Cimeterres, davantage encore que leurs homologues manticoriens, étaient faits pour le combat rapproché. C'étaient des adeptes du corps à corps plutôt que des tireurs embusqués, et ils renonçaient à toute sophistication au bénéfice d'une lutte à mains nues où l'on visait les yeux.

Les premières détonations thermonucléaires percèrent un trou dans l'écran électronique qui protégeait les BAL manticoriens, et un second échelon de la même salve massive se rua dans la brèche. Ses projectiles détonèrent dix mille kilomètres plus près de l'adversaire, agrandissant encore le trou, et l'échelon suivant exploita l'ouverture créée par le second. Le troisième échelon s'approcha à deux ou trois mille kilomètres des BAL ennemis avant de détoner, créant un dernier front de chaleur et de radiations nucléaires.

L'effet cumulé fut dévastateur. La triple vague ne se contenta pas d'irradier et d'endommager gravement les plateformes éloignées (celles qu'elle ne détruisit pas carrément) : elle eut aussi un impact ravageur bien que bref sur les capteurs et les systèmes de contrôle de feu embarqués des Manticoriens. Comme tous les capteurs équipant des vaisseaux de guerre, ceux-là étaient résistants aux IEM, mais rien ne les avait préparés à la détonation synchronisée et précisément planifiée d'un si grand nombre de charges de plusieurs mégatonnes dans un volume spatial et temporel si réduit. D'ailleurs, rien n'aurait sans doute pu les y préparer. C'était comme s'ils s'étaient soudain retrouvés les yeux fixés sur le ventre d'une étoile et, pendant de précieuses secondes, ils furent éblouis et déroutés par la férocité inimaginable de l'événement.

Et pendant qu'ils étaient aveugles, la deuxième salve des Cimeterres s'élança. Les têtes chercheuses et assistants de pénétration des projectiles de cette salve ne valaient certainement pas ceux de l'ennemi, mais ils suffisaient largement face à des systèmes défensifs qui les voyaient à peine approcher. Ils se précipitèrent sur leurs cibles, les repérèrent implacablement, suivirent leurs victimes jusque dans les quelques tentatives désespérées d'évitement que leur permettait leur demi-cécité, puis ils détonèrent à courte portée, soit environ cinq mille kilomètres.

Cette fois, il s'agissait bien d'armes tirant à distance, et les icônes cramoisies des « super-BAL » manticoriens qui avaient déchiqueté les flottilles havriennes les unes après les autres pendant l'offensive de la

Huitième Force se mirent à disparaître à une vitesse ahurissante.

« Quatre-vingt-deux pour cent de réussite, bon Dieu ! exulta le capitaine de frégate Lampert lorsque les chiffres furent connus. Quatre-vingt-deux pour cent !

— Quatre-vingt-deux, pour l'instant », corrigea calmement Foraker, et Lampert acquiesça tandis que les Cimeterres continuaient à charger sur les rangs brisés et torturés de leurs adversaires.

Les affûts massifs d'armes à énergie des BAL manticoriens de classe Écorcheur entrèrent en jeu, même avec des systèmes de visée qui demeuraient en partie dégradés, et des BAL républicains disparurent de l'afficheur, fauchés par les puissants grasers. Mais il ne restait guère d'Écorcheurs, et les survivants étaient la cible de tempêtes de missiles à courte portée individuellement moins capables mais en nombre écrasant. Ils pouvaient échapper aux quatre, cinq ou six premiers missiles en manœuvrant ou grâce à leurs défenses actives, mais le septième, le huitième ou le neuvième finissait par passer. Les Cimeterres perdirent peut-être dix pour cent de leur effectif total mais, en retour, ils détruisirent chacun des BAL manticoriens. La perte de tonnage en valeur absolue était moins unilatérale, mais elle demeurait largement en faveur de la République, et le capitaine de frégate Clapp chancela sous le coup que le capitaine Anders, exultant, lui assénait dans le dos.

« Simulation terminée », annonça une voix qui fut presque noyée par le bavardage surexcité qui s'était emparé du CO du *Souverain de l'espace.*

« Ce n'est qu'une simulation ! souligna Clapp comme il le put au milieu du brouhaha ambiant et des coups d'Anders.

— Mais c'est la meilleure que nous ayons réussi à concevoir, répondit Foraker. Et nous avons utilisé les hypothèses les plus pessimistes concernant nos capacités relatives pour la modéliser. » Elle secoua la tête en arborant un sourire presque aussi large que celui d'Anders. « Elle sous-estime le résultat probable plus qu'autre chose, Mitchell !

— Mais seulement pour les premiers engagements, objecta Clapp avant de désigner le chef d'état-major. Comme le faisait remarquer le capitaine Anders, quand nous leur aurons fait subir ce traitement une fois ou deux, ils vont commencer à adapter leur tactique. Ils accepteront au moins un plus fort degré de dispersion et se serviront de vagues successives de drones GE pour que nous ayons davantage de mal à les détruire avant de nous approcher.

— Bien sûr, fit-elle. Et vous avez tout à fait raison, poursuivit-elle d'un air plus sombre, nos pertes relatives vont grimper en flèche quand cela se produira. Mais le principe même de ce concept opérationnel consiste à dire que, puisque nous ne pouvons pas égaler leur capacité à détruire des vaisseaux de guerre grâce à des BAL, nous pouvons au mieux espérer leur imposer des pertes supplémentaires, neutraliser leur capacité de frappe antivaisseau parce que nous ne disposons pas des connaissances technologiques nécessaires pour nous forger une capacité analogue. Et c'est exactement ce que vous avez accompli ici, Mitchell. Ce n'est pas joli, ce n'est pas élégant, mais ça marche et c'est le principal. » Elle secoua la tête. « Pour être honnête, j'espère que nous n'aurons jamais l'occasion de mettre votre création à l'épreuve, mais, si cela se produit, je pense qu'elle obtiendra exactement le résultat que vous vouliez. »

# CHAPITRE VINGT ET UN

« Je me fous de ce qu'en pensent les "experts" des renseignements, grogna Arnold Giancola. Je vous dis, moi, que ces satanés Manties n'ont pas la moindre intention de nous rendre les systèmes occupés. »

Il se renfonça dans son fauteuil et lança un regard noir autour de la table de la somptueuse salle de réunion privée aux lambris coûteux située dans l'ancienne « Maison du peuple ». L'édifice en question avait retrouvé son ancien titre – le Sénat – et, techniquement, le ministre était là pour s'adresser à la commission sénatoriale des Affaires étrangères. La réunion de la commission ne devait pas commencer avant une heure et demie; toutefois, puisqu'il était manifestement arrivé un peu en avance, il avait décidé de passer quelques minutes à tuer le temps en discutant avec des amis proches.

L'un de ceux-là, le sénateur Samson McGwire (qui, par le plus grand des hasards, présidait la commission des Affaires étrangères et était un vieil ami de Giancola), fit un effort manifeste pour ne pas soupirer et secoua simplement la tête.

« Tu l'as déjà dit, Arnold. Et je ne prétends pas que tu aies tort. Mais soyons francs, je ne vois pas non plus pourquoi les Manties voudraient conserver la plupart de ces systèmes. Imagine : à l'exception d'une demi-douzaine, leur économie n'était qu'une épine dans le pied de l'ancien régime ! Pourquoi un ramassis de ploutocrates avides d'argent voudraient-ils s'accrocher à des systèmes déficitaires ?

— Dans ce cas, pourquoi ne les ont-ils pas restitués ? demanda Giancola, furieux. Dieu sait que nous négocions là-dessus depuis suffisamment longtemps ! D'ailleurs, d'après les dernières estimations que j'ai lues, l'économie de certains de ces systèmes se rétablit déjà. Oh, certes, ils feraient encore mieux s'ils participaient à notre propre redressement économique. Et ne croyez pas une seconde que les gens qui y vivent ne préféreraient pas être davantage que les salariés d'entreprises manticoriennes. Mais leur économie commence à générer un flux de trésorerie positif – pour les Manties, en tout cas, à défaut de ceux à qui ils ont volé ces systèmes. Et si les Manties transforment les systèmes occupés en autant de machines à sous, voilà l'argument que vous cherchiez pour justifier qu'ils ne veuillent pas les rendre.

— Et n'oubliez pas les considérations militaires, intervint brutalement le sénateur Jason Giancola. Ils ont avant tout saisi ces systèmes pour en faire le tremplin d'autres opérations plus avant dans la République. Je vois donc au moins une raison pour qu'ils s'y accrochent sans lien avec l'économie.

— Je sais », acquiesça McGwire à contrecœur. Contrairement à la plupart des sénateurs de la République, McGwire appartenait à une famille législaturiste mineure avant le coup d'État de Pierre. Sa famille manquait d'envergure pour attirer l'attention des tribunaux populaires pendant les purges, mais il avait perdu deux cousins et un neveu au cours de la guerre contre Manticore, et son hostilité (comme sa méfiance) envers le Royaume stellaire était profonde. « En fait, c'est pour cette raison que j'ai envie de te soutenir,

Arnold, bien que je ne sois pas persuadé de la justesse de tes idées sur le plan économique.

— Tout cela est bien beau », fit le député Gérald Younger. Tout comme le ministre, c'était techniquement un intrus dans le bâtiment, mais bon nombre de députés allaient et venaient régulièrement au Sénat. Younger en faisait partie. Il était plus jeune de plusieurs décennies que les autres participants à la discussion, et il s'exprimait sur un ton vif, presque impatient. « Mais le fait est que, quoi que nous en pensions, la présidente Pritchart n'est pas d'accord avec nous. Et sauf votre respect, Arnold, j'ai l'impression qu'elle tient le reste du gouvernement dans la droite ligne de sa propre politique.

— Oui, en effet… pour l'instant, reconnut l'aîné des Giancola. Mais ce n'est pas aussi tranché qu'on pourrait le croire, vu de l'extérieur. Theisman est entièrement de son côté, bien sûr. De même que Hanriot, LePic, Grégory et Sanderson, à un degré ou un autre. » Rachel Hanriot était ministre du Trésor, Denis LePic de la Justice, Stan Grégory de la Ville et Walter Sanderson de l'Intérieur. « Mais Sanderson est à moitié conquis par ma vision de la situation ; quant à Nesbitt, Staunton et Barloi, ils m'ont tous confié en privé qu'ils étaient d'accord avec moi. » Toby Nesbitt était ministre du Commerce, Sandra Staunton des Biosciences et Henrietta Barloi de la Technologie. « Si Sanderson décide de rejoindre ouvertement notre camp, le gouvernement sera donc divisé de manière presque égale.

— Ah oui ? » Younger paraissait surpris, et il prit un air songeur.

« Sans l'ombre d'un doute, répondit le ministre.

— Et qu'en est-il de Trajan et Usher ? » s'enquit Younger.

Le Service de renseignement extérieur de Wilhelm Trajan et l'Agence fédérale d'investigation de Kevin Usher dépendaient du ministère de la Justice et rendaient des comptes à LePic, au grand dam de Giancola. Selon lui, l'AFI revenait de droit à la Justice, mais les Affaires étrangères auraient dû avoir la haute main sur le SRE. Pritchart ne l'entendait pas de cette oreille, et sa décision de placer les deux entités sous la responsabilité de LePic était une pomme de discorde supplémentaire entre eux aux yeux de Giancola.

« Ils s'alignent tous les deux derrière la présidente, bien entendu, fit-il, irrité. Vous vous attendiez à autre chose ? Mais ni l'un ni l'autre ne fait partie du gouvernement. Ce ne sont que des fonctionnaires très haut placés, et ce qu'ils pensent n'affecte pas l'équilibre du pouvoir au sein du cabinet, si on peut dire.

— Ce qui ne changera pas grand-chose, fit calmement remarquer McGwire. Héloïse Pritchart est la présidente, après tout. En vertu de la Constitution, cela signifie que sa voix pèse davantage que celle de tous les ministres réunis. Et même sinon, tu veux vraiment risquer de mettre Thomas Theisman en colère ?

— Si c'était un Pierre ou un Saint-Just, non, répondit franchement Giancola. Mais ce n'est pas le cas. Il est sincèrement obsédé par l'idée de “restaurer la primauté de la loi”. Sinon il n'aurait jamais fait appel à Pritchart.

— Et s'il croit que tu mets en péril la “primauté de la loi”, tu as toutes les chances de pouvoir comparer tes notes personnelles avec Oscar Saint-Just, ironisa McGwire.

— Pas tant que j'agis dans les limites de la Constitution, répliqua Giancola. Aussi longtemps que je m'y tiens, il ne peut pas agir ouvertement contre moi sans violer lui-même la loi, et il ne le fera pas. Cela reviendrait à étrangler son bébé.

— Tu as peut-être raison, concéda McGwire au bout d'un moment. Mais si Pritchart décide d'exiger ta démission, il la soutiendra certainement. Surtout si LePic et le ministère de la Justice l'appuient aussi.

— Eh bien, oui… et non, répondit Giancola avec un petit sourire mauvais.

— Comment ça, non ?

— Eh bien, il se trouve qu'il existe une légère divergence d'opinion quant au pouvoir de la présidente de renvoyer à son gré un ministre du gouvernement.

— C'est ridicule, dit carrément McGwire. Certes, je t'accorde qu'il serait peut-être pratique qu'elle ne puisse pas le faire, continua-t-il sur un ton plus conciliant comme Giancola le regardait en fronçant les sourcils. Mais les précédents dans le cadre de l'ancienne Constitution étaient assez clairs, Arnold. Les ministres du gouvernement servent au plaisir du président, et elle a le droit de renvoyer n'importe lequel quand elle le veut.

— Ce n'est peut-être pas tout à fait vrai, intervint Jason Giancola. Ou, plutôt, ça l'était sans doute en vertu de l'ancienne Constitution, sans l'être en vertu de la nouvelle.

— Mais la nouvelle Constitution, c'est précisément l'ancienne, fit McGwire.

— Dans l'ensemble, répondit l'aîné des Giancola, reprenant le contrôle de la conversation. Mais si on relit les minutes de la convention constitutionnelle en examinant attentivement la formulation exacte de la résolution réinstituant la Constitution d'avant les Législaturistes, on découvre que la deuxième clause de la sous-section trois précise que “toute loi, résolution, décision exécutive et/ou décret passé en vue de remettre en application cette constitution devra faire l'objet de l'examen et de l'approbation de cette convention et du congrès qui lui succédera”.

— Et alors ? s'enquit McGwire, manifestement perplexe.

— Alors on peut soutenir que la sélection par Pritchart des membres de son premier gouvernement – celui sous lequel la Constitution a été officiellement restaurée – entre dans la catégorie des "décisions exécutives et/ou décrets passés en vue de remettre en application cette constitution". Auquel cas, bien sûr, le congrès tout entier aurait le droit et la responsabilité d'approuver tout changement qu'elle pourrait décider d'apporter de façon unilatérale. Surtout un changement qui aboutirait au remplacement de la personne chargée d'assurer l'intérim à la tête de l'État s'il lui arrivait malheur.

— C'est un peu tiré par les cheveux, Arnold, fit le sénateur, sceptique.

— On pourrait sans doute le penser, concéda Giancola avec calme. Mais ce n'est pas forcément l'opinion de tout le monde. Et vu les graves implications constitutionnelles de cette question à cette étape cruciale et formatrice de l'évolution de la République, il incomberait de toute évidence à ceux qui sont en désaccord avec la présidente de la soumettre à l'avis des juges pour une clarification définitive. Et, bien sûr, de réclamer une injonction suspendant les décisions de la présidente jusqu'à ce que la Haute Cour puisse en débattre.

— Or, glissa son frère Jason avec une jubilation mal déguisée, je tiens de source assez sûre que le juge Tullingham, de la Haute Cour, serait prêt à accorder la plus grande attention à cette question si cela devait arriver.

— Ah bon ? » McGwire se redressa soudain et regarda attentivement Arnold, qui n'avait pas l'air vraiment ravi de la révélation de son frère. Il fusilla Jason du regard l'espace d'une ou deux secondes puis haussa les épaules et se retourna vers McGwire.

« Jeff Tullingham est un juriste très responsable, qui était présent en tant que membre votant de la convention. Il prend très au sérieux son devoir de veiller à l'application à la fois de la résolution finale de la convention et de la Constitution. C'est la raison pour laquelle, bien sûr, j'ai si vigoureusement soutenu sa nomination à la Haute Cour. »

Un déclic se produisit dans le regard de McGwire, et il considéra le visage parfaitement neutre de Giancola d'un œil beaucoup plus ouvertement curieux.

« Tout cela est très intéressant, dit-il lentement, mais c'est aussi prématuré. Après tout, il n'y a pas eu de désaccord public sur la politique à mener au sein du gouvernement et, à ma connaissance, la présidente n'a exigé la démission de personne.

— Bien sûr que non, fit Giancola.

— S'il devait y avoir un désaccord public, toutefois, poursuivit McGwire, sur quoi porterait-il au juste ? Et pourquoi apparaîtrait-il ?

— J'imagine que la cause de désaccord la plus probable serait un litige sur la nécessité ou non de presser (et de quelle façon) les Manties de restituer les systèmes occupés et de signer un traité de paix officiel dont les termes seraient acceptables pour la République, répondit Giancola. Évidemment, il s'agit d'une pure hypothèse à ce stade, tu comprends.

— Oh, bien sûr. Mais, pour continuer dans cette veine hypothétique, pourquoi un membre du gouvernement, quel qu'il soit, considérerait-il ce sujet comme capital au point de risquer une rupture publique avec la présidente ?

— Parce qu'il aurait conscience de ses responsabilités envers la République, ses citoyens et son intégrité territoriale, fit Giancola. À l'évidence, si le gouvernement actuel est incapable d'agir prestement en vue d'un accord de paix équitable et honorable ou s'il ne veut pas le faire, alors c'est le devoir de ceux qui pourraient prôner une politique plus active d'offrir au congrès et aux électeurs le choix d'une autre direction politique.

— Je vois », dit tout bas McGwire. Le silence plana dans la salle de réunion, puis le sénateur fit basculer le dossier de son fauteuil, croisa les doigts sur sa poitrine, croisa les jambes et inclina la tête en regardant Arnold Giancola. « Y a-t-il une raison particulière pour laquelle la nécessité de proposer une politique aussi énergique pourrait se présenter en ce moment ? demanda-t-il aimablement.

— C'est possible. » Giancola s'avança dans son fauteuil. Son visage avait perdu sa neutralité : le cerveau vif et ambitieux qu'il cachait tombait le masque. « La situation en Silésie se délite sous les pieds des Manties. Je ne crois pas qu'ils se rendent compte à quel point, d'ailleurs. Certes, ils ignorent que le ministère impérial des Affaires étrangères s'est officiellement enquis de la position qu'adopterait la République si l'Empire devait chercher à procéder à quelques ajustements frontaliers au sein de la Confédération.

— Pourquoi n'en avons-nous pas entendu parler à la commission des Affaires étrangères ? demanda McGwire.

— Parce que la question n'a été posée qu'il y a deux jours, dans un cadre confidentiel, et que cela n'affecte pas directement notre propre politique étrangère, de toute façon. La République n'a aucun intérêt en Silésie, fit le ministre avec un petit sourire, et nous ne désirons donc pas nous mêler des querelles d'autrui dans cette région. C'est ce que j'ai expliqué à l'ambassadeur impérial quand lui et moi en avons parlé au cours d'un dîner privé. »

Les yeux de McGwire s'étrécirent, et Jason Giancola dut manifestement fournir un effort pour étouffer un rire.

« Tu comptes donner beaucoup d'autres feux verts, Arnold ? lâcha McGwire au bout d'un moment. En tant que président de la commission sénatoriale des Affaires étrangères, j'apprécierais beaucoup que tu nous préviennes un peu à l'avance avant d'engager la République à fermer les yeux sur l'expansion territoriale d'autres nations.

— Pourquoi ? Je veux dire, nous n'avons aucun intérêt à défendre en Silésie, n'est-ce pas ? répliqua Giancola. Et même si c'était le cas, même si nous objections à ce que les Andermiens ont en tête, à ton avis, que pourrions-nous y faire ? La Confédération se trouve à trois cents années-lumière de La Nouvelle-Paris, Samson. Tant que nous n'aurons pas réussi à nettoyer la pagaille devant notre porte – celle que les Manties nous ont laissée –, nous n'avons sûrement pas besoin d'aller nous engager dans des confrontations concernant la Silésie !

— Et c'était aussi l'avis de la présidente ? s'enquit McGwire sur un ton prudemment neutre.

— Sur la base de nos nombreuses discussions passées portant sur des sujets analogues, je suis sûr que ça le serait, répondit Giancola sur le même ton. Et dans la mesure où j'étais persuadé de déjà connaître son opinion, je n'ai pas jugé utile de lui faire perdre son temps précieux à en discuter à nouveau.

— Je vois. » La tension monta d'un cran dans la salle de réunion. Puis McGwire eut un rire sarcastique. « J'imagine qu'il ne nous incombe pas vraiment d'essayer de dissuader l'Empire de concrétiser ses ambitions à long terme en Silésie, sans doute légitimes. Surtout si cela complique la vie aux Manties.

— Et pas tant qu'ils n'auront pas quitté nos systèmes, en tout cas, ajouta Younger avec enthousiasme.

— Cette idée m'avait traversé l'esprit, reconnut Giancola. Et je remarque que la FRM vient d'annoncer l'envoi d'une force d'intervention conséquente en renfort de leur base à Sidemore. Jason ?

— D'après le dernier briefing de la commission des Affaires spatiales, ils détachent au moins cinq escadres de bâtiments du mur, plus une escadre de porteurs. Bien entendu, cette information est déjà périmée puisque le courrier a mis près de deux semaines à arriver depuis l'Étoile de Trévor. En fait, s'ils s'en sont tenus à leur programme de départ, ils devraient déjà les avoir envoyés sur base, bien que la DRS dise qu'ils paraissent avoir pris un peu de retard. Mais même s'il leur faut un peu de temps pour s'organiser, cela reste une force assez considérable. Et ils ont mis Harrington à sa tête.

— Harrington, ah oui ? fit McGwire, l'air songeur.

— Exactement. Tout le monde sait que Haute-Crête et elle ne sont pas de grands amis, répondit le ministre. Mais même lui doit savoir qu'il s'agit d'un de leurs meilleurs officiers spatiaux. Qu'ils soient prêts à envoyer plus de trente vaisseaux du mur supplémentaires jusqu'en Silésie et à les placer sous le commandement de quelqu'un comme elle laisse à penser qu'ils comptent adopter une position assez ferme face aux Andermiens.

— Et vu la question que l'ambassadeur von Kaiserfest a soulevée devant vous à dîner, on dirait que les Andermiens sont prêts à se montrer tout aussi… fermes avec eux, non ? ajouta McGwire.

— Cette idée-là aussi m'a traversé l'esprit, répondit Giancola. De même, si le pire arrivait, que les Manties devraient transférer davantage de leurs forces militaires disponibles vers la Silésie pour y faire face. Ce qui, par pure coïncidence, impliquerait qu'ils évacuent ces forces tout droit de chez nous.

— Je ne suis pas certain d'apprécier ton discours, Arnold. » McGwire semblait soudain plus prudent, presque inquiet. « C'est une chose d'envisager une diversion étrangère pour Haute-Crête et Descroix, mais c'en est une tout autre que de délibérément rechercher la confrontation militaire avec les Manties ! Je pense que tu n'as pas oublié ce que leur Huitième Force nous a fait. Moi pas, en tout cas, je te l'assure, et bien que je n'approuve pas la façon dont la présidente mène les négociations, je ne suis pas prêt à soutenir une initiative qui nous remettrait dans cette position.

— Moi non plus, assura Giancola. Mais cela ne risque pas vraiment d'arriver.

— Cela fait des mois que tu alignes les sous-entendus sur ce thème, mais je n'ai encore rien vu de solide, juste du vent, répondit McGwire sur un ton glacial. Et, très franchement, il faudrait des éléments sacrément solides pour me convaincre que titiller à nouveau les Manties ne reviendrait pas à remettre la main dans le hachoir à viande. Tu crois peut-être que nous pouvons l'éviter, ou du moins y survivre si nous prenons leur flotte en pleine figure. Il se trouve que je ne suis pas d'accord et, sauf ton respect, je ne suis pas prêt à risquer la survie de la République sur l'hypothèse que tu sais de quoi tu parles.

— Ce n'est pas une hypothèse, dit calmement Giancola. C'est une quasi-certitude. Quelle que soit mon opinion de Theisman en matière de politique étrangère ou concernant son apparente incapacité à subordonner la théorie à la réalité quand cela touche “la primauté de la loi”, je pense que ses compétences d’officier spatial ne font aucun doute. Serais-tu d’accord sur ce point ?

— Seul un imbécile ne le serait pas, aboya presque McGwire.

— Je suis heureux de te l’entendre dire. Parce qu’il se trouve que mes “sous-entendus” le concernaient. Il semblerait que, sans prendre la peine d’en parler à quiconque, le ministre de la Guerre ait discrètement mais assez efficacement entrepris d’agir pour compenser notre infériorité militaire.

— De quelle façon ?

— Par un heureux concours de circonstances, nous sommes justement à même de répondre à cette question, Samson, fit sereinement Arnold Giancola avant de se tourner vers son frère : Jason, pourquoi ne parlerais-tu pas à Samson et Gérald du petit Refuge du bon amiral ? »

## CHAPITRE VINGT-DEUX

Ce n'était pas l'itinéraire classique en vue d'un déploiement en Silésie.

Dans des circonstances normales, une force d'intervention manticorienne en transit vers la Confédération aurait visé le terminus du nœud du trou de ver de Manticore situé à Grégor. Mais Grégor était un système andermien en plein cœur de l'Empire. Le Royaume stellaire était certes propriétaire du terminus et avait donc légalement le droit de fortifier la zone alentour et d'entretenir une présence militaire en orbite autour de la composante secondaire du système, mais c'est l'Empire qui exerçait sa souveraineté sur le reste.

Par conséquent, Honor avait choisi d'emprunter la route triangulaire en sens inverse. Plutôt que d'aller à Grégor, puis de là en Silésie pour rentrer par Basilic, comme le faisaient la plupart des marchands, elle avait emmené les unités de renfort de la FI-34 au « nord » vers Basilic, puis à l'« ouest » vers la Silésie. Ce n'était pas le moyen le plus rapide d'y parvenir, puisque cela lui imposait de traverser toute la Confédération avant d'atteindre le Marais, mais c'était une façon d'éviter tout éventuel… désagrément au contact des Andermiens avant même d'avoir atteint sa nouvelle zone de commandement. Elle n'aimait guère l'idée de rallonger le trajet de trente-quatre années-lumière mais, même sur la bande zêta de l'hyperespace, cela revenait à moins de cinq jours de voyage, un retard acceptable étant donné les circonstances.

Bien que ses officiers ne fussent pas tous d'accord avec elle sur ce point.

« Je persiste à dire que marcher sur des œufs comme nous le faisons est ridicule », grommela Alistair McKeon.

Alice Truman, lui et leurs chefs d'état-major respectifs avaient gagné le *Loup-Garou* en pinasse, en réponse à l'une des invitations à dîner d'Honor. Ses dîners étaient légendaires au sein de la flotte, et tout le monde savait que ses invités étaient censés amener avec eux leurs avis et tous les problèmes dans lesquels ils se débattaient. McKeon le savait mieux encore que la plupart, et elle s'attendait bien à l'entendre – une fois de plus – sur ce sujet une fois le vin versé.

« Nous ne marchons pas sur des œufs, Alistair », répondit-elle doucement, sirotant son cacao tandis que ses invités dégustaient un bourgogne sphinxien particulièrement savoureux. Elle le savait excellent – bien qu'elle-même n'en fût pas amatrice – parce que son père l'avait choisi pour elle.

« Je le dis comme je le pense, fit-il avec un sourire en coin. Et j'ai tout à fait l'impression que nous marchons sur des œufs. Il n'y a pourtant pas de quoi fouetter un chat – sans vouloir t'offenser, Nimitz », ajouta-t-il en adressant un signe de tête au chat sylvestre installé dans une chaise haute à côté d'Honor, lequel répondit par un bâillement amusé qui découvrit des crocs blancs.

« Par bien des côtés, je suis d'accord avec Alistair, intervint Truman. Non que le "Spectre" et moi ne puissions trouver un tas de choses utiles à faire de ce délai supplémentaire, bien sûr. »

Elle inclina la tête vers le capitaine de la Liste Craig Goodrick, son chef d'état-major. Celui-ci était un officier d'apparence banale qui devait son surnom de « Spectre » au travail qu'il avait effectué sur les capacités de guerre électronique des premiers BAL de classe Écorcheur. Le cerveau que cachait son visage modeste, en revanche, était l'un des meilleurs de la FRM, du moins quand on pouvait le décoller de ses jeux de cartes. Il haussa les épaules.

« En réalité, madame, le temps de transit additionnel ne me dérange pas du tout. Je ne suis pas vraiment partisan d'avoir l'air de ménager les susceptibilités des Andermiens alors qu'ils se montrent si pénibles, mais, vu la réalité de la situation de nos flottilles de BAL, je prendrai avec reconnaissance tout le temps d'exercice qu'on me donnera.

— Hérésie ! » s'exclama McKeon, l'œil brillant, et le capitaine de frégate Roslee Orndorff, gloussa – un gloussement colossal de la part d'une femme colossale. Le chat sylvestre qui occupait la chaise voisine émit un *blic* rieur à son tour. Honor ne connaissait pas bien Orndorff, mais le capitaine de frégate aux cheveux blond cendré faisait partie de la poignée d'officiers spatiaux à avoir été adoptés. Son Banshee n'avait pas l'air gêné de porter le nom d'un esprit féminin mythologique annonciateur de mort. Il était beaucoup plus jeune que Nimitz, à peu près de l'âge de Samantha, mais il paraissait évident à Honor qu'il partageait le sens de l'humour très vil de Nimitz.

« Vous êtes en infériorité numérique, monsieur, dit Orndorff à McKeon. Et il n'y a pas que les cochers des BAL qui aient besoin de temps pour atteindre leur pleine efficacité, pas vrai ?

— Nous pourrions affronter n'importe quel ramassis d'Andermiens de ma connaissance tels que nous sommes en cet instant, proclama le contre-amiral.

— Dans tes rêves, Alistair », railla Truman. McKeon la regarda, et elle secoua la tête. « Même en faisant la part d'un certain patriotisme et esprit de corps, voire d'un certain chauvinisme, tu sais bien que c'est faux.

— Bon, peut-être, concéda-t-il. Mais les Andies ne sont pas non plus des géants couverts de longs poils. Et si je reconnais volontiers que nous avons plus que notre lot de difficultés à aplanir, nous possédons aussi un groupe de vétérans qui ont l'expérience des combats, et les Andies ne peuvent pas en dire autant.

— En effet, admit Honor. Mais tu ferais peut-être bien de te souvenir que c'étaient eux qui avaient accumulé de l'expérience au combat avant que Havre et Manticore ne commencent à se tirer dessus. Nous avions eu notre part de chasse aux pirates et nous nous occupions à l'occasion d'une escadre de “corsaires”, mais nous n'avions pas de véritable expérience guerrière récente sur laquelle nous fonder. Ce qui, si on y réfléchit, est une description assez juste de la situation des Andermiens aujourd'hui.

— Peut-être, fit McKeon, l'air plus grave, mais nous ne sommes pas exactement des Havriens, qui avaient sans doute pas mal d'expérience s'agissant de renverser des adversaires occupant un système unique mais dont les “guerres” ne valaient guère plus que l'élimination d'une escadre de corsaires.

— Bizarrement, je doute que le président Ramirez apprécierait ton analyse concernant la flotte de Saint-Martin, fit remarquer Truman, de plus en plus sarcastique.

— Vous vous liguez contre moi, geignit-il.

— Voilà ce qui arrive quand on se précipite où les anges craignent de poser les pieds*, répondit Honor. De plus, il est dangereux de trop pousser l'analogie entre la flotte havrienne d'avant-guerre et celle que nous avons fini par affronter. Les officiers qui avaient accumulé toute l'expérience étaient dans l'ensemble législaturistes, et ils ont disparu dans les purges de Pierre sans que nous ayons eu à les combattre. Ceux auxquels nous nous sommes bel et bien frottés, comme Parnell – ou Alfredo Yu, quand il était encore au service de la République populaire – nous en ont donné pour notre argent malgré notre avantage technologique.

— Tu sapes ton propre argument, protesta McKeon. Si nous sommes censés être les Havriens trop assurés et que les Andies sont les adversaires sous-estimés pleins de cran, alors insister sur la compétence de gens comme Parnell et Yu va à l'encontre de ton propos, non ?

— Pas vraiment. Même Parnell a clairement sous-estimé ce que nous pouvions lui faire, et son talent réel souligne seulement combien il est facile, même pour un officier compétent, de pécher par excès de confiance sur la base de l'expérience plus grande de ses hommes. Or nous essayons collectivement de te faire comprendre en douceur que tu serais peut-être bien en train de tomber dans ce piège, Alistair. »

Elle sourit d'un air angélique, et Truman renifla en voyant la mine du contre-amiral.

« Touché ! annonça-t-elle.

— D'accord, d'accord ! Je reconnais que les exercices supplémentaires ne nous feront pas de mal. Mais

* « Les fous se précipitent où les anges craignent de poser les pieds. » Alexander Pope, *Essai sur la critique* (NdT).

trêve de plaisanteries, je suis vraiment assez… contrarié de voir une force d'intervention manticorienne se présenter comme ça, par la porte de derrière.

— Je sais, fit Honor. Et je sais aussi que tu n'es pas le seul dans ce cas. Mais rappelle-toi que nos rapports les plus récents concernant les événements dans le Marais remontaient déjà à trois semaines avant que nous quittions Manticore. Je ne veux pas avoir l'air de provoquer les Andermiens plus que nécessaire. Si l'empereur Gustav envisage réellement une action agressive en Silésie, inutile de lui fournir des prétextes militaires exploitables. Et, dans le même ordre d'idées, s'il existe une probabilité de guerre ouverte avec l'Empire, je ne veux pas que notre force d'intervention se retrouve en plein territoire impérial quand cela arrivera.

— Je comprends tout à fait, répondit McKeon, et cette fois ni sa voix ni son visage ne portaient une trace d'humour. Et je ne suis pas vraiment en désaccord avec toi. C'est d'ailleurs pour ça que je suis si irrité. Nous ne devrions pas avoir à nous soucier de ne pas paraître provocateurs au point de faire un détour de trente-cinq années-lumière juste pour éviter cette éventualité. J'ai beau m'en plaindre, je comprends très bien qu'aucun commandant de base responsable ne pourrait choisir d'autre itinéraire. Mais le comprendre ne m'empêche pas de pester contre les circonstances qui en font la seule attitude responsable.

— Non, en effet, dit Honor. Et, à ce niveau, je dois tomber d'accord avec toi. Mais Alice et Craig ont raison : un peu de temps en plus pour s'entraîner ne sera pas du luxe. »

McKeon hocha la tête, et elle sentit qu'il était d'accord avec elle. Un peu à contrecœur, mais non parce qu'il rejetait sa position. Simplement, il n'aimait pas la raison pour laquelle les équipages de ses vaisseaux avaient besoin de cet entraînement supplémentaire, pas davantage que celle qui ne lui laissait pas d'autre choix que d'éviter tout geste qui pourrait constituer – ou passer pour – une provocation.

*Et il a raison,* songea-t-elle. *Il est parfaitement ridicule que la flotte de Sa Majesté se soit… rouillée à ce point en à peine quatre ans T. J'imagine que c'est ce que voulait dire Hamish en parlant du « poison de la victoire ». Mais je sais très bien que cela ne serait jamais arrivé si la baronne de l'Anse-du-Levant était encore Premier Lord de l'Amirauté et Sir Thomas Premier Lord de la Spatiale.*

C'était le véritable nœud du problème, à y regarder de plus près. Toute organisation militaire a une tendance marquée à prendre modèle sur l'attitude de ses commandants en chef, et la suffisance et l'arrogance des amiraux politiques actuellement à la tête de l'Amirauté se reflétaient chez un pourcentage hélas élevé et grandissant d'officiers de la Spatiale. Les réductions d'effectifs imposées avaient touché de façon disproportionnée le personnel expérimenté, notamment chez les officiers mariniers et les matelots, ce qui expliquait en partie le problème sans l'excuser pour autant. Les coupes numériques au sein du corps des officiers avaient été plus faibles qu'ailleurs car l'objectif prioritaire était de libérer les officiers de réserve afin qu'ils rejoignent la flotte marchande ou l'économie civile. Cela avait d'ailleurs augmenté la proportion d'officiers en service actif issus de l'École spatiale, mais bon nombre des officiers réguliers avaient été si écœurés par l'Amirauté de Janacek qu'ils avaient de leur plein gré opté pour une demi-solde et suivi leurs collègues réservistes dans la flotte marchande. Ceux qui restaient étaient trop souvent ceux à qui l'attitude de l'Amirauté convenait très bien. Ce qui en disait long sur leur propre position vis-à-vis de l'entraînement et de l'état de préparation requis.

Le phénomène n'était pas assez manifeste pour que les officiers qui n'étaient pas touchés puissent le combattre efficacement. Il s'agissait juste d'un manque global de rigueur. De la certitude confortable et suffisante qu'avait la flotte de sa propre supériorité de droit divin sur tous ceux qui pourraient avoir la bêtise de vouloir croiser le fer avec elle. L'idée que la suprématie inhérente de la FRM suffirait à écraser n'importe quel adversaire… ce qui faisait paraître superflus les entraînements et exercices acharnés qui avaient toujours fait partie de la culture de la flotte royale.

Le manque d'expérience des équipages des BAL affectés aux PBAL d'Alice Truman était une chose. L'augmentation spectaculaire du nombre de BAL qu'avait entreprise Janacek en guise de réponse bon marché au problème de sécurité des zones à l'arrière du front avait trop éparpillé les équipages de BAL expérimentés, et les groupes de bâtiments légers avaient subi leurs propres pertes de personnel expérimenté. L'immense majorité des équipages de BAL d'Honor n'avaient été affectés sur leur poste actuel qu'une fois que la trêve avait mis fin aux opérations actives, ce qui expliquait sûrement les difficultés rencontrées. Quant à savoir si cela les justifiait, c'était une autre question. Ceux qui les avaient formés avaient eu accès à tous les rapports d'action des COMBAL qui avaient mené au combat les Écorcheurs et les Furets. Ils avaient aussi la possibilité de se référer aux notes et au programme d'entraînement initial de Truman. Mais on ne l'aurait pas deviné à voir la première performance des flottilles de BAL et de leurs équipages inexpérimentés affectés sous les ordres d'Honor à la base de Sidemore.

Toutefois, si compréhensibles que fussent les lacunes de ses BAL, ses escadres de combat ne valaient guère mieux, ce qui était beaucoup moins excusable. La même suffisance et le manque d'attention porté aux exercices de routine avaient répandu un malaise subtil parmi les vaisseaux du mur. Notamment les classes les plus anciennes, celles d'avant les capsules lance-missiles. Tout le monde considérait au mieux ces bâtiments comme obsolescents, et même leurs équipages paraissaient en être arrivés à n'y voir que des unités secondaires. Guère plus qu'un soutien pour les SCPC.

« Pour être tout à fait honnête, dit-elle à ses invités, je vous aurais probablement fait faire le grand tour même si je ne m'étais pas inquiétée de ménager la susceptibilité des Andies. Dieu sait que nous avions besoin de ce délai pour nous dérouiller. » Elle secoua la tête. « Je répugne à l'admettre mais, pendant tout le temps où le comte de Havre-Blanc et moi avons combattu Janacek et Haute-Crête sur des questions de financement, nous avons réussi à perdre de vue une question plus capitale encore. Nous nous faisions tellement de soucis pour le matériel que nous avons oublié de nous préoccuper de la façon dont nos hommes étaient formés à se servir de celui dont ils disposaient.

— Même sinon, soyons réalistes, qu'auriez-vous pu faire de plus, madame ? » Mercedes Brigham s'exprimait sur un ton respectueux mais aussi ferme au point de paraître brusque. « Vous ne pouviez pas être sur tous les fronts, fit-elle remarquer. Et si vous me permettez de le souligner une fois de plus, il est inutile de vous reprocher les conséquences de politiques auxquelles vous vous êtes opposée. Or vous vous êtes bel et bien opposée à tout l'état d'esprit qui a rendu possible ces erreurs.

— Eh bien, oui. Mais pas parce que je l'avais prévu. Je pense que c'est ce qui me dérange le plus là-dedans, en toute franchise. J'aime à penser que je suis suffisamment maligne pour voir ce genre de choses m'arriver dessus, et j'ai horreur de découvrir que tel n'a pas été le cas.

— Tout le monde a des déconvenues une fois de temps en temps, observa McKeon, philosophe, avant de sourire. Certains d'entre nous ont l'occasion de savourer cette sensation plus souvent que les autres, bien sûr. Comme l'humble commandant de ton mur de bataille.

— Ou encore, fit Goodrick sur un ton plus sombre, ceux qui se compromettent avec des gens comme les affreux de Manpower. »

Le capitaine de vaisseau eut un sourire pincé et très, très froid. De tous les convives à ce dîner, le Spectre était celui qui avait le compte le plus personnel à régler avec les esclavagistes mesans car sa mère avait été génétiquement conçue et vendue comme un bien mobilier sur pattes. Envoyée vers l'un de ces fameux « centres de plaisir » dont l'existence était un secret de polichinelle, si bien cachés fussent les centres eux-mêmes, elle n'avait échappé à ce destin que parce qu'elle avait été chargée en tant que marchandise à bord d'un cargo qui avait eu le malheur de rencontrer un croiseur léger de la FRM. C'est ainsi qu'elle avait été émancipée au Royaume stellaire, et Goodrick avait donc littéralement nourri sa haine de toute chose mesane au sein de sa mère.

Ce qui expliquait aussi le sentiment quasi mystique qu'il avait éprouvé quand Honor et Andréa Jaruwalski avaient exposé l'opération Wilberforce aux officiers supérieurs de la force d'intervention trente-quatre une fois en route vers le Marais.

« On peut espérer que ce sera le cas pour certains, au moins, répondit Honor, sans douter plus que quiconque de ce à quoi il faisait référence. Bien sûr, nous ne pouvons pas absolument compter dessus, ajouta-t-elle prudemment. Nous allons opérer en Silésie et non dans l'espace manticorien.

— À en juger par la façon dont le scandale Manpower s'est terminé au Royaume, c'est peut-être un avantage en ce qui concerne les gros poissons, milady, fit remarquer Orndorff.

— Peut-être, reconnut Honor. D'un autre côté, je ne suis pas certaine que cette affaire ait été aussi complètement neutralisée qu'il apparaît pour l'instant. Les circonstances qui ont mené au caractère… limité de l'enquête ne vont pas se maintenir éternellement. Et les informations qui ont été confiées à la Couronne ne représentent peut-être pas la totalité des informations disponibles ou que l'on peut encore mettre au jour si on cherche au bon endroit.

— En tout cas, quelqu'un a sûrement “cherché au bon endroit” pour les données de Wilberforce. »

La remarque d'Alice Truman fut faite sur un ton légèrement interrogateur. Tout le monde dans la salle de réception brûlait de curiosité quant à la source des informations que possédait Honor sur le réseau de gouverneurs silésiens et d'officiers spatiaux qui avaient conclu des marchés très profitables avec Mesa. Elles étaient beaucoup trop détaillées et cohérentes pour qu'ils doutent de leur exactitude, mais aucun d'eux n'avait la moindre idée de la façon dont elle avait mis la main dessus.

Et elle avait bien l'intention qu'ils continuent à l'ignorer. Elle le devait à Anton Zilwicki pour la confiance qu'il lui avait témoignée en les lui confiant.

« Ces données-là offrent effectivement un exemple de ce dont je parlais, fit-elle avec un léger sourire qui signifiait à Truman qu'elle reviendrait bredouille de sa pêche aux informations. Bien qu'elles ne soient pas liées à Manticore – en tout cas pas directement. Mais toute avancée où que ce soit est la bienvenue quand cela concerne l'esclavage génétique. Dans la mesure où nous savons quels systèmes et lignes de fret silésiennes surveiller, nous pourrions bien transformer un peu les choses grâce à Wilberforce, après tout.

» Enfin, tout cela ne change rien au fait que l'opposition – et notamment ceux de ses membres qui appartiennent à la flotte, comme moi – aurait dû voir combien la Spatiale se ramollissait, dit-elle en revenant au précédent sujet de conversation. Cela ne m'empêche pas non plus de regretter de ne pas avoir au moins remarqué que l'on commettait cette erreur précise.

— Eh bien, répondit Goodrick, acceptant le changement de sujet pour eux tous, nous nous en rendons compte aujourd'hui, milady. Et puisque l'erreur a déjà été commise, nous ne pouvons que nous mettre au boulot et réparer un maximum de dégâts avant d'arriver à Sidemore.

— Je suis d'accord. » McKeon acquiesça d'un geste vif et se pencha en avant, l'air soudain très sérieux. « Et, trêve de plaisanteries, Roslee et moi avons réfléchi à une nouvelle série d'exercices conjoints que nous pouvons effectuer en simulateur.

— Puisque tu en parles maintenant, j'imagine que tu envisages des exercices qui ne se limiteraient pas au seul mur de bataille ? » s'enquit Truman. McKeon hocha la tête à nouveau.

« Nous travaillons déjà sur cet aspect, Alice. Ce dont Roslee et moi voulons discuter, c'est la meilleure façon de structurer notre planning d'entraînement afin de faire travailler le mur et les BAL, à la fois en mode coopératif et l'un contre les autres.

— Ça me paraît une excellente idée », répondit fermement Honor. À dire vrai, ce genre de conversation était précisément la raison pour laquelle elle croyait en l'utilité d'inviter régulièrement ses officiers à dîner, et elle regarda Andrew LaFollet par-dessus son épaule. « Andrew, voudriez-vous, s'il vous plaît, demander à Andréa de nous rejoindre dès qu'elle le pourra ? »

L'homme d'armes acquiesça et porta son communicateur à ses lèvres. Puis Honor se retourna vers ses invités et se pencha sur sa propre chaise.

« Je suis certaine qu'Andréa pourra nous soumettre des suggestions très utiles si nous la consultons sur le sujet, dit-elle. Mais, en attendant, nous devrions nous mettre au travail, alors pourquoi ne nous dirais-tu pas, à Mercedes et moi, ce que tu as exactement en tête ? »

« À toutes les unités, ici *Coccatrix Un-Alpha*. Nous exécutons Alpha Delta Neuf-Six. » Le capitaine de vaisseau Scotty Tremaine écoutait la voix dans son oreillette. « *Loup-Garou Quatre*, occupez-vous du croiseur de combat de tête. *Loup-Garou Cinq* et *Six*, vous êtes sur la cible deux. À toutes les escadres du *Chimère*, choisissez votre cible à partir du numéro deux en déroulant la liste. Groupes *Centaure* et *Coccatrix*, décélérez pour établir des intervalles Baker-Huit – vous êtes chargés du nettoyage. Exécution ! »

Tremaine observa attentivement son répétiteur au centre d'opérations de vol du *Loup-Garou* tandis que les escadres rassemblées des quatre PBAL de la FI-34 commençaient à s'égailler en réponse aux ordres du capitaine de frégate Arthur Baker. Il s'agissait du troisième exercice d'attaque de la journée, et les deux premiers n'avaient pas été de francs succès.

*Au moins, ils étaient meilleurs que ceux d'hier,* se rappela-t-il, sarcastique. *Après tout, c'est à ça que servent les exercices : déceler les problèmes pour améliorer les performances.*

Il aurait préféré diriger l'assaut en personne pour plusieurs raisons. L'un des aspects qu'il chérissait le plus dans son affectation en tant que COMBAL le plus gradé de la force d'intervention, c'était que, malgré sa position élevée dans la hiérarchie, il pouvait encore prendre l'espace avec ses hommes plutôt que de rester quelque part à bord d'un vaisseau amiral. Il avait donc plus de chances de se faire tuer qu'un commandant d'escadre de combat ou de force d'intervention, mais au moins il ne se retrouvait pas en position d'envoyer ses gars faire quelque chose sans y participer.

Et puis il n'avait pas vraiment le choix. Même avec un système de communication supraluminique à impulsions gravitiques, les BAL opéraient beaucoup trop loin de leur vaisseau mère pour être contrôlés de là-bas. Comme Jacqueline Harmon l'avait établi avec le tout premier groupe de BAL, la place d'un COMBAL était auprès de ses bâtiments et de ses équipages.

Mais, pour l'instant, le capitaine de frégate Baker, COMBAL du HMS *Coccatrix*, le remplaçait. Après le *Loup-Garou*, le *Coccatrix*, vaisseau amiral d'Alice Truman, était le plus important PBAL de la force d'intervention ; par conséquent, s'il arrivait quelque chose à Tremaine, Baker devrait prendre la relève. D'après ce que Tremaine en avait vu jusque-là, le grand capitaine de frégate aux cheveux noirs possédait toutes les qualités requises, mais il manquait d'expérience. Il avait aussi un peu trop tendance à réfléchir comme le commandant de contre-torpilleur qu'il était destiné à devenir avant son transfert vers la communauté grandissante des BAL. Il était en train d'acquérir une bonne mentalité de « cocher de la chasse », mais il avait encore quelques points faibles et manquait un peu de confiance.

Raison pour laquelle c'était lui qui dirigeait les escadres pendant les exercices tandis que Tremaine et le major Sir Horace Harkness s'occupaient du scénario.

À la différence des deux sessions de la matinée, il s'agissait cette fois d'un exercice en conditions réelles, avec du vrai matériel, et non d'une simulation. La force d'intervention effectuait un transit sous impulseurs entre deux ondes gravitationnelles, ce qui signifiait que les bâtiments dépourvus de voiles Warshawski – comme les BAL – pouvaient manœuvrer sans être détruits à l'instant même où ils quittaient le hangar d'appontement. Cela imposait également une limite temporelle à l'exercice car les unités hypercapables gagneraient la prochaine onde gravitationnelle dans à peine plus de trois heures.

Sous les yeux de Tremaine, l'escadre de croiseurs de combat que l'amiral McKeon avait détachée de son écran pour jouer le rôle de l'agresseur modifia sa trajectoire pour se diriger droit vers les BAL qui se déployaient manifestement pour l'attaquer. En même temps, les icônes nettes qui symbolisaient ses unités sur l'afficheur principal d'OpVol disparurent dans une nébuleuse de leurres et de brouillage.

« Je vous parie que le capitaine Baker n'a pas aimé, pacha, fit Harkness avec un sourire matois, et Tremaine se mit à rire.

— Je lui avais bien dit qu'on avait préparé quelques surprises, observa-t-il.

— Ouaip. Mais je parie qu'il n'aurait jamais cru que vous laisseriez l'escadre de l'amiral Atwater utiliser Cavalier fantôme contre lui !

— Ce n'est pas ma faute s'il n'était pas là quand dame Alice nous a joué le même tour, répliqua Tremaine. Et ce n'est pas parce que les Havriens n'ont rien d'équivalent à Cavalier fantôme que les Andies n'ont pas développé des systèmes qui s'en rapprocheraient plus que nous ne le voudrions.

— Rien à redire là-dessus, pacha », acquiesça Harkness sur un ton beaucoup plus grave. Bien que simple major, il occupait lui-même un poste destiné à un capitaine de corvette en tant que mécanicien navigant en chef des BAL du *Loup-Garou*. Ce qui faisait de lui l'ingénieur électronique en chef des transporteurs de la force d'intervention. En tant que tel, il avait accès à tous les briefings officiels de la DGSN concernant la situation en Silésie, et dire que leur précision ne l'avait guère impressionné eût été un splendide euphémisme.

« D'ailleurs », reprit-il au bout d'un moment, tout en regardant la manœuvre soigneusement orchestrée de Baker se désintégrer dans la plus grande confusion tandis que ses officiers tactiques et lui tentaient de compenser la perte soudaine d'au moins quatre-vingt-cinq pour cent de leur capacité de détection, « j'ai remarqué quelque chose hier dont je voulais vous parler, monsieur.

— Quoi donc ? » s'enquit Tremaine sans quitter des yeux les icônes sur l'afficheur. La confusion apparente se résolut en un redéploiement offensif avec une rapidité et une précision qui le surprit agréablement. De toute évidence, l'augmentation brutale des capacités de guerre électronique de ses cibles avait pris Baker au dépourvu, exactement comme Tremaine le voulait, mais le capitaine de frégate n'avait pas paniqué. Il avait remarqué qu'il lui restait encore du temps avant de pénétrer dans l'enveloppe d'engagement des croiseurs de combat, et il adoptait une formation plus défensive, où les Furets armés de missiles s'avançaient pour protéger les Écorcheurs grâce à leurs propres leurres et brouilleurs. Il avait manifestement tiré la même conclusion que Tremaine à sa place : contre des systèmes GE si efficaces, il allait devoir s'approcher avec les grasers des Écorcheurs plutôt que se reposer sur un combat de missiles, et les projectiles GE des Furets lui offraient la meilleure chance de réussite.

« Je parcourais ces rapports dont les renseignements de Grayson nous ont confié une copie, fit Harkness en regardant d'un œil approbateur Baker s'adapter aux nouveaux paramètres de l'affrontement. Tout le monde sait que les Graysoniens n'y connaissent rien par rapport à nos barbouzes omniscients, mais je dois vous dire, pacha, que je n'aime pas ce que la FSG avait à dire concernant les systèmes électroniques des Andies.

— Quoi ? » Tremaine se retourna vers le major d'un air surpris et contrarié. « J'ai dû louper cette info, major.

— Bah, il y a beaucoup de documents à parcourir, répondit Harkness. Et je dois reconnaître que leur système d'indexation a l'air un peu particulier. Le rapport en question était rangé dans la catégorie ingénierie et non tactique, c'est sans doute pour ça que je l'ai remarqué et pas vous.

— Merci, mais cessez de me chercher des excuses et racontez-moi ce qu'il disait », ordonna Tremaine avec un sourire en coin. Harkness haussa les épaules.

« Comme tout le reste, c'est une question d'interprétation à partir de données très maigres, pacha. Mais les Graysoniens ont réussi à se procurer un rapport confidentiel de la flotte confédérée. À mon avis, ils ont dû graisser quelques pattes avec de bons vieux dollars.

» Bref, quoi qu'il en soit, ce rapport a été rédigé par le commandant d'un croiseur silésien. Manifestement, il s'est pointé juste au moment où un "corsaire" que la flotte confédérée tout entière recherchait depuis plus de six mois se jetait tout droit dans une embuscade tendue par les Andermiens. Ce commandant-là m'a paru largement plus compétent que la moyenne des officiers silésiens. Il avait déjà identifié le pirate et il s'employait à le rattraper discrètement en utilisant ses systèmes furtifs quand deux contre-torpilleurs et un croiseur lourd andermiens sont "brusquement apparus" et ont réduit le bâtiment en morceaux.

— Ils sont "brusquement apparus" ? répéta Tremaine, et Harkness acquiesça.

— Ce sont ses termes, pacha. Certes, je sais que les capteurs des Silésiens ne valent pas grand-chose, et je sais que leurs techniciens de détection ne sont pas à la hauteur des nôtres, voire des Havriens. Mais, d'après son rapport, ce type dirige son bâtiment avec une sacrée rigueur pour un Silésien, et il a bien pris soin de souligner qu'aucun de ses hommes n'a décelé le moindre indice de la présence des Andies avant qu'ils ne coupent tous les trois le mode furtif et ouvrent le feu.

— À quelle distance ? s'enquit Tremaine, concentré.

— C'est le point qui m'a le plus dérangé, fit Harkness. L'auteur du rapport a eu l'impression que les pirates n'ont jamais repéré les Andermiens, mais ces salopards ont tendance à se montrer plus négligents encore que la plupart des équipages de la flotte confédérée, donc ça ne prouve rien. Mais le croiseur silésien se trouvait à quatre minutes-lumière seulement de l'unité andermienne la plus proche quand celle-ci a ouvert le feu, et il n'avait rien vu non plus.

— Quatre minutes-lumière, hein ? » Tremaine se mordilla la lèvre d'un air contrit pendant un instant. « Je comprends que ça vous ait dérangé, major, dit-il au bout d'un moment. Envoyez une copie de ces rapports sur ma messagerie, vous voulez bien ?

— Pas de problème, pacha.

— Il faudra sans doute que je leur assigne une forte priorité pour être sûr que la vieille, l'amiral McKeon et l'amiral Truman en reçoivent une copie eux aussi. S'ils ont amélioré leurs systèmes GE au point que votre commandant de croiseur semble sous-entendre…

— Tout à fait, pacha. » Harkness désigna de la tête l'afficheur où le capitaine Baker avait réorganisé sa formation d'attaque et se rapprochait de sa proie. « Votre idée de forcer nos gars à s'entraîner contre un équipement GE de première pourrait bien se révéler meilleure encore que vous ne le pensiez », ajouta-t-il tout bas.

## CHAPITRE VINGT-TROIS

« Vous savez quoi ? fit Érica Ferrero à l'adresse de son équipe de pont. Ces petits plaisantins commencent à vraiment me fatiguer. »

Personne ne répondit. En partie parce que sa voix suggérait que le téméraire qui attirerait ses foudres à cet instant précis pourrait bien le regretter, mais ce n'était qu'une considération mineure comparée au fait que tous les officiers de pont du *Jessica Epps* étaient du même avis qu'elle.

« Une idée de ce à quoi ils jouent cette fois-ci, Shawn ? poursuivit le commandant.

— En réalité, pacha, répondit le capitaine de corvette Harris d'un air un peu hésitant, je crois savoir exactement à quoi ils jouent. »

Ferrero fit pivoter son fauteuil de commandement pour faire face à la section tactique et l'invita d'un signe de tête à s'expliquer. Harris haussa les épaules.

« Si je ne m'abuse, commandant, dit-il sur un ton plus officiel, ils se livrent à un exercice de poursuite… sur nous.

— Ah oui, vous croyez ? » Le ton badin de Ferrero alerta la plupart de ses officiers.

« Oui, madame.

— Et vous le croyez parce que…

— Parce qu'ils changent de cap et d'accélération à chaque fois que nous procédons à une modification de trajectoire, pacha, fit Harris. Dès que notre vecteur change, le leur en fait autant. Ils maintiennent une trajectoire qui reflète constamment la nôtre.

— Je ne pense pas qu'ils nous aient informés de leurs intentions et que vous ayez simplement négligé de m'en faire part, Mecia ? s'enquit Ferrero, ironique, en jetant un coup d'œil à son officier de com.

— Non, madame, assura le lieutenant de vaisseau McKee.

— Bizarrement, je m'en doutais. »

Il n'était pas inhabituel pour un vaisseau de guerre de procéder à des exercices de détection et de poursuite sur des cargos voire des bâtiments de guerre d'autres flottes. Mais la courtoisie la plus élémentaire de même que le simple bon sens imposaient d'informer le vaisseau que l'on comptait suivre à la trace. À moins, bien sûr, de nourrir des intentions moins qu'amicales… d'où l'idée que la prudence voulait qu'on demande la permission à l'avance. C'était la seule façon d'éviter à coup sûr des malentendus aux conséquences potentiellement déplaisantes, surtout lorsque les relations interstellaires étaient déjà très tendues.

« Aucun signe de capteurs actifs ? demanda-t-elle à l'officier tactique au bout d'un moment.

— Non, madame. » La question n'était pas aussi bête qu'elle aurait pu le paraître. Ferrero savait aussi bien que Harris qu'on ne pouvait pas les suivre sur des capteurs actifs embarqués à cette distance, mais ce n'était pas ce qu'elle demandait. « Je ne relève aucun indice de présence de plateformes éloignées, continua Harris, en réponse à sa véritable question.

— Je comprends », dit Ferrero, mécontente. Étant donné la distance qui séparait actuellement les deux bâtiments, Harris ne pouvait suivre l'autre qu'en se servant des scansats que le *Jessica Epps* avait dispersés pour couvrir la périphérie du système de Harston quand Ferrero y avait transféré ses opérations de répression de la piraterie. Les émetteurs à impulsions gravitiques des plateformes lui permettaient d'obtenir des données de détection en temps réel des régions les plus éloignées du système sans utiliser les drones de reconnaissance de Cavalier fantôme. En effet, ces drones n'étaient pas seulement coûteux, c'étaient aussi des appareils que la flotte royale préférait ne pas exhiber, partant du principe que les autres flottes ne pouvaient pas acquérir de données de détection sur ce qu'elles ne voyaient pas.

Les scansats possédaient également une endurance bien plus grande que les drones, plus chers, puisqu'ils restaient immobiles au lieu de devoir maintenir des bandes gravitiques. Pour toutes ces raisons, chacun savait que les croiseurs manticoriens en patrouille semaient la périphérie des systèmes dont ils étaient responsables de plateformes de communication supraluminique à l'équipement furtif assez rudimentaire. Par conséquent, on savait où les chercher et ils étaient relativement faciles à repérer ; il était donc clair que le croiseur andermien savait depuis un moment que le *Jessica Epps* était globalement conscient de sa présence. Mais il était tout aussi clair qu'à cette distance seuls des drones à portée étendue pouvaient lui permettre de suivre le *Jessica Epps*, et Ferrero n'aimait pas les découvrir si furtifs que même des capteurs embarqués manticoriens étaient incapables de les localiser. Toutefois Harris n'avait pas terminé son rapport.

« Euh… excusez-moi, madame, mais je ne suis pas certain que vous compreniez si bien que ça. Pas entièrement, corrigea-t-il aussitôt comme elle le fusillait du regard.

— Alors éclairez-moi donc, monsieur Harris, dit-elle froidement.

— Madame, ils se trouvent à presque soixante-dix minutes-lumière de notre position, rappela-t-il respectueusement. Mais ils rectifient leur trajectoire en moyenne dans les trois minutes qui suivent chacun de nos changements de cap. »

Ferrero se raidit, et l'officier tactique hocha la tête en tapotant son répétiteur.

« Je surveille leurs bandes gravitiques en passif depuis quatre-vingts minutes, madame. L'intervalle le plus long a été de six virgule sept minutes. Le plus court moins de deux. Les données figurent sur la puce, si vous voulez les consulter.

— Je ne mets pas en doute vos observations, Shawn, répondit le commandant d'une voix faussement douce. Simplement, je ne suis pas très contente de les entendre.

— Je ne suis pas non plus très content de vous les communiquer, pacha », reconnut Harris avec un infime sourire car le ton plus amical de Ferrero sous-entendait qu'elle ne l'incendierait pas, en fin de compte.

Ferrero s'autorisa un petit sourire en réponse, mais elle réfléchissait en observant l'icône neutre représentant le *Hellebarde*. Le croiseur andermien était devenu un compagnon permanent du *Jessica Epps* ces dernières semaines, et elle n'aimait pas ça. Ce capitaine de vaisseau Gortz – elle ne savait toujours pas s'il s'agissait d'un homme ou d'une femme – ne pouvait pas se trouver si souvent sur le chemin de son vaisseau par hasard. Il (ou elle) suivait délibérément le bâtiment de Ferrero de système en système dans le but exprès de la harceler. C'était la seule explication possible, et le comportement sans cesse plus insolent du croiseur andermien jouait non seulement des tours à la tension artérielle de Ferrero mais suggérait aussi que son commandant agissait selon un plan organisé. La question, bien sûr, était de savoir si ce plan n'appartenait qu'au capitaine Gortz ou s'il émanait d'une autorité supérieure.

Mais ce que Harris venait de dire ajoutait une dimension supplémentaire à la manœuvre de l'autre bâtiment.

La signature d'impulsion était le seul phénomène qui se propageait à une vitesse supraluminique en espace normal. Ce n'était pas à proprement parler ce qui se passait, bien entendu. En réalité, l'intense distorsion gravitationnelle associée aux bandes gravitiques créait une « ride » le long de l'interface entre la bande alpha de l'hyperespace, la plus basse, et l'espace normal. C'était cette ride, guère plus que la résonance d'une signature hyperspatiale en fait, que les Warshawskis d'un vaisseau détectaient.

Toutefois la réalité physique du phénomène importait peu à cet instant. Ce qui comptait, c'est que les signatures d'impulsion étaient détectables en temps réel dans la limite de la portée effective des capteurs embarqués. Tout cela était bien beau, mais, comme Harris venait de le lui rappeler, ils se trouvaient largement hors de portée de détection du croiseur andermien. Par conséquent, le caractère supraluminique des capteurs gravitiques importait peu : pour que le *Hellebarde* réagisse si vite aux changements de cap du *Jessica Epps*, il devait aussi entretenir des liens com supraluminiques avec ses plateformes de détection.

Cela impliquait que la flotte andermienne avait non seulement réussi à produire son propre communicateur à impulsions gravitiques mais aussi à le miniaturiser au point de pouvoir l'installer sur un appareil de la taille d'un drone de reconnaissance.

*Par-dessus le marché, un drone si furtif et dont l'émetteur est doté d'un si bon bouclier anti-rétrodiffusion que Shawn n'arrive pas à le trouver alors qu'il sait qu'il doit être là quelque part*, songea-t-elle, contrariée.

*Et Gortz nous le montre, ça aussi.*

« Vous n'avez recherché les drones que sur les capteurs passifs, n'est-ce pas ? demanda-t-elle au bout d'un moment.

— Oui, madame. Jusqu'à ce que je me rende compte de ce qui se passait, je ne voyais aucune raison de recourir à la détection active. Voulez-vous que je le fasse maintenant ?

— Non. Ne montrons pas trop que nous ne nous étions même pas rendu compte qu'il nous surveillait grâce à des drones. Mais je veux savoir où ils se trouvent. Alors, si nous ne les repérons pas sur les capteurs passifs embarqués, lâchons donc quelques drones supplémentaires nous aussi pour les traquer.

— Quand ils verront le lâcher de drones, ils devineront de quoi il retourne, pacha, fit remarquer Harris.

— En effet. Mais je crois qu'il est temps de mettre Cavalier fantôme au travail. »

Harris releva brutalement les yeux, comme s'il s'apprêtait à lui demander si elle était sûre de sa décision. Mais il n'était pas assez téméraire pour s'y risquer, malgré sa surprise, et elle dissimula un sourire en voyant sa mine.

« Ne vous en faites pas, Shawn, dit-elle d'un air rassurant. Je n'ai pas perdu la tête. L'existence de Cavalier fantôme ne figure plus sur la liste des secrets officiels. Tout le monde en sait au moins un peu sur ses capacités, et je suis certaine que les renseignements andermiens ne se contentent pas d'un peu. Je n'ai pas l'intention de faire jouer toutes les capacités du système, mais je veux savoir où se trouvent ces drones, et je veux les trouver sans révéler aux Andermiens combien de temps il nous a fallu pour découvrir leur présence.

— Compris, pacha », fit-il. Elle doutait toutefois qu'il ait pleinement saisi ce qu'elle avait en tête. D'un autre côté, il en comprenait à l'évidence assez, comme le prouva sa remarque suivante : « Je vais leur faire quitter les lanceurs tout doucement et les programmer pour des bandes gravitiques de force un après… disons dix minutes. Si nous pouvions réduire notre accélération à deux cents gravités pendant quatre ou cinq minutes suite au lancer et la maintenir à ce niveau un moment, cela devrait suffire à leur permettre de nous rattraper progressivement sans générer de signature puissante au point de passer leurs systèmes furtifs.

— Très bien raisonné, Shawn, approuva-t-elle avec chaleur avant de se tourner vers son astrogateur. Vous avez entendu, James ?

— À vos ordres, madame, répondit le lieutenant de vaisseau sidemorien. Cinq minutes après que monsieur Harris aura confirmé le lancement, je réduirai notre accélération à deux cents gravités. Dois-je maintenir le cap ?

— Non, dit-elle, songeuse. Je ne veux pas qu'ils se demandent pourquoi nous réduisons soudain l'accélération si nous continuons gentiment sur la même trajectoire. » Elle tapota un moment le bras de son fauteuil puis sourit. « Appelez le second de ma part, Mecia.

— À vos ordres, madame », fit le lieutenant de vaisseau McKee.

Quelques instants plus tard, le visage luisant du blond capitaine de frégate Robert Llewellyn, officier en second du *Jessica Epps*, apparut sur le petit écran de com de Ferrero.

« Vous avez sonné, pacha ? s'enquit-il.

— Oui. Où êtes-vous ?

— Dans la soute à munitions numéro quatre, avec une équipe de maintenance, répondit Llewellyn en désignant quelque chose hors de la portée limitée de la caméra murale. Le premier maître Malinski et moi pensons avoir enfin localisé le défaut du harnais de branchement auxiliaire du tube d'alimentation, et nous démontions le plancher pour y accéder.

— Je suis heureuse d'apprendre que vous avez trouvé, mais il se passe autre chose, Robert. Je crains que vous ne deviez laisser le premier maître se débrouiller tout seul avec le tube d'alimentation, parce que j'ai besoin de vous au hangar d'appontement.

— Au hangar d'appontement ? répéta Llewellyn.

— Oui. Je dois empêcher un croiseur lourd andermien trop curieux de deviner la véritable raison pour laquelle je me prépare à réduire mon accélération. J'ai donc décidé qu'il nous fallait organiser une série d'exercices contre un ou deux de nos bâtiments légers, et je souhaite que vous les coordonniez. Je sais que je vous préviens tard, mais je me dis que vous pouvez commencer par une simulation de Hollandais volant. Le temps de terminer cet exercice, vous pouvez concevoir au moins deux problèmes pour les équipages des pinasses. Et, pendant qu'on y est, imaginez un exercice d'interception qui nous fournira une excuse pour déployer deux drones GE au bout de faisceaux tracteurs. Vous pensez pouvoir y arriver ?

— Je ne vois pas pourquoi je n'y arriverais pas », fit le second, bien que manifestement perplexe quant à ce qu'elle mijotait. Eh bien, le temps ne manquerait pas pour le mettre au courant.

« Bien. Rappelez-moi quand vous serez au hangar d'appontement. Je vais demander à Mecia de les prévenir de votre arrivée.

— À vos ordres, madame. »

Le visage de Llewellyn disparut de son écran lorsque celui-ci coupa le circuit, et Ferrero fit signe à McKee d'annoncer son arrivée imminente au personnel du hangar d'appontement. Puis elle se tourna vers Harris et McClelland.

« Très bien. Quand le second nous dira qu'il est prêt, je veux procéder à la réduction d'accélération dont nous avons parlé ainsi qu'à un changement de cap de trente ou quarante degrés pour les "exercices" des pinasses. Et je veux que les drones soient largués cinq minutes avant. Compris ? »

Ses deux subordonnés acquiescèrent, et elle se renfonça dans son fauteuil de commandement en adressant un sourire à l'icône du *Hellebarde* sur son répétiteur.

« Voilà, madame, dit enfin le capitaine Harris. Il y en a quatre.

— Bon travail, Shawn », répondit sincèrement Ferrero, debout derrière lui, qui regardait par-dessus son épaule son écran plus détaillé. Il y avait en effet quatre drones andermiens, placés de façon à encadrer le *Jessica Epps* quels que soient ses changements de trajectoire. Ils se trouvaient à quelques milliers de kilomètres de l'endroit où Ferrero les aurait elle-même placés, ce qui soulignait encore le mal qu'Harris avait eu à les localiser. Il avait commencé à chercher là où il s'attendait à les trouver et, malgré cela, il lui avait fallu près de quatre heures et demie pour confirmer leur localisation. D'ailleurs, il n'aurait peut-être même pas réussi si les Andies n'avaient pas été forcés de remplacer leurs drones à court de carburant. Il avait repéré l'un des drones de remplacement sur son trajet d'approche et, une fois celui-là précisément localisé, il était parvenu à trouver les autres par triangulation.

Ce qui en disait long sur la remarquable technologie furtive que les Andies avaient intégrée à leurs satanés drones. Au moins, l'endurance de leurs appareils semblait moindre que celle de leurs équivalents manticoriens, mais c'était d'un piètre réconfort à cet instant.

Ferrero resta encore un moment debout à fixer les icônes de ces drones insaisissables. Elle était raisonnablement sûre qu'ils n'avaient pas remarqué les drones Cavalier fantôme, plus furtifs encore, qui s'approchaient d'eux par-derrière, mais elle n'en aurait pas mis sa tête à couper. Pas après la façon dont les Andermiens avaient réussi à discrètement placer leurs propres drones. D'après ce que Harris et Robert Llewellyn parvenaient à détecter ou extrapoler, la technologie Cavalier fantôme demeurait supérieure à ce qu'ils voyaient. Mais cela supposait que les systèmes adverses fonctionnaient à pleine puissance sans rien garder en réserve. Ce qui paraissait probable mais ne pouvait être confirmé.

D'un autre côté, quoi qu'il en soit, ces drones devaient être équipés de capteurs passifs des plus sensibles. Ce qui suggérait à Érica Ferrero la façon idéale de s'en débarrasser.

Elle consulta l'horodateur mural puis posa la main sur l'épaule de Harris, un sourire mauvais aux lèvres.

« Je crains que votre journée ne soit pas encore tout à fait terminée, Shawn, dit-elle. Nous allons mettre un terme aux exercices de nos pinasses à la fin du mouvement en cours. À ce moment-là, je veux que vous continuiez à traquer ces drones pendant encore… soixante-dix-neuf minutes. Je sais qu'il ne sera pas facile de les garder à l'œil sans que les Andermiens le remarquent, mais je veux mettre un peu de temps entre nos changements de cap pour les exercices et le moment de vérité.

— Le moment de vérité, madame ? répéta Harris.

— Exactement. Je ne sais pas si c'est l'idée du capitaine Gortz ou de ses supérieurs, mais il s'efforce manifestement de faire passer un message concernant les capacités techniques andermiennes. Dans ces conditions, je pense qu'il est temps que nous fassions nous aussi passer un message sur nos capacités. Donc, à la fin de votre période de surveillance de soixante-dix-neuf minutes, je veux que vous fassiez pivoter nos deux plateformes tractées de façon à ce que leurs capteurs actifs couvrent les drones andermiens. Ensuite, vous les pousserez à la puissance maximale. Je ne veux pas seulement une image radar de la coque de ces drones, Shawn : je veux pouvoir lire les pavés magnétiques qui commandent l'accès à leur sabord de service, je veux leur putain de numéro de série et les empreintes digitales du dernier technicien à en avoir effectué la maintenance. Et, plus que tout, je veux réduire leurs capteurs passifs en bouillie. Pigé ?

— Oh que oui, pacha ! fit Harris avec un sourire tout aussi mauvais que le sien. Drones de reconnaissance frits sauce hollandaise, chaud devant !

— Bien. » Elle lui tapota de nouveau l'épaule. « Très bien », répéta-t-elle, puis elle fit demi-tour et regagna son propre fauteuil de commandement.

Elle s'assit et son sourire s'amenuisa légèrement tandis qu'elle regardait de nouveau son propre répétiteur et les points fixes cramoisis représentant les drones du *Hellebarde*. Si satisfaisante soit l'idée de rendre la monnaie de son insolence au croiseur andermien – et elle était assez honnête avec elle-même pour reconnaître que ce serait satisfaisant à l'extrême –, cela ne changerait rien au fait que le *Hellebarde* avait réussi à les mettre en position sans se faire repérer.

Pourquoi au juste Gortz avait-il choisi de révéler sa capacité à le faire, cela demeurait un mystère, mais son comportement suivait manifestement un fil directeur. Il (ou elle) faisait monter les enchères lentement mais sûrement, révélant des technologies de plus en plus performantes et profitant sans doute de l'occasion pour tester les capacités du *Jessica Epps*. C'était une des raisons pour lesquelles Ferrero s'était donné tant de mal pour dissimuler le fait qu'elle se servait de Cavalier fantôme. Les plateformes GE tractées qu'elle avait demandé à Llewellyn de déployer dans le cadre de ses prétendus exercices n'avaient rien de neuf. Elles existaient depuis des générations et serviraient sans doute pendant des générations encore car, à la différence des drones les plus performants, le bâtiment qui les déployait pouvait les alimenter directement en énergie, ce qui leur offrait *de facto* une endurance illimitée. Cela leur permettait également d'embarquer des systèmes de détection, de brouillage et de leurre très puissants dans la mesure où elles pouvaient compter sur leur vaisseau mère pour les alimenter. Quand elle s'en servirait pour détruire les drones du *Hellebarde*, elle utiliserait donc une technologie datée.

Mais elle prouverait aussi à Gortz que le *Jessica Epps* avait repéré ses espions, de préférence sans révéler précisément quand ni comment cela s'était produit. Cela devrait rappeler à Gortz que, si efficace que soit devenue la technologie andermienne, la FRM continuait de posséder le meilleur matériel de l'espace – Ferrero espérait ardemment que c'était encore le cas.

Toutefois, c'était l'autre moitié du message qu'elle se réjouissait le plus de transmettre, elle se l'avouait.

Parce que, quand le capitaine de corvette Harris réduirait les systèmes passifs embarqués hypersensibles des drones en un tas de circuits inutiles, le message personnel du capitaine de vaisseau Érica Ferrero au *Kapitän der Sterne* Gortz serait on ne peut plus clair : *Ne me cherche pas, gros malin !*

## CHAPITRE VINGT-QUATRE

« Ça ne me plaît pas. » Thomas Theisman s'exprimait avec douceur tout en se carrant au fond de son confortable fauteuil dans le bureau de la présidente Pritchart. Sa mine était une autre histoire, toutefois, et il fronça les sourcils d'un air féroce en repensant à ce qu'il venait de dire. « En fait, ça ne me plaît pas du tout, corrigea-t-il.

— Parce que vous croyez que ça me plaît ? » demanda Héloïse Pritchart. Sa voix était dure, mais Theisman savait que sa colère n'était pas dirigée contre lui. « D'un autre côté, le rapport de Kevin ne semble pas nous laisser beaucoup de choix, pas vrai ?

— Vous pouvez toujours virer cet enfant de salaud, suggéra Theisman.

— J'y ai réfléchi. Longuement, reconnut Pritchart. Hélas, d'après certaines autres sources, il est prêt à rejeter toute demande de démission comme anticonstitutionnelle.

— Anticonstitutionnelle ? » Theisman la dévisagea d'un air incrédule, et elle eut un sourire amer.

« Eh bien, illégale en tout cas. Il semble que, selon un avis juridique *a priori* compétent, la résolution réadoptant la Constitution a conféré au Congrès le droit d'approuver ou non mes nominations au gouvernement, et tout changement que j'y apporterais.

— C'est ridicule !

— Je suis tout à fait du même avis. Ce qui ne veut pas dire qu'Arnold ne portera pas l'affaire devant les tribunaux de toute façon si j'essaye de le virer.

— Vous avez posé la question à Denis ?

— Oui. Il pense comme vous. Malheureusement, la même source qui m'a prévenue qu'Arnold pourrait tenter ce genre de manœuvre m'a fait remarquer qu'il était ami de longue date avec le juge Tullingham.

— Oh, merde, murmura Theisman, profondément écœuré.

— Tout à fait. Je doute fort qu'il l'emporte à terme, mais il pourrait nous bloquer au milieu de disputes juridiques pendant des semaines, sûrement des mois. Et ce serait aussi grave, à long terme. Par conséquent, je ne peux rien faire pour le punir.

— Cela nous laisse au moins une autre possibilité », grommela Theisman. Pritchart inclina la tête, l'air interrogateur, et il eut un mince sourire. « Si vous ne pouvez pas virer ce salopard sournois, faites-le mettre en examen par Denis.

— Mettre en examen le ministre des Affaires étrangères ? » Pritchart le regardait, les yeux écarquillés. « Carrément, répliqua Theisman. Il a au moins révélé des informations classées secret-défense, et il ne l'a sûrement pas fait "par accident"! Pas devant le groupe à qui Kevin nous dit qu'il en a parlé.

— Mais c'est aussi un ministre du gouvernement, fit remarquer Pritchart. Et bien que je sois entièrement d'accord avec vous, les gens à qui il a révélé ces informations sont tous accrédités secret-défense eux-mêmes.

— Mais pas un, en dehors de son menteur de frère, n'était censé avoir accès à ces informations ni n'avait un réel besoin de les connaître. Et vous savez parfaitement que, s'il leur en a parlé, ce n'est qu'une question de temps avant que tout cela ne soit rendu public. Ce qui nous ramène exactement aux problèmes de sécurité nationale que j'évoque depuis le jour où nous avons décidé de maintenir le Refuge.

— Je suis d'accord. » Pritchart se renfonça dans son fauteuil et se pinça l'arête du nez d'un geste las. « Le problème, Thomas, c'est qu'il nous a mis en porte-à-faux sur cette histoire d'information. La même logique qui rend trop élevé le prix politique à payer pour le virer vaut pour votre suggestion, et vous le savez. Si nous le faisons mettre en examen et juger, alors cette information que vous tentez de tenir secrète sera révélée au tribunal. À moins que vous ne soyez prêt à proposer un procès secret pour un ministre d'un gouvernement dont nous essayons encore de persuader les législateurs qu'il est légitime ?

— Je… » commença Theisman, rageur, avant de s'interrompre et de prendre une profonde inspiration. Il resta parfaitement immobile l'espace de quelques secondes puis se reprit. « Vous avez raison. » Il secoua la tête. « Et le pire, c'est que je suis certain qu'il a tout prévu ainsi depuis le début pour se protéger au cas où nous découvririons ce qu'il préparait.

— C'est bien le problème, Thomas. Nous ne savons toujours pas ce qu'il prépare. Les informations qu'il partage avec ses alliés politiques ne sont qu'un moyen, pas une fin en soi. Je soupçonne bien ce qu'il vise réellement à long terme, je vois l'idée générale, mais à cet instant nous ignorons quel but immédiat il poursuit au juste.

— Kevin n'en a aucune idée ? » Theisman paraissait ne pas en revenir, et Pritchart afficha un sourire ironique.

« Kevin Usher a l'instinct d'un chat paranoïaque et le courage d'un lion. Il a aussi un incroyable cœur de guimauve qu'il se donne beaucoup de mal pour dissimuler. En revanche, il n'est ni télépathe ni clairvoyant. Nous avons de la chance qu'il ait recueilli autant d'éléments. Et nous avons aussi de la chance, reconnut-elle, qu'il ait décidé de m'en rendre compte directement.

— Et à qui d'autre en aurait-il rendu compte ?

— Il se trouve, expliqua patiemment Pritchart, que nous avons choisi Kevin pour diriger l'AFI pour la bonne raison qu'il a trop vu ce qu'il en coûtait d'utiliser des renseignements intérieurs pour obtenir un avantage politique. On pourrait dire que les torts d'Arnold jusqu'à maintenant se résument à une erreur de jugement et une langue trop bien pendue. Même si ce qu'il a fait est illégal, cela pourrait n'être de sa part qu'un malheureux accès de volubilité, et Kevin est sans doute davantage conscient que quiconque de la tension qui règne entre Arnold et moi. Je vous assure donc qu'il a réfléchi à deux voire trois fois avant de me confier des informations dont je pouvais me servir pour écraser Arnold si je le décidais. C'est sans doute uniquement parce qu'il me connaît très bien qu'il me les a transmises.

— Vous êtes en train de dire qu'avec un autre président il aurait peut-être étouffé cette information ? » Theisman fronça les sourcils. « Bizarrement, ça ne colle pas avec l'impression que j'ai de lui. Ou plutôt, je crois que, s'il m'était venu à l'idée qu'il pourrait avoir cette attitude, j'aurais été très contrarié que vous le choisissiez pour occuper ce poste.

— Je ne dis pas qu'il aurait étouffé quoi que ce soit. Je dis simplement que cette information ne lui est pas parvenue par l'un de ses canaux officiels et qu'elle n'était pas issue d'une enquête en cours. Il n'aurait pas eu besoin de l'étouffer car la décision de me communiquer ce qui n'était au départ guère plus que des rumeurs lui appartenait. Il a pris soin de s'assurer d'abord que ces rumeurs étaient fondées – ce qu'il a fait sans ouvrir d'enquête officielle – mais il n'était pas du tout obligé de se donner la peine de vérifier ces rumeurs de son propre chef, tout cela pour pouvoir me parler de quelque chose que je ne lui avais même pas demandé. Il a lui-même pris cette décision, et il l'a fait parce qu'il pensait que je n'abuserais pas de cette information, ni du système ou de sa confiance. Et aussi, je crois, parce qu'il juge comme moi qu'Arnold Giancola et ses amis représentent le plus grand danger auquel nous soyons confrontés en ce moment.

— En interne, oui, fit Theisman. Mais en externe ? » Il secoua encore la tête. « Je persiste à penser que les Manties, et plus particulièrement cet âne bâté de Janacek, constituent une menace bien plus dangereuse et immédiate.

— Thomas, Thomas », soupira Pritchart. Elle se frotta les yeux de la paume des deux mains puis lui adressa une grimace. « Je ne mets pas en doute votre estimation du degré de bêtise dont Janacek, Haute-Crête et les autres sont capables. Le problème, c'est que nous ne pouvons pas contrôler ce qu'ils font, malgré tous nos efforts. La seule situation que nous puissions espérer maîtriser, c'est notre situation intérieure. La conjoncture interstellaire fera sans nous cette fois-ci. Et si Janacek et son patron prennent bel et bien une décision stupide, alors il vous appartiendra ainsi qu'à la flotte de nous protéger de ses conséquences. »

Theisman la fixa en silence quelques secondes pendant lesquelles elle ressentit l'intensité des réflexions qui traversaient son cerveau, derrière ses yeux.

« Vous êtes absolument certaine que c'est ainsi que vous voulez gérer la question ? demanda-t-il enfin.

— Ce n'est pas que je "veuille", répondit-elle brutalement. Simplement, c'est la moins mauvaise de la demi-douzaine de piètres solutions que j'envisage. Kevin ne sait peut-être pas précisément quel objectif immédiat Arnold pense atteindre, mais je vous garantis que je connais au moins deux des directions qu'il va prendre. L'une consiste à me forcer la main – et à vous aussi, je suppose – concernant notre position dans les négociations avec les Manties. La seconde vise à se mettre en position de candidat à la présidence aux prochaines élections. S'il attend jusque-là.

— Comment ça, "s'il attend jusque-là" ? » Theisman se redressa. « Vous pensez réellement qu'il envisage ce genre de chose ?

— Non. Non, je ne pense pas. » Il la regarda, les yeux étrécis, et elle soupira une fois de plus. « D'accord, peut-être que je le pense, concéda-t-elle à contrecœur. Et je me maudis de l'avoir laissé échapper devant vous, Thomas Theisman ! Parce que tout ce dont je suis sûre à cet instant précis, c'est que je ne lui fais pas confiance, je ne l'aime pas, et je le sais ambitieux et têtu comme une bourrique. Le tout ne justifiant en aucune façon une "action directe".

— En dépit des apparences, Héloïse, fit-il sur un ton faussement doux, je n'ai pas vraiment l'habitude d'organiser des coups d'État. Pas sans qu'on me provoque un peu plus que cela, du moins.

— Je sais, répondit-elle, penaude. Je crois que je perds un peu les pédales quand on parle d'Arnold. Pour autant, je ne crois pas une seconde qu'il hésiterait si l'occasion se présentait de tenter une manœuvre à l'ancienne. Pour l'instant, toutefois, Denis et Kevin à eux deux ont globalement verrouillé cette éventualité pour quiconque. C'est pour cela qu'il s'y prend depuis un autre angle d'attaque. Et pour cela aussi que nous ne pouvons pas nous permettre de le laisser contrôler le flux d'informations. Il se sert de l'existence du Refuge pour diviser, Thomas. Révéler les faits au compte-gouttes l'aide à établir son statut d'initié, d'homme qui a accès à tous les leviers du pouvoir et aux informations qui vont avec. Et quand il veut recruter quelqu'un qui est déjà mécontent ou inquiet de la façon dont les Manties bloquent toute négociation sérieuse, il peut arguer des nouveaux bâtiments pour faire paraître ma politique plus faible encore. Après tout, si nous avons réussi à progresser dans le sens d'un rééquilibrage de nos capacités militaires et que nous ne sommes toujours pas prêts à faire pression sur les Manties, alors nous sommes manifestement trop timorés pour le faire tout court.

— Et si nous avions commencé à faire pression quand il le voulait, nous n'aurions jamais eu le temps de procéder au rééquilibrage !

— Bien sûr que non, mais croyez-vous qu'il mentionnera ce détail mineur ? » Pritchart eut un rire sans grand humour. « Et même si nous étions en position de le souligner sans tout rendre public nous-mêmes, cela n'aurait guère d'effet. Personne ne s'intéresse à la situation telle qu'elle était il y a trois ou quatre ans. Ses partisans vont se concentrer sur la situation actuelle. Or, selon Arnold, nous possédons aujourd'hui la puissance militaire nécessaire pour résister aux Manties… si seulement nous avions la volonté de nous en servir.

— Vous allez donc faire ce qu'il attend de vous. » La réponse de Theisman aurait pu sonner comme une accusation, mais ce ne fut pas le cas. Clairement, il s'opposait encore à la politique qu'elle proposait, mais il comprenait aussi ce qui lui forçait la main, et il comprenait qu'elle avait raison. Il n'y avait pas de

« bonne » solution, juste le choix entre deux mauvaises.

« Je ne vois pas d'autre issue que d'essayer de le prendre à son propre jeu, dit Pritchart. Si nous annonçons nous-mêmes l'existence de nouveaux bâtiments tout en commençant à faire pression sur les Manties à la table des négociations, nous lui couperons ses effets. J'espère.

— Tant que nous ne poussons pas les Manticoriens trop fort ni trop vite, avertit Theisman. Même s'ils le prennent beaucoup plus calmement que je ne m'y attends, il va y avoir un décalage entre le moment où nous reconnaîtrons l'existence du Refuge et celui où ils réajusteront leur perception de la situation et leur réflexion stratégiquc. Impossible de dire comment ils réagiront si nous appliquons une pression trop forte avant qu'ils n'aient procédé à cet ajustement.

— Je m'en rends compte. Mais je pense que c'est plus facilement contrôlable que de laisser Arnold parcourir La Nouvelle-Paris comme une boule de bowling folle en gravité zéro. Il faudra presque un mois au bas mot pour que les communiqués de presse concernant le Refuge atteignent Manticore. Nous nous débrouillerons pour que la note diplomatique annonçant notre nouvelle position plus ferme arrive quelques jours plus tard, et nous prendrons soin de la formuler en des termes bénins.

— Vous allez leur demander de cesser de nous faire perdre notre temps d'une façon “bénigne” ? » Theisman haussa un sourcil interrogateur, et elle renifla.

« Je n'ai pas dit qu'ils apprécieraient la nouvelle. Mais nous pouvons nous montrer fermes et délivrer notre message sans passer pour un ramassis d'illuminés qui brûlent d'essayer leurs nouveaux joujoux militaires !

— Étant l'homme dont le coffre abrite les joujoux en question, j'approuve totalement cette attitude », répondit Theisman avec ferveur. Puis il se frotta le menton et plissa le front, songeur. « Néanmoins, je me sentirais mieux si Giancola n'était pas ministre des Affaires étrangères. Il a trop d'occasions d'imposer ses propres nuances à tout ce que nous disons aux Manties pour ma tranquillité d'esprit.

— La même idée m'a effleurée, avoua Pritchart. Hélas, si nous ne pouvons ni le virer ni le mettre en examen, nous sommes obligés de faire avec. Parfois je regrette que notre système ne ressemble pas davantage à celui des Manticoriens. Certes, je pense que la stabilité du nôtre a ses avantages – tels que d'éviter des changements de politique gouvernementale soudains, ce qui s'est produit à la mort de Cromarty. Mais puisque nos ministres doivent être confirmés par le Congrès à leur poste spécifique, nous ne pouvons pas redistribuer les portefeuilles comme eux quand cela nous arrange. Or, tant qu'il sera aux Affaires étrangères, nous ne pourrons pas l'écarter des canaux diplomatiques.

» Mais, de toute façon, il sait déjà qu'il n'est pas dans mes petits papiers, si cordiales que doivent paraître nos relations en public. L'idée de froisser sa susceptibilité ne m'empêchera donc pas de dormir quand j'insisterai pour relire toutes les notes que nous envoyons aux Manties avant leur expédition. » Elle renifla encore, et cette fois il y avait une vraie nuance d'humour dans son sourire fugace. « Qui sait ? Peut-être s'offensera-t-il suffisamment pour nous rendre service à tous en démissionnant !

— Ne retenez pas votre souffle en attendant, conseilla Theisman. L'anoxie est une fin assez triste.

— On peut toujours rêver, répliqua-t-elle.

— Oui, j'imagine. » Il réfléchit encore quelques instants. « Alors comment voulez-vous procéder au juste pour la première déclaration concernant le Refuge ? Doit-elle être faite par votre bureau ou par le mien ?

— Le vôtre, répondit-elle aussitôt. Je suis certaine qu'on me posera toutes sortes de questions là-dessus lors de ma prochaine conférence de presse, mais la déclaration initiale appartient à la flotte.

— Et si on me demande comment il se fait que le Refuge n'est jamais apparu dans nos budgets officiels ?

— En réalité, j'espère bien qu'on vous posera précisément cette question, reconnut Pritchart. Si cela se produit, je veux que vous fassiez remarquer au curieux qu'en l'absence de traité officiel avec le Royaume de Manticore la République est toujours en guerre. Et que rendre public le budget spatial serait manifestement d'un grand secours à un adversaire potentiel. Ne vous donnez pas la peine d'associer Manticore et cet “adversaire potentiel”, mais ne le contestez pas si quelqu'un d'autre fait le rapprochement. Secouer un peu les Manties avant de commencer à leur envoyer des notes diplomatiques officielles ne fera pas de mal. Et jouer cette carte dès le début devrait nous aider à couper l'herbe sous le pied de tous ceux qui – comme notre cher ministre des Affaires étrangères et ses alliés politiques – voudraient nous accuser d'avoir été trop timorés. Je doute que quiconque ait tout à fait oublié ce que la flotte manticorienne nous faisait subir il y a quelques années, mais il ne sera pas mauvais de rafraîchir les mémoires.

— Je vois ce que vous avez en tête. Si nous devons nous approcher d'un chien d'attaque endormi pour lui coller un coup de pied dans le museau, autant le faire de la façon la plus efficace possible. » Il secoua la tête. « Vous savez, quand Denis et moi avons décidé que Saint-Just devait être éliminé, je n'aurais jamais cru qu'un gouvernement républicain librement élu par ses citoyens devrait se donner tant de mal pour se protéger de l'un de ses propres ministres.

— Et c'est pour cette raison que vous préférez l'armée à la politique, conclut Pritchart, un peu triste. Non que je vous le reproche, parfois. Mais il s'agit pour beaucoup d'une question de timing, Thomas. Donnez-moi encore quinze ou vingt ans, que la République soit de nouveau ferme sur ses pieds et que les électeurs s'habituent réellement à l'idée de la primauté de la loi, et nous n'aurons pas besoin de passer tant d'heures à nous inquiéter d'un politicard ambitieux et dénué de scrupules. Il me suffirait d'insister pour qu'il démissionne, en faisant confiance à la Constitution pour encaisser toutes les répercussions. Hélas, nous n'en sommes pas encore là.

— Je sais. Et j'attends ce moment avec impatience… à supposer que la folie de Giancola ne nous engage pas à nouveau dans une guerre ouverte contre Manticore.

— Je pense qu'il s'agit d'un scénario pessimiste, fit gravement Pritchart. Haute-Crête est encore plus ambitieux et dénué de scrupules qu'Arnold, si Wilhelm et ses analystes l'ont bien évalué. Mais c'est aussi un lâche tout au fond. Je n'écarte pas la possibilité qu'en le mettant au pied du mur on puisse le pousser à commettre une imprudence, mais il ne veut surtout pas retourner en guerre contre nous non plus. Encore moins si l'opération Refuge lui paraît avoir effectivement équilibré les forces. Tant que nous veillons très soigneusement à ne pas le pousser dans ses derniers retranchements, il ne provoquera pas de conflit avec nous. Et je n'ai nullement l'intention d'en entamer un !

— Je me sentirais beaucoup mieux si je ne savais pas combien de guerres ont commencé alors qu'aucun des deux camps ne le souhaitait, fit Theisman, sarcastique.

— Je voudrais pouvoir vous contredire. Mais je ne peux pas. Et si nous devons annoncer l'existence du petit projet de Shannon, je crois que je ferais bien de consulter Arnaud Marquette et de presser mon équipe de planification. Quels que soient nos souhaits ou nos attentes, mon rôle consiste à garder un plan de guerre sous la main au cas où la situation se dégraderait malgré tout. »

# CHAPITRE VINGT-CINQ

« … Donc, dès que nous aurons les données nécessaires, fournies par les sondes, nous enverrons un vaisseau de cartographie entièrement équipé, répondit Michel Reynaud à la journaliste.

— Et combien de temps vous faudra-t-il pour réunir les informations dont vous avez besoin, amiral ? reprit aussitôt la femme avant que quelqu'un d'autre dans l'auditorium bondé ne lui vole la parole.

— Il s'agit d'un impondérable, bien sûr, fit patiemment Reynaud. Comme vous en êtes sans doute tous conscients, il n'y a pas tant de nœuds que ça, même aujourd'hui, ce qui signifie que notre base de données comparative est limitée. Nous savons décrire mathématiquement les propriétés observables de ce phénomène, mais notre compréhension de la théorie sous-jacente est à la traîne par rapport à notre capacité à le modéliser. Je peux juste vous assurer que nous savons de quelles données nous avons besoin mais, tant que nous n'avons pas envoyé les premières sondes, nous n'avons aucune idée du temps que nous mettrons à les obtenir.

— Mais… » s'entêta la journaliste, et Reynaud grinça des dents derrière son sourire aimable. Il sentait Sir Clarence Oglesby debout à ses côtés, et cela n'améliorait pas du tout son humeur. Il n'appréciait guère Oglesby ; or, si les journalistes exigeaient de Reynaud qu'il leur fournisse un planning précis pour l'ouverture de la corne d'abondance, c'était d'abord la faute aux commentaires très optimistes du porte-parole du gouvernement concernant les vastes perspectives qu'offrait le nouveau terminus.

*Je n'ai jamais été à mon avantage dans ce genre de situation,* songea-t-il. *Et si je disais à cette crétine ce que je pense de son incapacité manifeste à comprendre des phrases simples…*

« Si je puis me permettre, amiral ? » demanda prudemment Jordin Kare (qui faisait des efforts pour bien se tenir en public), et Reynaud parvint il ne sut comment à dissimuler son soulagement tout en hochant la tête.

« Comme l'amiral Reynaud vient de le sous-entendre, dit l'astrophysicien à la journaliste de son meilleur ton professoral et autoritaire, chaque nœud de trou de ver observé fut un cas distinct et unique. Notre propre nœud ne ressemble pas tout à fait aux autres déjà explorés, qui ne sont pas non plus identiques entre eux. J'ai passé l'essentiel de ma vie adulte à étudier ce domaine précis, et, bien que je puisse parler en connaissance de cause des nœuds connus, cela ne vaut pas pour les nouveaux. Ni pour les terminus jusque-là inexplorés de nœuds connus. Nous sommes plus ou moins dans la même position que, disons, les scientifiques du dernier siècle avant la Diaspora humaine concernant la gravité. Ils savaient la décrire, la modéliser et la prévoir en détail, mais aucun n'avait la moindre idée de la façon de la générer et de la manipuler comme nous le faisons aujourd'hui. Tout cela signifie que, bien que nous ayons posé des hypothèses de travail sur ce terminus en nous fondant sur l'exemple des autres terminus de ce nœud et de nos connaissances sur d'autres nœuds, il ne s'agit que d'hypothèses. Tant que nous n'aurons pas formellement confirmé leur exactitude, il est hors de question d'envoyer un bâtiment habité. »

Il sourit avec une autorité naturelle, drapé dans le manteau de ses titres universitaires, et la journaliste acquiesça avec un profond respect, comme s'il ne venait pas de lui répéter exactement ce que Reynaud avait déjà dit. Le directeur de l'Arram fut reconnaissant à Kare de son intervention, mais cela ne l'empêcha pas de caresser des envies de meurtre sur la journaliste qui s'asseyait enfin.

Ses collègues appuyèrent aussitôt sur leur bouton de parole, et Reynaud adressa un signe de tête à un homme frêle aux cheveux noirs : un hologramme lumineux vert apparaissait au-dessus de sa tête, indiquant qu'il avait remporté le concours de vitesse.

« Ambrose Howell, amiral, se présenta le journaliste, pour *La Dépêche de Yawata*.

— Oui, monsieur Howell ?

— Nous avons beaucoup entendu parler de la valeur potentielle de cette découverte, et le professeur Kare et vous avez tous deux exposé de façon convaincante les difficultés et l'ampleur de la découverte ainsi que celles du processus d'exploration. J'ai donc deux questions, si je puis me permettre. D'abord, puisque nous savons depuis des siècles que le modèle mathématique du nœud suggérait l'existence de terminus supplémentaires, pourquoi nous a-t-il fallu si longtemps pour chercher celui-ci au bon endroit ? Ensuite, pourquoi sommes-nous partis à sa recherche à ce moment précis ?

— Voilà deux excellentes questions, intervint Oglesby de son baryton grave et sonore avant que Reynaud puisse ouvrir la bouche, et, si vous voulez bien, je commencerai par répondre à la seconde. »

Il adressa un sourire modeste au directeur de l'Arram, apparemment inconscient de la fureur de Reynaud face à son intervention intempestive.

« À l'évidence, poursuivit-il en tournant son sourire vers Howell, en tant que profane et parfait ignare en matière d'hyperphysique, je ne suis pas en position de répondre à votre première interrogation. Pour ce qui est du moment choisi, cependant, c'est à la fois le résultat d'heureuses circonstances et de prévoyance. Bien que les questions épineuses qui empêchent la négociation d'un traité de paix définitif demeurent, les belligérants du récent conflit ayant jugé qu'une trêve précaire valait mieux qu'un massacre actif, l'occasion s'est présentée pour le gouvernement de réfléchir à d'autres questions essentielles. On ne peut raisonnablement reprocher aux gouvernements précédents de s'être concentrés sur des questions de sécurité interstellaire et de budgets spatiaux. Et bien sûr, en l'absence de traité de paix officiel, le gouvernement actuel est tenu de garder pour priorité la sécurité du Royaume. Mais les réalités politiques du moment nous ont permis de prendre du recul par rapport au gouffre que représentent les combats et de tourner notre réflexion vers autre chose que le moyen le plus efficace de tuer d'autres hommes.

» Ce gouvernement, conscient de la nécessité absolue de maintenir un élan vers la paix, tant à l'intérieur qu'à l'international, a adopté un ensemble d'initiatives afin de “construire la paix”, comme le disent le Premier ministre et la ministre des Finances. Certaines étaient destinées à faciliter la réintégration du personnel militaire dans l'économie civile, tandis que d'autres visaient à réparer les dégâts que les personnes et certains secteurs de l'économie ont subis pendant les combats – comme à Basilic, par exemple. Et la création de l'Agence royale de recherches astrophysiques de Manticore, sous la direction de l'amiral Reynaud, en était une autre. Le gouvernement y a vu l'occasion rêvée de procéder à un investissement crucial dans l'avenir du Royaume. Et pour être tout à fait honnête, le gouvernement voyait aussi dans l'Arram et ses recherches audacieuses un défi pacifique qui ferait ressortir le meilleur chez nos citoyens lassés des sacrifices et de la violence liés à dix ans de guerre. Je suis très heureux, de même, j'en suis sûr, que tous ceux qui travaillent pour le gouvernement en général et l'Arram en particulier, que ces efforts aient été si vite couronnés de succès. »

Oglesby gratifia Howell et les caméras HV d'un sourire radieux, et Reynaud se répéta qu'il ne pouvait pas étrangler cet opportuniste pompeux et imbécile devant tant de témoins. Enfin, au moins, ce n'était pas un personnage aussi malsain que Makris. L'espace d'un instant, l'amiral envisagea de demander à Oglesby de parler aux journalistes des… ambiguïtés que ses équipes avaient découvertes dans les comptes de l'Agence approuvés par Makris. Mais non, il ne pouvait pas non plus. Il se contenta donc d'attendre qu'Oglesby se soit écarté du podium, puis il regarda Howell, ignorant complètement l'attaché de presse du Premier ministre.

« Puisque Sir Clarence a répondu à votre seconde question de façon si… admirable, monsieur Howell, dit-il, je limiterai le champ de mon intervention à la première. La réponse la plus simple est qu'il y avait une erreur dans les modèles les plus couramment admis de notre nœud – une erreur que le professeur Kare et son équipe de l'université de Valasakis n'ont identifiée qu'il y a six ans T environ. Pour tout vous dire, c'est son travail là-bas qui lui a valu d'être choisi pour diriger ce projet.

» L'inexactitude qu'ils ont mise au jour n'était pas à proprement parler fondamentale, mais elle suffisait à décaler de façon significative toutes nos prédictions quant à la localisation de terminus supplémentaires. Le nœud du trou de ver de Manticore est une région sphérique de l'espace d'un diamètre approximatif d'une seconde-lumière. Ce qui nous donne un volume d'environ quatorze millions de milliards de kilomètres cubes, et tout terminus au sein du nœud est beaucoup plus petit que cela – une sphère de trois mille kilomètres de diamètre tout au plus. Ce qui signifie qu'un terminus donné représente moins de soixante-dix milliardièmes du volume total du nœud. Par conséquent, même une erreur minime dans les prédictions de nos modèles initiaux a eu un impact énorme. De plus, la "signature" de ce terminus était très faible par rapport à celle des terminus déjà connus. Nos études théoriques ont toujours suggéré que ce serait le cas, mais à cause de cette faiblesse nous avions besoin d'instruments plus sensibles encore et d'un meilleur soutien logiciel avant de pouvoir espérer le détecter. »

L'amiral haussa les épaules.

« Par rapport aux difficultés associées à la recherche de ce terminus, retrouver une aiguille dans une meule de foin, comme on dit, aurait été simple comme bonjour. D'ailleurs, je dois avouer en toute franchise que, malgré le soutien appuyé que l'Arram a reçu, la chance a joué pour beaucoup dans la détection si rapide de ce terminus.

» Je pense que cela répond à votre question, monsieur Howell ? »

Le journaliste hocha la tête et s'assit, et Reynaud passa au halo holographique suivant.

« Eh bien, je trouve que Clarence s'en est plutôt bien sorti », fit le baron de Haute-Crête en levant sa tasse. Il avait amené avec lui son propre majordome dans la résidence officielle du Premier ministre, et ce domestique bien formé réagit aussitôt avec sa cafetière à cet ordre silencieux et péremptoire. Haute-Crête sirota en amateur son breuvage odorant. Bien sûr, il ne remercia pas l'homme et ne fit même pas mine de remarquer son existence.

« Oui, j'imagine », concéda Élaine Descroix devant les restes de son petit-déjeuner. Elle but une gorgée de café, passa une serviette en lin à l'ancienne sur ses lèvres puis grimaça légèrement. « Clarence a incontestablement veillé de son mieux à ce que tout le crédit revienne à ceux qui le méritaient, dit-elle à Haute-Crête. Et j'ai particulièrement apprécié sa façon de placer sans cesse notre slogan, “Nous bâtissons la paix”, dans ses réponses. Mais ce Kare… Sans parler de Reynaud ! » Elle secoua la tête. « Quel duo ennuyeux à mourir !

— On ne peut pas attendre de conscience politique aiguë de la part d'un bureaucrate de carrière et d'un scientifique, Élaine, railla gentiment Haute-Crête.

— Non, en effet. Mais j'ai observé Reynaud en particulier. Il n'aimait pas du tout la façon dont Clarence lui volait sans arrêt la vedette, c'était visible. Va-t-on avoir des problèmes avec lui à l'avenir ?

— Quel genre de problèmes ? demanda le baron en fronçant les sourcils.

— Allons, Michael ! C'est le directeur de l'Arram et, j'ai beau ne pas l'aimer, il a manifestement une cervelle. Je suis certaine qu'il sait compter, et même Makris ne peut rien au fait qu'il a accès à ses propres livres de comptes. »

Haute-Crête posa sa tasse et jeta un coup d'œil au majordome par-dessus son épaule. Descroix avait une tendance gênante à ignorer les oreilles des domestiques. Le Premier ministre en était très conscient car il devait lui-même constamment se surveiller, mais il avait trop vu ce que des domestiques ingrats et rancuniers pouvaient faire à leurs employeurs quand ceux-ci s'exprimaient sans retenue en leur présence. Il n'avait pas l'intention d'oublier cette leçon-là et, bien que le majordome fût à son service depuis près de trente ans, il était inutile de prendre des risques.

« Ce sera tout, Howard, dit-il. Laissez-nous simplement la cafetière. Je vous sonnerai quand nous aurons terminé.

— Bien, milord, murmura Howard avant de disparaître promptement et sans bruit.

— Maintenant, Élaine, reprit Haute-Crête en la dévisageant, que sous-entendez-vous exactement ?

— Je sous-entends qu'il a accès à ses propres livres de comptes. J'admets que Mélina a fait du meilleur boulot que je ne m'y attendais sur le plan fiscal, mais, au final, elle ne peut tout simplement pas refuser à cet homme qui est techniquement son supérieur un droit de regard sur les comptes de sa propre agence. Or Reynaud est peut-être un amiral, mais il est passé par l'Astrocontrôle, Michael : il a lui-même une grande expérience bureaucratique. Il n'est pas comptable, mais je ne suis pas persuadée qu'il ne verrait pas clair à travers les petits… subterfuges de Mélina. Dans la mesure où il désapprouve si manifestement Clarence et nous aussi, par extension, il pourrait bien se voir dans le rôle du chevalier blanc. Il est bien possible quesa conscience et sa probité le poussent à tirer la sonnette d'alarme.

— Il y a peu de chances, selon moi, répondit Haute-Crête au bout d'un moment. S'il devait faire une chose pareille, pourquoi n'a-t-il pas déjà agi ? À ma connaissance, il n'a même pas posé de questions embarrassantes et encore moins démontré l'envie de rendre publics ses soupçons – s'il en a. Et même s'il s'avérait que c'était le cas, ce serait sa parole contre le poids de tout le gouvernement de Sa Majesté. » Il secoua la tête. « Non. Je ne vois pas comment il pourrait nous nuire dans ces conditions.

— Vous avez sûrement raison… pour l'instant, fit Descroix. D'un autre côté, je ne pensais pas le voir agir dans la minute, ni même dans les prochains mois ou années. Mais soyons réalistes, Michael. Vous et moi savons qu'il finira par y avoir un changement de gouvernement.

— Cromarty a tenu le poste de Premier ministre pendant près de soixante ans avec seulement trois interruptions, fit remarquer Haute-Crête avec une certaine raideur.

— Et il a bénéficié du soutien enthousiaste de la Couronne pendant tout ce temps. Un heureux état de fait qui ne vaut guère dans notre cas, commenta Descroix, sarcastique.

— Si l'approbation de la Couronne était essentielle à la survie d'un gouvernement, on ne nous aurait jamais laissés en former un ! répliqua Haute-Crête.

— Bien entendu. Mais ça n'a pas grande importance, si ? La reine est certes très colérique, mais c'est aussi une fine observatrice politique, et elle avait raison. Nos divergences idéologiques et nos priorités opposées – surtout entre vous et moi d'un côté, et Marisa de l'autre – sont trop importantes pour que nous préservions indéfiniment notre cohésion. Sans parler de l'influence potentielle de facteurs extérieurs. Comme cette imbécile de Montaigne. » Descroix grimaça. « Je ne pense pas qu'elle ait une chance de réussir, mais ce qu'elle mijote avec cette renonciation spectaculaire à son titre est parfaitement clair. Et bien que rien ne joue en sa faveur, je ne m'attendais pas non plus à ce qu'elle remporte sa chère petite élection spéciale. Je n'ai donc pas envie de miser ma survie politique personnelle sur ma certitude qu'elle n'y arrivera pas.

— Vous pensez qu'elle pourrait réellement faire perdre à Marisa la direction du parti, alors ? demanda Haute-Crête.

— Probablement pas en l'état actuel des choses, répondit Descroix. Mais c'est là que je veux en venir. Vous et moi savons que la politique est un processus dynamique et non statique. Les situations changent, et le défi lancé par Montaigne pourrait suffisamment affaiblir Marisa pour que quelqu'un d'autre, plus haut placé dans la hiérarchie du parti, réussisse à la détrôner. Ou à la ramener vers les vrais canons de la foi libérale, d'ailleurs, en l'éloignant de notre coalition. Franchement, je pense que c'est ce qui risque de faire chuter ce gouvernement en fin de compte, parce que, soyons honnêtes, elle n'a jamais été très à l'aise à l'idée de travailler avec nous.

— Vous n'arrangez rien en la critiquant violemment lors des réunions, fit Haute-Crête sur un ton douloureusement neutre.

— Je sais. Mais elle est si moralisatrice et bien-pensante que je ne peux pas m'en empêcher. Allons, Michael ! Vous savez bien qu'en réalité elle est au moins aussi prête que nous – voire plus – à faire n'importe quoi pour s'accrocher au pouvoir. Mais, bien entendu, elle ne le fait qu'en vertu de sa sainte idéologie, sûre de son bon droit, madame “Sauvons l'univers et délivrons l'humanité du péché originel”.

— Sans doute. » Haute-Crête reprit un peu de café, cachant son visage derrière sa tasse jusqu'à ce qu'il soit certain de contrôler de nouveau ses traits. Il savait que Descroix perdait de plus en plus patience avec la comtesse de La Nouvelle-Kiev, mais l'agressivité que trahissait la voix mordante de la ministre des Affaires étrangères lui faisait toutefois un choc. Surtout si elle s'avérait le signe avant-coureur de cette discorde contre laquelle Descroix le mettait en garde.

« Bah, ne vous en faites pas, dit-elle comme si elle lisait ses pensées. Je déteste cette bonne femme et je suis à peu près sûre qu'elle me le rend bien. Mais nous sommes tout à fait conscientes d'avoir besoin l'une de l'autre pour l'instant, et aucune de nous ne risque d'agir bêtement.

» En définitive, toutefois, poursuivit-elle, sapant aussitôt le soulagement momentané de son interlocuteur, soit nous réussirons ce qui nous a poussés à nous associer, soit Alexander et la reine parviendront à nous priver du pouvoir avant. Dans le premier cas, je pense que nous pouvons tenir pour acquis qu'une certaine… aigreur teintera la dissolution finale de notre partenariat. Et dans le second cas – que je considère comme un scénario improbable et pessimiste, je m'empresse de le préciser –, je vous parie tout ce que vous voulez que Sa Majesté va vouloir du sang. Le nôtre. De toute façon, les couteaux attendant de se loger dans le dos de tel ou tel ne manqueront pas, et Reynaud pourrait être du nombre.

— Je pense que vous vous inquiétez sans raison, dit le Premier ministre au bout d'un moment. Il y a toujours des… irrégularités d'un genre ou d'un autre, mais aucun camp n'a intérêt à les rendre publiques quand le pouvoir change de mains. Après tout, comme vous venez de le souligner, il finit toujours par changer à nouveau de mains. Si le nouveau gouvernement salit son prédécesseur à propos du moindre petit écart, il invite le même traitement quand son tour vient de quitter le pouvoir, et nul ne le souhaite.

— Sauf votre respect, Michael, nous ne parlons pas de “petits écarts” dans ce cas précis, répondit froidement Descroix. Je suis la première à dire que nos décisions se justifiaient parfaitement, mais elles n'entrent pas dans la catégorie des erreurs involontaires ou des négligences administratives. Inutile de faire comme si un homme tel qu'Alexander ne pouvait pas les monter en épingle et lancer une chasse aux sorcières. Et quoi qu'il veuille faire en tant qu'homme politique réaliste et pragmatique, la reine va vouloir la chasse aux sorcières la plus bruyante et la plus large qu'elle puisse organiser dans notre cas. D'ailleurs, ajouta-t-elle avec un mince sourire, je suis persuadée qu'elle entasse déjà du bois pour le barbecue au Palais.

— Il est un peu tard pour avoir peur, Élaine. Si vous pensiez que nous prenions des risques injustifiés, vous auriez dû le dire.

— Je finis de vous assurer que je les trouve justifiés, dit-elle calmement. Je me contente de souligner que je ne suis pas pour autant aveugle quant aux répercussions éventuelles s'ils nous reviennent à la figure.

— Et pourquoi au juste le soulignez-vous avec tant d'insistance ? s'enquit Haute-Crête sur un ton qui devenait à ses yeux un peu trop grognon pour le Premier ministre de Manticore.

— Parce que l'attitude de Reynaud envers Clarence a fixé mes inquiétudes à ce sujet. J'en suis consciente depuis le début, mais la nécessité de me concentrer sur la tactique au quotidien a eu tendance à les repousser vers le bas de ma liste de motifs d'inquiétude. Hélas, si nous ne commençons pas à nous en préoccuper dès maintenant, nous y passerons beaucoup plus de temps plus tard.

— C'est-à-dire ?

— C'est-à-dire qu'il est temps que vous et moi entreprenions de nous assurer que nos canots de sauvetage ne prendront pas l'eau quand le navire finira par sombrer. » Elle s'autorisa un petit sourire amusé en voyant sa mine exaspérée, mais elle décida aussi que le moment était venu de se montrer charitable et d'en venir au fait. « Quelqu'un finira bien par poser des questions très précises, Michael. Élisabeth y veillera, même si personne d'autre ne le souhaite. Il m'est donc apparu que le moment était bien choisi pour commencer à établir les preuves formelles qui viendront étayer les réponses que nous voudrons donner.

— Je vois », dit lentement le Premier ministre, se renfonçant dans son fauteuil tout en la regardant avec curiosité. Et, il l'admettait, respect. « Et comment suggérez-vous que nous nous y prenions, au juste ?

— De toute évidence, nous veillons d'abord à ce que toutes les petites… irrégularités financières mènent à notre bien-aimée ministre des Finances et au ministre de l'Intérieur, monsieur MacIntosh. » Elle soupira. « Comme c'est tragique ! Imaginer que des gens si désintéressés et dévoués à la cause publique se révèlent en réalité vénaux et corrompus au point de détourner les fonds du gouvernement vers des caisses noires et un système d'achat de voix ! Et quel dommage que notre confiance dans la probité bien connue des libéraux nous ait empêchés de comprendre à temps ce qu'ils faisaient.

— Je vois », répéta-t-il, plus lentement encore. Il savait depuis toujours qu'Élaine Descroix était aussi inoffensive qu'un cobra de la vieille Terre ; pourtant, même ainsi, il restait stupéfait de la voir si impitoyable.

« Bien entendu, admit-elle joyeusement, il faut s'y prendre avec soin et, en toute franchise, je ne suis pas sûre de la façon de procéder pour bien faire. Un boulot maladroit, couvert d'empreintes digitales qui pointeraient dans notre direction, serait pire qu'inutile.

— Je ne saurai être plus d'accord.

— Bien. Parce que, dans ce cas, je pense que nous devrions demander à Georgia d'y travailler.

— Vous êtes certaine de vouloir l'impliquer à ce point dans cette affaire ? » Haute-Crête était dubitatif et cela se voyait, il le savait, mais Descroix se contenta de sourire.

« Michael, dit-elle patiemment, Georgia a déjà accès aux fichiers de Nord-Aven. Je suis persuadée qu'il y a là-dedans largement de quoi détruire tous ceux dont elle voudrait vraiment la peau. Elle n'a pas besoin d'informations supplémentaires pour représenter une menace pour nous, si c'est ce qu'elle choisit de devenir. De plus, vous vous êtes déjà servi d'elle pour au moins une demi-douzaine de tâches dont la légalité pourrait être mise en doute par un puriste. Comme la surveillance d'Harrington et Havre-Blanc.

» Ce que je veux dire, c'est qu'elle en sait déjà assez pour nous anéantir. Mais elle ne peut pas le faire sans se détruire elle-même en parallèle. *Idem* pour Mélina. Après Reynaud, c'est elle la source de fuite potentielle la plus dangereuse au niveau de l'Arram, mais c'est elle aussi qui a si brillamment isolé Marisa de la dure réalité, ce qui signifie que, si l'Agence tombe, elle chute avec. »

Descroix haussa les épaules.

« Georgia et Mélina ont toutes deux d'excellentes raisons de veiller à ce que tout soupçon gênant soit détourné de leur personne vers quelqu'un d'autre. D'ailleurs, si j'estimais Mélina à la hauteur, je vous conseillerais de laisser cette affaire entre ses mains. Hélas, je ne crois pas que ce soit le cas. Du coup, vu le talent de Georgia pour ce genre de tâche, il me paraîtrait ridicule de faire appel à un autre. Plus on impliquera de gens, plus on risquera la fuite accidentelle, sans parler de ce que Reynaud pourrait nous faire si nos efforts attiraient son attention. Alors mettons ce projet entre les mains d'une seule personne, qui a tout intérêt à bien couvrir ses traces en même temps que les nôtres.

— Je vois », dit-il pour la troisième fois. Puis, lentement, il sourit.

# CHAPITRE VINGT-SIX

L'étoile de type G6 au cœur du système du Marais était une primaire des plus classiques. Pas de quoi en faire un plat, songea Honor en s'appuyant contre la cloison à côté de la baie d'observation plastoblindée tandis qu'elle contemplait la sombre clarté de l'espace semé de poussière de diamant. Rien qu'une banale fournaise de plus où les feux de la création se déchaînaient avec une rage inconcevable, répandant leur splendeur prodigieuse dans les couloirs d'une nuit divine interminable.

Sûrement pas une raison suffisante pour que le Royaume stellaire de Manticore s'engage dans une guerre.

Elle renifla et perçut l'écho de son humeur maussade chez Nimitz, allongé sur le perchoir près de son module de survie mural. Certes, elle savait aussi que leur mélancolie commune n'était pas seulement liée à sa conscience de la tâche presque impossible qui l'attendait ici. Pour le chat, il y avait aussi la solitude, la séparation de sa partenaire sylvestre. Mais cette séparation, Nimitz et Samantha l'avaient déjà connue et la connaîtraient encore, et au moins lui avait Honor, tandis que Sam avait Hamish. Les deux chats savaient que cela faisait partie du prix à payer pour leur lien avec des humains et, d'une certaine façon, cette certitude leur faisait comme une armure. Elle n'adoucissait pas les affres de la séparation – une situation bien pire pour des empathes que pour des âmes aveugles – mais ils savaient au moins tous deux à quel point ils comptaient l'un pour l'autre… et qu'ils se retrouveraient à l'issue de ce déploiement.

Honor ne pouvait pas en dire autant. Elle regrettait beaucoup de séparer Nimitz et Samantha – un regret teinté d'un fort sentiment de culpabilité –, pourtant, au fond, elle ne pouvait étouffer complètement une ignoble jalousie. Les chats sylvestres avaient beau se manquer mutuellement pour l'instant, leur séparation prendrait fin. Celle d'Honor, non. Elle le savait, mais au moins cette douleur vide et solitaire en son cœur valait mieux que le chagrin et le désir désespéré qu'elle ressentait avant de mettre de la distance entre Hamish et elle. Elle se le répétait au moins dix fois par jour et, en gros, elle y croyait. En gros.

Elle tourna la tête et balaya du regard les bâtiments les plus proches de sa force d'intervention rassemblée. Ils flottaient en orbite autour de la planète Sidemore, comme une flotte navale ancrée dans un port accueillant, mais elle avait découvert avec bonheur à son arrivée que le contre-amiral Hewitt avait insisté pour maintenir un état d'alerte élevé. L'orbite de garage de ses vaisseaux avait été soigneusement calculée pour éviter tout risque d'interférences entre bandes gravitiques s'il fallait les allumer au plus vite. Et il avait également veillé à ce que les noyaux d'impulsion d'au moins une escadre de combat soient chauds à tout moment. Cette responsabilité tournait régulièrement entre les escadres, mais sa précaution impliquait que ses unités pouvaient compter sur des bandes gravitiques opérationnelles en à peine trente à trente-cinq minutes.

Honor ne s'était pas contentée de lui dire combien elle approuvait sa prudence : elle avait maintenu ses instructions permanentes et les avait étendues aux unités de la FI-34, y compris la dispersion des orbites. Par conséquent, bien sûr, même des bâtiments aussi prodigieux que le *Loup-Garou* et le supercuirassé d'Alistair McKeon, le *Troubadour*, paraissaient des modèles miniatures quand elle les observait à l'œil nu.

Évidemment, tous les yeux nus ne naissaient pas égaux, et Honor sourit malgré son humeur maussade en activant la fonction télescopique de son œil gauche artificiel. Les montagnes flottantes d'acier de bataille grandirent et fleurirent alors comme par magie.

Elles étaient là, dans le vide, comme des orques dans un océan infini de varech sombre, marquées des témoins lumineux verts et blancs signalant des vaisseaux en orbite, les flancs semés des formes géométriques des sabords d'armement ou des tubes de lancement des BAL. Il y en avait des dizaines, d'immenses vaisseaux de ligne, lourds de puissance de feu et de destruction, à attendre ses ordres. Avec les renforts qu'elle avait amenés de Manticore, elle disposait de huit escadres de combat au complet, auxquelles s'ajoutaient l'escadre en sous-effectif des PBAL d'Alice et son écran composé de cinq escadres de croiseurs de combat, trois escadres de croiseurs légers et deux flottilles de contre-torpilleurs. Sans compter les dizaines de croiseurs et contre-torpilleurs dispersés dans les secteurs voisins au sein de la Confédération pour des missions de répression de la piraterie. Elle avait pas moins de quarante-deux vaisseaux du mur sous ses ordres, ce qui faisait de sa force d'intervention une flotte en tout sauf par le nom. C'était également – et de loin – la force la plus puissante jamais placée sous son commandement et, tandis qu'elle contemplait par la baie d'observation la puissance à portée de ses doigts, elle se disait qu'elle aurait dû avoir confiance en l'efficacité de son arme si elle était amenée à s'en servir.

Pourtant, elle était surtout consciente de ses faiblesses.

Elle n'avait rien à reprocher à Hewitt pour avoir maintenu l'état d'alerte pendant qu'il occupait le poste, pas davantage que pour la joie avec laquelle il lui avait abandonné son autorité à son arrivée. Alistair et Alice avaient réussi à faire de la FI-34 une arme bien plus acérée qu'elle n'avait osé l'espérer pendant le voyage, et les escadres de Hewitt avaient su maintenir un degré de préparation beaucoup plus élevé que celles de la Force capitale. Probablement parce que ses capitaines, comme lui-même, n'étaient que trop conscients de se trouver loin de toute assistance si jamais la situation se dégradait en Silésie.

Mais tout l'entraînement de la Galaxie ne changeait rien au fait que six de ses quarante-deux vaisseaux du mur seulement étaient des SCPC de classe Méduse et qu'aucun n'appartenait à la classe plus récente des Invictus. Ni que onze autres étaient de simples cuirassés qui représentaient par la taille et la puissance de combat à peine deux tiers d'un supercuirassé de la génération antérieure aux SCPC. Elle n'en doutait pas, Janacek et Haute-Crête feraient résonner le nombre quarante-deux d'une voix pesante à souhait au bénéfice de tout journaliste ou député qui poserait des questions pointues sur l'état de la base de Sidemore. Et elle ne doutait pas davantage qu'ils s'abstiendraient tous deux de préciser combien certains de ces quarante-deux bâtiments étaient obsolescents et trop petits. Ni qu'on ne lui avait accordé que quatre des huit

PBAL qu'elle avait réclamés. Ou que les dernières estimations de la DGSN évaluaient l'effectif de vaisseaux du mur de la Flotte impériale andermienne à un peu plus de deux cents.

Elle inspira profondément puis se redressa, carra les épaules et se tança pour s'être laissée aller à de tels abîmes de noirceur. Elle savait en acceptant ce poste que c'était exactement ce qui se produirait, bien que, pour être honnête, elle n'avait pas prévu que Janacek oserait une manœuvre aussi flagrante que de lui affecter tous les cuirassés manticoriens encore en service actif. Mais même s'il avait remplacé chacun d'eux par des supercuirassés d'ancienne génération, sa force aurait encore été totalement inadaptée au cas où les Andies voudraient bel et bien les pousser à deux doigts d'hostilités ouvertes. Il était donc assez logique du point de vue de Janacek de rassembler autant de ses vieux bâtiments dans le même tas. Après tout, s'il les perdait, ce ne serait pas vital. Sauf, bien sûr, pour leur équipage.

Elle se tança une fois de plus, bien qu'un peu moins violemment. Elle devait veiller à ne pas trop attribuer de mobiles sordides au Premier Lord. Non qu'elle doutât qu'il en ait, mais Sir Édouard Janacek lui-même ne pouvait pas avoir que des mobiles sordides : cela restreindrait beaucoup trop sa capacité à faire ce genre de bourde par pure stupidité plutôt que par calcul.

Ses lèvres esquissèrent un sourire, et elle se surprit à glousser. Discrètement, mais avec un amusement sincère, et elle sentit que Nimitz le partageait, qu'il était heureux qu'elle sache encore rire.

Elle balaya du regard le panorama qui s'étendait au-delà de la baie d'observation, s'imposant de laisser la beauté infinie de la boîte à bijoux divine la remplir comme un souffle purificateur. La splendeur silencieuse des étoiles infinies brûlait devant elle, et la beauté de Sidemore, planète bleu et blanc de remous nuageux, emplissait le quart inférieur de la baie. De son œil cybernétique, elle arrivait à distinguer les joyaux flottants qu'étaient les capteurs solaires orbitaux et les reflets plus ténus des relais de com, des dispositifs de détection orbitaux et tout le fatras d'une implantation spatiale industrielle.

Rien de tout cela n'était présent quand elle avait visité le Marais pour la première fois, près de dix ans plus tôt. Sidemore était alors un trou perdu où les vaisseaux marchands ne se rendaient que par erreur, et par conséquent une base d'opérations secrète rêvée pour les « corsaires » brutaux qui en avaient pris le contrôle. Trente et un mille citoyens de Sidemore avaient péri pendant leur occupation, dont plus du tiers en un instant horrible, quand André Warnecke avait fait sauter une charge nucléaire de démonstration pour mieux marchander sa reddition. Mais cela ne se produirait plus, songea-t-elle avec une profonde satisfaction. Même si la FRM se retirait demain, la flotte de Sidemore réduirait en chair à pâtée le premier corsaire ou pirate assez bête pour pointer le bout de son nez dans le système.

Sidemore ne jouait pas dans la même cour que Grayson, mais Honor était assez honnête pour admettre que c'était au moins en partie parce qu'elle n'avait jamais eu la même importance aux yeux de Manticore. Le Royaume stellaire avait mis le paquet pour faire de Grayson la ruche industrielle que la planète était devenue et, malgré des connaissances technologiques limitées, celle-ci se débrouillait au mieux par ses propres moyens depuis plus de soixante ans avant que Manticore ne mette un pied dans le voisinage.

Toutefois, Honor avait beau aimer sa planète d'adoption et respecter la détermination et l'ingéniosité de ses habitants, elle devait bien reconnaître que seule la position astrographique de Grayson avait attiré l'attention du Royaume stellaire au début.

Ce qui valait également pour Sidemore. Mais Grayson paraissait essentielle à la sécurité de Manticore tandis que Sidemore n'était qu'un confort. Elle n'avait donc pas bénéficié des mêmes avals de garantie, mesures incitatives à l'investissement ou allègements fiscaux, ni n'avait été le site de grands chantiers spatiaux. Ce qui, d'une certaine façon, rendait encore plus impressionnant ce que les Sidemoriens avaient accompli, bien que cela parût modeste par rapport aux réussites de Grayson.

Honor était ravie de déceler les signes caractéristiques d'une planète dont le processus d'industrialisation avait acquis un élan autonome. On construisait des transporteurs en orbite autour de Sidemore désormais, pas uniquement les vaisseaux de guerre légers de la flotte locale, et le président planétaire avait déjà offert à Honor une visite guidée des nouvelles infrastructures d'extraction des ressources minières orbitales et des fonderies. Ces installations étaient nées presque entièrement du fait que la FRM en avait besoin pour approvisionner le chantier de réparation orbital qu'elle avait construit là afin d'entretenir ses bâtiments, mais elles s'étaient perpétuées depuis. Le système du Marais n'était pas près de représenter une menace pour la balance commerciale de Manticore avec la Silésie, mais Honor se réjouissait de voir que la planète exploitait avec intelligence et succès sa nouvelle puissance industrielle en se lançant dans le commerce silésien. À moins d'un événement très infortuné – comme une guerre qui mènerait la flotte andermienne à se déchaîner dans le système –, Sidemore saurait maintenir sa prospérité récente et continuer à grandir même si Manticore se retirait de la région.

*Et c'est la seule façon dont nous réussirons jamais à faire de la Confédération autre chose qu'un bain de sang mineur permanent,* songea Honor avec une certaine noirceur. *Dieu sait que nous nous efforçons d'exterminer les pirates depuis suffisamment longtemps ! Le seul moyen de s'en débarrasser pour de bon consisterait à donner aux gens qui vivent ici la prospérité qui leur permettrait d'écraser eux-mêmes cette vermine.*

*Dommage que le gouvernement de la Confédération soit trop corrompu pour laisser un progrès pareil se produire.*

C'était cela autant que l'intérêt que Manticore portait au système et l'ingéniosité de ses habitants qui expliquait pourquoi le Marais réussissait à se métamorphoser en un système moderne et prospère : il n'y avait pas de gouverneur silésien pour saisir les occasions de pots-de-vin et de corruption et étouffer dans l'œuf toute expansion industrielle durable.

Mais tout cela n'avait aucun rapport précis avec la tâche qui la ramenait au Marais après toutes ces années, se rappela-t-elle brusquement.

Elle tourna le dos à la baie d'observation et se dirigea vers son bureau. Beaucoup trop de rapports l'attendaient. Mercedes avait signalé à son attention les dix ou douze plus importants, mais Honor était toujours en retard dans leur lecture, et Mercedes savait très bien la faire culpabiliser affreusement en lui lançant un simple regard de reproche. Honor la soupçonnait d'avoir pris des cours de reproches niveau licence auprès de James MacGuiness. Et puisqu'elle avait programmé une réunion des états-majors de la force d'intervention tout entière pour l'après-midi, il serait sans doute bienvenu de priver son chef d'état-major d'une raison de recourir à ce regard.

« Excusez-moi, madame. »

Honor leva les yeux de la lettre qu'elle enregistrait pour Howard Clinkscales comme James MacGuiness émergeait du sas ouvert de sa cabine de jour.

« Oui, Mac ? Que puis-je pour vous ?

— Le lieutenant de vaisseau Meares m'a demandé de vous informer qu'un capitaine marchand vient de transmettre au centre de com une demande d'autorisation pour vous rendre une visite de courtoisie.

— Ah bon ? » Honor fronça les sourcils, songeuse. Timothée Meares, son officier d'ordonnance, était un peu jeune, mais il avait très vite fait la preuve de son bon sens en acceptant que MacGuiness l'aide à gérer son amiral. Entre autres, Meares avait rapidement compris que l'intendant avait une idée plus précise que n'importe qui à bord du *Loup-Garou* du degré d'occupation d'Honor à tout moment, et il s'en remettait désormais à l'opinion de MacGuiness quand il s'agissait de décider s'il devait ou non l'interrompre avec une question de routine.

Il avait aussi compris qu'Honor attendait de lui qu'il fasse usage de discernement concernant ces questions de routine, or il avait une beaucoup plus haute opinion qu'elle de l'importance de son amiral. Le fait qu'il avait transmis cette requête à MacGuiness était donc révélateur. De toute évidence, il avait jugé bon, pour une raison ou une autre, de ne pas écarter carrément ce capitaine qui tentait pour ainsi dire de « s'inviter à dîner ». En même temps, il passait par le filtre de l'intendant, ce qui sous-entendait qu'il se demandait peut-être si un homme plus vieux et plus sage connaissant Honor depuis beaucoup plus longtemps que lui ne déciderait pas de l'étouffer.

Si telle était son intention, MacGuiness n'avait pas opté pour cette solution, et elle sentit croître sa pointe de curiosité initiale tandis qu'elle tendait son esprit vers les émotions de son intendant. Il rayonnait un mélange d'anticipation, de curiosité, de légère incertitude, et un écho de quelque chose qui ressemblait à de l'amusement.

« Puis-je savoir si ce capitaine marchand a dit qui il était et pourquoi il souhaitait me voir ? demanda-t-elle au bout d'un moment.

— Je crois, madame, qu'il s'agit d'un ressortissant manticorien, bien qu'il réside ici, dans la Confédération, depuis de nombreuses années. D'après mes informations, il a réussi à se rendre propriétaire d'une petite compagnie de fret extrêmement prospère. En fait, il détient une autorisation exceptionnelle de la Confédération qui lui permet d'avoir des vaisseaux armés et, selon le lieutenant Meares, nos archives indiquent qu'il a détruit au moins douze bâtiments pirates à notre connaissance ces dix dernières années T. Quant à la raison précise pour laquelle il désire vous voir, il a simplement dit au lieutenant qu'il voudrait vous rendre une visite de courtoisie. Je crois toutefois que le lieutenant soupçonne ce brave capitaine de détenir des informations locales qu'il pense utile de partager avec vous. »

Le visage et la voix de MacGuiness n'auraient pas pu être plus neutres, mais cette nuance proche de l'amusement était plus forte que jamais alors qu'il la regardait gravement. Et son incertitude avait augmenté en proportion.

« Tout cela est très intéressant, Mac, dit-elle avec une étincelle de sévérité modérée. Ça ne répond pas à ma première question, toutefois. J'imagine que ce mystérieux commandant a un nom ?

— Oh, bien sûr, madame. Ai-je oublié de le mentionner ?

— Non, répondit-elle. Vous n'avez rien "oublié" du tout. Vous avez choisi de ne pas me le dire à cause de cette faculté tortueuse qui passe chez vous pour un sens de l'humour. »

Il sourit car elle avait mis dans le mille, puis il haussa les épaules d'un air un peu trop dégagé.

« Vous êtes d'un naturel soupçonneux, madame, fit-il sur un ton vertueux. Il se trouve, néanmoins, que ce monsieur a bel et bien un nom. Je crois qu'il s'appelle… Bachfisch. Thomas Bachfisch.

— *Le capitaine Bachfisch ?* » Honor se redressa brutalement dans son fauteuil, et Nimitz releva la tête de son perchoir fixé à la cloison. « Ici ?

— Oui, madame. » Le sourire de MacGuiness avait disparu, et il acquiesça d'un air grave. « Le lieutenant Meares n'a pas reconnu son nom. Moi si.

— Le capitaine Bachfisch, répéta-t-elle tout bas en secouant la tête. Je n'arrive pas à y croire. Après tout ce temps.

— Je vous ai entendue parler de lui, fit doucement MacGuiness. D'après le lieutenant Meares, il avait l'air un peu hésitant en demandant à vous voir, mais j'étais certain que vous ne voudriez pas laisser échapper cette occasion.

— Vous avez tout à fait raison ! dit-elle fermement avant d'incliner la tête de côté. Mais vous dites qu'il avait l'air "hésitant" en demandant à me voir ?

— C'est ce qu'a dit le lieutenant Meares, madame. Je suis sûr que la section com possède un enregistrement de sa requête, si vous souhaitez le visionner, mais je ne l'ai pas vu pour ma part.

— Hésitant », répéta Honor. Elle ressentit une douleur bizarre quelque part au fond d'elle-même et elle se secoua. « Eh bien, il hésite peut-être, mais moi pas ! Dites à Timothée que sa requête est approuvée et que je verrai le capitaine dès qu'il le pourra.

— Bien, madame. »

MacGuiness disparut aussi discrètement qu'il était venu, laissant Honor plongée dans ses pensées.

*Il a vieilli*, se dit Honor, dissimulant une pointe de consternation à la vue de l'homme aux épaules voûtées, en uniforme bleu, qui s'élançait pour passer l'interface entre la gravité nulle du boyau d'accès et la gravité standard de la galerie du hangar d'appontement. Elle avait consulté la copie dont disposait le *Loup-Garou* de la liste des officiers et y avait trouvé le nom de Bachfisch. Son ancien commandant était désormais amiral, mais uniquement parce que l'ancienneté continuait de s'accumuler même quand on ne percevait qu'une demi-solde, car c'était précisément sa situation depuis près de quarante ans. Quarante années difficiles, songea-t-elle en le regardant. La chevelure noire dont elle se souvenait se mêlait largement d'argent malgré son traitement prolong de première génération, et Nimitz s'agita légèrement sur son épaule, mal à l'aise de percevoir comme elle le chagrin et le sentiment de deuil qui envahissaient le capitaine à se retrouver de nouveau à bord d'un vaisseau de Sa Majesté.

« *Fléau des pirates* à l'arrivée ! » annonça l'intercom du hangar d'appontement, et la haie d'honneur se mit au garde-à-vous tandis que le sifflet du bosco entonnait un salut officiel.

Les yeux noirs s'écarquillèrent de surprise, et les épaules se redressèrent. Le chagrin s'intensifia de façon presque insupportable l'espace d'un instant, puis se transforma en un sentiment beaucoup plus chaleureux. Il ne s'agissait pas de gratitude, bien que cela en fît partie, mais plutôt de compréhension. La conscience de ce qui avait poussé Honor à accorder la pleine courtoisie militaire à un commandant de vaisseau marchand, quel que soit son grade militaire sous demi-solde. Il se mit au garde-à-vous et salua l'enseigne de vaisseau de première classe du hangar d'appontement placé en tête de la haie d'honneur.

« Permission de monter à bord, madame ? s'enquit-il d'un ton officiel.

— Permission accordée, monsieur », répondit-elle en lui adressant un salut digne de la parade, et Rafael Cardones s'avança pour l'accueillir.

« Bienvenue à bord du *Loup-Garou*, amiral Bachfisch, dit le capitaine de pavillon d'Honor en lui tendant la main.

— Ce sera “capitaine Bachfisch”, commandant, corrigea doucement le vieil officier. Mais merci. » Il serra fermement la main de Cardones. « C'est un bâtiment magnifique », poursuivit-il, sincère, mais ses yeux regardaient Honor par-dessus l'épaule de Cardones, et les émotions qui le traversaient étaient trop intenses et compliquées pour qu'elle les démêle.

« Merci, répondit Cardones. J'en suis assez fier moi-même et, si vous avez le temps, je serai ravi de vous faire faire la visite à cinq dollars avant que vous ne regagniez votre vaisseau.

— C'est très gentil de votre part. Et si c'est possible, je vous prendrai certainement au mot. J'ai beaucoup entendu parler de cette nouvelle classe, mais c'est la première fois que j'ai l'occasion d'en voir un exemplaire.

— Alors je verrai si notre COMBAL, le capitaine de vaisseau Tremaine, peut nous accompagner, promit

Cardones. Il vous donnera le point de vue des cochers de BAL en prime.

— Je m'en réjouis à l'avance », assura Bachfisch qui regardait toujours Honor.

Cardones eut un sourire en coin et recula pour céder la place à son amiral.

« Capitaine Bachfisch, dit-elle doucement en lui tendant la main. Quel plaisir de vous revoir, monsieur !

— Un plaisir partagé, milady. » Il sourit, et tout un univers de satisfaction et de regrets tenait dans cette expression. « Vous avez bien réussi, à ce que j'ai entendu dire. » Son sourire s'élargit en perdant un peu de son air blessé.

« J'ai eu un bon professeur, répondit-elle en serrant fermement sa main, et il haussa les épaules.

— Un professeur n'a de valeur que celle de ses élèves, milady.

— Disons qu'il s'agissait d'un effort conjoint, monsieur, dit-elle en lâchant enfin sa main avant de désigner Cardones d'un signe de tête. Et permettez-moi de vous répéter que vous êtes le bienvenu. J'espère que vous aurez la bonté de vous joindre à nous pour dîner et que vous me permettrez de vous présenter le reste de mes officiers supérieurs.

— Milady, vous êtes très généreuse, mais je ne voudrais pas gêner et…

— Vous ne me gêneriez qu'en déclinant mon invitation, monsieur, coupa fermement Honor. Je ne vous ai pas vu depuis près de quarante ans T. Vous ne quitterez pas ce vaisseau sans avoir dîné avec moi et mes officiers.

— C'est un ordre, milady ? s'enquit-il, ironique, et elle acquiesça.

— À n'en pas douter », répondit-elle. Il haussa les épaules.

« Dans ce cas, bien entendu, j'accepte.

— Bien. Je constate que vous avez encore une saine perception des réalités tactiques, monsieur.

— Je m'y efforce, dit-il avec un léger sourire.

— Dans ce cas, pourquoi ne m'accompagnez-vous pas jusqu'à ma cabine ? Nous avons beaucoup de rattrapage à faire avant le dîner.

— En effet, milady », dit-il avant de la suivre dans l'ascenseur tandis qu'Andrew LaFollet fermait la marche.

# CHAPITRE VINGT-SEPT

« C'est vraiment un immense plaisir de vous revoir, monsieur », fit doucement Honor en le faisant entrer dans sa cabine de jour pour ensuite lui désigner l'un des confortables fauteuils disposés autour de la table basse en cuivre martelé. Elle le vit observer la table et plisser les yeux d'amusement et de plaisir en apercevant les armoiries du domaine Harrington qui l'ornaient en bas-relief.

« Un cadeau du Protecteur Benjamin, s'excusa-t-elle à demi, mais il se contenta de secouer la tête.

— Je ne faisais que l'admirer, milady. Et me dire que vous aviez vraiment fait du chemin. Je ne songeais pas à la vanité d'inscrire son monogramme sur un meuble.

— Heureuse de l'entendre, répondit-elle, caustique mais immensément soulagée de l'étincelle d'humour espiègle qui accompagnait les propos du capitaine.

— Pour tout dire, fit-il plus sérieusement, la Galaxie ne vous en tiendrait sûrement pas vraiment rigueur si votre tête était devenue un peu trop grosse pour votre béret. D'un autre côté, j'aurais été surpris que l'aspirante dont je me souviens ait laissé une chose pareille se produire.

— Je tâche de me rappeler que je suis une simple mortelle. » Elle avait voulu le dire sur le ton de la plaisanterie, sans grand succès, et elle sentit ses joues s'empourprer. Il lui jeta un regard en coin et haussa les épaules.

« Et je tâcherai de ne pas vous embarrasser davantage, milady. Si ce n'est pour vous dire que l'un de mes plus grands regrets est que Raoul Courvosier n'ait pas vécu assez longtemps pour vous voir aujourd'hui. Il m'a écrit après l'incident de Basilic afin de s'assurer que j'avais la version complète de l'histoire, je sais donc que sa confiance en vous avait été amplement récompensée. Mais je sais également combien il se serait réjoui de voir que d'autres avaient jugé utile de vous récompenser aussi.

— Il me manque, souffla Honor. Il me manque beaucoup. Et cela signifie énormément pour moi que lui et vous soyez restés en contact.

— Raoul était un ami loyal, milady.

— Capitaine, dit Honor en soutenant son regard, ça fait trente-neuf ans T, mais la dernière fois que nous nous sommes vus je n'étais qu'aspirante. Et, demi-solde ou non, vous êtes vous-même amiral. Alors, si cela ne vous dérange pas, je vous serais reconnaissante de vous rappeler que j'ai fait un jour partie des bleus de votre équipage et de laisser tomber les “milady”.

— Plus facile à dire qu'à faire, mi... » Bachfisch marqua une pause puis gloussa. « Mettez ça sur le compte de réflexes sociaux, demanda-t-il. D'un autre côté, si je ne suis pas censé vous appeler “milady”, que préféreriez-vous ? Bizarrement, je ne pense pas qu'“aspirante Harrington” soit encore approprié, hein ?

— En effet, concéda-t-elle en riant à son tour. Et je ne pense pas préférer “amiral Harrington”. Si nous essayions simplement “Honor” ?

— Je… » commença le capitaine. Il marqua une nouvelle pause et s'éclaircit la gorge. « Si c'est ce que vous souhaitez vraiment… Honor, dit-il au bout d'un moment.

— Oui », répondit-elle.

Il hocha la tête puis prit place dans le fauteuil indiqué et ménagea une courte pause dans la conversation en s'adossant et croisant les jambes avant de parcourir du regard la cabine.

Il s'arrêta un instant sur la vitrine abritant son sabre, sa clef étincelante de seigneur et une étoile d'or aux nombreuses branches dont le ruban cramoisi portait des taches brun sombre. Au-dessus de la vitrine était accrochée une plaque en bronze – dont un angle était corné et brisé comme s'il avait subi une chaleur intense – représentant un antique planeur. Enfin une autre vitrine présentait le .45 anachronique d'Honor… et un pistolet de duel calibre dix millimètres plus moderne.

Il contempla le tout plusieurs secondes, absorbant en quelque sorte ces preuves du temps (et de la vie) bel et bien écoulé depuis leur dernière rencontre. Puis il prit une profonde inspiration et reporta son attention sur elle.

« Les choses ont changé depuis que vous et moi avons cessé de travailler ensemble en Silésie, fit-il remarquer avec ironie.

— Sans doute. Mais ça ravive beaucoup de souvenirs, n'est-ce pas ?

— C'est le moins qu'on puisse dire. » Il secoua la tête. « Des bons comme des moins bons.

— Monsieur, dit-elle avec une pointe d'hésitation, à propos de l'enquête après notre retour. J'ai demandé à témoigner, mais…

— Je sais, Honor. Mais j'ai dit à la commission avoir le sentiment que vous n'aviez rien à ajouter.

— Vous avez dit ça ? » Elle le regarda d'un air incrédule. « Mais j'étais là, sur le pont. Je savais exactement ce qui s'était passé !

— Bien entendu, fit-il avec douceur. Mais je vous connaissais trop bien pour les laisser vous faire passer à la barre. » Elle continua de le dévisager, le regard soudain empreint de douleur, et il secoua aussitôt la tête. « Ne vous méprenez pas : je ne craignais pas que vos propos puissent me nuire. Mais le compte rendu officiel contenait déjà tout ce dont vous auriez pu vous porter témoin, y compris votre propre rapport d'action, et vous n'êtes pas connue pour votre instinct de conservation surdéveloppé. S'ils vous avaient fait passer à la barre, vous auriez presque à coup sûr pris ma défense de façon féroce, et je ne voulais pas que vous soyez éclaboussée.

— J'aurais été flattée d'être “éclaboussée” si cela vous avait aidé, monsieur, répondit-elle doucement.

— Je sais. Je le savais quand j'ai interdit à mon avocat de vous appeler comme témoin. Mais vous aviez déjà beaucoup d'ennemis personnels pour une aspirante, et je ne voulais pas vous voir rejeter les éloges que vous méritiez tant pour avoir sauvé mon bâtiment. De toute façon, ce que vous aviez à dire n'aurait rien changé.

— Vous n'en savez rien, protesta-t-elle.

— Oh que si, je le sais, Honor, dit-il dans un sourire mi-amer, mi-amusé. Parce qu'en réalité je méritais d'être démis de mon commandement.

— Non ! s'exclama-t-elle aussitôt.

— Je crois que c'est l'aspirante qui servait sous mes ordres qui parle, pas l'amiral assise en face de moi », fit-il d'un ton léger. Elle ouvrit la bouche, mais il leva la main et secoua la tête. « Réfléchissez-y – en tant qu'officier général plutôt qu'aspirante. Je ne prétends pas qu'il n'existait pas de circonstances atténuantes, mais soyons honnêtes. Pour un certain nombre de raisons, j'ai laissé Dunecki et son vaisseau entrer à portée immédiate, et le résultat c'est que mon bâtiment a manqué être détruit. D'ailleurs les gens de mon équipage sont morts en trop grand nombre, ajouta-t-il, beaucoup plus sombre.

— Mais vous ne pouviez pas savoir.

— Vous faisiez partie des protégés de Raoul, répondit-il. Que vous a-t-il toujours répété à propos des surprises ?

— Que c'est ce qu'on obtient quand un commandant se trompe sur un détail qu'il a en réalité vu depuis le début, reconnut-elle lentement.

— Et c'est précisément ce que j'ai fait. » Il haussa les épaules. « Ne pensez pas que cela m'indifférait de savoir que vous vouliez prendre ma défense : ce n'était pas le cas. Et ne croyez pas qu'à cause de cet unique incident je me considère comme un raté complet. Mais rien de tout cela ne change le fait que j'ai mis en péril le bâtiment que le roi m'avait confié et que je l'aurais perdu corps et biens sans un fabuleux coup de chance et l'intervention d'une aspirante dont c'était la première affectation. Pour tout dire, j'ai été surpris qu'on me réduise simplement à une demi-solde au lieu de m'exclure franchement du service.

— Je persiste à dire qu'ils ont eu tort », s'entêta Honor. Il la regarda, perplexe, et elle haussa les épaules à son tour, embarrassée. « Bon, j'imagine que si je siégeais à la commission d'enquête concernant un incident analogue et que je ne disposais que du compte rendu officiel, je serais peut-être d'accord pour dire qu'une sanction s'impose. Peut-être. Mais j'aime à penser qu'avec l'expérience j'ai vu suffisamment d'occasions où des officiers compétents et doués faisaient tout dans les règles et se plantaient néanmoins pour accorder à n'importe qui le bénéfice du doute.

— Peut-être, en effet. Et peut-être que si cet incident ne s'était pas produit en temps de paix, si les officiers siégeant à la commission avaient eu la même expérience que vous aujourd'hui, leur décision aurait été différente. Mais autre temps, autres règles, Honor. » Il secoua la tête. « Je ne prétendrai pas que ce fut indolore. Mais je n'ai jamais eu l'impression d'avoir été victime d'une grave erreur judiciaire non plus. Et puis, ajouta-t-il en désignant sa veste d'uniforme bleue, ce n'était pas tout à fait la fin du monde.

— Non, j'imagine. Mais vous auriez quand même plus fière allure en noir et or qu'en bleu, si vous me permettez. Et la flotte aurait bien eu besoin de votre expérience quand la guerre a enfin commencé.

— Je crois en toute franchise que c'est ce qui m'a fait le plus mal, reconnut-il d'une voix un peu distante, les yeux rivés sur un point que lui seul voyait. J'ai passé des années à m'entraîner précisément dans cette optique, et on ne m'a pas permis d'exploiter tout ce que j'avais appris pour défendre le Royaume quand la tempête s'est levée. » Il fixa le même point invisible pendant quelques secondes encore puis se reprit. « Mais il était parfaitement stérile de rester assis à ressasser les événements, reprit-il d'un ton vif en se concentrant de nouveau sur le visage de son interlocutrice. J'ai donc trouvé quelques projets par-ci par-là depuis pour m'occuper.

— Je crois que vous possédez votre propre compagnie de fret, fit Honor.

— C'est beaucoup dire, répondit-il, ironique. Je suis en effet propriétaire de deux bâtiments et je détiens la majorité des parts de trois autres. Ce n'est pas tout à fait la même échelle que le cartel Hauptman – ou les Dômes aériens de Grayson – mais ce n'est pas trop mal pour la Silésie, je suppose.

— D'après tout ce que j'ai entendu, il s'agit d'un doux euphémisme. Il paraît que vous avez au moins deux vaisseaux marchands armés ?

— Oui. Vous vous demandez comment j'ai réussi ? » Elle acquiesça, et il haussa les épaules. « Comme tout le reste ici, dans la Confédération, tout dépend de la profondeur de vos poches, de vos contacts et des gens que vous connaissez. La Silésie peut être une région très dangereuse pour un capitaine marchand mais, pour cette même raison, il y a beaucoup d'argent à s'y faire si l'on parvient à survivre. Et je traîne dans le coin depuis assez longtemps pour qu'on me doive pas mal d'argent et de services… et pour connaître quelques secrets honteux bien utiles. » Il haussa de nouveau les épaules. « Donc, techniquement, le *Fléau des pirates* et l'*Embuscade* sont des unités auxiliaires de la flotte confédérée. Techniquement.

— Techniquement, répéta Honor, et il sourit. Et en pratique ?

— En pratique, les mandats officiels de la flotte confédérée ne sont qu'un moyen de contourner l'interdiction des vaisseaux marchands armés, accessible à ceux dont les appuis gouvernementaux sont assez haut placés. Tout le monde sait que les auxiliaires ne seront jamais appelés au service spatial actif. D'ailleurs, certains sont eux-mêmes des pirates ! »

Elle remarqua qu'il avait l'air de trouver ce détail amusant à sa façon macabre.

« Puis-je vous demander qui est votre appui ? s'enquit-elle d'une voix soigneusement neutre, et il eut un petit rire.

— Je pense que vous avez dû la rencontrer à un moment ou à un autre. Elle s'appelle Patricia Givens.

— L'amiral Givens ? » Honor le dévisagea, stupéfaite.

« Indirectement, rectifia Bachfisch. Remarquez, j'en serais sûrement arrivé au même point par moi-même en fin de compte – en tout cas, c'est ce que j'aime à penser. J'avais déjà acquis la moitié de l'*Embuscade* et, pour tout dire, je l'avais équipé d'un petit armement léger. Mon partenaire n'était pas franchement réjoui, mais nous étions d'accord sur le fait que, si les Solariens s'en plaignaient un jour, j'assumerais la responsabilité pleine et entière. Au moins une demi-douzaine de commandants confédérés – et même un officier général – savaient que l'*Embuscade* était armé, bien sûr, mais à l'époque je faisais partie du paysage depuis assez longtemps pour être considéré moi-même comme un Silésien et non comme l'un de ces intrus arrivistes de Manticoriens.

» En réalité, il y a toujours eu davantage de bâtiments armés privés plus ou moins honnêtes en Silésie que la plupart des gens ne le croient. Je suis certain que vous en avez vous-même croisé un bon nombre au cours de vos déploiements dans la région. » Il haussa un sourcil interrogateur, et elle acquiesça. « Le problème, évidemment, consiste à faire la différence entre les gentils et les méchants, poursuivit-il, et, pour une raison ou une autre, la flotte confédérée a décidé que j'étais du bon côté. C'est peut-être en rapport avec les deux ou trois premiers vaisseaux pirates à avoir connu des soucis alors que l'*Embuscade* se trouvait dans le coin.

— J'espère que vous ne le prendrez pas mal, monsieur, mais pourquoi êtes-vous resté en Silésie ? » Il la regarda, et elle esquissa un geste de la main. « Je veux dire : vous avez bien réussi, mais vous aviez sûrement des contacts plus nombreux et influents au sein du Royaume stellaire qu'ici, et la Confédération n'est pas vraiment l'environnement le plus respectueux de la loi que je connaisse.

— Je suppose que la honte n'y était pas étrangère, reconnut-il au bout d'un moment. La commission d'enquête a formulé son verdict dans des termes assez modérés, mais le propos était clair, et au fond je ne voulais pas davantage de pitié que de désaveu. Il s'agissait donc sûrement en partie de recommencer ma vie sur une page vierge.

» Et puis, encore une fois, j'étais un des vieux routiers de la Silésie au sein de la FRM. Comme vous, j'avais été déployé ici plusieurs fois au cours de ma carrière, et certains me connaissaient, personnellement ou de réputation. On ne voit pas tant que cela d'officiers manticoriens aussi gradés et expérimentés que moi dans le privé, par ici ; donc, d'une certaine façon, il était plus facile pour moi de faire ce que je voulais dans la Confédération plutôt que dans le Royaume. »

Il s'interrompit quelques secondes, et elle sentit à ses émotions qu'il se demandait s'il allait ou non en rester là. Puis il rejeta la tête en arrière – un tic dont elle se souvenait comme indiquant qu'il avait pris une décision.

« Et, en vérité, je crois que je cherchais aussi à faire preuve de panache. Une façon de prouver à la Galaxie entière que, quelle qu'ait été la décision de la commission d'enquête, je restais… eh bien, une force avec laquelle il fallait compter, j'imagine. J'avais besoin de prouver que j'étais capable de réussir ici et de faire la peau au premier pirate qui se mettrait en travers de mon chemin.

— Et peut-être un petit côté “chevalier errant” ? » fit gentiment Honor. Il la regarda sans réagir, et elle fit basculer le dossier de son fauteuil en souriant. « Je ne mets pas en doute ce que vous venez de dire, monsieur. Mais je pense qu'il y a aussi là-dedans un soupçon du dicton “officier de Sa Majesté un jour, officier de Sa Majesté toujours”.

— Si vous voulez dire par là que je pensais que l'univers se porterait mieux avec quelques pirates en moins, vous n'avez sans doute pas tort, concéda Bachfisch. Mais ne commettez pas l'erreur de m'attribuer des mobiles trop purs.

— Je n'ai pas parlé de la pureté de vos mobiles. Je ne vous voyais simplement pas vous retirer tranquillement quelles que soient les circonstances. Vous retrouver ici aux commandes de l'équivalent privé de vaisseaux-Q me laisse à penser que vous vous occupez encore de réprimer la piraterie. Et vu que vous venez juste de prononcer le nom du dernier Deuxième Lord de la Spatiale, mon esprit naturellement soupçonneux me suggère qu'il pourrait bien exister un lien beaucoup plus direct entre vous et la flotte de Sa Majesté que la plupart des gens ne le pensent.

— Il y a du vrai là-dedans, fit-il, bien que je n'aie pas commencé avec ce genre de lien en tête. Même si j'en avais eu l'idée, les circonstances qui m'ont vu retiré du service actif m'auraient retenu d'approcher quiconque à l'Amirauté. Mais la DGSN a toujours fait son possible pour suivre les officiers de la flotte, en service actif ou non, et comme mon réseau s'étendait ici, c'est elle qui m'a contacté. D'ailleurs, c'est elle encore qui a discrètement graissé des pattes pour que j'obtienne l'approbation officielle de l'armement de l'*Embuscade*. Et, sauf lourde erreur de ma part, c'est elle aussi qui a encore plus discrètement contribué à diriger le *Fléau des pirates* vers moi quand il a été mis par les Andies sur la liste des bâtiments destinés à la casse. Personne ne l'a jamais dit explicitement, mais il y a eu une ou deux coïncidences de trop dans la façon dont l'affaire s'est réglée quand j'ai fait mon offre de rachat.

» Bref, que j'aie raison ou non sur ce point, l'amiral Givens – ou du moins ses sbires – était en contact assez régulier avec moi jusqu'à la trêve avec Havre. Je suppose que, techniquement, j'étais l'une des sources de "renseignement humain" auxquelles la DGSN ne cesse de faire référence quand elle briefe les officiers partant en Silésie.

— Vous avez dit que la DGSN "était" en contact régulier avec vous ? » s'enquit Honor en le regardant d'un air songeur, et il hocha la tête.

« C'est exactement ce que j'ai dit. Et cela signifie précisément ce que vous pensez. Depuis que Jurgensen a pris la suite de Givens, les Renseignements semblent avoir réduit de façon spectaculaire leur recours aux sources humaines en Silésie. Je ne saurais pas dire quelle est la situation ailleurs, mais ici, au sein de la Confédération, personne n'a l'air de prêter beaucoup d'attention aux anciens réseaux et sources. Très franchement, Honor, je pense qu'il s'agit d'une grosse erreur.

— J'aimerais pouvoir vous contredire, monsieur, dit lentement Honor. Hélas, si vous avez vu juste, cela ne fait que confirmer les craintes que je nourrissais déjà. Plus je consulte les dossiers de renseignement qu'on nous a confiés en nous envoyant ici, moins les analystes qui les ont rédigés me paraissent en phase avec la réalité.

— C'est ce que je craignais, soupira-t-il. Évidemment, je n'avais aucun moyen de savoir ce que la

DGSN disait ou non aux officiers que la flotte envoyait, mais le fait qu'on ne me pose plus de questions me laissait à penser que les informations contenues dans leurs briefings étaient sans doute... incomplètes. Et à moins que je ne me trompe sur les intentions des Andermiens, cela pourrait être une négligence des plus graves. »

« Vous pensez qu'il a raison, milady ? » demanda tout bas Mercedes Brigham dans l'ascenseur qu'elle partageait avec Honor, Nimitz, le lieutenant Meares et LaFollet en direction de la salle de briefing, pour une réunion préprogrammée avec tout l'état-major d'Honor.

« Je le crains, oui, répondit Honor sur le même ton.

— Je sais que vous vous connaissez depuis très longtemps, milady, fit Brigham au bout d'un moment, et Honor rit sans joie.

— Oui, et c'était lui mon tout premier commandant. Et oui encore une fois, Mercedes, cela lui confère une certaine aura d'autorité à mes yeux. Mais je ne suis pas aveugle, je sais que les gens changent en trente ou quarante ans T. Je ne néglige pas non plus la possibilité que, si bonnes soient ses intentions, ses informations – ou l'interprétation qu'il en fait – pourraient être faussées. » Elle secoua la tête. « J'envisage ce qu'il a dit de la façon la plus impartiale et sceptique possible. Hélas, cela ne cadre que trop bien avec les autres indices que nous avons relevés.

— Je ne sous-entendais pas qu'il pourrait tenter de pratiquer une forme de désinformation à vos dépens, milady. Et, pour être honnête, je dois reconnaître que son analyse des intentions probables de l'Empire concorde trop avec ce que nous redoutions pour que je me sente à l'aise. Je crois que mon souci principal vient du fait qu'il insiste beaucoup plus sur le nouveau matériel des Andermiens que tout ce que nous avons reçu de la DGSN ne sous-entend. D'ailleurs, il en parle beaucoup plus que les Graysoniens aussi.

— Je suis d'accord. Mais, en même temps, il a vu les Andermiens de bien plus près que la DGSN et les hommes de Benjamin. Dans le cas de notre service de renseignement, c'est simplement parce que Jurgensen et ses analystes ont choisi de ne pas solliciter les ressources dont ils disposaient. Si je ne m'abuse, le capitaine n'est pas non plus la seule source humaine dont Jurgensen a jugé pouvoir se passer. Dans le cas des Graysoniens, c'est une question de temps et de distance. Enfin, ça et le fait qu'ils ignoraient tout de la présence du capitaine, on ne peut donc pas leur reprocher de ne pas l'avoir consulté.

» Même avec toutes ces réserves, néanmoins, ce qu'il a réussi à découvrir concernant les nouveaux systèmes andermiens cadre trop bien pour ma tranquillité avec ce que Greg Paxton est parvenu à établir. Sans parler de ce que le capitaine Ferrero avait à dire dans ses rapports. Ou cet analyste sidemorien, comment s'appelle-t-il déjà ? » Elle fronça les sourcils puis hocha la tête : « Zahn.

— Le mari du capitaine de corvette Zahn ? demanda Brigham.

— Oui, celui-là, fit Honor. Georges vient de terminer la lecture de l'un de ses rapports sur les mesures à prendre et il me l'a résumé hier soir. »

Brigham acquiesça. Le capitaine de frégate Georges Reynolds était l'officier de renseignement d'état-major qu'Honor avait choisi pour ce poste en partie sur recommandation de Brigham. Le chef d'état-major avait déjà travaillé avec lui et avait été impressionnée par sa capacité à réfléchir hors des sentiers battus.

« Georges n'était pas prêt à approuver sans réserve les conclusions de Zahn, continua Honor, mais il a bien dit que le raisonnement se tenait, à supposer que les faits essentiels sur lesquels il se fondait soient exacts. Et voilà que le capitaine Bachfisch a l'air de les confirmer d'un point de vue complètement indépendant.

— Si ces deux-là ont raison, fit Brigham, contrariée, nous brandissons une menace moins convaincante encore que nous ne le pensions, milady.

— J'aimerais que vous vous trompiez. Hélas, je ne pense pas que ce soit le cas.

— Alors que faisons-nous ?

— Je ne sais pas. Pas encore. La première chose, toutefois, c'est cette réunion. Nous devons mettre tout l'état-major au courant, commencer à les faire réfléchir aux menaces possibles et à la façon d'y réagir. Et, bien sûr, je veux qu'Alice et Alistair soient eux aussi briefés et qu'ils y réfléchissent. Avec un peu de chance, une ou deux idées utiles en sortiront. Je rallonge aussi la liste des invités au dîner de ce soir. Je veux qu'au moins Georges, Alistair, Alice, Roslee, le Spectre et vous, plus sans doute Rafael et Scotty, vous joigniez au capitaine et moi pour le repas.

— Ça ne lui posera pas de problème, milady ? » demanda Brigham. Honor la regarda d'un air interrogateur, et elle haussa les épaules. « Il est évident qu'il a passé beaucoup de temps à établir sa réputation dans la région. Si la rumeur se répand qu'il est une source de renseignements pour Manticore, cela pourrait lui causer du tort. Cela pourrait même lui coûter la vie. Je me demandais simplement s'il avait vraiment envie que tant de gens connaissent l'identité de votre source. Je ne m'attends pas à ce que l'un d'eux laisse cette information atteindre les mauvaises oreilles, mais il ne les connaît pas aussi bien que nous.

— Je lui ai posé la question, plus ou moins, répondit Honor au bout d'un moment. Il avait déjà réfléchi là-dessus avant même de demander à monter à bord du *Loup-Garou*. Je ne crois pas qu'il serait là s'il n'était pas prêt à répondre aux questions que nous risquons de lui poser. Et il ne les connaît peut-être pas, mais il me connaît, moi, et je pense qu'il se fie à mon jugement quant à qui pourrait représenter une menace pour sa sécurité.

— Dans ce cas, milady, conclut le chef d'état-major tandis que l'ascenseur arrivait à destination et que les portes s'ouvraient dans un sifflement, il suffira de nous assurer qu'aucun de nous ne représente une menace, pas vrai ? »

## CHAPITRE VINGT-HUIT

« ... J'ai donc fait exactement ce que monsieur le pirate me demandait, dit Thomas Bachfisch avec un sourire mauvais. Nous avons mis en panne, ouvert nos sas d'accès et nous sommes préparés à être abordés. Et puis, alors que leurs navettes d'abordage se trouvaient à cinq cents kilomètres, nous avons ouvert les sabords d'armement et transpercé leur vaisseau mère avec un graser de calibre quatre-vingts. »

Plus d'un de ses auditeurs grimaça à l'idée de ce que l'équipage avait dû ressentir à bord du croiseur pirate dans le bref instant qu'il avait eu pour comprendre ce qui se passait. Ils manquaient toutefois notablement de compassion pour l'équipage en question. Tous étaient des officiers spatiaux expérimentés : ils avaient trop souvent vu les décombres que les pirates laissaient derrière eux.

« Vos bâtiments ont dû causer une méchante surprise à la communauté pirate de la région, monsieur, fit remarquer Roslee Orndorff en tendant une autre branche de céleri à Banshee.

— Pas tant à la communauté au complet qu'aux individus qui sont tombés sur nous. Nous n'avons pas vraiment cherché à tenir notre présence secrète – après tout, la moitié de l'effet d'un vaisseau-Q naît du fait que les raideurs potentiels savent qu'il est là quelque part. S'ils ignorent son existence, ils ne vont pas s'inquiéter de l'éventualité qu'il s'agisse de tel ou tel transporteur. Mais, en même temps, nous n'avons pas non plus publié la description de nos bâtiments, et il nous arrive de changer les peintures extérieures de temps en temps. La peinture intelligente nous a coûté cher, mais elle valait le coup.

— Je me dis souvent qu'elle est plus utile aux vaisseaux-Q qu'aux vaisseaux de guerre classiques », dit Alistair McKeon, et plusieurs têtes acquiescèrent.

La peinture utilisée par la FRM et la plupart des autres flottes était généreusement additionnée de nanoparticules et de pigments réactifs qui permettaient de la programmer et de la modifier à volonté, quasiment sans limite. Hélas, comme McKeon venait de le faire remarquer, elle était d'une utilité très limitée pour les bâtiments de guerre. Après tout, la forme distinctive en tête de marteau de leurs extrémités ne pouvait guère être confondue avec autre chose, quelle que soit sa couleur. De plus, il y avait peu de chances qu'on se repose sur l'identification visuelle d'un tel vaisseau, raison pour laquelle la plupart des flottes avaient tendance à choisir une couleur – le blanc pour la FRM, par exemple – et à s'en tenir là.

Mais les bâtiments marchands étaient une tout autre histoire. Là aussi, tant les croiseurs que les pirates se fiaient en général d'abord aux codes de transpondeur, mais quiconque souhaitait s'approprier la cargaison d'un transporteur devait s'approcher suffisamment pour ce faire. À ce stade, les identifications visuelles – ou les erreurs d'identification, dans certains cas particuliers – devenaient la norme.

« J'imagine que, si vous vous servez de peinture intelligente, vous avez aussi recours à… des codes de transpondeur fantaisistes, amiral », fit le capitaine de frégate Reynolds.

Bachfisch parut sur le point de corriger une fois de plus son grade, puis renonça manifestement et se contenta de hocher la tête à nouveau.

« Je suis persuadé que mes gars pourraient battre à peu près n'importe quel pirate du secteur en combat régulier, dit-il, mais, pour être honnête, notre fonction première consiste à transporter des marchandises. Et puis nous sommes armés et le *Fléau* a commencé sa carrière en tant qu'auxiliaire spatial, mais cela n'en fait pas un cuirassé. Il est équipé d'un compensateur de classe militaire et des impulseurs et boucliers antiparticules qui vont avec, et, tout comme l'*Embuscade*, il a des générateurs de barrières latérales de puissance respectable. Mais aucun de nos bâtiments ne possède de forte capacité de contrôle des avaries ni de coque militaire.

» Amiral Truman, vous étiez avec Lady Harrington quand ses vaisseaux-Q ont été déployés ici il y a plusieurs années, n'est-ce pas ? » s'enquit-il en se tournant vers le commandant en second d'Honor. Truman acquiesça, et il haussa les épaules. « Eh bien, dans ce cas, vous savez ce qui se passe quand un transporteur subit une frappe assénée par une arme lourde embarquée. Étant donné les circonstances, ni mes équipages ni moi ne sommes très intéressés par des "combats réguliers" avec les pirates. Par conséquent, nous ne diffusons jamais notre propre code de transpondeur en vol tant que nous ne sommes pas sur le point de rentrer au port.

— Et la flotte confédérée n'y voit pas d'objection, monsieur ? » demanda Rafael Cardones. La question était raisonnable puisque la falsification des codes de transpondeur était un délit assez grave en vertu de la loi de la plupart des nations stellaires, y compris la Confédération silésienne.

« Officiellement, elle l'ignore, répondit Bachfisch dans un haussement d'épaules, et elle ne voit pas d'objection à ce qu'elle ignore. En réalité, la plupart de ses commandants sont au courant, mais ils ne protestent pas contre nos agissements tant que nous continuons à attraper un pirate à l'occasion.

— Ça me semble logique », affirma Truman en tendant la main vers son verre à vin. James MacGuiness apparut comme par magie pour remplir le verre avant qu'elle l'ait touché, et elle lui adressa un sourire de remerciement. Puis elle prit une gorgée de vin rouge et reporta son attention vers Bachfisch. « Je dois dire que nous avons sans doute eu plus de chance que nous ne le méritons que vous soyez tombés sur nous, amiral Bachfisch, dit-elle sur un ton plus formel.

— Je ne suis pas vraiment "tombé sur vous", amiral, répondit Bachfisch avec un sourire en coin. Je suis venu vous chercher.

— Je sais. » Truman le regarda d'un air songeur. « Je vous en suis reconnaissante. Mais, en même temps, je suis sûre que vous comprendrez que nous hésitions à accepter le témoignage d'un individu, si crédible soit-il, quand il contredit carrément certains aspects de nos briefings par la DGSN.

— Eh bien, dit Bachfisch en laissant son sourire s'élargir un peu, je sais que moi-même j'hésiterais, mais il faut dire qu'à l'époque où j'étais en service actif les gens qui dirigeaient la DGSN savaient en général localiser leur derrière… s'ils se servaient des deux mains, en tout cas. »

Malgré elle, les lèvres de Truman frémirent ; Cardones sourit pour sa part ouvertement.

« Ce que je voulais dire, monsieur, reprit la blonde amiral au bout d'un moment, une fois certaine d'avoir repris le contrôle de sa voix, c'est que je me sentirais plus sereine à l'idée de me fier à vos informations si vous pouviez nous décrire la façon dont vous les avez obtenues.

— Je comprends où vous voulez en venir, dame Alice, fit Bachfisch plus gravement. Et je ne vous reprocherai certainement pas de faire preuve de prudence quand il s'agit de s'en remettre à une manne fortuite d'informations. J'ai déjà promis à l'amiral Harrington de mettre à sa disposition les enregistrements de mon journal de détection à l'appui de certaines de mes observations – telles que les taux d'accélération que j'ai vu les nouveaux croiseurs produire ainsi que les capacités furtives du croiseur lourd andermien rencontré dans le système de Melbourne. Vous pourrez en tirer votre propre analyse de ces événements et, franchement, vos équipements sont mieux adaptés pour cela que les miens.

» Mais je me doute que les éléments qui vous inquiètent le plus sont ceux pour lesquels je ne possède aucun enregistrement. Notamment ceux concernant les nouveaux croiseurs de combat andermiens.

— Je vous avouerai qu'il s'agit d'un des aspects qui me posent problème », fit Truman, manifestement soulagée que Bachfisch comprenne ses craintes et choisisse de ne pas y voir d'insinuation désobligeante quant à son honnêteté.

« J'ai déjà confié au capitaine Reynolds la description écrite la plus détaillée possible, répondit-il. Vous ferez sans doute mieux de lui réclamer les détails parce que mon rapport est fondé sur des notes prises immédiatement après avoir vu le bâtiment et non sur ce dont je me souviens spontanément à l'instant. Mais la façon dont je me suis trouvé en position de l'observer a tout à voir avec les opérations de vaisseaux-Q dont nous venons de parler. J'avais une nouvelle moisson de pirates à remettre aux autorités silésiennes de Crawford, mais une escadre de croiseurs de combat andermiens qui traversait le système a intercepté ma livraison. Le gouverneur confédéré n'était pas content du tout, d'ailleurs, ajouta-t-il avec ironie. Il avait l'air de trouver l'amiral andermien un peu autoritaire dans cette affaire.

— Pourquoi ne suis-je pas étonné ? murmura McKeon dans une grimace. Dieu sait que les seuls que les Silésiens jugent plus arrogants et autoritaires que les Andermiens sont les Manticoriens, après tout !

— Sauf votre respect, amiral, intervint Bachfisch, en tant qu'officier qui a connu les deux côtés de la barrière, les Silésiens n'ont pas tort. De leur point de vue, la FRM et la FIA sont franchement autoritaires. Ils savent très bien, quoi qu'ils choisissent de croire, qu'ils ne sont pas capables de maintenir l'ordre sur leurs voies spatiales sans intervention extérieure, et cela ne fait qu'empirer ce sentiment. Comment le prendriez-vous si des flottes étrangères allaient et venaient à loisir dans le Royaume stellaire pour réglementer votre commerce ? Ou si elles s'attribuaient la garde de criminels capturés dans votre espace national parce qu'elles ne se fiaient pas à l'intégrité de votre système judiciaire… ou à l'honnêteté de vos gouvernants ? » Il secoua la tête. « Je sais que les situations sont différentes, mais que notre méfiance soit justifiée la leur rend plus difficile encore à digérer. Et les officiers andermiens et manticoriens laissent trop souvent percer leur mépris envers les gens du cru. D'ailleurs, j'en ai sans doute fait autant quand j'étais en service actif !

» Bref, je ne pense pas que le commandant d'escadre se soit rendu compte que j'étais moi-même manticorien quand il m'a ordonné de lui livrer mes prisonniers. Il n'avait sûrement pas compris que j'étais officier de la Spatiale retiré du service actif, en tout cas ! Cela ne me dérangeait pas de les confier aux Andies car j'étais à peu près sûr de cette façon qu'ils ne seraient pas tout simplement relâchés, mais je dois reconnaître que je n'ai pas beaucoup apprécié son attitude. Intéressant, comme elle a changé quand il a saisi qu'il ne s'adressait pas à un Silésien, en fin de compte.

» D'un autre côté, je crois qu'il n'était pas enchanté de s'apercevoir qu'il avait laissé un homme peut-être lié au Royaume stellaire s'approcher assez pour avoir une vision détaillée de la poupe de son vaisseau amiral. Dans ces conditions, je n'ai pas jugé très raisonnable de sortir un appareil photos de ma poche pour prendre des clichés, et les Andies ont bien veillé à maintenir leur proue vers le *Fléau* une fois que j'étais rentré à bord, de sorte que je n'ai pas pu obtenir de bon visuel là non plus. Mais il existait incontestablement des différences majeures entre sa conception et celle d'un croiseur de combat traditionnel. Ma navette a croisé sa poupe à moins de cinq cents mètres en allant livrer nos "invités", et elle n'était guère fournie en équipement de poursuite conventionnel. En revanche, elle avait un énorme sas de type cargo.

— Je n'aime pas beaucoup ce que j'entends, fit McKeon, contrit.

— Eh bien, je comprends qu'un croiseur de combat construit sur le modèle des porte-capsules serait doté d'une forte puissance de feu à court terme, répondit Craig Goodrick. Mais combien de temps pourrait-il maintenir cette puissance de feu ? Et combien de temps les défenses d'un croiseur de combat résisteraient-elles à un véritable vaisseau du mur, surtout un modèle porte-capsules, si on devait en arriver là ? »

Il secoua la tête. « Je ne sais pas. Ça ne me paraît pas un concept très pratique. »

Honor et Brigham s'entre-regardèrent, et l'amiral adressa un léger signe de tête à son chef d'état-major.

« En fait, intervint Mercedes en se tournant vers le reste de la table, les Andies ne sont pas les premiers à avoir eu cette idée. Du moins, s'ils l'ont eue, les Graysoniens en ont fait autant, tout à fait indépendamment.

— Ah bon ? » McKeon la regarda brusquement. « Alors pourquoi n'en ai-je pas entendu parler ?

— Il faudrait que vous posiez la question à l'amiral Matthews, monsieur, répondit calmement Brigham. Si je devais hasarder une réponse, toutefois, je dirais que c'est sans doute un prêté pour un rendu. Le Premier Lord Janacek et l'amiral Chakrabarti ont décidé de démanteler les équipes de R & D conjointes entre Manticore et Grayson peu après leur prise de fonction. Officiellement, il s'agissait d'une mesure d'économie, mais je crains que ne courent des rumeurs insistantes au sein de la FSG, selon lesquelles la nouvelle direction souhaitait en fait stopper le flux d'informations vers Grayson.

— Mais pourquoi penserait-on une chose pareille ? fit Truman, incrédule. Nous sommes alliés, pour l'amour du ciel !

— Je vous répète simplement ce que disait la rumeur, madame, répondit Brigham d'une voix soigneusement neutre. Personne n'a jamais prétendu que les rumeurs devaient être logiques.

— Mais… »

Truman s'apprêtait à répondre avec ferveur, mais elle referma la bouche avec un cliquetis presque audible, et Honor dissimula un sourire amer en percevant les sentiments de son amie, qui venait de comprendre quels dégâts Janacek et Haute-Crête avaient réellement réussi à infliger aux liens que Grayson et la flotte de Sa Majesté avaient forgés dans le sang.

« En tout cas, poursuivit Brigham en se retournant vers McKeon, les nouveaux croiseurs de combat de classe Courvosier II sont des porte-capsules. Le bureau de la construction spatiale a réduit leurs bordées traditionnelles de missiles de plus de quatre-vingts pour cent, ce qui a permis de les équiper d'armes à énergie dignes d'un supercuirassé. » McKeon écarquilla les yeux et devint soudain songeur, et le chef d'état-major haussa les épaules. « Je crois que certains auraient préféré travailler sur le modèle des Invictus et carrément supprimer les tubes lance-missiles de flanc, mais ils en ont décidé autrement. Toutefois, Craig a raison de dire qu'ils ne peuvent pas soutenir leur taux de tir maximal aussi longtemps qu'un supercuirassé porte-capsules. Mais, bien sûr, un croiseur de combat conventionnel ne pouvait pas non plus égaler le tir de missiles d'un vaisseau du mur de l'ancienne génération. Et les exercices que nous avons menés à Grayson semblent suggérer que ce nouveau modèle a de bien meilleures chances de survie contre les vaisseaux du mur.

— Pas sur la base du un contre un, en tout cas, fit Goodrick.

— Cela dépend de la génération du bâtiment du mur, répondit Brigham. Contre un vieux modèle, un Courvosier a de fortes chances, en réalité. Il peut lâcher suffisamment de capsules pour tirer des salves capables de saturer les défenses antimissiles d'un supercuirassé. Pas beaucoup, certes, mais assez pour faire la différence contre une unité – voire deux – de l'ancienne génération. Et une fois qu'il a épuisé le feu offensif de son adversaire supercuirassé, il est équipé des armes à énergie nécessaires pour passer ses défenses. D'ailleurs, si deux ou trois Courvosier se concentrent sur une cible unique, même un SCPC se trouvera en danger. Il lui faudra les atteindre et commencer à les détruire très vite s'il ne veut pas que l'inverse se produise. »

Goodrick parut choqué par cette idée, et Brigham lui sourit.

« Non seulement cela, mais les Courvosier sont également beaucoup plus dangereux à portée d'armes à énergie, et les concepteurs se sont encore davantage reposés sur les nouveaux systèmes d'automatisation que pour la classe des Harrington. Les équipages sont vraiment réduits : on peut faire fonctionner l'un de ces nouveaux modèles avec seulement trois cents personnes si besoin.

— Trois cents personnes ? répéta Goodrick, assez incrédule, et Brigham acquiesça.

— Trois cents, confirma-t-elle. Les exigences moindres en systèmes de régulation vitale ajoutées à la conception autour d'un cœur creux expliquent comment on a pu inclure des grasers de flanc formidables dans ce modèle. Ils ont environ un tiers d'affûts en moins par rapport à leurs prédécesseurs, mais ceux dont ils sont équipés sont aussi puissants que les grasers des Harrington.

— Ce qui était le but de ces modèles, quand on y regarde de près, Craig, intervint Honor. Certes, pas la bordée d'armes à énergie en soi, ni même la capacité à affronter des supercuirassés à égalité. Ce que les Graysoniens ont conçu, c'est un croiseur de combat destiné à faire aux anciens croiseurs de combat ce que les SCPC font aux anciens supercuirassés. Donc, si les Andermiens ont appliqué la même philosophie à leurs modèles, les bâtiments que le capitaine Bachfisch vient de nous décrire vont se révéler plus dangereux encore que tout ce à quoi nous nous attendions.

— Exactement ce que je pensais, fit Bachfisch.

— Avez-vous vu de véritables vaisseaux du mur armés de capsules – ou du moins entendu parler, monsieur ? » Le capitaine de frégate Reynolds paraissait assez inquiet, et Bachfisch secoua la tête.

« Non, capitaine. Hélas, cela ne veut pas dire qu'ils n'en ont pas ; simplement, s'ils en ont, je ne les ai pas vus. En même temps, toutefois, il m'est apparu l'autre jour qu'on peut construire des croiseurs de combat beaucoup plus vite que des vaisseaux du mur. Il se peut qu'ils aient des SCPC au stade final de la conception, voire en construction, mais pas encore en service.

— Ce qui expliquerait pourquoi ils continuent à faire monter la pression mais n'ont toujours pas agi, pensa Rafael Cardones à haute voix.

— Je ne compterais pas trop là-dessus, Rafe, le mit en garde Honor. Même si vous avez raison, nous ne savons pas où ils en sont de leurs préparatifs. Et si ce n'est pas le cas et que nous partons pourtant de ce principe…

— Compris, milady, fit Cardones. N'empêche, je trouve l'hypothèse intéressante.

— Elle l'est, confirma Bachfisch. Et, pour tout dire, je ne serais pas trop surpris si cette considération ou une autre du même type jouait un rôle dans leurs calculs. Mais comme le dit l'amiral Harrington, je ne compterais pas trop là-dessus.

— Non, je le comprends bien », fit Truman.

Elle se renfonça dans son fauteuil, l'air concentré, tout en réfléchissant à ce que Bachfisch leur avait dit. Il était évident à sa mine et davantage encore à la nuance de ses émotions que, si elle avait nourri des réserves à l'encontre de leur source d'informations, ces réserves étaient en voie de dissipation rapide.

« Craig et moi nous réjouissons d'étudier les enregistrements de vos capteurs, capitaine, dit-elle. Surtout ceux qui concernent les nouveaux BAL des Andies.

— Ça ne m'étonne pas, répondit Bachfisch avec un petit sourire. Et, pour être honnête, j'ai été très intéressé par les relevés que j'ai obtenus sur vos propres BAL ici, dans le Marais, amiral. Je n'ai pas eu le loisir de les comparer de façon exhaustive, mais ma première impression est que les vôtres demeurent plus rapides et puissants que tout ce que j'ai vu de leur côté.

— Mais vous n'avez pas vu trace de PBAL andermiens ? demanda Truman.

— Non. Mais, à la place des Andermiens, je serais sans doute encore plus réticent à exhiber mes PBAL qu'à faire savoir que je possède des croiseurs de combat porte-capsules. Et il ne serait pas si difficile de les tenir secrets. Vous savez qu'il serait aisé de dissimuler des PBAL dans un système stellaire isolé le temps qu'ils s'entraînent.

— En fait, capitaine, je sais exactement combien cela serait aisé », répondit Truman avec un petit rire. Puis elle redevint plus sérieuse et se tourna vers Honor. « Je suis d'accord avec Alistair, Honor. Je n'aime pas beaucoup ce que j'entends. Pas quand on l'associe à des éléments tels que l'analyse de Zahn et les rapports de Ferrero. Surtout associé à ce que Ferrero avait à dire. Si les Andies nous montrent délibérément les progrès technologiques qu'elle a signalés et que, dans le même temps, ils s'emploient à cacher l'existence de ces nouveaux croiseurs de combat porte-capsules – ou qu'ils s'y essaient, en tout cas… »

Elle laissa sa phrase en suspens, et Honor acquiesça. La même idée l'avait déjà effleurée. Les agissements du commandant du *Hellebarde* ressemblaient de plus en plus à des provocations délibérées. Si c'était le cas, la révélation par Gortz des nouvelles armes et capacités de détection de la flotte andermienne prenait l'allure d'une tentative d'intimidation – ou du moins montrait la volonté d'inquiéter Honor, en tant que commandant de la base de Sidemore, quant à ce qu'ils pourraient bien avoir en réserve pour elle. D'ailleurs, ils faisaient exactement la même chose aux Silésiens, d'après tous les rapports. Ce qui sous-entendait qu'ils s'efforçaient également d'intimider la flotte confédérée. Mais le fait qu'ils s'étaient abstenus d'étaler leurs nouveaux modèles de vaisseaux de guerre suggérait de façon menaçante que, quelles que soient les nouvelles technologies qu'ils étaient prêts à révéler, ils gardaient quelques surprises de taille dans leur poche.

Elle prit une profonde inspiration et regarda les officiers rassemblés autour de la table… et Thomas Bachfisch. Son uniforme de capitaine marchand paraissait déplacé au milieu du noir et or de la FRM, et pourtant le voir ici lui donnait un étrange sentiment de complétude. Il était normal que son premier commandant soit présent alors qu'elle assumait son premier commandement de base et, en le regardant, elle perçut le même sentiment – ou quelque chose de très approchant – qui émanait de lui.

« Très bien, messieurs dames, dit-elle. Grâce au capitaine Bachfisch, nous possédons beaucoup plus d'informations sur les niveaux de danger possibles qu'à notre arrivée. Je voudrais maintenant que nous descendions au simulateur du pont d'état-major pour jouer avec certaines des nouvelles possibilités. Et si vous avez le temps, capitaine, dit-elle en le regardant droit dans les yeux, je serais heureuse et flattée que vous vous joigniez à nous. J'apprécierais grandement votre contribution.

— J'en serais très honoré, milady, répondit Bachfisch au bout d'un moment.

— Bien ! » fit Honor avec un immense sourire. Elle se leva et prit Nimitz sur son épaule. « Dans ce cas, messieurs dames, dit-elle à ses officiers avec un autre sourire pour son ancien commandant, au travail. »

## CHAPITRE VINGT-NEUF

« *Voyageur*, ici le *LaFroye*. Notre pinasse approche de votre bâtiment à six heures par le dessous. HPA dans douze minutes.

— Compris, *LaFroye*. Euh… puis-je vous demander ce qui vous inquiète ? »

Jason Ackenheil, assis dans son fauteuil de commandement, regardait le lieutenant de vaisseau Gower s'entretenir avec un certain capitaine de vaisseau Gabrijela Kanjcevic, maîtresse après Dieu du vaisseau marchand solarien le *Voyageur*, et il eut un mince sourire. C'était sans danger puisqu'il se trouvait largement hors de portée de la caméra de Gower. Le *Voyageur* n'était pas énorme pour un marchand – il s'agissait d'un transporteur de fret rapide destiné à convoyer des cargaisons relativement réduites (par rapport aux léviathans qui écumaient les profondeurs interstellaires) et un nombre limité de passagers – bien qu'il donnât au *LaFroye* des allures de menu fretin. Sauf que le fretin avait des dents, contrairement à la baleine, et celle-ci ferait donc mieux de se montrer polie envers lui. D'un autre côté, certains marchands étaient plus égaux que d'autres, et le *Voyageur* se sentait sans doute raisonnablement assuré puisqu'il battait pavillon solarien. Après tout, aucun commandant manticorien sain d'esprit ne voulait provoquer d'incident fatal à sa carrière avec la Ligue. Ce qui expliquait pourquoi, jusque-là du moins, Kanjcevic paraissait prudente mais pas vraiment inquiète.

C'était néanmoins sur le point de changer… à supposer, bien sûr, que les informations d'Ackenheil soient exactes.

Ce qui, tout bien considéré, avait intérêt à être le cas.

« Une question de routine, capitaine », assura Gower au visage affiché sur son écran com. Puis il regarda par-dessus son épaule comme pour vérifier que personne ne se trouvait à proximité et il se pencha de nouveau vers l'image de Kanjcevic. « Entre vous et moi, madame, c'est assez ridicule, en fait. Nous avons reçu des rapports signalant une épidémie de pertes de transporteurs commerciaux dans cette région sur les derniers mois, et nos services de renseignement ont décrété que quelqu'un se servait d'un vaisseau marchand armé. Les ordres sont donc tombés de Sidemore : nous devons effectuer un contrôle visuel sur tous les bâtiments marchands possibles. » Il haussa les épaules. « Jusqu'à présent, nous en avons vérifié onze sans rien trouver. » Il n'ajouta pas « évidemment », remarqua Ackenheil, mais le ton de sa voix rendait cette précision superflue. « Ça ne devrait pas prendre plus de quelques minutes, le temps pour notre pinasse de s'amarrer, que nos hommes montent à bord et s'assurent que vous ne dissimulez pas de grasers, et puis nous vous laisserons reprendre votre chemin. Mais si nous n'effectuons pas le contrôle, eh bien… »

Il haussa de nouveau les épaules, et Kanjcevic sourit.

« Compris, lieutenant, dit-elle. Et je ne devrais sans doute pas me plaindre d'une mesure destinée à compliquer la vie aux pirates. Nous coopérerons pleinement avec vos hommes.

— Merci, capitaine. Nous apprécions. *LaFroye*, terminé. »

Gower coupa le lien com et se tourna vers son commandant avec un grand sourire.

« Comment c'était, pacha ?

— Parfait, Lou. Tout simplement parfait », lui assura Ackenheil. *Il ne reste plus qu'à espérer que Reynolds savait de quoi il parlait dans ce briefing,* ajouta-t-il en son for intérieur.

Le capitaine Denise Hammond, corps des fusiliers royaux manticoriens, se leva et gagna le centre du compartiment des troupes de la pinasse. On s'y sentait franchement à l'étroit dans la mesure où elle avait avec elle deux pelotons entiers d'hommes de troupe en armure de combat.

« Très bien, les gars, leur dit-elle. Nous arrivons incessamment. Vous connaissez la chanson. On ne tolère aucune bêtise de la part de quiconque, mais on évite le bain de sang si possible. Reçu ? »

Un chœur d'approbations lui répondit sur le circuit com de son casque, et elle hocha la tête, satisfaite. Puis elle se retourna vers le sas et attendit avec un sourire d'anticipation affamé. Si le pacha avait raison quant à ce qu'ils s'apprêtaient à trouver, ce serait l'une de ses plus belles journées depuis des mois, peut-être des années. Et s'il se trompait… Eh bien, elle n'était que fusilier. Elle ne serait pas éclaboussée pour avoir obéi aux ordres, et de toute façon elle n'avait jamais beaucoup aimé les Solariens.

La pinasse se posa dans les bras d'arrimage, le boyau d'accès s'associa au sas, et le lieutenant de la flotte marchande que Kanjcevic avait envoyé accueillir leurs visiteurs se redressa pour adopter ce qu'une âme charitable aurait pu qualifier de position de garde-à-vous. Il n'aimait pas beaucoup les Manties – de sales arrivistes arrogants, voilà ce qu'ils étaient, à encombrer sans arrêt les lignes de fret solariennes – mais on lui avait ordonné d'être poli cette fois-ci. Étant donné les circonstances, il trouvait l'idée excellente, même si cela lui pesait d'agir de la sorte, et il colla un sourire sur son visage lorsque le témoin d'étanchéité du sas vira au vert au-dessus du boyau d'accès.

Son sourire disparut, remplacé par un air de stupeur horrifiée, lorsque le sas s'ouvrit et qu'il se retrouva soudain nez à nez avec un pistolet paralysant. Un pistolet tenu par les gants d'un fusilier royal manticorien engoncé dans la silhouette menaçante d'une armure de combat. Un fusilier, nota le lieutenant ébahi avec un certain détachement, qui semblait suivi de dizaines d'autres… la plupart apparemment équipés d'armes beaucoup plus mortelles qu'un pistolet paralysant.

« Je m'appelle Hammond, lieutenant », déclara le fusilier à l'autre extrémité du pistolet sur les haut-parleurs externes de son armure, d'une voix de soprano qui aurait sûrement été agréable et mélodieuse en d'autres circonstances. « Capitaine Hammond, corps des fusiliers royaux de Manticore. Je vous suggère de m'emmener voir votre commandant.

— Je… je… » Le lieutenant déglutit. « Euh… qu'est-ce que tout ça signifie ? » demanda-t-il – ou essaya-t-il de demander, en tout cas, bien que le résultat fût plus proche d'un bêlement de confusion et de terreur.

« Ce bâtiment est soupçonné de violer les dispositions de la convention de Cherwell », répondit Hammond. Elle ressentit une intense satisfaction personnelle à le voir soudain blêmir. « Je vous suggère donc, poursuivit-elle tandis que le reste de l'équipe d'abordage sécurisait le hangar d'appontement avec rapidité et compétence, de veiller à me conduire à votre commandant. Tout de suite. »

« C'est confirmé, pacha », dit Denise Hammond au capitaine Ackenheil. Il n'y avait pas de visuel car elle lui parlait sur le circuit com de son casque, mais il n'avait pas besoin qu'elle lui transmette de visuel. Il avait déjà vu les images des caméras externes des fusiliers qui avaient forcé les sas menant aux « cabines passagers » du *Voyageur*. Même en Silésie et même à bord de transporteurs dont l'espace dédié aux passagers était strictement limité, ceux-ci s'entassaient rarement à douze par cabine.

Bien sûr, les membres d'équipage du *Voyageur* avaient réussi à leur réserver un peu d'espace dans leurs quartiers. Après tout, ils n'avaient pas besoin de beaucoup de place pour stocker leurs effets personnels puisqu'ils n'en avaient aucun. Pas même le moindre vêtement.

L'expression de terreur abjecte sur le visage de ces « passagers » nus et désespérés suffisait à vous soulever l'estomac. Mais à l'instant où ils s'étaient rendu compte qu'ils étaient face à des fusiliers royaux et non aux gardes brutaux des propriétaires à qui on les avait confiés, tout avait changé. En vérité, cette vision avait réjoui Ackenheil presque autant que la mine stupéfaite et macabre de Kanjcevic quand elle avait compris ce qui lui arrivait. Et quand elle s'était rappelé qu'en vertu des termes de traités interstellaires solennels le Royaume stellaire de Manticore assimilait la violation de l'interdiction de la traite des êtres humains établie par la convention de Cherwell à la piraterie.

Elle-même passible de la peine de mort.

« Bon travail, Denise, dit-il sincèrement. Très bon travail. Gardez un œil sur la situation pendant encore vingt minutes et je vous envoie l'équipe de prise.

— À vos ordres, monsieur. On sera là. »

« Sais-tu ce que je déteste le plus chez nos seigneurs et maîtres politiques ? » demanda le professeur Wix.

Jordin Kare fit basculer le dossier de son fauteuil et inclina la tête, l'air perplexe, en regardant l'astrophysicien qui venait de surgir sans plus de cérémonie dans son bureau. On était très tôt le matin – seule raison pour laquelle Wix avait évité la secrétaire qui l'aurait intercepté pendant les heures de travail habituelles – et la tasse à café de Kare fumait sur un coin de son sous-main, à côté d'une moitié de croissant.

« Non, répondit-il doucement tout en balayant les miettes de ses lèvres avec une serviette. Je ne sais pas ce que tu détestes le plus chez nos seigneurs et maîtres politiques, la Bamboche. Mais je suis persuadé que tu meurs d'envie de m'éclairer.

— Hein ? » Wix s'arrêta devant la porte, conscient, au ton de son supérieur, d'avoir commis un impair. « Excuse-moi, patron. J'avais oublié que c'était l'heure du petit-déjeuner pour toi.

— Pour moi ? La plupart des gens prennent le petit-déjeuner encore plus tôt que moi, Richard – entre le moment où ils se lèvent et celui où ils commencent à travailler », fit Kare. Puis il remarqua l'allure un peu débraillée de Wix et soupira. « Richard, tu es bien rentré chez toi à un moment ou un autre hier soir, non ?

— Eh bien, en fait, non », reconnut Wix. Kare prit une profonde inspiration mais, avant qu'il puisse lui asséner un sermon sur la nécessité de s'imposer un rythme de sommeil qui ressemble à la normale, le jeune scientifique s'empressa de poursuivre : « Je voulais, sérieusement. Mais une chose en amenant une autre, eh bien… » Il haussa une épaule, écartant le sujet avec impatience. « Bref, reprit-il avec plus d'enthousiasme, j'étais en train d'étudier la dernière collecte de données – tu sais, celle que l'*Argonaute* a effectuée la semaine dernière ? »

Kare comprit qu'il serait vain d'essayer de changer de sujet tant que Wix n'aurait pas épuisé celui-ci, et il se résigna donc.

« Oui, dit-il. Je vois de quelles données tu veux parler.

— Eh bien, fit Wix en parcourant le bureau d'un pas bondissant tant il était excité, je les ai reprises et vérifiées, et, bon sang, je crois qu'on a décroché le bon vecteur d'approche. Oh, dit-il en agitant la main comme Kare se redressait soudain dans son fauteuil, il faut encore pas mal affiner, et je voudrais effectuer au moins deux ou trois collectes supplémentaires pour obtenir une base d'observations plus large et vérifier comme il faut mes calculs bruts. Mais si je ne m'abuse, l'analyse va confirmer que nous avons mis en plein dans le mille.

— J'aimerais que tu renonces à ces mauvaises habitudes, la Bamboche, dit Kare au bout d'un moment.

— Que je renonce à quoi ? demanda Wix, manifestement perplexe face au ton de son supérieur.

— À tout découvrir en avance sur les prévisions, répondit Kare. Après que le directeur et moi-même avons passé des journées entières à répéter sans arrêt que nous avions besoin d'effectuer un long travail de détail, tu te débrouilles pour trouver ce fichu vecteur d'approche avec quatre bons mois d'avance ! Sais-tu combien cela va nous compliquer la tâche lorsqu'il s'agira de convaincre les politicards de nous écouter la prochaine fois que nous leur dirons que nous avons encore besoin de temps pour terminer nos recherches ?

— Bien sûr, fit Wix, l'air un peu vexé. C'est ce que je déteste le plus chez nos seigneurs et maîtres politiques, si tu te souviens de mon entrée en matière. Et puis ça me gâche carrément ma journée de la commencer en tombant par hasard sur quelque chose que je devrais être content de découvrir, pour ensuite me rendre compte que je vais faire exactement ce que les imbéciles pour qui je travaille attendaient depuis le début. Enfin, ça et la façon dont ces salopards vont s'attribuer tout le mérite.

— Tu réalises à quel point cette conversation peut faire paraître paranoïaques – sinon mesquins – deux adultes raisonnablement intelligents, n'est-ce pas ? s'enquit Kare avec un sourire ironique, et Wix haussa les épaules.

— Je ne me sens pas particulièrement paranoïaque et, à mon avis, ce n'est pas nous qui sommes mesquins. D'ailleurs, c'est ça qui me met en rogne : je n'aime pas travailler pour un Premier ministre aussi mesquin. En plus, dès que nous leur annoncerons la nouvelle, ce fumier d'Oglesby va revenir pour une autre conférence de presse. Pendant laquelle l'amiral Reynaud et toi aurez de la chance si vous arrivez à placer un mot.

— Oh non, la Bamboche ! Pas cette fois, répondit Kare avec un sourire angélique. C'est toi qui l'as découvert, donc cette fois c'est toi qui auras de la chance si tu arrives à placer un mot. »

« C'était délicieux, milady », soupira Mercedes Brigham en se reculant de la table du petit-déjeuner avec un agréable sentiment de satiété. L'assiette posée devant elle portait la trace de la sauce hollandaise de ses œufs Bénédicte et quelques miettes de bacon, tandis qu'une pelure de melon formait comme la quille d'une arche dépouillée sur une assiette à dessert, en compagnie de deux raisins rouges qui avaient miraculeusement échappé au massacre de leurs frères.

Le petit-déjeuner d'Honor, comme toujours, avait été beaucoup plus consistant, en rapport avec son métabolisme amélioré, et elle sourit au commentaire de Brigham tout en attrapant la carafe de cacao pour s'en verser une autre tasse.

« Je suis heureuse que vous ayez aimé », dit-elle. Son sourire s'élargit en voyant James MacGuiness sortir de son office avec une tasse du thé brûlant que son chef d'état-major préférait. « Mais, bien sûr, ce n'est pas moi que vous devriez complimenter.

— Non, et je ne le faisais pas, répondit Brigham. J'émettais un simple commentaire. La personne que je comptais féliciter n'était pas présente. Elle l'est maintenant. » Elle renifla et leva les yeux vers MacGuiness. « C'était délicieux, Mac, dit-elle dignement.

— Merci, commodore, répondit gravement MacGuiness. Désirez-vous un autre œuf ?

— Hélas, certains d'entre nous sont obligés de faire davantage attention que d'autres à ce qu'ils mangent, répondit Brigham d'un air de regret.

— Consolez-vous, Mercedes, fit Honor tandis que Nimitz émettait un *blic* rieur en dégustant une branche de céleri. Il y a encore le déjeuner.

— Et je m'en réjouis d'avance, assura Brigham en gloussant, tout en souriant à l'intendant.

— Je ferai de mon mieux pour ne pas vous décevoir », répondit MacGuiness. Il allait ajouter quelque chose quand le carillon de com résonna doucement. Il eut une petite grimace – ce rictus irrité qu'il réservait aux moments où le monde extérieur empiétait sur les repas de son amiral – et gagna le terminal mural pour enfoncer la touche de réception.

« Cabine de jour de l'amiral, MacGuiness à l'appareil, dit-il au micro d'un accent décidément répressif.

— Ici le pont, officier de quart, répondit sur un ton respectueux le lieutenant de vaisseau Ernest Talbot, officier de com du *Loup-Garou*. Désolé d'interrompre le petit-déjeuner de l'amiral, monsieur MacGuiness, mais le commandant m'a demandé de l'informer que la sécurité du périmètre vient de détecter une empreinte hyper non identifiée. Une grosse empreinte, à vingt-deux minutes-lumière de la primaire. D'après le CO, elle est composée d'au moins vingt sources d'impulsion conséquentes. »

MacGuiness haussa les sourcils et voulut se tourner vers Honor, mais elle était à côté de lui avant qu'il ait effectué plus de la moitié du mouvement. Elle posa la main sur son épaule et se pencha plus près du micro.

« Ici l'amiral, lieutenant Talbot. J'imagine que la demande d'identification par impulsion gravitique a déjà été envoyée ?

— Bien sûr, milady. » Talbot paraissait soudain plus professionnel. « Elle a été transmise dès la détection des sources, il y a exactement… (il s'interrompit, consultant manifestement son chrono) sept minutes et quarante-cinq secondes. Il n'y a pas eu de réponse.

— Je vois. » Honor s'abstint de faire remarquer que, s'il y avait eu une réponse, l'empreinte en question n'aurait pas été non identifiée. Puis elle ressentit une pointe de culpabilité à cette pensée. Les bons officiers apprenaient à ne jamais partir du principe que les autres étaient au courant de tout ce qu'eux savaient, et les subordonnés prêts à risquer de se rendre ridicules pour s'assurer que leurs supérieurs possédaient toutes les informations requises méritaient son estime et non son mépris. « Eh bien, reprit-elle, il pourrait néanmoins s'agir d'unités amies un peu lentes à répondre, je suppose. »

Elle s'exprimait sur le ton de qui réfléchit à voix haute, et Talbot ne répondit pas. Ce n'était d'ailleurs pas nécessaire. Ils savaient tous deux qu'à ce jour tous les bâtiments de guerre manticoriens et alliés étaient équipés de transmetteurs supraluminiques à impulsions gravitiques… et qu'aucun officier de com allié n'était lent au point de n'avoir pas déjà répondu.

« Toutefois, ce n'est pas le moment de prendre des risques. Mes compliments au capitaine Cardones, lieutenant, et demandez-lui de faire passer la force d'intervention aux postes de combat.

— À vos ordres, madame ! » répondit brusquement Talbot, et l'alarme de branle-bas de combat résonna douloureusement à toutes les oreilles moins de quatre secondes plus tard.

L'amiral des verts Francis Jurgensen sentit son estomac se nouer en un gros bloc glacé tandis qu'il fixait le rapport ouvert devant lui sur l'afficheur. L'espace de quelques secondes, son cerveau refusa de fonctionner.

Puis la véritable panique s'installa.

L'incrédulité la plus complète l'avait paralysé pendant la lecture de ces lignes laconiques et de la copie du communiqué de presse officiel en pièce jointe. Rien de tout cela ne pouvait être vrai ! Sauf que, tout en protestant intérieurement, il savait que c'était la vérité. Maintenant que la surprise s'était assez dissipée pour perdre son effet anesthésiant, il bondit de son confortable fauteuil avec une brusquerie qui aurait stupéfié tous ceux qui connaissaient l'attitude invariablement posée qu'il veillait toujours à afficher devant le reste de l'univers. Il resta un instant en équilibre, comme s'il voulait fuir l'information accablante contenue dans le rapport. Mais, bien sûr, il n'avait nulle part où fuir, et il passa nerveusement la langue sur ses lèvres.

Le pas saccadé, il alla jusqu'à la fenêtre de son bureau et s'appuya contre l'immense panneau de cristoplast pour contempler la ligne d'horizon de la ville d'Arrivée en ce début de soirée. La circulation aérienne de la capitale du Royaume se poursuivait calmement sur l'écrin cobalt de plus en plus sombre qu'était le ciel étoilé de la planète Manticore, et il ferma les yeux pendant que les éclats lumineux vaquaient sans s'interrompre à leurs affaires. Étrangement, la sérénité de cette scène quotidienne ne faisait qu'aggraver le contenu et les conclusions du rapport.

Son cerveau se remit à fonctionner, dans certaines limites. Sa réflexion partait en tous sens, comme un poisson effrayé dans un aquarium trop petit se serait cogné sans cesse contre la dure paroi de verre qui le retenait prisonnier. Mais, à l'image du petit poisson, elle ne trouvait pas d'issue.

Inutile d'essayer d'étouffer cette information, comprit-il. Il ne s'agissait pas du rapport d'un agent ni du désaccord poli d'un analyste avec sa propre position, que l'on pouvait ignorer ou commodément classer dans le mauvais tiroir. En fait, ce n'était guère plus que la transcription mot pour mot du communiqué de presse de Thomas Theisman. Le courrier rapide que l'agent en place à La Nouvelle-Paris avait affrété pour la lui transmettre le plus vite possible n'avait dû devancer le vaisseau des services d'information que de quelques heures. Peut-être une journée, au grand maximum. Par conséquent, s'il ne l'annonçait pas lui-même à Sir Édouard Janacek et donc au reste du gouvernement Haute-Crête, ils l'apprendraient en lisant les journaux du lendemain matin.

Il frémit à cette idée. Cette perspective suffit à juguler toute tentation, même celle si puissante de son instinct de conservation qui lui dictait d'égarer ce rapport précis de la même façon qu'il en avait égaré d'autres à l'occasion. Celui-ci était différent : il n'était pas seulement gênant, il était catastrophique.

Non. Il ne pouvait pas l'étouffer, ni faire mine que rien ne s'était passé. En revanche, il disposait de quelques heures avant d'être obligé d'en faire part à ses collègues Lords de la Spatiale et à leurs maîtres politiques. Il avait au moins le temps d'engager un effort de limitation des dégâts, qui risquait toutefois de ne pas être aussi efficace qu'il aurait fallu.

Le pire, songea-t-il alors que son cerveau s'installait dans un mode de réflexion plus familier et commençait à envisager différentes façons de tempérer les conséquences, c'est qu'il avait assuré à Janacek en toute confiance que les Havriens ne disposaient pas de bâtiments de guerre modernes. Voilà ce que le Premier Lord aurait du mal à digérer. Jurgensen s'attendait sans surprise à ce que Janacek se focalise sur cet aspect de la débâcle, pourtant ce n'était que la partie émergée de cet iceberg qu'était l'échec massif de la DGSN. Il était déjà grave que les Havriens aient réussi à construire autant de vaisseaux du mur sans même qu'il s'en doute, mais il n'avait aucune information sur le matériel qu'ils avaient conçu pour les équiper.

Il réfléchit davantage, retournant ces informations déplaisantes pour les étudier sous tous les angles, à la recherche de la meilleure façon de les présenter.

Quelle que soit la manière dont il s'y prendrait, ce serait… désagréable.

Les officiers supérieurs d'Honor attendaient sur le pont d'état-major du *Loup-Garou* quand Mercedes et elle, désormais revêtues de leur combinaison souple, quittèrent l'ascenseur. Elle leur adressa un signe de tête, mais son attention allait à Andréa Jaruwaslki.

« Toujours pas de réponse à la demande d'identification ? » s'enquit-elle. Elle tendit la main pour caresser les oreilles de Nimitz, assis sur son épaule dans sa combinaison sur mesure, et il appuya la tête contre sa main. Il tenait son casque miniature dans le creux de son bras intermédiaire, et elle sourit en percevant la teinte de ses émotions.

« Non, madame, répondit Jaruwalski. Ils accélèrent vers l'intérieur du système sous quatre cents gravités, et ils n'ont pas dit un mot. Le CO a réussi à affiner un peu plus ses données, toutefois. Selon lui, il s'agit de vingt-deux supercuirassés ou cuirassés, quinze ou vingt grands contre-torpilleurs ou croiseurs légers et ce qui ressemble à quatre transports de troupes.

— Des transports de troupes ? » Honor dévisagea son officier opérationnel, le sourcil interrogateur, et Jaruwalski haussa les épaules.

« C'est ce que pense le CO pour l'instant, madame. Quoi qu'il en soit, ce sont de gros bâtiments, mais la puissance de leurs bandes gravitiques paraît faible pour des vaisseaux de guerre de leur tonnage apparent. Il semble donc que ce soient des auxiliaires militaires d'un genre ou d'un autre, transports de troupes ou non.

— Je vois. » Honor gagna son fauteuil de commandement et plaça son casque sur le côté. Son poste de commandement se trouvait à trois grands pas de l'afficheur principal, et son petit écran de com s'alluma tandis qu'elle faisait descendre Nimitz de son épaule et le posait sur le dossier de son fauteuil. Rafael Cardones la regardait depuis l'écran, et elle lui adressa un sourire de bienvenue.

« Bonjour, Rafe.

— Bonjour, madame, répondit-il sur un ton plus formel, le sourire un peu plus tendu que celui d'Honor. On dirait que nous avons de la visite, ajouta-t-il.

— C'est ce qu'on m'a dit. Accordez-moi cinq minutes pour me mettre au courant, et nous déciderons du comité d'accueil que nous voulons leur réserver.

— Bien, madame », dit-il, et elle reporta son attention vers l'afficheur.

Le *Loup-Garou* était un nouveau bâtiment. Lui et ceux de sa classe étaient conçus dès l'origine pour servir en tant que vaisseaux amiraux de flotte ou de force d'intervention ; la sphère holo de son afficheur d'état-major représentait donc au moins les deux tiers de celle de l'afficheur principal du centre d'opérations de combat. Elle était moins encombrée que l'afficheur principal car les filtres automatiques en ôtaient tous les éléments non essentiels et portant potentiellement à confusion – comme l'infrastructure spatiale civile du système du Marais. Honor pouvait les rétablir si elle voulait vraiment les voir, mais à cet instant elle n'avait d'yeux que pour les icônes rouges des vaisseaux inconnus avançant résolument depuis l'hyperlimite.

« Dans combien de temps atteindront-ils l'orbite de Sidemore ? demanda-t-elle.

— Ils sont arrivés de notre côté de la primaire, milady », répondit aussitôt le lieutenant de vaisseau Théophile Kgari, son astrogateur. Les grands-parents de Kgari avaient migré vers le Royaume depuis la vieille Terre, et sa peau était presque aussi sombre que celle de Michelle Henke. « Ils ont effectué leur transit à très faible vélocité – pas plus d'une centaine de km/s, presque tout droit vers l'intérieur du système. Mais ils poussent leur accélération depuis. Ils ont opéré la translation il y a un peu moins de… (il consulta à son tour un indicateur temporel) dix-neuf minutes, donc ils en sont à quatre mille trois cent quarante km/s. À supposer qu'ils visent une interception zéro-zéro avec Sidemore, ils atteindront le point de retournement dans presque deux heures. À ce moment-là, ils seront à environ trente-deux mille neuf cents km/s, à sept virgule soixante-cinq minutes-lumière de la planète.

— Merci, Théo », dit Honor en se tournant brièvement vers lui pour un sourire avant de reporter son attention vers l'afficheur. Elle caressa une fois de plus les oreilles de Nimitz assis bien droit sur le dossier de son fauteuil de commandement. Elle resta ainsi pendant quelques secondes, à réfléchir tout en regardant en silence les témoins lumineux de l'afficheur, puis elle prit une profonde inspiration, haussa les épaules et se tourna face à son état-major.

« Jusqu'à ce qu'ils nous disent le contraire, nous les considérerons hostiles, annonça-t-elle. Il faudrait un sacré culot pour nous tomber dessus avec seulement vingt-deux unités du mur, mais cela ne veut pas dire que quelqu'un ne serait pas fou au point d'essayer. Nous n'allons donc prendre aucun risque. Andréa, dit-elle en regardant son officier d'opérations, cela me semble une excellente occasion de dépoussiérer Bouclier Bravo-trois, vous ne croyez pas ?

— Si, madame, fit Jaruwalski.

— Mercedes ? » Honor inclina la tête d'un air interrogateur vers son chef d'état-major, laquelle fronça légèrement les sourcils.

« Comme vous dites, milady, il faudrait avoir plus de cran que de bon sens pour nous affronter avec ce que nous avons vu jusque-là. La seule chose qui m'ennuie là-dedans, c'est que, quels qu'ils soient, ces gens s'en rendent sans doute compte eux aussi. Ce qui m'amène à penser à cet axiome de l'amiral Courvosier que vous aimez tant citer.

— La même idée m'était venue, répondit Honor. C'est pourquoi je pense que c'est le moment idéal pour activer Bouclier Bravo-trois. S'il s'avère que ceci n'est qu'un exercice, tant mieux. Mais s'il se trouve que nous en avons besoin, je veux ces capsules et ces BAL en position au moment où cela dégénère.

— C'est plus ou moins ce que je me disais, madame, fit Brigham. Mon seul problème, c'est que Bravo-trois nous fait quitter l'orbite de Sidemore pour aller à leur rencontre. Si ça ne vous dérange pas, j'aimerais autant Bravo-deux. » Elle haussa les épaules. « Je suis peut-être paranoïaque, mais si ce sont réellement des bâtiments hostiles et non des unités amies stupides au dernier degré, qui trouvent drôle de ne pas répondre à nos demandes d'identification, je préférerais ne pas me laisser attirer plus loin que nécessaire de la planète.

— Mmm. » Honor se frotta le bout du nez, songeuse, réfléchissant à ce que son chef d'état-major venait de dire.

Bouclier Bravo-trois poussait la force d'intervention à s'avancer vers l'ennemi potentiel jusqu'à portée limite des missiles Cavalier fantôme, avec les vaisseaux du mur positionnés derrière un écran avancé de BAL. Bravo-deux, en revanche, maintenait les vaisseaux du mur à proximité immédiate de Sidemore tandis que des forces de BAL partaient en éclaireurs dans toutes les directions afin d'obtenir une identification plus précise et, s'il le fallait, lancer les premières attaques indépendamment du mur. C'était l'approche la plus prudente, mais les BAL, contrairement aux bâtiments du mur, seraient tenus d'entrer à portée de leurs adversaires afin de les attaquer. Cela impliquait de les exposer à des pertes potentielles que les unités du mur pouvaient éviter, grâce à l'avantage de portée que Cavalier fantôme conférait à leurs capsules lance-missiles. D'un autre côté, les BAL pouvaient partir effectuer une identification formelle et venir faire leur rapport plutôt que de se précipiter forcément à l'attaque, et il devrait rester suffisamment de temps pour amener le mur en position si cela paraissait nécessaire.

Elle réfléchit encore un moment puis acquiesça.

« Je ne vois pas pourquoi ils essaieraient de nous attirer loin de la planète – en tout cas, pas sur la base de ce que nous avons vu jusque-là. Mais cela ne veut pas dire qu'ils n'y ont pas intérêt, et vous avez raison. Bravo-deux fera l'affaire aussi bien que Bravo-trois. »

Elle reporta son attention vers l'écran de com et son capitaine de pavillon.

« Vous avez entendu, Rafe ?

— Oui, madame. Va pour Bravo-deux. Dois-je passer le mot à l'amiral McKeon et l'amiral Truman ?

— Oui, s'il vous plaît. Et dites-leur également que nous organiserons une conférence de com à quatre dans quinze minutes.

— À vos ordres, madame. J'y veillerai.

— Merci. »

Elle se glissa dans son fauteuil de commandement, qu'elle fit pivoter pour faire de nouveau face à son état-major.

« Et maintenant, mesdames et messieurs, dit-elle calmement, le président attend vos théories concernant ce que ces gens pensent pouvoir accomplir. »

Quatre-vingt-dix minutes s'écoulèrent sans une transmission de la part des inconnus en approche. Les transporteurs – ou autres – étaient restés en arrière, à la traîne derrière les probables unités du mur, en compagnie de ce qui ressemblait à trois croiseurs légers ou gros contre-torpilleurs qui les surveillaient. Le reste de la formation non identifiée continuait de foncer tout droit, et la tension était montée de plusieurs crans sur le pont d'état-major du *Loup-Garou* à mesure que la distance diminuait.

« Scotty se trouve à environ quinze minutes avant contact, madame, annonça Jaruwalski.

— A-t-il déjà obtenu un visuel ? demanda Honor.

— Non, madame, reconnut l'officier d'opérations avec une contrariété non dissimulée. Qui que ce soit, ils sont manifestement au fait de notre doctrine concernant les plateformes de détection. Ils n'ont pas essayé d'en détruire une seule, mais la formation qu'ils ont adoptée rend la manœuvre inutile… pour l'instant, en tout cas. »

Honor hocha la tête. Le moins que l'on pût dire, c'était que la formation des inconnus était peu orthodoxe. Plutôt qu'un mur conventionnel, les bâtiments les plus puissants avaient formé une sphère grossière avant de pivoter légèrement sur leur axe. Ils avaient ainsi tourné vers l'extérieur dans toutes les directions leurs bandes gravitiques ventrales et dorsales, qui exerçaient un puissant effet gauchissant sur la lumière visible comme sur tout le reste. En pratique, ils avaient créé un ensemble de points aveugles dirigés vers leurs flancs – où, comme par hasard, la doctrine voulait que soient placés les drones de détection.

« Scotty a-t-il envisagé de faire passer ses drones derrière eux pour avoir un aperçu de leur poupe ? » s'enquit-elle.

Observer la béance avant ou arrière de bandes gravitiques ne changeait pas grand-chose, sauf que la première était plus profonde que la seconde, ce qui offrait aux drones de détection un meilleur angle de vue sur leur cible. Hélas, les capteurs et défenses actives de proue d'un vaisseau de guerre étaient plus performants que ceux de poupe, précisément parce que la béance avant était plus vulnérable que l'arrière. Vu la connaissance que ces gens avaient apparemment de la doctrine probable des défenseurs, il y avait fort à parier que tout drone qui s'aventurerait sur leur passage, si furtif soit-il, serait détruit à moins qu'ils ne choisissent de ne pas l'abîmer.

« Oui, madame, il y a pensé, fit Jaruwalski. Mais ils devraient amorcer le renversement d'ici une dizaine de minutes.

— Compris », dit Honor. Quand les inconnus pivoteraient pour amorcer leur décélération vers Sidemore, ils tourneraient leur poupe droit vers les capteurs embarqués de Scotty.

Elle se renfonça dans son fauteuil de commandement, Nimitz confortablement lové sur ses genoux, et laissa son regard parcourir le pont. La tension était palpable, mais son équipe fonctionnait bien, avec efficacité, dans ces conditions. Personne n'avait su trouver d'explication aux actes des intrus mais, d'après la nuance de leurs émotions, la plupart en étaient venus à la conclusion qu'il s'agissait probablement d'Andermiens.

Mercedes et Georges Reynolds soupçonnaient tous deux une nouvelle provocation, cette fois à grande échelle, Honor le savait. Comme une partie de « cap' ou pas cap' » interstellaire entre forces d'intervention. Jaruwalski n'était pas de cet avis. Elle ignorait qui étaient ces gens, mais elle était convaincue qu'il ne s'agissait pas d'Andermiens. On risquait trop que quelqu'un panique et se mette à tirer si ces vaisseaux appartenaient bel et bien à la FIA, et rien dans les rapports, y compris ceux de Thomas Bachfisch, ne suggérait que l'Empire serait capable de compenser une telle infériorité numérique. Si l'état-major d'Honor en était conscient, les Andermiens l'étaient sûrement eux aussi, et risquer autant d'unités et de personnel à bord de ces vaisseaux pour se contenter de « faire passer un message » n'avait rien à voir avec le fait de risquer un croiseur isolé ici ou là. Et, quoi qu'il en soit, il lui paraissait très improbable qu'un officier général andermien se montre assez fou pour prendre ce risque. Elle était restée très polie, mais elle avait clairement fait connaître son désaccord avec le chef d'état-major et l'officier de renseignement, et Honor eut un discret sourire à cette idée. Puis elle jeta un coup d'œil à l'horodateur mural et fit signe à Timothée Meares.

« Oui, milady ? fit tout bas le jeune officier d'ordonnance en s'arrêtant près de son fauteuil de commandement.

— Je crois que le moment est venu, Tim, dit-elle sur le même ton.

— Bien, madame. »

Il se dirigea tranquillement vers le lieutenant de vaisseau Harper Brantley, l'officier de com d'Honor.

Elle le regarda partir puis tourna la tête en percevant un pic soudain dans les émotions de Mercedes Brigham. Son chef d'état-major la fixait d'un air d'intense spéculation, qui se mua en tout autre chose quand Honor lui adressa un sourire espiègle. Les yeux de Brigham s'étrécirent puis passèrent d'Honor à Meares et Brantley, et l'amiral sentit l'amusement réjoui de Nimitz – il fallait bien s'y attendre, de la part de quelqu'un dont le nom sylvestre était « Rit Gaiement », songea-t-elle.

Brigham se tourna de nouveau vers Honor et ouvrit la bouche comme pour dire quelque chose, mais la referma en fin de compte en secouant la tête d'un air sévère.

Personne de l'état-major n'avait remarqué cet échange silencieux. Ils étaient tous trop concentrés sur leurs propres tâches pour prêter attention aux mouvements de Meares ou à la mine de Brigham. Ils ne virent pas non plus le lieutenant se pencher sur l'épaule de Brantley et lui murmurer quelques mots à l'oreille.

L'officier de com releva brusquement la tête, regarda Meares une seconde, l'air incrédule, puis gratifia son amiral d'un coup d'œil mi-accusateur, mi-amusé, avant de se pencher à nouveau sur sa console. Il marmonna quelque chose dans son micro puis se carra dans son fauteuil, bras croisés.

Il ne se produisit rien pendant près de quatre-vingt-dix secondes, puis tout se précipita.

Les vaisseaux en approche effectuèrent soudain leur renversement, tous en même temps, avec plus de dix minutes d'avance et, pendant qu'ils s'exécutaient, leurs icônes se multiplièrent sur l'afficheur. Des dizaines, des vingtaines de témoins lumineux supplémentaires firent leur apparition, se répandant vers l'extérieur comme des constellations captives, et Honor décela la consternation de ses troupes lorsque chacun comprit ce qu'ils voyaient. C'était un spectacle auquel ils avaient assisté des dizaines de fois ces trois ou quatre dernières années ; simplement, ils n'avaient jamais vu personne d'autre lancer un plein chargement de BAL.

L'espace de quelques instants, la consternation (et un sentiment un peu plus proche de la panique qu'aucun d'eux ne l'aurait reconnu) fut tout ce qu'ils éprouvèrent tandis qu'ils comprenaient soudain à quel point la détention de BAL par les inconnus, contre toute attente, contribuerait à compenser le déséquilibre tactique qu'ils avaient cru si favorable à la FI-34. Mais avant qu'ils aient pu réagir, le flux d'icônes des BAL se mit à passer du cramoisi d'unités inconnues, présumées hostiles, au vert franc d'unités amies. Le changement de couleur traversa la formation en cascade, une escadre de BAL à la fois, à mesure que chacun d'eux branchait son transpondeur. Et lorsque chaque groupe de BAL eut terminé sa transition, l'icône des vaisseaux mères vira elle aussi au vert.

« Milady, s'exclama Jaruwalski, nous connaissons ces bâtiments ! Ce sont… »

Elle s'interrompit brutalement et se tourna vers Honor pour la gratifier d'un regard beaucoup plus noir que celui que Brigham lui avait décoché en comprenant combien son rapport était superflu. Honor soutint son regard – pas courroucé, non, il ne pouvait pas l'être, bien sûr – avec son plus beau sourire innocent.

« Oui, Andréa ? dit-elle.

— Oh, rien, milady. » L'espace d'un instant, l'officier d'opérations sonna étonnamment comme une nounou graysonienne qui a surpris ses petits diables en train de repeindre la nursery en rouge. Puis, bon gré mal gré, elle se mit à sourire et secoua la tête. « Rien, milady, répéta-t-elle sur un ton différent. J'imagine qu'à ce stade nous devrions tous être habitués à ce qui vous tient lieu de sens de l'humour. »

## CHAPITRE TRENTE

« Je m'attendais à mieux de votre part, Édouard. »

Michael Janvier, baron de Haute-Crête et Premier ministre de Manticore, toisait de sa hauteur aristocratique le Premier Lord de l'Amirauté en s'exprimant sur un ton très réprobateur. Le mur intelligent de la salle de conférence avait été reprogrammé pour créer derrière lui une clairière baignée de lune, mais il ne semblait pas conscient de l'étrange contraste entre la sérénité de la scène et sa mine presque agressive.

« Il n'y a pas sept mois, poursuivit-il en choisissant soigneusement ses mots, vous nous assuriez que la République de Havre ne possédait aucun supercuirassé porte-capsules, et vous nous annoncez maintenant qu'ils en ont au moins soixante en service, soit seulement quatre de moins que nous. Et j'ajouterais qu'ils sont parvenus à assembler cette force sans que nous nous en doutions le moins du monde. »

Il s'interrompit en posant sur le Premier Lord un regard déçu comme il savait si bien les faire, et Sir Édouard Janacek résista à une envie folle de le foudroyer d'un œil noir. C'était du Haute-Crête tout craché de lui faire porter le chapeau. Mais, bien sûr, il ne pouvait pas le dire. Si caractéristique du Premier ministre que soit cette quête systématique d'un bouc émissaire, sa propre position à l'Amirauté faisait de lui le candidat logique pour le rôle. Par conséquent, il devait gérer très prudemment cette réunion.

« Ce que j'aimerais bien savoir, intervint Lady Élaine Descroix alors que la pause du Premier ministre s'éternisait, c'est la gravité réelle de la situation.

— Oui, fit la comtesse de La Nouvelle-Kiev. Et pas seulement la situation militaire, d'ailleurs. » Elle adressa un regard acéré à la ministre des Affaires étrangères, qui fit de son mieux pour l'ignorer.

« Je crois qu'Élaine exprime notre pensée, Édouard », reprit Haute-Crête sur le même ton posé, et Janacek serra les dents pendant quelques secondes.

« De toute évidence, commença-t-il, une fois certain de pouvoir s'exprimer sereinement, le fait que nous avons connu un fiasco d'une telle ampleur en matière de renseignement rend difficile, sinon impossible, l'estimation précise de la situation. J'ai bien entendu discuté avec l'amiral Jurgensen de la nature et de l'étendue de ce ratage, et je vous assure que nous ferons appel à toutes les ressources à notre disposition dans nos efforts pour le rattraper.

— Jurgensen est-il l'homme qu'il nous faut pour rattraper le coup ? s'enquit Descroix avant de hausser une épaule lorsque Janacek la regarda. Quelle qu'en soit la cause, Édouard, une chose est sûre : comme vous venez de le dire, nous avons connu un fiasco spectaculaire en matière de renseignement, or l'amiral Jurgensen est Deuxième Lord de la Spatiale. Au bout du compte, il est responsable de l'efficacité de la DGSN, et il me semble qu'il a failli.

— Francis Jurgensen est un officier consciencieux et dévoué », répondit Janacek. Il parlait avec soin et insistance, incarnant jusqu'au bout des ongles le Premier Lord de l'Amirauté défendant un subordonné tout en poussant intérieurement un immense soupir de soulagement à voir Descroix pointer son doigt accusateur vers un autre. « Bien sûr, nous avons entamé une réévaluation complète des performances de la DGSN, et nous pensons avoir déjà identifié plusieurs maillons faibles. Il s'agit pour l'essentiel de survivants de l'Amirauté de la duchesse de l'Anse-du-Levant, mais je dois reconnaître que des gens que nous avons introduits en prenant le pouvoir en représentent aussi une part substantielle. Le problème, c'est qu'on peut paraître très bien sur le papier ou sur la base de ses résultats passés mais dissimuler néanmoins de graves faiblesses. Hélas, cela ne devient apparent que lorsqu'un échec le met en lumière. Cela se produit assez fréquemment en matière d'espionnage, je le crains, mais cette fois le ratage était plus… spectaculaire que la moyenne.

» Je pense qu'il serait malvenu de relever l'amiral Jurgensen de ses fonctions en ce moment. D'une part car il mérite selon moi qu'on lui laisse l'occasion de corriger le problème qu'il vient seulement de découvrir plutôt que de lui faire jouer les boucs émissaires pour les fautes de tant de gens. D'autre part, j'ai le sentiment que changer de responsable à mi-chemin constitue souvent une grave erreur. Un nouveau Deuxième Lord de la Spatiale partirait de zéro à ce poste. Il lui faudrait tout apprendre de son travail, et il y aurait une période de perturbation et de déconcentration pendant ce temps. L'amiral Jurgensen, en revanche, a déjà la preuve que certaines choses vont mal. Avec cette preuve en main et la connaissance intime de la mécanique et de la dynamique internes de la DGSN qu'il a acquise ces dernières années, je pense qu'il est en position de fournir une continuité et une efficacité qu'un nouveau venu aurait du mal à égaler.

— Mouais. » Haute-Crête fronça les sourcils, et Janacek attendit d'un air calme qu'il réfléchisse. Puis le Premier ministre hocha lentement la tête. « Je ne suis pas certain d'être tout à fait d'accord avec vous, Édouard, dit-il sur un ton pontifiant, mais, l'Amirauté, c'est votre boutique. Et la loyauté dont vous faites preuve envers vos subordonnés est à coup sûr louable. Je vous conseillerais toutefois de ne pas la laisser vous aveugler, ni créer une situation où l'incompétence d'un autre ruinerait votre carrière. Mais je ne suis pas prêt à passer outre vos décisions en ce qui concerne Jurgensen pour l'instant.

— Merci, Michael. J'apprécie », répondit gravement Janacek – et rien n'était plus vrai. Il appréciait en particulier le fait que garder Jurgensen sous la main lui fournissait un bouc émissaire tout trouvé à désavouer et virer finalement – à regret, bien sûr – si un autre désastre pointait le bout de son nez.

« En attendant, continua le Premier Lord, et étant établi que, pour une raison ou une autre, nous avons connu un échec de premier ordre en matière de renseignement, je voudrais souligner deux éléments. D'abord, la seule source dont nous disposons pour le nombre et les capacités des nouveaux bâtiments de la République, c'est la conférence de presse de Theisman. Il n'existe à ce jour aucune confirmation indépendante d'une seule de ses affirmations. Ensuite, qu'ils puissent aligner des supercuirassés porte-capsules ne revient pas à dire qu'ils ont les mêmes capacités au combat.

— Sous-entendez-vous qu'en réalité la République ne possède pas les bâtiments qu'elle prétend avoir ? » Marisa Turner parvint à ne pas paraître ouvertement incrédule, mais son dégoût et sa méfiance instinctifs pour tout ce qui relevait du militaire teintait sa voix.

« Je ne sous-entends rien du tout en termes de nombre de coques, répondit Janacek, le regard dur. Je fais simplement remarquer que les seuls chiffres dont nous disposons sont ceux que Theisman a fournis. Il est possible qu'il les ait exagérés, certes. Mais il est tout aussi possible qu'il les ait au contraire minorés.

— Pourquoi ferait-il l'un ou l'autre ? demanda Descroix.

— Je n'ai pas dit qu'il l'avait fait. » Janacek sentit une pointe d'exaspération s'insinuer dans sa voix et s'imposa de marquer une pause pour prendre une profonde inspiration. Puis il poursuivit : « J'ai dit qu'il pourrait avoir fait l'un ou l'autre, et que nous n'avions aucun moyen de savoir lequel ni si c'était le cas. Quant à la raison pour laquelle il pourrait avoir annoncé des chiffres inexacts, j'en vois au moins quatre ou cinq dans chaque sens. S'il s'agit là d'un premier pas vers une politique étrangère plus agressive et autoritaire, la République aurait évidemment intérêt à ce que ses adversaires surestiment son potentiel militaire. Dans ce cas, nous dire qu'ils ont plus de vaisseaux que la réalité constituerait une manœuvre de désinformation assez logique. Cela pourrait également être le cas s'ils s'inquiètent d'une éventuelle frappe préventive de notre part. D'un autre côté, si leur objectif est de nous bercer d'un faux sentiment de sécurité, il serait judicieux pour eux de minimiser leur puissance réelle afin d'éviter de nous inquiéter. D'ailleurs, ils pourraient aussi croire qu'une telle manœuvre nous inquiéterait moins et nous rendrait donc moins susceptibles d'effectuer une frappe préventive. Le problème, bien sûr, c'est que nous n'avons aucun moyen de savoir laquelle de ces hypothèses aurait un fond de vérité, s'il y en a une. C'est pourquoi j'ai soulevé cette question. Nous devons être conscients, tous, des limites de nos informations en l'état actuel des choses. Non seulement concernant ces nouveaux bâtiments, mais aussi leurs intentions. »

Il marqua encore une pause, cette fois sans serrer les dents, et parcourut la salle de conférence du regard. L'expression des visages qui l'observaient s'était faite un peu plus songeuse à mesure qu'il parlait, et il s'autorisa un court instant de satisfaction à ce signe que son attitude raisonnable faisait effet.

« Quelles que soient leurs intentions, toutefois, reprit-il, la deuxième question que j'ai soulevée est sans doute la plus importante. Au bout du compte, les vaisseaux du mur ne sont que des plateformes transportant des armes. Ce qui importe en réalité, ce sont les armes qu'ils embarquent, et aujourd'hui rien de ce que nous savons n'indique que la République ait réussi à combler le gouffre technologique qui nous sépare. Theisman et Pritchart ont peut-être construit un chantier spatial quelque part sans que nous le sachions, mais la seule existence de ce chantier ne révèle rien de la sophistication de son infrastructure technique. Il va nous falloir plus longtemps pour creuser ce genre d'informations, mais les techniciens de l'amiral Jurgensen mettent constamment à jour des évaluations de dangerosité concernant la technologie havrienne. »

Il s'assura que ni son ton ni son visage ne révélaient qu'il était conscient de s'aventurer en terrain miné.

« Selon leurs estimations les plus pessimistes, la R&D de la République n'égalera pas nos capacités avant des années. À cet égard, il est significatif que Theisman n'ait pas prétendu avoir mis en service des PBAL. Construire les porteurs n'est en soi pas plus difficile que construire des SCPC. C'est même plus simple en termes de conception. Le fait qu'ils n'en ont apparemment pas pourrait donc bien indiquer que leurs connaissances technologiques ne leur permettent toujours pas de produire un BAL assez efficace pour justifier de produire de quoi les transporter.

» De toute évidence, ce n'est qu'une hypothèse à ce stade. Nous ne pouvons rien affirmer ou infirmer en nous fondant sur les données disponibles. Mais, si c'est le cas, alors cela souligne encore le gouffre qui sépare nos technologies militaires des leurs, voilà ce qui compte. Tant qu'ils ne sauront pas déployer des systèmes d'armement capables d'égaler la portée et la précision des nôtres – ou, plus important encore, les performances défensives de nos systèmes de guerre électronique – le rapport effectif entre nos deux tonnages est relativement accessoire.

— Accessoire ? » répéta la comtesse de La Nouvelle-Kiev. Elle avait prononcé ce mot avec tant de sobriété que son ton criait à sa façon son incrédulité.

« *Relativement* accessoire, rectifia Janacek d'une voix à peine plus chaleureuse qu'un glaçon. À l'évidence, ce n'est pas la même chose qu'"insignifiant", Marisa. Mais, comme la Huitième Force l'a démontré lors de l'opération Bouton-d'or, la qualité prime sur la quantité. Formulé le plus simplement du monde : si nos vaisseaux peuvent détruire les leurs de deux fois plus loin, alors peu importe qu'ils en aient plus que nous. Cela fournit seulement davantage de cibles à nos équipes de contrôle de tir.

— Je vois ce que vous voulez dire », fit Haute-Crête d'une voix nettement plus chaleureuse qu'en début de réunion. Pour la simple raison, Janacek le savait, qu'il avait envie d'être rassuré par les affirmations de son Premier Lord.

« Moi aussi, dit Descroix en acquiesçant vigoureusement de la tête.

— Je suis votre raisonnement », concéda la comtesse, bien que sa voix et son attitude fussent beaucoup plus froides que celles de ses deux collègues. Puis elle marqua une pause, et Janacek retint son souffle en se demandant si elle s'apprêtait à pointer du doigt la faille béante de son argument. « Je suis votre raisonnement, répéta-t-elle, mais, même en tenant compte de tout ce que vous venez de dire, l'existence de ces bâtiments m'inquiète beaucoup. Ils les ont manifestement dissimulés avec succès pendant des années, vu le temps nécessaire pour construire un vaisseau du mur, alors qu'est-ce qui les pousse, de leur plein gré, à cesser de les dissimuler ? Pourquoi choisir ce moment précis ? »

Janacek soupira intérieurement, masquant derrière une mine attentive son immense soulagement qu'elle n'ait pas fait remarquer que la DGSN, sûre de la supériorité technologique de la FRM, était celle-là même qui jurait de sa supériorité numérique trente-six heures encore avant cette réunion.

« Je dois avouer que j'ai moi aussi des inquiétudes à ce sujet, dit-il avant de se tourner vers la ministre des Affaires étrangères. Je ne vois pas quelle raison militaire impérieuse pourrait pousser Theisman à rendre cette information publique, dit-il. Ce qui m'amène à soupçonner que d'autres considérations justifient – au moins dans leur esprit – que Pritchart et lui procèdent à cette annonce. Vos analystes ont-ils réussi à trouver quelque chose de votre côté, Élaine ? »

Descroix soutint son regard mielleux avec un sang-froid sans doute tout aussi faux. Il était évident qu'elle comprenait parfaitement son soulagement d'avoir trouvé une autre cible sur laquelle attirer l'attention de leurs collègues ministres. Heureusement, songea-t-il, elle ne pouvait pas y faire grand-chose.

« Nous n'avons guère eu le temps d'y penser, Édouard, dit-elle d'un ton réfléchi. Vu la… surprise complète que constituait l'annonce de Theisman, aucun de mes analystes diplomatiques n'avait jugé utile de prendre cela en compte dans son évaluation de la posture de négociation de la République. Après tout, puisque personne n'avait jamais fait ne serait-ce qu'une allusion à l'existence de ces bâtiments, ils pouvaient difficilement l'intégrer dans leurs analyses, pas vrai ? »

Son doux sourire était lourd de malveillance, et Janacek retint une grimace comme sa riposte rapide faisait mouche.

« J'ai néanmoins passé plusieurs heures à m'entretenir avec mes meilleurs analystes depuis que la nouvelle est tombée, reprit-elle sur un ton qui sous-entendait "bien évidemment". Pour l'instant, nous discernons deux possibilités principales en ce qui concerne les considérations politiques et diplomatiques.

» Tout d'abord, la plus simple, celle que vous avez déjà mentionnée vous-même. Il nous est apparu depuis quelque temps que Pritchart n'était pas franchement ravie de nous voir refuser les concessions ridicules que ses négociateurs exigent de notre part. » La comtesse Marisa s'agita imperceptiblement dans son fauteuil mais elle ne l'interrompit pas, et Descroix poursuivit sans encombre. « Nos analyses indiquent que le ministre Giancola est encore plus mécontent qu'elle. D'ailleurs, il serait tout à fait déraisonnable de nous attendre à ce qu'il en soit autrement pour elle comme pour lui, étant donné les circonstances. Après tout, l'une des réalités de la diplomatie interstellaire, c'est que, dans presque toute négociation, l'une des parties se trouve en position d'infériorité ; or, depuis que Saint-Just a demandé une trêve, la République est celle-là.

» À l'évidence, Pritchart et son gouvernement aimeraient beaucoup changer cet état de fait. Ils y ont échoué à la table des négociations et il est donc fort possible – voire probable – que cette annonce soit destinée à produire cet effet dans un autre domaine. S'ils ont su compenser notre avantage militaire, ou même juste en créer l'impression, tout l'équilibre des forces est modifié. Auquel cas, dit-elle en ne s'adressant plus au seul Janacek mais à tous ses collègues autour de la table, la suggestion d'Édouard serait tout à fait logique : cela pourrait être le premier pas vers une nouvelle politique étrangère, plus agressive.

— Je vois. » Haute-Crête hocha la tête, pensif, puis fit la moue. « Mais vous disiez que c'était la première possibilité. Quelle est la seconde ?

— La seconde, c'est que cette annonce représente une surenchère sur un problème politique purement domestique.

— Comment ça ? » demanda la comtesse. Descroix lui lança un regard vif, et la ministre des Finances haussa les épaules. « Je ne minimise pas cette éventualité, Élaine. Je suis curieuse de comprendre comment l'annonce d'une plus forte capacité militaire peut affecter une question domestique. »

Elle s'exprimait sur un ton conciliant malgré l'antipathie grandissante entre elle et Descroix, et la ministre des Affaires étrangères se détendit visiblement.

« La dynamique interne de la République n'est pas aussi claire que nous le voudrions, répondit-elle. En grande partie parce que leur système tout entier est très récent. À bien des titres, ils déterminent encore les précédents et les sphères d'autorité au fil de leur progression, et, si eux ne savent pas exactement où se trouvent les limites, la tâche est encore plus ardue pour nous. Bref, il est néanmoins clair que Pritchart et Giancola sont rivaux, bien qu'il fasse partie de son gouvernement. Comme vous le savez, il a mené une campagne respectable contre elle à l'élection présidentielle, et plusieurs éléments indiquent qu'il considère la politique étrangère comme une question sur laquelle il pourrait fonder une campagne plus efficace encore quand elle se représentera.

» Nous n'avons pas d'ambassadeur officiel sur Havre, bien sûr ; en revanche, nous avons de nombreux contacts indirects avec leur gouvernement à travers les ambassades et consulats de plusieurs autres nations. Sur la base de ces contacts, il nous paraît évident que Giancola presse Pritchart d'adopter une posture plus offensive dans les négociations de paix. De plus, il semble en voie d'établir sa propre coterie au sein de leur Congrès et parmi les plus hauts fonctionnaires, et il se sert pour cela du mécontentement que génère l'attitude de Pritchart.

— Je présume que, si nous en sommes conscients, la présidente Pritchart doit l'être aussi. » L'observation de la comtesse Marisa était en fait une question, et elle haussa le sourcil à l'adresse de Descroix.

« J'en suis sûre, confirma la ministre des Affaires étrangères.

— Dans ce cas, demanda la comtesse, pourquoi ne se contente-t-elle pas de le virer de son ministère ?

— Sans doute parce qu'elle ne peut pas, répondit Descroix. Elle doit tenir compte de l'équilibre des pouvoirs entre les factions politiques nationales aussi soigneusement que nous, Marisa. Peut-être même davantage, vu l'instabilité qu'ont connue les affaires internes de la République. Il est évident que Giancola possède lui-même une solide base politique, et Pritchart se dit sans doute qu'elle ne peut pas se permettre de se l'aliéner ouvertement. Surtout s'il a réussi à l'étendre.

— D'accord. » La Nouvelle-Kiev hocha la tête. « Je comprends. Mais si Giancola est partisan de longue date d'une politique étrangère plus agressive, n'aurait-elle pas l'air de céder à ses exigences si elle en adoptait une de ce type ?

— C'est sûrement une façon de voir les choses, admit Descroix. D'un autre côté, elle pourrait y voir une occasion en or de saper sa base politique en embrassant sa position et en l'en privant dans les faits. C'est pourquoi je disais que la révélation de l'existence de ces nouveaux bâtiments pourrait refléter des tensions domestiques plus encore qu'interstellaires. Il est tout à fait possible que Pritchart ait bel et bien l'intention de devenir plus agressive – en surface, tout du moins – dans les négociations et qu'elle considère l'annonce de Theisman comme un bâton qu'elle peut brandir contre nous. Mais si c'est le cas, je serais fort étonnée qu'elle soit réellement prête à nous pousser très loin.

— Pourquoi ? s'enquit Haute-Crête. Je ne suis pas nécessairement en désaccord, précisa-t-il quand elle le regarda. Je suis simplement curieux de connaître votre raisonnement.

— Comme Édouard vient de le faire remarquer, répondit la ministre des Affaires étrangères au bout de quelques instants, qu'ils aient davantage de vaisseaux que nous ne le pensions n'indique pas forcément qu'ils soient parvenus à rétablir l'équilibre militaire. En vérité, maintenant que j'ai eu le temps d'y réfléchir un peu, le fait que Pritchart ne s'est pas déjà montrée plus ferme lors des négociations est sans doute le signe que ce n'est pas le cas. Après tout, quoi que nous ignorions de leur politique de construction spatiale, elle-même disposait d'informations complètes depuis le début. Donc, si elle pensait que ces unités du mur dont Theisman vient de révéler l'existence à toute la Galaxie changeaient la donne militaire de manière significative, je doute qu'elle aurait attendu si longtemps pour durcir sa position. Surtout si le fait de retarder ce durcissement permettait à Giancola de trouver des soutiens au sein de son gouvernement.

» Étant donné tous ces éléments, j'ai surtout tendance à penser que nous allons sans doute voir passer quelques notes rédigées avec fermeté ainsi que des conférences et communiqués de presse assez insistants de la part de leur ministère des Affaires étrangères ces prochains mois. Mais tout cela ne sera probablement que de la poudre aux yeux, destinée autant à leur scène politique qu'à nous. Si Pritchart avait réellement l'intention de durcir les négociations, nous en aurions vu des signes avant ceci.

— Je dois dire que tout cela me paraît logique, fit Janacek. Et si elle était réellement assez folle pour envisager la reprise des opérations actives contre nous, ils auraient sans doute beaucoup hésité à nous apprendre l'existence de ces unités. Nous savons qu'ils les ont, et ce simple fait réduit considérablement l'impact militaire qu'elles auraient pu avoir en nous tombant dessus par surprise. »

Haute-Crête acquiesça comme s'il ne s'était pas attendu à ce que le Premier Lord tombe d'accord avec tout ce qui pourrait minimiser un tant soit peu le fiasco de l'Amirauté.

« En somme, d'après ce que vous dites, Élaine, dit-il plutôt, vous pensez que nous pouvons nous attendre à une certaine agitation de surface mais que l'équation diplomatique fondamentale reste dans les faits inchangée ?

— Je ne suis pas certaine de vouloir me montrer si catégorique, répondit-elle prudemment. Certes, c'est ce que je pense à cette heure, mais pour l'instant nos informations concernant ces nouvelles unités semblent très sommaires. S'il apparaît qu'ils ont bel et bien comblé le gouffre militaire – ou s'ils croient y être parvenus, que ce soit ou non le cas –, je devrai réviser ma position.

— Ça me paraît sensé, fit-il avant de se retourner vers Janacek. À supposer que les chiffres annoncés par Theisman soient exacts et que la République adopte une position plus dure dans le sillage de cette annonce, je crois qu'il nous appartient de revoir notre propre doctrine militaire. Édouard, quand serez-vous en mesure de recommander les changements appropriés ?

— Je ne peux pas encore le dire, reconnut Janacek. Il va nous falloir du temps pour vérifier les dires de Theisman, et davantage encore pour obtenir une appréciation réaliste des modifications éventuelles de leur matériel. Je le regrette, mais c'est ainsi.

— Ne pourrait-on pas commencer à envisager diverses possibilités tout en procédant à ces vérifications ? » Pour une fois, la question de la comtesse n'était pas empreinte de son aversion habituelle envers l'armée. Elle envisageait simplement les options, et Janacek se força à lui sourire.

« Certes, je peux demander à mes analystes – et je le ferai – de réfléchir aux scénarios les plus optimistes et les plus pessimistes, Marisa. Et je suis certain qu'ils seront capables de me fournir des propositions détaillées pour faire face à chacun d'eux. Le problème, c'est qu'une fois que des propositions ont été présentées et adoptées elles ont tendance à se réaliser toutes seules. Je pense, même s'il est capital que nous formulions la réponse appropriée à cette nouvelle situation, qu'il est tout aussi important de ne pas agir trop vite en adoptant nous-mêmes des politiques radicalement nouvelles avant d'être sûrs qu'elles sont justifiées.

— Je suis tout à fait d'accord pour dire qu'il faut éviter de paniquer, répondit Haute-Crête. Mais, en même temps, nous ne pouvons pas nous permettre de ne rien faire, Édouard. Ne serait-ce que parce que nous pouvons compter sur Alexander, Havre-Blanc et compagnie pour insister lourdement sur le fait que cette nouvelle corrobore leurs critiques continues de nos politiques spatiales.

— Je sais », grommela Janacek avec une certaine hargne ; le Premier ministre mettait le doigt sur ce qui lui était apparu dès que Jurgensen l'avait appelé pour lui annoncer la nouvelle.

« Eh bien, continua Haute-Crête, quand ils le feront, nous devrons être prêts à réagir. Je pense qu'il est tout aussi important que nous démontrions non seulement que nous sommes disposés à modifier de façon réaliste nos politiques à la lumière des informations nouvelles, mais aussi que celles-ci étaient globalement sensées. Ce qui est le cas, bien sûr. »

Il parcourut la salle de conférence du regard, et nul ne tenta de contester cette dernière affirmation.

« Je comprends, soupira Janacek en se carrant dans son fauteuil. Je crains que la première chose à faire soit de reconsidérer le budget spatial actuel, dit-il, manifestement contrit. Je n'en ai pas envie, surtout après que l'opposition nous a donné tant de fil à retordre pour le faire accepter. Pire, je ne suis pas du tout convaincu à ce stade que la décision de le reconsidérer soit justifiée par la situation. Hélas, nous pouvons compter sur Havre-Blanc au moins pour saisir le moindre prétexte lui permettant de l'exiger. Dans ces conditions, il me semble que la seule issue consiste à démontrer clairement que nous l'avons déjà fait. Si nous prenons les devants, nous pourrons exercer un meilleur contrôle sur le processus. Et si nous présentons nos propres suggestions de manière calme et raisonnable, nous pourrions même réussir à les révéler, lui et ses amis, pour les hystériques qu'ils sont vraiment. »

*Et Dieu merci,* ajouta-t-il en son for intérieur, *cette forcenée d'Harrington n'est pas là pour ajouter sa voix au chorus !*

« Quel genre de "reconsidération" aviez-vous en tête, Édouard ? » demanda la comtesse qui, malgré son intention évidente d'éviter la confrontation avec le Premier Lord, était automatiquement sur la défensive quand il s'agissait de ses chers programmes de « construction de la paix ».

« Les hystériques vont exercer une forte pression pour lancer toutes sortes de programmes de construction spatiale d'urgence et modifier largement les politiques existantes, répondit Janacek. Les gens comme Havre-Blanc ne se préoccuperont pas des faits : ils seront trop occupés à les déformer à leur avantage afin de justifier les mesures qu'ils voulaient mettre en place depuis le début. Si nous voulons les tenir en échec, alors nous devons nous montrer prêts à proposer d'autres solutions plus rationnelles qui apaiseront néanmoins les inévitables inquiétudes de l'opinion publique. Je n'ai pas plus envie que vous de bousculer nos priorités budgétaires, Marisa, mais nous allons être obligés de proposer quelques changements.

» À moins que la situation réelle ne soit bien pire que ne le suggèrent les éléments que l'amiral Jurgensen a rassemblés à ce jour, je pense que nous pouvons raisonnablement rejeter les exigences les plus alarmistes. Toutefois, le moins que nous puissions faire sera d'annoncer la reprise de la construction de quelques-uns des SCPC et PBAL inachevés. Après tout, l'essentiel de nos priorités de dépenses spatiales se fondait sur le fait que ces bâtiments sont là, prêts à être terminés et mis en service si les circonstances l'exigeaient. D'ailleurs, je pense qu'il nous faudra insister à nouveau sur ce point afin de calmer toute panique injustifiée. »

*Et démontrer par la même occasion que notre politique était bonne depuis le début,* s'abstint-il d'ajouter.

« Même à supposer que les chiffres de Theisman soient exacts, achever la construction des unités commencées les compensera largement, reprit-il avant de renifler bruyamment. Pour tout dire, il suffirait de terminer les vaisseaux de Grendelsbane pour obtenir autant de vaisseaux du mur modernes que Theisman prétend en avoir produit ! »

Ses collègues se détendirent de façon visible à cette déclaration. Il fut soulagé de le constater, mais c'était un homme politique trop expérimenté pour ne pas couvrir ses arrières.

« En même temps, nuança-t-il, il va y avoir un délai entre le moment où nous autoriserons la reprise des constructions et celui où les unités seront bel et bien achevées. Je ne dispose pas de projections détaillées à ce stade, mais ConstNav estime en gros qu'il lui faudra au moins six mois T, sans doute plutôt huit, pour réactiver les chantiers et rassembler la main-d'œuvre requise. Qui plus est, monsieur Houseman, l'amiral Draskovic et moi-même allons devoir examiner de très près les chiffres du personnel car il ne servirait à rien de construire des bâtiments si nous n'avons pas d'équipages à mettre à leur bord.

— De quel ordre serait votre délai, Édouard ? s'enquit Descroix.

— Ce n'est pas *le mien*, répondit Janacek. Il s'agit d'une limitation physique avec laquelle nous serons obligés de composer. » Il soutint calmement son regard pendant une seconde ou deux puis haussa les épaules.

« Comme je le disais, il faudra environ six mois T pour relancer les constructions. Ensuite, nous pouvons compter de six à douze mois supplémentaires pour achever chaque coque existante, selon son degré d'avancement quand nous avons arrêté les chantiers. Le délai sera donc de douze à dix-huit mois. »

Un silence profond s'abattit soudain sur la salle de conférence : tous étaient mis face à ces chiffres fâcheux. Janacek ne s'en étonna pas, pourtant rien de ce qu'il avait dit n'aurait dû les prendre par surprise. Ce délai était une conséquence inévitable de leur décision de suspendre les constructions, et Houseman et lui les avaient tous deux mis en garde sur ce point. Certes, ils ne s'étaient pas étendus sur le sujet, mais ils en avaient parlé. C'était là, noir sur blanc, dans leur analyse budgétaire initiale, ce qui signifiait au moins que ceux qui se sentaient aujourd'hui pris au dépourvu ne pouvaient pas le lui reprocher.

« Cela représente une période de vulnérabilité trop longue à mon goût », dit enfin Haute-Crête. Il ne demanda pas ce que les chantiers de la République pourraient bien produire durant cette même période, remarqua Janacek. Ce détail avait considérablement pesé sur les réflexions du Premier Lord ces dernières vingt-quatre heures, mais, si personne d'autre ne l'abordait, il n'avait aucune intention de le faire lui-même.

« Je n'aime pas ça non plus, Michael, dit-il plutôt. Hélas, on ne peut pas faire grand-chose pour la raccourcir. Pas en se contentant d'augmenter nos propres forces, en tout cas.

— Qu'est-ce que vous suggérez ? demanda Descroix.

— Je ne suggère rien à ce stade, répondit Janacek. Mais nous devons être conscients de *toutes* les options qui s'offrent à nous, Élaine.

— Et quelle option n'avez-vous pas déjà mentionnée ? s'enquit-elle en le fixant attentivement.

— Nous pourrions toujours nous résoudre à une frappe préventive contre leurs nouveaux bâtiments, dit-il sans détour.

— Ce serait un acte de guerre ! protesta aussitôt la comtesse de La Nouvelle-Kiev, et Janacek s'ordonna de ne pas laisser paraître son mépris.

— Oui, en effet, reconnut-il avec une immense modération. Je voudrais souligner, toutefois, que nous sommes légalement toujours en guerre avec la République de Havre. Si vous avez lu la transcription de la conférence de presse de Theisman, vous savez qu'il l'a lui-même rappelé quand un des journalistes lui a demandé pourquoi le gouvernement Pritchart s'était montré si secret concernant son budget spatial. Et il avait raison. À ma connaissance, il n'existe donc aucun obstacle domestique ni interstellaire à ce que nous reprenions les opérations militaires au moment de notre choix.

— Mais il se trouve que nous sommes au beau milieu d'une trêve et que nous négocions pour la transformer en un traité permanent ! » objecta vivement la comtesse.

Elle fusilla Janacek du regard, mettant clairement de côté son attitude apaisante maintenant que la fierté maternelle qu'elle ressentait face à la trêve négociée pendant son propre passage au ministère des Affaires étrangères était blessée.

« J'en suis bien conscient, Marisa, dit-il. Et je ne propose pas d'attaque pour l'instant. Je me contente d'énumérer toutes nos options. Pour ma part, je trouve l'idée de reprendre les opérations actives la moins tentante de toutes, mais je ne pense pas que nous puissions nous permettre de l'ignorer.

— Surtout que ce n'est pas nous mais les Havriens qui ont jugé utile de bousculer l'équilibre militaire existant », intervint habilement Descroix. La comtesse se tourna vers la ministre des Affaires étrangères, qui haussa les épaules. « Ils ne peuvent pas raisonnablement s'attendre à ce que nous négociions de bonne foi sous la menace, Marisa ! »

Aucun de ses collègues ne jugea opportun de faire remarquer qu'eux-mêmes s'attendaient pourtant bien à ce que la République négocie « sous la menace ».

« Mais nous avons la responsabilité de respecter les termes de la trêve existante, argua la comtesse.

— Je suis certain que nous sommes tous d'accord sur ce point en principe, Marisa », tempéra Haute-Crête. Elle lui lança un regard courroucé, mais il poursuivit sur le même ton conciliant. « Comme le dit Édouard, cependant, il est de notre devoir, en tant que gouvernement de Sa Majesté, d'envisager toutes les options et solutions, n'est-ce pas ? »

La comtesse avait ouvert la bouche, mais elle la referma. L'expression de son visage demeurait orageuse, mais elle prit une profonde inspiration et acquiesça malgré sa contrariété flagrante.

« D'ailleurs, dit Janacek au bout d'un moment, il n'y a sans doute même pas de conflit entre les termes de la trêve et les exigences opérationnelles d'une frappe préventive. »

Tous le regardèrent, l'air plus ou moins surpris, et il haussa les épaules à son tour.

« Pour des raisons évidentes, nous avons prêté une attention toute particulière au sein de l'Amirauté aux termes portant plus particulièrement sur les opérations militaires, expliqua-t-il. Ces termes exigent des deux camps qu'ils s'abstiennent de tout acte hostile tant que les négociations se poursuivent. Si elles cessent, alors cette clause ne s'applique plus.

— Vous voulez dire… » Les yeux de Descroix s'écarquillèrent en le regardant, et il eut un mince sourire. « Techniquement, nous pourrions décider à n'importe quel moment d'interrompre les négociations et de mettre un terme à la trêve. Ou nous pourrions faire valoir que la République l'a déjà fait en réalité.

— De quelle manière ? demanda Descroix.

— Comme vous venez de le souligner, Élaine, ils ont bousculé l'équilibre militaire en construisant en secret cette nouvelle flotte. Nous pourrions certainement arguer qu'une telle augmentation de leur capacité guerrière – surtout alors que nous réduisions unilatéralement notre puissance spatiale en vue de diminuer les tensions et de promouvoir la paix – constitue un “acte hostile”. Dans ces conditions, nous aurions parfaitement le droit d'agir afin de neutraliser cet acte. »

Il haussa de nouveau les épaules, et la comtesse le dévisagea tandis qu'en elle le choc le disputait à l'horreur. Descroix et Haute-Crête, en revanche, répondirent à son sourire par d'autres plus larges. Il n'était pas surpris des réactions qu'il provoquait, mais son attention se concentra sur la comtesse.

« Marisa, je ne suggère pas que nous fassions rien de tel, dit-il de sa voix la plus raisonnable. Je fais simplement remarquer que, s'ils nous y poussent, nous avons des issues. Pour être tout à fait honnête, je recommanderais de lancer une attaque sans préavis du tout si je croyais la situation suffisamment désespérée pour le justifier. Il se trouve que je ne pense pas que ce soit le cas pour l'instant, et je ne proposerai jamais rien de tel si la situation n'est pas désespérée. Mais comme le dit Michael, nous devons, en tant que ministres de la Couronne, envisager toutes les pistes d'action possibles, si déplaisantes que certaines puissent personnellement nous paraître.

— Édouard a raison, Marisa. » Haute-Crête veillait à afficher une attitude tout aussi calme et raisonnable. « Nul ne conteste que nous devons montrer l'exemple d'un comportement irréprochable dans la conduite de notre diplomatie. Je ne voudrais surtout pas être le Premier ministre qui violerait un accord interstellaire signé par le Royaume. Ce genre d'action doit tous nous répugner, alors que, comme Édouard vient de le souligner, nous ne violerions techniquement rien du tout. En même temps, toutefois, je dois tomber d'accord avec lui sur le fait que, dans certaines circonstances, les nécessités militaires priment clairement sur tout accord ou clause de traité. »

La comtesse parut sur le point de se récrier violemment, mais elle regarda les autres et hésita. Et, en cet instant d'hésitation, sa velléité de rébellion mourut. Elle ne pouvait manifestement se résoudre à approuver, mais elle n'était pas non plus prête à contester. En tout cas pas tant que la question restait hypothétique.

« Très bien, fit vivement le Premier ministre alors que la ministre des Finances se renfonçait, penaude, dans son fauteuil. Édouard et Réginald vont se mettre au travail tout de suite afin de déterminer les ajustements budgétaires nécessaires pour réagir aux nouvelles unités de la République. Édouard, je veux voir à la fois les projections maximales et les minimales. Sous quel délai pouvez-vous nous les fournir ?

— Je peux sans doute vous présenter des chiffres grossiers d'ici demain soir, répondit Janacek. Tant que nous n'aurons pas confirmé ou infirmé les déclarations de Theisman, ils resteront “grossiers”, toutefois, prévint-il.

— C'est bien compris. » Haute-Crête se frotta les mains, le front plissé par la réflexion, puis il hocha la tête. « Très bien. Pendant qu'Édouard travaille là-dessus, les autres doivent se concentrer sur la préparation de l'opinion publique. Nous disposons encore de douze à dix-huit heures avant que les journaux ne publient la nouvelle. D'ici là, nous devons convoquer une réunion du gouvernement au complet et rédiger une réaction officielle. Quelque chose qui mêle habilement confiance et gravité. Élaine, je pense que vous devriez préparer un communiqué distinct en tant que ministre des Affaires étrangères. Marisa, j'aimerais que vous travailliez avec Clarence sur une déclaration plus générale représentant l'avis du gouvernement dans son entier. »

Il observa la comtesse en masquant soigneusement son intérêt tout en lui demandant ce service. Elle parut hésiter un instant, puis elle acquiesça, et il se détendit. Elle risquait beaucoup moins de se désolidariser de la position du gouvernement par la suite si elle portait la responsabilité formelle de la déclaration qui l'avait officialisée.

« Dans ce cas, conclut-il calmement, je propose que cette réunion en reste là et que nous nous mettions au travail. »

Achevé d'imprimer en mai 2019
par l'Imprimerie Novoprint
à Sant Andreu de la Barca
pour le compte de
la Librairie l'Atalante

Dépôt légal : mai 2019

IMPRIMÉ EN ESPAGNE